ヒート2

マイケ

HEAT 2
BY MICHAEL MANN & MEG GARDINER
TRANSLATION BY CHITOSHI KUMAGAI

Published by K.K. HarperCollins Japan, 2023

すべてを与えてくれた父
ジャック・アーロン・マンに捧ぐ
――マイケル・マン

ポールに捧ぐ
――メグ・ガーディナー

ヒート2

おもな登場人物

クリス・シハーリス――強盗団のメンバー
ニール・マコーリー――強盗団の首領
マイケル・セリト、トレヨ、モリーナ――強盗団のメンバー
ヴィンセント・ハナ――シカゴ市警（のちにロス市警）の刑事
ドラッカー――ロス市警の刑事。ハナのパートナー
ネイト――ブルールームのオーナー兼バーテンダー。情報屋
アーロン・グライムズ――自動車整備士
オーティス・ウォーデル――クリスたちとは別の強盗団の首領
ハンク・スヴォボダ――ウォーデルの強盗団のメンバー。ウォーデルの右腕
アレックス・ダレッキ――ウォーデルの強盗団のメンバー。グライムズの義理の弟
チャーリー・ボーマン――シカゴ市警警部。ハナの上司
ケルソ――車椅子のコンピュータ・ウィザード
エリサ・バスケス――ニールのガールフレンド
ガブリエラ・バスケス――エリサの娘
シャーリーン――クリスの妻
デイヴィッド・リュウ――パラグアイの犯罪組織リュウ一家の首領
アナ・リュウ――デイヴィッドの娘
クラウディオ・チェン――パラグアイの犯罪組織チェン一家の長男

プロローグ

一九九五年九月七日木曜日の午前十一時三十二分、ロサンゼルス、サウスフラワー・ストリート四四四番地のファーイースト・ナショナル銀行に三人の男が強盗に入った。ニール・マコーリー、マイケル・セリト、クリス・シハーリスの三人だ。四人目のドナルド・ブリーダンは逃走車を運転していた。ファーイースト・ナショナル銀行は、多額の通貨を保管する現金分配のハブだった。銀行員は電気通信会社二社と携帯電話キャリア一社の警報を発したが、警報はどこへもたどり着かなかった。前夜、セリトが銀行の地下ガレージの天井に侵入したあと、ひとつ上の階にある警報システムのCPUに接続し、回路基板のうち三つを変更していた。強盗が入る二十分前、警報システムの警報とビデオレコーダーのスイッチが切れた。午前十一時五十分、マコーリー、セリト、シハーリスは――ひとりずつ――千二百八十万ドルの現金が入ったダッフルバッグを担いで銀行の外に出てきた。五分前の十一時四十五分、ロサンゼルス市警(LAPD)強盗殺人課(RHD)のヴィンセント・ハナは、強盗事件発生の報を受けていた。ハナ、部下の刑事、制服警官の各班が銀行に急行したとき、マコーリー、セリト、シハーリスは歩道を横切って逃走するところだった。次の瞬間、LAのダウンタウンで市街戦が勃発した。

装甲バンを襲撃する凶悪な武装強盗の現場を目にしたあの日以来、ハナはずっとこの連中を追い続けていた。車を停めると、犯行現場の典型的な様相が目に飛び込んできた。整然と並ぶ街路備品(ストリートファニチャー)――路肩、街灯柱、公共設備管理ボックス――に続き、異常な光景も見えてきた。脳、骨片、不規則に点在する血溜まり、化石化したマンモスのように横倒しのバンの腹。

武装強盗団の身元は不明だった。だが、ハナがひと目でわかったのは、強盗団が筋金入りのプロだということだった。捨てカードのようなヒントが残されていて、そこに何が起こったのかを伝えるメッセージが含まれていた。侵入経路を逆にたどっていくうちに、どんなことがどの順番で起きたのか、そしてこの連中の手法がわかった。彼らが選んだ銀行は逃走ルートに富んでいた――二本のフリーウェイの入り口が近い。細かい紙幣には見向きもせず、強盗の所要時間が二分だったことから、LAPDが通報(211)を受けて現場に急行するまでの時間を知っていたと思われる。指向性爆薬を巧みに使い、装甲板にきれいな長方形の穴をあけていたのを見て、この連中はだれにも気付かれずに侵入できたらしいとハナは思った。手の込んだ大掛かりな窃盗もこなせるだろう。要するに、好きなやり方でいろんな山を当てることができるわけだ。それに、強引に侵入することになった場合は、躊躇(ちゅうちょ)することなくぶっ放す。装甲バンの襲撃でも、ふたりの武装警備員のうちひとりがアンクルホルスターの拳銃に手を伸ばしたとき、ふたりとも殺している。三人目も冷徹な計算にもとづいて始末している。どうせ第一級謀殺の罪を負ったわけだから、目撃者を生かしてておく必要などあるか？　たまたまこの連中の行く手にいてしまったとしても、それはそいつの問題だ。

ハナはそういったことをすべて脳裏に刻み終えてから、刑事、現場検証の技術者、他部署の制服警官などと話した。

強盗殺人課はＬＡＰＤでも重大犯罪を扱うエリート・チームだ。その活動範囲は市全域に及ぶ。ハナには、どの課の事件も取り上げる権限がある。この事件は自分でやりたかった。だからＲＨＤでやることにした。

ハナは情報提供者ネットワークを駆使し、強盗団のひとり、マイケル・セリトを特定した。セリトを監視して、ほかのメンバーの素性もつかんだが、用心深いマコーリーの身元だけはつかめなかった。この強盗団の伎倆(ぎりょう)からして、身元特定につながるような物的証拠を犯行現場に残すはずがないことは、はじめからわかり切っていた。そこで、連中を監視し、次に狙うものを突き止めて、連中がドアから入っていくときにそこで待ち受けるという戦略を取った。

ニール・マコーリーは、自分を探っている者がいることには気付いていた。それが起ったとき、彼の反応は冷静で滑らかだった。〝滑らかは速い〟からだ。〝速いは速い〟わけではない。シハーリスが午前三時に貴金属保管所に入り、ホローコアドリルで金属の金庫室のドアに穴をあけていた。セリトは電柱に登り、警報システムのバイパスを監視していた。見張りのトレヨは街区(ブロック)を巡回していた。

表の歩道では、ひんやりした夜風に顔をなでられながら、ニールが暗くてだれもいない通りを見ていた。音が聞こえた。薄い金属板に固いものが当たった。そこで聞こえるはずのない音だった。通りの向かい側のパン工場の駐車場に列をなして停まっていた配達トラックから聞こえた。場ちがいな音だ。だれも乗っていないはずだ。だが、それはちがった。ニールは冷静な足取りでビルにもう一度入った。シハーリスはドリルのビットをドアに当て、もう少しで金庫に達するところだった。そうなれば、あとはひらけゴマというだけだ。ニールは命令を下した。中止だ。彼らは道具、作業着、六週間分の下準備を現場に捨てた。それが彼らの規律だった。

ハナはパン工場の配達トラックの中で、前方監視赤外線(FLIR)暗視装置を搭載した隠しカメラの映像を通じて、その様子をすべて見ていた。ＳＷＡＴチームがしっかり身を隠して張り込んでいた。

彼は強盗団を見逃した。家宅侵入罪などで手を打つつもりはなかった。がっつり食わせたかった。

逃走後、ニールはロサンゼルス市水道電力局(DWP)の変電所前にシハーリス、セリト、トレヨを集合させた。そこならむき出しの高圧配線から強烈な高周波干渉が生じるから、車に盗聴器が残っていても送信は混乱する。

彼らはその場で決めるしかなかった——そこで別れて別々の道を行くか、だれが彼らに食い込み、監視を骨抜きにしたのかを突き止め、メンバーの関係を保ってやはり銀行強盗を続けるか。

クリス・シハーリスにしてみれば、選択の余地はなかった。結婚生活は大きく揺らいでいた。仕事にいそしんでいるときには、恐ろしいまでの落ち着きと精密な集中力が出て、まともになれる。彼らは、毎月毎月、山を当ててきた。日常生活に戻ったときだけ、クリスはおかしくなる。改心したはずのギャンブル狂の彼は、二カ月前のある日曜の朝、サンタアニータ（歴史ある競馬場で有名）でまたやりはじめた。第三レースで大負けし、ドミニクという息子と同じ名前の馬をはじめ、数字や名前にもとづいた〝超偶然〟にしたがって、大きな賭けに出た。それでも負けた。シャーリーンとふたりで一年半にわたってこつこつ貯（た）めたカネと当てた山の分け前の半分をすった。

シャーリーンはもうたくさんだった。息子と三人で落ち着いた（アダルト）暮らしを求めていた。下り坂の人生からやっと自力で抜け出したというのに。シャーリーンにいわせると、クリスは〝歳（とし）だけ取る子供〟だった。そんなわけで、クリスにとっては、彼らに食い込んでいるポリを処理して、例の銀行から千百万から千二百万ドルを強奪するリスクは、引き受けるに値した。

州間高速道路105号線と110号線のインターチェンジへとそびえるランプの夜闇にキャデラックを停め、ニールはまとめ役や仲介役をしているネイトから、ヴィンセント・ハナの個人情報を含む敵の情報を受け取った。

ネイトは南カリフォルニアを本拠地とする昔かたぎの銀行強盗だ。ピュージェット湾のマクニール島にあるマクニール連邦刑務所に服役していたときに、ニールと一緒だった。今は山を紹介したり、ニールの〝フェンス〟になったりしている。背が高く、がりがりに痩せ、用心深く、まとまりのない髪を長く伸ばしているネイトは、ブルールームという青い照明のカクテルラウンジをエンシーノに所有していた。このとき、彼はもはや猶予は許されないという切迫感がニールにしっかり伝わる言葉を探していた。

RHDのヴィンセント・ハナというやつは、〝奉仕と保護〟のために勤務しているわけではない。管理職の階段を上がることしか考えない出世主義者じゃない。結婚も三度目だ。朝まで外に出てばかりいるからだ。すべてを犠牲にするタイプだ。そんな男がニールの仲間の情報をつかんでいる――ニールの情報だけはつかまれていないが。

煙が見えたら三十秒でずらかれ、がニールのモットーだ。そうじゃないのか、とネイトはニールを諭した。ハナもミスを犯す。ぼんやりすることもある。だが、ニールは一度たりともミスを犯すことはできない。

ニールはよく考えた末に、ひとつも受け入れなかった。逃げず、自分の主義を曲げ、ハナをかわし、あくまで銀行のカネを奪う。そのわけを教える義務はない。

だれにもいう必要などない。当初は自分にいい聞かせていた。イーディーは一夜かぎりの相手で、思い出ができただけでよしとしよう。彼女の人生は、ニール・マコーリーの人生とは百万マイルも離れている。彼女はフリーランスのグラフィックデザイナーで、ブルーリッジ山脈の出で、サンタモニカの建築関係の書店で働いていた。彼女と出会って、そこにあるとも思っていなかったドアがあいた。そのドアは何年も前に、メヒカリの外れの血なまぐさい二車線道路で閉ざされたままだった。この女と一緒にいたかった。この山、そして、それがもたらす暮らし、どこか遠くではじめる暮らしこそ、逃げない理由だった。

そんなつもりなどなかったが、彼女のいない未来に意味はまったくなくなってしまったのだ。

あるとき、ヴィンセント・ハナがニール・マコーリーを監視していることがバレたあと、ふたりがじかに顔を合わせる機会があった。

ここそしている意味がなくなったわけだし、とハナは思った。

彼は州間高速道路105号線でマコーリーの車路肩に停めさせた。マコーリーに関してつかめる情報をすべてつかみたかった。そして、バレているのに監視を続けるより、面と向かって話をする方が多くの情報を得られると思ったのだ。

マコーリーも、そう遠くない未来、とっさにどうするか判断する瞬間が来るかもしれないと思っていた。だから、ハナの人となりを五感で感じ取りたかった。

ふたりはウィルシャー・ブルバードのケイト・マンティリーニというレストランに入った。ふたりとも、相手の泣きどころを知っていたが、顔色ひとつ変えなかった。鋭敏な感覚によって相手の情報を生のまま感じ取った。ふたりとも捕食者だった。

マコーリーはハナの焼け焦げた結婚生活のことを知っていた。それはマコーリーのようなやつを追い回す代償だと、ハナは打ち明けた。マコーリーも女がいたことを打ち明けたが、その女ことも、ある晩、その女にいったことも話さなかった。〝おれの人生はゼロからはじまって反対側に動く針、どこへも行かない〟。だが、彼女と出会ってすべてが変わった。マコーリーはイーディーに一緒に逃げようと訴えた。

ハナもマコーリーも自分の正体をさらすようなことは一切いわず、見知らぬ人同士でもたまに生じる親密な雰囲気の中で話した。ふたりとも現実の世界と人生の濁流を同じように受け止めていることに、彼らは気付いた。

ハナは悪夢に悩まされていた。長い台に載った数々の死体に見られている夢だ。彼らは何もいわない。その目が義務を押し付けてくる。マコーリーは自分に義務があるとは思っていなかった。だが、息が詰まる夢を見ていた。溺れている夢だ。時間がなくなりつつあるのかもな、とハナはいった。人生が短いことを知っているという点で、ふたりは意見の一致を見た。波が来たら消える砂浜の足跡みたいなものだ。ふたりとも、迫り来る未来を、目を見ひらいて切り抜けてきた。むき出しの心。ある意味では対極に位置するのに、世界というものを幻想も自己欺瞞（ぎまん）も交えずにとらえている点では同じだった。

同時に、ふたりともまったくためらわずに相手を打ち倒す。それも知っている。

だが、そうはならないかもしれない。二度と顔を合わせないかもしれない。

そんな感じで、ふたりは別れた。

ファーイースト・ナショナル銀行の強盗事件の混乱した現場で、ブリーダンはリンカーンを運転しているときに、ハナの部下、ドラッカーとカザルスによって射殺された。セリトは五歳児を盾にしていたが、ハナに頭を撃ち抜かれた。ハナのパートナーだったボスコは、シハーリスに撃ち殺された。LAPDの制服警官三人が殉職し、十一人が負傷、うち三人は重傷を負った。シハーリスは秒速三千百フィート（約九百四十五メートル）で飛んできた五・五六ミリ弾で、ボディアーマーに保護される部分のすぐ上を撃たれた。彼は地面に叩きつけられ、鎖骨が砕け、骨片が胸の上部から突き抜けた。マコーリーはシハーリスを担ぐようにしてスーパーマーケットの駐車場に入り、運転手を脅してステーションワゴンを奪った。LAから脱出しなければならなかった。

脱出することはなかった。

ロサンゼルス空港の滑走路を照らすアプローチライトの下で、ハナはマコーリーを殺した。イーディーはセンチュリー・ブルバード沿いのエアポート・マーキー・ホテル横の車道に停めたカマロに乗って、マコーリーを待っていた。

生き延びたのはクリス・シハーリスだけだった。

第一部

一九九五年、ロサンゼルス

現実は生肉を喰らい
揺らぐことがない
彼には太陽の動かぬ力がある
彼は自分の靴でしか歩かない
――スプーン・ジャクソン

1

ブラインドの羽根板の細い隙間から夜の明滅が漏れている。外の街角にあるコリアン・モールが断続的に発するピンクとブルーのネオン。角を曲がる車のヘッドライトが天井に影を投げかけている。階下のミュージック・ストアから音楽の鼓動が突き上げる。クリス・シハーリスの肩と首を伝わる脈拍のようなドラム。

起きろ。

わけがわからない。

起きろ。くそが。

シハーリスは目をあける。

彼は死んでいない。死人は床を突き抜けるK－ポップのせいで体がずきずき痛んだりしない。死人は血を流さない。

家ではない。家はサンフェルナンド・バレーにひっそりたたずむランチハウスだ。今いるのは部屋の隅のフレームに載ったマットレスだ。刑務所の監房ではない。二階のアパートメントだ。コリアタウンか。

またオキシコドン（麻薬性鎮痛薬）の波に乗り、重いまぶたが閉じた。

どうやってここにたどり着いた？

K－ポップがスタッカートの銃声のように流れる。記憶。肩にかけたダッフルバッグの揺れ動くカネの重み。ブリーダンが撃たれ、運転席でくたばっている。待ち伏せ。LAPDの警官がさらにやってくる。**民間人がいるって？　早く制圧しろ、ばか野郎！**　パトロールカーの黒と白の金属板が濾されるように入り込み、音が脈動を頭にたたき込み、頭蓋の頂点を打ち破った。

鈍器で殴るような音楽、明るくて、耳慣れない言葉。**かえって好都合だ。**

「焦点を合わせろ、おれの目」彼は消え入るような声を漏らす。

影と通りから漏れるピンクの光がすすけた壁に縞模様を描く。ベッド、安物のシーツ、ボクサーショーツしか身に着けていないおれ。服は畳まれてプラスチックの折畳み椅子に置いてある。暗がりでカードテーブルに載ったテレビ。欠けた深皿に乱立した煙草の吸いさし。くずかごの潰れたビール缶。表から漏れ聞こえる声。

弾が貫通したところが激痛を訴えている。砕けた骨は鎖骨下の動脈を傷つけていなかったらしい。傷つけていたら、とっくに死んでいる。

彼は意識の水面に出ようともがく。

起き上がれ！

横向きになって上体を起こそうとする。悲鳴をあげる肩と首の筋肉によって引き戻された。

どうやってここに来たのか？　赤信号が青に変わったらしく、クラクションが彼に向かって吠えると、ぼんやりがたちまち消えた。ベニスを出たあと、車線を変更し、暗いセプルベダ・パスに乗って北進し、エンシーノのネイトの家へ向かった。州間高速道路405号線は信頼できなかった。

ベニス。彼女の手がブラックジャックのハンドシグナルのように左右に動いた。カードを引くのは終わり。彼女は電話してきて、伝言を残した。ネイトは反対した。それでも彼は家を出て、ベニスへ向かった。重い体を車から出すと、バルコニーで待っている彼女の姿を見つけた。

彼女の目、笑顔――惹きつけられる。はじめて会ったときのように。そのとき、その目が上を向く、不意に感情が表れ、彼に警告を発する。

コリアタウンのドアがあく。ネイトが入ってくる。

長身をツーボタンのクリーム色のスポーツジャケットに包み、ボロータイを着けている。よれよれのブロンドの髪をグリースでうしろになで付け、七〇年代を思わせる口ひげが染みだらけの顔から垂れている。素早く動く小さな目がシハーリスを上から下まで見て、静かに品定めする。

何時だ？

ネイトがブラインドを閉じる。「何だって？」

おれはいつからここにいる？

言葉。音が頭に入ってくる。意味もわかる。ここを出るのか？

ネイトが顔を近づける。「おとなしくしてろ」

彼はベッド脇の折畳み椅子を引きずり、座り、銃創を覆うガーゼの包帯を留めている医療用テープを慎重に剝がす。

五・五六ミリの小さな弾が、サイドワインダー・ミサイルのように高速で彼を穿ち、目的を果たした。体に空洞ができ、骨が粉々に砕けた。アドレナリンによって意識が鮮明化し、クリスはアスファルトに仰向けに倒れ、自分たちがずたずたになるまで撃ちまくったパトロールカーが斜めに見えていたのを覚えている。**動けない**。ニールが彼を引っぱり上げた。

ネイトは巻いてあった包帯を取る。縫い目が黒ずみ、皮膚が赤くなり、熱を持っている。

頭上の照明がネイトのシルエットをつくる。ネイトはうなるような声をあげ、うなずき、医療用テープをクリスの皮膚に貼り直す。ベッドに肘を突く。クリスの目を探る。

「おまえはおれとここにいるのか？　それともディズニーランドにでもいるのか？」その声は低く、しわがれている。

クリスはうなずく。

「ここから出さないといけない。急いでな」

ネイトはブツを動かす。売る。おれも。山も。何でも。

「シャーリーン」クリスはからからの声でいう。

「二時間ばかりある。それだけだ」

息子、妻。シャーリーンがここにいない……

「ニール？」クリスは訊く。

ネイトの目が冷たくなり、表情が消えた。悪い結果に慣れた男から抑制の利いた答え。

「ここにとどまるのか？　死ぬぞ」ネイトはそっけなくいう。「考えるのはそこだけだ」

「ニール……」

「準備しておけ。すぐに戻る」ネイトはためらい、かすかにかぶりを振り、ドアに向かって歩き出す。

クリスはニールを目で追う。通りから漏れるネオンライトのピンクとブルーの縞(しま)模様が体を染める。ネイトが出ていく前に、ブームボックスから床を突き抜けてくるK－ポップ・ビートに負けない声を出して、遠ざかるネイトに呼びかけようとした。**首なんか振るなよ、おい、行くなよ**。

ドアが閉まる。

2

ヴィンセント・ハナは板ガラスのそばで行ったり来たりしながら、部屋のあちこちに視線を走らせている。外で波が砂を小刻みに叩く。海は暗いコバルト色だ。低い積雲のてっぺんが金色の筋をとらえ、軍服の礼装のモール（階級を示す飾り紐）のように見える。日の出。午前六時。家は空っぽだ。ニール・マコーリーはここに住んでいた。もう戻ることはない。

ハナがここに来たのは、この家に語ってほしいからだ。マコーリーにまた話してもらいたいのだ。マコーリーの命を奪った三発の銃弾を放ってから、六時間も経っていない。死に誘う痙攣に襲われていたマコーリーの手を、ハナはつかんだ。この地上にふたりしかいないかのように、互いを理解した。自分たちの存在の中に、ふたりきりで閉じ込められている。だが、その感覚がわかるのはふたりだけだった。

生々しい記憶がまだ左の手のひらに残っている。

視線を這わせながら、ニールのリビングルームを横切る。ニールが置き忘れていた時間が蒸発していく。何か——情報、データポイント——がほしい。堅材の床は、ハナが横切るときの足音を返すだけだ。波が砕ける音が窓に響く。バルコニーのガラスを張った手すりには、カモメの糞がこびりついている。

マコーリーはここには、この白い空間には、住んでいたわけではなかった。ここで寝て、食べ、カウンターのボトルのシングルモルトを飲んでいた。だが、ここに住んではいなかった。

ここは中継地点だった。

愛着はない。やばそうな気配を感じたら、そのやばいもの、やばいやつから、三十秒きっかりで逃げる。マコーリーはハナにそういっていた。

それで、カマロに乗っていたあの女は何者だ？

外では朝日が暗い大海を覆う空の帳をあける。ハナは窓から顔を背ける。

すべてがなくなった。銀行強盗で稼いだ八桁のカネの取り分も。セリトも。トレヨも。

ブリーダンも。

最後のひとり、クリス・シハーリスをのぞいて。やつはどこかにいる。どこだ？

ジャマル・ドラッカー巡査部長が家の裏手からリビングルームに颯爽（さっそう）と入ってくる。炭素鋼ブレードのように、真剣な顔にほの暗い明かりを帯びて、素早く鋭く動く。「ここには何もないな、ヴィンセント」

「かけらも？　染みも？　何もないのか？」

思考が脇道に逸（そ）れていく……今ごろマイケル・ボスコの家族のだれかが、遺体安置所に行っているだろう。これを、ハナは恐れていた。それと、葬儀場も。シハーリスが撃ったときに浮かべていた感情のない表情。ためらいはまったくない。ボスコを殺した三点射。シハーリスはどこにいる？　針が逆向きに振れるタコメーターのように刻一刻と、シハーリスを追いつめる可能性がすぼんでいく。時はいつものように冷淡で、ハナの可能性をはぎ取っている。

ドラッカーの顔は疲労の色が濃いが、野太い声には張りがあり、集中している。「クローゼットに三枚のまったく同じ白いシャツ。本――『機械冶金』、カミュ、マルクス・アウレリウス。理由はおれに訊いても無駄だ」

なぜ驚かない？「女のものはないのか？　リップスティック、マスカラ、ランジェリー、タンパックス（生理用タンポン）とか？　ピンクやターコイズのゴム手袋がシンク下の排水パイプにかけられていたりとか？　冷蔵庫の中は？　ヨーグルトとか？　ラズベリーとか？フローズン・トゥインキーとか？　ＴＶディナー以外のものは？」

「ウォッカが一本」

だが、マコーリーには女がいた。茶色の乱れ髪の下の顔に、打ちひしがれたような表情を浮かべ、カマロの横に立っていた。ホテルの低解像度の防犯カメラに映っていた。マコーリーがハナに追われ、背を向けて走り去るとき、肩を落としていた。カマロのナンバープレートを照合したが、何もヒットしなかった。マコーリーの車なのはまちがいない。女は何者だ？

ハナはドラッカーに目を向ける。「彼女はマコーリーと一緒に逃げるところだった」

「だれの話だ？」

「カマロの女だ」

「逃げてしまったのかもな」

「見たところ、プレーヤーではなさそうだった。マコーリーがいなくなって、どこへ行く？　ひょっとすると、彼女はマコーリーの逃走手段を手配していたやつを知っているかもしれない。だれかは知らないが、シハーリスはそいつを頼る。シハーリスはＬＡＸでロードサイド・チェックイン（空港外の車寄せのある歩道に面したチェックイン・カウンターでのチェックイン）などしない。こちらがシャーリーンを張っていることを知っていたから、予約していた飛行機に乗らなかった。シハーリスはシャーリーンがどこへも行かないことを知っている。つまり、やつは逃げている。ひとりで。だれがマコーリーの移動を手配したのかは知らないが、シハーリスはそいつを頼るはずだ」

ハナは振り向き、視線を走らせた。

「このいんちきの、何もない、カモメの糞で窓が白くなっている家に、そんな手配をしたやつの手がかりになるものが何かないか？」

空が白み、青く染まるリビングルームを、ハナは隅々まで見る。鼓動が重く感じられる。情報を吸い込もうとする。だが、この家には推測のネタしかない。

この状況から何がいえる？

何も。おれはなぜまだここにいる？

ハナはニールが立っていたところに立ち、見ていたものを見て、ニールの存在を感じようとしている。ある種の哀愁が堅材の床にハナをとどめる。命が消えた。もとに戻ることはない。知っていた男の命が。

あのときふたりは、ケイト・マンティリーニで向かい合って座っていて、相手が自分の所有物についてどう考えているのか知っていた……同時に、ハナはニールの後方支援に関する情報をひとつも得られなかった。

ドラッカーはキッチンに入る。消毒剤、ぴかぴかの器具。染みひとつないカウンター。きのうのLAタイムズの横にペンが一本。新聞を広げ、急いで取ったメモ、電話番号、名前、イニシャル、フライト・インフォメーションはないかと探す。新聞の下に光沢紙の本がある。

「ヴィンセント」ドラッカーはいう。「『チタンの疲労破損』だってさ」

ハナが近づく。

ドラッカーはハナに本を手渡す。「たいした読書リストだ……くそおもしろくもない」

値札が裏表紙についている。「ヘネシー・アンド・インガルズ。知ってるか？」

「ああ、サンタモニカだ。芸術と建築専門の書店だ」

ハナは重い特殊紙のページをめくる。レシートが一枚、挟まっている。「この本は先月買ったらしい。現金払い」

巻き波の音が窓からしみ込む。ハナはレシートを手に取る。ドラッカーはすでに電話をかけている。

「店長をすぐに呼べ。ニールは三週間前にその店にいて、この本を買った。だれが一緒だった？　だれがニールを待っていた？　だれが現金を用意した？」

ドラッカーが外に出ようとする。ハナは海の前に立つ。

前夜、大型旅客機が轟音をあげて頭上を飛んでいった。ニール・マコーリーの早鐘のような脈動を左手で感じた。今は波音しか聞こえない。彼の右手がガラスに触れる。

ニール、あるいはクリスも、ここに立っていた。まさにここに、こうして。**今のおれのように、ガラス越しに外を見ている**。ハナはニールの思考をつかもうとする。広大な空間にひとりきり——この体、この体組織だけ……存在がなくなるまで、感じ取ろうとする。

ニールもそう考えるだろう……

ハナがニールの手を取っていたとき、動脈からの出血のショックで痙攣が起き、ニールの肉体を苦しめた。やるしかないなら、まったく同じことをする。この瞬間はまったく変わらない。どちらも真実だ。

ハナは海から顔を背けた。

歩き去るとき、拳でガラスを軽く叩く。その音がマニ車(チベットのラマ教徒が用いる礼拝具)のように、薄暮に響く。

3

ネイトは公衆電話の覆いに寄りかかり、受話器を耳につけ、早朝の車の流れを、歩く人々の流れを眺めていた。「〝デーベ・イル・オイ。アブソルータメンテ〟」彼はロサンゼルス在住白人が使うスペイン語でいう。

今日、シハーリスは行くしかない。これ以上は待てない。

悪臭漂うコリアタウンのドラッグストアの前にいて、医療用品、ゲータレード、使い捨て剃刀(かみそり)などでぱんぱんに膨れたビニール袋を持っている。

「前金で半分――〝ラ・ミタド・アンテス〟。〝ミタド・デスプエス〟。残りはそこに着いたときに」彼は耳を澄ます。動きを目で追う。歩道を歩く人が通りすぎるとき、目を向けてくる。長身で、五〇年代のボロータイをつけた薄汚いロカビリー・ファッションの白人男だから。

「〝エル・カロ〟――車はおれのところにある。ガレージに。ブルールームだ。ああ。〝アスル〟」彼はうなずく。「〝ア・ケ・オラ?〟」彼は時計を見る。「準備はできている」

彼は電話を切り、通りの様子を窺い、一歩うしろに下がる。左側から近づいてくるチョーロ（メキシコ系の男）がうしろを通れないように。刑務所の中庭でついた癖はなかなか抜けない。通りをジグザグに縫い、狭い出入り口をすり抜け、階段でミュージック・ストアとドライクリーニング店の上のスタジオに上った。シハーリスをかくまっているところだ。中では、クリスが足音を聞く。ベッドの端で体を起こす。頭がくらくらしてはっきりしない。

起きないとまずい。**ミート・マシン。それはおれじゃない。おれはおれだ、中にいる。起きろ、体。すぐに。**

ネイトが入ってくる。クリスは立とうとする。

腹の中、迷走神経、吐き気の何かがトルクを生み、部屋がぐるぐる回る。

立て、くそったれ！

日光が熱された鉄板となって窓の外を覆っている。酸素が減っている。痛みが刃を研いでいる。はっきりした思考が必要だ。たとえ息をするたびに突き刺されるような痛みが戻っても。

ネイトがビニール袋をがさがさとベッドに置く。「今日、出発するぞ、ブラザー。すぐに動けるようになる必要がある」

クリスは強烈な喉の渇きを感じ、頭がずきずき痛む。脱水症と出血のせいだ。二十八オンス（約八百二十八ミリリットル）・ボトルのゲータレードをあけ、半分を飲んだ。ネイトが未使用のガーゼ数袋、抗生物質入りの軟膏、処方薬一本を出す。

「広域抗生物質だ。アレルギー誘発物質は入っていない」ネイトは過酸化水素水の瓶と脱脂綿を手に取る。「シャツを脱げ。包帯を取り換えるから」

クリスはシャツを脱ぎ、ベッドの端にどさりと腰を下ろす。外の車の音と、部屋の光が膨らんだり、薄れたりして、脈動し、揺れ動くような感覚にとらわれる。舌の動きが鈍くなるように感じる。

「シャーリーン」クリスはいう。

ネイトは錆(さび)の浮いた折畳み椅子をベッド脇に引き、腰を下ろし、テープを剝がして、肩に巻いていた古い包帯を外す。クリスの皮膚をなでる空気が生きているようで、不思議な感じがする。クリスは身を乗り出す。

「シャーリーンは?」

「しっかり聞こえてる」

「連絡をつけないと……」

「どうかな……?　彼女がどこにいたかどうしてわかった?」

「あっちから電話してきて、教えた」

ネイトは冷たい視線を投げかける。「つまり?」

答えはない。

「連絡はしない。おまえが撃った警官だが」ネイトはいう。「死んだ。ヴィンセント・ハナのチームの一員だった。ほかにも三人死んでいる。全国の制服警官が血眼になっておまえを探している」

クリスの声が強まる。「あのふたりを逃がして（ゲット・アウト）やらないと」

ネイトは傷の手当てをやめ、体を起こす。「なら、今すぐおまえを自由にしてやるぜ。やってみるか？　地面に掘った穴からあの世に〝逃げる（アウト）〟しかない」

クリスはふらふらする。名案だ。激痛がゴングのように体中に走る。

ネイトはクリスが落ち着くまで待つ。「逃がしてやりたいなら、まずおまえが逃げるしかない。そのあとで手配するしかない」

クリスは息をする。「あいつらはどうやってシャーリーンの存在を突き止めた？」

「知るかよ？」ネイトは冷淡な顔をし、〝黙れ〟とでもいうかのようなまなざしを向ける。「ニールにはやめろといったんだ。あいつは聞かなかった。いいか、おれが話してるときはよく聞け！」

どうしてだ？　どうしてここまでおかしくなった？

クリスの思考は焦点が合わない。覚えているのは、シャーリーンが見せたブラックジャックのハンドシグナルだけだ。

警官がそこらじゅうにいた。シャーリーンは危険を承知で警告を送ってきた。あいつらはどうやってシャーリーンが身を隠していたところを突き止めた？

「肩の調子はどうだ？」ネイトはいう。

「テニスでもはじめようかと思ってるぜ」クリスは激痛に思い切り歯を食いしばる。考えようとする。

そして、思い当たる。知りたくなかったのに知ってしまった。

ネイトはクリスの様子の変化に気付いた。「そのとおりだ」彼はいう。

ニールはいない。仲間もいない。そして、シャーリーンはクリスを売った。売るしかなかった。ベニスの家はだれのところだ？　そこで警察が待ち受けていた……ハナと強盗殺人課(RHD)がいても、クリスたちは山を当てた。順調だった。うまくいっていた。おかしくなるまでは。

シャーリーンはパクられたのか？　彼を売ったあとで、気が変わったのか？　胃が急にきりきりと痛み出した。クリスは腹を抱える。

「何が起きた？」クリスはいう。ほとんど自分に向けて。ろれつがさっきより回っている。ネイトは聞こえないふりをしている。胸の縫い跡を過酸化水素水で消毒している。医療用の鋏を出し、テープを切り、新しい包帯を用意する。ネイトは反応しない。「おれもすべてわかっているわけじゃない」

クリスは呼吸を緩めようとする。ネイトは化膿(かのう)止めの軟膏を塗り、獣医の〝パッチワーク〟に殺菌したガーゼを当て、テープで留める。

クリスはネイトの顔を見たくない。こいつを殴りたい。自分の肩を引きちぎったあと、壁を蹴って穴をあけたい。

「おまえはそんなに速く移動できないから、今すぐ出発しないといけない。人が迎えに来る。わかったか？　おまえが妙なことを思いついて遅れるようなことがあれば、その連中はすぐに立ち去る――それでもカネはもらえるから、気にもしない。そのうち、電話で話せるようにしてみるから」

ネイトは背を向ける。クリスはネイトの腕を片手でつかむ。「何が起きた？」

またあの冷たいまなざし。これが負け犬の扱い方なのだろう。

「おれはあいつにやめろといった。追っ手はいなかった。だが、ＬＡＸへ向かう途中、くそったれのウェイングロを殺るために回り道をして、自分から罠にはまった。それで、あの警官、ハナに空港のどこかで撃たれた」

「ニールはウェイングロを殺ったのか？」

「ああ」

4

ヘネシー・アンド・インガルズに客は入っていない。店長が怯えている。午前八時、サード・ストリート・プロムナードの先のウィルシャーのあたりは、ちょうど目覚めつつあり、歩道にホースで水が撒かれ、きらきら光っている。店の青白い堅材の床と本棚がかすかな光を放っている。店長が販売日の防犯カメラ映像を頭出しする。ハナはマコーリーの本とレシートを持っている。店長が映像を流し、早送りする。ハナは店長のすぐうしろに立ち、腕を組み、ガムを噛み、左右に体を揺すりながらスクリーンに目を向けている。店長がぎこちなくスイッチを探る。警察の訪問に慣れていない。ドラッカーがハナのうしろで行ったり来たりしている。

スクリーンの時計表示がレシートのタイムスタンプに近づくと、ハナは動きを止めた。

マコーリーだ。

グレイのスーツ、白いシャツ、まったく目立たない男が、慎重な動きでエンジニア・コーナーを回り、今ハナが手に持っている本を選ぶ。自制的で、集中し、警戒している。ニールがページをぱらぱらとめくる。防犯カメラが、さまざまな種類の鋼鉄の電子マイクロ写真を映す。

ひとりの女がマコーリーのうしろの通路を歩きすぎる。通りすぎるとき、マコーリーと本をちらりと見る。ニールはまったく彼女に目を向けない。

「止めろ」ハナはいう。「巻き戻せ」

店長がテープを巻き戻し、再生した。

ハナはスクリーンを指さした。「あれはだれだ?」

店長が眉をひそめ、ハナの顔を見上げる。「イーディーですけど。ここで働いています。いや、いました」

「どこにいる?」

「二日前に辞めました」

ハナの体に電気が走る。彼はひとことだけいう。「ビンゴ」

高い頬骨と大きな目。波打つ茶色の髪はラファエロ派以前の絵画から飛び出してきたようにも見える。運動選手のような歩き方、服は柔らかそうだ。その物腰は交通量の多い道路に近づく雌鹿を思わせる。

カマロの横に立っていた女だ。

ドラッカーはイーディーのフルネーム、住所、社会保障番号、運転免許証番号を聞くと店長に礼をいい、同時に短縮ダイヤルで強盗殺人課（RHD）に電話をかけた。イーディーの情報を集めるよう指示しながら、ドアへ急ぐ。ハナはすでに外に駆け出していた。

5

その家はサンセット・プラザを見下ろす丘の斜面に抱かれている。無秩序に広がる盆地の絶景を一望できる小さな家だ。青い空、まばゆい日差し。真っ白いカンバスに描いた線画のようなところだ。おんぼろのホンダ・シビックが車道（ドライブウェイ）に停まっている。ほかに車はない。通りでは動きはまるでなく、カーテンはすべて閉まっている。ハナは三人の刑事と四人の制服警官を率いて車道を進む。ハナとドラッカーはふたりの制服警官と正面玄関を目指す。カザルスとほかの三人は裏手に回る。ハナの指がうずく。不確実性がハナを満たす。可能性と緊急性の入り交じったものが。ドアをノックするが、四人はドアの横に立つ。ハナはコルト・コンバット・コマンダー四五口径を、ドラッカーは一二番径のショットガンを持っている。

だれも出ない。ハナはもう一度ノックする。

「強行突破しますか?」うしろの制服警官はドアを打ち壊すための小型の金属棒を持っている。

すると、ロックが回る音がし、ドアがあく。影になっている出入り口に、エアポート・マーキー・ホテルの前ですれちがった女が立っている。

ハナは女の手首をつかみ、勢いよく表に引き出し、壁際に立たせる。女の制服警官が素早くボディチェックをする。

家の中から、カザルスの声がする。「異状なし」

ハナはバッジを提示する。「家宅捜索令状を取っている」

女がハナを、そしてドラッカーをにらむ。「わたしは逮捕されるのですか?」

「ああ、だが、その後の展開は、これから五分間のきみの行動しだいで変わる」ハナはいう。

女はきょとんとする。青ざめた顔、赤い目、乱れた髪。古いジャージのボトムスをはき、インディー・バンドのTシャツを着ている。ハナは彼女の腕を取り、家の中に連れていき、モダンなキッチンとリビングルームに入った。急造のグラフィックデザインのスタジオのようだ。ガラス窓の外に、街を見下ろすバルコニーがある。別チームの制服警官たちがバルコニーから、黒服のハゲワシのように中をじっと見ている。ドラッカーがバルコニーのドアをあけ、彼らを中に入れる。

「外も異状ありません」ひとりが報告する。

シハートリスはいない。意外でもない。チクタクと時が進む音が聞こえる。ハナはイーディーにテレビの近くのスツールを示す。

ドラッカーは無線に応じ、イヤフォンを耳の奥に深く押し込む。耳を傾ける。交信を終え、ハナに隅で話そうと身振りで伝える。

ハナはイーディーに聞こえないように背を向ける。ドラッカーが耳打ちする。「まっさらだ。前科はない。違反切符すらもらっていない」ハナは向き直る。

体が半分どこかほかにいて、どう動かしていいのかわからないかのように、イーディーは握りしめた両手を脇に垂らして立っているが、ハナは腕を振り、スツールに座るよう指示する。そして、手錠をかけようとしている女性警官に、しばらく離れているよう身振りで示す。

「訊きたいことはわかるか？」

イーディーは首を横に振る。

「ニール・マコーリーとその仲間について、知っていることすべてだ。嘘はいうな。隠すな。共犯者として牢屋にぶち込まれたくないなら、吐け」

イーディーはたじろぐ。「彼がどんな人かわからなかった。仲間のことも知らない」

ハナはテレビを平手で軽く叩いた。「こいつは故障してないんだろ？　ＫＮＢＣ（ＮＢＣのカリフォルニア州系列局）はばっちり映る。ダウンタンの銀行強盗の映像も見ただろう」

「彼はセールスマンをしてるといってたから」

「信じたのか？　何を売っているといっていた？」

「あちこち回って、金属を売っていると」

マコーリーがいっていたとおりだが、ハナはそれを教えない。彼はイーディーに急に体を寄せる。「さあ、さあ、さあ！　おまえはニュースで写真を見た。それでもやつの車に飛び乗って、エアポート・マーキー・ホテルに行った。到着すると、そこらじゅうが混乱し、怒声が飛び交い、消防車、警官、逃げ惑ういかれた人々、ヘリコプター、お祭り騒ぎだ。それでも、やつが金属のキッチン・キャビネットなんかを売っていたと思ったのか？」

火事のビルに閉じこめられ、四方の壁が崩れてきた――イーディーはしばらくそんな顔をしている。

「ゆうべはじめて知ったのよ。あの人にいわれたことをするしかなかった」イーディーは言い訳を探している。だが、見つからない。「それで、ずっとあとになって打ち明けられたのよ。そのあと、たしかに、あの人についていった」

自由に向かって逃走するとき、やつはこの女をそばに置きたかったわけだ。彼女は自分の世界をひっくり返してでも、ついていくことにした。

イーディーはドアをあけたカマロの横に立ち、マコーリーが後ずさりながら逃げる様子を見ていた。マコーリーをじっと見つめるまなざし。体が凍りついたかのように。戸惑い。ハナはようやく理解した。途方に暮れているのだ。彼女の悲しみがわかる。まったく新しい暮らし――この激しい男に対する、沸き立ち、焦がれる情熱――が潰えた。

ハナはイーディーが何も知らず巻き込まれただけだと知っている。杓子定規に法律を解釈する地方検事なら、共犯者の烙印を押そうとするかもしれない。だが、ちがう。

「いいか、イーディー。おれならおまえを守ってやれる」ハナはいう。「だが、その前にすべてを吐いてもらう。今すぐだ。ニールはほかにだれと連絡を取っていた？」

イーディーは思い返す。「マイケル。マイケルという友人の話をしていた。撃たれた人のひとり」

「セリトだな」ドラッカーがいう。

彼女はうなずく。「それから……」声がかすれる。「それから、〝雨が降れば、濡れる。マイケルはリスクが伴うことも知っていた〟といっていた」

イーディーが生唾を呑み込む。ハナには、彼女の考えがはっきりとわかる。〝わたしも知っていた〟

イーディーの周りに刑事たちがそびえ、不穏なエネルギーで部屋を満たしている。制裁だ、と彼女は思う。こんなことははじめてだ。侵食するかのように、家にあるものを捜索している。混乱を引き起こす固有の権利があるかのようだ。彼らが触れるものはすべて……彼女のものでなくなるように感じられる。もとの場所に戻すかもしれないが、もう同じではない。自分の持ち物がただの物になる。意味をはぎ取られている。もう思い出は詰まっていない。生命など宿っていない抜け殻。丁寧に並べられたパステル。丸まった和紙。手間ひまをかけた卓越した製紙工程を経た貴重な品だが、刑事の太い指が一枚一枚めくるにつれ、ただの物になっていく。

ハナはイーディーの意識を今このときに引き戻す。「おれを見ろ。おい、イーディー。どこへも行くな」

イーディーはどこか上の空でハナを見返し、はじめてしっかり彼を見る。ハナは感じ取る。どのニュース番組も、マコーリーがLAXの銃撃戦で死亡した事件からはじまっている。警官に射殺されたと。

ハナが目の前に立っていても、イーディーはあらがっている。最後の一線を越えないように。そして、電気ショックを受けたかのように、肩を震わせる。

「マコーリーはほかにだれのことを話をしていた?」ハナはいう。「シハーリスか? クリスか?」

「いいえ」イーディーのまなざしが鋭くなる。「あなたを見た。ホテルの表で」

「トレヨか? ブリーダンか? 彼らの妻、ガールフレンド、子供か?」

「いいえ。あの人はいつもひとりだった」イーディーは首を振る。「あなたがあの人を撃ったのね?」

「おまえはやつがどんな人間かわかっていて、やつについていった」

ハナが落ち着き払い、目の前に立っている。イーディーは体を揺らし、目が黒く、鋭くなる。消え入るような声で、もう一度いう。「雨が降れば、濡れる」

ハナは動じないが、声を抑えていう。「やつはほかにだれと連絡を取っていた?」

イーディーは指で髪を梳く。肩をすくめる。「空港へ行く途中、あの人はあるところへ立ち寄った。バーの裏口である男と会った」

広がっていたハナの意識が一点に集中する。「どこのバーだ? 何という男だ?」

「ノースハリウッド、バーバンク・ブルバードの外れ。住所は知らない。煉瓦とトタン屋根、壁に蔦（つた）が這っているところ。ブルー何とかという店」

　カザルスが無線を取り出す。

「人相をいえ」ハナはいう。

「五十代、よれよれのブロンドの髪、口ひげ。ポリエステルの服。どう見ても七〇年代」

　ハナの脈拍が急加速する。ハナは部下に向かってうなずく。

　カザルスはすでにバーを特定し、二チームを派遣し、二街区（ブロック）先から張り込ませている。

　ハナは名刺の裏に何かを書き、イーディーに手渡す。「あそこの女性警官がおまえに手錠をはめて、署に連行する。調書を取らせてもらう。弁護士のあてはあるか？」

　イーディーにはない。今まさに起きていることを噛み砕く能力が、黒いプールにふわふわと沈んでいく。

「この番号にかけろ。弁護士だ。彼が保釈保証人をあてがってくれる。事情聴取される際には、弁護士を同席させる権利がある。わかるか？」

　イーディーがうなずき、ハナの目を真正面から見据える。ニールがなぜイーディーを連れて自由の地へ逃れたかったのか、ハナにもわかる。

「役に立ちそうなことを思い出したら、電話しろ。何も考えるな、ためらうな、すぐに電話しろ」立ち去る前、ハナは付け加える。「それから、ああ、おれはやつを撃つしかなかった」

　ふたりの視線がまたぶつかり、しばらくその状態が続く。

　やがてイーディーのまなざしが変わる。こう問いかける。〝ほかに何か？〟ほかには何もない。すべてが終わっている。

6

陽光が叩きつけるなか、ハナとSWATはブルールームに突入する。そこは陰鬱な界隈の色褪(いろあ)せた商店街にある、先祖返りしたようなバーだ。

捜索令状は午後一時に下りた。ハナ、捜査班、制服警官隊、SWATは裏手の通りから接近した。彼らは路地の両端をパトロールカーで塞いだ。防犯カメラを外した。

ここにシハーリスがいるなら、完全武装している。ほかにだれがいるかわからない。

ハナは防弾ベストを身に着け、ベネリの一二番径セミオートショットガンを〝控え銃(つつ)〟のように持ち、精密に組んだスクラムの中にいる。体と体が密着し、足が精確に並ぶ戦術バレエとでもいうべきSWATチームに囲まれている。銃口を上にした自動小銃を胸の前で斜めに持つSWATのチームリーダーに向かって、ハナは顎を引く。SWATのチームリーダーが片手を上げ、五指を使ってカウントダウンをはじめる。隠密(おんみつ)侵入。カウントがゼロになり、手を斧(おの)のようにしてドアに向け、前進する。

ドアはロックされていない。長いカウンターが左側の壁沿いに走り、その背後は鏡張りで、ほの暗い照明を受けて数々のボトルが燃えるように光っている。早くも酒を飲みに来た客が手すり前に立ち、あるいはぐらつくテーブル席に座っている。〝ギャングスタズ・パラダイス〟(クーリオのラップ曲で、一九九五年公開の映画『デンジャラス・マインド』で使用された)のビートがジュークボックスからどくどくと流れている。バーテンダーが振り向く。

ハナは店内にいた者たちに叫ぶ。「動くな。手を上げろ」

SWAT指揮官のひとりが客に向かって怒鳴った。「壁際に行け、両手は頭のうしろだ」

もうひとつのチームが戦術的な動きで階段を上る。

バーテンダーは後ずさり、両手を頭上に上げる。ひとりの客が入り口めがけて逃げようとするが、ドラッカーがタックルする。ドラッカーとカザルスはレミントンM八七〇を持ち、店内に入ってくる。

両手をはっきり見せてバーのうしろに立っている長身の男に向かって、ハナは矢のように素早く移動する。男は片手にコーヒーカップを持っている。イーディーがいっていたのはこいつだ。古い時代の筋金入りの南カリフォルニア人、白髪交じりのぼさぼさ髪、鏡でハナを追う冷たい目。

「手をカウンターに置け」ハナはいう。

男は従う。ブルート(男性用化粧品)とドライクリーニングから戻ってきたポリエステル・シャツのにおいがする。鏡を使い、氷に閉ざされたようなまなざしでハナを見ている。男はボディチェックを受ける。SWAT隊員のひとりが、男のキーや財布をカウンターに出す。

ハナは財布をあける。同じ青みがかった氷のような目が、運転免許証から見返す。

ハナは名前を読む。「ネイサン。共通の友だちについて話をする」

ネイトは顔を向ける。感情の感じられない顔。「おれはあんたを知ってるのか？」

「おれがおまえを知ってるかどうかなど、おれにわかるわけがないだろうが。おれはおまえを知っている。それに、おまえが知っている男もひとり知っている。ニール・マコーリーという男だ」

ネイトの顔色はまるで変わらない。「そいつはだれだ？」

「おまえの友だちだ」

「ピンと来ないね」

「何のピンだ？　ピンポン、エイボンです（アメリカの化粧品のコマーシャルに出てくる有名なせりふ）といって来るのか？　そのピンか？　裏手にも防犯カメラはあるぞ？　おまえとマコーリーが一緒に裏口にいるところが映ってないのか？　映っている見込みはどれくらいだろうな？」

二階から、ＳＷＡＴ指揮官のひとりが報告する。「異状なし」

報告してきたＳＷＡＴ指揮者が通路を伝ってくる。「すべて異状なし」

クリス・シハーリスはここにいない。

「あいにくだが、そんな見込みはゼロだ」ネイトがいう。

ハナは黒く焦げつくような怒りを感じる。表向きでは、死神の大鎌のような笑みを浮かべたまま。「いいさ。巻き戻して消去したりしていれば、いわゆる〝罪の認識〟を示すぞ」ハナは万物を見通すかのように、周りに目を向ける。「おまえを監視していて、やつと会っていたところを見ていた者もいるしな」

ドラッカーはいう。「なぜ嘘をつく？　嘘をつきたいなら、嘘だとわからないような嘘をつけよ。ニールの件で嘘をつくだと？　つくだけ無駄だ。どうしてそんなことで嘘をつく？」

　ネイトは首を巡らし、ＬＡＰＤに占拠されたバーを軽蔑のまなざしで見る。「これまでのところ、いまだに何のことだかおれの理解からすり抜けるのだが」

「すり抜ける？」ハナは肩をすくめる。「シハーリスだ、クリストファー・シハーリスの件だ。仲介役だかまとめ役をしているんだろ。今の時点ですら、最低でも、三件の殺人事件と一件の銀行強盗事件に絡む装甲バン強盗事件の事後従犯の容疑はかけられる。その事件に関連して、公務執行中のＬＡＰＤ巡査、しかもおれのパートナーのひとりと、ほかにも制服警官三人の殺害まで起きている。ロジャー・ヴァン・ザントの殺害、それから前述の……**大虐殺**……に加えて」――ハナはネイトに顔を近づける――「おまえの友だちのニールによるウェイングロとかいうまぬけの殺害もだ。ニールは二度と戻らないとおれに直接いっていた。ある意味、有言実行だ」

　ネイトの冷たい青い目が、毛細血管が切れてできた赤い染みに埋まり、ハナの周りを漂い、ハナがいることすら忘れているかのように見える。「強盗殺人課。ＲＨＤか。虚仮威(こけおど)しなら間に合ってるさ」

　ハナの落ち着きは、音もなく流れる川のようだ。「逃走中のシハーリスはおれの追っ手を**すり抜ける**かもしれない。だが、おまえは絶対に逃さん。おまえのおかげで、やたら時間を使ってしまったからな」

　どうだか、とでもいうかのように、ネイトは一度視線を外し、またまじまじとハナを見た。「証拠があるなら、逮捕すればいい。ないなら、おまえらにいられると、おれの日中の事業に支障を来すんだが」

「ああ、そうかよ……」ハナはいい、急に別のことに気を取られ、素早くうしろを見た。警官たちが奥の事務室を捜索している。何時間もかかりそうだ。ハナは横のドラッカーにうなずいた。「時間の無駄だ」ハナは聞こえないような小声でいう。「こいつ、先週、路上で見つけた動物の死骸の話でもしてるみたいだ」

「どうする？」ドラッカーはいう。

「こいつか？　しょっぴけ。昔かたぎの前科者だろ？　若いのを当てて弱らせろ。そういう連中では一塁ベースさえ踏めないだろうが。クリス・シハーリス……」ハナは考える。

「カザルスはシハーリスの防弾ベストの上に当てた。鎖骨のあたりだ。そんな状態なら、民間旅客機に乗るリスクは冒せない。そこにいるお偉いまとめ役でも、自家用機を用意して、フライトプランを提出し、合法に見せるような暇はなかったかもしれない。つまり、シハーリスは逃げているが、地上にいる」

「カリフォルニアの全取り締まり機関に指名手配（ＢＯＬＯ）を出してる」ドラッカーはいう。「運転免許証の顔写真と、前回逮捕時の顔写真も回した」

ハナはそれについて考える。「見かけは同じではないだろう」そういうと、裏口から路地をのぞき、手で脚をぽんと叩く。「サーファーみたいなポニーテールは切り落とすだろう。髪を短くして、黒く染めるかもしれない。似顔絵捜査官にモンタージュをつくらせろ。新しいＢＯＬＯを出せ」

「時間がないなら」ドラッカーはいう。「シハーリスはメキシコへ向かうはずだ」

「しかも、バックパックを背負って砂漠を旅したりはしない」ハナはいう。「国境検問所を張れ。新しいモンタージュとBOLOを税関、国境警備隊、メキシコ側の出入国管理、バハ、ソノラ、チワワ、コアウイラ、ヌエボレオン、タマウリパス各州の警察に送れ。サンディエゴからブラウンズビルまでのありとあらゆる国境検問所の壁を、シハーリスの写真で埋め尽くすんだ」

ハナは振り向く。

路地にいたSWAT指揮官のひとりが、裏口から入ってくる。「警部補?」

指揮官は自分の肩越しに親指をうしろに向ける。「ここには離れのガレージがあります。見ていただけませんか?」

ハナは指揮官のうしろについて路地に出て、角を曲がった。ガレージのシャッタードアがくるくると巻かれてあいている。ハナは足を止め、目を凝らす。

まだコンクリートにしみ込んでいない、付着してまもないオイルの染みのにおい。だれかがここから走り去った。ついさっき。

7

車が砂漠を東へと疾走する。道路が、フリーウェイが、血しぶきを上げてすぎていく。ラジオがなる。テカテを出るとDJのしゃべりとマリアッチ（メキシコのダンス音楽）がしだいに空電音に変わっていく。この午後は白い陽光と痛みとでぼやけている。州間高速道路8号線。クリスはこの道路を知っている。運転している女がだれなのかは知らない。ロサンゼルスはうしろだ。残してきたものは、この車からネイトの空っぽのガレージの床に漏れたオイルの染みだけだ。

痛みがぶり返す。ここは、路上は、無防備だ。パーコセット（鎮痛剤）などまるで効かない。彼は目をあけ、また一秒、苦悩に耐える。鎖骨とつながっている首と背中の筋肉が、折れたあともとの場所に戻した骨を引っ張るのだ。縫い跡は大きく雑だ。〝世界レベルの仕事だ、ドクター・ボブ〟獣医に連れていかれたら、獣医レベルの処置をされる。

空虚の波が彼に押し寄せ、冷たく、激しいしぶきが上がる。この世界にはニールがまだいるような気がしてならないが、ちがうと自分にいい聞かせる。コリアタウンで、ネイトがあの感情のかけらも感じられないまなざしを向けて、そういったとき、クリスの頭の中で空気が逃げるような音がした。

ネイトは椅子に座り、顔を近づけた。〝人がおまえを迎えに来る。次にここに来るやつが、おまえの逃げ道になる。書類もそいつらが持っている。心配するな、バレることはない〟

〝行き先は？〟クリスは呆然とした口調でいった。〝おれはどこへ行く？〟

〝南だ〟ネイトはルートを説明した。

クリスは頭がくらくらするのを感じた。〝銀行の山の取り分は……〟

〝大丈夫だ。デラウェアの信託銀行に口座を開設する。電話でも、ファックスでも、コンピュータでもアクセスできる。だが、行き先にたどり着いたら、緊急時以外はその口座からカネを下ろすな。派手なことをしなけりゃ、目立つこともない〟

〝一部をシャーリーンとドミニクに送らないと〟

シャーリーン。クリスを罠に引き込んだ。〝なぜだ？〟

黒い熱が体に走った。ドミニクを引き離すと脅されたのか？　あのくそ野郎ども。

ネイトは考えているように見えた。〝それはどうにかするが、現金しかやれるものはない。足のつくようなものはやれない。それに、しばらくはできない〟ネイトは立ち上がった。〝もう行かないと〟

クリスはどうにか立ち上がり、ネイトと握手した。〝礼をいうよ〟

〝まったくだぜ〟ネイトは顎を上げた。あばよ。〝ジャンピン・ジャック・フラッシュ（一九六八年発表のザ・ローリング・ストーンズのヒット曲。麻薬と縁を切ることの暗喩といわれる）、おとなしくしてろよ〟

迎えに来たやつが、今、運転席にいる。この女はジーンズ、リーボック、四インチ

（約十センチ）のゴールドフープのイヤリングという格好で、前腕に孫の似顔絵の刺青（いれずみ）を彫っている。歳はどう見ても四十前だが。ベンチプレスでクライスラーでも持ち上げられそうな体つきだ。

クリスは彼女が運転するさまを見る。何時間も運転し続けている。

「あんたの名前は？」

多少なりともまともな話ができて意外だったのか、彼女がクリスを一瞥する。「どうでもいいでしょ」

「そっちはおれの名前を知っているだろう」クリスはいう。

「ジェフリー・バーグマン、カナダ、アルバータ州カルガリー出身」

LA東部の訛り。アジトで、彼女はクリスのベレッタを取り上げ、財布も渡すように迫った。彼はどちらもしぶしぶ手渡した。彼女はクリスの傷口に包帯を巻き直し、プレッピー風のシャツとスポーツジャケット、そして、薬でうつろになっている青い目を隠す色の濃いサングラスを与えた。そして、このシボレーの助手席にクリスを乗せ、走り出した。

クリスはシロップのように甘い酔いに包まれていたが、しだいに激痛に襲われるようになった。

「ネイトとはずっと昔から家業で世話になっていて、わたしは頼まれた仕事をするだけ。あんたはそこだけ知ってればいい」彼女はいう。「わたしが信頼できないなら、ここで降ろしてやるから、ヒッチハイクでもすればいい」

クリスはなだめようと思い、両手を上げようとする。左腕が悲鳴をあげ、電気ショックを受けたかのように視界が真っ白になる。クリスはあえぎ、ウインドウに寄りかかる。

「走り続けてくれ」クリスはいう。

彼女はグローブボックスに向かってうなずく。「そこに封筒が入ってる。カナダのパスポート、運転免許証、クレジットカード、家族写真の入った新しい財布がある。アメリカドル、カナダドル、ペソも入ってる」

クリスは封筒を取り出し、パスポートと財布をポケットに入れた。

嘆息を漏らしつつ、クリスは彼女に顔を向ける。「はじめまして。おれはジェフリー・くされバーグマンだ」

彼女が唇を結ぶ。笑みなのかもしれない。「フリダ・くされカーロよ」

まばゆい午後もだいぶ深まり、彼女はガソリンスタンドに寄る。「連絡して状況を報告するようネイトにいわれてる。すぐに終わるから待ってなさい」

彼女は車から降り、公衆電話に向かって歩いていく。クリスはトイレに向かう。まっすぐ歩こうとするが、頭が急に大きくなったような気がする。生ぬるい水で顔を洗う。薄汚れた鏡に映る姿が、吸血鬼のように見える。顔色が悪く、唇はほとんど真っ青、目があまりに熱い。**しっかりしろ**。トイレから出てくると、フリダが電話を切ろうとしている。険しい顔ではないが、目を見ひらいている。

「どうした？」クリスはいう。

「ＬＡＰＤがネイトのバーにがさ入れした。ネイトは何も漏らしていないけれど、警察にしてみれば、漏らしてもらわなくてもかまわない。連中だってばかじゃない」

「ほかには？　何かあるだろう」

「警察は全国指名手配に新しいモンタージュを付け加えようとしている」彼女はクリスをちらりと見る。「あんたのだ。今のあんたに似てるらしい。国境の両側に送るつもりだ。急がないと」

彼女は加速し、フライパンみたいに真っ平らな農地を突っ切り、トレーラーハウス用キャンプ場、安っぽいコンビニ、低木の林、砂地を通過した。国境がふたりの数マイル右側を並走する。フリーウェイは舗装し直されたばかりで、八八年のときより多くの家、クッキーの抜き型でくりぬいたような家々が、道路を縁取っている。

「メヒカリか」クリスはいう。

「簡単に越境できるから」フリダがいう。「来たことあるの？」

「忘れてくれ」

「まずいことでもあるの？」フリダがクリスを窺う。「メヒカリにいたくない理由でも？　心配はいらないわ。そこへは行かないから」

「なら、なぜここで国境を越える？」

「一時間南に滑走路がある。落ち着いて」

クリスは目を閉じ、顔を背ける。だが、記憶が頭の中にしみ込んでくる。放置された中国風のモーテル。山。あの襲撃。そして……そして……メスキートと火薬と血のにおいがするような気がする。その後の急転。負けるかもしれない。勝つかもしれない。一瞬で変わる。

シャーリーンを失うようなことがあれば、彼女を奪ったやつをぶち殺す。水素爆弾のように一瞬で消し去る。

陽光がボンネットで跳ね返る。そして、稲妻のように頭蓋骨を貫く。

〝ニールは余裕を持って逃げられるはずだった〟とネイトはいっていた。

ネイトはこうもいっていた。〝ハナはくそ野郎だ。そのハナが街をうろついていて、集められるかぎりの資源(アセット)を動員している。やつの頭にあるのはひとつだけ。おまえだ。おまえはやつのパートナーを殺したからだ〟

もうクリスはひとりだ。家から遠く離れて。それを変える方法はひとつだけ。走り続けることだ。最後のチャンス。無駄にするな。

エルセントロ市街から一マイルの地点で、フリダ・カーロは州間高速道路を降り、車を路肩に停める。夕方になり、地面に長い影を落としている。

フリダがギアをパーキングに入れる。「サングラスを外しなさい。目を見せて」

クリスはいわれたとおり外し、フリダに目を向ける。「充分まともに見えるか？」

「ええ。あんたが運転して国境を越える」

「なぜ？」

フリダは車から降りる。「わたしのことを訊かれたら、あんたのおばさんだといいなさい。おばあちゃんがいいなら、それでもいいけど」

棘(とげ)のあるその声色も、実は嫌いではない。クリスは運転席に座る。顔の汗を袖でぬぐいながら、また慎重に走はじめる。脈拍が速まっている。ハンマーで叩かれているかのように、肩の傷から伝わってくる。

州間高速道路8号線の五マイル南のカレキシコで、国境検問所に近づく。ふたりの前に四台の車が並んでいる。たしかに、簡単に越境できそうだ。アメリカ側の検問所では、アメリカから出ていく分にはだれも気にしない。麻薬の密売人とか重犯罪人なら話は別だ。あるいは、警官殺しでLAで指名手配されているやつも。

クリスは速度を緩め、列に並ぶ。だんだん涼しくなっている。もうすぐ日が暮れる。検問所の警備隊員が列の先頭に立ち、いかにもやる気なさそうにガムを嚙んでいる。だが、ブースがあり、明かりがつき、中に警備隊員がいる。壁にちらしとポスターが貼ってある。ガムを嚙んでいる警備隊員が、車が前に進むさまを監視する。ユーティリティベルトに指を引っかけるという警官のポーズ、ミラーレンズのサングラス。並んでいる車一台一台に、ウインドウをあけるよう指示している。一台を通し、次の車に指示を出す。身分証の提示を求める。

クリスはジャケットのポケットをぽんと叩く。

「免許証なら大丈夫」フリダはいう。

クリスは財布を手でつかむ。

「ジェフリーよ?」フリダはいう。「クリス?」

クリスは警官の動きを見ている。

この連中ときたら。どんな仕事だ？　妻を脅すこと。息子を脅すことだ。前途有望なかわいい息子の人生を破滅に陥れても、おれをつかまえることだ。

フリダがクリスの手に自分の手を重ねる。クリスはすぐに首を巡らす。フリダはクリスのポケットに手を入れ、財布を取り出す。クリスは止めようとするが、フリダはそれを見つける。偽の家族写真に混じって、コリアタウンのアジトから持ってきたスナップ写真がある。シャーリーンに抱かれるドミニク、その横にクリスがいて、笑っている。その場面のすべてが金色に輝いている。

フリダはそのスナップ写真を自分のジーンズのポケットに入れ、財布を返す。彼女は何もいわない。クリスはドアを蹴破り、フリダを叩き出したくなる。だが、ハンドルを握りしめる。

前の二台が通される。きらきらサングラスの自称神の国境警備隊員が、クリスに対し前に来いと合図する。〝おまえの命運はおれが握っている〟とでもいうかのように腕を振る。クリスは所定位置で止める。ブースの中では、白髪交じりの髪を角刈りにした退屈そうな警備隊員がコンピュータを見る。壁に貼ってあるポスター、そして、窓越しにクリスを見る。

その後、またポスターに目を戻す。

クリスが車を停めると同時に、きらきらサングラスがクリスの顔をのぞき込む。

クリスはウインドウをあける。退屈そうな顔をする。内心ではぴりぴりしている。

フリダが泣き出す。

「行き先は?」サングラスがいう。

「メヒカリです」クリスはいう。

フリダはハンドバッグからティッシュを取り出し、目に押し付けながら泣く。本物の涙を流している。

サングラスがかがむ。フリダを見て、クリスを見る。「どうかしたのか?」

「彼女の祖母が脳卒中で倒れたんです。みんな心配していて。早く行って死に目に……」

フリダがサングラスを見る。泣きはらした目で。「すみません。ひどい一日だったから」

もうひとりの警備隊員の角刈りがブースを出て、こちらに歩いてくる。クリスは身をこわばらせた。くそ、アジトにいたとき、フリダにベレッタを取り上げられた——なぜそんなことをさせてしまったのか? これでふたりとも……

角刈りがサングラスに腕を振る。「オファーマン」

サングラスがクリスをまじまじと見る——疲労の色、弱っている様子、もろさを。クリスは丸腰だ。動くのもやっとだ。運転席側のドアを勢いよくあけ、アクセルを思い切り踏みしめ、サングラスをはね飛ばせば、サングラスが立ち上がる前に国境を越えられる。

角刈りが大股でやってきて、差し迫った口調でいう。「来い」

サングラスがクリス、そしてフリダを見る。「おばあさんのご無事を祈るよ。前へ進め

ろ」

そういうと、彼は角刈りのあとについて次の車に対応する。クリスはゆっくり遠ざかる。ハンドルを握る手に力が入ると、肩にハンマーで叩かれたような激痛が走り、絶叫しそうになる。ルームミラーでうしろを見る。ふたりの警備隊員がうしろの車に両側から近づいていく。ホルスターの武器に手をかけている。角刈りが運転手にウインドウをあけるよう

指示する。

「どうなってる?」クリスはいう。

「そのまま走って」

視界がどくどくと揺れてほとんど目が見えなくても、クリスは踏ん張る。**気を失うな。**

「あれはわたしの兄よ」フリダはいう。

「だれのことだ?」

「うしろの車に乗ってる人。ガソリンスタンドに寄ったとき、公衆電話で連絡した。あんたに似てるから」――フリダがクリスを見る――「そこそこ」

クリスは笑いたくなる。またルームミラーを確認する。うしろの車の運転手は車から降りていて、免許証を手渡している。長身、壮健、短い黒髪。そして、警備隊員が外すよう指示しているサングラス。

「エリサ……」

「何だって?」

「いや、フリダ」

「九、十!」フリダは涙を拭いていたティッシュを捨てる。

ふたりはメキシコ側の検問所もするりと通過する。その後、メヒカリに入る。ヤシの木、交換所(カンビオ)、観光ホテル、歓待する中国風の赤、緑、金に塗られた塔(パゴダ)、その横の〝メヒカリへようこそ(ビエンベニードス・ア・メヒカリ)〟と記された大きな看板。

まっぴらごめんだぜ。悪いときはいつもここに戻ることになってるのか?

過去にさかのぼっている。火の中へ。無の中へ。

「ここに入るのはごめんだ」クリスはいう。「ここに用はない」

「ここにはとどまらない。落ち着きなさい」フリダはいう。

クリスは運転を続け、やがてフリダがいう。「停めて」

土埃（つちぼこり）の舞う農地が地平線に向かって滑っていく。クリスは舗装されていない路肩に車を停める。フリダが車から降り、トランクをあける。そして、黒い煉瓦のような衛星電話機を持って戻る。

「一分よ」フリダはいう。「それ以上は一秒もだめ」

フリダは両手をポケットに入れ、ゆっくり農地へ歩いていき、クリスをひとりにする。

クリスは車から恐る恐る降り、ボンネットに寄りかかる。電話機を握りしめ、息を吸い込むと、番号を押す。

空電音に続き電子音が聞こえ、その後、ついに彼女の声がする。

「もしもし」

遠く、甲高く、空疎な声だが、たしかにいる。逮捕されていない。逃げてもいない。家にいる。

「ベイビー」クリスはいう。

空電音。無言。その後、シャーリーンが息をきつく吸っているような音がする。

「大丈夫なの？」彼女がいう。

大丈夫、とはとてもいいえない。二度といいえないかもな。だが、それは彼女も知っている。

それに、もう四十五秒しか残っていない。今大事なのはひとつだけだ。

「ドミニクは？」クリスはいう。

「膝の上で眠ってるわ。無事よ」

胸の鼓動が和らぐ。「いいか、おれのいうことを信じろ。いつか。どうにかして。落ち着いたら、また一緒に暮らそう」

空電音が高まる。果てしなく続く数秒のあいだ、答えはない。農地の端で、フリダが時計に目を落とし、クリスの方に歩きはじめる。

「シャーリーン」クリスはいう。

「聞こえてるわ」彼女がいう。

エンジン音が通りすぎる。農業用トラック、タンクローリー。クリスは顎を引き、目を閉じる。フリダが近づいてくるのがわかる。

「何が起きたのかわからない」クリスはいう。「いうな。知りたくない。きみが危険を冒しておれに警告を発したと思って、これから生きていく」

フリダは電話を返すよう合図する。

「弱気になるな」クリスはシャーリーンにいう。「愛してる」

シャーリーンの声がくぐもっている。「あなたもね」音が聞こえる。笑い声、あるいはむせび泣く声か。「ずっと」

フリダがクリスから電話を奪う。そっと受け取るといった方がいいかもしれない。そして、通話終了ボタンを押す。クリスはまた運転席に戻る。空が揺らめいているように見える。フリダは電話をトランクに戻す。その後、ハンドバッグからライターを取り出す。クリスとドミニクとシャーリーンが写ったスナップショットを出し、火をつける。フリダはしばらく写真を持っている。炎が真っ赤に燃え上がり、写真を呑み込んでいく。フリダは写真を落とし、土埃の舞う地面でもみ消し、車に戻る。

フリダはドアを閉める。「車を出して」

「行き先は？」クリスの声はうつろだ。

「山を越える。じきに暗くなる。飛行機が来るわ」

「おれはどこへ行くんだ？」

「さあね。わたしにわかるのは、あんたを飛行機に送り届けることだけ。とても長いフライトになると聞いてるけど」

またハイウェイを走りはじめるとき、クリスは振り返る。沈みゆく太陽が空を紫と橙に染めている。ウインドウをあける。夕方の冷気が地表に降りつつある。サイドミラーに国境の向こう側が見える。カリフォルニアの明かりが、蜃気楼のように揺らめいている。国境の五フィート（約一・五メートル）こちら側は何も変わらないが、ただ、すべてがちがう。クリスは死の国から遠ざかっている。

同時に、死の国へ突き進んでいる。

ニール、ブラザー。

シャーリーン。ドミニク。

どうにかして、いつか、必ず戻る。

クリスは前方に広がる不毛の平原を、地平線にかすむようにそびえる青みがかった茶色の山並みを見つめる。ここは流血と亡霊の国だ。やり残しのある国。**息をしろ**、とクリスは自分にいい聞かせる。**ただ息をしろ**。

第二部

一九八八年

8

ラスベガス

クリス・シハーリスはこの街に十八時間しかいないが、ベガスでの数時間はやたら長く感じられる。彼は薄汚い黒のコルベット・コンバーチブルでシーザーズ・パレスの出入り口前に着ける。焦げるような日差しが照りつけている。熱波が厳しく感じられる。アンフエタミンがマリファナの酔いを上塗りし、空の光と自分の血管が滑らかなズームで見える。クリスは駐車係にキーを放り投げる。今朝シカゴ行きのフライトを予約していたが、今日は軍資金の札束がある。新しい服、青いシルク・シャツ。切ってもらったばかりの髪、ウエイフエアラー（ボシュロム社のサングラス）。サングラスを外し、ドアをくぐる。防弾。

クラップス、ブラックジャック、スポーツ賭博――パーティーだ。叫び声、音楽、スロットマシンの機械音、響き渡るジャックポットの効果音、口の端に煙草をくわえ、一心にプレイしているおばあちゃんの持つバケツに滑り落ちる二十五セント硬貨。ルーレット盤についていているいかした女たち。闇と光とマジック。来たぞ。魔法をかけて、大金を刈り取ってやる。見よ。

カジノの床に足を踏み入れると、彼女の姿が見える。

クラップ・テーブルで年配の男の横に立っている。頭上の琥珀（こはく）色の照明、彼女のうしろのネオンときらめき。まばゆく、影もある。すべてが一瞬だけ色褪せる——信じがたいときめき、興奮と可能性。すべてがぼやけて見える。彼女をのぞいて。ビロードと陽光。波乱とつややかさ。テーブルの向こう側で、人ごみのなか、彼女が顔を上げる。そのまなざしがクリスに向けられる。

稲妻が走る。

つややかな黒髪。クレオパトラのようだ。ゆったりした物腰と力強い体のあらゆる筋肉を強調する、ノースリーブの黒いスパンデックスのドレス。滑らかな褐色の肌。ターコイズとガーネットをあしらった巨大な十字架が胸まで垂れるチョーカー。健康的（オールアメリカン）な若々しさと、抜け目ない黒目。

テーブルを囲む人々がいらだっている。年配の男——黒いスーツ、銀髪、猟奇的な目はニューヨークの銀行家を思わせる——がダイスを手に取り、女をちらりと見る。彼女は男の手をなで、身を寄せ、ダイスに息を吹きかける。男は彼女に視線を向ける。なかなか離せないらしい。おれのものだとでもいうかのように。疑ってでもいるかのように。自信なさそうに。

こいつは自分が負けると思っている、とクリスは思う。神々しいカジノのライトがダイスを浄（きよ）めるが、男には自信がない。

クリスはうしろから動かない。銀行家がダイスを振る。テーブルを縁取る人々が不満げな声を漏らす。

やっぱりな。

クリスはテーブルの周りをゆっくり移動し、スポーツ賭博の方を目指す。札束がポケットの中でうずいているような気がする。

銀行家がウイスキーの最後のひとくちを飲み干し、顔をしかめる。女が男の背中をさする。むせないように、哀れむかのように。

移動しながら、クリスは考える。歳は二十三、あるいは二十四か。しっかり地に足をつけ、任された仕事をこなしている。つまり、男のエゴをなで、男の腕に止まって光り輝き——背徳の魅力を振りまき——男に自分が勝者だと信じ込ませる。カネを払って彼女の時間を買っているのだとしても、銀行家の男は自分がいかに幸運か知っていてしかるべきだ。

クリスはテーブルに向かう。雑多な音が入り乱れ、ディーラーがプレーヤーに聞こえるように声を張り上げる。クリスは女に顔を寄せる。

「暇はないか?」クリスはいう。

女はクリスを見ない。彼女が唇をなめる。銀行家が空のタンブラーを勢いよくテーブルに置き、クリスに顔を向ける。

「ご覧のとおりよ」女はいう。

「いつまでだ?」

彼女は上目遣いで見上げる。しばらく冷徹なまなざしで、彼を品定めする。有望株? 負け犬?

その後、銀行家がスツールに座ったまま座面を回転させる。「すまないが」ひと呼吸あく。「失せろ」

頭突きでも食らわせそうな勢いで、肩を怒らせている。

クリスはきょとんとする。男をただ見つめる。別世界のまなざし。銀行家は、肩甲骨のあいだにできた氷のように冷たいものが、背骨を伝うのを感じる。

銀行家は実際に目をぱちくりさせる。

「あんたが負けたのは、はじめから負けるとわかっていたからだ」クリスはいう。

男は席を立ち、女の腕をつかむ。「行くぞ」男がせっつく。彼女は一瞬だけ動かずにいる。「シナモン。行くぞ」

彼女は立ち去るが、まなざしはクリスへと戻ってくる。

そのとき、クリスは笑みを浮かべる。「あとで」

彼女は三時間後にクリスを見つける。レイカーズの試合に賭けて、六千ドル儲けている。

彼女は流れるようにやってきて、クリスの向かいに座り、長い足を組んで座る。両腕を椅子の肘掛けに載せる。猫のように気だるそうだ。爪は鮮やかな紫色。目は落ち着いているが、その奥に、何があっても揺るがないものを感じる。背後でテレビ画面がぱっと明るくなる。ブルズーピストンズ戦。ユベントスーミラン戦。ベルモントパーク（ニューヨーク市近くのアメリカ最古の競馬場）。彼女の目がそのすべてから彼の視線を引き離す。

「腹は減ってないか？」クリスはいう。

「ぺこぺこ」

「ここのステーキハウスは――」

「プライズウィニングでしょ。もっといいところを知ってる」

クリスは立ち上がる。「車が表にある」

彼女が先頭で外に出るとき、フロア全体が彼女の動きを目で追う。それほど強烈な〝磁力〟があり、人々のポケットに入っているコインやキーがフロアを飛んで集まってくるのではないかと思う。

「おれはクリスだ」

「シャーリーンよ」

「シナモンじゃないのか?」

シャーリーンがやれやれと天を仰ぐ。

クリスは車回しでタイヤをきしらせて通りへ出る。

ふたりは街の東側の地区にある店で食べる。点心の店だ。店を出るとき、シャーリーンは片手を差し出していう。「キーをちょうだい」

ふたりは一本の葉巻を回し飲みしながら、ストリップ(ラスベガス観光の中心となる大通りの一部)へ向かう。シャーリーンはトップガンで訓練を受けたかのようなハンドルさばきを披露する。スクリーミングイーグル(陸軍第一〇一空挺師団のこと)。自信に満ち、流れるような動作、そして、頭の回転も速い。落ち着き、決して無茶(むちゃ)はしない。彼女の運転に、エンジンが鼻歌を歌う。

腕のいい逃走用運転手になりそうだ、とクリスは思う。**頼りになる。〝もし〟や〝しかし〟の場面に備えて代替ルートをすべて想定し、絶対に動じない。毎回、家に送り届けて**

くれそうだ。

「何を笑ってるの？」シャーリーンが風にもエンジン音にも負けない大きな声でいう。

「マジックさ」クリスはいう。

ふたりはミラージュ・ホテルのカジノ・フロアを横切る。夜が更け、脈動し、エネルギーがじかに伝わってくる。

クリスはシャーリーンに顔を向ける。「部屋を取っている。あいだをすっ飛ばそうか？」

「ええ、ぜひ」シャーリーンはいう。

クリスは彼女を連れてエレベーターに向かう。「ギャンブルはしないのか？」

「毎日してる」シャーリーンは軽い口調でいうが、その声の底にはちがった感情が流れている。その後、クリスをなめるように見る。「いつかは大きな賭けに出るけど」

午前三時、シャーリーンはようやく黒髪のウイッグを、つややかな変装道具を外し、首を振り、束ねていた薄い茶色の巻き毛を垂らす。彼女はクリスの上に来て、馬乗りになり、包み込み、電気を走らせる。空のヴーヴ（〝未亡人〟を意味する高級シャンパン）のボトルがアイスペールに逆さに立てかけられている。激しいキスを受け、クリスは温かく甘い歓喜の川に流される。落ち着き払っているうえに、まばゆいまでの美貌が備わる。外で鼓動する格子状の明かりを、ガラスの窓が反射している。

クリスはシャーリーンの太ももを両手でなでる。シャーリーンがクリスの両手首をつかみ、彼の頭上に伸ばす。

「ベイビー」彼はいう。

シャーリーンは上から腰を落とす。クリスは息を吸い、目を閉じる。波に呑み込まれる感覚を覚える。彼女をしっかりつかみ、うめき、しがみつく。彼女の爪がクリスの前腕に食い込む。シャーリーンは首を反らし、声を上げる。

やがて、彼女はクリスの上に倒れ込む。まだ息が荒い。

「どこの出身だ?」クリスはようやくいう。

「今夜訊くようなことじゃないわね」シャーリーンは穏やかな声でいい、クリスの上からどく。「ロマンチックじゃないし、訊かなきゃよかったと思うところだから」

「きみのことならぜんぶロマンチックだ」

「しっ。それなら魔法を解かないで」

クリスは肘を突いて体を起こす。指の裏側をシャーリーンの腹に走らせると、顔を近づけて彼女の露出した肌にキスする。シャーリーンは、餌を喰らったばかりの雌ライオンのように、満ち足りた自信をたたえて吐息と笑みを漏らす。

クリスはシャーリーンを抱き寄せる。すでに眠りの甘い誘惑を感じている。だが、彼女は息を吸い、体を起こし、服を着はじめる。

「帰らなくてもいい」クリスはいう。

「さっきのは仕事。ここからはちがう」

「それでも帰らなくてもいい」クリスはどういうか思案する。「出すよ……朝までの分を」

シャーリーンが動きを止める。

「行くな」クリスは起き上がり、手の親指の付け根で目をこする。「いや、だれにもきみを悲しませたくないだけだ。これは」――クリスはふたりのあいだを身振りで示す――「おれたちふたりのことだ」シャーリーンに商売上の話だと思ってほしくない。「きみはおれのために時間をつくってくれた。話をつけさせてほしい」

「それって……」シャーリーンが笑う。「……エスコート・サービスマネージャー兼ぽん引きと？」

「シャーリーン……」

彼女はドレスに袖を通し、もぞもぞと位置を直す。「ただの仕事だけどね、ベイビー。それでも、仕事よ」

クリスは胸の内に熱い石炭のようなものを感じる。「ああ、そいつは何者だ？　話をつけさせてくれ」

シャーリーンがウイッグを拾う。「あのね。やめて」

「やりたいんだ」

彼女はベッドに膝を突き、指先を彼の唇に押し当てる。「あなたは完璧よ。この時間も完璧。さあ、行かなきゃ」

「どうやったらまた会える？　番号は？」

「ロマンチック、そのうえ楽天家なのね。すごい」そういうと、彼女は靴をはき、ハンドバッグをつかむ。「明日もここにいるの？」

「いや。ここにはいない。仕事だ」

シャーリーンは微笑む。どこか悲しげだ。肩をすくめる。答えを予期していたかのように。

そして、ドアから出ていく。

クリスはホテルの出入り口を見下ろすバルコニーに出る。夜風がひんやりと肌をなでる。車の音や通りの笑い声が、あぶくのように浮かんでくる。一分後、シャーリーンが表に出てくる姿が見える。背筋を伸ばし、夜風を防ぐ〝甲冑(かっちゅう)〟をまとっている。片手を上げ、タクシーを呼び止める。

マネージャー。その口ぶりからすると、そういったときの死んだ目からすると、不利な契約を結んでしまったのだろう。

ぽん引き。

タクシーが走り出し、ストリップの明かりがタクシーをなでる。消えていく。**マジカル・ミステリー・ツアー**。

クリスは立ち上がり、夜のきらめきを体に浴びる。彼は見た。タクシーに乗る前、彼女は振り向いた。この部屋を見上げた。

また来よう。きっと探し出す。

9

ダイナーは船の舳先のように六叉路に突き出ている。月曜の朝八時二十五分、シカゴのニア・ノースウエストサイド界隈は、にぎわいを見せている。ダイバージーの信号待ちの車列もしだいに長くなっている。スーツ姿――男も女も――が肩を怒らせ、ブリーフケースを揺らして歩道を歩き、高架鉄道に向かう。空は青、歩道の並木は青々としている。煉瓦造りの建物が六叉路付近の敷地を埋め尽くしている。

ニール・マコーリーはランチ・カウンター席にひとりで座っている。カウンターはダイナーと同じ形、二等辺三角形で、二辺に窓がついている。開放的な眺め。スツールは半分ほど埋まり、皿やカトラリーがかたかたと鳴っている。グリルのうしろの棚に置いてあるラジオがついている。〝シンプリー・イレジスティブル〟。どこへ行ってもこの歌だ。しゃれた黒スーツの男、つややかな赤い唇とすらりとしたピンヒールの女たちのビデオ。フォルサム刑務所でそんなものを見せたりすれば、吠え回る男たちが壁をたたき壊すだろう。ニールはコーヒーを飲む。ダイナーには、話している者はひとりもいない。だれもが『シカゴ・サンタイムズ』や『シカゴ・トリビューン』に顔をうずめるようにして、食べ物を食べている。東側の窓から、平べったい光が斜めに差している。しだいに長く伸びている。

グリル担当の男がコーヒーポットを持って奥から出てきて、今朝の客に給仕している。

「お代わりはいりますか?」グリル担当がいう。

「頼むよ」

グリル担当が注ぐ。白人で、見たところ歳は四十七、八だ。エプロンのポケットに煙草が一箱入っている。四十二歳か。ニールは、グリル担当の筋肉質の前腕とふつうより二倍ぐらい太い手首に気付いた。配管工として働いていたのではないかと思う。もうそんな仕事はない。完璧にアイロンをかけたシャツのぱりぱりの袖口——ボナルー・パーフェクション——を見ると、前科があるのだろう。鼻先が赤いのは、酒飲みの印だ。この仕事は腰かけだ、とニールは思う。即席料理専門のコックで、六、八週間やったら、放浪癖がうずいて次に移っていく。声の抑揚が少ないから、アパラチアの生まれで、ウィルソンとブロードウェイの交差点あたりのアップタウンの家具付きの部屋に住んでいる。ニールが顎を引いて謝意を示すと、男はまたグリルの前に戻っていく。

ニールはコーヒーカップを唇に運ぶ。対面の窓から外の景色がよく見える。

彼が見ているのは、通りの向こう側にある、一九二二年、七階建てが誇りをもたらす時代に建てられたオフィスビルだ。鮮やかな真新しい旗が、〝舳先〟から突き出た旗竿(はたざお)にはためいている。地下には、プロスペリティ貯蓄貸付組合(S&L)が入っている。

S&Lは小規模な会社だ。店舗はここだけ。もともとは堂々たる一九二〇年代の銀行だったが、世界大恐慌のときに倒産した。

ダイナーのガラスドアが陽光を受けてきらめき、クリスが入ってくる。そして、ニールの横のスツールにするりと座る。

「接続箱の位置はそこそこ高くて、高架(L)鉄道の線路から見えるが、木々に遮られている」クリスはいう。「高架下の通りにいると、列車の音はめちゃめちゃ大きい」

クリスはラミネート加工されたメニューを手に取るが、そのまま戻す。目にかかっていたブロンドの髪を振り払う。クールで、抜け目なく、感情の見えない目。だが、ニールはその裏に潜むエネルギーを知っている。感情がまるで感じられないときも、クリスはいつもぴりぴりしている。感情を迷わず爆発させることもある。今、そのギターをかき鳴らすような感情は奥底に眠っている。今は仕事のときだ。ふたりは離れた窓を見ている。三人の事務員とアシスタント・マネージャーが午前九時の開店に先立ち、八時三十二分にS&Lの通用口から入ったことは、ふたりとも目に留めている。

「午前五時には外に出ないといけない」ニールはいう。

クリスは通りの向かいのビルの通用口から目を離さない。グリル担当の男がエプロンで手を拭きながらやってくる。クリスはブラックジャック・テーブルでやるように手を振って追い払う。男はニールの空の皿を持って立ち去る。

「グライムズとはどこで会う?」ニールはいう。

「ベルデン・デリだ。ここから二マイル東にある。クラーク・ストリート沿いだ」

ニールは時計を見る。あと四時間。「必要な物資集めから片づけよう。ハードウェア分のカネは持ってたよな?」

「大丈夫だ」

ふたりはリストを分担する。手袋、ゴーグル、耳栓。水と食料。整備士の道具一式。電気技師の装備。すべてどこにでもあるもの。だれもどんな客だったか覚えていないような大型店で、すべてそろえる。

そういったものより専門性の高いミルウォーキー・ツールの丸鋸(まるのこ)、アングルグラインダー、高耐久の三脚式ドリル――そういったものは、セリトがすべて買いそろえている。

「ルートを偵察しておきたい」ニールはいう。「仕事用の車を使うが、いつやる?」

「三日後」

彼らは進入ルート、逃走ルート、バックアップの脱出ルートを走り、仕事用の車、道具、服をすべて捨て、山と彼らとを結びつける証拠をすべて消し去る。防犯カメラの位置をダブルチェックする。市当局に電話して、週末の建設工事、ガス工事、電気工事の予定を訊く。最寄りの警察署は一マイル半離れている。ニールはシカゴ市警(CPD)が強盗の通報を受けて現場に到着するまでの所要時間と、各シフトに何チームが警邏(けいら)するのか、シフトがいつはじまり、いつ終わるのかを突き止める。土曜午後のカブスの試合の日にどれだけの増員があるのかもわからないが、今日も試合がある。だから、もうすぐわかる。

「持ち場を巡回する警官は増えるだろう」ニールはいう。「気温は二十度ちょっとだ。こういう日は巡回したがる。試合開始は二時だ」

グリルの前から、グリル担当がニールに目を向けたあと、ほかの客の様子も窺う。角のテーブルでは、デポール大学のTシャツを着た若い女がテキストにはかまわず、物欲しそうなまなざしをクリスに送っている。ゆっくりしている暇はない。

ニールはグリル担当に向かってうなずき、カウンターに現金を置く。グリル担当が一瞬だけニールを見て、うなずき返す。「行こう」

10

ベルデンは典型的なシカゴのユダヤ人経営のデリで、店内中央のブース席とテーブル席が昼時には満席になる。ニールは駐車場でまったく目立たないシボレーの4ドアの周りを歩く。走行距離二十万マイル（約三十二万キロメートル）超えの、ハーツ（アメリカのレンタカー会社）かシカゴ市警のお古――まさに望みの車だ。アーロン・グライムズに一点。

店内のブース席では、グライムズがテーブルトップを親指でとんとん叩いている。周囲の会話が天井や窓で跳ね返っている。半分食べたパストラミ・サンドイッチが前に置いてある。また頬張っていると、ひとりの男が大股でやってきて、向かいに座る。若く、たくましい。ブロンドの髪と精気のない冷たい目。ジーンズとフランネルシャツを着たサーファーの社会病質者（ソシオパス）。グライムズはパンくずを払い、手を差し出す。

「あんた、クリスか？」

クリスが握手し、そのままグライムズの手を握り続ける。さらに握り続ける。その手もまなざしと同様、冷たく、容赦ない。うつろな青い目をのぞき込むと、夜の黒い海を見つめているような気になる――その中に危険で冷酷なものが確実に潜んでいる。クリスと握手しているあいだに、もうひとりの男がブースに入り、クリスの隣に来たことに、グライムズは気付かない。その男にすぐさまボディチェックをされる。クリスの手はまるで鋼鉄のように硬い。

もうひとりの男も、目の付けどころさえわかれば屈強に見える。息を吸って胸を張るような虚仮威しの筋肉ではなく、しなやかで、ノミで彫ったような体つき。短い黒髪、こわばった顎。黒いベースボール・ジャケットの下に見える糊の利いた白いシャツ。四角いアビエーター・サングラス。昔かたぎ。感情を感じさせない手際よさでグライムズの体に手を滑らせる。息をするくらい日常的にやっているかのようだ。グライムズはあたりを見る。三人目の男に気付く。ためらいのかけらもなく相手をばっさり切り捨てそうな、険しい目をした消火栓のような男。デリの狭いロビーの有料電話近くにいて、何気なく外の様子を窺っている。

ニールはボディチェックを終え、男に対して半身になる。クリスが手を放し、うしろに下がる。

「パストラミはうまいよ」グライムズはいう。「ターキークラブもな」

「表のポンコツはあんたのか?」マコーリーが訊く。

「あれは売約済みだ。お望みなら、同じようなのを調達するよ」グライムズはいう。

「目立たないものを頼む」マコーリーはいう。「交通課に停められても大丈夫なように、法律に引っかからないものだ」

「了解」グライムズはTシャツのしわを伸ばす。「信号を見逃して、停められても、登録、保険、問題ない。不足しているものもないし、令状のたぐいもくっついていない。きれいな車だ」

「ナンバープレートは？」

「警官がナンバーを照会しても、スプリングフィールドのリース会社で登録されている」

「運転免許証」

「用意できる」

「乗用車二台、小型のバン一台、サイドウインドウのないもの」マコーリーはいう。「引き渡しはどうなる？」

「ウエストサイドにガレージを持っている。一般の自動車修理工場の裏手だ。あとでガレージの鍵を渡す。自動車とバンのキーはフロアマットの下に隠しておく。車はすぐに走れる状態にしておく」

「不要な飾りも、人目を引くようなものもいらない」

「おもしろみはないが、信頼できる。派手なものも一切つけない」

「自動車修理工場の所有者は？」

「おれのおじだ。経営はおれがやってる」

「そのおじは何も訊いてこないのか？」

「一度も来たことさえない」グライムズは首を振る。「くたびれた車二台とバン一台だけでいいのか？」

「ほかにほしいものがあるといったか？」

「ちょっと訊いただけだ。もっと速いのはいらないのかと思ってさ……」

「なぜだ?」

「ちょっとそう思っただけだ……」

「何も思うな」マコーリーはサングラスを外す。「おれはあることをさせようとおまえを雇う。おまえはそれをする」マコーリーがグライムズにX線のような視線を突き刺している。「知る必要のないことは訊くな」

グライムズの背筋が寒くなる。相手から離れたいが、ブース席にはどこにも行き場がない。この男は口先だけではない。西海岸から来て、強力なコネクションを持つ男を味方につけている。こいつらは大きな山を当てに来ている。こちらの浅はかな態度や出すぎたまねで邪魔するのはまずい。

「しっかり走れるもの、ぜんぶで三台、各六千で、前金で半額もらう」グライムズはいう。「グローブボックスに地図を入れておけ。床にマクドナルドの包み紙、灰皿にはガムの包み紙。バンのルームミラーにはロザリオを巻いておく。掃除はしてもらうが、生活感も残す」

「了解」

マコーリーがジャケットの中に手を入れ、封筒をひとつ取り出す。

グライムズは封筒に目をやる。

マコーリーの顔からは感情がまったく読めない。「どんな車を調達するか、調達する理由、相手など、だれにもいわないでおく……」マコーリーは最後までいわない。

「大丈夫だ」

マコーリーが封筒を手渡す。かさかさと擦れる音がし、ずっしり重い。グライムズは折り返しを持ち上げる。中の紙幣は真新しく、触れれば手が切れそうで、折り目すらついていない。滑らかで、厚みもない。九千ドル。

グライムズはしばらく待つ。その後、マコーリーの視線の重みを感じて、封筒をジーンズのポケットに突っ込む。

マコーリーが席を立ち、ドアに向かう。シハーリスもうしろについていく。ロビーにいた男も、ふたりが出たあと、やはり出ていく。

グライムズは出入り口側の窓から外を見つめる。マコーリーが振り返らずに歩き去る。


グライムズがベルデンから出るとき、マコーリーと仲間の姿はすでにない。グライムズは警戒しつつもまだ興奮している。全米を舞台とする一流どころとの取り引きだ。食物連鎖の階段をひとつ上ったのだ。彼は駐車場に停めていたシボレーに乗り、でかいエンジンを始動させ、よどんだ車の流れに乗り、西へ向かう。頭上の太陽がアスファルト、歩道、黄色いの煉瓦造りの低層ビルを焼く。修理工場とガレージに到着すると、ダッシュボードの時計は彼が二分しか遅れていないことを示している。

その男は、裏路地に停めたピックアップ・トラックに乗って待っている。運転台の日陰の中で、指でハンドルをとんとん叩いている。右腕のハンクも助手席に乗っている。

グライムズは車を停め、降りる。男はこれ見よがしに腕時計を見る。いらだっている。

顔は見えないが、時計の文字盤がぎらりと陽光を反射する。

グライムズは微笑み、シボレーのキーを指に引っかけて、トラックに向かって歩く。

「別の客に対応していたんだ。すまない」

男が腕を組む。「客？　どんな客だ？」

グライムズは首を振る。「別の客だ」

男はしばらく動かず、拳を握り、肩を怒らせている。「話せないのか？」男がハンクに顔を向け、またグライムズに戻した。怒りの声色からおどけた声に変わる。「急にスパイか何かに車を用意することになったのか？」

グライムズは答えず、キーを差し出している。

男がグライムズの手からシボレーのキーをつかむ。「ＣＩＡなのか？」

男はハンクにキーを放る。すると、ハンクがトラックから降りて、シボレーに向かって歩き出す。グライムズはうしろに下がる。

「看板、その他はトランクに入っている」グライムズはいう。「ばっちりだ」

男がトラックのエンジンをかける。「あとでおまえの義理の弟に会う。おまえには〝何も訊くな（ドゥ・ノット・ディスターブ）〟と助言しとく。秘密任務を仰せつかってるらしいからとな」

男はトラックのギアを入れる。ハンクはシボレーの運転席に乗る。ふたりは笑いながら走り出す。グライムズの手はまだ宙に浮いている。

11

アレクサンダー・ダレッキ——リビングルームのコーヒーテーブルでコカインを鼻から吸っている女にとっては、アレックス——は、素っ裸でキッチンカウンターの前に立ち、ジョニーウォーカー・ブラックをふたつのグラスに注いでいる。彼女の赤毛が逆立ち、ぼさぼさに乱れている。美容師にしてはばかばかしいほどおもしろい。最初はうまくいかなかったから、彼女はもう一度やってみたくて、コカインを吸えば今度こそアレックスがフィニッシュできると思っている。でも、天井まで壁を這い登ってしまいそうだ。女はまた丸めた二十ドル札を使ってコカインを吸い込み、ソファーのクッションにどさりと倒れ込む。アレックスは彼女の酔いを覚ます必要がある。ふたりとも。それで、彼女にダブルのウイスキーを注ぐ。

ドアをノックする音にびくりとする。拳の小指側で二度、力強く叩く音。

ジンジャーがさっと身を起こす。フランケンシュタインの花嫁みたいにハイで、晴れやかな顔だ。「アレックス？　だれか来ることになってるの？」

アレックスはのぞき穴に行く。ハンクが外にいて、薬でもやっているときのように体を揺すり、通路をちらちらとのぞいている。

アレックスはジンジャーに向かっていう。「服を着ろ。すぐに」

ジンジャーが膨れ面になる。アレックスはジンジャーの手を引いて立たせ、ベッドルームに押しやる。ハンクがまた派手にノックする。

「わかったよ」アレックスはいう。

彼の皮膚は過敏になっている。明かりに小声で非難されているように感じる。悪意のある小声で。アレックスはスウェットシャツか何かを適当に着て、玄関のロックを外す。ハンクがするりと中に入る。ハンク・スヴォボダはいつもするりと、横向きで隙間に入る。油みたいなやつだ。

「電話に出なかったな」ハンクがいう。

「別のことで手が離せなかった」アレックスはいう。

「やるぞ」

アレックスは再起動されたように感じる。「たしか――午後九時だといっていたよな」

「もう八時半だ。服を着ろ」

ハンクの平べったいスラブ系の顔がフライパンのように見え、今にもそのフライパンで脳天を潰されそうだ。

「ちょっと待ってくれ」アレックスはいう。

ハンクはやれやれと首を振る。「無駄口を叩くな。一緒に行きたいのか？　裏手に車を停めてる。六十秒やる。急げ」

アレックスは自分の脈拍を弱々しく感じる。たしかに、入れてくれとはいった。ボスはおれを指さし、〝おまえも入れてやる〟といった。

ボスは今回の山を、アレックスがいっていたほどでかくないと思っているのか、それとも、アレックスが口先だけだと思っていたのか。一緒に行けば、きっと自分の力を示せる。

ハンクが立ち去り、アレックスはむくれたジンジャーを追い立てるようにして外に出す。その後、黒い服を着て、スキーマスクをポケットに入れ、裏手階段を駆け下りる。ハンクは、きしるようなアイドリング音を漏らすシボレー・セダンに乗っている。

アレックスも急いで乗り込み、鼻をぬぐう。「準備ＯＫだ」

ハンクが車を出す。「二度と受話器を外しておくな」

「ちゃんと間に合っただろ？」

こいつらは待たせていい連中ではない。

アレックスはいう。「ルーフのピザ屋の看板は何に使うんだ？」

「じきにわかる」

ふたりはリンカーンパークに向かう。


夜はまばゆく感じられる。泡が立ち、はじけるような。通りは静かだ。リンカーンパークを見下ろす、高級住宅区域（ゴールドコースト）のブラウンストーンのあたりは、いつも静かだ。カネがすべてを和らげる。音さえも。アレックスはシボレーの後部席で、チャビーとエンジェルに押しつぶされそうになっている。コカインのせいで、脳みそが上へ向かうエレベーターとなり、皮膚は紙やすりでこすられたかのように感じられる。ハンクがゆっくり車を走らせる。

ボスは助手席に乗っている。ボスの後頭部が砲丸のように見える。

車は高級住宅の五十ヤード（約四十五メートル）手前で停まる。閉じたカーテンの向こう側から、鮮やかな光が漏れている。青々とした木々が街灯の下で震える。そよ風が湖に向かって吹いている。葉がそそくさと通りを駆けていく。アレックスはその音に頭蓋骨の内側をこすられているように感じる。

エンジンがアイドリングする。ボスが拳の骨を鳴らす。アレックスにはボスの息遣いが聞こえる。エンジェルとチャビーは無言だ。

「行け」ボスがいう。

アレックスはほかの者たちと車から降りる。ボスは運転席に移る。彼らは物陰から物陰へと、狭い芝生を移動して高級住宅へ向かい、階段を急いで登り、大きな玄関ドア脇に置かれたオレンジ色のブーゲンビリアがあふれるギリシア風花瓶の横の壁にぴたりと背をつける。

シボレーが停まる。ウンベルトズ・ピッツァの看板が照らし出されている。ボスが車から降りる。ホワイトソックスの帽子を目深にかぶり、ウンベルトズのシャツを着て、ピッツァの箱を抱えている。顔はスキーマスクで隠れている。ほとばしるエネルギーをどうにか抑制して歩く。その目は火のついたマッチのようだ。

アレックスとほかの者たちもマスクで顔を覆う。

万一、必要になるかもしれないから、ハンクが左手に家の鍵を持っている。右手にはバールを。アレックスのマスクがほてった皮膚をこする。拳を握るたびに、革手袋がうめく。

やるしかない。ボスの全幅の信頼を勝ち得ていないことは、アレックスもわかっている。標的を偵察する、そして、情報を流す、ただの情報屋でないことを、身をもって示さないといけない。おれも一味の仲間だ。柔軟に対応しなければ、今こそ。

ボスが階段を上がり、玄関のベルを鳴らす。そして、顔をドアから背け、通りに向ける。ピッツァの箱とシャツ、そして路肩の車を見せ、顔だけを隠す。

アレックスの膝が笑い、肩が引きつる。ハンクがアレックスの首根っこをつかむ。ハンクの声は低く、吐息のようにしか聞こえない。

「オ・チ・ツ・ケ」

デッドボルトが静かに動く。ドアがあく。

男がいう。「ちょっと待ってくれ、住所をまちがえてるんじゃないか」男が振り向いたらしく、その声がくぐもって聞こえる。「だれかピッツァを注文したか？」

壁に背をつけていた男たちが体を反転させ、ドアから突入する。バン。住人が声をあげ、アレックスも家に入る。心臓が高鳴っている。

住人のジェイムズ・マズーカスが、目を見ひらき、ドアから後ずさる。歳は四十代後半で、物腰が柔らかい。カシミアのセーターに身を包んでいる。玄関を入ってすぐの大理石張りの広間で、右往左往している。

「アンディ、逃げろ、ドアをロックしろ」マズーカスが大声で訴える。

ハンクがマズーカスの膝をめがけてバールを振り下ろす。マズーカスが切り倒される木のように倒れる。その奥のリビングルームの戸口でひとりの女がローブ姿で、タオルで濡れた髪を拭きながら現れる。

女が大声をあげる。「何事？」

ミセス・マズーカス。アンディ。チャビーが彼女に突進する。

ボスは振り向き、家の中に足を踏み入れる。ドアを閉め、ピッツァの箱から四四口径銃を取り出す。

チャビーに襟首をつかまれ、アンディが悲鳴をあげる。マズーカスは傷ついた蟹のように、ぴかぴかの床を這いずる。ボスがマズーカスの肘を蹴って、床にべったりうつぶせにし、首を踏みつける。ピッツァの箱を放り投げ、銃口をマズーカスの頭に向ける。

その後、ボスは女を見上げる。自信に満ちている。そして、大声で呼びかける。「ハニー、帰ったぜ」

アレックスには、あらゆる空気の分子が肺に入り込む音が、マスク越しに聞こえる。あえいでいる。体が熱い。大理石、堂々たる階段、シャンデリアを見つめる。すげえ家だ。想像はしていたが、想像をはるかに超える派手さだ。きらきらと目に飛び込んでくる。コカインのせいなのだろうが、**きらびやかだ**。

ハンクがアレックスのシャツをつかみ、玄関のドアに向かって乱暴に押す。「おまえは見張りだ。そこにいろ」

ボスが階段を駆け上がる。チャビーがアンディ・マズーカス――悲鳴をあげ、もがき、悪態をついている――を引きずって玄関の広間へ連れていき、カウボーイが牛にロープをかけるように手早く、絶縁テープでアンディの手首を拘束する。

ボスがハンクに向かっていう。「娘を連れてこい」

アンディが手足をばたつかせ、金切り声をあげる。分厚い石造りの壁のせいで、外に人がいても、その声は聞こえない。

「黙れ!」ボスが命じる。アンディは黙り、目を見ひらいてうろたえる。

ハンクが階段を駆け上がる。ジェイムズ・マズーカスが目を見張り、床でのたうつ。

「家族を傷つけないでくれ」

ボスがマズーカスの首をブーツで踏みつける。「金庫に現金があるだろう。あけろ。あけたら、出ていく。それで終わりにする。妙なまねをすれば……」

ボスが身振りで合図する。チャビーがアンディを平手打ちする。

ボスがマズーカスを見下ろす。「妙なまねをしたらどうなるか、わかってるだろうな」

マズーカスがうめき声を漏らし、大理石に血を滴らせる。「あける。妻を傷つけないでくれ。お願いだ」

ボスがマズーカスの腕を引っぱり上げて立たせ、肋骨に銃口を押し付ける。「動け」

ジェイムズ・マズーカスはシカゴに十を超える車の販売代理店を所有する。アレックスがマズーカスの情報を流し、アンディが持っていた鍵をコピーして以来、ボスはずっとマズーカスに目をつけていた。アレックスがアンディ・マズーカスの話——サファイア、ダイヤモンドの指輪、ポルシェ、タイトスカート、上から目線——をした瞬間から、この山に夢中だった。

アンディはわがままで、横柄で、裕福なところを見せびらかすのは当然だと思っている。

夫から小遣いとして月に一万ドル——キャッシュで——もらっている。〝そんなお金を使うのはたいへんだけど、楽しいのはたしかね〟とアンディがいっているのを、アレックスは聞いたことがある。アンディはこれまでずっと、ほしいものをすべて買ってきた。人の服従さえ。アレックスは仲間にそう伝えていた。

ボスがマズーカスを書斎へと無理やり歩かせる。その途中で、アレックスをにらみつけ、指を鳴らす。

「ドアの外を見張ってろ」

アレックスは背を丸め、外に体を向ける。二階からエンジェルのたてる物音が聞こえる。引き出しを物色している。泣き声も聞こえる。ハンクが現れ、マズーカスの十四歳になる娘、ジェシカを引っ張って階段を下りてくる。ジェシカは抵抗し、ハンクに向かって激しく腕を叩きつけている。それまで見てきたジェシカの顔は、いつも明るく、純真で、美しく、快活で、近くを通りすぎるときには、こっちが目に入っているようで入っていないが、今では子供らしく激しい恐怖にとらわれている。

「やめて」ジェシカが叫ぶ。「放して。ママやパパに乱暴しないで」

書斎の壁に埋め込まれている金庫前では、マズーカスが震える手でつまみを回そうとしている。「何でもやる。いってくれ。手荒なことはしなくていい」ようやくコンビネーションを合わせ、扉をあける。「現金を持っていってくれ。机にはフェラーリのキーもある。それもやる。通報もしない。家族にだけは乱暴しないでくれ」

フェラーリだぜ。アレックスは一度、駐車を任されたことがある。鼓動が速まる。玄関ドアののぞき穴から外をのぞく。木々、夜、富、危険。血液が耳の中でどくどくと流れ、血管の中が泡立つ。全身の肌が蟻で覆われているように感じられる。

ボスがマズーカスを金庫前から突き飛ばす。「フェラーリだ？　くされフェラーリなどいらねえ。おれたちが、おまえのショールームに迷い込んだケノーシャの田舎者にでも見えるか？」

ボスは金庫の中身をごっそりジムバッグに入れ、結局、キーも奪う。マズーカスが今にも吐きそうな感じで、息を荒くしている。

「さて」ボスがいう。

そして、マズーカスを引っつかみ、書斎から出す。玄関の広間の反対側で、チャビーとハンクがアンディとジェシカの髪をうしろからつかみ、腕をねじっている。ボスはマズーカスを床に押し倒す。煙草の箱とライターを取り出し、マズーカスの前に放り投げる。

「火をつけろ」ボスはいう。

「煙草は吸わ――」

ボスが鉄芯の入った建設現場用ブーツでマズーカスの顔面を蹴り、右の頬骨と眼窩底を砕く。マズーカスは白目を向き、倒れたまま動かない。

ジェシカが絶叫する。ハンクが大きな手でジェシカの口を平手打ちする。

「やめて！」アンディが叫ぶ。「夫に手荒なまねをしないで。お願い、何でもやるから。何でもするから」

ボスは口元をゆがめてアンディを見る。アンディがその意味を察し、ローブをはだけ、裸体をさらす。〝おい、見ろよ〟ボスがそんな顔をする。

これくらいかまわないとでも思っているかのように、この女はローブを脱ぎ捨てるが、この女の胸のうちを読めば、憎悪と嫌悪にへこまされるだろう。こういうことは前にもあった。

銃をジーンズのベルトに差すと、彼はライターと煙草を拾い、アンディの方へ歩いていく。

「火をつけろ」

彼は箱をぽんと叩いて一本の煙草を出し、アンディにくわえさせる。煙草が地震計の針のように震える。ライターをつける。アンディが吸うと、煙草の先が赤くなる。ボスはうしろに下がる。

「いい子だ」彼はそっという。「さて。自分で火を押し付けろ。いやならおれがやる。自分で選べ」

何する気だ? アレックスは思う。

アンディの目に煙草の火が映り、恐怖で正気を失いかけているのがわかる。ハンクはジェシカの髪をつかみ、無理やり見せようとする。アレックスにはアンディが激しく首を振るさまが見える。悲鳴、そして、すすり泣きが聞こえる。ジェシカが叫ぶ。「やめて。だめ!」

ボスが首を巡らし、ジェシカを指さす。「こっちに来い」

ジェシカの身がこわばる。ハンクがジェシカをボスの方に突き飛ばす。ボスがジェシカをつかむ。

「ひざまずけ」

「いや」ジェシカがわめく。

「ひざまずけ、このアマ。母ちゃんを殺すぞ」

ジェシカは十四歳で、外ではあかぬけた振る舞いを心がけているが、今この家ではちがう、とアレックスは思う。彼女はしきりに首を振る。ボスがジェシカを無理やり床にひざまずかせ、ズボンのファスナーを下ろす。

アレックスはとっさにボスの方に広間を何歩か進む。「やめろ」

ボスが顔を向ける。ハンクも顔を向ける。エンジェルとチャビーも顔を向ける。みなアレックスをにらみつけている。アレックスはかまわず歩き続ける。

「声が大きい」彼はいう。「犬を連れた男が表の通りを歩いている。声を出すな。ずらからないと」精いっぱいの口実だ。アレックスは親指を立てて肩のうしろに向ける。「急いで」

ボスはジェシカをつかんでいる。ジェシカは体を丸め、歯をむき出して震えている。

アレックスはボスの目をじっと見る。「おれがさるぐつわをかまして、縛り上げて、部屋に閉じこめておくよ。来い」

ボスの胸が上下している。マスクの隙間から見えるその目は澄んでいる。しばらくアレックスをにらみつけ、ジェシカを突き飛ばす。

ジェシカはよろめき、アレックスの胸にぶつかる。チャビーが絶縁テープを投げてよこす。

　ボスが近づき、アレックスの首根っこをつかむ。そして、アレックスの耳元に唇を近づけ、ささやく。早口のざらつく言葉が、アレックスの皮膚をちくちくと刺激する。いい終えると、アレックスを押しやる。

「急げ」ボスがいう。

　アレックスはジェシカの背中を押し、階段を上らせる。

「上れ。おとなしく上れ」アレックスはジェシカにいう。「刃向かうな。おとなしくしてれば早く終わる」

　まだびくびくし、泣きじゃくりながら、ジェシカがよろよろと階段を上る。ぶるぶる震えている。その目は恐怖の涙で光っている。

「どの部屋だ？」アレックスはいう。

　階下から母親の絶叫が聞こえる。ジェシカが固まる。アレックスは彼女をうしろから押しやる。

「ママに乱暴しないで！」

　下では、ボスの腕が前後に大きくしなり、アンディを殴る。その後、リビングルームに引きずっていく。

12

バルコニーの窓の透けるほど薄いカーテン越しに、下のレイクショア・ドライブを走る車のヘッドライトが、幻想的な光を投げかける。ヴィンセント・ハナはキングサイズ・ベッドから立ち上がる。バッジ、支給された武器、予備弾倉、ボルドーのボトルと一緒にサイドテーブルに置いてあるスコッチのタンブラーを手に取る。ウイスキーを飲み干す。ズボンをはき、バルコニーに出てひんやり澄んだ夜風を浴びる。周囲の摩天楼がほの暗い光を発する。東にミシガン湖の黒い虚空がある。ハナは伸びをし、空気を吸い込む。

ジョディーがベッドから呼ぶ。「見せびらかさないの」

ハナは振り向いて笑みを浮かべる。ジョディーは仰向けに寝ている。ワイングラスを持ち、片足を天井に向けて伸ばし、気だるそうに足首をくるくる回している。

「街はおれが持っているものをぜんぶほしがる」ハナはいう。「くれてやるつもりはないが、見せるぐらいならかまわない」

ジョディーが寝返りを打って起き上がり、白いビロードのローブを着る。ここは彼女の家だが、ふたりの付き合いは長く、ハナを招いてもくつろげる。

ジョディーもバルコニーに出て、ハナの隣にやって来る。「悪くないでしょ？」

シカゴで最初に住んだアパートメントよりいい。シカゴで今住んでいるアパートメントよりもいい。ジョディーの顔に得意げな表情と満ち足りた気持ちが浮き出ている。ハナよりふたつ年下で、好みがうるさい。男を見る目が厳しいのだ、と彼は思うことにしている。自分でエゴをくすぐっているだけなのはわかっているが。

「来いよ」ハナはジョディーを抱き寄せ、手を彼女のローブの中に滑り込ませる。

ジョディーは時計を気にするでもなく、ゆっくり笑みを見せる。ふたりは朝まで休暇を取っている。だが、ハナがかがんでジョディーの首筋にキスしようとすると、ジョディーは顔を背けていう。「通りの向かいの住人が望遠鏡を持ってるのよ」

「その男は見えなかったものをこれから見るわけか」

「女よ」

ハナは両手をジョディーの背中に回し、笑う。

室内の鏡台に、財布とキーと一緒にポケットベルがある。車の音と、ジョディーの涼しげできれいな息遣いをかき消すポケットベルの音が聞こえる。

ハナはジョディーから手を離し、部屋に戻る。コードを確認する。

ジョディーも中に戻り、赤褐色の髪を指で梳く。「行くの?」そういうと、一本の指で首筋をなで、片眉を上げる。

ハナは目を閉じる。またあける。シャツを手に取る。「ああ」彼はジョディーの手を取り、キスすると、シャツに袖を通す。「電話するよ」

ハナが靴ひもを結んでいると、ジョディーはシャワーへ向かう。「行ってらっしゃい」

ハナは代金をキッチンアイランドに置く。現金で。

13

黒い楡(にれ)の木が低い街灯に照らされ、夜風にさらさらと音を立てる。通りの向こう側がリンカーンパークだ。そこそこ遠くに、一八九三年建造の花崗岩(かこうがん)の橋があり、歩道にアーチをかけている。人気(ひとけ)はない。ハナは路肩に車を停める。車を降り、青々とした樹冠に覆われた歩道を歩く。花崗岩造りの高級住宅から突き出たタングステンイエローの出窓を右手に通りすぎる。通りの動きを見物している人が何人かいる。高い天井、凝ったコーニス、大きなテーブルランプ、**豪奢(ごうしゃ)な暮らしを感じさせる**、と彼は思う。さらさらと葉が擦れる音。しんと静まり返っている。

通りの突き当たりの家から、カメラの青白いフラッシュがぼんやりと光っている。ここも静かだ。ハナの顔つきが変わる。皮膚の下に微弱な鼓動が走る。花崗岩の階段を一段飛ばしで上っているからか、切迫した光景が近づいていることを、心臓も察しているかのようだ。家の脇から、救急車が回転灯をつけて発進し、カーブを曲がって走り去る。白と青の制服警官が脇の通りに群がる。検死官の遺体移送用バンが、車体の半分を歩道にせり出させている。制服警官が集まっている内側から、また警察カメラマンのフラッシュが光る。

最高だぜ。長い夜になりそうだ。徹夜か。ハナはアンフェタミンを二錠飲む。ドアの内側に立っている警官の持つボードに署名して現場に入る。ロバート・イーストン刑事が二階から下りて出迎える。

「ヴィンセント」

イーストンのスキンヘッドが天井灯を受けて光っている。アフリカ系アメリカ人で、手足がひょろ長く、背も高いので、ドア口に近づくとよく頭を下げる。

「何かわかったか？　何か？」ハナはいう。

「五人組。スキーマスク、手袋」

ハナはドアに目を向ける。「脇柱に傷はない。ロックもきれいなものだ。どうやって侵入した？」

「なりすましだ。ピッツァのデリバリーを装ったらしい」イーストンがいう。「犯行グループがルーフに看板のついた車で走り去るのを、通りの向かいの住人が見ていた」

ハナは玄関の広間で足を止める。この八カ月のあいだに、この地域で同様の強盗事件が六件も発生している。グレンコー、ウィネトカ、ヒンズデール——強盗犯はシカゴ周辺の郊外を鮫のように周回している。シカゴ市境界内であちこち移動し、高級住宅地、つまりハナの担当する界隈で、犯行を重ねている。

押し込みではない。なりすまし。郊外で起きた事件と同じ手口。ハナの所属する犯罪情報課のほかの刑事たちが、すでに裏手の薮をくまなく探している。何も見つけられないだろうが。こいつらは指紋も何も残さない。犯行グループのリーダーは、これまでに四人の女性を強姦(ごうかん)している。

玄関広間の大理石の床は、トラックのタイヤほどに広がった乾きかけの血糊(ちのり)でべとついている。目の前に倒れている死人の陥没した頭蓋骨から流れ出た血糊だ。

「だれだ？」ハナはいう。

「だんなだ」イーストンがメモ帳をあける。「ジェイムズ・マズーカス、四十八歳。車の販売代理店経営」

「テレビで見たことがある。救急搬送されたのは？」

「奥さんだ。アンドレア・マズーカス。肋骨と顎骨の骨折。顔に、目に煙草の火を押し付けられた跡。強姦。裸、意識朦朧(いしきもうろう)で床に倒れていた。発見時はそんなだったらしい」イーストンが首を振る。

「ほかには？」

「娘がいる。すでに手術室にいる。脳挫傷だ。性的暴行も受けている」

ハナは背筋に冷たいものを感じる。「歳は？」

「十四」イーストンがメモから顔を上げる。抑揚のない話し方だが、端々に棘が感じられる。

鼻を突くよどんだ重い空気がハナの肺に侵入する。ハナは息を止める。動けない。そして、息をする。「犯行グループは何を取った？」

イーストンはハナを書斎に連れていき、扉があいた壁の金庫を指さす。「現金。大金だ。ここととベッドルームにあった奥さんの宝石」

「奥さんと話ができるようになりしだい、奥さんと会って、あるいは保険会社と話して、盗品のリストをつくれ。ポラロイド写真が残っているかもしれない。手はじめに、地元の盗品仲買人をあたり、盗品が出てくるか確認する」ハナは広間に戻る。「同じやつが奥さんと娘を暴行したのか?」

「わからない」イーストンがいう。「奥さんはリビングルームにいた。娘はベッドルームだった」

ハナは死者の頭部の損傷を見る。「何発も殴られている——バールかタイヤレバーのようなもので」壁に飛び散った血痕を見る。「犯人が殴り終える前に死んでいたようだ。過剰殺傷だな」

ハナは床全体を見る。あまりに大勢の人々がすでに出入りしている。近くの住人。通報を受けて急行した制服警官。救急救命士。警察カメラマンと検死官のスタッフは気をつけていたのだろうが。

「余計な靴跡を除外できるように、比較用の靴跡を集めろ」ハナは遺体から視線を外し、書斎を見る。「だが、見えるものは——見えていないものだ」ハナは複数の靴跡を身振りで示し、書斎のドアを指さす。「遺体のそばから書斎に向かった靴跡はない。書斎には血痕もない。つまり、犯行グループは、被害者が金庫をあけたあとで殺した。被害者は金庫をあけ、彼らは結局、被害者を殺した。そこから見えてくるものがある」

「何が見えてくるんだ、ボス?」

「お宝とただでやれるセックスだけのための犯行ではない。こいつを駆り立てるものは、ほかにもある」
ハナは階段の方に歩いていき、二階へ向かう。「こいつは怒りに駆られている。執着している。やめる気などない」

14

ハナは朝に病院でアンドレア・マズーカスに会う。暴行され、顎骨がワイヤーで固定され、左目に包帯が巻かれ、点滴されている。かろうじて話せる状態だ。彼女の世界は修復不能なほど打ち砕かれた。それでも、世界のかけらに必死でしがみついているのがわかる。目的があるのだろう。たぶん娘のためだ。その娘は数階下の病室にいる。テーブルランプで気絶するまで殴られており、頭蓋骨骨折による脳の膨張を抑えるために、意図的に昏睡状態にされている。アンドレアは絶望などという贅沢に浴す余裕はない。虚無に入り込む余裕はない。

「五分ですよ」看護師が厳しい口調でいう。ハナは看護師に刃向かうほどまぬけではない。彼はそっと話しかける。

「ミセス・マズーカス、わたしは刑事です。ヴィンセント・ハナ巡査部長といいます」ハナはいう。「こんなことになってお気の毒です。だれの身にも起きてはいけないことです。

つらいでしょうが、何があったのか、早く話していただけたら、その連中をつかまえる可能性も高くなります。話せなくてもしかたないし、話せるときにまた来てもかまいませんん」

「行かないで」アンドレアがやっとのことでいう。包帯を巻いていない方の目がきつく閉じられ、またあく。「白人。マスク。目のあたりの肌は見えました……」

彼女の声は、ワイヤーで固定された顎から漏れる単調な空気音のようだ。家にあった写真に写っていた彼女は、快活で健康な女性だった。今は傷だらけでベッドに横たわる抜け殻だ。ハナはうなずく。

「命令していた男……」

「そいつがあなたに乱暴した男ですか？」

「はい。長身」アンドレアが息を呑む。「家に入ってきて……いった。〝ハニー、帰ったぜ……〟」

ハナは口元をさする。「次にとてもつらいことを訊きます。彼らがどんなことをしたのか、教えてくれませんか？　具体的な行動がわかれば、彼らの特定に役立ちます。ほかの強盗事件と似ているかちがっているかがわかれば」

「ジミーを殴った。金庫をあけさせた」アンドレアが話を止め、ハナの背後の遠くを見つめる。

ボスは扉のあいた金庫からジミーを突き飛ばす。ジミーは膝をやられていて、床に倒れる。ボスはジミーに顔を向ける。

「何でもする」アンドレアはいう。「主人に乱暴しないで！　お願いよ、ミスター……」そして、彼女はローブをはだけ、自分の体をさらし、ボスの注意をジミーから逸らそうとする。

「おお、そうか。いいんだな？」ボスが訊く。

　彼女はうなずく。

「というと、こういうことか……黒マスクをかぶった極悪非道のギャングスタにやられたら、ひょっとしてちょっといっちまうかもしれないとか？　そうなのか？」

　彼女はおずおずとうなずく。ボスが近寄る。

「ワイルドサイドを歩いてみたいと、ひそかに思ってるとか？　変態プレイをしてみたいとか？　そうすれば、おれが穏やかになるかもしれない、そう思ってるのか？　家族に手荒なまねをしないと？」そのまなざしで、アンドレアはやけどするかと思う。

「締まり具合が最高だから、生半可な誘惑でもおれをだませると思ってるのか、この偉そうなくされ女？　おれには透視能力があるんだぜ、ベイビー。嘘をいっても無駄だ」

　ボスは手のひらでアンドレアの額を押し、彼女の目を自分に向けさせる。

「ほんとうはこう思ってるんだろ。〝ウジ虫野郎に一発やられる。プールをライゾール（家庭用消毒液）で満たして三往復して、おれの腐った精子を消毒してやる〟

　おれをだます？　ベイビー、おれは胎児になった日から、プロにへこまされてきたんだぜ。無駄だ。黙示録（アポカリプス）を解き放ってやるよ」

「そして、わたしに火を押し付けた」アンドレアは続ける。

火をつけた煙草を彼女の顔に押し付ける。ジェシカが二階から悲鳴をあげる。ドスッ。感情のかけらも感じられないボスの目。激痛が体内を激しく駆け巡る。必死で首を横に振る。ボスが無理やり彼女の顔の向きを戻す。煙草が目に近づいてくる。

「そして、わたしを強姦した」

アンディは身をよじったが、髪をつかまれ、壁に顔を打ち付けられる。ボスは左手で彼女の頭をそこに押し付けたまま、ロープをはぎ取り、彼女の尻を突き出させる。

「妻に手を出すな！」ジミーの途切れがちの声。

ボスがアンディに一物を押し付け、めり込ませ、貫く。

「夫を殺した」アンドレアは小声でいう。精気の抜けた目が、ハナのうしろの宙をまだ見つめている。

羊皮のラグの端が、顔のすぐ近くで巨大に見え、ぼやけている。意識が戻りかけ、さまざまな形が音もなく崩れていくさまが見える。ほかの者たちが立ち去ろうとしている。ボスが出ていくとき、最後の用事を済ませるかのように、彼女の夫の横でかがみ、夫の頭にバールを振り下ろす。ジミーの頭が大理石に当たって跳ね返る。いらだち混じりにしつこくまた振り下ろす。また振り下ろす。このとき、鉄の棒がジミーの頭蓋骨をぐしゃりと砕き、めり込む。ボスはバールを力任せに抜く。彼女を一瞥する。そして、立ち去る。

アンドレアがハナを見つめる。表情がない。

彼女の頭の中でホームムービーが再生された場面を、ハナは想像する。時がすぎる。

ハナはファイルから、空っぽの金庫と略奪されたマスターベッドルームの写真を見せる。

アンドレアはうなずき、まばたきし、左手を上げる。手の甲が痣になっている。強盗団はアンドレアの指から結婚指輪と婚約指輪まで奪った。さらに、スタッドイヤリングまでもぎ取り、彼女の耳たぶを裂いた。

「保険会社に」彼女はいう。「リストがある」

彼女は会社名を伝える。ハナは礼をいう。

ハナはドアに向かうが、アンドレアがワイヤーで固定された顎の隙間から声をかける。

「刑事さん?」

ハナは振り向く。

「あの男を探し出して」

「はい、必ず」ハナはいう。「信じてください」

ハナはジェシカのフロアに下りる。担当の看護師に面会謝絶だといわれる。ハナは看護師にいう。「状況が変わったら、どんなことでもいいので、連絡してくれ」

強盗に遭ったとき、ジェシカはいちばん長く意識を保っていた。暴行を受けたのも、家族の中で最後だ。意識が――もし――戻れば、もっと情報が得られるかもしれない。

看護師は知り合いに向けるようなまなざしでハナを見る。「必ず連絡します」

レヴィンソン電器店は、ダウンタウンの西、交通量の多いあたりに伸びるひび割れた歩道に面している。ハナとカザルスは昼食後にふらりと入る。所有者がテレビやステレオに囲まれて、奥の机についている。禿げかけていて、茶色の髪をうしろになで付けている。

チャンネル9で流れていたカウボーイ映画から目を離す。黄色いシャツは防虫剤のにおいがする。

ハナは指を鳴らす。「ラリー。何を聞いてる、何を教えてくれる?」

ラリーが背筋を伸ばす。カザルスが近づき、机の端に腰かけ、ラリーの書類を突きはじめる。わざとラリーのスペースを侵す。

リンカーンパークの強盗事件を起こした連中が、指輪などの台座にはめ込まれた宝石を盗んだことを、ハナは知っている。連中が台座から石を外し、ひとつかふたつの盗品仲買業者に流すことも知っている。金を溶かす業者と、石をさばく業者だろう。レヴィンソンはその日ハナたちが訪れた四つ目の盗品仲買業者だ。彼はリラックスしているかのように腹の上で手を組むが、目はびくびくと泳いでいる。

「何を聞いてるっていうんだよ、ヴィンセント?」

「牛の放屁(ほうひ)でメタンが増えて、オゾン層に穴があいた話だ。ヘアスプレーが地球を破壊しているって話だ」ハナは机の前に立つ。「強盗団の話だ。ゆうべリンカーンパークの高級住宅に押し入った」

「何も知らないね」

カザルスが仕入れ書の束をざっと見る。「ほんとか? どのくされニュース・チャンネルでも、派手にやってるぞ。ここに重ねてある安物テレビのチャンネルを、いくつか替えてみろ」

「台座に載った石なら、卸値で五十万程度だ」ハナはいう。「電話しろ。石を売ってもらえるか訊き回れ。高値をつけて、仲良くなれ」

「強盗団とは取り引きしないよ」レヴィンソンは食い下がる。

「これから取り引きしろ。取り引きしてるやつは知ってるはずだ」ハナは電話を指さす。

「かけろ。引っかかったら」ハナは続ける。「すぐに、そいつらがだれか教えろ。次に何を狙っているのかもな。わかったか？」

答えはない。

「わからないのか？」ハナはレヴィンソンの鼻先まで顔を近づける。「いってることがわからないのか？　英語はおまえの第二くされ言語か？」

「どうしてそんなに強く出る？」レヴィンソンが不満げにいう。

「おまえが犯罪サブカルチャーの一員だからだ。おまえも犯罪を飯の種にしている。それに、おれは腹を立てているからだ、ラリー。このくされ強盗団をつかまえたいのさ！　わかったか？」

レヴィンソンはためらいがちに受話器を取る。電話をかける。待つ。すると……

「よお。ジュニア。ああ」間が空く。「ゆうべの山は？　いや、リンカーンパークだ。出回ってて、見つけたら、おれもひとつもらいたい」レヴィンソンが耳を澄ます。その視線がハナとカザルスとをピンポンのように行き来する。「だれが流してるんだ？」

レヴィンソンの口元が引き締まる。「わかったら教えてくれ。そっちがいらないなら、こっちによこしてくれ。おまえの分もあるんだろ」

レヴィンソンが電話を切る。肩をすくめる。

ハナはすでに立ち去ろうとしている。肩越しにいう。「電話をかけ続けろ、ラリー。また来る」

15

ハナとカザルスがシカゴ市警のシェイクスピア署に戻るころには、午後の空には雷雲が広がっている。この煉瓦造りの低層ビルは、緑多い住宅街の真ん中にある子供の要塞のようなたたずまいだ。巨大な無線アンテナが屋上に立っている。大部屋の犯罪情報課では、イーストンとリック・ロッシ刑事が電話で話している。

ハナは入るなりいう。「何がわかった？」

イーストンは通話口を手で塞ぎ、電話を指さす。「以前の犠牲者に再度、話を聞いてる。共通点を洗い出しているところだ」

部屋は混んでいて、机は散らかっている。壁は工場を思わせる鮮やかな緑色だ。窓際のばかでかいホワイトボードは、リストで埋まっている。名前。通り。職業。確認事項が何百件もある。

また振り出しに戻り、強盗に遭った家族全員の話を聞き、共通点を洗い出す必要がある。親子、祖父母、夫婦、それに、そのだれかの不倫相手にも。配管工、ピッツァのデリバリー担当、十代の子供がいたら、そのガールフレンド、ボーイフレンド、警報システムの取り付け業者、冷蔵庫の修理業者、清掃業者、家に入ったことのある者すべて。

この強盗団は無理やり押し入ることはない。ノックする。鍵でドアをあける。鍵？　どこで鍵を手に入れる？　強盗に遭う前、犠牲者はどこで食事をした？　だれかの結婚式に出たりしたか？　だれが車のオイル交換をする？

捜査――九〇パーセントは犯行現場の証拠や聞き込みのデータを量的に蓄積したのち、分類すること。それをしっかりやれば、残りの一〇パーセントが得られる。それがハナのなりわいだ。

ハナは机の前の椅子に腰を下ろす。ホワイトボードをつぶさに見る。「よし。ボスが性的暴行をすることはわかっている。ボスだけではないかもしれないが、ボスが率先することはわかっている。拷問。そして、わかっているかぎりで、少なくとも二件の殺人。拷問は残りのメンバーもやっている。ほかには？」

イーストンが答える――「これまでの犠牲者たちの証言によれば、ほかのメンバーはボスに付き従っている。今回の犯行に参加していなければ、びくついて逃げたメンバーがひとり、ふたりいると考えられる」

「考えられる、か」

「恐ろしくなったということか？」カザルスが訊く。

「かもしれない」

ハナはゲロが腐ったような緑色の天井を見つめる。多少なりともまともな強盗団は、一般家庭の押し込みには手をつけない。強盗業界の食物連鎖では、一流のプロは、マールバラ・ダイヤモンド（一九八〇年、強盗団がイギリスの宝石店から盗んだダイヤモンド）でも埋め込まれていないかぎり、台座に載った宝石に手を煩わせたりしない。この強盗団が台座から石を外し、台座を溶かす理由は、そうしないでつかまれば、宝石の出所が特定されるからだ。つまり、事件に結びつくのだ。だが、台座と石を分離するのは手間がかかるし、低層の盗品仲買業者を巻き込むことになる――がさ入れを受けて、手のひらを翻しかねない。強盗と換金とのあいだに多くの仲介が入れば、リスクもそれだけ増大する。

理想は、サウスウォバッシュ五にあるビル（ジュエラーズ・センターという宝石店）のダイヤモンド卸売り商の金庫室から、台座に載っていない宝石を盗み出すことだ――その連中にそれだけの腕があればの話だが。そういう石なら、出所はわからない。たどりようがない。つまり、一般家庭への押し込みは無謀な山だ。しかも、この強盗団は家で家主を痛めつけたがる……ダーティハリーとか警備犬が中にいたら……階段のいちばん下にいたらどうする？

「さらに、異常性も示している」ハナはいう。「強盗のプロだとしても、押し込みは下層の仕事だ。あるいは、アマチュアの衝動的な犯行か。だが、こいつらはそのいずれでもない。衝動的ではなく、標的を定めている。組織立っている。抜かりがなく、やり方もうまい。侵入する前に、家に何があるかわかっている。下調べ、事前計画、下準備をしているのだろう。それに、家に入る手だてもある」ハナはホワイトボードを指さす。「これまでの同様の事件のうち二件では、鍵で家に入っている。どうしてだ？　事件のその部分はどこに行った？　連中の抜かりなさと、連中がやっていることは一致しない。

つまり、カネはいちばんの目的かもしれないが、それだけが動機ではない。別の衝動もある。好きなのだろう」

ハナは部屋を横切り、コーヒーポットへと歩いていく。

「特別サービスはボスだけのものなのか？」ロッシがいう。

ハナはコーヒーを注ぐ。「ああ。ボスの強姦、暴行のことだが、それも事前に計画されている。深い個人的なものを感じさせる。そして、大きな怒りも。暴力を嗜好(しこう)している」

「相手が抵抗したら？」カザルスが提起する。

ハナも同じことを考えている。「相手の行動を矯正する。やつは相手に反抗してもらいたい。ちがう場面でも、衝動的にかっとして暴力を振るった経験があるはずだ」

イーストンが付け加える。「場末の飲み屋では、すぐにかっとすることで有名で、〝その人にはちょっかいを出すな〟といわれているのかもな」

「奥さんにはどういう話し方をしていた？　怒鳴りつけたりしていたのか？」ロッシが訊く。

「次に話をするときに、もっと詳しく訊こう」

「このくそ野郎は、奥さんに煙草を押し付けて勃起でもしていたのか？」イーストンが訊く。「暴力にエロを感じるのか？」

「推測にすぎないが、エロチックなのではなく、復讐(ふくしゅう)なのだと思う。だんなの方も痛めつけている。服従を強いている。そのあとで、奥さんを襲う。そうやって卑しめる。つまり、他人の家で自分がだんなに取って代わり、奥さんを相手に舞台演劇のように振る舞う」

ただ、十代の娘に対する暴行は、ハナの推理にはそぐわない。暴行自体ではない。ベッドルームに連れていったことがおかしい。どういうことだ？　これまでの強盗事件では、周りに見せたがっていた。

「それから、やつは〝ハニー、帰ったぜ〟といっている」

「帰った？」イーストンが訊く。

「そうだ」**帰った**……ハナは考える。**くされコメディアンじゃないか**。

ハナは自分の机に戻る。「性的暴行はだんなが金庫をあけ、すでに服従したあとのことで、犯人は主人役を演じている。そういうシナリオは何かの癒やしなのかもしれない。快感なのだろう。だが、癒やしはすぐに消える。また暴行に戻り、それを繰り返さないではいられない」

「何に対する癒やしなのか……？」イーストンがいう。

「さあな。昔、経験したこと、今、経験していること。それ以上、細かいことは……？」

ハナは肩をすくめる。

「戦利品を持ち帰って、あとで思い出して欲情したりは？　下着とか？」

「女性の体の一部を切り取って……？　肝臓を持ち帰って、朝食の卵に入れてオーバーイージーで焼くのか？　そういうことはしていない。そこまで病んでいたら？　冷蔵庫に脱糞したり、鏡に文字を書いたりするだろう。指紋も気にしない。そういうことはひとつもない。こいつは社会に適応していないわけではない」

ハナはもう一度、自分にいい聞かせる。「いちばんの目的はカネを盗むことだ。計画されていて、制御もされている。だが、心がいかれていたら、シナリオなど書けない。この変態は楽しんでいる」

「こんなくそ野郎は消えてもらわないとな」イーストンがいう。

「ほんとうか？　本気でいってるのか？」

「すまない」イーストンはハナの目を気にしている。**口を閉じておけ**、とイーストンは思う。**聞いてろ**。

「推測はさておき、まだ成果はまったく上がっていない。ロッシ、引き続きこれまでの犠牲者に電話し、マズーカス家との共通点がまだあるか探せ」ハナはイーストンに向かっていう――「ボブ、マズーカス家の物的証拠の分析に移れ。凶器に関して、検死官は何がもっとも妥当だと考えているのか、バールか、タイヤレバーか、ほかのものか。マズーカスの頭から飛び散った血痕から――殴打の方向は推測できるのか？　どれくらいの力で頭蓋骨をかち割ったのか。何のためらいもなかったのか。殴打の角度から、襲撃者の身長が推測できるか？　足跡から、犯人一、二、三、四がどこにいて、どう移動したのかを探る。偽のピッツァ・デリバリーの看板を見たという目撃者。ぜんぶ分析しろ……」

全員に対して――「この事件を物語のように再現したい。具体的にどのように進んでいったのかを知りたい。一秒一秒を再現したい」

ハナはカザルスに向かっていう。「おまえとおれは、引き続き盗品仲買業者と情報提供者にあたる。おれはまたアンディと話をして、ジェシカの意識が戻るのを待つ……戻ってくれたらいいが」

チャーリー・ボーマン警部が戸口にやってくる。

「ハナ」ボーマンがいう。

ハナは電話番号を急いで書きとめているあいだ、ボーマンに向けて片手を上げている。

〝ちょっと待って〟カザルスがボーマンをちらりと見る。

ボーマンは自分のオフィスに顎をしゃくり、ハナにあとから来るように身振りで伝える。

「それから、この男のプロフィールもほしい。カザルス、クアンティコのＦＢＩ行動科学課のケスラーに電話しろ」ハナはカザルスに番号を手渡す。「行動予測に役立ちそうな見解があるか、訊いてくれ。こいつはある状況でこうするとか、ああするとか。今後どう動くのか」

ハナは大部屋を横切り、ボーマンのオフィスに向かう。

オフィスに入ると、ボーマンがハナと向き合う。「レヴィンソンに無理をいっていいとだれがいった？」

「なぜそれが問題になるんです？」

「訊いてるのはこっちだ」

「犯行グループはアクセサリーにしようと宝石を盗んだわけではありません。どこかへ流すはずだ」

「レヴィンソンがそいつらの盗品を買うと思っているのか？」

「いいえ」

「なら、あいつにかまうな」

「だれかがオグデンでパン屋のトラックからデニッシュペストリーのトレイを持ち上げただけでも、レヴィンソンはそれを知っているんです。どんな連中があんな事件を起こしたのか、彼に探らせたいだけです」

「レヴィンソンはおまえの下で働いているわけではない」ボーマンの肉付きのいい人さし指がハナの胸骨を差す。「あいつはおれの下で働いている。手を出すな」

　チャーリー・ボーマンは犯罪情報課のトップだ。真っ白な髪、黒い眉、相手を突き刺すような目。半分ドイツ系、半分イタリア系で、筋金入りの昔かたぎのシカゴ人だ。十を超える伝説的な逮捕劇を演じ、死体も量産してきた。アーヴ・カプシネット（有名なシカゴの新聞コラムニスト、テレビの司会者、ラジオパーソナリティー）と付き合いがあり、『サンタイムズ』にもよく名前が出る。武装強盗団、連続殺人鬼、世間を騒がせる殺人者を止めてきたおかげで、シカゴでもずば抜けてタフな警官としての名声を打ち立てた。その下には、まるでちがう、もっと複雑な人間模様がある――グランドとオグデンの交差点付近にあるシカゴのパッチ地区ですごした子供時代から付き合いのある者が多い。表向きからは見えない人間模様から、ボーマンのポケットには、第一区区議会議員が持っているより多くの貸しの見返りが入っている。

　シカゴのアングラ政治経済において、プロの窃盗団は、宝石商から盗むにせよ、ユニオンステーションの貨物列車操車場から出ていくトレーラーから盗むにせよ、アウトフィット（シカゴを拠点とするマフィア組織）の仲買業者に盗品を流さなければならないことを知っている。たとえば、レヴィンソンのような業者に。流さなくてもいいと思っている連中は、ランドルフ・

ストリートの地下駐車場の隅っこで腐臭を漂わせることになる。やがて、だれかが怪しい車があると通報し、その車が盗難車だとわかり、検死官がトランクをあけるが、異臭を嗅いだだけで、中に何が入っているかはわかる――悪徳仲買業者にブツを流す必要などないと思っていたプロの窃盗団のメンバーだ。その後、ボーマンが〝ジョーイ・ザ・クラウン〟ロンバルドか、レオ・ルーゲンドルフ（シカゴ・アウトフィットのメンバー）と〝ミルウォーキー・フィル〟・アルデリシオ（シカゴ・アウトフィットのメンバー）の下で働いているクルーから、知らせを受ける。

　警察側にはボーマンがいて、街の平静を取り繕う。こっちが食事している目の前でくそをしないかぎり相互不干渉を貫くことが、アウトフィット関連のプロの犯罪者に対する暗黙の方針である。つまり、連中がシカゴの外で動く分には何もしないということだ。

　その条件を破れば、ボーマンが〝狩猟解禁〟を宣言し、犯罪者は死体となって『サンタイムズ』の第一面を飾り、ボーマンの名声がまた高まる。

　このオフィスの中で一線を越えているのは、ボーマンだけではない。激情に駆られ、においを嗅ぎつけ、狙いを定めたら、ハナも一線を越える。しかも、それは〝信号無視〟でもない。赤であれ青であれ、信号自体がなくなるということだ。そこまで前のめりになったときには、**ジャンキーもこんな感じなのだろう**、とハナは思う。電気信号で命令されたかのように、二百パーセントの能力を引き出す薬をどうしてもやりたくなるかのように、肘内のミエリン神経鞘（しんけいしょう）で強烈なうずきを感じる。そんな状態のハナは、絶対にミスしない。よどみなく、瞬時に意思決定できる。音楽なのだ。完璧になる。それが〝ハイ〟であり、ハナを突き動かす原動力なのだ。

ボーマンはまったくちがう仕組みで動く人間だ。彼は一緒に育ってきたアウトフィット幹部と地下で通底する機構から出てきた。残忍性と裁かれることのない殺人によって、その機構の主要構成員になっている。その機構自体も、ボーマン同様、殺人兵器だ。

ハナはどの機構にも属さない。ハナはハナでしかない。

「ほかのやつを使え」ボーマンはいい、指示を繰り返す。

「十四歳の子供が意識不明の重態ですよ。そんなことをした強盗団が野放しで、強姦と殺人を続けている。それなのに、おれの行く手を塞ぐというのですか？」

「おまえはどうしてそんな頭が固いんだ？　海兵隊にビリヤードのキューをケツに突っ込まれたのか？」

「自分の仕事をするのに、いつから許可をもらわないといけなくなったんですか？」答えはない。「あんたの部下の中で、いちばん連中を止められそうなのはおれだ。あんたもわかっているはずだ。その気なら、おれを外してもかまいません。ノヴァクにでもやらせたらどうですか。どこのチャンネルでも、この強盗団がやりたい放題やり続けていると六時のニュースで流れるでしょうから、好きなだけ見てください。たいした手際だ」

「許可など求めなくてもいい。おれが命令してやる。このゲス野郎どもをひとり残らず仕留めろ。ひとり残らずだ。それがおまえの任務だ。だが、レヴィンソンには近づくな。くされ任務をとっととやれ！　行け」

ハナはボーマンの目を見ない。ボーマンの目の奥の頭蓋骨を見る。その一瞬、別の時と場所にいた。そして、ボーマンに背を向け、歩き去る。

ボーマンはハナが必ず厄介な存在になると思う。

16

「行くわよ」ベッキー・コルソンが呼びかける。

サッカー・フィールドはほっぺの赤い九歳児たちでにぎやかだ。一時間ほどの練習でソックスには草の染みがつき、髪は風でぼさぼさだ。ふたりの子供が紙パックのジュースをストローで吸いながら、ベッキーの方へゆっくり歩いてくる。女の子と男の子。双子。ベッキーはコーチとママ友たちにさよならと手を振り、子供たちを抱き上げてボルボ940ワゴンの後部席に乗せる。ふたりがシートベルトを締めるのを確認してから、自分の髪をなで付ける。子供たちを迎えに来る前、ヘアサロンで一時間かけてカットとセットをしてもらったのだ。ジーンズをはき、ゆったりしたチュニックを着ているが、体をよじって運転席に乗るとき、曲線美が美しい引き締まった体が見える。

冷やかしの声。

ベッキーは急いで車を出す。ボンネットに積まれているターボエンジンを楽しむかのように。

ボスはあとをつける。助手席にハンクが乗っている。

高級住宅区域（ゴールドコースト）の車道（ドライブウェイ）に入ると、彼女はガレージのリモコンキーを押す。シャッタードアが巻き上がり、駐車する。

　ボスは走りすぎる。

　彼はこれといった特徴のないトヨタにハンクと乗り、イロ（ラムと野菜をピタに挟んだギリシア風サンドイッチ）を食べている。黒いサングラスをかけ、ベースボール・キャップをかぶっている。ボルボとは安全な距離をあけてきた。どのみち、あの女に気付かれることはない。つけられているとは思いもしない。あのでかいスウェーデン車を運転し、革張りの後部席で口げんかしている子供たちがいたら、まず気付かない。

　けっこうな豪邸だ。暗い赤煉瓦造りのビクトリア朝時代の城みたいに、蔦に覆われている。毎晩、家族で豪勢な料理を食っているあいだ、ダイニングルームでバンドが生演奏しているかのような。

おれが育ったところみたいだ。

どこで育った？

サウス・ステイト・ストリート沿いのステイトウェイ・ガーデンズだ。

公営住宅（プロジェクト）じゃないかよ。

そうさ。

黒人だらけだろ。

おれのママ以外はな。ソーシャルワーカーだったから、そこに住んでたのさ。

ほんとかよ？

ああ、ほんとだ。ステイト・ストリートとサーティーフィフス・ストリートの交差点で、社交的な仕事をしていた。

ベッキーの夫はループ（シカゴの中心商業地区）で弁護士をしている。アレックス・アンダーが持ってきた情報だ。**アレクサンダーかよ――アホみたいな名前だ。見栄っ張りのまぬけが、**とボスは思う。あのアレックスが、ついに仲間の一員だ。だが、アレックスの情報は、どうやら正しかったようだ。

家の前の通りには車を停めるスペースがある。大きなビクトリア様式の玄関。広い。ふたりが横に並んで入れる。

ベッキー・コルソンは慈善事業をしている。イブニングドレスを身にまとい、十万ドルの宝石を首に着けて出るようなチャリティー・イベント。首をうしろに反らして、交響楽団の指揮者やらベアーズのクォーターバックやらと写真に収まるようなイベント。

おれにも慈善事業をしてくれよ、おい？　へどが出るほど気にくわないだろうな。そんな顔をしたら、そのケツを調教してやるぜ。おまえのだんなもな。

敷地裏の電柱から電話会社の警報システムも通っていそうだ。バイパスできるだろうが。だが、コルソン家の連中がみんないて、ディナーを食っていれば、警報システムを入れることもないさ。

ばっちりだ。

ボスは車を走らせ続ける。

17

マコーリーが仲間とともにアーロン・グライムズのガレージに到着したのは木曜の夜だった。空には鉄床形の分厚い雷雲ができ、日が沈んで一本の赤い線となった西の地平線の上空が紫色に染まっている。

クリスが車から降り、ガレージに向かって路地を歩いていく。シカゴは異質に感じられる。歩道のコンクリートも南カリフォルニアよりざらつき、空気は湿っぽく、草木はやたら青い。建物が道路の両側にひしめく。古い煉瓦。どの街区（ブロック）も、電気や電話の電柱や設備に縁取られた長い路地で分断されている。カリフォルニアの黄金色の朝日、夕日、ワシントンヤシ、最近になってLAに組み入れられた小さな街の多様な通りの配置が恋しい。もっとましで、新しい住み処（すみか）があると、だれもシカゴの住民に話したことがないらしい。そんなことを思っていると、州間高速道路４０５号線が恋しくてたまらなくなる。そうか？ ああ、ウインドウをあけてＫＲＯＱ（カリフォルニアのラジオ局）を聞きながら走れば、４０５も悪くない。

グライムズのガレージは営業車の点検修理工場だ。前庭と出入り口が通りに面し、アコーディオンドアがついている裏手は路地に接している。修理工場内には、オイルとガソリンの鼻を突くにおいが漂い、圧搾空気式ツールの音がコンクリートに響いている。リフトが四機あり、その下のピットにもツールが置いてある。壁際にもツール棚が並ぶ。工場の片隅のガラス張りの事務室にグライムズがいることに、クリスは気付く。

クリスは背後の交差する道路の方を向き、街区(ブロック)の外れを見て、うなずく。ニールが首を巡らして周囲に気を配りながら、路地を歩いてくる。黒いスタジアムジャンパー、白いシャツ、カブスの帽子。

この界隈になじんでいる。ひと目でも、二度見しても同じ。見知らぬ者がいても、ふつう人は二度までしか見ない。クリスは知っている。ニールが目指すものはそれだけだ。人がこっちを見ても、目に入らないようにすることだ。工場のライトがニールの目に反射している。そのうしろからセリト、そして運転手兼見張りのダニー・モリーナもついてくる。セリトは穏やかに見える。ピンが入っている手榴弾(しゅりゅうだん)が穏やかに見えるのと同じだ。モリーナはベビーフェイスだが、クロコダイルのような薄ら寒さを感じる。モリーナはこの街を知っている。目は鋭く、ハンドルを握る手はすべすべだ。

クリス、セリト、ニールは路地から工場に入る。彼らが注文しておいた三台の車が裏手に並んでいる。キーはマットの下だ。洗車済み、ガソリン満タン、おもしろみのない車。ニールがグライムズに指示していたとおり、バンのルームミラーからロザリオが垂れ下がっている。

モリーナが各車のグローブボックスをあけ、登録や保険の書類をチェックする。ニールはバンの後部席に乗り、装備やツールを確認する。

「そろってるか?」セリトはいう。

「そろってるか？　いや、ライト、三脚、バールが見当たらない。延長コードもない」ニールはバンから降りる。「グライムズに訊いてこい」

修理工場の事務室では、グライムズが自分と同じぐらいの年格好の若い男と話している。ただ、グライムズは古いワークシャツとジーンズという格好だ。もう一方は、親しげなところを見ると親戚なのだろうが、ぴったりした黒いTシャツを着て、日焼けし、ティナ・ターナーのような髪をしている。

セリトが近づいていく。「おい、ほら吹き」セリトが声をかける。

グライムズに話しかける。グライムズが首を振る。

ニールの顔が曇る。クリスはニールの周りの空気にひんやりしたものを感じ取る。

ニールが工場内の事務室に向かって歩きはじめる。「残りはどこだ？」

ピックアップ・トラックが路地から敷地にはいってきて、アコーディオンドアのすぐ内側でがたがたと停まる。運転手が降りる。冷たい目をして、髪をポニーテールにした体格のいい男だ。その男が荷台に回る。

「遅いぞ」ニールはいう。

「渋滞だ。今着いた」

男は荷台から投光器と延長コードを持ってくる。クリスはその男にぜんぶガレージの床に置けという。グライムズとセリトもやって来る。

体格のいい男は丸鋸と長さ四フィートのくぎ抜きを、ワークベンチのそばのコンクリートの床に置く。「こんなに集めて何をぶっ壊すんだ？」

「何?」ニールはいう。

「おまえの知ったことか?」ニールの声音は抑揚がない。冷たい。

「おれは──」

男が動きを止める。

ニールはグライムズに顔を向けていう。「どこでこんなくそ野郎を拾った?」

「そいつは大丈夫だ。知り合いだ。ディビジョン・ストリートのミラー・ハードウェアで働いてる男だ。何年も前からの知り合いだ」

ニールは体格のいい男を見る。「財布を出せ」ニールは男に向かって歩き出す。

体格のいい男がグライムズに目を向ける。グライムズがびくついているのがありありとわかる。

「くされ財布をよこせ」

体格のいい男も背筋に冷たいものを感じる。いわれたとおりにする。ニールは運転免許証を取り出し、男の自宅住所を書きとめ、財布を返す。

「家にはだれが住んでいる?」

「どうしてそんなことが知りたいんだ?」

「だれが住んでるのかと訊いている」

「かみさんと子供たち。おれの家族だ」

ニールはにらみつける。「おれはさっき、おまえの知ったことかと訊いたのだが」

男が息を吐く。無理やり吐かされているかのように。「配達するようにいわれただけだろ。こんな大げさなことなんか――」

ニールは男の肩を平手で叩き、男の上体をふらつかせ、さらに体全体をくるりと回し、男の髪をつかみ、額をピックアップのサイドウインドウに叩きつける。不意に、四五口径の銃口が男の顎先に向けられる。

「おまえは遅刻し、いい加減で、詮索する」

「悪気はなかったんだ」

男の息が苦しそうになっている。いつもとは勝手がちがう。

「いいか、おれはおまえがどこに住んでいるのか知っている。とっとと失せろ」

男はよろめき、むせて手で喉を押さえる。ニールは微動だにせず、その場に立っている。何かいおうとしているように見える。背景の隅の事務所では、もうひとりの若い男がニールの視線を避けたがっているのか、物陰に引っ込む。体格のいい男がよろよろと自分のトラックの運転台に乗り、震える手でイグニッションにキーを入れる。走り去る。

クリスの手は、オープンシャツの下のクロスドロー・ベスト（利き手と反対側側面にホルスターがついたタクティカルベスト）に入った九ミリ口径のSIGに添えている。その冷たいまなざしがグライムズに向けられている。

「どういうことだ？」ニールはグライムズに向かっていう。「なぜ会う必要のない連中と関わらなければならない？」

グライムズが降参だと両手を上げる。何もいえない。

クリスとセリトはさっきの業者の男が持ってきた装備を車に積む。ニールは仕事用の車の一台に乗り、エンジンをかける。クリスは助手席に乗る。クリスは何もいわない。ふたりは車を出し、セリトとモリーナは残りの車両に乗ってついてくる。ニールの息はまだ荒い。

「くそったれ……」彼はぼそりとつぶやく。

クリスはニールにいう。「忘れろ。あの男は何でもない」

ニールはクリスに目を向ける。「そうか?」

ニールがハンドルを握るさまから、忘れるつもりなどないことがわかる。

「たまたまああなっただけだ」クリスはいう。

「たまたま? おれが昔知っていた一ペニーを貯めていた男と同じだ。〝どうして一ペニー・コインなんか貯めてる?〟おれは訊いた。〝百枚貯めりゃ一ドルになるからさ〟そいつはいった。どこにでもいるようなくそ野郎がこっちを見て、だれかにいい、そいつが別のやつに話すと、また別のやつがその話を聞いていて、結局、たまたま大当たりでこっちの素性が知られる。〝そんな話をどこで仕入れた?〟目には見えなくても、そこらじゅうで偶然の芽が出ている。因果関係の細い糸だ。目には見えないが、張り巡らされている。〝おお! ついてないぜ〟そんなんじゃない。それこそ現実だ……くされまぬけ。余計な連中には会わない、とグライムズにいっていたというのに。顔を合わせるのはグライムズだけだと」

ニールが自分の怒りと格闘しているのが、クリスにはわかる。ふたりは目を合わせる。今はどこまでもクールでいなければならないことは、ふたりとも知っている。

「こっちで制御できるものなら、こっちで制御する」ニールはいう。「余計な露出は絶対に避ける。不要なリスクは絶対に避ける。おれたちの身に起こることは、ひとつ残らず意図的に起こす。そうする術（すべ）を知っていようが、いまいが」

道路は渋滞気味で、ヘッドライトが連なっている。東に摩天楼が見える。沈む日の赤い名残りが、いちばん高いビルから跳ね返っている。

「運任（ロット）せにしていたら、自分の未来は確保できないというのか？」

「ちがうか？　おまえもそう思うだろう」ニールの不敵な笑み。ふたりとも互いの考えが手に取るようにわかる。「〝おれを勝たせてくれ〟なんて、人生がルーレット盤みたいだな。回せばいいさ。大負けするだけだ。そんなことをしても救われない」

クリスは路面をつかむタイヤの低音に耳を傾ける。プロスペリティ貯蓄貸付組合（S&L）の前を通っても、決行前夜に変わった様子はないかと見たりはしない。

そのとき、ニールは通りかかったトライアングル・ダイナーをちらりと見る。閉まっている。前科者の即席料理専門のコックが店にひとりきりでいて、カウンターを拭いている。その姿は別の現実にいるニールだ。

18

ハナがエレベーターから降りてくるとき、受付の看護師は顔を見上げる。首から垂れ下がる聴診器、ラテン系、手術着。ハナには前にも会っている。ハナは控えめな照明のなか、ネクタイを緩め、ジャケットのボタンを外しながら、静かに移動する。静けさに押しとどめられる。

「どんな様子だ?」ハナはいう。

「小康状態を保っています」

ハナはジェシカ・マズーカスの病室のドアをあける。看護師は面会を阻もうとするほどばかではない。

モニタの電子音。通気孔から漏れる羽音のような音。ジェシカにかけられているサーマルブランケットは非現実的に見える。ハナはそっとブランケットをかけ直す。外では夜が霧に包まれている。窓に駐車場の照明がタンポポのように映っている。

ハナは座り、膝に手を突いて身を乗り出し、経過記録(チャート)を見る。「落ち着いてるな。いいぞ」

髪を剃(そ)った頭の一部に留めてある医療用ステープルがかさぶたで覆われている。後頭部から伸びる点滴が目立ち、皮膚がとても薄そうだ。呼吸は安定している。まぶたが青い。そのほかの顔は紫色で、しだいに黄色に変わりつつある。

「ママはよくなってるぞ」ハナはいう。「回復しつつある」

アンディ・マズーカスとは、二日ほど前に話した。そのとき、鍵を預けていた人々のリストをもらった。ハウスキーパー。家族で家を留守にしていたときに絨毯（じゅうたん）を敷いてもらった業者。建築業者。アンディは増水している川に生えた葦（あし）のように、顔色が悪く、腰が曲がっていた。

ジェシカは強いですよ、とハナはアンディにいった。

ええ、そのとおりです。あの子には根性（ピストル）がありますから、とアンディは答えたあと、体を震わせ、顔を背け、サイドテーブルに載っていたものをすべて床にぶちまけた。

ジェシカの胸が上下する。

「きみのママが話してくれたぞ。立ち向かったんだってな。痛めつけられても、戦ったんだってな」

無邪気、とハナは思う。**きみの勇気の源泉はそこだ。無邪気**。ジェシカはそこに横たわり、息をしている。唇が割れている。**無邪気がどういうものか、きみはわかっている。まちがえると、こんなにひどいことになる**。

「たいした子だな、ジェシカ」ハナは感心していう。

弱々しく、ぼろぼろで、何も言わない。ジェシカはスクールバスに乗っていたり、友だちと騒いでいたりしないといけないのだ。大音量で音楽をかけたり。カザルスがラジオをつけるたびに聞こえてくる曲を。

ジェシカのまぶたがゆっくりとさらに閉じたように見える。ジェシカはそこにいる、どこかにいる。確信する。浮かんでいる。意識の境界外のどこかをさまよっている。

覚醒の向こう側で籠もっている。恐怖が戻ってこられないところで。目がくらむ光を必死で避けているのかもしれない。彼女のベッドルームの下の階で父親が連中と戦い、殴られて床で死んでいく音。無防備な娘を残して息を引き取る。頭蓋骨が割れる音。二倍もでかい男にずたずたにされようというときに、怒りだけを武器に、自分の身を守りながら家族まで守ろうとして、その男にテーブルランプで殴られ、強姦された。

「空が頭に降ってきてしまったな」

ジェシカの胸が上下する。

「チャンスはある。きっとよくなる」

ハナは床に目を落とす。「韓国系の少女が撃たれたこともあった。無差別だ。理由などない。フリーウェイ・スナイパーだ。うしろの車を撃ってもよかった。フロントガラスを狙って。彼女は後部席に乗っていた。弾は頭に当たった。長いこと昏睡状態だった。家族は崩壊した。一年後、父親がアルコールに溺れ、失業し、両親が離婚した。弟は放火するようになった。何人もの人生が、修復できないほど狂った。そんなことだってある」

ハナは手を伸ばし、ジェシカの手を取る。ジェシカは呼吸する。彼女の指は冷たく、乾いている。

「おれの妻もこのフロアにいた」ハナはいう。

妻は、と彼は看護師に叫んだ。**どこだ？　ソフィア・ハナは？**

彼は警察無線で連絡を受けた。救急治療室のドアに向かって大声をあげ、強引にあけようとする。ドアが横にあき、医者、救急救命士、若い看護師など、中にいた人たちが驚き、ストレッチャーに向かうハナの行く手をあけると、ハナは彼女に向かって突き進んだ。その顔がこういっていた。**ああ、厄介なのが来たわ**。

「廊下の端にソフィアの妹の姿が見えた」ハナはジェシカにいう。「エイドリエンというんだが、ソフィアに似てる。黒髪。真剣なまなざし。治療区画の外に立っている。おれを見る。そこにいた……」

ジェシカはじっと横たわっている。

「……彫像のように、見つめていた。その目の奥を見ると、彼女の一部が消えてなくなったかのようだ。そのとき、おれはわかる。わかった」

父の死の床にいたときの、世界の大きな裂け目が映る母の目と同じだったから、わかった。

エイドリエンのところに行ったとき、ふとストレッチャーに載ったソフィアが見えた。シャツを引き裂かれ、電気ショックの除細動器用のジェルが胸に塗られ、そこに電気ショックが流されていた。呼吸チューブ、口の周りのテープ。左足がおかしな角度に曲がっていた。血だらけの腕。顔の一部がつぶれている。もう息はなかった。

救急治療室のライトが灰色に褪せた。水中に、急流の川に沈み、底の岩の上を引きずられているかのように。エイドリエンが、ハナの肩の陰から前に出て、姉のうつろな目を見下ろす。

「医者が来た」ハナはいう。「手は尽くしたとでもいうかのように」

医者はハナの肩に手を置いた。ハナはその手を乱暴に振り払った。床に叩きつけたかもしれない。

血中アルコール濃度が限界まで跳ね上がり、プロザック（抗鬱剤）も大量に混じっていた。ソフィアはイリノイ・セントラル鉄道の線路を支えるウエストアーミテージ・アベニューの陸橋の黒い鋼鉄の柱に、時速七十マイル（時速約百十二キロメートル）で走る車に乗って突っ込み、跳ね返った勢いで、切り出した石を組んだ壁にぶつかった。

「三度の流産」ハナはまばたきする。そのたびに、ソフィアは大きな打撃を受けた。ウェルズ・ストリートでひとりで酒を飲むようになった。

そんなとき、おれはどこにいた？

ソフィアは肉体的にも精神的にも自分を責め続けていた。

「妻はノースクラークで店を営んでいた。おれが家に帰ると、妻はよくぼうっとしていた。夜通し仕事したり、甥っ子の洗礼式とかに出られなかったりしたおれを懲らしめようと、殻に閉じこもっているのだと自分にいい聞かせていた。どうしてわかってくれない？」

わかっていなかったのか？

ハナは窓の外を見つめる。妻は聡明でいかれ気味な野生児だった――照明弾のように燃え盛ることもあった。笑うと、長い黒髪が躍ったものだ。それに、照明弾のように落ちることもある。落ち込ませる暗黒のエネルギー。脳内の化学反応、孤独、流産。滝のような失敗、と妻はいっていた。ハナにいわせれば、ソフィアは格闘し続けているのだから勇敢だった。ソフィアにいわせれば、自分は負け犬だった。ヴィンセント、家族、ほかの人にとっても、自分がいる意味など想像できないし、いない方がいいと思っていた。

「ヴィンセント・ハナ、すべてを見通す敏腕刑事……」

機器がゴトゴトと音を立てる。

外で車のクラクションが鳴る。ハナの注意が逸れる。大きい音。ヘッドライトが一瞬、天井を照らす。

クラクションが止む。

「殺人犯たちの気持ちは理解した。血みどろで、じっとしている。まるで自分が刺されたかのようにわめくガキども。おれは中立じゃない。殺人事件を担当する刑事は、たいてい現実に入り込まない。その方が分析的になれるし、仕事もうまくできる。おれは呑み込む。利用する。自分の心に取り込んで、被害者、犯人、怒り、動機を理解する。そうやって感覚を研ぎ澄ませ、鋭さを保つ。それがおれのやり方だ」ハナはいう。

「ソフィアは逝ってしまったが、おれはソフィアの気持ちをまったく取り込まなかった」

ハナはそういうと、ジェシカを見る。体を休めて、耳を傾けているかのように、目を閉じている。

「おかしなものだよな?」

イリノイ州グラナイトシティにいた十二歳のころ、湖に仰向けに浮かび、夜空と星座を見ていて、大きな〝無〟の中でほんの一瞬だけ、思いがけず浮かぶ微塵、それが人間なのだと不意に悟った。だからといって、心に虚無が広がったりはしなかった。意識はめったに生じないはかない偶然だ、そう思わないわけにはいかなかった。だから、人生では今この瞬間に何をするかが大切なのだ、と。そう思うと、野心がみなぎるのだった。

そこに不変性がある。だからこそ、ソフィアのことは大きな痛手だった。

みんな終わってしまったよ、ベイビー・ブルー（ボブ・ディランの〝イッツ・オール・オーバー・ナウ、ベイビー・ブルー〟）。

後戻りはできない。

「きみはまだ戻れる」ハナはジェシカの手を取り、そういう。

韓国系の少女は戻れなかった。

ハナの声がかすれる。「きみはそこにいる。おれにはわかる。どんなに暗くても。こっちは明るいぞ。戻ってこい。おれたちはこっちにいる。待っているぞ」

アレックス・ダレッキは、メルローズパークのバーのテーブル席にひとりで座っているボスを見つける。かつてはボヘミア人地区の自慢の店だったが、今は暗くて色褪せ、ビールと消毒剤のにおいがする。ボスは片手にバドワイザーのボトルを、もう一方に二十ドル紙幣を丸めてゴムバンドで留めたものを持っている。ほの暗い照明を受けて、目が光っている。

「コルソンの家は見ました?」アレックスはいう。「どう思います?」

ボスは〝よこせ〟と手を差し出す。「鍵」

アレックスは、ベッキー・コルソンのキーホルダーを使って複製した鍵を手渡す。

「その一家の件で、ほかに持ってきたものは？」ボスはいう。

「何も。それだけです」

「この前の山のことを人に話したか？」

「話してません。話すわけがない。だれに話すんです？」

「義理の兄貴とか？」

「アーロンに？　まさか」

「仲がいいと思っていたが」彼はいう。

「いいですけど、仕事の話はしません」

ボスはよく考えているかのようにうなずき、二十ドル札を丸めたものをアレックスに放った。アレックスはとっとと帰りたいと思っている。次の山にもついて来いといわれないうちに。あるいは、ついて来るなといわれないうちに。どっちがいいか、自分でもわからない。マズーカスの家に押し入って以来、アレックスはびびると同時に、興奮し、自分が強くなったような気がしている。彼は二十ドル札を丸めたものをジャケットのポケットに入れる。

「座って、数えろ」ボスはいう。

「信用してますよ」

「それは質問か？」

アレックスは不意を突かれる。この男はやすやすと人の不意をつく。世界クラスのエキスパートだ。人を巻き込んでおいて、捨てられるかもしれない、あるいはもっとひどい目に遭うかもしれないと不安がらせる。

　ボスは今、身を乗り出している。照明がようやくボスをとらえる。切り傷が眉毛を分断するその顔から険しさが消え、おもしろがっているような表情が浮かぶ。

「座れ」

　アレックスは座る。

　ボスは酒を飲む。肩には力が入っていないが、その目は鋭い。「おまえは〝おれを信用してる〟といったな。言い訳がましく聞こえる。〝おれもおまえを信用してるぜ、ハニー〟とでもいってほしいのか？」

「何も望みはありません。ただ、ボスを信用してるだけです」

「信用がほしいのか？　なら、教えろ」Tシャツに包まれたボスの二頭筋が、フットボールのように盛り上がる。「アーロンがつるんでる別の連中……秘密任務だか何だかにかかずらってる連中のことを」

　不安でアレックスの肌がむずむずする。だが、可能性も感じる。肌がたわむような感じだ。「西海岸の連中です。筋金入りだとか。アーロンはそいつらのためにいろいろ準備してやっています」

「そうなのか？」

「氷のように冷たい連中で、でかい山しかやらないそうで。七桁を超えないかぎり、朝、起きる価値もないと思っているようです」ボスには競争意識が必要なのかもしれない。アレックスの胸の力が緩む。「いやもう。アーロンはそいつらとべったりです」

「もっと教えろ」

「アーロンに訊いてください。アーロンが何をしようが、おれの知ったことじゃないです」

ボスがビールを飲み干す。席を立ち、テーブルの向かい側に回り、アレックスの背後にやってきて、両手を彼の肩に置く。

「話をすること……それをやってもらうためにおまえにカネを払っている。相手はおれたちが襲撃する金持ち女だけとはかぎらない」ボスはアレックスの髪をつかみ、頭をうしろに反らせる。「信用、だろ？　さっさと動いて、アーロンの件を探れ」

ボスはにやりと笑い、アレックスから手を離す。そして、ベッキー・コルソンの家のきらきら輝く真新しい数本の鍵を取り、ワイヤーリボンで束ねる。指に引っかけて、じゃらじゃらさせる。その目は輝いている。


ニールたちは午後十一時五十分にプロスペリティ貯蓄貸付組合（S&L）ビル前に到着する。六叉路は静かだ。ビルの三角の頂点は暗く、街灯がビル正面に映っているだけだ。

ビル一階の窓越しに、貯蓄貸付のフロアが見える。一九二〇年代に繁盛していたころの名残りとして、凝った真鍮（しんちゅう）と大理石がふんだんに使われている。

そして、そこの広い地下には、貸金庫室がある。

ネイトがケルソからじかに仕入れ、ニールに伝えてきた情報では、貸金庫の半分は、政治家、アウトフィット幹部、麻薬密売買業者、そのほか、違法な手段で得たものを保管するさまざまな連中が借りているとのことだ。

さらに、シティ・テラスの頂上で暮らす車椅子の天才、ケルソはネイトにこうも伝えていた。**貸金庫でほかに何が見つかるか、しっかり探させてみろ。**

どんなものが見つかるんだ？　ニールは訊いた。

ケルソがいうには、リヒテンシュタインとかケイマン諸島とかスイスの銀行の番号口座リスト、無記名債、あるいは流動性の高いものがあるかもしれないそうだ。

ケルソはどこからそんな情報を仕入れるんだ？

知るかよ、とネイトはいった。**あいつはイーストLAを見下ろす丘にいて、空から情報を引き出す。飛び交う信号を傍受する。おれにはさっぱりわからん。それから、コンピュータもしこたま持っている。**

うまくいけば、実際に何が盗まれたのかを認める貸金庫オーナーはほとんどいないから、警察も捜査しにくいという特別ボーナスもある。

ニールたちは週末ずっとビル内にいる予定だ。

S&Lビルに隣接するビルには空き店舗が入っている。肉用の包装紙が正面のウインドウを覆い、〝貸し店舗〟の張り紙が貼ってある。その店舗の地下室から、侵入する予定だ。

今夜は第一段階だ。

湖よりの風が吹き込み、はるか彼方(かなた)に稲妻が見える。モリーナはそこの街区(ブロック)の周りを車で走り、無線で連絡してくる。「異状なし」

クリスとセリトは空き店舗裏の路地にバンを入れる。車も浮浪者も見当たらない。ゴミ収集コンテナ、野良猫。金網フェンスの向こうには、雑草、木々、高架鉄道の線路がある。

セリトは車から降りる。ヘルメットと架線工事作業員の黄色いベストと革のユーティリティベルトを身に着けている。電気コイルのように、熱を帯び、エネルギーに満ちている。待つのが大嫌いなのだ。動いていたい。いつだって。

セリトは空き店舗の警報システムをバイパスさせるため、電柱に登る。貸し店舗だから、このビルには電気と水道は通っている。ペンライトをくわえ、古くさい金属のボックスをあける。笑いそうになる。警報器があまりに古く、ベル型ブザーとベルを叩くアームの上に鳥の巣ができている。セリトは錆びついたアームを取り外す。これでこの路地で警報が鳴る可能性はまったくなくなる。

電話線経由で送信される警報システムについては、接続ボックスをあけ、中の束ねられたワイヤーを調べる。ワイヤーを覆う分厚い絶縁材にカッターナイフで浅く切れ目を入れる。その下の紙のような白い層を剝がし、多色のワイヤーを慎重に露出させ、一本ずつばらす。どの二本のワイヤーが警備会社専用の電話線の回路とつながっているのか、探り出す必要がある。ボルトとパルスの問題だ。電話機に載っている受話器は四十八ボルトの直流電流を送電する。電話機から受話器を外すと、三ボルトの直流電流しか送電されない。呼び鈴が鳴っているとき、電話機は九十八ボルトの交流電流を送電する。セリトはボルト計を取り出す。十から二十四ボルトの直流電流が流れているワイヤーを探す。それがスイートスポットだ。

ボルト計のとがった先を最初のワイヤーに触れさせていると、がたごとという音が近づいてくる。轟音を上げるレイブンズウッド・ラインのL列車が見え、車輪をきしらせて通りすぎるとき、高架線路から火花が飛ぶ。セリトはじっと動かずにいる。うしろの木のおかげでこちらの姿はある程度隠れる。列車が通過するとき、熱いオイルと金属のにおいが漂う。

　専用の電話回路につながっている黒と白の絶縁体を一部切り取り、両方の露出したところに鰐口（わにぐち）クリップを留める。セリトは黒いボックスを調整し、専用警報システムの線を通過するボルト数に似せる。黒いボックスが閉鎖回路を疑似的につくり出し、警報システムを無効にする準備が整う。ワイヤーをまちがえていたら、これでわかる。彼はワイヤーカッターで二カ所切れ目を入れる。

　何も起こらない。

　セリトは接続ボックスを閉め、電柱に体を固定していた木登り用ストラップを使って降り、バンに戻る。「終わった」

　マコーリーは携帯用無線機（ウォーキートーキー）を取り、モリーナに連絡する。「無線傍受で何か引っかかったか?」

　セリトが警察などに自動通報する無音警報装置（サイレントアラーム）を作動させてしまったなら、警察が部隊を送り込んでくるはずだ。

「何も」モリーナの声に空電音が混じる。「異状なし」

「侵入する」

「了解」

マコーリーはウォーキートーキーをポケットに入れる。「行くぞ」

彼らは作業用のつなぎ服、視認性の高い安全ベスト、ヘルメットを身に着け、バンの後部荷台から、車輪のついた背の高いプラスチックのごみ箱を降ろす。セリトが空き店舗の裏口のドアのロックを外すと、彼らは静かに中に入る。

中はほこりっぽく、暗い。陰気な茶色の明かりが、正面のウインドウに貼った肉屋の包装紙の隙間から漏れる。地下室に通じる階段が奥にある。

地下室に行くと、クリスとセリトがごみ箱のひとつを横に倒し、ホローコアドリルを取り出す。それに電源と水道をつなぐ。クリスはS&Lビル側の壁に手を滑らす。

「ここだ」

現場打ちコンクリートだ。今夜の作業はひとつだけ。この壁を貫通すること。残りは明日――金曜日――S&Lの業務が終わってからやる。クリスは長さ十二インチ（約三十センチメートル）のダイヤモンド・ホローコア・ビットをドリルに取り付ける。そして、セリトとふたりで、壁に穴を穿つ。三人とも防音保護具を着けている。クリスはゴーグルを着け、重厚な作業用手袋もはめている。彼はマコーリーを見る。

ニールがうなずく。L列車ががたごとと近づく音が聞こえるまで待つ。列車は夜遅くまで、六分おきに通過する。それでドリルの音がかき消される。

ニールはあたりに気を配る。何カ月も準備してきた。すべてこのために。

クリスはスイッチを入れる。ドリルが甲高い音をあげる。

ハナは繭のように心地よい覆面車に乗り、ケネディー・エクスプレスウェイで南のダウンタウンに向かっている。オヘアや北の郊外に向かう車のヘッドライトが、たまに彼を照らす。遅い時間だ。車線は広々としていて、摩天楼が左側の眺めを押し上げている。ハンコック・ビルディング、スタンダードオイル・ビルディング、そして、前方にはシアーズ・タワー。モダニズムを感じさせる摩天楼のエネルギーが、街全体に活気を与えている。モトローラのマイクロTACが光る。ハナはカバーをあけ、アンテナを延ばす。「もしもし？」

イーストンからだ。「FBI行動科学課のケスラーから分析結果が届いた。アパートメントにファックスするか？」

「いや」ハナはいう。「主な項目を読み上げてくれ」

「白人、二十五から四十歳。そこまでは意外ではない。〝最小限の教育、最小限の雇用、おそらく単純労働……権威と対立しがちだが、手下の反対は受け付けない〟」

イーストンはシェイクスピア署で、分析結果のページを人さし指でなぞる。犯罪情報課にほぼひとりきりだ。「ホシは〝押し入る家庭を我が物にすることで、力がみなぎる社会病質者(ソシオパス)である。自己陶酔的……〟」イーストンがページをめくる。

「続けろ」ハナはいい、耳を傾ける。

「〝底なしの欲求と羨望。性的暴行は彼のサディスティックな興奮をかき立てる。また復讐心(ふくしゅうしん)を満たす――怒りに起因する強姦。女性被害者に屈辱と汚辱を与えるための犯行である〟。あんたがいったとおりだ。〝彼の衝動は女性を所有することであり、女性と敵対することである。家にいる女性を強姦することで……深いところのゆがみが表出し、家庭というものに対する優越性と安堵を求めている〟」

ハナは集中して聞く。

イーストンが読み続ける。「〝彼の妄想が子供時代に被った育児放棄や虐待に起因するなら、青少年及び成人としての長い犯罪歴、さらに養子縁組の履歴があるかもしれない〟」

ハナは家の鍵のことを考える。計略。家の住人がいて、警備が脆弱なときに侵入する衝動。暴力、支配への渇望、報復。

「ほかには？」ハナは訊く。

「主な項目はそれで終わりだ」

「ありがとう」ハナは通信を終了する。

ハナはダウンタウンを突っ切り、サウスサイドのシカゴ大学に近いハイドパークにある自分のアパートメントに向かう。その後、気が変わり、右折して二車線路に移り、シカゴ・アベニューへ出ると、東の湖に向かい、ホーリーネーム大聖堂の前を通りすぎる。この街の歴史はたかだか百五十年だが、この無表情な石造りの建物は、大陸の岩盤と一緒に盛り上がってきたかのように見える。

ハナはミシガン・アベニューに向かう。ウインドウをあける。爽快な風に乗って、音楽が、ニューウェーブ・ロックが、歩道の笑い声が聞こえる。ウォータータワーがライトアップされている。その白い石と黒光りする霊気とのコントラストが際立っている。酒は飲みたくない。踊りたくもない。ジョディーに電話しようかと思う。だが、右折してシカゴ川を渡り、ループに入る。ミシガン湖まで広がる大規模な電力供給網に組み込まれたかのように、この街がエネルギーをくれ、体内に流れ込むような夜もある。

ハナはウォバッシュに行き、車を停める。高架道路の下では、上を走る車の音が鋭い。ハナは車から降り、歩きながらその音を全身に染み渡らせる。

取り込んできた分析結果、データポイント、情報。そういったものを統合したい。直観。潜在意識によるパターン認識。意識下の電球がともり、犯行グループの発見につながるかもしれない道筋を照らす瞬間を待つ。どこで手がかりが得られるかまったくわからなくても、それまでは精いっぱいやり続けるしかない。

ハナはハーフステップのドアから中に入る。

クラブの低い天井から降ってくる青い照明が安らぐ。片隅のやたら狭いステージで、バンドが準備している。キーボード、ドラムス、コントラバス、レスポールをチューニングしている何かに飢えているように見える若い男。ユキはカウンターの奥にいる。

ハナが入ってくるのに気付いても、ユキは黒い木のカウンターを拭き続ける。薄暗い照明を受けたボトルが、彼女の背後の奥が鏡になっている棚で芳醇(ほうじゅん)な黄金色の光を放っている。酒の後光だ。パンクカットのブロンドに染めた髪が、その光を受け止める。

ハナはユキの前で足を止め、カウンターに両肘を突いて寄りかかる。

ユキが小首をかしげる。「逮捕した?」

「どいつを?」ハナはいう。思ったとおりのご機嫌(ムード)だ。

「ジョン・ディリンジャー(十六人の殺害と数々の銀行強盗を働き、FBIによってシカゴで殺害された犯罪者)。ジャン・ヴァルジャン。

ビッグフット」

「悪いな、ベイビー」

ユキはショットグラスを出し、棚からストリ（ロシア産ウォッカ）を取ると、グラスに注ぐ。ボトルをバンと勢いよく棚に戻す。

「三カ月ぶりね。あたしを〝ベイビー〟呼ばわりするクーポンは期限切れよ」彼女がいう。「博士論文は仕上げたけど。〝透明人間とその不定期な出現：ヴィンセント・ハナの事例研究〟」

ハナは微笑み、ショットグラスをあおる。「気に入った」

ユキはペイントガンでペンキを吹きつけたようなウォッシュ加工のジーンズをはき、破れた黒いタンクトップに破れた黒いTシャツを着ている。ハナはそれも気に入った。ユキはイリノイ大学シカゴ・キャンパスで文化人類学を研究する大学院生だ。

「ちょっと休憩を取れないか？」ハナはいう。

「ねえ、ジミー、十分ばかり休憩するわよ」ユキが副店長に声をかけ、ハナの腕を取り、奥へと連れていく。「四、五分で終わっちゃうかもしれないけど」

ジミーが笑う。

小気味よい口調からすると、放った言葉とは裏腹に、ユキはそれほど嫌がってはいないらしい。

カウンターの裏手は路地に面している。そして、店からは見えない出入り口がある。ユキがいう。「コカイン刑事さん、こっちよ」

ユキはハナにコカインを分けて鼻から吸う。コカインがたちまち鼻腔を焼き、感覚を研ぎ澄ます。ユキのリップスティックはサクランボの味がする。ユキはすべすべで力強く、目が輝いている。ハナが体を押し付けると、ユキの心臓は早鐘を打ち、ユキの脚がハナの体に巻き付く。ふたりはそんな格好で煉瓦の壁に寄りかかる。

涼しい。風が吹きつけている。ユキがハナの髪をかきむしり、背を反らす。遠くで人の声が聞こえる。わめいている。通りでタクシーがクラクションを鳴らす。〝路肩に寄るか、走るかしろ、ぼけ〟という怒声。警察の車が路地の出入り口前を走りすぎる。ハナはユキの首元に顔をうずめ、自分自身を彼女にうずめ、声をあげて笑う。ユキも一緒に笑う。

ふたりは脱力し、息を弾ませて、寄り添う。

「また〝ベイビー〟って呼んでいいわよ」ユキがいう。

そして、ハナの頬にそっとキスする。ハナの髪をくしゃくしゃにする。ユキは湿気で波打つ彼の髪が好きだ。彼の腕からするりと抜け出る。ハナはユキのあとから、彼女と手をつないで店内に戻る。ギタリストがハウリン・ウルフ（ミシシッピ州生まれの黒人ブルース・シンガー）のリフを引きながら、チューニングをしている。

「あとでおまえの家に行くよ。持ち帰りの料理を持って」ハナはいう。「タイ料理だ」

「あたしは帰りにイタリアンを買っていく。念のため」

ハナはユキを見る。

「あんたのことだからね」ユキが続ける。「先史時代の怪獣がミシガン湖で目撃されるかもしれないし」

ユキが笑みを浮かべ、カウンターへ向かう。ハナは彼女の手を握る。

「一カ所、寄るところがあるが、そのあとで行くよ」

「ほんとに来るならね、ハニー、熱いうちにね。料理も料理じゃないものも」

「結婚してくれ」

「するわけないでしょ」ユキが笑い、ハナの手を握ったあと、カウンターへ歩いていく。

ハナはストリの代金として十ドル札を一枚置き、灰色の騒音に出ていく。脈動が騒音と同調している。

車に乗ると、シャワーと着替えのためアパートメントに戻ろうと思い、ダンライアン・エクスプレスウェイに乗って南へ走る。ハナはミース・ファン・デル・ローエが設計したイリノイ工科大学キャンパス前を通る。この建築家は、一九三三年に国家社会主義ドイツ労働者党すなわちナチ党が選挙で圧勝し、バウハウスが閉鎖されたあと、シカゴに逃れてきた亡命者だ。

ハナはハイウェイから63rdストリートに下りて、ハイドパークの自宅に行こうとする。だが、出口で下りずに、加速して通りすぎた。クラウン・ビクトリアのウインカーを出し、州間高速道路90号線に入る。

州間高速道路90／94号線のインターチェンジを抜けて、真南へ伸びる州間高速道路57号線に乗る。このまま三百五十マイル走れば、マリオンの連邦刑務所をすぎてカイロに達する。ミシシッピ川とオハイオ川に挟まれた細長いイリノイ州最南端の街だ。

氷河が止まるところだ。氷河は四百マイルに及ぶイリノイの土地を削り取り、そこで消える。そして、川底の石灰岩のビュート（頂が平らな丘）と、川岸の断崖が残った。

ハナはカンカキーの手前で州間高速道路57号線を下りる。そこから東へ、古い二車線路のハイウェイ50を目指してゆっくり走り、さらに南へ折れ、ペオトーンを抜けてマンテノへ向かう。

覆面のクラウン・ビクトリアの左右には、冷たい夜風の吹く黒い空と星々の下、平らな大草原が広がる。ハナはカンカキー方面へ車を走らせる。この道路は知っている。

小さな街の環境光が見えなくなると、ヘッドライトを消す。夜の闇にくるまれる。何も見えない状態で運転する。ハンドルを通して路面を感じる。タイヤが路肩にはみ出すと、砂利を踏む音が聞こえる。それだけが運転の頼りだ。緊張に包まれる。緊張がしだいに高まる。時速六十五マイル（時速約百五キロメートル）出していれば、路面を外れて側溝に落ちるだろうか？ 背筋に電流が走る。

そのとき、ブレーキを踏み、ヘッドライトをつける。クラウン・ビクトリアは横滑りして、ほかには一台もいない路面で止まる。

「いったい何をしてるんだ？」

ハナはエンジンを吹かし、タイヤを焦がしながらスライドしてUターンし、加速してまたシカゴ方面に向かう。

午前三時、彼はまたジェシカの病室にいる。ジェシカの体に規則的に液体を出し入れするチューブの音に耳を澄ます。彼女はまだ深い昏睡に沈んでいる。白いタイル張りの壁から突き出たランプの光に照らされている。まぶたの下に動きはない。夢を見ているのか？

「どうしてそこに沈んでいる？」ハナはそっという。

ハナはいつも事件現場に残されたものから着手する。たいていは生物学的なものだ。死人。死人は語る。人がどこにいて、どのくらい近く、どのくらい遠くにいたのか、射入銃創の角度、壁に飛び散った血痕からわかる動きの方向。どれだけ早く死後硬直がはじまったかで、犠牲者の心拍数がある程度わかる。ゆっくりなら、急いで血液を全身の筋肉に送り届ける緊急性を感じていなかったということだ。被害者は犯人の存在に不安を抱いていなかったわけだから、犯人は被害者が気を許していた人物かもしれない。たとえば家族の一員などだ。焼けていない火薬粉によって射入銃創周辺に刺青のような模様がついていれば、凶器が十八インチ（約四十五センチメートル）の至近距離にあったことを意味する。犯行現場で料理用温度計を使って計測した肝臓の温度しだいで、被害者がいつごろ殺害されたのかが推測できる。肝臓は三十分に一度の割合で、周囲の温度まで下がるからだ。そういった情報を集めれば、被害者が二時間前に、一緒にいても警戒しない旧知の人物によって、至近距離から二発撃たれたというようなことがわかるかもしれない。

およそどういういきさつで何が起きたのか、ハナはいつも組み立て直そうとしてきた。ベッド下で二週間ほど放置され、異臭を詰めた風船のように膨れ上がった遺体でもかまわなかった。母親が撃たれて階段から転げ落ちた場面を目撃して、ショック状態にある子供たちの気持ちを、自分の感情に吸い込むこともあった。

犯行現場に入るとき、ハナは足を一歩踏み入れたところで立ち止まるのだった。検死官、技術者、カメラマン、制服警官が急に静かになった。彼らはハナのいつもの手順を知っていた。計測、撮影、現場のスケッチ、さらには先週末ミシガンシティでやったバーベキューの話もやめた。ハナは頭をはっきりさせて、部屋を左から右へひと息に目に焼き付ける。頭部に大口径の損傷を負って死んだ女性、その黒い目、ひっくり返った家具、彼女が料理していて焦がした鼻を突くにおいなど、すべてを取り込む。炉棚(マントルピース)に目を向け、堅信礼の正装、高校の卒業式のガウン姿の彼女、幼い息子を抱いた彼女の写真に気付く。シングルマザー。

その後、現場の部屋に入る。作業を再開する。そのときの第一印象から洞察が得られるのだ。もっとも、その真価はあとになるまで気付かない。結局、二十二歳の息子に事情を聞くと、甘やかされ、落ちこぼれていて、麻薬の密売買に手を出してみたものの失敗し、だませると思っていた連中が〝見舞い〟に来て、息子が家にいないとわかると、代わりに母親を撃ち殺したことが判明する。

今、ハナの目はジェシカの縫合跡、傷跡、頭蓋内血腫を除去するため頭髪を剃って頭蓋に穴を穿ったあたりを取り込む。またぽつぽつと髪が生えてきている。

「きみはひとりその頭の中にいる」ハナはジェシカに語りかける。「だが、仲間もいるぞ。おれだ。すべて探り出すからな。そして、〝巻き戻し〟ボタンを押す。巻き戻す。ハンプティダンプティをもとに戻し、今は見えにくいある種の過程とおぼろげな道筋をたどって、事態がどう進展していったのかをとらえる。やがて、そういったものすべてが、連中が何を欲し、何をし、どうやってきみらを選んだのかといった問いの答えに導く。そして、だれの仕業かの答えにも導く」

だが、先は長い。

「最終的には、おれは犯行グループのことを連中自身よりよく知る」ハナはジェシカにいう。

ヴィンセント・トーマス・ハナは、一九四八年にフランク・ハナとジアナ・ハナの第三子としてイリノイ州グラナイトシティで生まれた。グラナイトシティは、ミシシッピ川を見下ろす崖の近く、イリノイ州西部の田園地帯に位置する、都会(シティ)になり損ねた街だ。フランスにルーツを持つ罠猟師や、そうしたフランス系とオーセージ族、カホキア族、ピオリア族といった先住民との混血が住み着き、街にケープ・ジラードーやプレーリー・ドゥ・シーンといった名前をつけた。解放された奴隷たちは、再建法(南北戦争後、南部連合諸州を連邦に再統合したこと)が無効化されたあと北へ移り、その後、黒人隔離政策(ジム・クロウ)の時期には、南の炭田やセントルイス近辺の新興産業で働くようになった。イタリアのロンバルディアからの移民が、採りやすい粘土で煉瓦をつくったために、氷河が東へ滑ったとき岩盤だけが残った。石工だったハナの家族も、その移民の波に乗ってやってきた。父のフランチェスコは、移民してきたとき三歳だった。

グラナイトシティには岩盤が基礎になっている煉瓦造りの建物が、七つか八つあった。そうした岩盤の上に建っていたアパートメントは、シカゴの商業地区にあったものを飛行機で運んで空から投下したように見えた。建物と建物のあいだは空き地で、じきに到来する都会化のために、空きスペースを残しているかのようだった。だが、そんなものは到来しなかった。

ハナの父親フランクは、第一次世界大戦から帰還した。禁酒法が制定されると、それを利用して家族の未来を切りひらこうと決意した。酒の密造業者として働くようになり、装甲タンクローリーでウイスキーを配達した。三十人の武装した男たちが、デュードロップ・インという田舎のもぐり酒場の前で、ライフル、ショットガン、トンプソン・サブマシンガンを持って、タンクローリーを取り囲むようにして写っている写真を、ハナは持っている。そのうちのひとりが、ハナの父親だ。

フランクはグラナイトシティの煙草店の外で銃撃戦に巻き込まれた。大勢のヨーロッパ移民に対する排斥運動の流れで、クークラックスクラン（KKK）がふたたび台頭していた。中西部では、親禁酒、反労働組合、反カトリック、反ユダヤ活動の形で表出した。彼らはジョンストンシティでふたりのシチリア移民をリンチしていた。イリノイ州でも多様な人口を抱えるセントルイス以西では、ＫＫＫは合同アメリカ炭坑労働者組合、セントルイス出身のロシア系ユダヤ人ギャングリーダー、イタリア移民、そして地元の酒類密造業者——大半は第一次大戦の帰還兵だった——と敵対した。

煙草店の表で、シャトーティエリとサンミエルの戦いにフランク・ハナと一緒に出征した、エイサ・バレットというセントクレア郡保安官代理がＫＫＫリーダーのロジャー・カマーズを射殺した。その銃撃戦で、ＫＫＫの屋台骨は折れたものの、フランスからかすり傷ひとつなく生還したハナの父も、30－06弾で骨盤を撃たれ、手榴弾の弾子のような煉瓦片が喉を貫通し、喉頭を損傷した。

それがきっかけで、野心が枯渇した。セントクレア郡保安官代理として政治職に就き、刑務所でトランプゲームの元締めをした。母は約束されていた明るい未来を目にすることはなかった。彼女は三人の子供たちを育て上げた。きつい仕事とヴィンセントの姉たちが、母の感情を消耗させた。父は家族の面倒を見たが、自分の殻のどこかに閉じこもり、めったに話すこともなかった。話したとしても、やすりでこするような声しか出なかった。

若いヴィンセント・ハナにとっての人生とは、ミシシッピ川を見下ろす崖へと続く曲がりくねった田舎道沿いに漂う、都会になり切れない不穏な空気だった。何がほしいのかも知らずに、その何かが無性にほしかった。

一九六六年、十八歳になった彼は、ひとつの選択に迫られた。おばかな劣等生たちと近くのエドワーズビルにあるサザンイリノイ大学に入学するか、徴兵されるか。ハナは海兵隊に志願した。

一九六八年一月三十一日、ハナは（南ベトナム軍事援助司令部(MACV)）のフバイ基地にいた。第五海兵連隊、第二大隊、H中隊だ。ケサンを補強するため、スタリオン、ツインローター・ヘリコプターへの搭乗準備を整えていた。ウェストモーランド将軍の予言では、ベトナム人民軍(NVA)がケサンで攻勢を仕掛け、しばらく戦闘を続けたあと、いつものように素早く消えるとされた。いよいよというとき、ハナの中隊は予備部隊として基地にとどまることになった。

ケサンでの陽動作戦をはじめ、一年半をかけて準備を整えたあと、NVAとベトコンはテト攻勢を開始し、南ベトナムの全都市を同時に攻撃しはじめた。最重要作戦は、香江沿いの古代王朝の古都フエに対する歩兵侵攻だった。それまで、そこは非戦闘地域とされていた。だが、敵は壮大な壁に囲まれたその帝都を含めて、二十四時間後には圧倒していた。その後、塹壕（ざんごう）を掘った。消えるつもりはなかった。そのままとどまる決意だった。

タスクフォースXの指揮官ラヒュー中将は、大半の将官クラスのご多分に漏れず、報告は青くさい海兵隊が誇張したものだと信じて疑わなかった。そんなことはひとつも起こらない、起こるはずがないと思っていた。

ハナとH中隊は、フバイから国道1号線に移動させられ、チャンカオバンの川南の商業地区にある小さな海兵隊基地を攻撃しているベトコンを殲滅（せんめつ）するよう命じられた。敵の総勢はせいぜい二百名だといわれた。

ハナとH中隊はフンボン橋を渡り、南からフエに入ると、塹壕に隠れた歴戦のNVA総勢五千名の部隊に突っ込んだ。ハナたちは一街区（ブロック）進むまでに、ずたずたに引き裂かれ、死傷者十八名を出した。戦いながらどうにか避難し、小さなMACV基地に籠もった。

ハナは凍えていた。一日で戻るつもりで、背嚢（はいのう）はフバイに置いてきた。ベトナムの海兵隊はジャングル戦の装備しか持っていなかった。フエでは、人工的な市街で近接戦闘を強いられたが、海兵隊はソウルの戦い以降、近接戦闘の経験はなかった。

冷たい雨が降るなか、流血と恐怖の昼夜が二十四日も続き、米軍史上最大の犠牲者が出た。こうして、ヴィンセント・ハナの心には、死ぬまで心から消えない体験が刻み込まれた。

救急車の回転灯がハナの目を引く。病室の窓の外を見ると、駐車場の向こうのビルの壁で木々の影が揺れている。サイレンが止む。回転灯が消える。また壁がどぎついナトリウム灯の傘に入る。

ジェシカの人工呼吸器が静かに作動しはじめる。ハナはベッドに横たわるジェシカに目を向ける。

「昔、ぺしゃんこになった女の人がいた。高校を囲む壁に配置された重機関銃で、おれたちは身動きが取れなかった。どこの高校にもそんな壁はあるが、ここの壁は黒っぽい赤の煉瓦造りだった」

ハナはジェシカに語りかける。「通りの名前を覚えている。グエンチュントだ。香江に沿って伸びるレーロイの一街区（ブロック）先にある。レーロイはパリの大通りみたいなところだ……路上でひとりのベトナム人女性が撤退中の南ベトナム軍（ARVN）のM41ウォーカー・ブルドッグ戦車に轢（ひ）かれた。ぺしゃんこだった。彼女の遺体は二次元になっていた。映画館の外に立てかけてある段ボールの人型の呼び込み板のようだった。

おれは見たくなかった。だが、目が離せなかった。今でもまぶたに焼き付いている。彼女はだれだったのか？　どうしてあんなところにひとりで行ったのか？　廃虚と化した街のどこかで、だれかが彼女の帰りを待っていたのか？」

異常なこと。記憶にこびりつくのはそういうことだ、とハナは思う。一般市民が群れをなして彼らに駆け寄ってきた。ただ、両陣営とも互いに下がれと叫んでいたが、市民たちは十字砲火の中に駆け込んできた。宿営していた裕福そうな屋敷には、威厳ある自決を好んだ家族がかつて住んでいた。ハナたち全隊員は、そこのダイニングルーム・テーブルを囲んで座っていた。ときどき、瓦礫が幻覚のように見えた。雨が降るなか、王宮や寺院から緑や青の陶磁器の破片が飛んでくる。

米政府が支給する一級品のデキストロアンフェタミン（覚醒剤）の力を借りて、彼らは徹底抗戦した。ハナと仲間たちはM&Mのようにぼりぼりと食った。そうすると、世界が明るく、刺激的で、電撃的になり、自分は不死身だという確信が体に浸透した。そして、薬が切れた。気持ちが沈んでいくにつれ、殺せるやつはいないかと周囲を探しはじめる者もいた。

そんな派遣が終わると、ハナは一九六九年に復員兵援護法でもらったカネでボストン大学に入学した。反戦政治が席巻していて、ハナは孤立した。父が死んだ。ハナは父を埋葬し、母にはセントルイスの姉と同居してもらうことにした。共感できるのは、ジョン・プラインの〝サム・ストーン〟と、ティム・ハーディンの何曲かだけだった。ハナは三年後に卒業した。

一九七三年、アーミテージの外れに位置するシカゴでも労働者階級の界隈に暮らし、デポール大学カレッジ・オブ・ローに入学した。

ハナは身を乗り出し、ジェシカの手を取る。しばらくその手を見つめ、ベッドの上に戻し、自分の手を引く。

「昔のことだが……午前二時に車を走らせて、シカゴ南部のカリュメット川の黒い橋を渡ったことがある。すべてが雨に濡れて光っていた。おれはハイウェイ50でカンカキーに向かった。

明かりが見えなくなるところまで行くと、三、四百年、いや八百年前、ソーク族、フォックス族、オーセージ族が歩き回っていたときの大平原が想像できるんだ」

ときどき、今夜したように、ヘッドライトを消し、時速六十五マイルで側溝の底に激突するかもしれないスリルを味わったものだ。何を求めていたのか？　何から逃げていたのか？

ロースクールのカリキュラムは刑務所のようだった。おかげでハナは顔つきまで変わり、格子状に走るシカゴの通りが大嫌いになった。まるでハナも規制しようとしているかのような、その規律正しさが嫌いだった。うずき、強烈な渇望に襲われ、その後、爆音を轟かせて街の外へ逃れた。悪夢のせいで眠れないときも、そうした。

ジェシカが聞いているかのように、ハナは語りかける。「いかれてるよな。おれは何を求めていたんだろうな？」

答えは見つからなかった。そんなものはないのだ。

突き進み、追いかける行動それ自体が、ハナの一部になっていた。暗黒の荒野やコンクリートに個性が埋没した都会のなかで、未知のものを根源まで追求すること、その行動に突き動かされていた。ハナは二カ月後にデポール大学を退学し、シカゴ市警察に入った。そして三年後、刑事になった。

ハナは仕事がきつくなればなるほど、たとえ危険な連中が必死にもがいた結果、事態が思いも寄らぬ方向へ急展開しても、うろたえることはなかった。そして、追いかける犯罪集団や重罪人が強敵であればあるほど、ターゲットが危険であればあるほど、ハナは巧みに追い込むのだった。

脳裏のスケッチブック、業務上の情報提供者、物的証拠、聞き込み、心理的プロファイリングなどを統合して、マズーカス邸強盗事件を脳裏に復元すれば、手がかりが得られるだろう。手がかりがどこから生じるのかは、まったく予想できない。あんなことをした連中の正体を知りたい。そして、追いつめる。

病室にふたりきり――医療装置のかすかな光を受けて白いベッドに横たわるジェシカ、そして、椅子に座り、見守るヴィンセント・ハナのふたりきりだ。

19

ニア・ノースサイドの金曜の夜、雨が上がって明るい夜になり、街は活気にあふれている。だが、プロスペリティ貯蓄貸付組合前の六叉路は静かだ。通りを挟んだ向かいのダイナーは閉まっている。夜の交通量は少ない。にぎやかなのは東と南だ。ラッシュ・ストリートのバーやレストラン、湖畔のコンサート。通り沿いのだれもいない店は、歩道を歩く数少ないカップルには見向きもされない。

プロスペリティS&Lは午後五時に閉まり、支配人と警備員が地下室に行き、金庫室の巨大なドアが閉められ、ロックされ、タイマーがセットされる。地階は施錠され、警報器のスイッチが入れられ、人がいなくなる。S&Lは週末に警備員を常駐させない。

モリーナはその街区（ブロック）を車で走る。正面と裏手を行き来する。「異状なし」

マコーリーは裏手の路地に小型バンを停める。彼らはL列車が通過する合間に装備を降ろす。だれもいない店の地下室で、ドリルで穴の空いたコンクリートの壁が待っている。

第二段階。ショー・タイム。

クリスがホローコアドリルを使い、高さ二フィート（約六十センチメートル）、幅三フィート（約九十センチメートル）の穴をすでにあけている。細かいコンクリート片や瓦礫も掘り出し終えている。穴の向こうに、S&L地下室のコンクリート壁が手付かずで待っている。

クリスとセリトはドリルの位置を調整してその壁に当てる。

ふたりは防音保護具をつける。次の通過列車の音が聞こえてくるまで待つ。クリスがドリルを作動させる。

ニールは腕時計のタイマーを入れる。

午後十一時五十七分。

ドリルがS&Lのコンクリート壁にするりと食い込む。壁は鉄筋で補強されているが、一九二〇年代に建設された当初のダイヤモンド柄の鉄筋だ。慎重に力を加えれば、コアドリルでも――やかましいが――削れる。いちばん奥の金属まで掘り進んだとき、クリスはドリルを止めた。

それが金庫の裏側だ。

クリスとセリトは穴の幅を広げようと、ドリルの位置を調整する。ようやく店の地下室の壁の穴と同じサイズまで広がると、マコーリーはクリスに手を貸し、ドリルを穴から出した。クリスはミルウォーキー・ツールの切断用の道具を取り出し、装備、かばん、自分の体が引っかかって傷がつかないように、掘ったばかりの穴から突き出る鉄筋をアングルグラインダーで切断しはじめる。

クリスは穴の端を布で拭き、貫通した穴をハロゲン灯で照らす。鋼鉄が光を跳ね返してくる。彼はニールを見上げる。

外では、モリーナが警察無線を傍受している。通りの目立たない駐車スペースを確保している。そこからなら、仕事用の車から閉店後の店とS&Lビルを監視できる。だが、街区の正面と裏手をくまなく監視することはできない。それにはもっと目が必要だ。そこでセリトが、店の裏口の上にパナソニックの防犯カメラとバクソールの赤外線カメラを設置し、地下室に設置したソニーの九インチ・モニタと接続していた。ニールは今そのモニタに目を向け、近づいてくる列車のしだいに強まるヘッドライトを待っている。

「順調だ」

クリスは携帯式酸素アセチレンバーナー・セットを出し、安全ゴーグルとマスクを着ける。息苦しくて熱くなる。

穴の前でうつぶせになり、匍匐前進する。「やばいことになったら、おれの足をつかんで引っ張ってくれ」

クリスはバーナーをつける。

金庫の外壁を形成する鋼製パネルに当てる。熱が穴に籠もり、たちまち耐えがたくなる。ゴーグルを着けていても、青い炎が鮮やかな電光に見える。だが、鋼鉄はバターのように切れていく。クリスはコンクリートに穿った穴の直径より短い切れ目を入れる。

バーナーを切るときには、汗びっしょりになっている。マスクを外し、顔をぬぐい、しばらくその場に座り込む。セリトがくぎ抜きを持って、リスのように穴に入る。金属のこすれる音とともに、鋼鉄の壁に入った三本の切れ目のひとつが大きくあき、鋼鉄の板が手前に折れ曲がる。セリトはそれを引っ張り、きれいに折り曲げる。

「ハロー」セリトはいう。

彼らが見ているのは、数々の大きな貸金庫の裏側だ。ご機嫌な様子で棚に鎮座している。思っていたより大きく、縦二十四インチ（約六十センチメートル）、横三十インチ（約七十六センチメートル）ほどだ。

彼らは貸金庫をいくつか、店側の地下室の床に持っていく。マコーリーがひとつをあける。

帯封のついた現金の束が厚さ六インチ（約十五センチメートル）も敷き詰められている。色つきの帯封には、五千ドルと一万ドルと記してある。

ニールは満足げにうなずく。セリトは肉汁滴るステーキが目の前にあるかのように、満面に笑みを浮かべる。クリスはアドレナリンで血がたぎるのを感じる。

「やったぜ」クリスはいう。「やったぜ」

彼はうれしさのあまりマコーリーの肩を殴り、また壁の穴に向かう。

「長軸のマイナスドライバーを取ってくれ」彼はいう。

ニールは執刀医にメスを手渡すように、クリスの手のひらにドライバーをぽんと置く。その後、クリスが身をよじって穴に戻っていくなか、携帯式投光照明で穴の中を照らす。貸金庫の扉の内側が照らされ、二重施錠構造になっているのがわかる。クリスは慎重にビスを外し、施錠構造を取り外す。貸金庫の扉はまだあけない。

ニールはクリスに軟性内視鏡(ボアスコープ)を渡す。先端部がライト付き光ファイバーカメラになっていて、小型ビデオスクリーンとつながっている。クリスはドライバーの先端を使い、貸金庫の扉のヒンジ部にほんの少し押し込む。

地下金庫室に防犯カメラが設置されていないことはわかっている。どの金融機関でも、防犯カメラがついていないのは貸金庫室だけだ。顧客のプライバシー保護のため、だれにも見られていないようにしなければならないのだ。絶好の不正利得の保管場所だとされる、この古くて目立たない界隈の銀行ではなおさらだ。

ビルの建築設計書から、金庫室の元来の設置形態がわかる。振動センサーはない——これほど近くをL列車が通っているのだから、取り付けても面倒なことになっていただろう。金庫室のロック装置には、巨大なドアと外壁の磁性板が使われている——今回はそれをいじるつもりはない。

クリスはゆっくりとボアスコープを操作し、天井を含めて貸金庫室の内側を調べる。

「カメラはない。動作感知装置(モーション・ディテクター)もない。煙探知器がひとつある」クリスはいう。「危険はない」

午前三時三十分だ。彼らは中に入る。

ひとりずつ、照明具、ジムバッグ、道具類を持って、壁の穴をくぐり、貸金庫室に入る。空気がひんやりしている。金庫室内は小さなプールほどの広さだ。貸金庫が壁際に並んでいる。青銅の番号プレートが各扉にリベット留めしてある。各貸金庫をあけるにはふたつの鍵が必要となる。青銅と縞瑪瑙(しまめのう)のテーブルがフロア中央を占め、控えめなテーブルランプが置いてある。

マコーリーは数える。

「三百六十」

クリスは照明具をセットする。金庫室の外部ドアには、ステンレスの重厚なロック機構がついている。利用者をうならせようと、透明なプレキシグラスに守られて丸見えだ。

「閉まってろよ、かわいこちゃん」

セリトは視線を走らせる。貸金庫が並ぶ壁が不気味な光を受けて輝いている。「どこに聖杯が入ってるんだろうな？」

ニールはジムバッグをあける。「どこでもかまわないさ。イエス・キリストを見つけたら、引っ張り出して、でかいハンマーを貸してやれ」

ニールは空のロックパンチをひとそろい取り出し、各貸金庫のロックにひとつずつロックパンチを合わせて大きさを測る。直径が合うパンチを選ぶ。長柄のレンチに噛ませ、それをセリトに渡す。その後、手を伸ばし、首を巡らし、ハンマーをつかむ。

ニールはひとつめの貸金庫に歩み寄る。「はじめるぞ」

セリトはロックパンチを貸金庫の正面にセットし、うしろに下がり、レンチの端を持つ。

ニールは足場を確保し、振りかぶり、直球を打つ要領でスイングする。ニールはセリトに向かってうなずき、もう一度スタンスを決める。スイングする。

またスイングする。

ロック部分が完全に貸金庫にめり込む音が聞こえる。その後、カチリという硬質な音が貸金庫の扉の裏側からする。

ニールはハンマーを置き、ロックがめり込んでできた隙間に懐中電灯を向ける。息が荒い。カチリという音は、ロック解除の音ではなかった。その反対で、貸金庫内で安全機構が作動したのだ。再ロック機構がついているらしい。

再ロック機構は、ニールが今やったことに対抗するためのものだ。ニールは、泥棒用の鉤針ともいえる長さ八インチ（約二十センチメートル）の鉤を選び、慎重に隙間に差す。手の感覚を頼りに、ロック機構の内部で動かす。彼は目を閉じる。

鉤が引っかかる感覚が伝わる。ニールは細心の注意を払って鉤を引く。思っていたとおり、バネ鋼がほんの少し閉じ、そっと再ロック機構を外す。

貸金庫の扉があく。

「よし」ニールはいう。

クリスは貸金庫内のボックスを取り出し、床に置く。蓋をあける。

ボックスは書類でいっぱいだった。証書、株券、切手コレクション。古い写真、第二次世界大戦当時のもののようだ。出生と死亡証明書。赤ちゃんの髪ひと房。

そして、帯封のついた現金の束。ニールは現金を取り出し、額を数える。

「二万五千ドル」

セリトの笑みが広がる。

「交替でハンマーを振る。現金をもらう。台座に載った宝石には手をつけるな。家宝にもかまうな」ニールはモリーナに無線連絡する。「中に入っている」

彼らは仕事に取りかかる。

20

看護師はハナの肩を揺すって起こす。

早朝の日差しが病院の窓からしみ出ている。土曜の朝。ハナは上体を起こす。

「わたしはあと十分で上がりです」彼女がいう。「あなたもそうした方がいいかもしれませんね、刑事さん」

この前の夜、面会に来たときに挨拶した看護師だ。聴診器が日差しを受けて光っている。

ハナは立ち上がる。背中が凝っている。小声で答える。「ああ。ありがとう」

看護師がジェシカ・マズーカスの生命徴候(バイタル)をチェックする。空気の漏れる音とともにドアがあき、ハナは立ち去る。エレベーター前で待っていると、扉があき、ジェシカの母親が降りてくる。

「ミセス・マズーカス」

アンディ・マズーカスはガウンを着て、スリッパをはいている。車輪のついた点滴スタンドと看護師を伴っている。

みずみずしい花束も抱えている。彼女はハナを見ても意外そうではない。「刑事さん」ボタンとデイジー、赤とオレンジ。「看護師さんに聞いてますか？　あの子はしっかりがんばってます」

「ええ」ハナはいう。

ハナはジェシカの病室の方へ小股で歩くアンディの姿を見守る。アンディの顎がまだワイヤーで固定されていてあまり動かないこと、そして、背筋がさらにぴんと伸びていることがわかる。我が子の話をするときに、眼帯を外した目に宿る熱いもの。どん底からかなり這い出し、娘のためにゆっくりと備えはじめている。隠れていた力を見つけ、それを娘のために使う気だ。もうふたりだけなのだから。

「看護師から聞いているかもしれませんが」ハナはいう。「私も面会しています」

アンディはうなずく。「あの子にはまだ身の危険があるのですか？　病室のドアに警備がついているのですか？」

「いいえ。娘さんにはそういった危険はありません」

ジェシカの面会に来る何層もの理由は、アンディに話さない。ひとつは、ひょっとして無意識にそう感じているのかもしれないが、自分の声に慣れさせておけば、ジェシカの意識が回復したときに、ハナを信用して、自分の身に何が起きたのか、どんなことを見たのかを打ち明けてくれるような気がするから。もうひとつは——理由は自分でも知らないが——自分の闇の部分を、ここで、ジェシカにどうしてもさらけ出したいから。三つ目は、単に生きようと戦う少女を応援したいから。

ハナの意図を一部、推測したのか、アンディが口を結ぶ。「頭部損傷だから。ここまでの損傷だと、ジェシカは事件の記憶が残っていないかもしれない、とお医者さんにはいわれています」アンディが目を閉じて、あふれ出そうな涙の波をこらえ、感情を押しとどめる。「でも、わたしは覚えています」

アンディが首を巡らす。「ジェシカ、あの子は玄関の呼び鈴が鳴ったとき、二階の自分の部屋にいました。友だちと電話していたか、INXS(インエクセス)を聞いていたか、わかりませんけど。ジミーが〝おれが出るよ〟という前の一分間を返してほしい。一瞬でいい。〝待って……ジミー、待って〟といっていれば」

ハナはじっとしている。

アンディの胸が膨らむ。「ジミーはわたしに逃げろといってくれた。でも、手遅れだった」彼女は手の甲で口を押さえる。「わたしももっとうまく立ち回れたかもしれない。でも……」彼女の目がせわしなく動く。「犯人たちがわたしをつかまえたあと、ピッツァのシャツを着た男がこういったんです。〝娘を連れてこい〟と。それを聞いて、動転しました」

ハナの血管に電流が流れるような気がする。「〝娘〟といったのですね」

アンディがうなずく。

「ジェシカのベッドルームは通りに面しているのですか?」

「いいえ。裏庭側です」

「犯行グループの中に、裏口から入ってきた者はいましたか?」

「いいえ。五人とも正面玄関からです」

ハナはしばらく黙る。犯行グループが入ってきたときには、家族に娘がいることをすでに知っていた。

アンディも同じことに気付いたらしく、急に顔を上げる。「わたしたちを監視していた? 家を?」

〝おそらく。家を下調べしていた可能性が高い〟とハナは思う。だが、それだけではない。

アンディの呼吸が速まる。「あの子を監視していたのですか?」

「いや」ハナはアンディの腕に触れる。「そういったことではありません」自分の声に込み上げる興奮が聞こえ、抑えていう。「連中はあなた方が裕福だと知っていた。それが連中の狙いだった。十代の娘さんがいることも知っていて、家にいる全員を押さえておかなければならないと思ったのでしょう」

「家を監視していたから、あんなことを……?」

「あるいは、あなたかご主人と話したことがあったか。あるいは、どこかであなたとジェシカを見かけたか。最近、ジェシカとふたりでどこかへ出かけたりしませんでしたか?

家の鍵のことも話していただけたら。家の鍵はどういった形で管理しているのですか?」

「車のキーと一緒にキーホルダーにつなげています」

「どこかでそのキーホルダーを人に預かってもらったことは?」

アンディが息を吸い、意識を集中させる。「先週、家族三人でディナーに出かけました。数週間前には、ジェシカとわたしで髪を切ってもらいました。週末にはよく映画を観にいきます。それくらいです」

「充分です」

レストラン。ヘアサロン。


ハナは午前七時前に犯罪捜査部(CID)に到着する。深夜シフトを終えようとしている刑事たちとすれちがう。自分の机の前を通りすぎる。さまざまなリストが記されているホワイトボードに向かう。

あった。

イーストンの自宅に電話する。

「ヴィンセント」イーストンが抑揚のない声でいう。

「ヘアサロンだ」

「チェック済みだ。被害を受けた四家族ぜんぶ。ちがうヘアサロンだった」

「オーナーはどうだ。オーナーもちがうのか?　それとも同じか?」

「どれもちがう」

「そうか。駐車は？　駐車サービスは？」
「それはまだだ」イーストンがいう。
「四家族が使っている駐車サービスを洗え」

ハナとイーストンは、アンディ・マズーカスが髪の手入れをしてもらっていたポンテ・ベッキオの前を午前十時十五分に車で通る。このヘアサロンはイーストオーク・ストリート沿いにある。エルメス、シャネルなど、店に入るとシャンパンフルートを出してくれるようなブティックが並ぶ通りだ。買い物客が買い物の袋のかさかさという音を立てて、ほっそりした並木の下の歩道を闊歩(かっぽ)している。このあたりは緑の草木まで値が張りそうに見える。

ヘアサロン前の路肩に、駐車サービスの待機所が出ている。
「あれを見ろよ」ハナはいう。

演台のようなスタンド前に、赤いポロシャツとドッカーズという格好の若い男ふたりが立っている。ひとりは二十歳前、トップを高くした角刈りの黒人。もうひとりは白人で、二十代後半。日に焼けてしなやかな体つき、黒くて大きな目、十字架のイヤリング。
駐車サービスのシャツには、ロゴの刺繍(ししゅう)がついている。〝プレミア・バレー〟。被害に遭った四家族すべてがこのサービスを利用していた。

ハナとイーストンはその街区(ブロック)を一周し、通りに停める。ハナは双眼鏡を目に当てる。白人の方に焦点を合わせる。若い男は、自身が踊っているひどいミュージック・ビデオのビリー・スクワイアーのように、黒髪にムースをべっとりつけている。

駐車サービスの待機所の奥に、車のキーの保管棚がある。白人の男がやってきた顧客の女性を出迎える。顧客の車を駐車したあと、待機所に戻ったとき、白人の男はキーの束をじっと見てから保管棚にかける。キーホルダーには家の鍵もついている。

「持ち回りで複数のヘアサロンの駐車サービスをやっているようだな。しかも、ひとりかふたりでサービスを回している。会社の形にはなっていないだろう」ハナは双眼鏡の向きを調整する。

イーストンが無線機を取る。ハナはヘアサロンを観察する。受付係は盛り上がった赤毛で、つま弾いたら二オクターブ上の音が出そうなほど、ぴちぴちのレギンスをはいている。

「駐車サービスが強盗事件の下準備に手を貸し、民家に侵入して強盗、強姦を繰り返すグループのために家の鍵を複製しているという事実が漏れたら、このヘアサロンは十五分もしないうちに店を畳むしかない」ハナはいう。

シカゴ市警(CPD)の通信指令係がイーストンの無線をプレミア・バレーにつなぐ。イーストンは名乗り、ポンテ・ベッキオで働いている若い男性ふたりの名前を訊く。

間が空く。「刑事さん?」応答した男が訊く。「そういったことは、弁護士の許可がありませんと――」

「あんたがおれの知っていることを知って、来週もまだサービスを続けたいなら、これから三十秒のあいだできるかぎり協力するしかない」ハナは横からいう。

オーナーがハナの真実を語る声音を感じ取る。

「アレックスのことでしょうか？　オーナーの甥で、夏のあいだだけ仕事をしてもらっています。アレクサンダー・ダレッキ。薬物所持で逮捕することになったとしても、こちらには駐車係の尿検査をする義務はありませんよ。彼らは契約社員で、正規の従業員ではないので」

イーストンとハナは目を見合わせる。ハナはガムをひとつ出し、口に入れる。イーストンはアレクサンダー・ダレッキの身元を調べるため、住所、社会保障番号、個人情報を尋ねる。

21

アレックス・ダレッキには前科がある。不法侵入。万引き。自動車窃盗。セントチャールズ少年院に入所、ジョリエット近郊のステイトビル刑務所にも収監。

現住所はダウンタウンに近いニア・ウエストサイドのアパートメントだが、ハナとイーストンが仕事を終えたアレックスを尾行すると、アレックスは北西の家族住居が多いあたりに向かう。彼は小さな煉瓦造りのこぢんまりした家の前に車を停める。色褪せたカーテンが引かれ、鉢植えのゼラニウムが玄関前の階段に置いてある。

ハナとイーストンは車を降りてその家へ向かう。家の名義はアレクサンダーの母親、アメリア・ダレッキだ。

イーストンはバッジのついた財布のフラップを胸ポケットから垂らし、玄関までの通路を歩いていく。ハナは家の裏手の路地に回る。木のフェンス際で待機し、イーストンが玄関にいることを念頭に入れ、腕時計で三十秒のカウントダウンをする。

フェンスの端から、網戸が閉まる音がして、玄関から足音が遠ざかり、パティオを経て芝生を横切る音が聞こえる。フェンスが揺れ、上端をつかむ手が見える。ゴールドの鎖が手首に巻いてある。アレックス・ダレッキが飛び越える。

ハナは空中のアレックスをつかみ、子牛と格闘するかのように、地面に叩きつける。

「何だってんだ、おい」アレックスは叫ぶ。

アレックスがコンクリートの上で身もだえする。ハナは彼の背中を膝で押さえつけ、手首と肘で関節技を決める。イーストンがフェンス越しにのぞく。

ハナはアレックスに手錠をはめる。「行くぞ」彼はいう。

「家の前ではやめてくれよ」アレックスは芝生に覆われた母親宅の前庭でいう。「頼むよ、ここはママの家なんだ。この辺の連中がみんな見てる。くだらない噂（うわさ）が広がる。わかるだろ」

「おまえが六つのとき、通りの先に住む子供からフラフープを盗んでから、みんなおまえの噂をしている」ハナはいう。「強盗団の下準備をしているとな。そうだろうが」

「情報なんか流してねえよ」

大まちがい。こいつは情報を持っていることを暗黙のうちに認めた。

ハナはウインチで巻き上げるように、ゆっくり首を回す。「ヘアサロンの客をだまし、家宅侵入、強盗、強姦の手引きをしているんだろ。複数の犠牲者がおまえにキーを渡したといっている。彼らは証人席からおまえを指さすことになる。おまえは責任を取る。あんなやつらをかばうのは勇敢とはいわない。愚かという。おまえがお務めを果たしているあいだ、連中は大手を振り、笑い、カネを使い、大騒ぎすることだろう」

ステーションワゴンが通りすぎる。そのとき、運転していた女が首を曲げてこちらを見る。ハナたちはアレックスを引っ張って通りを渡り、短パン姿で庭用ホースで芝に水を撒いている男の前を通り、覆面のクラウン・ビクトリアに押し込む。

「プレミア・バレーと話した。おまえの仕事はもうなくなった。おまえのゲームは終わった」

ハナは冷静に話す。主人公(ロミオ)になりそこねたようなアレックスを見ていると、強盗団でも半人前扱いされていて、飢えていて、何にでも食いつくのだろう、とハナは思う。

「そいつらはおまえが裏切ったと思うだろう。実際にそうかどうかにかかわりなく。つまり、おまえのライトを消す。パチンとな」

アレックスは首を振る。「くそったれ」

ハナはセンターコンソールに覆いかぶさるようにして、後部席に身を乗り出し、指を鳴らす。「おれを見ろ!」

アレックスはしぶしぶ顔を上げる。

「わかったぞ。みんな裕福な女性だが、おまえを無視する。いい女なのに、手が届かない。おまえとはとても釣り合わない、ちがうか？　ウォルグリーンズ（ドラッグストア・チェーン）では売っていない香水。カネのにおいがする。いらいらする。腹が立つ。わかるぞ」

外では、近所の住人が覆面車をじっと見ている。アレックスは座席でころこそと小さくなる。

「こんなばかがいるなんて信じられるか？」イーストンはアレックスの顔を見る。「近所の住人にどう思われるか心配してるぜ」

ハナは運転席の足下に手を伸ばし、覆面車で緊急事態に対応するときに使う回転灯を取り出す。

「そんな、やめてくれ——」

「ルーフにのっけることもできる。おまえの脳天に縛りつけて、消防車みたいに街区（ブロック）を走り回ってもいい」

イーストンはアレックスに顔を向ける。「これで刑務所に行けば、どんなことになるか、おまえ少しでもわかってるのか？」

アレックスは一度目をつむり、その後ウインドウの外を見る。十字架のイヤリングが明かりを受けながら揺れる。

ハナはいう。「わかった。とことんやってやる。署に行こう」

イーストンは覆面車のギアを入れる。

22

ボスはアーロン・グライムズが経営する営業車の点検修理工場裏の路地に車を停める。ハンクとチャビーも一緒だ。空はどんよりして、にわか雨が吹きつけている。車が水しぶきを上げながら、近くの通りを走りすぎる。修理工場は暗い。

ボスは時計を見る。「あいつはどこへ行った？」

ハンクが路地に目をやる。「ボスは五時半といっていたぜ」

「五時三十五分だぞ」ボスはやれやれと首を振る。「あいつはまともにやってない。仕事用の車をチェックするときには、ここにいてもらわないといけないというのに」彼は煙草に火をつける。「気を張らせておかないとな。それにしても、いったいどこへ行った？」

車が路地に入ってきて、暗闇にヘッドライトが光る。グライムズが車を停め、降りてくる。

ボスも煙草を口の端でくわえ、車から降りる。「時間がカチカチすぎてるぞ。いったいどこにいた？」

「ぜんぶ用意できてる」

だが、とボスは思う。グライムズは何かを気にしているように見える。しかも、おれを気にしているわけじゃない。

彼はグライムズのあとに続いて工場へ向かう。グライムズが鍵束を取り出し、車輪のついた背の高いアコーディオンドアをあける。

グライムズには、路地の反対側にも別のガレージがある。ボスはそのガレージの方にかぶりを振る。「そっちには何がある？」

ボスはそっちに向かうが、グライムズはこっちだと顎を引く。

「こっちだ」グライムズは修理工場の裏口から入る。「用意はぜんぶできてる」

「あっちのガレージには何がある？」

「何も」

ボスは薄ら笑いを浮かべる。「ＣＩＡの客か？　スーパーシークレット・バットモービルがあるのか？」

グライムズはボスを中に入れる。「キーはマットの下にある」

仕事用の車は注文どおり目立たない。バンは非の打ちどころがない。それはグライムズの得点だと認めないわけにはいかない。サイドには、プロによる紫色の凝ったレタリングが施されている。〝魔法のフローリスト、イリノイ州メイウッド〟。洗車とワックスがけもしてあり、高級住宅区域（ゴールドコースト）や郊外に高価な花を配達するのにふさわしく、上品なたたずまいだ。

「登録、保険は？」

「グローブボックスに入ってる。照合されても、ちゃんとデータは出てくる。しっかりし整備を待っていた。その車がなくなっていることに、まだだれも気付いていない」

「きのう、エバンストンのディーラーの整備部にあったものに乗ってきた。停まっていて、

「どこで仕入れた？」

たデータだ」


「ぎりぎりで間に合ったのか？」

　グライムズがいらだちのまなざしを向ける。「問題ないだろ」

　ボスはバンのサイドをなでる。しばらくグライムズに気をもませる。おれより優先していいやつなどいてはいけない。グライムズにも、そこのところをわかってもらわないと。

　ボスはスヴォボダに向かって顎を引く。スヴォボダが封筒を出し、グライムズに手渡す。

　ボスは煙草を地面に捨てる。火花が散る。

　はじめるか。


　シェイクスピア署の気の滅入る広い面会室で、イーストンはアレックスの手錠の片方を外し、コンクリートの床の大きなリングをくぐらせ、またアレックスの手首にはめる。アレックスは上体を起こせない。

「何のためにこんなことをする？」アレックスが訊く。

　別のふたりの大柄な刑事が彼を取り囲む。ハナはじっと立っている。

「第二ラウンドのためだ。そこで本物の尋問がはじまる。今は第一ラウンドだ」イーストンがいう。

「そんな、おれはなぜこんなところにいるのかわからないよ」アレックスが不満げにいう。

「犠牲者ふたりがおまえを犯人のひとりだと特定したからだ、まぬけ」ハナはいう。

答えはない。アレックスの元気が萎えはじめる。

「〝どうしておれはラッキーなんですか、ハナ刑事？〟おまえはそう質問すべきだ」

アレックスがハナを見上げる。

「どうしておまえがラッキーなのか知りたいのか？　わかった、教えてやろう。おまえの仲間の身元がわかっていないからだ。それはでかい。理由が知りたいか？　〝はい、知りたいです、ハナ刑事〟」ハナはアレックスの口調をまねていう。

「わかった、それも教えてやる。〝司法取り引き（バーター）〟ってやつだ。おまえは取り引き材料を持っている。しかし、だ。おまえが話す前にこちらがそいつらの身元を突き止めたら、あるいは、おれの部下がひとりでも傷つけられたら、あるいは、おまえが話してくれれば悪いことが起きないようにできたというのに、そいつらがまた別の家族を襲撃したら、そういうのは〝不確定犯罪歴〟という。つまり、おまえは持っていた材料をなくすということだ。ひとつもなくなる。取り引き材料がな。すると、おれたちは犯行グループへの情報提供でおまえを郡刑務所にぶち込み、だれが最初におまえをスイス風ステーキにするか、競争がはじまる。たぶんおまえのボスだろうな。なにしろ、おまえがケツを割ったと思い込んでいるからな。チクタクだ、くそ野郎。時間がなくなっていくぞ」

「あんたらはわかってないんだ」アレックスがすがるようにいう。

「何がわかってないんだ？　わかる必要もない。まだ電球がつかないのか？　大脳皮質（セレブラル・コーテックス）

というおまえの暗くて蜘蛛（くも）の巣だらけのところには、だれもいないのか？」

「何コーテックス（キンバリークラーク社の生理用ナプキン）だって？」アレックスがいう。

「そのコーテックスは女の人が股のあいだに着けるものだ。こっちのコーテックスは頭の中（アップステア）にある」

「あんたらはわかってない……」アレックスは顔の向きを調整しようと、床に固定された頑丈そうなリングの上で四肢をつき、頭を上下左右に動かす。

「何がわかっていないんだ？」

「あいつはマジでいかれてるんだ。おれは殺される！」

ハナはアレックスの顔に近づき、右耳の十字架をつかみ、耳たぶからもぎ取る。アレックスが悲鳴をあげる。裂けた耳から血が飛び散る。

「くそ野郎！」ハナは怒鳴る。「おれたちがどんなことをすると思ってる？　寝返らせてやるよ、まぬけ。おれの知りたいことをぜんぶ吐かせてやるよ、ゲス野郎！」

ハナはアレックスの顎を上に向けさせ、アレックスの目を凝視し、十字架を押し付ける。

「キリストの力がおまえに命ずる！（映画『エクソシスト』のせりふ〝キリストの力が汝を屈服させる〟のもじり）　おれはおまえのくされ悪魔払い（エクソシスト）だ。吐け！」

「ウォーデルだ！」アレックスが叫ぶ。

「声が小さい！」

「オーティス・ウォーデルだ！」アレックスはついにいう。走っていたかのようにあえいでいる。

ハナは急に黙り、やがて抑揚のない口調でいう。「次の山はいつだ？」

すると、アレックスはいう。「今夜だ」

23

ハナはレールに乗ってきたかのように、犯罪捜査部(CID)に入っていく。緑色の壁、物が積み上げられた机、煙草と男たちの汗のにおいも、彼の放つ緊張感によって背景に追いやられる。イーストンがアレックス・ダレッキを引っ張って横に来る。アレックスは険しい顔で、手錠をはめられ、血だらけだ。イーストンはアレックスを独房にぶち込もうと、彼を連れてオフィスを出て、逮捕手続き係へ連れていく。

アレックスは連れ出されるとき、ハナに声をかける。

「情報はやったぞ、おい。ゴシップは伝えた。家の中で何が起きていたのか、おれは知らなかった。仲間のふりをしていただけだ。わかったか？」

「カザルス、ロッシ」ハナは呼びかける。「はじまるぞ」

ふたりの刑事たちが顔を向ける。

「強盗団の身元がわかった。次のターゲットもわかった。今まさに襲撃しようとしている」ハナはいう。

机についていたカザルスが椅子を引く。

「駐車サービスの駐車係がオーティス・ウォーデルという悪党とそいつの仲間たちに、ターゲットの情報を流していた。駐車係は家の鍵も複製していた」ハナはいい、防弾ベストをつかむ。「次のターゲットは高級住宅区域（ゴールドコースト）だ。連中は何日も下調べしてきた。もうすぐ決行だ」

カザルスが携行武器をチェックし、予備の弾倉をつかむ。「連中はどうやって侵入する？」

「玄関からだ。花屋を装う。バンに乗っていく。そして、その家になだれ込む」

「家族は家にいるのか？」ロッシが訊く。

「連中は家族がいることも、何を奪うかもわかっている。ウォーデルがそれを望んでいるのだと、駐車係はいっている」ハナはホルスターに入った四五口径コルト・コンバット・コマンダーをベルトに留めた。

「ウォーデルの記録ファイルを持ってこい」ハナは支度を整えながらロッシにいう。「わかっている仲間は、ハンク・スヴォボダ、ウィリアム・〝チャビー〟・ウォズニアキ、カーロ・ボルザニ別名〝エンジェル〟。こうして話しているときにも、こいつらは侵入の準備を進めている。連中より早くターゲットの家に行きたい。連中が玄関から入ってくるときには、おれたちが中にいるようにしたい」

カザルスが携行武器をホルスターに入れる。

ロッシは受話器を取り、記録課に連絡する。拳で額をなでる。

イーストンがうなずく。「応援は？」

ハナは通路を走り、武器ロッカーに急ぐ。「時間がない。SWATにずらずらとついて来られるのはまずい。連中に感づかれる。遠くで待機させろ」SWATはポンプアクション・ショットガンとCAR－15（コルト社がアーマライト社の協力を得て開発したライフル銃）の使用許可を取るだろう。「おれたちは目立たないように行く。回転灯はつけない。サイレンも鳴らさない。連中に先を越されず、気付かれないことを祈るしかない」弾薬の箱と予備の弾倉をつかむ。「行くぞ」

午後八時だ、とアレックスはハナにいった。ウォーデルとその仲間が家に侵入する時間だ。

夫はゴルフから家に帰っている。子供たちは風呂に入り、宿題を済ませている。妻はキッチンでワインを一杯飲んでいる。ゆっくりくつろいでいる。安心し切っている。

午後七時四十五分、イーストンがコルソン家の通りの角を曲がったところで車を停める。沈みゆく日が薄れ、静かな夕暮れがこのあたりを覆いつつある。カネがにじみ出ているようなところだ。古くて大きな石と煉瓦の高級住宅が仲良く並び、手入れの行き届いた生け垣のうしろにそびえる。

ハナはシカゴ市警（CPD）の通信指令係に無線で連絡し、状況を伝え、ほかのチームに対して遠くで待機するよう指示させる。「強盗団がターゲットの家に入ると同時に、中でつかまえるという段取りでやりたい。逮捕劇の舞台を限定する。街中には絶対に広げない。ほかのチームが花屋のバンを見ても、そのまま放っておけ。速度を緩めたり、方向を変えたり、無線送信機を取ったりするな。バンが完全に走り去り、見えなくなってから、連絡しろ。必ずおれに連絡しろ。わかったか？」

強盗団が来る前に、ターゲットの家から住人を避難させ、両隣の住人をほかの場所に移しておくのが理想だ。強盗団が被害者宅の前にバンを停め、家に入ってくるまで待つ。その後、ほかのチームを所定の隘路（あいろ）の待ち伏せ地点に配置し、大通りや裏通りを封鎖させる。だが、腹案はそこまでだ。あとは何とかしてやり遂げるしかない。成功（バズーカ）させるしかない。

ハナは覆面車から降り、角を曲がり、コルソン家がある通りへ急ぐ。コルソン家は典型的な高級住宅区域（ゴールドコースト）の邸宅で、レイクショア・ドライブから二街区（ブロック）外れ、オーク・ストリートのすぐ北にある。大学の学舎のように、平らな石造りの正面に蔦が這い、大きな木々と錬鉄越しに校歌が聞こえてきそうな家だ。ハナは急いで通用門をくぐり、裏手に回る。きれいに手入れされた狭い芝生は夜の明かりを受けて穏やかだ。フレンチドアから広大なキッチンが見える。琥珀色の照明。ふたりの子供たちが、近くのオープンプランのリビングルームでテレビを見ている。三十代の女が、高価そうな普段着に身を包み、片手に白ワインのグラスを持って電話している。ゴルフシャツの男がキッチンテーブルの椅子に座り、『トリビューン』を読んでいる。

ハナはパティオへ続く階段を駆け登る。銃口を上に向けてショットガンを持ち、バッジを掲げる。右うしろにはイーストンもいる。ハナはドアを叩く。夫が首を巡らす。妻が動きを止める。固まっている。

「警察です。緊急の用件です」ハナはいう。

夫婦が鋭い視線を交わしたあと、夫がロックを外してフレンチドアをあけるまで、二秒間の言葉も出ない時間がかかった。ハナは半ば強引に家に入る。

「いいですか。よく聞いてください。私は犯罪情報課のヴィンセント・ハナ刑事部巡査部長です。あなたとご家族に危険が迫っています。私のいうとおりにしてください。直ちにしていただかないといけません」

「いったいどういうことだ？」夫が遮る。

ハナは奥へ進み、キッチン、リビングルーム、家の裏手と横についている大きな窓、玄関の広間に続く廊下を素早く確認する。

ハナはコルソンに向き直る。「あなた方は強盗団のターゲットになっています。我々も数分前にその事実をつかんだばかりです。あなた方に避難していただきたい。今すぐに」

ベッキー・コルソンが目を覚まそうとしているかのように首を振る。「どうしてそんなことを――」

「急いでいるんです！」ハナは子供たちを招き寄せる。「子供たち。急いで」

「私たちに避難させるのか？」ロバート・コルソンがいう。「なぜ強盗団が入ってこないようにしない？」

「強盗団はすでに近くまで迫っているからです。彼らは重武装しています。どこにいるかはわかりません。どうか私たちに任務を果たさせてください。ご家族にとっては、別の場所にいるのがいちばん安全です。さあ」

ロバートが歯を食いしばる。

ベッキーの顔面が蒼白(そうはく)になっている。「リンカーンパーク近くの家族を襲った人たちですか？」

「そうです」ハナはうなずく。

ベッキーが子供たちに手で合図する。「こっちよ」

ふたりは慌ててキッチンに行く。

「靴を持ってきなさい」ベッキーはいい、カウンターの小物かごから車のキーを取り、玄関の広間の方へ歩き出そうとする。

ハナは首を横に振る。「だめです。裏口から、フェンスを越えてもらいます」家族が家を離れるのをウォーデルに見られて、襲撃を中止されたくない。

ハナの無線機に連絡が入る。ベルトのクリップから取り出す。

「偵察の車が街区(ブロック)を巡回してる」カザルスがいう。「運転しているのはウォズニアキだ」

ハナの脈拍が少し速まる。「走り去るまで待ってから、ここに入ってこい。パティオのドアから」

ハナはコルソン家の面々にまた顔を向ける。「計画変更です。地下室のドアはどこですか？」

「ちょっと、待ってくれ」ロバートが片手を上げる。

ベッキーが地下室のドアを指さす。

「そこには何がありますか？」

「娯楽室とバスルームと物置ですけど」ベッキーが答える。

ベッキーは子供たちの手を取り、廊下から地下室に通じるドアへ急ぐ。ドアの先に階段がある。ロバートは動かない。

「ここにいたら」ハナはいう。「ご家族、ご自身、それに私の部下も危険にさらすことになります」

イーストンがカザルスとロッシを両脇に伴い、三人とも重武装してパティオから入ってくる。それを見て、ロバート・コルソンも納得する。

「ロブ！」ベッキーが呼びかける。

ロバートがハナをにらみながら、地下室の階段へ向かう。

「子供たちをバスルームに入れて」ハナはいう。「バスタブに。その上にマットレスかソファーのクッションを置いてください。ドアをロックして。私の指示がないかぎり、絶対にロックを解除しないでください。わかりましたか？」

答えはない。

「わかりましたか？」

「ああ」ロバートはいい、地下室に駆け下りる。下でドアが閉まる。

イーストンがいう。「警察車両は離れたところにいる。SWATはアッシュランド外れの路地で待機中だ」

「ブラインドを閉めろ」ハナはいう。「はじめるぞ」

刑事たちは、侵入する強盗団を左右から直角に挟み撃ちできるように、遮蔽物のうしろにつく。ハナは玄関の広間に歩いていく。玄関のドアを凝視する。

24

ウォーデルの運転するバンがコルソンの家の前に停まる。通りは静かで、夜の闇が迫っている。外を歩いている者はいない。このあたりでは、執事に裏口から犬を連れ出させて、くそをさせているのだろう、とウォーデルは思った。

車が一台、通りすぎる。運転手は〝魔法のフローリスト〟とサイドにペイントしてあるバンには目もくれない。

ウォーデルはバンから降り、後部荷台の巨大な花束を持つ。近ごろこっちに意識を集中していないとはいえ、アーロン・グライムズはいい仕事をする。

バンに乗っていたほかの者たちもサイドドアから降りて、正面のポーチに急いだ。エンジェル、チャビー、チャビーのいとこのダリル。スヴォボダは街の反対側のフランクリンパークにいて、逃走後に身を隠す予定の隠れ家の支度を整えている——コルソン家から盗む車を隠しておくガレージもついている。ウォーデルは玄関ドアへ続く階段を上る。

ほかの連中もドア脇に集まり、スキーマスクをかぶる。ウォーデルは深呼吸する時間を少し取った。花束で顔を隠す。ウォーデルはエンジェルに顎を引き、呼び鈴を鳴らさせる。

家の奥の方からテレビの音が聞こえる。ウォーデルは待つ。エンジェルがまた呼び鈴を鳴らす。

「鍵で入るか？　ここにいると素っ裸みたいに無防備だぞ」チャビーが食いしばった歯の隙間から小声でいう。

ウォーデルはチャビーを無視する。耳を澄ます。階段を急いで下りてくる足音が聞こえたような気がする。

ハナは廊下の奥で、暗いクローゼットの入り口の壁に背をつけ、ショットガンを玄関ドアに向け、銃床を肩にぴたりとつけている。廊下の照明はついていない。また呼び鈴が鳴る。

ハナはカザルスに目をやる。階段のいちばん上でうつぶせになり、武器をドアに向けている。ロッシは左のドアそばにいる。イーストンはキッチンの入り口でかがんでいる。ハナは片手を上げ、拳を握る。**待て**。

テレビがついている。音量が大きい。キッチンの照明もついている。ガレージのコルソン家の車が窓から見える。強盗団は家に人がいることを知っている。しばらく待たせておけば、しびれを切らす。

鍵がロックに差し込まれる音が聞こえる。

ウォーデルは複製した鍵を回す。鍵穴に刺さったまま動かない。

ポーチに花束を置き、マスクを下げる。チャビーがぶつぶついう声が聞こえる。ウォーデルは鍵を抜き、また差し込む。パテの型で複製した鍵で、カットはあまり精確ではない。差し込み方を調整する。エンジェルの緊張ぶりを感じる。家の住人にドアをあけてもらう方がいい。ターゲットの住人の意表をつき、バーン、すぐさま掌握する方がいい。男が出てきたら、いちばんの身体的脅威を消し去る。女なら、人質に持って来いだ。即座に支配できる。だが、コルソン家の連中が気まぐれで、だれも出てこないなら、革張りのデザイナー・ソファーでくつろいでいるところにお邪魔するまでだ。ウォーデルはロックに差し込んだ鍵をなでる。そして、回す。デッドボルトがあく。

よし。

ウォーデルはジーンズのベルトに挟んでいた銃を抜く。ノブを回す。ドアは重厚だ。脇にどき、ドアをそっと押して、まったく音を立てずに大きくあけると、廊下の様子が見える。大理石。階段の下。テーブルに載ったポップアートの彫刻。黄色がかった緑色の壁紙、油絵。廊下の照明は消えている。家の奥にあるテレビがついている。音がでかい。テレビ番組の録音された笑い声。くそったれどもは気付いていない。**こちらへどうぞ、〝ザ・プライス・イズ・ライト・ビトウィーン・ユア・アイズ〟**（CBSで放送されている値段当てクイズ番組〝ザ・プライス・イズ・ライト〟のもじりで、「代償に額を撃ち抜いてやる」の意）**の次の挑戦者はあなたです。**

ウォーデルは仲間に合図を送る。仲間が壁から背中を離し、静かに家の中に入っていく。彼はいちばん最後に入り、ドアを閉める。

ハナは、マスクをかぶった四人の男がドアから入ってきたことを確認する。ポーチの明かりを受けて、四人の男たちの持つ銃がきらりと光るのがわかる。

最初の三人の男たちが立ち止まり、暗い廊下と広間を急いで調べる。最後の男がばかでかいセミオートマチック拳銃を持っている。最初の三人が肩越しに振り向き、四人目の男を見る。指示を待っている。

あれがオーティス・ウォーデルか。

最初の三人のうちのひとり、カボチャのようにでかい頭のせいでマスクが伸びている男が、小声でいう。「どこにいる？」

ウォーデルがドアを閉めながらいう。「家の奥でテレビを見ている。子供たちを引き離して手足を縛れ。**行け**」

三人が廊下を移動しはじめる。

ハナは隠れていたところから出て、一二番径のショットガンを発砲する。「エイプリルフールだぜ、くそ野郎！」

チャビーのいとこがウォーデルの前を移動していて被弾し、倒れる。

ハナのチームのほかの刑事たちも発砲する。

一斉に……

ウォーデルがチャビーのうしろでかがむ。

カザルスが階段の上から銃撃する。

ロッシも書斎のドアからＣＡＲ−15を撃ちはじめる。

イーストンはキッチンの入り口で待機する。

チャビーが撃つ……

ハナはフォアエンドをスライドさせる。レミントンが二度火を吹く。

エンジェルの撃った弾が床に着弾する。ハナのショットガンが彼をとらえ、くるくる回転させながら吹き飛ばす。ウォーデルも大きな四四口径銃で矢継ぎ早に応射する。

チャビーは負傷し、わめき、よろめきながら、銃を持った腕を大きく振る。ロッシの銃弾が命中し、チャビーが一回転する。それでも、倒れず、反撃する。

ウォーデルは頭を低くし、チャビーのうしろから銃撃する。

信じられないことに、エンジェルが立ち上がる。チャビーもまだ立っている。その巨体をめがけて飛来する銃弾が、ウォーデルの目には、チャビーの巨体を取り囲む光輪のように見える。ウォーデルは応戦しながら後ずさり、ドアノブをつかむ。銃弾がチャビーの胸や脚にめり込む。肉、骨に当たり、つばを吐き出すような音がする。一度息を吸うと、チャビーの脚から力が完全に抜ける。ウォーデルは次々と発砲し、頭から玄関の外に飛び出し、くるりと回転して立ち上がって逃げる。

ハナは血の上を滑りながら、廊下を走り抜ける。遺体が玄関のドアを塞いでいる。がっしりした体の男だ。ハナはその男を脇にどける。

ウォーデルが外で発砲しようとしているかもしれないから、彼は脇柱のうしろに隠れてドアをあける。何もない。背後では、イーストンが廊下を歩いてくる。

「異状なし」イーストンが声をかける。「死者三名」

ハナはドアから出て、ポーチ前の階段を駆け下りる。

前方では、ウォーデルが偽の花屋のバンに急いで乗り込む。エンジンをかける。ハナはどくどくという自分の脈を聞きながらレミントンをかまえる。バンの運転席の真横から銃撃する。

通りを隔てた向こう側には、窓から首を出す人や歩道を歩く人々がいる。ハナは芝を張った前庭を走り、ウォーデルをはっきり狙えそうなところへ走る。

バンが走り出す。ウォーデルがハンドルを握っている。スキーマスクをかぶり、その奥に黒い目が見える。ハナは狙い、発砲する。

フロントガラスが霜が降りたかのように白くなり、中央にあいた穴の周りに蜘蛛の巣状のひびが入る。ハナはショットガンのフォアエンドをスライドさせる。空だ。バンが目の前を走り去る。ハナはポケットのショットガン・シェルを再装塡しながら走り、追いかける。

警察車両が回転灯をつけ、サイレンを鳴らして追尾する。

バンが路肩を乗り越え、民家の芝生を突き進む。民間人が身を隠そうと行く手から慌てて逃げる。背の低い木々が密生している手前で停まる。ハナは助手席側に駆け寄り、レミントンをかまえたまま中を見る。助手席側のスライドドアがあいていて、運転台の中がはっきり見える。運転席側のドアもあいている。運転席にはだれもいない。

「くそ」

ウォーデルはすでにバンから降り、通りに出て、角を曲がっている。ハナはあとを追う。

背後から大きな声が聞こえる。カザルスが呼んでいる。ハナは前方の騒ぎに向かい、懸命に走る。ベルトの無線機を取り出す。

「容疑者は徒歩だ。北西に向かい、クラークをすぎてラサル方面に逃走中。追跡する」

密に茂る木々が街灯を遮り、闇にまだら模様を描く。角に差しかかると、クラクションとタイヤのきしる音が聞こえる。人々の怒声。ハナは交通量の多い通りに出る。一街区南の交差点で、車がもつれるように渋滞している。運転手が次々と降りている。ウォーデルが路面に座り込んでいる。メルセデスの前だ。ウォーデルが道路に飛び出してきたときに、メルセデスがぶつかったのだろう。

「下がれ！」ハナは交差点へ走る。「どけ！」

通りはにぎわっている。ハナの声などだれの耳にも入らない。メルセデスの運転手が降りてくる。

ウォーデルはさっと立ち上がり、拳銃を出して銃口を運転手に向ける。運転手が逃げ出す。ウォーデルは急いでメルセデスに乗る。ハナは通行人を押しのけ、渋滞の車を縫って走る。ウォーデルがメルセデスのギアをバックに入れる。ルームミラーを気にしながら、タイヤを焦がし、急ハンドルを切りつつ、交差点を塞いでいる車列から抜け出そうとする。うしろのＶＷにぶつかる。

ハナは交差点にたどり着き、メルセデスの前に走り出る。ショットガンをかまえる。ウォーデルはスキーマスクを着けたままハナをにらみつける。マスクの目穴の白目、深みのない黒目。無表情。

メルセデスが前に走り出す。ハナは発砲する。

ウォーデルはダッシュボードの陰に頭を下げる。フロントガラスに八つの風穴があく。

メルセデスが迫る。ウォーデルが顔を上げる。ハナハナは飛ぶ――ボンネットにへばりつく。

ウォーデルはアクセルを目一杯踏む。ハナの体がフロントガラスに飛ばされる。ショットガンがなくなっている。ウォーデルはアクセルを踏み続け、交差点を高速で曲がる。はボンネットの端をつかんで、振り落とされないようにしながら、もう一方の手で四五口径コルト・コンバット・コマンダーをつかんで顔の前に持ってこようとする。

ウォーデルの一発目がハナの頭上を飛んでいく。二発目は吐き気を誘う金属音とともに、ハナのすぐそばのボンネットに穴を穿つ。ハナは四五口径銃を助手席側のウインドウに近づけようともがく。メルセデスが急に揺れ、センターラインを越えて反対車線に入って加速する。

遠くでサイレンが鳴っている。ウォーデルは左に急ハンドルを切り、バスの真ん前に出る。

ボンネットをつかんでいた手が外れる瞬間、ハナはメルセデスに向けて一発撃つ。彼は路面に叩きつけられ、跳ね、体を回転させる。甲高いブレーキ音。バスのヘッドライトが目の前に大きく迫る。バスは彼の頭の近くで停止する。通りの先で衝突する音が聞こえる。ハナは起き上がる。打ち身だらけで、膝がかくかくし、ジャケットが破れ、足を引きずりながら、メルセデスとウォーデルをできるかぎり速く追う。

ハナは一街区西でカージャックされたメルセデスを見つける。運転席側のドアがあいている。シカゴ市警のパトロールカーが、回転灯とサイレンをつけて続々と近づいてくる。ダッシュボードの回転灯が赤と白のライトを放ちながら、覆面車が停まる。カザルスとロッシが慌てて降りてくる。

ハナは手を貸そうとするふたりを押しのけ、よろめきながらその場でぐるりと、何本かの脇道を確認する。その目はウォーデルをとらえたくて、怒りで燃えている。何もない。

ハナは額と右耳の擦り傷にハンカチを押し付けながら、カザルスとロッシとともに覆面車でコルソン邸に戻る。通りは回転灯の青いライトでお祭りのようだ。制服警官チームが家の前後の通りを封鎖する。近所の住人が通りの向こう側に身を寄せ合って立っている。シカゴ市警のヘリコプターが上空で低い羽音のような音を立て、サーチライトが屋根や道路を真っ白に染めている。

「ヴィンセント……」カザルスがいい、一台の救急車の救急救命士のところにハナを連れていこうとする。

ハナがカザルスを無視し、階段を半分ほど上ったところで、ボーマンがバリケードの手前で車を停め、外に降りてくる。例の白髪が、渾沌とした照明の洪水の中で目立っている。ボーマンが黒いトレンチコートを着て、葉巻を持って家に近づいてくるとき、警察をはじめ、通報に応じてやってきた人たちがさっと行く手をあけた。そのあとに、ナンバーツーのトム・ノヴァク警部補——人間としても、警官としても信頼できる男——が歩いてくる。

ハナはすでに家の中に入っている。待たなかった。

玄関の広間は散らかっている。照明がつき、血だらけだ。壁にかけてあった絵は床に落ちて、赤い染みが飛び散っている。オーティス・ウォーデルの仲間が大理石の上で死んでいる。

彼らのマスクはすでにはぎ取られている。死体の位置を撮影するよう、イーストンがカメラマンに指示している。

ハナは散乱した死体を避けて奥へ進む。「イーストン」

イーストンの顔がこわばっている。「まぬけとくそ野郎のフルハウスだ」イーストンはハナをじろじろ見る。

ハナは首を振る。「ナンバーワンには逃げられた」彼はキッチンに向かって顎を引く。「家族は？」

「みな無事だ」

ハナはキッチンテーブルにいる家族に挨拶する。「終わりました。みんな怪我はありませんか？」

幼い少年がハナに向かってうなずく。ロバート・コルソンは妻に腕を回している。

「みなさんにはここから出てもらいます」ハナはいう。

玄関ドアの方から男たちの声が聞こえる。ハナは足を引きずり、玄関の広間へ戻る。

ボーマンとノヴァクがいる。ボーマンがいう。「おいおい。ここは家畜置き場より血と腸だらけだぞ」

「そちらはご機嫌いかがです、警部？」

「進行中の強盗事件を食い止めたようだな」ボーマンがいう。「家族は？」

「無事です。それ以外となると、ご覧のとおり」

「遺体を三つ見た。ずたずたのバン。ずらり並んだ報道クルーも」

「報道関係はぜんぶ任せます」ハナはいう。「ニュースの時間を独占してください」

「そのつもりだ」ボーマンは葉巻で指し示す。「高等技術があるからな。トークに加えて、数えるのもうまいぞ。死亡三名だと？　四人目と五人目はどこへ行った？」

「逃走中です」

「オーティス・ウォーデルとハンク・スヴォボダというやつか？」

「そうです」

「ほかのチームと調整して通りや路地に非常線を張り、逃走路を封鎖する手もあったはずだ。なぜそうしなかった？」

　ボーマンの顔の周りがかすかにきらめくのがわかる。オーラか。生々しい犯罪現場の目で見えるような騒音に包まれて、焦点がぼやけるゾーン。ハナは冷たい水銀が血管を流れているように感じる。彼のまなざしはすでに冷たい。別の時と場所に瞬間移動する。疲労を越え、デキストロアンフェタミンに突き動かされ、ほかの全員と瓦礫の中で、銃撃し、手榴弾を投げ、負傷させ、殺し、負傷し、殺される。冷たい雨に打たれるゾンビたち。

「戦術的な決断でした」ハナはいう。

「だから私にもノヴァクにも教えないのか？　手入れから我々を排除するのか？」ボーマ

ンは尋ねる。

「手柄は独り占めしてかまいません。カメラはあっちです」ハナはいう。「取材クルーがもう家族に群がっていますよ。戦術的にいえば、こうするのが正解でした。おれの部下は、この十年でもっとも残忍な強盗団をあらかた除去しました。オーティス・ウォーデルはおれが探し出します。必ず止めます」

ボーマンが黙る。蛇のように。冷血で、とぐろを巻いている。

ボーマンはウォーデルのことなど気にしない。気にするのは機構(マシン)に油を差すことだ。クック郡、市役所、シカゴ市警(CPD)幹部部、あるいはアウトフィットという機構(マシン)。評判も気にする。刑事部長とか、本部長といった地位だ。あと五年もすればどうなる。ダニのようにこの街に食い込んでいる。

ハナは結果を出すから勝手にやることができた。

そして、この仕事を手に入れた。生き甲斐(がい)だ。背中にはチームがいる。

「今後、動く場合には、どう動くのか事前に逐一知らせろ。もう誘導装置のないミサイルみたいに飛び出すのは終わりだ」ボーマンがいう。

今後は檻(おり)に閉じこめられるかどうかの問題になる、とハナは確信する。

ボーマンという犬には狩る気がない。

ボーマンがハナをにらむ。「私のいうことが聞こえるか？」

そのとき、ハナは言葉にできないゆがみを感じる。いらだたしい。彼の経験とこれからすることは、ボーマンや彼の策略などより大きい、この家より大きい。

「聞こえています。おれの声はあんたに聞こえてますか？　ウォーデルはおれのものだ」

ハナの声はほとんどささやき声に変わっている。「聞こえてますか？　邪魔の入らない道がいる。おれのやることに口出しするな」

　ボーマンがハナの胸ぐらに手を伸ばす。ハナもやる気だ。ノヴァクがボーマンを押さえつけ、近くの報道クルーを身振りで示す。

25

　クリスはハンマーを振りかぶる。ブロンドの髪が汗で黒っぽくなっている。セリトはロックパンチを貸金庫にセットする。

　三百個目の貸金庫。

　貸金庫室は汗と古い現金のにおいがする。彼らは疲弊し切っている。今は日曜の夜だ。

　クリスはハンマーでロックを叩く。両肩に痛みが走る。その後、バネ鋼の鉤を穴にねじ込み、再ロック機構を外す。貸金庫の扉があく。

　ニールは貸金庫のボックスを取り出す。中には六通のアメリカ、カナダ、メキシコのパスポートが入っている。不動産譲渡証書。婚姻証明書。丸めた札束。彼は現金をジムバッグに入れる。クリスはミネラルウォーターのボトルをつかみ、ごくごく飲む。

ニールがその貸金庫を脇に置いたとき、かたかたと音が聞こえる。貸金庫の奥に、束になった車のキー、厚手のゴムバンドで束ねられたコンピュータのハードディスク、セントクリストファー・コインがある。

クリスとセリトは次の貸金庫に手をつける。ハンマーが何度か打ち下ろされ、硬質な音が響く。クリスは再ロック機構を外し、中のボックスを抜き、蓋をあける。

「やったぜ」彼は中に手を入れる。

金の延べ棒。

ニールも笑みを漏らす。

そのほか、宝石、クルーガーランド金貨、ダイヤモンドの原石、ポルノ写真も入っている。上院議員が写っているものもある。

セリトは一枚の写真を掲げる。**ニール、こいつは今まで出てきたどんなものより価値があるかもしれないぜ。**

脅迫か？　だめだ。これまで現金だけでも、だいたい二百万ある。ニールは額の汗をぬぐう。**それに、そいつはそっくりさんだ。エルヴィスと一発やってるのは、実際には上院議員じゃない。**

ふたりは破廉恥な写真、台座に載った宝石、会計台帳をそのまま放置した。車のキー、コンピュータのハードディスク、無記名債券は持ち帰るか、あとで破壊するかもしれないので、保留しておく。

ニールは時計を見る。「あと三十分。そろそろ打ち止めだ」

セリトはうなずき、ハンマーをつかむ。ゆっくりと、しかし止まることなく打ち付ける。ふたりは次の貸金庫をあけ、クリスが中のボックスを取り出す。

現金。エメラルドのイヤリング、真珠のブローチ。写真――南米の大農場前の池にいるカバ。

ルビーが埋め込まれた乳首クランプ。クリスはその宝飾品を持ち上げる。「カネがあり余ってるやつもいるんだな」

セリトは次の貸金庫のロックを壊し、再ロック機構を外し、引っ張り出す。

金貨。銀の延べ棒。現金。マコーリーはそれらをジムバッグに詰める。

午前三時。彼はビニールのゴミ袋をつかみ、ゴミを詰めはじめる。持ってきたものを金庫室に一切残さないつもりだ。紙切れ一枚。まつ毛一本も残さない。見逃していた通帳を見つけ、ぱらぱらとめくる。目ぼしいものはない。脇に置いていたコンピュータのハードディスクを見る。ふと考える。なぜ貸金庫に保管されていた？　ネイトによると、珍しいものがあるかもしれないから気をつけろとケルソがいっていたそうだ。ケルソはどんな連中がこの銀行の顧客なのかを知っているのだから、ハードディスクは思わぬ拾い物なのかもしれない。それに、ネイトはよく考えているときにかぎって、口数が少なくなる。ニールはハードディスクもジムバッグに入れる。

午前四時五十五分、最後まで金庫室に残っていた装備を引き上げる。ニールは最後に一度、金庫室を見回す。空になった貸金庫内のボックスがフロアに散らばっている。金庫室のあちこちで、ボックスの扉があんぐりとあいている。両肩がずきずきと痛む。手袋をはめていたが、手には水膨れができている。目が乾いてざらついている。ニールは壁の穴から出て、略奪後の貸金庫室を暗いままにして去った。

外に出ると、夜明け前の暗い空気が涼しい。五十四時間も中にいたから、乱暴に起こされたかのように感じられる。モリーナがだれもいない店の裏手にバンを停めていた。彼らは戦利品をすべて積み込み、街が目覚める前の静けさに包まれて走り去る。

モリーナがマコーリー、クリス、セリトを乗り換え用の車まで送り届けると、マコーリーはモリーナと握手する。ピンク色の夜明けが通りをなでている。モリーナは金庫室で使った装備をバンに積んだまま、オヘア空港の長期駐車場にバンを乗り捨てた。セリトは仕事の前にそこにトラックを停めていた。ミルウォーキーまで二時間かけて運転し、そこから今日のうちに飛行機に乗る。セリトはダッフルバッグを肩にかける。

ニールは車から顔を出していう。「家に帰って、連絡を待て」

セリトが目を向ける。生気にみなぎる目だ。「わかった。次はいつだ？」

「さあな」マコーリーはいう。「エレインによろしくいってくれ」

ニールとクリスは州間高速道路55号線で南西に向かう。セントルイスへ行き、そこからニールはLAXへ、クリスはベガスへ行く。車はフォード・トーラスだ。実用的で、色はベージュ。その色は、フォルサム刑務所の監房に詰め込まれていた青白い顔の男たちを思い出させる。息が詰まるほどのぎゅうぎゅう詰めを思い出す。ベージュは大嫌いだ。だが、ご機嫌に改造したフォード・マスタングは使えない。アクセルを目一杯踏み、足下のエンジンの咆哮（ほうこう）を聞きながら、道路を疾走したいところだが。成功の余韻で、そして自由の空気で、生を実感したいところだが。

一歩ずつだ。ニールは制限速度を守る。クリスがラジオのダイヤルを回し、ヴァン・ヘイレンが流れる局を見つける。クリスが音量を上げ、ウインドウをあけ、風と音楽の絶叫を解放する。

クリスならフォード・マスタングを借りていただろう。

シカゴを出て九十分ほど走ったところで、ニールはガソリンスタンドに寄り、公衆電話を探す。広大な空は、LAではお目にかかれない田園地帯の青だ。ポップコーンのような雲。澄んでいる。平らな地平線。緑で何もない。ニールは硬貨を入れ、公衆電話ブースのフードに寄りかかる。電話に出た声が聞こえる。周りが急にぐっと明るくなったように感じられる。自分がこの先どんな人間になるのかという確信が、弧を描いて体に突き刺さる。

「ヘイ、ベイビー」ニールはいう。「LAに向かってる。あとでな」

26

月曜の朝、午前十時、ハナとカザルスはラリー・レヴィンソンがレヴィンソン電器店のドアのロックを解除し、〝営業中〟の表示を出すのを確認する。ふたりは五秒後に店に入る。レヴィンソンはまだ机にもたどり着いていなかった。

レヴィンソンは不審げに目を細める。「ヴィンセント」

ハナはレヴィンソンの胸を小突く。「やれよ」

「何のまねだ？」バランスを崩し、うしろ向きによろめく。

「長時間番組(テレソン)の時間だ。電話を取れ。オーティス・ウォーデルを探し出せ」

「どうしたんだよ？」レヴィンソンがハナを指さす。「メッセージを受け取らなかったのか？」

「メッセージだと？」ハナは天井を見上げる。「空が割れるやつか？ 雲間から手が下りてくる。おれを指さす。〝ハナ。レヴィンソンには手を出すな〟と声がする。そんなメッセージのことか？ 受け取ったさ。これが答えだ。例のむかつくくそ野郎が盗品をどこに流すのかを、おまえに探ってもらう。わかったら、おれに報告しろ。協力せず、正直にいわず、時間稼ぎして、あのくそ野郎の逃亡を支援し、幇助(ほうじょ)するやつも、そいつと一緒にムショにぶち込んでやる」

　レヴィンソンは何もいわない。ハナはレヴィンソンの体をくるりと回し、机に向かって背中を押す。レヴィンソンはよろめきながら、顔を真っ赤にしてビニール張りの重役椅子に腰を下ろす。まだ残っている髪をなで付け、電話機を自分の方に引っ張る。

　ハナはこんなことをすれば、風当たりが強くなるのは承知のうえだ。ボーマンが怒り狂うだろう。ウォーデルは野放しだ。這いつくばり、警戒し、決死の覚悟を固めている。チャンスの窓があり、閉まりつつある。刻一刻と時が流れていく。ウォーデルを追跡する決意はハナの血流に入り込み、その血が体中を駆け巡っている。ボーマンなどくそ喰らえ。

カザルスが辛辣だが抑えた声音でいう。「小さな女の子が念力でテレビを破裂させる映画はわかるか？　今から二秒後に、ヴィンセントもそうなるぜ」

レヴィンソンが電話をかける。五分ほど話して、受話器を置く。「あとは待つだけだ」

「二時間後に戻る」ハナはいう。

外に出ると、カザルスは背筋を伸ばし、落ち着いた様子で――もっともハナの気が立っているときには、いつも冷静に見えるわけだが――こういう。「そう焦るな」

カージャックされたメルセデスのルーフから投げ出されて落ちたせいで、ハナの体はずきずきと痛んでいた。擦りむいた額も痛い。スーツが台無しになって腹が立つ。太陽の光にも腹が立つ。行く手を塞ぐあまりに多くの障害に腹が立つ。

物事がどう進むかはわかっている。この仕事に就いたときに、物事の仕組みを理解した。腐敗はシカゴの風土病であり、当然の手段であり、民主的な手続きだ。何人も、スタンダードオイル・オブ・ニュージャージー（アメリカの巨大石油会社で、のちに独占禁止法により分割された）にならずとも、だれにでも賄賂を贈る固有の権利を有する。南カリフォルニアの流儀でもある。奪われた金品が換金されるなら、その現金の半分は茶色の紙袋に入れられ、警官のかばんに消える。刑事はそのカネを賄賂や情報提供者への報酬に使う。新車代やキッチンのリフォーム代に化けるかもしれない。だれの懐も潤わない。警邏していたり、刑事の捜査班に入っていたりする警官は、ホーリー・マーターズ小学校で一緒だった連中の便宜を図る。

だが、今回、ハナは自分のやり方を曲げるつもりはない。

27

マコーリーがマリーナデルレイの自宅が入っているビルにキャデラック・セビルを入れるとき、日は高く、鋭い。車から降りると、潮の香りと排気ガスのかすかなにおいに襲われる。冷気で手のひらのしわが増えている。彼はダッフルバッグを肩にかける。二階のコンドミニアムに入ると、シャワーの音が聞こえる。バスルームの閉じたドア越しに笑い声も聞こえる。ダッフルバッグをクローゼットの隠しスペースに置く。

蓋のあいたサムソナイトの水色のスーツケースが床にあり、子供用のバックパックがキッチン・カウンターに置いてある。ビーチタオルを乾かそうと、椅子の背にかけてある。ここにいるのは子供だけではない。まちがいない。マコーリーは電話を持ってバルコニーに出る。

波打ち際まで続く広いビーチ、空中でかすかにきらめく波しぶき。カモメが旋回し、甲高い鳴き声をあげる。マコーリーは手すりに寄りかかり、電話をかける。

応答する男はグラスのぶつかる音、人の話し声、音楽を背景に応じる。「ブルールームです」

「ネイトを頼む」マコーリーはいう。

しばらくして、ネイトが出る。「戻ったのか?」

「ああ。あんたのいうとおりだった」

「どうだった?」ネイトはゆったりした口調でいう。

「あるものが出てきた。調べてもらいたい。コンピュータのハードディスクだ」

ブルールームの喧噪が聞こえる。「手配しよう」

室内に戻ると、バスルームのドアがあいている。エリサ・バスケスがニールのタオル地のローブに身を包み、八歳の娘ガブリエラの髪を乾かしている。ガブリエラはタオルにくるまり、目をこすっている。そして、ニールの姿が目に入る。

「まあ、ニール!」ガブリエラが明るい声でいい、キッチンから走ってきて片手を上げる。ふたりはハイタッチする。

「ハイ、かわいこちゃん」

「服を着なさい」ニールの腕に抱かれ、濡れた髪にキスされているガビに向かって、エリサがいう。ガブリエラがスーツケースに入っていた服をいくつか持って、奥のベッドルームに走っていくあいだ、エリサはその場を動かない。

ニールは彼女の額についている濡れた髪をどかす。

エリサの黒い目がニールの顔をのぞき込む。「それで、わたしの愛する人?」彼女の声は深いアルトといっていいほど低く、彼女ほど華奢で若い女性にしては意外な声だ。「うまくいったの?」

ニールが目を逸らし、またエリサに戻す。あのこらえた、控えめな笑み。「うまくいったなんてものじゃない。問題はゼロだ。完璧だった」

　エリサがニールの頬に手を当てる。シャワーを浴びたばかりで、肌が熱い。その後、冷蔵庫に行き、ビールを二本出し、栓をあけてから戻る。ふたりは瓶をカチリと合わせる。エリサは片腕をニールの首に回し、顔を天井に向けてビールをあおる。彼女の肌には非の打ちどころがない。唇にも非の打ちどころがない。落ち着いたたたずまいにも、ゆっくりヒップを振って歩くさまにも非の打ちどころがない。冷静さ。ニールを見るまなざし。ニールはエリサの首に顔をうずめ、脈打つ首筋にキスする。

　エリサの体内で脈打っているのは、安堵の気持ちだ。きれいな砂に押し寄せる小さな波のように、それはエリサの全身を洗う。

「今夜は泊まってくれ」ニールはいう。

「午前中はガビの学校がある。だから、帰らなきゃ。きのう戻ると思ってたから」

「おれもだ」

「でも、今夜は一緒にいられるんでしょ？」メキシコ北部のメキシコ人とリオグランデのメキシコ系テキサス人の訛りが混じったような話し方だ。エリサはテキサス州イーグルパスとコアウイラ州ピエドラスネグラスで育った。彼女の家族は四百年にわたり、国境沿い（ラ・フロンテラ）で暮らしてきた。

　エリサはニールの体に身を任せる。唇が温かく、目も笑い声も、すべてが温かい。それに現実的で、鋼の神経の持ち主でもある。ニールが出会っただれよりも経験が豊富で、しっかりしている。ニールに隠し事はしない。ニールもエリサに隠し事をしない。いとこのアレハンドロがフォルサム刑務所でニールと一緒だった。ふたりはアレハンドロを通じて出会った。エリサはニールのすべてを知っている。

「おなかぺこぺこ」ガブリエラはいう。ドラゴンボールのTシャツを着て、ピンクのリーボックをはいている。

「オーケイ、達人さん。ステーキでも食べるかい？」

「フィッシュフィンガーなんかどう？」

「今夜ママを特別なところに連れていきたいんだ。エンリコの店でスパゲティを買ってくるってのはどうだい？」

「いいよ」

ニールはエリサにいう。「水曜日、エルセントロに行く」

エリサはニールの手を握る。

28

クリスは黒塗りのアウディ・クワトロを駆り、派手な音を立ててベガスに戻る。ミラージュ・ホテルにチェックインする。彼には計画がある。現金がある。正気でまともな精神状態に戻り、いつでも次の仕事をはじめられる状態にもっていくまで、一週間の猶予がある。彼はストリップを見下ろすスイートルームを取り、リブアイ・ステーキと一本のバーボンを注文し、受話器を取る。陽光が降り注ぐ窓際に立ち、一緒にすごした夜、シャーリーンのハンドバッグから抜き取った名刺を取り出す。

名刺に記してあるのは、七〇二の市外局番ではじまる電話番号だけだ。そして、香水の香りだけ。何という香水かは知らない。アヘンのような。彼女。

クリスは大勝ちし、そのつきが続いている。執着。前途洋々で、輝き、チャンピオンのように勝ち続ける。

だから、彼女も見つけられる。クリスは電話する。

女が出る。「デザート・ドリームズです」

砂漠の夢(デザート・ドリームズ)か。彼女が務めているサービスは目立ちたくないらしい。そういうときのための計画もあるし、それを実現するコネクションもある。

「仕事でベガスに来ていて、観光に連れていってくれる現地のツアーガイドを頼みたいのだが」

「こちらは電話応答代行サービスになります。ご希望をお伝えし、マネージャーが手配し、折り返し連絡を差し上げます」タイピングの音が聞こえる。「どなたかご指名はございますか?」

「ああ」陽光が目に入る。きらめく紫外線。「友だちのお勧めで、シナモンという人をお願いしたいのだが」

シャーリーンは日が暮れる前に、フラミンゴ・ラスベガス・ホテルのバーに颯爽と入る。小麦色の肌とのちがいが際立つ白いレザーのホルターネック・ドレスに、体を押し込めている。音楽、話し声、近くのスロットマシンの電子音のおかげで、営業モードに切り替えられる。早めに着いた。気持ちが高ぶっている。気分を上げて明るくて柔軟な雰囲気を醸して、新規顧客にいい印象を持ってもらおうと、出かける前にホワイツ（アンフェタミン）を二錠飲んでいた。

彼女が通ると、あたりの人が振り向く。男が目を向ける。女も目を向ける。電話応答代行サービスの話では、今夜の客はボビー・ヴァレンタインという男性だという。何者なの？　五〇年代のドゥワップ・シンガーか何か？　マネージャーのキース――あるいはデッドアイ、あるいは、出会って三週間で彼女に体を売らせたボーイフレンド――には、客が男でも、女でも、ネバダ州の核実験場で生まれたミュータントでもかまわないと常々いわれている。

デッドアイは自分がおもしろい人間だと思っている。おもしろいときもある。でも、最近はちがう。チップをたんまりもらえるなら、ミニットマン（大陸間弾道弾）だっておしゃぶりするわ、とシャーリーンはデッドアイにいった。彼は笑わなかった。

はじめてこの街にやってきたとき、飢えていたとき、カジノのチップ二、三枚と食事で、客の望みを何でもかなえてやったこともある。そのころのことは、なるべく考えないようにしている。最近では、店に入ると、欲望や羨望のまなざしを向けられる。でも、実のところ、最近もそのひどいころとたいして変わらない。もう二十二だ。疲れた。

どうにか暮らしている。でも、こんな暮らしをしていたら、前に進めない。このまぶしい嘘だらけの街、ベガスでさえも。シャーリーンは胸を張って歩きながら、**自分でここに来たのだ**、と思う。ノースダコタから、あの悪夢から逃れて。父親が、あのゲスが脳卒中で死んだと聞いても、母親が煙草ばかり吸って命を縮めていると聞いても、悲しくもなかった。ベガスは彼女の望む旅路の果てではない。

バーに入り、スツールに腰かける。十ドル札を一枚置き、バーテンダーにセブン&セブン(セブンクラウンというウイスキーとセブンアップのカクテル)を注文する。白いドレスシャツ、黒いベスト、ネクタイという格好の彼女より年上の女が、ナプキンの上にカクテルを置く。

「シャーリーンというのはあなた?」

彼女は身構える。ボビー・ヴァレンタインは〝シナモン〟を指名したはずだ。「だれが訊いているの?」

「わたしの知ったことじゃないわ、ハニー」女がカウンターの下に手を伸ばし、厚い封筒を取り出す。「これをあなたに届けてほしいって」

シャーリーンは彼女に礼をいい、バーテンダーが離れる。彼女は封筒をあける。

「どういうこと」シャーリーンはささやく。

中には、指が切れそうな百ドル札の束が入っている。シャーリーンはそれを抜かないが、指でぱらぱらとめくる。一万ドル。それにメモ。ミラージュ・ホテルの便箋。

家に帰って、ジーンズに着替えて、歩ける靴をはいてくれ。一時間後にシーザーズ・パ

レスの前で待ち合わせよう。それだけあれば、必要なもの、だれかがきみに要求するかもしれないものはすべて賄えるだろう。今夜も、明日も、いつでも。

おれに賭けてみないか。

シャーリーンの中で何かが光る。怒りと笑い。あの傲慢で、いかれて、魔法のようなワイルドな男。彼女はスツールから下り、出入り口に向かう。

シャーリーンがシーザーズ・パレス前の歩道に立っていると、彼が黒いアウディ・クワトロに乗り、最上位のD11型エンジンをうならせて登場する。彼女はジーンズとコンバースのチャックテイラー、白いブラウスという格好で、ストリップにはえらく場ちがいなほどラフな服装だと感じている。彼が助手席側に身を乗り出し、ドアを押しあける。

「あなたがボビー・ヴァレンタイン？」シャーリーンは微笑む。

クリスは笑う。

彼女は乗る。ボン・ジョヴィがステレオを叩いている。クリスはガムを噛んでいる。精気と自信に満ちた引き締まった姿は、まるで征服した都市に入る馬上の王のようだ。黒いポロシャツ、黒いカーゴパンツ、あの一片の曇りもない青い目、危険が刻々と近づいているような感覚。

彼女に対してではなく、彼女を危険にさらす者にとっての危険だ。

「どこへ行くの？」シャーリーンはいう。

「じきにわかるさ」彼はアウディのギアを入れ、路肩を離れて疾走する。

時速九十マイル（時速約百四十五キロメートル）で砂漠の奥へ、暮れゆく太陽に向かって走る。山々から空を切るような青い影に向かって。涼しい夜だ。音楽が麻薬となる。クリスは片手でシャーリーンの手をつかむと、ハイウェイを外れて未舗装の道路に入り、田園地帯を疾走する。ベガスの街を包むきらびやかな盆地（ボウル）を一望する涸れ谷（アロヨ）の縁で、車を停める。エンジンを切る。シャーリーンの顔を見ていう。「認めろよ。おれが戻ればいいと思っていただろう」

シャーリーは外に出ると、両手をポケットに突っ込み、アロヨの崖まで歩いていく。クリスもあとに続き、腕を彼女の腰に回す。クリスは背が高く温かい。ああ、どういうこと（ジーザス・ゴッド）。シャーリーンはこんな触れ合いをずっとずっと感じてこなかった。体が、全身がどきどきしている。

「これからどうするの？」彼女はいう。

「また見つけたいっていっただろ」

「あなたにはお客さんになってほしくないのよ、クリス」

「いいとも。おれはきみにこの仕事を辞めてほしい」

シャーリーンは鼻で笑う。「わたしをあなた専用のEチケット・ライド（テーマパークで営業時間外に特別に利用できるアトラクション）としてキープするつもり？」

「いや」クリスがシャーリーンの髪をうしろになで、首筋にキスする。「おれと一緒にいてほしい。それだけだ」

シャーリーンはクリスに顔を向け、ぴったり体を寄せる。まいったわね（ジーザス・ファック）、この人、純真だわ。神だわ。シャーリーンは車に向かってクリスを押す。

「ブランケットがあるといいんだけどな」

彼女はシャツを脱ぎ、クリスにキスする。クリスのズボンのジッパーを下ろす。クリスは彼女を抱き上げる。彼女は彼の腰に脚を回す。

あとで話し合おう。あとで。ああ、まいったわ。ホーリー・ゴッド

しばらくあと、アウディのボンネットに座っているとき、シャーリーンはクリスのことを訊く。彼が正直に話してくれるかどうか、どうしても知っておきたい。

「刑務所に入っていた」クリスはいう。

認めた。いいじゃない、はじめから何となくそんな気がしていた。警戒していたし、あたりに視線を走らせ、危険の徴候を探し、すべての出口を確認していたから。それに、どんな相手でも、すぐにやり込めようとするし。

「ベガスは好きなのか？」クリスがいう。

「食べ物に砂が混じるの、あなたは好き？」

「なら、どうしてこんなところにいる？」

「ノースダコタのマイノットに行ったことある？」

「カリフォルニアにあるのか？」

「でしょうね」

クリスはボンネットに両肘を突いて背を反らす。「そこから抜け出したんだろ」遠くで

揺らめくベガスの明かりを見つめる。「ここも抜け出せばいいじゃないか?」

そう思ったことはある。**そのうち**。でも、しばらく……いつから考えなくなった? いつも今のことで精いっぱい。そして、何も感じなくなる。

シャーリーンは原理主義者の親から逃れるためにベガスに来た。空軍軍人の子供として育った悲惨な時代。クリスには、父親の知り合いだった男たちの悪行を話さない。彼らは発育のよい十三歳の少女を見て、自分たちの食い物にすることにしたのだ。

「人生は短い」クリスがいう。「できるうちに、動き続け、ほしいものをつかむ。それだけだ」

鐘が鳴るような澄んだ音が頭の中に響く。

今夜の先を考えるのよ、シャーリーン。目を覚ましなさい。

「そうよね」

クリスが彼女と向き合う。「それなら、一緒にやろうぜ」

シャーリーンがむき出しの脚をボンネットに載せてのけ反ると、ブロンドの入った髪が砂漠の風を受け、肩のあたりで舞う。

「チャンスだと思った」クリスはいう。「カジノできみを見て。魔法だった。魔法にかかると、すべてが一変する」クリスは彼女の手を取る。「おれはLAに住んでいる。一緒に住まないか。今すぐ」

シャーリーンはゆっくりクリスに顔を向ける。本気なのか確かめる。頭がいかれてるのか、ばかなのか、先走りしすぎているのかを確かめる。「そうしたらどうなるの?」

「何でも好きなことができるさ。おれは建設業界で働いている。小さな会社だ——輸送、物流、解体。だが、カネにはなる」

シャーリーンの表情は変わらない。「わたしの名前を書いた封筒に一万ドルが入ってたけど。そんなに稼げるの？」

「季節労働だから、給料日には大金が入る。それを持ってベガスに来て……」クリスは指を鳴らす。にやり。「ボン」

シャーリーンはクリスを見つめる。本気だ。本気でそう思っている。

「すぐには無理」彼女はいう。

「どうして？」

彼女の顔に書いてある。**わからないの？ わかってるんでしょ？**

「きみがだれかに傷つけられるのを、おれが黙って見ているとでも思っているのか？」クリスがいう。「そんなことはしない」

「それじゃ、どうするの？」

「ここから抜け出したいんだろ？ 抜け出せばいい。ここに縛られることはない」

彼女は信じられないというまなざしを向ける。

「ここから抜け出したいのか？」彼はいう。

「ええ」シャーリーンは思う。**どうしても。**

ここで賢い選択をしないと。**そのうち。**

「どうするつもり？」彼女はいう。

「もうやらないといえばいい」

「借りが――」

「そんなものはない。そいつの取り分か？　報酬の分か？　清算しろ。それで終わりだ」

「それで終わりにならないことはわかってるんでしょ？」

クリスは立ち上がる。「シャーリーン、それで終わりにするんだ。おれたちのために。おれもついていく」

ここはベガスだ。魔法だ、と彼は思う。それに、今はつきがある。魔女が出る時間だ。それに、腹案もある。

「おれは自分が何をしようとしているかわかっている」クリスはいう。

風が強まる。峰々のうしろに日が沈む。彼方でちらめく街の明かりが、冷たく、冷淡に感じられる。

「ええ」シャーリーンはいう。「わかった。でも、わたしはひとりで行きたい。どうせやるなら、自分の意思でやりたい」

クリスも、わかったとうなずく。

シャーリーンは、同じエスコート・サービスで働くふたりの女性たちと安いアパートメントに住んでいる。一年ほどそこにいるけれど、自分のものはベッドとフリーマーケットで買ったドレッサーだけで、それ以外はどうでもいいものばかり。服、車――持ち物のリストをつくってみても、それほど多くない。十八カ月ここにいて、楽しんだり、体を売ったり、履歴書にはとても書けない技術を習得したりしてきた。ノースダコタ州マイノットから遠く離れ、お金も少しはある。もう戻らなくてもいいように片づける。何にも、宝飾品にも入れ込まなかったし、マリファナ、ウイスキー、ヘロイン、ホワイツにものめり込まなかった。朝も昼も夜も、まったく手を出さない。

すり減り、くたびれる。

今このときまで。

シャーリーンは荷物をまとめ、服、化粧品、靴をスーツケースに放り込む。植物や冷蔵庫の食べ物はどうでもいい。ルームメイトに書き置きを残す。〝ぜんぶあげる。出ていくことになった〟。ハグしてお別れするまでぐずぐずしていられない。

デッドアイと手を切らないといけない。

デッドアイはいつものたまり場にいた。権益があり、専用ブースを持っていて、電話に出られる、ストリップの南にあるバーだ。今でも顔立ちの整ったハンサムだが、出会ったころより痩せて、薬のせいでいつも目がぎらついている。成功を薬につぎ込んできたのだ。シャーリーンにはわかる。彼は偏執狂だ。

彼女は暗いバーに入り、まっすぐ彼のいるところに歩いていく。ジャックダニエルズの入ったタンブラーが彼の前に置いてある。

「どうしてそんな田舎者みたいな格好をしている？」デッドアイがいう。「『農園天国』（CBSで放送されたシチュエーション・コメディー。ニューヨーク在住弁護士夫婦が片田舎の農場に引っ越すというストーリー）プレイでも客に頼まれたのか？」

シャーリーンは夜の稼ぎのほかに三千ドルを置く。

「これは何だ？」デッドアイがいう。

「今夜の稼ぎ、プラスアルファ」

デッドアイが目を細めて疑いのまなざしを向ける。片方のまぶたが垂れ下がる。重そうだ。けんかでやったということもあるし、切りつけられたということもある。整形手術で医者が鉗子の扱いをまちがえたのだろう、と彼女は思っている。この人は嘘ばかりつく。

デッドアイが歯の隙間から息を吸う。疑いを抱いている。今ではいつだって疑っている。彼はシャーリーンの予約を管理し、街で起こる不測の事態から彼女を守り、物事を簡単にする。家賃、日用雑貨や食料のお金を払い、パーティーにも出られるくらいの取り分を彼女に与える。そうやって歯車を回し続ける。でも、今はあの目をしている。

「そうはいかないぜ、シュガー」彼がいう。

「いくわ。借りも返したじゃない」

「こいつはどんな冗談だよ？」

「それは冗談なんかじゃない。お金よ」

「おれを見かぎるのか？　ほかのところにくら替えするのか？」デッドアイが小首をかしげ、威圧するように視線を動かす。「おれはおまえをトレードに出さないし、おまえもおれを裏切るようなまぬけじゃない。ほかのやつと組めると思っているなら、無理な話だ」

シャーリーンは差し出したカネに向かって顎を引く。「数えて。ちゃんとある、利子もつけた。わたしは足を洗う」

彼女は背を向けて立ち去る。バーを横切っているとき、デッドアイが椅子を倒して追いかけてくる音が聞こえる。

「おれから逃げるんじゃねえよ」デッドアイが声をあげる。

ばか丸出しでエスカレートしている。カウンターで背中を丸めている常連たちに、何が何でもいいところを見せないといけないらしい。

シャーリーンは心臓を高鳴らせて外に出る。あたりは暗く、いくら歩いても、駐車場に停めている車にたどり着かないのではないかと思えてくる。

背後でバーのドアが勢いよくあく。彼女は車まで走り、急いで乗り、ロックボタンを押す。

デッドアイが怒鳴り、ウインドウをどんどん叩く。「逃がすか、ビッチ」

シャーリーンはエンジンをかける。デッドアイがドアハンドルを力任せに引く。彼女はギアを入れる。

「くされ売女（ばいた）」彼が叫ぶ。

彼女は車を出す。ルームミラーに目を向けると、デッドアイが慌ててキャラデラック・エルドラドへと走り、飛び乗るのが見える。

シャーリーンは広い通りで加速し、ストリップへ向かう。

ミラージュに行き、姿を消したい。クリスとの待ち合わせ場所に行きたい。デッドアイが二日酔いで追いかけられない朝のうちに、車でどこかへ走り去る。

しかし、ルームミラーには、デッドアイの車のヘッドライトが映る。駐車場から出てくる。いったん尻を振って立て直し、まっすぐ彼女を追いかけてくる。一街区（ブロック）うしろを猛スピードで走ってくる。デッドアイがハイビームをつける。

シャーリーンの喉がこわばる。わたしは何をしているの？　つかまったらどうする？

あきらめるものか、後戻りしてたまるか。彼女はアクセルを踏みつける。道路はまっすぐ延びている。前方の信号は青。彼女は交差点を突き抜ける。デッドアイのヘッドライトがルームミラーでぎらつく。差を縮め、目が痛くなるほどまぶしい。

赤信号を無視して走る。彼もついてくる。彼のエンジン音が聞こえる。

そのとき、デッドアイの背後から、別のヘッドライトが現れる。

アウディ。

クリスがデッドアイに迫る。急に横に逸れ、右前輪をじりじりとエルドラドに近づけ、エルドラドの左後輪にぶつけると、ハンドルを右に切る。エルドラドが尻を振り、スピンする。

歩道に乗り上げ、電柱に激突する。

シャーリーンは鋭角にUターンし、口をあんぐりあけたまま車を停める。デッドアイの車が大破し、前輪下から延びる炎が電柱を駆け登っている。黒い煙が夜の闇に吐き出され、ヘッドライト下で渦を巻いている。

エルドラドのドアがあき、デッドアイがよろよろと出てくる。

クリスはその近くでアウディを停める。外に降りると、よろめくデッドアイに大股で歩み寄り、シャツをつかみ、頭を殴りつける。もう一発。拳を何発も浴びせ、車道に追い立てると、やがてデッドアイが路面に倒れて動かなくなる。クリスは肩で息をしながら、彼を見下ろす。強烈な蹴りを一発入れてから、アウディに歩いて戻る。

エルドラドのガソリンタンクが爆発すると、夜が花火のようにまばゆく光る。

シャーリーンは言葉を失う。轟音が耳を聾（ろう）し、ハンドルが震える。その後、まばたきして正気に戻り、ハンドルを切って走り去る。

ルームミラーには、もうデッドアイは見えない。でも、煙の中から現れるヘッドライトが見える。クリスがうしろに近づいてくる。

シャーリーンの心臓が早鐘を打っている。彼女は車を走らせる。

29

マコーリーはイーストLAの丘陵地の坂道を上り、シティ・テラスへ向かう。強烈な夕日が空にピンクとゴールドの火をつける。四方に絶景が広がる――ダウンタウン、ハリウッド・サイン、サンガブリエル山脈、はるか遠くの海。眼下には、州間高速道路10号線をなぞり、東へ向かう六車線に連なるテイルライトと、西へ向かう六車線に連なる白いヘッドライトが蛇行する。この高台の風は、埃とユーカリのにおいがする。

イーストLAには個性がある。たくさんある。壁画、車高を低くしたシボレー（ローライダー）、食料雑貨店（ボデガ）、聖母メアリ像、マリアッチ音楽、カトリック・スクールの制服を着た子供たち。白いTシャツの上にチェックのシャツをはおった若者たち、ナルココリド（メキシコの麻薬密輸業者をたたえる歌）、そして、百万ドルの絶景が広がるにもかかわらず、ベイルートかと思ってしまうほどよく轟く銃声。この丘陵地に住む家族は、流れ弾に備えて窓を閉めても、目はあけておく。ギャングの動きはマコーリーの妨げにはならない。ギャングの掟（おきて）は理解しているし、フォルサムで一緒だったラ・エメ（メキシカン・マフィア）のメンバーとの付き合いもある。

ドッズ・サークルへ向かう道に折れる。そこは急な車道（ドライブウェイ）の先にあり、上部に有刺鉄線を巻いたサイクロンフェンス（菱形の金網フェンス）で囲まれている。スライド式ゲートの前で停まり、ブザーを押す。

ここに住む男から、ネイトを通じてふたつの仕事を買ったが、会ったことは一度もない。露出を抑える。どんな姿なのか、どんな仲間がいるのかなど、こっちを知る人間は少なければ少ないほどいい。だが、今回は直接やってきた。コンピュータのハードディスクを手元に置いておきたいからだ。

電動のゲートがあく。車道（ドライブウェイ）の突き当たりに、ずんぐりした黄色い家があり、その横に、そびえるようなアンテナと巨大なパラボラアンテナの〝花〟がいくつも咲いている。ネイトのビュイックが表に停まっている。マコーリーはその横の未舗装の庭に停める。

家の前に行くと、スライド式のガラスドアがあき、手足の長い男ががたがたの古い車椅子に乗って出てくる。ケルソは頭は禿げているが、顎にはクロンダイクのようなひげを生やした男で、きこりか、きこりを殺したハイイログマから力ずくで奪ってきたように見える、青いチェックのシャツを着ている。

マコーリーはパラボラアンテナに向かって顎を引く。「あれにロシアの衛星からの通信が入るのか？　それともＨＢＯ（ケーブルテレビ局）だけか？」

ケルソが意地の悪い笑みを見せる。「こっちだ」

質素な家だ。北欧風の家具、大麻草、壁一面に並ぶコンピュータ、モニタ、テレビ、周辺機器。そういったものをつなぐケーブルを壁の前面に這わせてあるが、ケルソが踏んづけるかもしれないから床は避けている。ネイトがコーヒーの入ったカップを持って、窓際に立っている。長髪をうしろになで付け、鋭い目をしている。ニールは挨拶代わりにネイトに顎を引く。

ケルソがいう。「どんなものか見せてみろ」

ニールはゴムバンドで束ねたハードディスクを手渡す。

「ちょっと見てみたか？」ケルソがいう。

「いや」

ケルソは外付けドライブが接続された獣のようなコンピュータに向かう。ディスクの束から最初のひとつを挿入する。ニールはケルソの肩口に立つ。外付けドライブがブーンという音を立て、かりかりと読み込む。コンピュータ・ディスプレイにダイアローグ・ボックスが現れる。

パスワード入力。

「手がかかりそうか？」ニールはいう。

ケルソの長い指がキーボードを駆け巡る。「パスワード解析プログラムを走らせてみよう。どうかな」

ニールはネイトを見る。コーヒーをすすっている。

九十秒後、ケルソが手を止める。「時間がかかりそうだ。エル・テペヤックに行って、夕食を買ってきてもらえないか？」彼はディスプレイから目を離さず、二十ドル札を一枚掲げる。「ホレンベック・ブリトーをふたつ頼む」

二時間半かかった。ケルソがリターンキーを押したとき、夕食は終わり、紙皿はキッチンのごみ箱に入っていた。

「入った」ケルソはディレクトリとフォルダをあけはじめる。

「見かけほど複雑なのか？」マコーリーはいう。

「三要素認証（トリプルファクタ）。十六桁パスワードだが、認証失敗のロックアウト機能がついていない。そこがセキュリティ上の弱点だった」

ケルソが頭を前に突き出し、意識を集中させる。フォルダをひらく。ネイトがぶらぶらと寄ってくる。

マコーリーはケルソの肩越しにディスプレイをのぞく。「何が入ってる？」

「表計算（スプレッドシート）の表だ。ソフトはロータスで、自作のプログラムではないから、読めるはず――だが、やってみよう」

ケルソがマウスをクリックする。スプレッドシートがひらき、黒い背景に白いテキストが出てくる。何列ものデータ。数字に規則性はないように見える。ヘッダは読めない。外国語ではない――文字化けだ。

ケルソが背もたれにもたれかかる。「情報は暗号で書かれている。ソフトウェアで暗号化されているわけではないが、暗号文として書かれている」彼はニールをちらりと見る。「キーに心当たりは?」

ニールはディスプレイを注視する。

ケルソはニールの沈黙を暗示と受け取る。彼はディスクをイジェクトする。「こっちへ」ケルソは廊下から黒いスチールドアの前に車椅子で移動する。縦スロットロックにキーカードを滑らせ、キーパッドにコードを打ち込む。カチリという音とともにドアがあく。

頭上の照明が自動でつき、ケルソが中に入る。ネイトとニールもついていく。ケルソはふたりが入ると、ドアをロックする。

その部屋に窓はなく、壁には卵パックのような灰色の防音タイルが張ってある。空調がうなっている。コンピュータのファンが羽音のような音を立て、背景で電子機器の音が響いている。三方の壁に作業台が置いてあり、ツール、テスト機器、部品、分解した電子機器、さらに三台のデスクトップ・コンピュータで埋め尽くされている。残りの壁には、二台のSun386iワークステーションが並んでおり、高さ四フィート(約一・二メートル)に積み上げられたハードディスクに載っている。

ニールはそういうものをすべて記憶に刻む。「羽音みたいなのは?」

「ここはファラデーケージ(導体で囲まれ、外部からの電場の影響を受けない空間)だ。盗み聞きされることも、傍受されることもない」

ニールはいう。「そのハードディスクは、エレラ一家と関係のある男が借りていた貸金庫に入っていた」

ケルソは何かを考えているようだ。ネイトはじっと動かず、小さな目を鋭敏にしている。ニールはうなずく。「ああ。あのエレラ一家だ」

四〇年代後半以来、国境の南から中西部に入り、シカゴへと勢力を広げ、大掛かりな麻薬供給網を管理している一家だ。

ケルソが一台のデスクトップ・マシンにディスクを挿入する。すぐにアクセスして、スプレッドシートをひらき、考え深そうにディスプレイを見つめる。

「ローマ数字を暗号として使っている。二十六文字、数字やシンボルはない――ゾディアック・キラー（一九六〇年代後半にカリフォルニア州を恐怖に陥れた未解決連続殺人事件の犯人。犯人が新聞社に送った〝三四〇暗号文〟は、長らく解読されなかった）が作成したわけではない」ケルソがいう。「単純な換字暗号かもしれない。そこから手をつける」

ケルソがようやく「終わったぜ」といったとき、さらに一時間がすぎていた。ニールはディスプレイに近づき、ふつうの英語に解読されたヘッダを見る。

倉庫。経由地一。経由地二……十九。貯蔵庫。距離。時刻。日付。重量。額。

「輸送記録だ」ニールはいう。

彼はスプレッドシートを注意深く見る。ケルソがメモ・フィールドに入力されていたメモを解読する。

〝鼠捕り〟の位置の記録、重量検査所の位置のリスト、ハイウェイの、ガソリンスタンドもロードサービスも何もない区間の注意書きなどが記されている。問題発生の報告。パンクしたり、テイルライトが壊れていて警察に停められて、切符を切られたといった問題。ネイトが近くにくる。解読されたものを読む。ケルソがさまざまな列(コラム)の数字を素早く読む。数分後、彼は指さす。

「これは麻薬の北上ルートだ。コカインとマリファナだな、おそらく。重量、運転手」二列目を指さす。「こっちはカネの南下ルートだ」

ニールは示された数列を目で追う。日付、時刻、距離。まるで代数問題だ。

ケルソがいう。「隠れ家への配送記録。それから、取り引き価格――重量換算で」

ニールはその数字をすべて目に焼き付ける。「エレラ一家がシカゴで取り引きした〝上がり〟を一カ所に集め、南へ運んでいった」そういって、ディスプレイ上の日付に触れる。「毎週だ。これは輸送スケジュールだな。シカゴ出発日。〝貯蔵庫〟到着日」

ニール、ネイト、ケルソがディスプレイをじっと見つめる。

「貯蔵庫はどこだ？」ネイトがいう。

「わからないな」ケルソがいう。「記録(ログ)には書いてない」

「アメリカとメキシコの地図はあるか？」ニールは訊く。

「キッチンのがらくた用の引き出しに入っている」

ニールは地図を持ってくると、作業台に広げる。彼らは輸送記録と照合し、麻薬と現金の輸送ルートを地図上でたどる。

「定期便だな」ニールはいう。「現金。規則正しい」

アメリカに入ってくる麻薬はどうでもいい。カルテルの出荷品を強奪したところで、リスクがあるのに加えて、どうやってさばけばいい？　そんな商売はしていない。国内外の数多くのマーケットにかかわっているネイトも、麻薬には興味がない。それに、カルテルから盗まれた出荷品を売りさばいたりすれば、やがてバレて、アステカの連中にわんさか追われることになる。

だが、現金ならどうだ？

ケルソがディスクの残りも解読する。出荷記録をじっくり調べ、距離を比較する。経費報告に記してあった経由地をもとに、現金輸送トラックがシカゴから出るルートを見つける。ロジックパズルを解くように、まず平均移動距離を算定し、現金輸送トラックの給油地点をもとにルートをさかのぼり、出発地点と思われるところをあぶり出す。ニールはアドレナリンがどっとあふれるのを感じる。出発地点はシカゴのサウスサイドの倉庫地帯だ。

「数字をいってくれ」ニールはいう。「現金の」

ケルソがスプレッドシートを下方にスクロールし、電卓を手に取り、数字をいくつか勢いよく入力する。

ケルソが顔を上げる。穏やかな顔。「重量からすると、実入りのいい日には、小売りで得られる五ドル札、十ドル札、二十ドル札が同じ枚数だと仮定すると、メキシコへ向かう際には四百五千万になっている」

ニールは言葉を失う。

ネイトが腕を組む。ケルソがほかのふたりを交互に見る。

「シカゴでいただくのはまずい」ニールはいう。「シカゴの貸金庫の山をやったばかりだ。

貸金庫にハードディスクを保管していたやつは、このあたりのセキュリティを高めている」

「ルートが漏れる可能性も考えているだろう」ネイトがいう。

だが、イリノイ州から遠くへ離れれば、スプレッドシート上の報告も緩くなる。おそらくセントルイスをすぎたあたりから、現金輸送トラックは、南と南西方面へ少なくとも四つのルートを使い分けている。特定の日にどのルートを使うか、予測するのは不可能だ。目的地――〝貯蔵庫〟――は特定できていない。ルートの終点がわからない。だが、わかっていることもひとつある。

どの輸送記録も、国境検問所の報告で終わっている。日付、時刻、アメリカ側のどの国境検問所か、待たされた時間、当直の警備隊員の数、彼らの名前、態度、つかんできたカネで手のひらがどれだけ汚れているか。

各所からの多額のカネが、国境の南にある一カ所の隠れ家に運び込まれる。

ニールは礼をいう代わりにケルソに向かって顎を引く。「ネイトからは二千ということだったが」

ケルソがふたりを部屋の外へ案内する。「形になったときには、おれのことも覚えておいてくれ」

ニールとネイトは車に向かって歩いていく。下に見える都市が格子状にきらめいている。

「現金輸送トラックはシカゴの倉庫を出る」ニールはいう。「そこのセキュリティは厳重だ。だが、エレラ一家は、トラックがハイウェイに乗れば、問題が起きるとは思わない。

何も起きない一マイルがすぎるたび、ガードを下げていく」

「エレラ一家の現実世界のセキュリティに、コンピュータのセキュリティのような穴があいているとは思わない方がいい」ネイトはいう。「銃の方がパスワードより頼りになるし、弾は解読する必要などない」

ニールは、丘陵地の先を蛇行する州間高速道路10号線の車の流れを見つめる。「セキュリティにひとつ穴が空いていれば、もうひとつ探したくなる。手順、作戦保全(OPSEC)、情報衛生、決まった動きなどに穴がないかと。先方は自分たちが先を行っていると信じている。それなら、考えてみろ——あの貸金庫に名前が記されていたやつは、ハードディスクを盗まれたとニュース速報に出たりしない。危険すぎるからな」

「あのハードディスクは、例の情報が入った唯一の媒体ではないと思っているわけだな」ネイトがいう。

「バックアップだと思っている。あれは個人用の貸金庫だった。ほかの業務記録は入っていなかった。個人の保管物だ。だれかの保険なのかもしれない——カルテル、連邦捜査機関、競合カルテルに対する保険だ。寝返りたくなったときに備えて」ニールは考える。「バックアップであれ、保険であれ、ハードディスクの持ち主はシカゴのだれかであり、盗まれてしまったことをエレラ組織の人間に教えたりはしない」

「シカゴを出るときに現金輸送トラックを襲撃するのか?」ネイトがいう。

ニールは首を横に振る。「することもできる。簡単に。だが、それだと一台の現金輸送車になる」

「複数台あると考えているのか？」

「確かめないといけないが」

「例の貯蔵庫か」ネイトの目が細く、鋭くなる。「隠れ家か」

一台のトラック。実入りのいい日は四百五千万ドル。

ネイトの表情は冷たい。「麻薬カルテルだぞ。おそらく要塞化している」

マコーリーは黙り込む。それくらいの山を当てたら、人生が一変するカネが入る。その可能性を手放すのは、ばかげているような気がする。

もっとも、麻薬カルテルの要塞に突っ込むといえば、自殺したいといっているようにも聞こえる。

自殺同然の仕事はやらない主義だ。それに、そんなものには仲間を引き込まない主義だ。もっと情報がいる。

「エレラ一家の現金輸送トラックを尾行する必要がある。例の貯蔵庫を見つけて、どんな状況なのか確認する」

ニールは405号線を外れて、LAX近くにあるランディーズ・ドーナツに寄る。次の山を当てた場合の可能性は、びっくりするほど大きい。しっかり見極める必要がある。ウインドウ越しにコーヒーを注文し、駐車場を歩いて公衆電話に向かう。店舗の小屋の屋根に、巨大ドーナツがそびえている。ヤシの木がフリーウェイを走る車のヘッドライトにうしろから照らされる。電話の硬貨投入口に片手ひとつかみ分の二十五セント硬貨を落とし、三一二番号（シカゴの市外局番）にかける。

しわがれた声が出る。「ミッキーズ・オート・リペア」

「グライムズはいるか？」

受話器を置く音。少しして、アーロン・グライムズが出る。「もしもし？」

「公衆電話からこの番号に折り返せ」

ニールは電話を切る。コーヒーを飲む。車や人の流れを見る。LAがゆっくり移りゆく。男女の労働者がかすかにオゾンの交じる風に吹かれ、その日暮らしを続けている。

可能性。考えれば考えるほど、確実性に近づくように思われる。

隠れ家は要塞化しているかもしれない。ちがうかもしれない。そして、どこにあろうが、ニールたちは異国の地で仕事をすることになる。マコーリーはロサンゼルス訛りのスペイン語なら話せる。シハーリスも少し話せる。セリトはまったく話せない。流暢（りゅうちょう）に話せる者が必要になる。メキシコにも詳しい者がいい。

公衆電話が鳴る。ニールは受話器を取る。グライムズがいう。「何が必要なんだ？」

「十八輪のトレーラートラックだ」

グライムズが二の足を踏まなければいいがと思いつつ、ニールは待つ。

「どんなやつがいい？」

「カーキャリアーだ」

五秒ほど間が空く。「いつまでだ？」

30

オーティス・ウォーデルは消えてしまった。パッといなくなった。見つからない。目撃情報もない。とにかく、通報する気がある者には目撃されていない。疎遠の兄弟にも。死んだ仲間の近親者にも。ハナは彼らに監視をつけ、電話に盗聴器をつけているが、情報は何も入っていない。オーティス・ウォーデルが子供のころ、彼に暴力を振るい、虐待していた母親から引き離されたあと、彼を引き取った里親三家族とも話した。だれひとりとして彼と会っていなかった。会いたいという者もいない。悲しそうだった者がひとりと、怖がっている者がひとりいただけだ。

あの男は地下に潜ってしまった。ウォーデルには、刑務所時代や近所の知り合いのネットワークもあるし、彼にいわれるままにかくまうような人々もいる。それはハナも知っている。

だが、ウォーデルはどこかにいる、とハナは思う。まだシカゴにいて、どうやって抜け出そうか考えているのかもしれない、と。

ばかでもなければ、そうするしかないからだ。シカゴから抜け出し、別の場所で別人となってやり直すしかない。ウォーデルは予測不能(ワイルドカード)だ。組織にも入っていない。アウトフィットも、ウォーデルのようなやつとはかかわりたくないだろう。女がいるかもしれない。抜け出す手はずが整うまで、人質を取っているのかもしれない。だが、表に出ようとは思わないはずだ。それだけはたしかだ、とハナは思う。

昼前の犯罪捜査部(CID)でホワイトボードの前にいると、イーストンが戸口を一瞬塞ぎ、自分の机に行き、携行武器を引き出しにしまい、どさりと椅子に腰を下ろす。

イーストンはハナの顔をまじまじと見る。「またかわいい顔になってきたな」

ハナの額のかさぶたは治りかけている。痣や痛みもましになっている。ハナは気にしない。キャンプ・ペンドルトン（カリフォルニア州サンタカタリナにある海兵隊基地）での基礎訓練の成果だ。

「くそ野郎どもに囲まれたら、止まって、伏せて、転がる（服に火がついたときの対処法）しかない」ハナはいう。「どんな形で抜け出すにせよ、ウォーデルにはカネがいる。以前の山の稼ぎがまだ少し残っているかもしれない」

「プロスペリティ貯蓄貸付組合(S&L)の貸金庫に入れていたのかもな？」イーストンがあざけるような顔をする。

「因果応報か？」

「銀行に駆けつけた制服警官と話をした。彼らが到着すると、マフィアの連中が路肩に座り、頭を抱えていたらしい。警官が訊く。〝貸金庫を借りているのですか？〟〝いや〟〝何か盗まれたのですか？〟〝いや〟そのあいだずっと、そいつらは涙をぬぐっていたそうだ」

ハナは受話器を取り、レヴィンソン電器店に電話する。「ラリーか」

レヴィンソンのため息から火花が散っているように感じられる。「ちょうど電話しようとしていたところだ」

「こっちはジョーダンとの交代に備えて、ブルズのユニフォームを着ていたところだ。何をつかんだ?」

「ちょっとした情報だ。兄弟を探れ」

ハナは耳をそばだてる。「兄弟? だれの兄弟だ? オーティス・ウォーデルのか? やつの仲間のか?」

「はっきりわからないんだ、ヴィンセント。やつの仲間は端っこでうろちょろする連中ばかりだ。だが、ウォーデルを見つけたいなら、やつに近い連中を探り、そのうちのひとりの兄弟をあぶり出せばいいらしい」

「端っこ。車両か? 武器、装備か? ウォーデルにビールを注ぐどこかのくそったれか?」

「つかんだのはここまでだ。あとは好きに情報を使えよ」レヴィンソンが電話を切る。

ハナは拳で机をこつこつ打つ。彼は捜査課の全員に向かっていう。「これから聴取するときは、ウォーデルの仲間の周辺にいる連中のことを訊け。そいつらの兄弟を探れ」

机には、ウォーデルと仲間の写真が置いてある。強盗事件の被害者の中に、マスクをしていない顔を知っている者がいるかもしれない。ハナは写真を集めて手に取る。

「すぐに戻る」

アンディ・マズーカスは病室のベッド脇の椅子に座っている。窓から見える午後の空は明るい青だ。ハナはトレイテーブルを出し、その上に、持ってきた写真を並べる。白人の写真――警察で撮影された容疑者の顔写真とシカゴ市警（CPD）の同僚の写真、そこにウォーデルの仲間の写真も入っている。

ハナは五枚の白黒写真を横に並べる。

アンディがじっと写真を見る。「手に取ってもかまわない？」

「もちろんです」

アンディはこの前より気力がみなぎっている。

「あの子、昏睡状態を脱したんです」アンディがいう。

ハナは不意に手を止める。「ジェシカが？」

「意識は戻っていますが、安定しているわけではなく、起きたり眠ったりです。でも、危険な状況は脱しました」

急に、ぴたりと、ハナの動きが止まる。

「ええ、ミスター・タフ刑事さん。あなたがジェシカを見舞って話しかけていることは、看護師に聞いています。写真を見させてください」

アンディは歯を食いしばり、写真を凝視している。そして、かぶりを振る。

「わかりません……」声をひそめていう。「マスクを着けていましたから」

「目はどうです？　目の色とか？　唇は？」ハナはいう。

アンディが少し考えてから答える。「いいえ」

ハナは別の五枚を並べる。アンディがあざけるように笑う。そして、アレックス・ダレッキの写真を指ではじく。

「駐車サービスの男。あのゲス。あの男が車に触れたところをぜんぶ消毒したいわ」

「その男の顔はたしかにわかるんですね」

「ええ、わかります。ヘアサロンで。駆けずり回り、ぺちゃくちゃ話したり、口説いてきたり」

ハナはそのほかの写真に顎をしゃくる。「ほかには?」

アンディの顔がこわばる。ウォーデルの顔写真が目の前にある。だが、彼女は反応を示さない。

ハナはいう。「かまいません。ダメモトで見てもらっただけなので」

アンディが落胆の表情を浮かべる。ハナはいう。「がっかりしないでください。犯行グループのうち三人はすでに死んでいます。その三人については、顔を確認できるかという心配は必要ありません。判明しているかぎりで、犯行グループの仲間もすべて探しています。四人目と五人目のメンバーは逃走中です。あなたに身の危険はありません、ジェシカも同様です」

アンディがうなずく。

ハナは写真をマニラ封筒に戻す。「ゆっくり休んで、退院してください。またあとで。娘さんに面会できるかどうか、行ってみます」

彼は階段を一段飛ばしで駆け降りる。足を運ぶたびに、封筒が太ももを叩く。ジェシカの病室に向かって廊下を素早く歩く。受付デスクの看護師がハナを見て、笑みを見せる。

ハナはドアを押しあける。

テレビがついている。医療機器が電子音を発している。カーテンが半分あき、柔らかい明かりがベッドの足下に落ちている。ジェシカ・マズーカスは横向きになり、クイズ番組を見ている。

ハナは立ち止まる。ジェシカの様子を見る。青白い顔色、新しい姿勢、生死の境目から戻った少女。髪はブラッシングの必要がある。顔色は小麦粉のように蒼白で、目の下に黒い隈ができている。

しかし茶色の目が、あいている。

ジェシカがゆっくり首を巡らし、ハナに目を向ける。こちらが何者なのかわかってくれているかもしれない、とハナは期待している。

「あなたはだれ？」ジェシカが弱々しい声でいう。

こちらのことはまったく知らないようだ。

ハナは静かに話しかける。「ジェシカ。私はヴィンセント・ハナ刑事だ」

ジェシカがきょとんとまばたきする。はっきりわかるほどではないが、目の焦点がシャープになる。

自分がいつから意識を失っていたのか知っているのか？　事件のことはいくらかでも覚えているのか？　父親が死んだことは知っているのか？　父親のことはずっとわからずにいてほしい、とハナは願う。

「声をかけようと、それから、意識が戻ってとてもほっとしていると伝えたくて寄ったんだ」ハナはいう。「さっきまでお母さんと話していた」

立ち上がれ、ジェシカ。立ち上がるんだ。

「ハイ」ジェシカの声はかすれ、若々しい。それ以上は何もいえそうもない。ただ、窓敷居に飾ってある、以前ハナが持ってきた花を見る。ヒナギクとカーネーション。

「病室が明るくなるかと思ってね」ハナはいう。

彼女の頼りない生気が、新しく見つけた意識を維持しようとしている。ただ、片手を動かす。ほんの一インチかもしれない。親指を天井に突き上げる。

「どんな状況なのか知ってほしいんだ」ハナはいう。「心配してほしくないから」

ジェシカがハナを見る。

「きみは安全だ」ハナはいう。「きみを傷つけたやつらは戻ってこない」

ジェシカは身動きしない。動かないわけではない。彼女を取り囲むオーラが、かすかに光ったような気がする。

彼女が息を吸う。顎が震える。目が涙できらりと光る。

ハナは近寄り、これまで何度もしてきたとおり、彼女の手を取ろうとナイトテーブルにマニラ封筒を置く。だが、止めることにする。意識が戻った今、ジェシカは彼を知らないのだ。

「きみは生き延びた。強い子だ。それだけはどうしても知ってほしい」ハナはいう。

聴取はしない。ジェシカが峠を越えたことを、自分の目で確かめたかっただけだ。だが、ああ、話を聞きたい。

「話す気になったら、話そう」ハナはいう。

ドアがあき、若い医者が看護師を伴い、大股で入ってくる。

「こんにちは、刑事さん」医者がいう。慌ただしい様子だ。「出てください。今日はもういいでしょう」

ハナがやってきたときに笑みを見せた看護師が手招きする。ハナは彼女について病室を出る。

「先生はカフェインのせいで気が高ぶってるのよ」彼女がいう。「ちょっと待ってて」

ハナは彼女と一緒に受付デスクの方へ歩いていく。一分後、医者がジェシカの病室から出てくる。ハナに冷たいまなざしを投げかけてから、廊下を歩いて次の患者のもとに向かう。

看護師が医者の思いを読む。「ジェシカはしばらく入院してるから。あとでまた来て」

ハナは降参したと両手を上げる。「ボスの命令に従うさ」

看護師が鼻で笑いつつ、ハナを一瞥する。「へえ」

ジェシカの病室から悲鳴が轟く。

ハナは看護師をうしろに従えて廊下を走っていく。悲鳴が続いている。ハナはドアをあけて中に入る。ジェシカが体を起こし、背中を丸め、口を大きくあけている。一枚の写真を持っている。

悲鳴がすすり泣きに変わる。ハナはジェシカの見ている写真を手に取る。ハナがナイトテーブルに置きわすれたマニラ封筒に入っていたものだ。アレックス・ダレッキの写真だ。

ジェシカが体を震わせ、あえぐ。看護師がかがんでジェシカをのぞき込む。

ハナは写真を指さす。「この男がだれかわかるのか？」

ジェシカが激しくうなずく。

「どこで見た？」ハナはいう。

「わたしの家」

ギロチンが落ちてきたかのように感じられる。「きみの家？」

ジェシカが歯をむき出し、寝具から床まで、さらに下の階までかきむしりたいかのような顔になっている。そして、怒りが爆発する。「あいつはわたしを二階に連れていった。逃げる前に、わたしを部屋に閉じこめるのかと思った……」

ジェシカの顔がくしゃくしゃになる。

看護師がジェシカをベッドに寝かせようとする。

ジェシカはあらがう。「あいつ、わたしを殴った」片手を首に持っていく。「首を絞めた……」ジェシカはぶるぶる震えている。「わたしは親指であいつの目を突いた」

ハナは思わず怒鳴るような声でいう。「この男が？」

看護師がハナに人さし指を向ける。「刑事さん」

ジェシカは話したがっている。ハナも聞きたい。ベッドの周りを回り、ジェシカのそばに寄る。

ジェシカは話し続ける。「あいつが顔を引くと、マスクが外れた」

ハナの首のうしろの毛が逆立つ。「顔を見たのか？」

震える指で、アレックスの写真を指さす。「その人。そいつはわたしをまた殴った。わたしは床に倒れた。そいつはわたしのテーブルランプを両手でつかんで……」

ジェシカの息が整う。ハナは彼女の手を取る。「もう大丈夫だ、大丈夫だ！　こいつはクック郡刑務所にいる。おれたちが逮捕した。きみはまったく安全だ」

ジェシカはハナとつないでいない方の手で目を押さえる。もう一方の手はハナの手をしっかり握る。

31

日が昇ろうとしていて、もやの立ちこめるシカゴの空をオレンジ色に染めるころ、アーロン・グライムズは大型トレーラートラックの速度を緩め、自動車修理工場裏の路地に入れる。停車し、降りると、路地を挟んだ営業車の点検修理工場のシャッタードアを巻き上げる。

マコーリーが注文していた仕事に使うまっとうな車が、中に停めてある。グライムズはその車を、乗ってきた十八輪トレーラートラックのカーキャリアーに積む。最後に積んだのは三年落ちのプリマスだ。グライムズは慎重に操作し、トレーラーのトップラックに乗せ、チェーンで固定する。そして、トレーラーから這って降りる。仕事用の車のキー、登録文書をすべてまとめる。振り向いて、トレーラーに見とれる。

堂々たる車体。

きらきら光る青いピータービルト・トラクター。古いが、手入れは行き届き、完璧な状態だ。トレーラーに載っている七台の乗用車とピックアップ・トラックは真新しく、もっともらしく、いろんな状態のものが混じっている。派手なものはない。ハイウェイを独占しているたぐいの車だ。アメリカ車とアメリカで製造されたホンダ・アコード。個性がなく、どこにでもあり、目立たない。このトレーラーは、州間高速幹線道路網（インターステイト・システム）を南へ走るほかの十八輪トレーラーと何ら変わらない。

グライムズはトレーラーの周りを一度回る。すばらしい。

マコーリーが路地の入り口に現れ、無言のまま颯爽と歩いてくる。サングラスをかけ、ジッパーを閉めてベースボール・ジャケットを着ている。グライムズがさっと顎を引く。

マコーリーと彼の仲間たちは黒い氷の板のようだ。滑らかで、冷たい。グライムズは、マコーリーの仕事にまつわることを訊くほどばかではない。興味はある。リグレーフィールド近くのノースサイドの銀行が窃盗に遭った件は彼らの仕業にちがいない、とグライムズは思っている。彼はその件のことを訊くようなばかでもない。

マコーリーが近づく。トレーラーに目をやる。無言のままトレーラーを一周する。

マコーリーがグライムズの前に戻り、一度トレーラーを見て、またグライムズを見る。

「よくやった」

「準備は整ってる」

「文書は？」

「グローブボックスに入っている。トレーラーもばっちりだ。重量測定場の位置が載ってる地図もある。ぜんぶそろってる。検問に引っかかることもない」

「ツールは？」

グライムズは、荷台にトノカバーを取り付けたフォードF－150ピックアップ・トラックを指さす。「希望どおりのものを積んである」

マコーリーはピータービルトの運転台に乗り込む。キーはイグニッションに差してある。キーを回す。エンジンが満足げにぶるぶると目覚める。

彼はジャケットから封筒を取り出す。「よくやった」

彼は封筒をグライムズに手渡し、運転台のドアを閉める。グライムズは片手を上げて手を振る。マコーリーがピータービルトのギアを入れ、走り出す。振り返りもせず、ゆっくり、滑らかに。グライムズはマコーリーが走っていくさまを見守る。トレーラーが角を大きく曲がり、大通りに出て姿が見えなくなるまで。

修理工場に向き直ると、オーティス・ウォーデルが、両手をだらりと脇に垂らし、工場の表に立っている。

「あのトレーラーはどこへ行く？」

32

ハナはシェイクスピア署前の路肩に停めていた車を路上に出す。カザルスも慌てて外に出て、乗る。タイヤをきしらせながら、加速して走り出す。

「駐車サービスのくそ野郎も、〝絶叫マシン〟に乗っていた。犯行グループに交じって家に入っていた。しかも、ジェシカを襲っていた」

ハナは回転灯を出し、ダウンタウンへ向かうという。カザルスが首を振る。

「クック郡刑務所は行っても無駄だ。あいつは釈放されている」

ハナはブレーキを踏む。「保釈金を用意したのか？」

「ゆうべな」カザルスが道路の先を指さす。彼はハナの行きたいところを知っている。

ハナは交差する通りにけっこうなスピードで曲がり、アレックス・ダレッキのアパートメントへ急ぐ。「いったいどんな手を使って、保釈金を払った？」

「家族だ」カザルスがいう。

ハナはアクセルを思い切り踏み込み、車を駆る。

二十分後、アレクサンダー・ダレッキの黄色い煉瓦造りの六階建てアパートメントビルの前に到着する。摩天楼の陰に隠れたダウンタウン西部にあり、ぼろぼろの歩道のそばで並木がもがいているといった、どこにでもあるような景色だ。通りの向かいには、ショッピングセンターがある。

　通路は長く、暗く、カーペットは擦り切れている。アレックスのアパートメントの玄関ドアの前に行くと、ハナは耳を木のドアにつける。中は静まり返っている。

「令状は？」カザルスが訊く。

「悲鳴が聞こえる」ハナはいう。「必死で助けを呼ぶ声だ」

「生死にかかわるような争いのようだな」カザルスがいう。

ハナはノブを回してみる。ロックされている。財布からピッキングの道具を出し、かがむと、ふたつの道具を鍵穴に差し込む。腕は錆びついているが、しつこさは健在だ。三十秒ほどいじっていると、タンブラーピンがそろい、鍵穴に挿入していたテンションレンチが回り、ボルトがスロットに入る。ノブを押すとドアがあく。

　アパートメントは狭くて散らかっている。マリファナホルダーが、吸いさしでいっぱいの灰皿に載っている。ビール缶がキッチンのごみ箱からあふれ、願いごとを抱えた信者たちが神殿に群がるかのように、ごみ箱の周りの床に落ちている。

　アレックスはベッドで寝ている。仰向けで、イエス・キリストのように両手を広げ、いびきをかいている。ハナはアレックスの髪を引っつかむ。

「起きろ、くそ野郎」

　ハナはアレックスをベッドから引きずり出す。目を見ひらき、息を呑むアレックスを壁に向かって投げ飛ばす。

アレックスが手足をばたつかせ、悪態をつく。「何だってんだよ？」

「おまえ、おれに嘘をついたな」ハナはアレックスを小突いてリビングルームに連れていく。

「ぜんぶいったじゃないかよ」ジーンズをはいているだけで、はだしだからか、アレックスが震えている。

「検事にも、判事にも嘘をついて、ターゲットの名前と住所をウォーデルに伝えたが、それしかしていないといったな」

「ああ」アレックスはいう。

ハナはアレックスのむき出しの胸を手のひらの根元で突く。「ウォーデルはどこにいる？」

アレックスはすっかり目を覚まし、びくついている。壁の色に溶け込みたくてしかたなさそうだ。「知らない」

「おまえもマズーカスの家に入ったな。十四歳の少女を暴行し、強姦し、殺す一歩手前まで行った」

「ちがう、ちがうって！　神に誓っていうが、そんなことはしてない！　してないんだ！」

ハナは腕を広げる。「神にも目はあるぜ、ぼけ」

アレックスが顔を背け、カザルスに目を向け、床に目を落とし、鼻をかむ。「オーティス・ウォーデルのことは何も知らないんだ」嘘をついていない印に、両手を上げる。

ハナはその手首をつかみ、折れる寸前まで曲げ、背中に回してひねり、はだしのアレックスをドアから階段へと押していく。

「何だよ」アレックスがいう。「どこへ行くんだよ？　おれは靴もはいてないってのに」

ハナは防火扉の下からアレックスを強引に突き上げ、階段から屋上に上らせる。カザルスが扉をあけ、あとについてくる。

「何をする気だ？　おれはウォーデルのことなんか知らないって！」アレックスがいう。鼻血が出ている。

ウォーデルに対するアレックスの恐怖が、ニンニク臭のように毛穴から漏れ出ている。ハナはその恐怖をもっと大きな恐怖にすげ替えたい。階段の上で、ハナはカザルスに顔を向ける。

「ここにいろ。屋上にだれも来ないようにしてろ」

「くそ、おい」アレックスがいう。

ハナはアレックスを夕暮れの屋上へ押しやる。アレックスはハナのうしろで閉まっていく防火扉から、カザルスに目を向ける。助けを求めているのか、〝こいつを止めてくれ〟とでも頼むかのように。カザルスの顔からは感情のかけらも読み取れない。防火扉が閉まる。

「おまえもこのくされ犯行グループの一員だ。そのことを隠したな」

「ちがうんだ、ハナ。ぜんぶいったじゃないか」アレックスはいう。

下張り用のタール紙を張ってある屋根の上で、ハナはアレックスを押しやる。アレックスが足を滑らせる。「ウォーデルが怖いのか？　ウォーデルなどくそだ。おれを怖がる方がいいぞ、まぬけ」

アレックスがハナをなだめるように両手を上げる。「わかってくれよ」

ハナは右フックを食らわせ、アレックスを屋上のコンクリート面に叩きつける。アレックスは横転し、立ち上がると、ビルの裏手方向へと後ずさる。大きな楡の木がてっぺんの枝葉を風に揺らされている。遠くに見える摩天楼が音もなく立ち尽くす。近くにはだれもいない。

ハナはアレックスをゆっくり追いかけ、怒鳴る。「オーティス・ウォーデルはどこにいる？」

アレックスは首を振りながら、ハナをかわして防火扉へ逃げようとする。だが、ハナの方が素早い。ハナはアレックスをつかまえ、アレックスの体をくるりと回し、足を引っかけて転ばす。アレックスがよろよろと立ち上がる。

「ウォーデルはおまえの兄のところにいるのか？」

「いない。おれには兄はいない。いるのは姉だ——調べてみろって」

「ここから生きて出られるとすれば、ウォーデルの居場所を教えるしかない」ハナはまたアレックスに迫る。「ウォーデルが身を寄せるようなやつの情報がほしい。文書、移動手段を提供するやつの情報が。どうやって街から出る？　あいつが使った仕事用の車はどこで手に入れた？　あの花屋のバンは？　おまえも犯行グループの一員だ。知っているはずだ」

アレックスは後ずさり、テレビ・アンテナのケーブルに足を取られ、危うく転ぶところでバランスを取り戻す。

スローモーションになり、アレックスがやめろと首を振る。ハナは少しずつ近づく。

「『ピーターパン』は見たことがあるか？」ハナは訊く。

「はぁ？」

「『ピーターパン』だ」ハナはもう一度訊く。

「子供アニメか？」

「ああ」

「いや」

ハナはアレックスの肘をつかむ。安全な場所に案内するかのように。

「ティンカーベルが根源的な質問を投げかける。どういうのか知ってるか？」

「いや」アレックスはいう。

「あなたは飛べるの……？」

「やめろ。やめてくれ。わかった」アレックスが両手を上げてハナを遠ざけようとする。

「無理やり連れていかれたんだ。仲間に入れと脅されていた。ずっと。一緒に行かなければ殺すって。力ずくだったんだ」

ハナはさらに近づき、アレックスは後ずさり続ける。「やつはどこにいる？」

アレックスは両手を突き出す。「やめてくれ、な？　とある営業車の点検修理工場に隠れてる」

「どこの工場だ？　どうしてそこに隠れているとわかる？」

「知ってるから。おれの姉貴の夫のところだから。あいつはそこにいる」

ハナは動きを止める。「姉の夫か？　義理の兄か？」

「アーロン・グライムズだ」

ただの兄ではなかった。義理の兄か。「そいつもウォーデルの仲間か？」

日差しを受けながら、アレックスがかぶりを振る。「あの人は車を用意するだけだ」

「仕事に使う車か？　ウォーデルに？」ハナはいう。

「それがあの人の仕事だ」

「その工場（ガレージ）はどこだ？」

アレックスはウエスト・ルーズベルト・ロードの住所を教える。「もういいだろ、おい！」アレックスが金切り声をあげる。「そこまで教えてるんだ。姉貴に殺されるよ。おれの義理の兄だぞ！」アレックスは震えている。

「おまえの義理の兄でも、知ったことか。ウォーデルはだれと一緒にいる？」

アレックスはハナに目を向けない。「ハンクかもな。知るかよ」

「アーロン・グライムズは仲間ではないんだな？」

「あの人はただの業者だよ。仕事だ。オーティスなんかと一緒にいたくはないだろう」

「ほんとうか？」

「一緒にいたいやつなんかいるかよ？」アレックスがいう。「もういいだろ、おい！　おれのことも考えてくれって。義理の兄を売っちまったんだぜ。だろ？　これで借りは返せただろ？　くそ、なあ——ぜんぶいったぜ」

ハナはアレックスに一歩近づく。「力ずくだといったな？　ウォーデルに無理やり連れていかれたのか？　おまえはあいつにとらわれていて、いわれたことをして、ことの成り行きを見せられたのか？　そうなのか？　ハズレだ。いいところを見せたいから自分で仲間になった。観念しろよ、おい。そうだったんだろ？　ウォーデルはおまえを見て、おまえが怖がっていると感じ取った。弱さを。だからおまえはウォーデルに自分の力を見せて、やつに称賛のまなざしを向けてもらいたかった。ちがうか？」

アレックスが周りを見る。どこに逃げればいいのか、わからない。

「ウォーデルにやれといわれたんだ」

ハナはアレックスを一瞥する。

「命令されたんだ」アレックスがいい、ウォーデルの口調をまねる。「〝そのガキを部屋に連れていけ〟と。そのとき、耳打ちされた。〝そのガキもただ放置するな。やってやれ〟って」アレックスがそういって肩をすくめる。

ハナは目をしばたたく。

「あの子を部屋に閉じこめようとしただけなんだ、わかるだろ？」アレックスがもごもごという。「そしたら……自己防衛っていうかさ。あの子がおれに目潰ししてきたから。それで、とっさにやってしまった。必死で自分を守っただけなんだ」

アレックスがハナと目を合わせる。懇願する目。「おれは巻き込まれただけだ！　身の危険を感じて。ウォーデルから。どうすりゃよかったんだよ？」

アレックスの演じた不条理な安っぽいポルノがハナの頭の中で炸裂する。ハナはアレックスの顔を見る。横顔をとらえる。

「それで、ウォーデルはあの子を見ていた。だって、ほら。だから、おれじゃないんだ！おれはどうすりゃよかったんだよ？」アレックスがいう。

ハナは自分の目に涙が浮かぶのを感じる。空、屋上――すべてがひときわくっきり見える。ランプで殴られて、壁に飛び散ったジェシカの血痕が脳裏に浮かぶ。

ハナの左足が屋上の隅に溜まった砂利の上で滑る。砂利が石のように感じられる。円盤投げ選手のように、重心を低くし、頭も下げると、ハナはアレックスを屋上から突き落とす。

シカゴから三十時間、千九百マイル（約三千キロメートル）離れ、マコーリーはピータービルト・トレーラートラックの高い運転台に乗り、砂漠に暮れゆく太陽に向かって州間高速道路8号線を走っている。携帯用無線機（ウォーキートーキー）がかりかりと音を立てる。

「連中は国境方面の出口から下りるぞ」セリトがいう。

「直進して、ルームミラーで確認し続けろ」ニールは答える。「そろそろ交代だ」彼はウォーキートーキーのボタンをまた押す。「トレヨ。次は頼む」

「了解」答えが返ってくる。

ウインドウの外では、フォードF－150ピックアップ・トラックが加速して左側のレーンでニールと並ぶ。運転している男は、ニールが知るかぎり、だれにも負けない筋金入りのペテン師だが、ちらりとニールを見て、加速する。トレヨは冷静、狡猾（こうかつ）、頑健で、あのぎらつく黒塗りのピックアップのハンドルを握る姿を見れば、あれほどやさしい笑顔を妻に見せるとはだれも思わないだろう。トレヨが追い越し、セリトと監視を代わる。シカゴからずっと、彼らは尾行する車を代えて、エレラ一家が南へ運ぶ現金輸送トラックを監視している。今そのトラックは州間高速道路を下りようとしている。ここからはエレラの貯蔵庫へ向かう最終ルートだ。

ここでトラックは国境を越える。アリゾナ州ユマで。

エレラ一家のハードディスクに入っていた輸送記録から、ニールは彼らの隠れ家が国境のメキシコ側に入ってすぐにあると確信している。

ニールは、現金輸送トラックが現金を運んでいく場所を突き止めるつもりだ。

そして、集まった現金を丸ごといただくつもりだ。

33

自動車修理工場裏の事務室の奥の部屋は物置としてつくられたのだが、オーティス・ウォーデルの仮のねぐらになってしまった。ウォーデルとスヴォボダのねぐらに。もう二日になる。それなりのにおいもしてきた、とアーロン・グライムズは思う。

今、アーロンはくされ宅配みたいに、持ち帰りの中華料理を持ち帰ろうとしている。ウォーデルはカネ払いこそいいが、厄介なやつだ。なぜシカゴから出ていけないんだ？
それに、またマコーリーとの取り引きのことを訊いてくるに決まっている。ガラスとスチールのアコーディオンドアから中に入るとき、アーロンはそう思う。**アレックスときたら**、と思う。**くさい口を閉じていられない**。アレックスのことは好きだが、まったくよ。

ウォーデルたちには出ていってほしい。

アーロンは修理工場のフロアを横切り、隅の事務室へ行く。角を曲がると、ガラス張りの壁から、空のピッツァボックス、ビール缶、メイカーズマークのボトル、そしてくさい靴下が見える。スヴォボダがアーロンの机についているのも見える。

くそ。

スヴォボダが両足を机に載せている。「おれの机から足を下ろしてくれないか？」アーロンはいう。

ウォーデルの声がうしろから聞こえる。「おまえはおれの仕事を後回しにしてきたよな」

アーロンは振り返る。ウォーデルが事務室の出入り口を塞いでいる。

「してないよ、オーティス。精いっぱいやってるし、必要なものはぜんぶ手に入れてやるよ、なるはやで」

「あのトレーラーのせいなんだろ？」

「ちがう」

ウォーデルはマコーリーがトレーラートラックで走り去ったのを見て、〝あのトレーラーはどこへ行く？〟と訊いていた。

グライムズはそのとき、何とも思っていないふりをしながら、歩き続けた。〝道路の先だろ、たぶん〟そういって肩をすくめた。

〝たぶん、か〟

〝おれの知ったことじゃない。あんたの知ったことでもない。おれは知らない〟

グライムズはウォーデルの前を通り、事務室に入った。ウォーデルは二日のあいだひげを剃っていなかった。ジーンズも汚れていた。ウォーデルは女を惹きつける野性味があると思っているが、今はくさいだけだ。

〝カーキャリアーかよ〟ウォーデルはいった。〝そんなものの使い道を訊かないのか？〟

〝ああ、そうだ〟その話はそれで終わった。

「おれの用件を後回しにしたな」ウォーデルがいう。「おれはおまえの飯の種だぞ。それなのに、西海岸の連中なんかのために、おれを後回しにしたのか？」

当てこすりだが、危険なにおいも漂っている。

「オーティス」グライムズは首のうしろの毛が逆立つのを感じる。「あの仕事はあんたがここに来る前に決まっていたんだ。いつだってあんたがいちばんさ」

「いや、いや、おまえがでかい山ばかり狙う一流どころと急に仕事するようになったと、おまえの義理の弟が自慢してたぜ」

グライムズは息をし、気を落ち着かせようとする。ゴミのにおいが鼻を突く。ウォーデルが腹を立てている。言い訳がほしくて——見当たらないから、生贄を探している。

ウォーデルがゆっくりと近づく。「あの十八輪トレーラーのことをぜんぶ知りたいんだが。ピックアップに仕事道具を積んでたよな。そのあと、そのピックアップをカーキャリアーに載せた」ウォーデルが立ちはだかる。「前にも訊いたよな。あのトレーラーはどこへ行くんだよ?」

ウォーデルが目の前に迫る。眉の傷跡がくっきり見える。盛り上がった赤い首との対比で、白い稲妻のようだ。

スヴォボダが立ち上がり、机の周りを回り、グライムズと出入り口のあいだに立つ。

「知らない」グライムズはいう。

マコーリーは電話してきて、自分と仲間がどこにいるかをグライムズに伝えていた。グライムズは顔色を変えないようにする。今の嘘はギャンブルだ。

果たして、アーロンは自分がミスしたことを悟る。ウォーデルのまなざしは曇ってはいない。生気と狂気をたたえてきらめいている。

ウォーデルがグライムズをウォータークーラーに突き飛ばした。ウォータークーラーはぐらつき、でかいタンクが傾き、ドスンというプラスチック特有の音を立てて床に倒れ、水がばらまかれる。

「オーティス、ちょっと、おい……」グライムズはいう。

ウォーデルの拳が彼の側頭部に強烈な一撃を加える。グライムズがよろめく。

「トレーラーはどこへ行く?　運転していたのはだれだ?」ウォーデルがいう。

グライムズは倒れないように踏ん張る。スヴォボダが事務室のドアを閉めるのを、視界の端でとらえる。

彼は体を丸める。隅の椅子にタイヤレバーがある。彼はそれをつかもうと突進する。

ウォーデルも襲いかかる。

34

ニールは夕方前にエルセントロに到着する。砂漠の熱波が、焼け跡のように空を覆っている。

この街は、サンディエゴからユマに向かって州間高速道路8号線で三分の二ほど走ってきたところに位置し、メキシコ国境の近くでこの高速道路にまたがる。見通しのいい道路、雲ひとつない空と、ニールにとってはドライブだ。

ニールは食料と日用雑貨を袋ふたつ分買い込んだあと、こぢんまりした平屋の前に停める。ジムバッグを肩にかける。この家は塗装されたばかりで、明るく、うしろは市営公園と接している。ニールは中に入り、食料と雑貨の袋を下ろす。キッチンの窓から外を見ると、裏庭の向こうの公園の上の空が凧(カイト)で埋め尽くされている。

ニールはパティオに出る。公園の真ん中のあたりに、エリサの姿が見える。風がマホガニー色の髪を帆のように持ち上げる。八十ヤード(約七十三メートル)も離れているが、まるでニールに話しかけられたかのように、エリサがゆっくり振り向く。

エリサが気だるそうに歩いてくる。ニールはキッチンに戻り、二本のビールの栓をあける。

エリサがドアから入ってきて、サングラスを頭に載せ、まっすぐニールに近づく。

「時間ぴったりね」彼女はいう。

ニールは、風で顔に垂れたエリサの髪をかき分ける。「店に寄ってきたよ」

「その買い物リストって、先月に頼んだものよ」エリサがやれやれと首を振る。「わたしはもう先に進んじゃってるのよ、お兄さん」

「だよな、でも、とにかく洗剤は買ってきた」

エリサは微笑み、ふざけてニールの腕をパチンと叩く。ニールは肩をすくめる。

外から軽やかな足音が聞こえる。ガブリエラがドアを押しあけ、サンダルをぱたぱた鳴らしながら、カイトを引っ張って入ってくる。

「あら、ニール」そういってニールの頬にキスする。

ニールは赤くほてったガブリエラの頬に手の甲を当てる。「ガビ、おまえは元気玉だな」

「ファイヤーボールは太陽よ。九千二百七十六万二千マイル離れてる。知ってた?」

「いや、知らなかったよ」そして、真顔でこういう。「まさか、測ったのか?」

「測ってないわ!」ガブリエラがげらげら笑い、エリサを見る。「夕食は何?」

エリサが答える。「まず、お片づけしなさい。夕食の支度はそれから」

ガブリエラが廊下を走っていき、ニールはエリサにビールを手渡す。ふたりはボトルを合わせる。

「冷蔵庫を見てみな」ニールはいう。「ほかに店でどんなものを買ってきたか」ニールはボトルを掲げ、飲む。彼の笑みはすぐに消えるが、エリサが彼の笑みを見たのはわかる。

エリサが冷蔵庫をあける。シャンパンのボトルが棚に鎮座している。エリサの口元に笑みが広がる。口の片側だけが上に向いた、かわいらしい笑み。したり顔だが、気取りはない。

エリサはニールを見てピンとくる。力強いまなざし。引きつった笑み。エリサはニールをよく知っている……

「もう新しいのを見つけたの?」エリサはいう。

興奮がニールの表面のすぐ下で震えている。ニールは冷静で、その興奮をそのまま隠しておくつもりだ、と彼女は思う。でも、大きいらしい。それはわかる。

「ここの南だ」ニールがいう。

エリサは眉を上げる。無関心を装ってはいるが、関心はある。「〝オトロ・ラド?〟国境の反対側で?」

「ユマの近くだ。ユマ付近の国境の行き来について、どんなことを知ってる?」

エリサはニールのまなざしを受け止める。何を知ってるか?

国境を通り抜けることが人生のすべてだ。いわせてもらえば、バスケス家は一八五〇年時代からずっと越境物流を扱ってきた。禁酒法時代には〝テキレロス〟といわれるギャングとして暗躍し、親戚は電子機器から洗濯機、冷蔵庫、テレビまで、何でもメキシコへ運び、アメリカへは、ときどきマリファナを密輸している。エリサは赤ちゃんのころ、一キロのマリファナを毛布の下に隠し、母の膝に載ってはじめて密輸した。

第七世代の密輸業者だ。国境の行き来について何を知ってるか？

「ユマの近く？　何でも知ってるわ」エリサはいう。

ガブリエラがドラゴンボールのTシャツとサンダルという格好で、キッチンテーブルにつき、算数の宿題をはじめる。

ニールがうなずく。「あとで話そう」

ハナはカザルスとウエストサイドの自動車修理工場に到着する。イーストンはうしろの車にいる。今回のチームには、ほかに二台のパトロールカーに乗る四人の制服警官も加わっている。回転灯はつけているが、サイレンは鳴らさない。制服警官たちは大通りの出口と、工場裏の路地の両端を封鎖する。ハナは車から降り、防弾ベストを着て、一二番径のレミントン・ポンプアクション・ショットガンを持ち、先頭に立って工場に歩いていく。修理工場正面のシャッタードアは閉まっていて、事務室は暗い。彼らは工場を取り囲む。頭ががんがん痛む。今はアドレナリンのせいで痛みが増幅している。怒りが胸の奥底で窯の煉瓦のように熱くなっている。

ハナとイーストンが窓から距離を置きつつ、事務室外側のドアの左右に近づく。カザルスが壁に背をつけ、ハナのすぐうしろにいる。

ハナがアレックス・ダレッキのアパートメントビルの屋上からひとりで戻ったとき、カザルスは何もいわなかった。

〝足を滑らせて落ちた〟とハナはいった。

カザルスはハナの目を見ていった。〝危ない屋上だな〟

今、街灯が投げかける円錐形の明かりを頼りに、ハナがドアをあけようとする。ロックされている。ハナは裏手の制服警官に無線連絡する。裏口もロックされていて、ガレージの中はまったく見えないという。

ハナがイーストンに向かって顎を引くと、イーストンは事務室のガラスドアのガラスを割る。中に手を伸ばし、ロックを外す。彼らは中に入り、危険がないことを確認する。

事務室は散らかっていて、気の抜けたビールとモーターオイルのにおいがする。内側のドアの先には修理フロアがある。ハナはカザルスに向かって顎を引く。カザルスがドアを引きあけ、ハナは中に入る。

ガレージのフロアは暗く、がらんとしている。車は一台もない。四つのサービスピットがあり、水圧式カーリフトもついている。

イーストンが照明のスイッチを入れると、制服警官たちが路地に面した裏口から急いで入る。

イーストンは銃を下げ、じっと見つめる。「ちくしょう」

制服警官たちが目を見ひらく。ふたりがたじろぎ、ひとりは顔を背ける。

ハナは頭が割れるように痛むが、同時に寒さと静けさも感じる。

電動のチェーンホイストが天井下のレールに取り付けてあり、サービスピットのひとつの真上に移動してある。ホイストから鎖が垂れ下がっている。その鎖に、アーロン・グライムズがぶら下がっている。落ちないように肋骨の下に鉄の鉤が貫通している。ハナはショットガンを下げる。グライムズは裸で、息絶えている。体はところどころ黒く焦げ、顔は果肉の塊のようだ。陰部が焼けただれている。この惨状を見れば、グライムズの意思はなかなか折れなかったか、犯人が楽しみのために拷問を続けていたかのいずれかだろう。

片目に煙草の火が押し付けられた跡がある。

ハナは沈黙を破る。

「カメラマン。鑑識。検死官。工場内のあらゆる場所で指紋を採取しろ。まず目撃者がいるかどうか聴取しろ。近隣住民にウォーデルの写真を見せろ」ハナはもっと考えようとする。このときばかりは、何も思いつかない。「以上。はじめよう」

ハナは外に出ようときびすを返す。

陰惨な血痕を残して、オーティス・ウォーデルがいなくなった。消えた。二度と戻らない。太陽はまだ地平線から顔をのぞかせていないが、空に光の筋を投げかけ、飛行機雲に血の色の縞模様を描いている。

ハナが路肩近くの歩道の端に立っていると、ボーマンが到着する。ボーマンは肥えたアナコンダのように、覆面車の助手席からのそりと降りる。火の消えた葉巻を指のあいだに挟み、蛇の目をらんらんと輝かせ、警部が歩いてくる。ノヴァクも運転席から降り、ボーマンについてくる。

「逮捕なしか？」ボーマンがいう。ハナにだけ目を向けている。

ハナは、屋上に置いた天体望遠鏡を反対側からのぞいているような気分だった。すべてが縮小され、ボーマンが目の前にいるというのに、小さく見える。

彼が一翼を担っている機構と同じく、彼も満ち足りて安心している。

「自動車整備をしたり、さまざまな犯罪集団に仕事用の車を提供していたようです」ハナは抑揚のない声でいう。「名前はアーロン・グライムズ。アクション・ジャクソン（映画『アクション・ジャクソン／大都会最前線』の主人公）のように宙づり（ぴりぴり）です」

ボーマンが冷笑する。ハナの意図がわかったらしい。ハナもシカゴの〝民間伝承〟を話に折り込めるのかと感心しているようだ。

昔と同じ。何も変わらない。泥沼のまま。

「オーティス・ウォーデルは？」ボーマンが訊く。

「人を殺して（ブレイズ・ザ・ヒッツ）るよな？」ハナは近くに立っているカザルスにいう。「消えました。跡形もなく」

ボーマンの目が意地悪そうな満足感で満ちている。

ハナはボーマンに顔を向け、目をじっと合わせる。ハナが襲いかかってくると思っているかのように、ボーマンは体格で勝っていても警戒している。

「おれも消えます」ハナは何も持っていない両手を広げる。そして、昇ってくる太陽に顔を向ける。彼はボーマンにいう。「報告書を書きます。そのあとで辞めます」

ハナは歩き去る。

「オーティス・ロイド・ウォーデル」ハナは独り言をいう。

第三部

パラグアイ、一九九五〜九六年

35

エプロンを焼いて揺らめく熱波が、パラグアイのシウダーデルエステにあるグアラニ国際空港の滑走路端の低い松の木をゆがませる。タクシングしているセスナ３１０が一八〇度反転して停止したのち、エンジンが止まる。ふらつく足で降りてくるのは、レイバンをかけ、グアヤベラ（男性用のゆったりしたシャツ）を着たクリス・シハーリスだ。おんぼろのトヨタ・ランドクルーザーのそばで、Ｔシャツとジーンズという格好の運転手が手を振る。

「セニョール・バーグマン」

エクアドルのキトにあるマリスカル・スクレ国際空港でもらったビニール袋をひとつだけ持って、クリスはランドクルーザーに乗る。

ランドクルーザーが滑走路脇を疾走する。クリスは異常な点に気付く。点検修理用の格納庫そばのエプロンに、やたら古いＤＣ－３、ＤＣ－２の貨物機各一機、単発レシプロ機のボナンザ数機が停まっている。その中に、ガルフストリームＧ－ⅣとサイテーションＸが混じっている。民間の運航支援事業者（FBO）の拠点と旅客ターミナルが併存している状況は第三世界的だ。ランドクルーザーが駐車場を出て、田舎のハイウェイに乗る。

クリスはミネラルウォーターをもらい、それを飲み、シャツに少しかける。額に手を当てる。熱がある。急激に熱くなっている。レイバンを外す。亜熱帯の湿気のなか、光がスペクトル成分に分解され、遠くの木々やシウダーデルエステの数少ない高層ビルに緑と青の輪郭を描いている。クリスはグアイヤベラの前身頃をあけ、染みのついたTシャツをめくる。Tシャツの下には、まだフリダの包帯が巻いてある。包帯の片側をめくると、褪せた赤色の皮膚が傷口から筋状に広がっている。

ランドクルーザーがクレーター並みに大きな穴ぼこを踏む。クリスの頭の中で、痛みが爆発する。彼は力なく前にのめる。

窓の外で、チュウハシが空高く飛んでいる。小さなオオハシの耳障りな鳴き声と明るい色が、意識を保とうと必死にもがくクリスを鼓舞する。

「セニョール・バーグマン」声が呼びかける。

クリスはぱっと目をあける。頭は禿げているが口にはひげが生え、緑の手術着と緑の手術帽を身に着けたドクター・オルテガが、クリスのカルテを見る。ぱりっとした帽子をかぶった看護師が横に立っている。

「こんにちは、セニョール。お帰りなさい」ドクター・オルテガがひどい訛りの英語でいう。「次に手術することになったら、外科医を代える方がいいと思いますね。塞がりかけた傷口を、またあけないといけませんでしたよ」

医者のうしろの壁際に、黒いシャツとジーンズを着たほっそりした男がいる。テラコッタ色の肌、短く切った黒髪、突き出た頬骨、薄茶色の目。アフリカ、ヨーロッパ、先住民など、多様な人種が混じるブラジル人だ。その男が注意深く見守る。

「獣医に縫ってもらったみたいに見えるとか?」クリスはドクター・オルテガに聞く。三日前、ロサンゼルスで、実際に獣医のドクター・ボブに縫ってもらったのだ。

ドクター・オルテガが眉を上げる。「傷口が感染しています。ドレーンを二本入れました。シプロフロキサシン(抗生物質)を三千単位投与します。麻酔が切れかかっています。頭痛と傷口の痛みがぶり返しますが……」

クリスの目が閉じる。彼は浮遊する。


「おれはパオロだ」

クリスはまばたきして目覚める。薄茶色の目の男がベッド脇にいる。時がいつの間にか夕方まで飛び越え、夜に向かっている。

「それで、あんたにはおれのところでセキュリティの仕事をしてもらうことになってる」パオロがクリスをじろじろ見る。

クリスは何もいわない。パオロをじっと見る。どうやってここにたどり着いたのか、どこでだれのところで働くのかも、まだよくわからない。人が迎えに来るとしか聞いていなかった。

「バーグマンだ」クリスはグアラニ空港でセスナの双発機から降り、吐き気がして麻酔薬で酔った状態でおんぼろのトヨタ・ランドクルーザーに乗ったところまでは覚えている。そして、病院で目を覚ました。

パオロがクリスの傷口に向かって顎を引く。「どうしてそんな傷を？」

「家庭内暴力だ」このときにはクリスの目は定まり、パオロの目に向けられている。

パオロが一瞬、固まったあと、手中のパスポートに目を落とす。「ジェフリー・バーグマン。どういったいきさつで、おれのところでセキュリティ業務をすることになった？」

「応募した」

「それで？」

「友人に推薦してもらった。この仕事はおれの性に合ってる、とそいつにいわれたから」

パオロは紙片に自分の携帯電話の番号を書き、クリスのパスポートに挟む。パオロのノキアの携帯電話が鳴る。パオロが電話に出る。

「よお、お嬢ちゃん(オイ、ラパス)」

パオロが自分の番号を挟んだパスポートをクリスのベッドに放り投げ、病室を出るとき、それを指さして顎を引き、病室のドアから出ていく。

一九九六年

クリスがアパートメントを出るとき、朝の空はすでに白んでいる。下で円を描いて走る数少ない車が、きらきらと流れている。通りの反対側にある果物を売る屋台がにぎわっている。赤土、低い丘陵、ヤシの木をのぞいて、いまだに名前を知らない木々。木々はどれも緑色。川の下流に位置する巨大なイグアスの滝から立ち上るもやが、はるか東の地平線に立ちこめている。

クリスはジーンズ、緑のポロシャツ、黒いスポーツコート、ブーツという格好だ。グロックを腰に挟んでいる。ビジネスカジュアルか？　市街戦フォーマルか？　何でもいいが、これがシウダーデルエステの日常だ。クリス・シハーリス、別名、カナダ、アルバータ州カルガリー出身のジェフリー・バーグマンにとっては、故郷から遠く離れた隠れ場所だ。

階段を下りると、ブームボックスから流れ出る音楽が重低音のリズムを刻んでいる。セニョーラ・アウスマンがパティオに座っている。彼女も朝食も、こってりドイツ風だ。クリスは鍵束をくるくる回す。彼女が疑いのまなざしを向ける。ふたりの朝の儀式。クリスはスズキにまたがり、ウォークマンのイヤフォンを着けた上にヘルメットをかぶり、音量を最大に上げる。トゥパック。〝カリフォルニア・ラブ〟。ビートが胸まで響く。LA、乾いた熱波、きらめく海。彼はキックスターターを蹴ってバイクのエンジンをかけ、車の流れに乗る。

角を曲がるとすぐに、バンやバスが現れる。いかれた先陣争い（スクランブル）。徒歩の人々が走る車を縫って道路を渡る。木々に止まるオウムとオオハシが金切り声をあげる。込み合ったカフェから、焼き立ての〝チパ〟の香りが漂う。アニスの実と一緒に焼いたチーズ入りのパン。商売をしているところの出入り口には、牛もさばけそうな銃剣をつけた一二番径ショットガンを肩にかけるか、死をもたらす赤ん坊のように抱いている警備員がたいてい立っている。

ここは最果ての地、火星のように異質な土地だ。この街は熱帯雨林を切りひらいてできた自由貿易ゾーンで、パラグアイ、ブラジル、アルゼンチンの三カ国が接する国境沿いを流れるパラナ川のそびえる断崖上にある。自由貿易(フリー)とは、すべてから解放(フリー)されているという意味だ。従来型の法、秩序、規則、規制などには縛られず、あるのは街独自の規則だ。この街は、熱狂的で、悪意に満ち、強欲で、そして、強烈に魅惑的だ。チンと音を立てるレジと滝のしぶきに加えて、雑多な人々と物品が集まる。レバノン人、シリア人、中国人、韓国人、ブラジル人、パラグアイ人、アルゼンチン人、四〇年代、五〇年代にストロエスネル大統領が大きく広げていた両手に飛び込んできたナチス残党の末裔(まつえい)、シーア派が支配する南レバノンから来たヒズボラなどが住み着いている。

主要な業種は、密輸、資金洗浄(マネーロンダリング)、コカイン取り引き、商品は、電子機器、コンピュータ、ソフトウェア、医薬品、贅沢(ぜいたく)品のコピーだ。

鎖骨あたりの筋肉の損傷に鈍痛を感じる。クリスは痛みをくすぶらせておく。オキシ(麻薬性鎮痛薬オキシコドンのこと)はやめている。以前はやる必要があった。道楽でやったこともある。ここではできない。ここでは、衝動に身を任せる余裕などない。ここでは、未知の変数があまりに多い。ここは野生の状態だ。何でもありの自由があるが、ダイスを振ってまずい目が出れば、それが最後の一投になる。

彼は大聖堂の前を通る。資本主義こそシウダーデルエステの真の篤い信仰だが、ブラックリバーストーン、奇抜な抽象画のようなステンドグラス、鮮やかなキャンドルに彩られた、鈍く光る金色の教会は、そんなところに建っている。それはこの土地の歴史をささやいている。スペイン人伝道師と、彼らと対立した原住民、聖人と殉教者と密教といった、暗黒の聖なる森の狂気の歩みをささやいている。

お空のパパ(スカイダディ)の戯言(たわごと)。クリスはスロットルを緩める。奇跡の話をしたいなら、ドクター・オルテガの銃創の処置に救いたまえ(ホサナ)とでも叫べばいい。LAの獣医より多少はまし、という程度だった。あそこは銃創専門の病院みたいなものだというのに。

シウダーデルエステでは、法に触れることなどない。

メヒカリの南の砂漠にある滑走路から飛び立ったあと、メキシコシティ、テグシガルパ、パナマシティ、キト、リマ、クスコ、アスンシオンと、気が触れたように移動した。海、砂漠、ジャングル。アンデス山脈を避けて移動した。季節が巡る。吐き気、呆然、発熱。草原、丘、森を越えた。大陸の奥、〝東の都市〟へ。眠らない店と一流の外傷外科医の地。

傷跡のかさぶたは堅いが、骨はくっついている。筋力も戻った。クリスは運動している。走っている。そんなことはしたことがなかった。自分の肉体がそれを必要としていることを知っている。動けるようになりたい。

買い物客や煙草の密売買業者で通りが埋め尽くされている。走っているぴかぴかの車の二台に一台はブラジルで盗まれたものだ。

クリスはコーヒーを買いに寄る。多言語のマシンガン銃撃戦。アラビア語、北京語、台湾語、現地グアラニ語、スペイン語。レジでは四種類の通貨のカードが使える。路地にスタイロフォームの梱包材が積み上げられている。午後五時までには高さ六フィート（約一・八メートル）になる。その後、段ボールとスタイロフォームの受け取り手と清掃人が現れる。深夜零時には、通りから完全に消える。梱包材を持ち帰ってカネに代える者がいるのだ。コーヒーハウスの出入り口では、武装した警備員がぶらつき、そこはかとなく脅威を振りまいている。

それが法と秩序の裏面だ。組織犯罪がおおっぴらに事業と産業を回している。ここで強制されるのは一族の掟だけだ。この街の殺人事件発生率は南米一だが、パラナ川に死体が浮かぶのは、もっぱら商売上の理由からだ。シウダーデルエステは因果応報で動いている。無差別の暴力はない。路上犯罪もない。

ほぼ一年が経ち、クリスはシュールな〝世界は狭い〟のアトラクションにずっぷりはまりこんでいる。

家族を思うと胸が痛む。いつか呼び寄せる。だが、今は無理だ。今、クリスは自由に動ける。新しい自分だ。ニール、セリト、ダニー……みんな死んだ。クリスはこの渾沌とした異国の地で、信頼できるたしかな力を築いているところだ。

身の危険はないが、この見知らぬ街で〝座礁〟している。自由に身を処し、何でもできるようになりたい。それが望みだ。自分の力で新しい人間になることが。体と心を鍛える――ムショ時代のスローガン。だが、まったくそのとおりだ。ほどよいエゴを持つ者ならば、刑務所にいるあいだに独学し、弁護士、作家、よりよい犯罪者、以前とはまったくちがう規律を身に着けた凶悪犯になる。

クリスも今はそうするしかない。別人になるしかない。

　雲間を突き抜ける一条の陽光が、黄色信号に当たる。朝日を浴びるシャーリーンの完璧な肌がまぶたに浮かぶ。

　写真。デラウェアの私書箱の返送先住所が貼り付けられた小包で、二カ月前に届いた。送り主はネイトだ。クリスの知るかぎり、もっとも用心深い猫だ。安全器。ジグザグの経由。そして、クリスのもとへ。

　ヴィンセント・ハナであろうが、彼を追っているほかのだれだろうが、パラグアイ行きのこの小包を追跡するのは無理だ。

　LAのベニス・ピア。シャーリーンが太陽に向かって微笑んでいる。だが、表情はむなしく、唇には塞いだ気持ちが出ている。たしかに、彼女のシャネル五番の香りがする。肌がほてると、純化されて誘惑の香りに変わる。写真の中に手を伸ばし、彼女に触れたい。距離、どうすることもできない。心臓を鞭(むち)打たれたかのような感覚。

　これ以外の方法でシャーリーンと接触すれば、足がつき、足跡をたどられ、見つかる。

　これからどうしたらいい？　クリスは自問する。記憶の中のシャーリーンをおかずにオナニーし、右手とセックスするか？　ごめんだぜ(ファック・ザット)。

　ドミニクの小さな指がシャーリーンの指に巻き付いている。息子の顔は生(なま)の驚きで輝いている。この世界に無邪気というものがあるなら、子供たちのことなのだろうと思う。

　そのうちに自分がドミニクの記憶からしだいに消え去ることも、わかっている。どんなことが息子の記憶に残るだろう？　あまり残らない。クリスは不安に思う。記憶には半減期がある。じきにクリスは幻影でさえなくなる。

時は流れる。日一日、刻々と。


シンフウ・ショッピングセンターは、街の中心部の一角を占めている。七階建てのビルで、まるでディスコボールのように、前面が鏡のようなプラスチック・タイルで覆われている。電話と電力の線が、通りの電柱から蛇行してビルとつながっている。寄り集まっているニューロンにエネルギーを供給する樹状突起だ。歩道に沿って延び、売店や屋台をつないでいる。そういった店は、子供服やスーツケースや襞飾り（ひだ）のついたポリエステルのブラを売っている。スポーツ用品も。海賊版のＤＶＤも。

表の車や人の流れは、この世の終わりを思わせる。渋滞で立ち往生の車の周りに、巨大なビニールの買い物袋を持った買い物客が蟻のように群がっている。クリスはショッピングセンター・ビルの地下の厳重警備の駐車場にバイクを停め、いつもと同じようにエスカレーターでいちばん上まで行く。商売。強引な売り込み。

シンフウ――〝幸福〟という意味だ――ショッピングセンターには、点々と派手なところがある。音がこだまする中央アトリウムと、中国の影響を示す赤と金の色が〝売り〟だ。店子（たなこ）は電子機器を売っている。テレビ。携帯電話。ゲーム機。パナソニック、エリクソン。ノキア、モトローラ。プレイステーション、任天堂。どの店子もどの店子も、香港ポップスとブラジルの連ドラの主題歌が大音量で流れ、用心深い所有者が奥の机についていたり、戸口でうろついたり、しゃれているのにみすぼらしい感じがする。このビルは金もうけの原動力（ダイナモ）で、地元の台湾系パラグアイ人一家、劉（リュウ）一家が所有している。

売っているのは、関税や税金をかけられることのない盗品か密輸品であり、その中には、偽造品や模造品があるのはたしかだ。グッチのハンドバッグ、任天堂のゲーム、ディズニーのぬいぐるみ。ショッピングセンターにやって来る客――ほとんどは友好の橋（フレンドシップ・ブリッジ）経由で国境を越えて大量にやって来るブラジル人とアルゼンチン人――は、いかがわしい商品を買っていることを知っている。

クリスは最上階を歩きながら、こだまする売り買いの狂騒を手すり越しに眺める。店主たちに顎を引いて挨拶する。テレフォンカード・ショップのミセス・リンが、ウィンストン（アメリカの紙巻き煙草）から顔を上げ、彼を一瞥する。彼もやり返す。ミセス・リンはタフな女性だ。ときどきお茶を出してくれる。

偽物のウィンストン、百パーセント偽物。

パオロがセキュリティ室の中に立ち、ショッピングセンター内の二十数カ所に設置しているセキュリティカメラの映像が映っている、壁に並ぶスクリーンを凝視している。パオロはいつも立っている。座っている姿を目にしたことなどないのではないか、とクリス思う。

「おはよう（ボンジーア）」パオロが顔も向けず、そっけなくいう。相変わらず冷たい態度。

「おはよう」クリスはいう。

パオロは元ブラジル空軍空挺救助隊（Para-SAR）員だ。リュウ一家に重宝されている伎倆を持つ恐ろしい男だ。筋肉、脳、服従。パオロの笑みは人を和ませる。だが、クリスには絶対に見せない。

　ショッピングセンターの警備は、リュウ組織におけるパオロの責務のひとつにすぎない。クリスは複雑怪奇な事業と一族の構造をまだ完全には把握していない。ネイトはリュウ一家とコネクションがあり、クリスのシウダーデルエステへの〝自由落下〟を手配した。ネイトがどうやったのかはわからない。クリスはセキュリティ・システムの専門家に仕立て上げられた。それがどんな専門家なのかはよくわからない。たぶん、セキュリティ面のハードウェアとシステムの専門家ということなのだろう。弱点を見極めることなら、たしかに得意だ。今のシステムを捨てて、別のシステムを買うべきだと勧めるのが仕事だ。バックアップ電源を改善しろとか。パオロはそもそもクリスを雇うようにいわれたことが気にくわなかった。だが、一家の家長、デイヴィッド・リュウの命令に従った。

　〝おまえには特別な伎倆があるのか？〟パオロは探りを入れた。

　〝いや。与えられた仕事をするだけだ〟クリスはいった。

　パオロは以来、何も訊いてこなかった。

　クリスはずらりと並んだセキュリティ・スクリーンを確認する。「今日は何がある？」パオロにいわれているとおり、クリスは英語で話す。パオロは英語の理解力を高めたいのだ。

「問題(オーケイ)ないように見える」パオロがいう。

　クリスはスクリーンをつぶさに見る。ショッピングセンターは内外各所にセキュリティカメラが設置されている。武装した警備員が各出入り口に配置されている。商品搬入口と業務用エレベーターは、複数の物理ロックと電子ロックで制御される。クレジットカード端末は、電話線で銀行やカード会社と接続している。したがって、厳密には、破られる可能性はある。だが、シンフウはカード取り引きの専用線を敷いており、さらに、切断されると、リュウの中央セキュリティ――パオロとそのチーム――に、必要なら現地警察にも通報されるレッドラインもある。

外のセキュリティカメラは通りの様子を映している。スタイロフォームの梱包材が雪の吹きだまりのように歩道を埋めている。

「ひとつの集団をのぞけば」クリスはセキュリティの穴を探す連中を目ざとく見つけるのが得意だ。彼はいう。「先週、この若造の一団はショッピングセンターの敷地の周りをバイクで走っていた。おれたちはそれに気付いて、写真も撮っておいた。連中はここを探って(ケイシング)いるんじゃないか？　そのときから今まで姿を見せなかったが」

パオロが振り向く。見下した表情だ。「〝ケイシング〟の意味は？」

その単語を新しく覚えようとしているらしい。

「盗む方法を探しているという意味だ。だが、そこまでばかなやつがいるのか？」クリスはいう。

パオロがうなずく。「アルゼンチン人だな」

「なぜアルゼンチン人なんだ？」クリスは訊く。

パオロが鼻を鳴らす。「連中はそこまでばかだからだ」

この街はカネを使いたくてしかたない人々でいっぱいだ。ほかのどこであっても、こんなショッピングセンターは、スリ、万引き、ショーウインドウ破りの格好のターゲットになる。だが、ここではそんなことをするやつはいない。やれば、死んで、パラナ川に浮かぶ。だれでもわかる。

シウダーデルエステに、商売を邪魔するやつはいない。路上犯罪もほぼない。レバノン-シリア系、台湾系、パラグアイ人が所有する高層のショッピングモールではなおさらだ。

しかし、シウダーデルエステが南米最高の殺人事件発生率を誇る都市になるのは、ある一家が別の一家の煙草密輸、武器売買、資金洗浄、コカイン密売買、闇市場に流す医薬品製造、コピーソフトウェア事業を乗っ取ろうとするときだ。それに加えて、近くにあるヒズボラの夏季訓練キャンプも、パラナ川に浮かぶ死体の数を増やす。

クリスはリュウ家の者にじかに会ったことはない。三菱(みつびし)モンテロ(日本では〝パジェロ〟)の分厚いスモークガラス越しにデイヴィッド・リュウを見たことはある。一家のひとり息子フェリックスが、ちょっと前の小学校の催しで握手したり微笑んだりする姿も見ていた。八月の冬のこと。むちゃくちゃ変な気持ちになる。

「あんたの顔色を見ていると、何かが起ころう(ブリューイング)としているようだな」クリスはパオロにいう。

「〝ブリューイング〟?」

「来る、とか、はじまるという意味だ」

落ち着かない気分にさせられるほど長く、パオロがクリスを見る。だが、何もいわない。クリスはまた排除されているのだと感じ取る。

この仕事にありつけたのはネイトの口利きだと思っていた。だが、デイヴィッド・リュウも外部の者を引き入れたかったのではないかと思いはじめている。クリスのような実績のある者を。その理由については、まだわからないが。

これまでのところ、パオロとの凍りついたやり取りはまだ溶けていない。パオロは部下を自分で選びたがる。だからか、クリスの本気度を繰り返し試している。

二カ月前、パオロはクリスがどの程度の腕前なのかを見るために、クリスにシンフウの警備員たちと射撃場に行くよう命じた。

クリスは素早くうなずいた。

パオロはＳＷＡＴに似た近接戦闘訓練を積んでいる。だが、ブラジル人だし、ブラジルは戦争をしない。クリスは市街戦を戦った。ニール・マコーリーは両方を戦った。ニールは十八歳のときにセブン－イレブンで強盗を働き、サンバーナディーノの保安官事務所に逮捕された。その後、宣誓釈放違反に問われ、チノ（刑務所の街として知られるＬＡの東にある市）に送られるか、軍隊に志願するか選ぶことになった。

五カ月後、ニールはホーチミン市郊外の息詰まる青々としたジャングルにいて、第二十五歩兵師団の一員として、短銃身のセミオートマチック一二番径ショットガンを持って、ベトコンの洞窟を這い進んでいた。テト攻勢の最初の数週間、ニールは陸軍レンジャー部隊の長距離偵察に何度か同行し、北ベトナム正規軍（PAVN）の部隊と交戦した。レンジャー部隊はニールを引き抜こうとしたが、失敗した。ニールには計画があった。のちに、ニールとクリスは、アメリカ都市部の〝作戦地帯〟で警察と戦うことになった。

クリスはシンフウの警備員たちの訓練を改善した。舞台用の張り物で壁や通路をつくり、射撃場を改修した。動きながらさまざまな遮蔽物に隠れて銃撃するシナリオを考え、かぎられた時間で精確さを競わせた。警備員に一日に単独で五百発、その後チームでも五百発撃たせた。そして、襲撃、部屋の確保、移動中の車両での交戦、都市環境での対処の仕方を教えた。

クリスはマコーリーの編み出した銃撃戦におけるチーム戦術と、刑務所とストリートでの経験で培った独自の戦術、さらに、ニールと自分の心構えも伝えた。仲間を救え。戦う目的を死守しろ。行く手に立ちはだかるやつがいても、それはそいつの問題だ。

パオロは本物を見れば、本物だとわかる。どこで近接戦闘戦術を身に着けたのかと、おおっぴらに訊いたりはしない。パオロは次に、クリスが忠実かどうかを試すことにする。

クリスはパオロを失望させるつもりはない。

いざというとき、パオロとパオロの部下たちがかばってくれると完全には信頼してはいない。彼らが近接警護――ボディーガード――をしていて襲撃された場合、要警護者を保護する確率は九五パーセント程度だろう。それをいうなら、完全に信頼しているのは自分自身だけだ。それでも、クリスは警備面をプロレベルまで引き上げた。クリスの基準でいうプロレベルだ。つまり、奇襲されたら、奇襲してきた連中を攻撃できるようにした。

一流。

だが、パオロは何かを心配している。スクリーンには、いつもとちがうように見えることは何もない。パオロのぴりぴりした雰囲気だけが目につく。

「このバイクに乗った連中だが」クリスはいう。「あんたも見覚えはあるか？」

「〝タウヴェス〟」かもな。

「同じやつらを複数回見たのか？」クリスはいう。「同じバイクか？」

パオロが不満げな声を漏らす。

「同じルートで通りを走っていたのか？」クリスはいう。「同じ時間か？　そいつらが見ていたのはシンフウだけか？　ほかのショッピングセンターも見ていたのか？」

パオロが顔を向ける。「おまえはどう思う？」

「ひと山、当てようとしているのかもしれない」

「〝ひと山当てる（レイイング・オン）〟？」

「モールを襲撃する計画を立てているという意味だ。強奪する」クリスは説明する。「そのためにのぞきに来たのかもしれない」

「そうか？」

「何かを計画している」

パオロが警戒しているようなまなざしでクリスを見る。「そういうことをやったことがあるようだな」
一、二度。
「おれが連中なら」クリスはいう。「どんなことを探るのかはわかる」

強盗団が警戒することはすべてわかる。こっちが利用できそうな連中の弱点もわかる。強盗のための準備をしているのだとすれば、連中が探しているのはパターンだ。いつだれがいるのか、シフトがいつ替わるのか。アクセス。準備万端で来るなら、ひとつの侵入ルート、複数の脱出ルートを探す。反対側の立場で状況を見るのは、妙な感じだ。

　クリスはパオロと目を合わせる。「確かめさせてくれ。何かがはじまっているのかどうかを」

「〝いいだろう。いいだろう〟」パオロはため息をつく。「どこから手をつける？」

　クリスはスクリーンに向かって顎を引く。「ビデオテープだ。セキュリティカメラの映像で、例のバイクの連中を探す。そして、突き止める――連中が情報を集めているのかどうか。弱点を探しているのかどうかを」

「弱点といったな。何の弱点だ？」

「いい質問だ。関係者の品定めだ。出入り口の護衛の様子を窺っているのだろう。護衛たちがどれくらい目を光らせているのか、騒ぎにどれだけ素早く対処するか」といったことをクリスはいう。「モールのセキュリティカメラ、警報、電話、電線を無効にする方法があるか、なども」

「レッドラインがあるんだぞ。電話線を切ったりすれば、ここに通報される」

　クリスはうなずく。「電話線に盗聴器を取り付けたり、コンピュータ通信を傍受したりしようとするかもしれない。クレジットカード番号を盗むかもしれない」――彼は考える――「あるいは、モールの管理システムに侵入することも考えられる」彼はしばし考える。「データ通信線は地下二階の電話室に通じているよな？」クリスはいう。「電話室はガレージから立ち入りが可能だ。そのあたりをうろついていたやつはいなかったか？」

パオロが険しい顔になる。

「そういった点や、ほかにも弱点になりそうなもの——つけ込めるもの、侵入の手だてを探しているのかもしれない」

弱点を探っている。ショッピングセンター、あるいは、狙いはほかにあるのか？ もっと大きなものが？ この状況、この街で、ここより大きなものがあるだろうか、とクリスは思う。

教えられていないことが、どうしても気になってきている。

暮らしていける程度のカネは稼いでいるが、ここから抜け出し、家族をロサンゼルスから抜け出させるには、もっと稼ぐ必要がある。

「これから数カ月のあいだに、会社にとって大きなことが予定されているか？」クリスはいう。

パオロはスクリーンから顔を逸らす。「それは……」ふさわしい英語の表現を探す。

「機密情報（ニード・トゥ・ノウ）だ」

「そうか」クリスは落ち着いた声でいう。「おれが知る必要（ニード・トゥ・ノウ）が出てくるのはいつだ？」

パオロが横目でクリスを見る。「はっきり怪しいとわかる動きを見つけたときだ」

このモールに関する情報をほしがるのはだれだ？ ショッピングセンターに関する銀行や財政の情報を？ ひょっとして、リュウの資金の流れをつかむ手がかりを探っているのか？ このシンフウで発生する取り引きの記録にアクセスして、財政情報を得ようとしているのか？

リュウの社内コンピュータ・ネットワークに侵入しようとしているのか？

「だが、ここでは小売り取り引きぐらいしかやっていない」クリスはいう。

「それで？」

「それで、もっと手の込んだたくらみだとすれば、連中がリュウ企業そのものを狙っているのだとしたら、そういう大きな構図はまったくわからない。連中が何を探しているのかがわからなければ、守りようもない」リュウ一家が手がける事業の中には、クリスのまったく知らない暗黒大陸が広がっている。「だが、もしかすると、何もとられないかもしれない」

パオロはそういわれて、ようやくにやりとする。「〝ジルチ〟というのは？」

「ゼロのことだ。無。ハズレ。ハズレのハズレ」クリスは楽にかまえる。「調べてみるよ。わかったら報告する」

「わかった」パオロが最後にもう一度スクリーンを見て、部屋を出る。

いったいどんなことが進んでいる？　クリスは自問する。

午後六時近く、クリスはシンフウ・ショッピングセンターの外壁沿いを歩く。モールの外の小さな売店や屋台は、シャッターが下りている。何百人もの運び屋――密輸業者、徒歩で運ぶフェデックス、商品の入った大袋を担いで運ぶ男たち――が、パラナ川の刻んだ谷間に架けられた友好の橋（フレンドシップ・ブリッジ）を歩いてブラジルへ戻る。通りに残されたスタイロフォームとプラスチックの梱包材は、ますますうずたかく積まれ、いくつもの山ができているが、引き受け手がじきに持っていく。彼らはそんなものをどうするのか？

クリスにはパオロに伝える情報がある。

バイクの男たちは、先月だけで二度、ショッピングセンターを監視していた。クリスはセキュリティカメラの映像を見直した。二十代前半と思われるふたりの男。ラテン系とアジア系だが、パラグアイ人なのか、ブラジル人なのか、アルゼンチン人なのかはわからない。同じバイク。ヤマハのスポーツバイクだが、ナンバープレートはまったく判別できない。

ふたりがショッピングセンターを偵察しているのはたしかだ。まず午前中。街区（ブロック）を一周し、地下ガレージに入った。停めてある車には目を向けない。車を盗むつもりはないらしい。だが、電話設備、大型の社内電話交換システム（PBX）、クレジットカード端末の情報を管理する部屋のロックされたスチールドアと、モールの大きなブレーカーと予備電源用発電装置がある部屋のドアを撮影していた。

ふたりは二週間後、今度は閉店時刻間際に再来した。手順は同じ。シンフウがターゲットだ――具体的な狙いについては、クリスもわからない。

外国人の素人ならば、ショーウインドウ破り、ハンドバッグの引ったくり、行きずりの強姦、酔いに任せた街中でのけんかなどが、この街で許されていないことは知らない。素人がそういった騒ぎを起こすことはあるが、大掛かりな窃盗や小売店強盗は起こらない。絶対に。この街では。あるいは、あのふたりは地元のプロで、ほかのものを偵察しているのかもしれない。

クリスはふたりがバイクで走り去った方向に歩く。カフェ・ダマスカスでアラビア・コーヒーを注文し、〝ありがとう(シュクラン)〟とオーナーに声をかける。この店には、この数カ月で何十回と来た。だが、ふたりのバイク乗りのことを訊くのは性急だし、目立つ。

クリスはそわそわしている。孤独を感じると同時に、教えられていない活動、あるいは、裏で進んでいることに加わりたくてしかたない。

寒い。走ってこい。肉体と精神を鍛えろ。

もう九カ月も組織の端っこを動き回っている。

ピッツァ屋からポップ・ミュージックが垂れ流される通りを渡り、私書箱をのぞきに行く。ロックに鍵を差し込み、当たり障りのない偽名で借りている私書箱をあける。

空っぽ。

シャーリーンから無言の知らせも入っていない、と思う。クリスは私書箱を乱暴に閉め、湿った日暮れに踏み出す。

いい、こたえるのは知らないということだ。今夜はどうしている？　だれと一緒にいる？

地下ガレージのバイクに向かっていると、パオロと同僚のひとりがエレベーター・ホールから出てくる。

「パオロ」クリスはいう。

パオロは歩く足を止めず、軽く会釈する。

「話を聞いてくれ」クリスはいう。「今夜、何をするのかは知らないが、おれも連れていってくれ。煮詰まったよ」

パオロはたぶん、クリスの目に何かを感じ取ったのだろう。クリスは感情を隠すのが得意で、いつもはうつろな鏡のような顔を装っているが、今はちがう。

パオロはレンジローバーに向かって顎を引く。「車中で聞こう」

クリスは車に乗る。


街を横切っている最中に、クリスはパオロへの状況説明を終える。運転しているのは、口数が少なくて油断もないパオロの側近のひとりで、オークリーのタクティカル・サングラスで目を覆い、滑らかにハンドルをさばく。

クリスは助手席に乗っている。肩越しに振り返ると、険しい顔で黙っているボスの姿が見える。

「何者だ？」パオロがいう。「そいつらは何者なんだ？」

運転手がルームミラーでパオロを見る。「どこの者だ？(パラ・キエン・トラバハン)」

クリスは首を横に振る。「もっと情報をくれないなら、どこの者かは教えられない」SUVはハイウェイに乗ると一気にスピードを上げ、空港に向かって疾走する。

「知る必要がある(ニード・トゥ・ノウ)」

パオロが親指で下唇をなで、考え込む。「おれも同じだ」そして、運転手に向かっていう。「〝エル・ベンドラ・コン・ノソトロス〟」こいつも連れていく。

クリスはじんわり温かい興奮が両腕まで広がるのを感じる。

グアラニ空港はまだひどく場ちがいに見える。街の人口は三十万だというのに、グアラニには首都アスンシオンの空港より長い滑走路がある。ターミナルと運航支援事業者（FBO）の拠点が一緒になっているこの空港は、街の西に広がる青々とした平原にあり、周囲をレース状に囲む木々にくっついているかのようだ。動きは貨物機にある。滑走路を隔てて、二機のマクドネル・ダグラスＭＤ－11が積み荷を降ろしている。アントノフも一機。その近くに、白い機体がまばゆいプライベートジェットが十五機、停まっている。みすぼらしい街。これだけのカネ。

こんな僻地（へきち）の自由貿易圏。建築基準法規などに一切縛られないコンクリートブロック造りの高層アパートメントか、土の庭しかないトタン屋根のあばら屋に、人々は押し込められている。

カネはある。そのにおいが空港から漂う。

彼らは沈みゆくサイケデリックな太陽の下に車を停める。エメラルド色の田園地帯の東の空は、オレンジ、マゼンタ、ビロードを思わせる濃紺に染まる。彼らはアーチ形の屋根の格納庫を抜けてエプロンに出る。パオロが時計を確認する。巨大なジェット機が頭上でバンクするとき、陽光を受けて両翼が赤みを帯び、朱色の小鳥のように見える。

ボーイング７４７が着地し、逆噴射装置が轟音をあげる。パオロがクリスにひと組のイヤープロテクターを渡す。地上整備員が同機を誘導し、格納庫前に停止させる。エンジンの回転数が下がり、機首が持ち上がる。胴体のドアがあく。貨物処理員が集まり、パレットを降ろしはじめる。

タラップ車がタラップを前部ドアに接続する。パイロットが軽やかに降りてくる。パオロが呼びかける。「〝ニーハオ〟」次にクリスに向かっていう。「貨物だ。倉庫まで運べ」

「わかった」クリスはいう。

二台の十八輪トレーラートラックが格納庫に停まっている。一台につき三人の警備員が、一二番径ショットガンを胸に斜めに持ち、待機している。ひとりはAKを持っている。

パレットは高耐久性のプラスチックフィルムで収縮包装されている。中身が何であれ、モールの店子に持っていく安っぽい模造品でないのはまちがいない。

クリスはスペイン語で名乗る。「バーグマンだ。セキュリティ部の」彼は先頭のトレーラーに乗り、携帯無線機で後続トレーラー、最後尾の一般車両との調整にあたる。彼らは車両隊を組んで工業団地に行く。警備員が金網のゲートをあける。

夕暮れの濃紺の染みが西の空に広がる。うしろで蝙蝠がバタバタと飛ぶ。トレーラーが広大な倉庫にバックでつける。投光照明を浴びて、フォークリフトの運転手が巧みに入ってくる。検査に備えて、トレーラーの貨物を運び出す。

クリスにはそんな芸当はとてもできない。積み荷を安全に移動しろといわれただけで、それ以上の指示はなかった。

透明なプラスチックフィルムの包装の下に何が入っているのか、クリスは知りたい。我慢だ。

まもなくパオロが到着し、大股で倉庫内に入ってくる。腰のホルスターに入れたベレッタがきらりと光る。

「流れるように進んでいる」クリスはいう。

しばらくすると、フェリックス・リュウが到着する。このリュウ一家の長男は二十代後半で、すらりとした長身の面長なハンサムだ。倉庫に来るにしてはめかしすぎている。こんな仕事をするにしては。淡い灰色のシャークスキン・スーツ、タイトな黒いドレスシャツ。ネクタイはしていない。日が暮れかかっているというのに、ブルース・リーがかけていたようなサングラスをかけている。

パオロがフェリックスの前に歩み出る。「こんにちは（オラ）、若旦那（カバジエロ）〟」

フェリックスは挨拶代わりに顎を上げる。ふたりの側近が両脇に控えている。クリスにはわかる。筋肉ばかだ。

彼らはパレットに近づく。パオロがナイフでプラスチックフィルムに切れ目を入れる。びりびりという音とともにフィルムが裂ける。フェリックスは両手をポケットに入れて、そばに立っている。

クリスは自分が何を目にしているのか、はじめはわからない。

電子機器であるのはまちがいない。スタイロフォームで厳重に包まれている。このあたりはスタイロフォームだらけだ。パラグアイの国旗に取り入れた方がよさそうだ。

パオロが小型の黒いステレオレシーバーのような箱型の装置を持ち上げる。ダイヤル、英数字のキーパッド、内部部品の回路基板。パオロがスイッチを押すと、ディスプレイがゆっくり緑色に光る。

フェリックスがその装置を見る。「よし（ブエノ）」

彼は早口のスペイン語でパオロに話しかける。クリスはパレットに視線を走らせる。電子機器にはラベルこそついていないが、マニュアルが横に置いてある。外国語のようだ。

フェリックスがきびすを返し、側近を従えてぶらりと歩き去る。クリスはふたりの会話の三分の二程度しか理解できなかったが、〝カジノ〟という単語は聞き取れた。運転手がメルセデスのドアをあけ、フェリックスが後部席のスパンコールをちりばめたミニスカート姿の女性の隣に座る。

パオロは彼らが走り去るまで〝整列休め〟の姿勢を保ち、その後、倉庫にいた作業員たちにパレットを厳重に保管するよう指示する。

そして、クリスに向かっていう。「よくやった」英語だ、とクリスは気付く。こっちに合わせてくれたらしい。

「これは何だ？」クリスは知っているふりをしてもしかたないと思う。

パオロがクリスの目を見る。「電子妨害システムだ」

クリスは柔和な顔を崩さないように気をつける。これは機密に属する、法外な値札がつく最先端装置だ。軍事用(ミリタリー・グレイド)。

「というと、ミセス・リンのテレフォンカード・ショップ向けじゃないわけだ」クリスはいう。

クリスがアパートメントに帰ったときは深夜だった。肩が痛い。だが、アドレナリンと期待感の酔いが回っている。

やっとわかる。シンフウ・ショッピングセンターはリュウ組織の目に見える側の事業だ。だが、不動産と小売りは事業や野心の核心ではない。こんな南米の奥深くにいながら、リュウ一家は電子戦装備を売っているのだ。彼らが真に事業を展開しているのは、暗黒で危険な領域であり、とんでもない利益を生むはずだ。

クリスは上着を脱ぎ、ビールを手に取る。話し相手としてテレビをつける。アパートメント内をうろうろする。結局、机に行き、シャーリーンとドミニクの写真を見つめる。カネを稼いで家族の国外脱出策を整えよう。

リュウ一家はいったいどんなことに手を染めているのか?

クリスもそれに加わりたい。それには、自分も戦力になるとパオロを納得させる必要がある。

スポーツバイクに乗っていた連中が計画しているのは、モールの強盗などではない。今のクリスはそう考えている。

36

電子妨害システムのマニュアルに使われている文字に発音区別符号がついていて、やっとわかった。母音にかぶさるようについているアクセント記号や小さな丸、文字の上に載っている、チェックマークにも似た逆さまの曲折アクセント記号。それでピンと来た。

　７４７は台湾から飛んできた。クリスは出発便に合わせてパイロットたちを空港まで車で送り、北京語、英語、身振り手振りで、彼らのおよそのフライトプランを教えてもらった。グアラニ――ボゴタ――メキシコシティ――バンクーバー――台北。本拠地。だが、貨物は中国でつくられたものではない。パレットから装置の梱包が解かれたとき、クリスはマニュアルをちらりと見た。そして、帰宅後、オンラインで検索し、マニュアルの言語を特定した。チェコ語。

　この装置は余剰の――つまり盗まれた――チェコ共和国製軍事用装備だ。敵の探知を阻止し、敵の通信を混乱させる対監視装置。耐衝撃性能を備えた新品。ブラックマーケットでは黄金同然だ。

　今回は試験輸送だ、とだけパオロはいう。つまり、リュウ一家は階段をひとつ上がり、さらに遠くまで手を広げようとしている。そこで、コンセプトが実現可能かどうかを確認し、顧客のために品質を示す必要があるのだ。

「今後」パオロはいう。「ここへの輸送はなくなる。たぶん。貨物輸送、燃料、輸送遅延など、コストがかかりすぎる。したがって、やらない――やる必要がなくなる」

　クリスは理解する。顧客が買えば、すべてをパラグアイに運び入れたりせずに、起点から目的地へじかに輸送する。プラハ郊外の山岳地帯や軍事用輸送列車から品物が盗まれたら、即座に国外行きの航空機に積まれ、西アフリカを経由してエンドユーザのもとへ届けられる。ブエノスアイレス経由、別ルート経由で資金を送る。巨大取り引きの妥結にも、じかに手をつける必要などどこにもない。

目の覚める思い。クリスはセキュリティの仕事のことしか考えていなかったが、その地平を越えたところに、可能性に満ちた世界が存在しているとは。もうカンザスにいるわけではない(『オズの魔法使い』のドロシーのせりふ)のだ。竜巻に丸ごと飛ばされた家が地上に堕(お)ちてからも、ずっと家の中に閉じこめられていて、何カ月も経ってからやっと目をあけ、窓の外を見たかのようだ。シウダーデルエステ、熱にうなされて見る蛍光色(デイグロー)の夢は、クリスの予想をはるかに超える世界なのだ。

家業。移民の起業家(アントレプレナー)であり、ショッピングセンターの大物であるデイヴィッド・リュウは、この街の支柱の一本だ。人前に出るときにはいつも白いドレスシャツと黒いスラックスといった姿で、見た目こそありきたりだが、険しいまなざしと背筋が伸びた姿勢には、落ち着いた力が宿っている。パラグアイ－アメリカン商工会議所の一員。地元紙には、彼が司教と握手する写真も載ったことがある。

デイヴィッド・リュウは犯罪組織のボスだ。

今回の件は、パラグアイ軍にこの電子戦装置を買わせるといったことではない。買い手はだれだ？　一家の大口顧客には、密輸業者、武器商人、つまはじきのバナナ共和国(政情不安を抱える中南米の貧しい国)、メキシコの麻薬カルテルなどが含まれる。リュウ一家は、数億ドル相当の価値がある国際企業を経営しているのだ。

デイヴィッド・リュウは明らかに、自分、一家、あるいは事業を犯罪的だと見なしていない。それがクリスに下りてきた〝天啓〟だ。一家がしていることはだれもが知っている。

シンフウ・ショッピングセンターが盗品や偽造品を売っていること、あるいは資金洗浄（マネーロンダリング）もショッピングセンターの存在理由のひとつであることを疑う者などいない。シウダーデルエステという世界では、それは〝標準的商行為〟としかいわれない。手に入れられるものを手に入れ、手に入れたものを死守する。

ここの台湾系ディアスポラ界隈では、商人は自分の扱う商品に縛られず、汚されもしない。デイヴィッド・リュウは、規則も規制もない究極の自由市場で商才を発揮する人物だ。どこまでもホッブズ的自然法に支配されたこの地で。

リュウ一家が活躍する世界での取り引きには、非常に複雑な慣行があるということも、クリスにしてみれば意外な〝天啓〟だった。彼らはグローバル電子資金移動を利用して、商談をまとめ、サプライチェーンを管理し、商取引を行う。しかも、静かに行う。イグアスの滝を一望するところに停めた古いジープに乗ったまま、一本の電話だけでやってのける。国外追放されたのだとしても、犯罪のディズニーランドにたどり着けたのは幸運だった。このままA列車に飛び乗りたい。

37

クリスが街の南にあるリュウ一家のまったく目立たないオフィスビルに着いたとき、雨はすでに上がっている。路面が濡れて滑る。灰色の雲が峡谷から立ち上る。パオロはオフィスで電話中だ。軍隊時代にロシーニャや映画『シティ・オブ・ゴッド』に出てくるようなリオの貧民街(ファベーラ)で撮影された、軍服を着たパオロの写真が、壁を埋め尽くしている。危険なギャングや重大な危険を孕(はら)む十六歳の子供たちと対決していたのか。危険なのだろうが、戦争ではない。ロサンゼルス市警(LAPD)でもない。洞窟に隠れたベトナム人民軍の精鋭でもない。

実のところ、どれだけの腕なのか？　クリスは思う。

パオロが電話を終える「おまえに仕事がある」

「オーケイ」クリスは自分がどれほどやる気になっているかを見せない。魔法はそばに潜んでいる。このときがずっと待ち遠しかった。

パオロはそれを感じ取る。「何かつかんだか？」

彼が訊いているのは、モールを監視していた連中のことだ。クリスは数枚の写真を手渡す。「シンフウの警備員のひとりに探らせた。勤務外で。さりげなく。バイクに乗ったふたり組を知るものがいないか探らせた。いたらしい」

「ほんとか(シ)？」パオロは写真をぱらぱらとめくる。手を止める。「カジノ・パラナのやつらだな」

「正解だ」

意外にも、パオロの顔が険しくなる。いったん躊躇するが、腹を決める。「おまえも知る必要がある(ニード・トゥ・ノウ)」

バイクのふたり組が、出入り口近くのスタッコ塗りの壁に描かれている、高さ十五フィート（約四・五メートル）のルーレット盤の前を歩いている写真で、パオロが手を止める。カジノはパラナ川を見下ろす断崖の上にあり、カジノ・ビルのうしろには緑樹を切り裂いてできた暗い影のような峡谷が見える。

パオロの顔が、火にかけられたスキレットのような熱を帯びている。「カジノ・パラナを所有しているのはチェン一家だ」

そのひとことがクリスの体に染み入る。知っていて当然だった。クリスは内心では焦っている。この情報によって変わる景色をよく見ようとした。

シウダーデルエステは渾沌とした多文化都市で、それぞれの民族が特定のマーケットの片隅を占めている。韓国系は傘のマーケットを所有する。レバノン系は高級偽造ファッション、最高級のカフェに特化し、この街の資金洗浄（マネーロンダリング）とコカインの流通を支配している。どの民族も偽造電子機器や海賊版ＤＶＤ、ＣＤ、ビデオゲームを売る。

だが、中華系は偽造ソフトウェアと高級兵器の取り引きに特に強い。リュウ一家をはじめとする中華系――いずれも台湾、中国本土、そしてさまざまな三合会（香港を拠点とする複数の犯罪組織の総称）と深いつながりがある――は相互に作用する。子供たちは同じ学校に通う。同じ文化的祭典に出席する。同じ市民運動に寄附する。

チェン一家は電子機器小売チェーンを所有する。カジノが資金洗浄（マネーロンダリング）の手段であることはまちがいなく、洗浄された資金はグローバル金融システムに預けられる。チェン一家の野望がリュウ一家の野望と並走してもおかしくはない。

両家は競合する。自然法に支配されるあらゆる組織体についていえることだが、両家も資源と地位と生き残りをかけて戦っている。

「それで、バイクの、スポーツバイクのふたり組は、チェン一家の連中なのか？」クリスはパオロに訊く。

「おそらく」

「探ってみる」クリスはいう。「もしそうだとしたら……」

「一家に報告する」

話は終わり、今のところは。

「仕事というのは？」クリスはいう。

「エスコートだ」

「何だって？」

パオロが困ったかのように眉をひそめる。「〝エスコート〟というんじゃないのか？」

「その言葉にはいろんな意味がある」クリスはいう。

一陣の風がにわか雨を木々や窓に打ち付けている。パオロがいぶかしげなまなざしでクリスを見る。クリスは微笑む。この笑みにすさまじい威力があることを、彼は知っている。

「ガイドをしろということか？」クリスはいう。

「客が来る。ええと……」パオロが片手を上げる。「〝たぶんの〟客が」

「〝潜在的な〟だな」

「〝潜在的〟か。打ち合わせのために。仕事の話をする」

「それで、おれにその顧客の身を守らせたいということだな」クリスはいう。「それから、見張りもか？」

「そうだ」パオロがいう。「この男は海外から来る。この街を知らない。こちらも先方を知らない」

「その人は要人なのか？」

「要人の扱いをしろ。ほんとうにそうかどうかはさておき」パオロが駐車場に向かって顎を引く。「午後のフライトでサンパウロからフォスに到着する。レンジローバーを使え」

クリスはキーを取って出ていく。

フォスドイグアス国際空港はかなりくたびれた施設だが、高級志向で、未舗装の車道がついた急ごしらえの家々に囲まれている。染みついたコンクリートのターミナルの向こうには、当然ながら、長い滑走路がある。

クリスは国内線到着出口で待ちながら、バイクのふたり組とチェン一家のことを考える。パオロの反応を見るかぎり、チェン一家の強み、弱み、交友関係、リュウ一家にとっての潜在的脅威に関する最新の情報を仕入れる必要がありそうだ。出口そばに立っていると、乗客が出てくる。

その男は長身で、ひと目で北米人だとわかる。多言語が飛び交うシウダーデルエステに何カ月もいるせいで、服装や話し方で、もっといえば、この土地での身のこなしで、その人物の出自がわかるようになった。そして、この男の身のこなしは、大柄なアメリカ人兵士そのものだ。

身長六フィート（約百八十三センチメートル）、三十代半ば。白人、長身、整髪料をつけた茶色の髪。カーゴパンツにボマージャケットという格好で、ダッフルバッグを肩にかけている。男の視線が到着ロビーを横切る。

その視線がクリスを通り越し、青いブレザーを着て、名前を書いたボードを持っているブラジル人の男に向かって歩きはじめる。

クリスは無言のままじっとしている。茶髪アメリカ人はボードを持った男――明らかに運転手だ――に向かって途中まで歩き、足を止める。運転手は別の人間を待っている。アメリカ人はうろたえているのか、しばらくあたりをきょろきょろ見て、やっとクリスと目が合う。クリスは待つ。

男が歩いてくる。「あんたがおれの迎えか？」

「そちらはスコット・テリー？」

実のところ、背はクリスほど高くはない。体は頑丈そうで、硬い筋肉が服に包まれている。とはいえ、南米の奥底にある荒っぽい河川地帯に仕事で来ていることを考えれば、その表現は買いかぶりすぎだ。男がダッフルバッグを差し出す。

クリスはほんの一瞬迷ってから、それを受け取る。男をレンジローバーに連れていく。

「フライトはよかったかい？」クリスはいう。

「まずまずだ」

スコット・テリーは何気なく景色を見る。おんぼろの空港、見慣れたアメリカのレンタカー会社。チャック・ノリスのような歩き方で、どこか固い感じがする。握手もせず、名前も訊いてこない。

クリスは車を出す。彼は男にいう。「エアコン、つけていいかい？」

「ああ」テリーはバイクに乗った人々や歩いている人々を見つめる。彼らは巨大な荷物を背負っている。「人通りが多いところだな」

「来るのははじめてか？」

「これまで来る理由はなかった」テリーが時計を見る。「おれはあちこち旅しているから、スケジュールにあまり余裕がない」

「しばらく雰囲気を感じ取るといい。幻覚（トリップ）を見てるようなところだから」

クリスはそれが話のきっかけになればいいと思う。テリーに話す気があればだが。テリーは遠い目をしている。横顔は整いすぎているといっていい。くっきりした顎の線、無精ひげ。クロノメーターを着けている。小さな文字盤にいろんな計器盤が詰め込まれていて、ミリタリーを感じさせるステンレスのブレスレットがついている。

「これからじかにホテルに、アレナス・リゾートに行く」クリスはいう。「ミネラルウォーターを買った方がいい」

「脱水症状にならないようにか？　たいがいの運転手にはそういわれる」

たしかに、いらだっているビジネスマンのような口ぶりだ、とクリスは思う。**時差ボケで、喉が渇いているビジネスマンのような。**

「ボトルに入った水を飲んだ方がいいってことだ。単なる企業宣伝じゃない」

テリーは、通りにあふれ出そうなぼろぼろの売店に目をやる。「パリのようなところではなさそうだな」

「でも、パリの半値でディオールのスーツが買える」クリスはいう。「カルティエの時計も。ひょっとしたら、ミラージュ戦闘機も」

テリーが横目でクリスを見る。クリスは交差点で折れ、パラグアイへ通じる橋を渡る。

テリーが眉をひそめる。「すげえな。どうしてこんなに渋滞している?」

「シウダーデルエステは一年三百六十五日ずっと大売り出し（ブラック・フライデー）だ」

テリーが困った顔をする。クリスはエアコンの風量を上げる。歩道では、男たちが段ボール箱を肩に担ぎ、重い足取りで歩いている。川は灰色がかった緑色で、水がどろどろしているように見える。渦が日の光を受け、さまざまな色に変わっている。クリスは前に広がる景色を一望し、視線を横にずらし、律義に左右のミラーを確認する。問題が起きるとは思っていない。危険があるかもしれないとはいわれていないが、今は勤務中だし、確認することも仕事のひとつだ。

クリスはスコット・テリーのことを考えている。対監視装置が到着し、間を置かずにテリーが到着したということは、このふたつはつながっているのだろう。そしてパオロは、クリスがそれに気付くことを想定していたはずだ。

ふたりは橋を渡り、シウダーデルエステのまともとは思えない道路状況にじりじりと近づいていく。

「この街のタクシーは大丈夫だ」クリスはいう。「でも、打ち合わせのときは、車が迎えにいって打ち合わせ場所で降ろす」

テリーはいう。「こういうところで歩き回ることになっても、不安は感じない」

「歩き回っても大丈夫だ」クリスはテリーに目をやる。「シリア系カフェのオーナーとヒズボラの夏季訓練キャンプについての冗談を飛ばさないかぎりは」

テリーがまた横目でクリスを見る。「その話は噂だと思っていたが」

「シウダーデルエステの噂が耳に入ってきたら——半分は真実だと考えた方がいい。何がほしくても、何が必要でも、ここの連中はそれを手に入れる術を見つけて売る。これさえあれば……」クリスは親指と人さし指をこすり合わせる。「資本主義はすべてを超える（ナチスドイツのスローガン〝ドイツはすべてを超える〟のもじり）」

テリーはどうやらクリスを再評価したようだ。「リュウ一家に雇われているのか？」

クリスはうなずく。「そうだが」

「彼らはどんな人たちだ？」

「おれの口からはいえないね」

「英語は話せるのか？」

「話せる人もいる。完璧に話せる。打ち合わせには通訳がつくだろう」

テリーがうなずく。「あんたじゃないのか？」

「得意分野じゃないから」

「この辺はアメリカ人が多いのか？」

「商工会議所があるくらいにはいる」

テリーは反応しない。

「パラグアイ－アメリカン商工会議所のことだ」クリスはすぐに説明する。「あんたの昼食会のニーズにも応えられる」

ふたりはパラグアイ国境の検問所に少しずつ近づく。詰め所の前に、ジーンズとポロシャツという格好の職員が立っている。クリスはテリーに手を差し出す。

「パスポートを」

テリーはアメリカ人だ。クリスはすでに自分のパスポートを持っている。職員が手を振ってふたりを通す。クリスは車を発進させ、パスポートをテリーに返す。

「あんたはカナダ人なのか？」テリーがいう。「あんたのような人がどうしてこんなところにいる？　平原を離れ、ジャングルの街へか？」

クリスは愛想よく穏やかな表情を保つ。「暑いのが好きでね」

「カナダのどこから？」

「どこらへんだ？」

「アルバータだ。ただ、子供のころはアメリカにいた」

「ノースダコタ州のマイノットに行ったことは？」

「平らなところのようだな」

「犬を三日のあいだ走らせても、まだどこにいるかわかる」

テリーが笑みを漏らす。彼が伸びをする。「リュウ一家のことを教えてくれ。電話ではわからないことを。こんなところまで、虎穴にまで入ったんだ」

クリスは車を街中に入れる。「この仕事はカネになるから、自分のことだけ考えるようにしている。仕事にも自分のことだけ考える日々にも不満はない」

「なるほど。気になっただけだ。彼らとビジネスをするわけだから」テリーがいう。「あんたは軍隊上がりか？」

クリスはやれやれと首を振る。「敬礼は性に合わないね」そういうと、テリーをちらりと見る。「そっちは陸軍レンジャーか？」

テリーがウインドウの外に目を向ける。うれしそうだ。「そんなにわかりやすいか？」

「海兵隊に入るようなばかには見えないよ」

テリーが笑う。「フォートブラッグに行ったことはあるか？」

「〝ナム〟で終わるところには近づかないようにしてる」

テリーは反応しない。食べ物の屋台や飲み物の売店が沿道の赤土に並んでいる。

クリスはいいたいことを微調整する。「あんたらはアメリカのマーケットで商売してるのか？」

「仕事の話はしたくないんじゃないのか？」

「自分の仕事の話をしたくないだけだ」そういって気のない笑みを見せる。「南米では、相手にどんなやつなのかと思わせておくのさ」

テリーが顔を向ける。「おもしろいやつだな」

「いや、そんなことはないさ。おもしろい土地であくせく働くいち労働者だ」

「ああ、おれはアメリカのマーケットに流すものを買い付けに来た」テリーがいう。電子妨害システムだ。そんなものをだれが使う？

「そのマーケットは、メキシコ国境を越えてどれくらい北まで延びてるんだ？」

「毎月延びてる」

「アメリカでもどこでも、あんたらは独自のセキュリティ部隊を使うんじゃないのか？」

クリスは肩をすくめる。「よくは知らないが」

「アメリカ大陸で、ということか？」テリーがいう。「ほとんどは個人のコネクションを使う」

「元軍人か？」

「それから民間軍事会社の契約社員もだ。あの……部隊にいた連中だ。グローバルな経験を持つスネークイーター（サバイバル訓練を受けた特殊部隊員）というか。仕事を探してたりしないか？」

「かもな。先のことなどわからないからな」クリスはいう。「元軍人じゃなくていいのか？輸送と流通を担当するにしても？」

テリーが横目でクリスを見る。「状況しだいだ。お察しのとおり、流通も大きなテーマだ。うちは高度に分業化された組織だ」

「現地のセキュリティには、いつもどこを頼んでいる？」

「アステカ（準軍事組織と化したメキシコ国境沿いのギャング）だ」テリーはさらりというが、どことなく……冷淡じゃないか？　見下している？

クリスは道路を見る。「出身はサンアントニオか？」

「どうしてそう思う？」

ホテルはすぐ先だ。クリスはそこに車を入れる。安っぽいホテルで、ベガスならだれも二度は見ないようなところだが、ここでは最高級だと考えられている。クリスはポルチコの下に車を停め、降りてテリーのダッフルバッグを出す。

テリーが今度は手を差し出す。「ありがとう」

クリスは名刺を渡す。「何かあればここに」

「わかった。なあ、また会えるか？」

「たぶん」

要人テリーがのんびりホテルに入っていき、クリスはルームミラーでテリーの動きを追いながら、車を出す。

クリスはオフィスに向かう。パオロを探さないといけない。

38

クリスが駐車場に車を入れるとき、パオロは出ていくところで、自分のＳＵＶに向かって歩いている。

「うちの客をちゃんと届けたか？」パオロが声をかける。

クリスは急いで車から降り、パオロと並んで歩く。「まっすぐホテルに送った」

「何か気になることでもあるのか？」

クリスはここに来るまでずっと考えてきた。いっていいのかと何度も確かめた。こんなに深くまで首を突っ込んでいいのかと。

「不満そうだな」パオロがいう。

くそったれ。**いってしまえ**。「あの客のことなんだが。いんちきだ（スリーダラー・ビル）」

日が昇り、あたりは明るく、磁器のように澄んだ青空が広がっている。

「〝三ドル札（スリーダラー・ビル）〟とは何だ？」パオロがいう。

「つまり……」クリスはふさわしい言葉を探す。「おかしい（オフ）ってことだ」

パオロはぎらつく黒塗りのサバーバンの運転席側ドアの前で立ち止まる。「どういうことだ」

「自分のことをごまかしている」

「おまえに対してな」パオロがそっけなくいう。

たしかに、とクリスは思わずにはいられない。パオロは急いでいて、クリスは彼が信頼する情報筋には入っていない。「おれは客を迎えに行くようにいわれた。迎えに行った。へまはしなかった。問題もなかった。プロに徹した」

「よかったな」

「ああ、その客はリュウ一家と重要な打ち合わせがある。デイヴィッド・リュウとも会うんだろ？」

「それは機密情報（ニード・トゥ・ノウ）だ」

「あの男はいんちきくさい（フォーニー）」

「その言葉の意味をいえ」

「いんちきくさいというのは、ペテン師のようだということだ」反応はない。「偽物(フォーニー)。自分でない人になったふりをしている」

「どうしてそうだとわかる？」

「アメリカの軍や民間軍事会社の業界でだいぶ経験を積んできたとか。麻薬カルテルの仕事もしていて、そうした麻薬密売買組織が国境を越える際に役立つ装置を買い付けるというようなことをにおわせている。だが、うわべだけの知識しかない」

「おれの知っている言葉を使え」

「彼はおれをただの運転手だと思っていた」クリスはいう。

「それで？」

「ターミナルから出てきて、ボードを持った運転手の方に歩いていった。そのあとでやっとおれに気付き、こっちに来て、おれにダッフルバッグを預けた」

「それで？」

「自分が米軍特殊部隊だとにおわせている。ところが、どうも勘ちがいしている。元軍人が、危険が伴うかもしれない交渉のために、こんな異国に、ひょっとすると暴力沙汰になるかもしれない土地にやって来るというのに」クリスは首を振る。「そんなやつなら、おれが単なる地元の運転手ではなく、護衛だということぐらいわかる。自分の荷物を人に預けたりもしない。自分の手から決して離さない。それに、自分の護衛の両手を空けておく必要があることもわかるはずだ。おれはホテルのくされ駐車係じゃない」

パオロもその点は認める。「だが、そいつはもう軍人ではない。錆びついているかもしれない、ちがうか？」

「三十代半ばだぞ」

「士官だったのかもな」パオロがにやりと笑う。「何というんだっけ？」

「下士官兵がいうやつか？〝おれには『サー』をつけるな。生きるために仕事している（フォー・ア・リビング）だけだ〟」たしかにそうかもしれない、とクリスは思うが、だんだん腹が立ってくる。「あの男は自分が元レンジャーだと認めていたが、グリーンベレーだったともにおわせていた。だが、レンジャーとグリーンベレーは同じものじゃない」

「ああ、別物だな」

「それに、フォートブラッグの通称も、兵士たちがその基地を何と呼んでいるかもわからなかった。フェイエット・ナムというんだが」

パオロは黙っている。

「それに、アメリカ国境の話が出たときには、彼の組織は流通とセキュリティにアステカを使うともいっていた」

「アステカ？」

「テキサスの刑務所ギャングだ。だが、サンアントニオの南なら、テキサス・シンジケートとＨＰＬ――エルモノス・デ・ピストレロス・ラティノス――を使う。そういったギャングはメキシコのカルテルの流通を引き受けている。だが、ダメージ加工のボマージャケットとバナナリパブリックのカーゴパンツなんて格好の白人（アングロ）の仕事はしない」

パオロがため息をつく。「周りを見ろ。この国を。わからんか？　自称しているとおりのやつなどひとりもいない。大きく見せる。できないことを約束する。パラグアイはブラジル、アルゼンチンに囲まれた小国だ。ボリビアさえ、二百年前にこの国と戦争をはじめてこの国の若者を殺してきた。ぴったりの言葉があるよな、英語で？」

「劣等感」

「だから、みんな嘘をつく。今回の客だって、自分のことを正直にいうと思うか？」

「嘘のつき方がおかしい」

「おまえを試しているのかもしれない」

「なぜだ？」

「あいつは自称しているとおりのやつじゃないといったな。おまえはどうなんだ？」

答えるな。「別の計画が進んでいる」

パオロがサバーバンのドアをあける。「次にミスター・テリーに会うことがあれば、丁重に接しろ。余計なことは訊くな。おまえは知らなくていい」パオロは車に乗り、エンジンをかける。「今、おまえには別の仕事がある。フェリックス・リュウを迎えに行き、シンフウまで送れ」

そういうと、パオロは走り去る。

クリスはパオロに教えたい言葉を思いつく。〝失せろ(ファック・オフ)〟。

パオロは本気ではねつけているのか、クリスに必要のない情報を漏らさないようにしているだけなのか？

オーケイ。リュウ一家の息子殿を迎えに行こう。今はほんとうにくされ運転手に成り下がってる。

39

クリスがオフィスが入っている高層ビルの表に停めたレンジローバーの横に立っていると、フェリックスが現れる。この若者はジーンズ、一着二千ドルもするブレザー、七〇年代風のサングラスという格好だ。フェリックスはまっすぐレンジローバーの後部席に向かい、クリスがドアをあけるとすぐに乗る。

クリスが車を出すと、フェリックスがスペイン語でいう。「エアコンを上げろ」

クリスはノブを回しながら、車の流れに乗る。

「新入りか？」フェリックスがいう。

「ええ」クリスはルームミラーでフェリックスをちらりと見て、スペイン語で答える。

「九カ月ぐらいです」

フェリックスがウインドウの外を見る。すでに興味をなくしている。彼の携帯電話が鳴る。

「ああ（シ）、ああ（シ）、オーケイ。もういい（スフィシエンテ）！」二マイル（約三・二キロメートル）走ったところで電話をしまう。

伸びをして、いらだった様子で天を仰ぐ。「忘れてた。これから妹を迎えに行かないといけない」

ふたりは街の外れにある大きな倉庫に向かう。フェリックスはいらだっているらしく、値の張るカルティエの大きな腕時計をしきりに見る。

まいったな。この男に加えて、今度はパーティードレスで着飾った台湾系パラグアイ人のプリンセスの子守までするとは。

陽光を反射して銀色に光る水たまりをばしゃばしゃと踏みながら、クリスは車を駐車場に入れる。レンジローバーから降りたとき、オフィスビルのドアがあく。若い女が出てくる。

「セニョリータ・リュウですか？」クリスはいう。

「〝ナディエ・マス〟」決まってるでしょ。

歳は二十代半ばで、ジーンズとアディダスのシューズ、飾り気のないチェックのフランネルシャツという服装。ジュエリーはなし。SUVの後部席ではなく助手席に乗り、ドアを勢いよく閉める。フェリックスとは挨拶の言葉も交わさない。

クリスは運転席に乗る。「シンフウ・センター（バモノス・ア・シンフウ・センター）へ行きます」

彼女はシートベルトを締める。「英語でいいわ」彼女の英語は完璧だ。イギリス英語の訛りがある。意外だった。クリスは車を出す。

彼女の名前がアナであり、どこかの学校で勉強していて、今は休みで帰省していることは、クリスも知っている。彼女は道路に目を向けている。心ここにあらずといった表情を浮かべている。一マイルほど走ると、彼女がステレオをつける。オアシス。クリスは話しかけようとはしない。あまり話をしたがらないような気がする。だから、〝ワンダーウォール〟を聞きながら、『エコノミスト』を読む彼女の邪魔はしない。クリスは兄妹のちがいに驚く。

街の中心部に入ると、混雑する裏通りに折れ、のろのろとショッピングセンターへと進む。頭上には、常軌を逸した電線網が張り巡らされている。アラブ系住民がバルコニーでトルコ・コーヒーを飲みながら、そんな景色を眺めている。クリスは目を光らせるが、頭の片隅ではスコット・テリーとの話を考えている。そして、パオロにはねつけられたことも。

小型トラックが路肩にびっしり停まっていて、野菜やおもちゃや安っぽい水着などの積み荷を降ろしている。サッカーのTシャツを着た男女が歩道にひしめいている。アナは渋滞も気にならない様子で膝を指でとんとん叩き、読んでいた記事に戻る。〝海の境界と軍事経済力の投影〟。

前方で、黒いトヨタ・ランドクルーザーが交差する通りから交差点にじりじりと強引に入る。車の流れが止まる。

「くそったれ」クリスはつぶやく。

アナが物憂げに雑誌から顔を上げる。後部席のフェリックスはアームレストに寄りかかり、腕を組み、目を閉じている。

右側の割れた縁石沿いに、車一台がぎりぎりすり抜けて、交差点に出られる隙間がある。それはまず耳に聞こえる。甲高いエンジン音が迫ってくる。

クリスはバックミラーに目をやる。七十メートルうしろから、車列を縫うようにバイクが近づいている。乗っている男はヘルメットをかぶり、バイザーを下げている。だれかがうしろに乗っている。サングラス。黒と白のカフィエで顔の下半分を覆っている。山賊スタイルだ。

さらにエンジン音が加わる。前方の交差点に左から別のバイクが入ってくる。また二穴。二台のバイクが前後から交差点に向かっている。二台で調整しているのか？

「何かにつかまってくれ」

クリスはハンドルを右に切り、スピードを上げ、渋滞で動けない車の横を走り出し、強引に交差点に向かう。レンジローバーは配達のトラックをこすり、売店の陳列台の端を引っかけつつ、かき分けて走る。アナが背筋を伸ばす。

「バイク？」アナがいう。

「頭を下げろ」

フェリックスが急に体を起こす。「何事だ？」

アナの視線が防空レーダーのように周囲を走査する。「バイクのやつら、武器を持ってるわ」

クリスはレンジローバーのアクセルを踏みしめる。左側の車をこすり、鋭い音が響く。歩道にいた人々が散る。三十メートル先は渋滞の交差点だ。

アナが首を巡らして二台のバイクを交互に見る。「二台のバイクが近づいてる」

クリスは縁石を乗り越える。歩いていた人々が逃げる。交差点に差しかかると、ハンドルを右に切る。角を曲がり、交差する通りに出ると、真正面からピックアップ・トラックが走ってくる。このまま走れば、ピックアップのラジエーターグリルに激突する。クリスはサイドブレーキを引いて急ハンドルを切り、かかととつま先でブレーキとアクセルを同時に踏む。レンジローバーがくるりと一八〇度回転する。また鼻先が交差点に向くと、低いビルの合間から、交差点に迫る二台のバイクが見える。一台のバイクのうしろに乗っているカフィエを巻いた男に目をやる。H&K MP5を胸に斜めにかけ、腕の筋肉が盛り上がり、刺青がのたくっている。

クリスは加速して交差点に向かい、急に左に折れ、さっきの道路と平行に走る路地に出て、二台のバイクとは反対方向に疾走する。左手でハンドルを握り、右手でセミオートマチック拳銃を抜く。クリスたちと二台のバイクは草むらの〝中央分離帯〟に隔てられ、二倍の速度で交差する。バイクのうしろに乗っている男の銃撃は二倍むずかしくなる。フェリックスが慌てて床に伏せる。アナはフロントガラスから様子を見る。

「伏せていろ！」クリスは怒気を込めていう。

しかし、アナは片手をダッシュボードに突き、まるでバイクの連中が微分積分の問題か何かでもあるかのように、じっと見ている。「このまま走って」

クリスが目を右に向けたとき、スポーツバイク二台とレンジローバーが二十五メートル離れて反対方向に交差する。アナの顔は蒼白だが、目は落ち着いている。

銃声が通りに響く。

「伏せろ！」クリスは大声をあげる。

アナがダッシュボードの下に伏せ、両腕で頭を抱える。

銃声はドラムロールのように乾き、絶え間なく続く。

クリスは右にハンドルを切り、レンジローバーを荒れた〃中央分離帯〃に乗り上げさせる。バックミラーにさっと目をやると、交差点にいた人々が家の中に慌てて逃げ込むのが見える。母親がよちよち歩きの子供を抱き上げ、食べ物の屋台の陰に隠れる。

黒いトヨタ・ランドクルーザーはずたずたに引き裂かれる。ウインドウが粉々に砕け、シャーシが風穴だらけになる。ドアがあく。中にいた人たちが降りようとするが、血だらけでうなだれ、息絶える。

二台のバイクは路上に連なる車を縫って走り去る。

クリスは左折して脇道に入り、さらに左折し、峡谷を見下ろす道路に出る。

アナが頭を抱えたまま、あたりをのぞく。「もう大丈夫？」

クリスはアナの頭を押し下げる。「頭を下げておけ」

彼はあたりを慎重にうかがいながら、心臓を高鳴らせ、車を走らせる。アドレナリンがどくどく流れる。あれほど慣れ親しんでいたのに、忘れて久しい感覚。

クリスは前方の道路を確認し、脇道も高速で通りすぎるたびに銃をかまえて見る。コンソールボックスにマウントした電話で短縮ダイヤルを押し、パオロにかける。

「もう大丈夫？」アナが訊く。

「わからない」

それでもアナは体を起こす。道路、ミラーを素早く確認し、クリスに顔を向ける。

パオロにかけたが、留守番電話に切り替わる。クリスは緊急事態を知らせるメッセージを残す。

クリスは通話を切ると、またミラーに目を走らせる。「ここから離れます」

「どこへ？　それから、あなたの名前は？」アナがいう。

クリスはアナを一瞥する。「安全なところ。自宅へ」

クリスはまたアナを見る。

後部席から、フェリックスのくぐもった声がする。「くそおもしろいぜ」

ほお、英語も話せるじゃないか、とクリスは思う。フェリックスも体を起こし、ずれたサングラスをかけ直し、髪も整える。顔から血の気が引いている。

アナはゆっくりと、ヨガの呼吸法のようにため息をつく。「気にしないで。それに、彼らはわたしたちを狙っていたわけじゃなかった」

「たしかに、あの交差点では狙っていなかったかもしれない」

その見方を考えて、アナが動きを止める。

「わたしたち、どこにいると思ってるの？　ニューヨークとか？」彼女の声音はからからに乾いている。

前方の道路が大きくひらけ、緑色の郊外へと弧を描いて延びている。クリスの視界は警戒心のせいで、まだどくどくと脈打っている。パオロが電話を折り返す。

「何があった？」

クリスは一瞬考える。何があった？　「ランドクルーザーが銃で襲撃された。アベニーダ・デ・ラ・パスだ。おれたちの二十メートル先で。これからミスター・リュウとミス・リュウを家に連れ帰る」

「おれも向かう」パオロが通話を切る。

「アナよ」若い女がいう。

「何ですって？」

「危険回避のスリル満点のドライブに連れ出してくれたから、アナと呼んでもいいわ。さあ、あなたの名前も教えて、セニョール」

クリスは地元カントリークラブの入り口の前を通りすぎる。ヤシの木と手入れの行き届いた芝に覆われている。

「クリス」彼はゆっくりした口調でいう。「バーグマンだ」

「クリス・バーグマン、次の通りで曲がって」

マクドナルドのドライブスルーに入ってほしいかのような口調だ。

クリスはまたアナをちらりと見る。「朝食に何を食べたんですか？ 不凍剤（アンチフリーズ）とか？」

アナの目はクリスから離れない。彼女が次の交差点を指さす。未知の神経で周囲を察知するのかもしれない。彼女のいったとおりかもしれない。バイクからフルオートマチックで撃ちまくっている小型のマシンガンの弾に当たるリスクはあるものの、それ以上の危険はなかったのかもしれない。

アナが指さす。クリスはハンドルを切る。彼らは蛇行する峡谷に向かって美しい景色の道路を進む。極楽鳥、ハイビスカス、電柱にボルト留めされた防犯カメラ。横びらきのスチールゲートに近づくと、ミラーレンズのサングラスをかけた武装警備隊員が、詰め所から出てくる。

アナが手を振る。警備隊員が声をかける。「こんにちは、セニョリータ・アナ」そして、ゲートをあける。

頭上の木々がアーチをつくる。霧が渦を巻く。一本の橋が峡谷をまたぎ島まで延びている。クリスは橋を渡りながら、はるか下のパラナ川をのぞく。

「お堀も何でもそろってるんだな」クリスはいう。

「あなたもユーモアのセンスがそろってる」アナが応じる。

彼らは大きな屋敷が立ち並ぶ界隈に入る。道路がカーブしているところに、広大な三階建ての邸宅がある。遮る草木もなく、四方がはっきり見える。白い壁、青い瓦屋根。外壁に窓がほとんどついていないので、見えるのはほぼそれだけだ。二体の金色の獅子像が、玄関ドアに続く広い〝歩道〟の両側に控える。

クリスは車を停め、エンジンを切る。助手席のドアをあけようとレンジローバーの反対側に回る前に、アナはひとりで降り、家に向かって歩いていく。フェリックスも彼女のあとに続く。

静けさ、花々の香り、頭上を飛ぶ鳥、遠くから聞こえる渓声――感覚が受け止め切れない。アドレナリンがあふれる。

日陰のポーチで、アナがドア脇のキーパッドでコードを入力する。ノブを回す。「入る？」

アナがドアをあける。

　クリスは天井まで三階分はあろうかという、床に大理石を張った大きな部屋に入っていく。手描きの蓮池の絵が、室内の小さな滝の横の壁一面を占めている。革張りのソファーが卓球台と並んで置いてあり、広大な部屋の片隅がビデオゲーム・コーナーになっている。アナはバックパックを下ろし、室内に入っていく。クリスもついていく。

　窓は二階の高さについている——分厚い緑色のガラス小窓。防弾仕様だ。

　この家は要塞だ。敷地中央の中庭に午後の陽光をきらきらと反射する池があり、家屋はすべてその周りに建てられている。内向きの暮らし。こんなバリケードに囲まれているさまは、さしずめ金メッキのM1エイブラムス戦車で暮らしているような感じがするだろう。

　アナは足音の響く廊下を伝い、オフィススイートだと思われる棟に歩いていく。「爸」アナが呼びかける。父さん。

　堅材のドアがあき、アナの父親が出てくる。

　年輪を感じさせる冷酷な顔つき。デイヴィッド・リユウはアナをしげしげと見て、北京語で話す。クリスにもいくつかの単語が聞き取れ、その中に〝娘〟と思われる単語も入っている。アナは肩をすくめる。やはり落ち着いている。

　リユウがクリスに向かっていう。「パオロから連絡をもらった。事情は聞いた」そして、アナをちらりと見て、続ける。「秀英がいうには危険はなかったそうだな。それから、きみはすばらしい運転技術を習得しているとか」リユウの英語には強い訛りがあるが、言葉を慎重に練ってから発言している。

「それが仕事なので」

たいした仕事だな、とクリスは思う。底辺で行き詰まっているが、仕事があるのはありがたい。ネイトのコネがあったにしろ、どうやってこの仕事を得たのか、自分ではまったくわからないわけだが。

リュウがうなずく。「そうか」

フェリックスがサングラスを外し、クリスをじろりと見てから、スペイン語でいう。「何でもなかったんだ」

アナはほとんど振り向きもしない。「ご褒美がほしいの？ ソフトクリームがいい？」

一家の力関係がよくわからないが、フェリックスが父親の前で見せたおかしな態度は軽すぎるし、ずいぶん甘やかされてきたのではないかと思われる。フェリックスはこの場にだけはいたくなさそうだ。アナは『エコノミスト』に戻りたそうだ。何となく。そのまなざしには、純粋で壊れやすそうなためらいがある。部外者に見せる以上の不安を感じているかのようでもある。

デイヴィッドが思案する。彼は形式張ったスペイン語でクリスにいう。「きみは私の息子と娘を守ってくれた。礼をいう」

クリスは敬意を表し、素早くきびきびとうなずく。あと二秒で、帰っていいといわれ、街に戻らされるだろう。

いつもなら、大量のアドレナリンを出し、五感の感度を最大限に高めて、空気中を漂う塵まですべてを見てきた反動で、しばらく爆睡するところだ。

九カ月のあいだずっとおとなしく振る舞い、この見知らぬ現実の中で地歩を固めようとしてきた。バラバラに吹き飛んだ世界からここにたどり着いたあと、自分の伎倆にはとても見合わない簡単な仕事をしつつ、体力を回復し、足がかりを探してきた。ドミニクとシャーリーンを失った。セリトはいない。トレヨがどうなったのかはわからない。そして、ニールは——腹ちがいの兄は——死んだ。

何から逃げ隠れしているにせよ、生まれた国から逃げ出して、この街で浮遊する、よく見るねくら。傍からそう見られていることは、自分でもわかっている。

だが、こうしてここにいると、アドレナリンとともに生気も引いていく感覚はまったく感じない。感覚はあくまでリアルで、心は落ち着き、頭ははっきりしている。登れない山などないし、解決できない困難などないと思っているプロ犯罪界のクラーク・ケントだ。知っていることは知っているし、知らないことはすべて習得できると確信している。

「少しお時間があれば、もう少しお伝えしたいことがあります」クリスはいう。

リュウ家の者たちがクリスに顔を向ける。父、息子、娘の三人が。デイヴィッド・リュウの表情はまったく読めない。

「私はセキュリティ部門で働いています」

リュウの表情はほとんど変わらない。「知っている」

「ある男と打ち合わせが入っておられますね。スコット・テリーという男と」

「きみが空港まで迎えにいってくれた男だな」

いってしまえ。

「その男は自称している男ではありません」クリスはいう。「嘘をついています。まやかしです」

いつまでも続くかと思われるあいだ、リュウは沈黙する。

40

デイヴィッド・リュウはうなずき、きびすを返す。

彼はクリスを自分のオフィススイートに招き入れる。トーチカの銃眼のような形の採光用の高窓に羽目板が張ってあり、隙間から光の筋が差している。彼の息子と娘も中に入る。フェリックスが無関心を装い、ソファーにどさりと腰を下ろす。アナは少し離れたところで、分析的な好奇心とでもいうものをたたえたまなざしでクリスを見ている。グランジのチェックシャツとアディダスという姿の彼女は、小柄に見える。だが、気配は鋭い。ダウンタウンの暗黒街の襲撃場面から逃れてきて、〝体内ワット数〟が高くなっているようだ。デイヴィッド・リュウが机の奥に回り、椅子に座る。クリスは机の前に立つ。椅子を勧められるとは思っていない。リュウはアナの目をとらえる。明らかに、アナをオフィスから追い払おうとしている。大学院生の娘が、男の話に立ち会う必要はない。

リュウがクリスに目を戻す。「話を聞こう」

フェリックスは脚を組んで座り、足をぶらぶらさせている。アナが一瞬だけ抵抗する。しかし、街路でのオートマチック銃発砲事件から逃れたとき、アナはクリスの横にいた。しかし、退室を命じられた。せめてもの抵抗として、肩を怒らせてからドアに向かって歩きはじめる。

クリスはいう。「私のスペイン語はごく基本的です。娘さんがいたら、通訳してもらえるかもしれません」

リュウは口を結び、うなずく。アナはここにいろといわれる。彼女はクリスには読めない感情を交えて、ちらりとクリスに目を向ける。

リュウが待っている。

クリスはいうことをまとめる。「このスコット・テリーが自称している男でないと思った理由は、こうです」

クリスはアナを見る。アナが北京語に通訳する。リュウは表情を変えずに聞く。

「テリーのパスポートは偽物です。彼はパスポートを一度、私に預けました。偽名を使うのはたいしたことではありません。問題は、偽造パスポートのできがそこそこだったことです。すばらしいできではありません。表紙のエンボスはすばらしいものでした。写真ページのラミネート加工が中途半端でした。国務省で発行されたものではありません」クリスはアナが通訳するのを待つ。「テリーはメキシコの麻薬組織のために動いているとほのめかしました。カルテルなら一級品の書類を偽造することも、アメリカ領事館の職員を買収して不正にパスポートを発行させることもできます。テリーが私に預けたものは、そのいずれでもありませんでした」

アナが通訳し終える。リュウは彼女が翻訳した内容を消化し、いう。「ほかに気付いたことはあるか？」

クリスは伝える。フォートブラッグの通称が〝フェイエット・ナム〟だということをテリーが知らないようだったこと。レンジャー部隊とグリーンベレーの混同。また、レンジャー部隊がフォートブラッグではなく、フォートベニングで訓練すること。

「腕時計も、派手なクロノメーターでした」クリスはそういって自分の手首をぽんと叩く。「反射するブレスレットを巻く者などいません。月明かりで光るようなものは論外です。着けるならプラスチックのダイバーズ・ウォッチ。あるいはオリジナルのロレックスで、二十年か三十年前のものでしょう」

リュウが眉を吊り上げる。

「さらに、テキサスの刑務所ギャングのことでも、ほらを吹いてました」

リュウがフェリックスを見て、またクリスに目を戻す。「どういうことか説明しろ」

スコット・テリーはアステカ、ＨＰＬ、テキサス・シンジケートのちがいをわかっていない、とクリスはいう。そして、テリーの状況把握のまちがいを事細かに説明する。作戦保全（ＯＰＳＥＣ）も知らなかったこと。

クリスが報告し終えても、リュウは無表情のまま、じっと座っている。

クリスは待つ。自分に対する疑いは払拭した。推論だけでよかったのか？　スコット・テリーという男が偽物だということは直感でわかる。

「テリーの写真があれば、そいつが何者か特定できる人物に接触できます」

リュウの目がようやくぴくりと上を向く。「写真を撮れ。正面を向いた顔写真だ。それを私に届けろ。それ以外は何もするな」

リュウの顔がわずかに下を向く。短いうなずき。

話は終わり。

クリスも同じように軽く顎を引く。こくりと。クリスはオフィスを出る。脈拍は強く、滑らかだ。

そのとき、テリーを迎えに行かされたのは、単なる偶然ではなかったのかもしれないと思いはじめる。デイヴィッド・リュウはクリスの見張りとしての能力がほしかったのかもしれない。それもクリスがここにいる理由なのかもしれない。

41

次の夜、夕立が上がりかけているころ、クリスはずぶ濡れで、息を切らしてランニングから家に帰る。はじめは自分にどれだけのエネルギーがあるか試したかったが、途中から〝逃走〟に変わった。前腕で顔をぬぐい、腰に手を当てて肋骨をひらく。階段に向かっていると、黒塗りのサバーバンがアパートメントビルの正面に停まり、パオロがクラクションを鳴らす。

クリスは振り向き、そちらに向かう。パオロが助手席側のウインドウをあける。サングラスを頭に載せたハンサムな褐色の顔が、冷たく、よそよそしい。

クリスはドア枠に寄りかかる。「ボス」

「ミスター・リュウと話をしたな？」

「した。彼の娘と息子を家に送り届けたときに」

パオロが不満げな顔を見せる。「空港に迎えに行った男のことを話したようだな」

クリスは少し考える。**正直にいえ**。「ああ。そいつをおかしいと思ったと伝えた。そしたら、あれよあれよと話が進んだ」

「あれよあれよ」とは、ゆうべ撮影した写真のことだった。クリスの贈った〝パラグアイへようこそ〟の贈り物であるカナディアンクラブのウイスキーを受け取りに、アレナス・リゾートのコンシェルジュ・デスクに行ったスコット・テリーの姿を、隠れたところから撮ったのだ。

マッチョ世界の指揮系統を破ってしまったのか？　おそらくそうだ。目に入った髪をつまんでのける。パオロが車に乗れと手を振る。

「来い。ミスター・リュウが会いたいそうだ」

「その前にシャワーを浴びさせてくれないか？」

パオロが時計を見る。「三分やる」

クリスはシャツを脱ぐ。パオロはクリスの傷跡に気付く。

セキュリティゲートをくぐり、島への橋を渡ると、リュウ邸宅の白い壁が沈む夕日にピンク色に染められている。高窓が銀色にきらめいている。トッテナム・ホットスパーズのパーカーと裾が擦り切れたジーンズという格好のアナが、ラーメンのどんぶりを片手に持ったままドアをあける。ダイニングルームでは、人々がテーブルを囲んで座っている。アナの母親かおばと思われる女性が片端に、ほかにも数人の中年男女と、身をよじらせたり笑ったりしているふたりの幼い子供たちがいる。デイヴィッド・リュウがテーブルの上座から立ち上がり、ダイニングルームから出てくる。フェリックスが小さな滝の前の豪勢な階段から駆け下りてくる。彼はクリスに向かって眉を上げる。

「魔術師（エル・マゴ）」フェリックスがいう。「〝レクトル・デ・ラ・メンテ〟」

何を読む者なのか……

アナが足音もなく近づいてくる。「あなたは魔術師だって。人の心が読めるから」

デイヴィッドが近づく。「パオロ。クリス。私のオフィス（ミ・オフィシナ）へ」

このとき、リュウはパオロに加えてクリスにも、自分の机の前の椅子を指さす。フェリックスはふたりの背後で、しきりに時計を気にしながら行ったり来たりしている。アナが静かに父親の脇に行く。

デイヴィッドが座る。そして、クリスに目を向ける。デイヴィッドは北京語で話し、アナが通訳する。

「スコット・テリーの身元がわかった。きみの思ったとおりだった」

クリスの鼓動が一段速くなる。彼はアナからデイヴィッドに視線を移す。パオロは腕を組み、落ち着き払っている。

「それから、きみがいっていたアメリカの〝ビジネス集団〟に関する洞察も」――リュウがクリスを見つめる――「秀逸だ」

クリスはいう。「お伝えしたことがお役に立ってうれしく思います」

フェリックスが行ったり来たりする。アナは目を輝かせる。デイヴィッド・リュウはクリスの力量をじっくり見極めているように見える。

「このテリーという男が我々との取り引きをすることはなくなった」リュウがいう。「彼は商談で来たわけではなかった。要するに、そういうことだった」

リュウが過去形を使っていることに、クリスは気付く。スコット・テリーはどうなったのか？

リュウは教えない。パオロも教えない。フェリックスには教える気がない。レイブ・パーティーに出遅れるとでも思っているらしい。アナは黙っている。

テリーを空港まで送るようだれもいってこない、とクリスは思う。

チャンスの門戸があいた。一瞬で閉ざされることもある。クリスは自分の胆力を探る。感じているのは不安でも、喪失感でも、絶望でもない。自信だ。デイヴィッド・リュウが、クリスの経歴を承知のうえで、クリスの物の見方が貴重だと考えたから、彼を雇ったのだとしたら、今がそれを見せるときだ。

「あなたには仕事をいただきました、ミスター・リュウ。私を送り込んだ人々から、私にセキュリティ問題に関する伎倆があることを聞いておられた」

アナが通訳する。ほんの一瞬、眉を上げる。リュウはじっと聞いている。

「爆薬、冶金、基本的な電子機器を扱う技術もそれなりにあります。パラグアイ人については何もわかりません。しかし、アメリカ人の考えていることをX線のように読むことにかけては、天性の才能があります。メキシコ人、国境、麻薬取り引きのこともよく知っています」クリスはそこでひと呼吸空ける。「例の写真は、外国の諜報部門のデータベースにアクセスできる情報提供者に持っていったのではないかと邪推しますが」

アナが通訳する。

リュウが顔をしかめる。パオロをちらちらと見て、またクリスに目を戻す。「ご明察だ」リュウはそれ以上何もいわない。

「そこでお願いがあります。私を昇進させてください。処理させなければならないことはありませんか？」

「ミスター・テリーに関してか？ 何もない。済んだ話だ」リュウがアナをちらりと見る。娘のために婉曲ない回しを使い、本意をぼやかしているのかもしれない。「どういった問題が残っているのか、彼に教えてやれ」クリスがパオロにいう。

パオロが英語でいう。「あの男がだれに雇われて動いていたのかという情報は得られなかった」

クリスは考える。「それは安全弁で、彼も知らなかったのかもしれない」

リュウの手は微動だにしない。パオロに対していう。「あの男のもうひとつの打ち合わせの話を」

パオロがクリスに詳しい話をする。「彼がこの街でもうひとつ打ち合わせの予定があるという情報は得られた」

クリスは考えていることを口に出す。「身元を偽る者が来た。あなたとの打ち合わせを手配した。信任状のたぐいを持っていたのでは？　特定の利益を代弁するといっていたのでは？」

リュウがうなずく。

「あなたの製品について詳しく知ったうえで購入すると？」クリスはいう。

フェリックスは爪を噛みながら、うろうろしている。「ずばっといえよ、シャーロック」

「それで、あなたはこの男が、実際にはだれに頼まれて動いていたのかを知りたいのですね。それから、それがどんな連中にせよ、彼らの狙いも」クリスはリュウのまなざしを受け止める。

アナが通訳する。リュウがうなずく。

「その男がここで予定していたもうひとつの打ち合わせだが」リュウがいう。「相手はその男を雇った連中かもしれない。そうかもしれないし、ちがうかもしれない。いずれにしても、彼がどんな連中と打ち合わせるのか、なぜ打ち合わせるのかを知りたい」

パオロがいう。「情報はかぎられている。彼は自分が会う人物さえ知らなかった。嘘でないことはまずまちがいない。彼は知らなかった。先方も彼を知らない」

クリスは息を吐く。

リュウが身を乗り出す。ぶっきらぼうに聞こえる北京語でいう。アナの通訳できつい口調が和らぐが、クリスはその問いかけに挑発的な声色を感じ取る。

「きみがそれを取ってこられるなら、我々にとっては有益な情報になるのだが」

いいだろう。命がけのオーディションだ。

クリスは自分に集まる全員の視線を感じる。アナの目も向けられている。フェリックスさえも、足を止める。クリスはデイヴィッド・リュウから目を逸らさない。

「やりましょう」

42

クリスはパオロのあとについて、リュウ一家の要塞化した屋敷の中央に位置するパティオに行く。ゴムの白鳥がプールに浮かんでいる。頭上の空は焼けつくような青で、ピンクと黄金色の層雲の筋が走っている。

フェリックスが人さし指に引っかけたキーリングをくるくる回しながら、玄関のドアから出てくる。パオロは、出ていくフェリックスをクリスが見ているのに気付く。

「気をつけろ」パオロが低い声でいう。「あいつは仕事をしたいわけではなく、遊びほうけたいだけだ。あいつはちがう。何というか……」

「プレーヤーか？」

「そうだ、プレーヤーではない」

気取り屋(ポーザー)だ、とクリスは思う。「しかし、長男なんだろ？」

「ああ。次のボスだ」

邸宅の中では、着古したジーンズとパーカーという姿のアナが、足取りも軽く階段を駆け登る。クリスはアナこそ次世代の首脳だとわかる。だが、周囲はそう見ていない。

パオロが真顔になる。「これで、おまえも知る必要ができた(ニード・トゥ・ノウ)」

パオロは腹を立てているのだろうか、とクリスは思う。クリスはパオロが決めた方針を無視し、リュウのアメリカ人の客に関する懸念を一家の長に直訴したのだから。パオロは軍人上がりだ。そういう連中は厳格なヒエラルキー感覚を持っているかもしれない。

「見たままをいっただけなんだ」クリスはいう。パオロを真正面から見る。

パオロは何の反応も見せない。クリスがこれからする仕事を考えて、出世の道が狭まったと見ているからか？　クリスは考える。スパイになる？　それがどうした？　上着の下にアサルトライフルを斜めにかけ、スーツ姿で銀行に入って窓口係に微笑む――そういうのとはわけがちがう。身元を偽って商売道具を買う――そんな人間を演じるのが任務だ。長いあいだ複雑なロールプレイをすることになる。ひとつまちがえれば、自業自得でパラナ川に裸でぷかぷか浮く。

「スコット・テリーは自分が何者だといっていた？」クリスは訊く。

「アマド・カリージョ・フエンテスのファアレス・カルテルに流す大掛かりな電子戦システムを買い付けに来た仲買人だといっていた。電子妨害システム。それから、通信傍受システムもかもしれない。非常に高度な通信システムだ。あの男は自分のことをそういっていた」

オーケイ。クリスはこのときも、パオロが過去形を使っていることに気付く。

クリスは小声でいう。「するとミスター・リュウは、顔認証ソフトウェアで身元確認ができるような、世界的に一目置かれている政府の国家保安機関の情報を利用できるわけか……」

パオロがまたふっと笑みを漏らす。「そうか？」

「どの機関だ？」

「おまえの知ったことではない」

「ロシア連邦保安庁(FSB)か？」クリスは答えを当てようとする。

パオロが半端な笑みを見せる。「スコット・テリーについては、偽造パスポートと米軍に関する生半可な知識から、非常に鋭い洞察を発揮したな」

刑務所ギャングに関する知識もな、とクリスは思う。

「そして、今やおまえが交渉の窓口になった。そうだろ？ おめでとう」

「おれはそいつになりすまし、あんたらのために敵に一杯食わせる。どうすればいいのか、どうしてはいけないのか、どう振る舞えばいいのか、教えてくれ。パスポートを見せろとはいわれないか？」

「スコット・テリー名義のパスポートを手配する」

「その打ち合わせはいつだ？」クリスはいう。

「今夜だ」

「そんな急な話だというのに、どうしておれはプールのそばに立っている？」

パオロがクリスに目をやる。「ミスター・テリーの情報はあまり得られていない。ミズーリ州出身で、しばらくアメリカの税関にいて、エルパソかマッカレンで何度か身分を偽り、ブラックマーケットで買い物をしていたらしい。その後、ライコス・コンサルタンツというアレクサンドリア（米ワシントンDCの南にある都市）にある企業で働いた。ファレス・カルテルとのつながりは確認されていない。ミスター・テリーの話はあまりしない方がいい。商談に専念しろ」

「それで、おれは何といえばいい？」

「リュウ一家は話を進めたいといえ。一家の電子妨害システムはほぼ確実に入手できると思う、と」

ドアに向かって歩いていると、アナが階段からクリスに呼びかける。彼女は階段を下り、ふたりと一緒に歩く。

「いくつかいっておくことがある」アナがいう。「今回の打ち合わせのこと。テリーの打ち合わせの相手は、テリーの報告を受けるために打ち合わせを設定したと考えておいて。電子妨害システムの購入だけでなく、同システムの構成部品、ソフトウェア・アップグレード、東欧のコネクションなど、そもそもリュウの企業が生のシステムを卸せるかどうかという情報も求められる。加えて、あなたが父の企業のだれと話をしたのか、父の企業がどんなことをしていて、父の下でだれがそれを動かしているのかも知りたがるはず」

「了解」

サバーバンに向かっていると、アナが歩く速度を緩め、クリスに話す。「先方には、またわたしたちと話をすることになると伝えて。交渉はまだ続くけれども、今では意思決定ができる人たちと――それからソフトウェアを開発した人たちと――交渉できるようになった、と。希望するものはすべて入手できるけれど、まだ時間がかかるし、リュウ側とも何度か顔を合わせないといけないといって」

「どうにかして帰ってこい。要するに、そういうことだな」

「できたら無事に」アナはクリスの目をじっと見つめる。「先方の興味を惹きつけたあとで」

「おれを心配してくれるのか?」

「無事にここに帰ってくれないと、たいした情報は得られないでしょ」

「自分の世話ぐらいできるさ」クリスはいう。

「期待してるわ。だからこそ、うちはあなたを雇ったんでしょ?」アナは無邪気な好奇心をたたえた目でクリスを見る。「だいたい、どうやってこの仕事を手に入れたの?」

こちらに目を向けるとき、アナにはどんなものが見えているのだろうか、とクリスは思う。何を探っているのか? アナは華奢だし、ごくふつうの肉体をゆったりした服で包み、眉を吊り上げている。

クリスはアナを真正面から見る。「友だちの友だちのつてだ」顔には感情のかけらも出さない。

「それだけ？」

「それだけだ」

アナの顔が引きつる。しばらくして、表情が緩む。「あなたはネイトという人と仕事をした。ネイトはマクニール連邦刑務所でわたしのおじマーヴィンと一緒だった。亡くなった母の弟。ふたりは取り引きした。ネイトが刑務所内でマーヴィンを守る。おじは物を奪われることも、刺されることも、カマを掘られることもなかった。ふたりは友だちになった。あなたがここにいるのは、ネイトへの借りを返した結果よ」

アナはクリスの口の堅さを試している。彼女はクリスより多くを知っている。そして、自分が切れ者で、見くびったら痛い目に遭うことをはっきりとクリスに伝えたのだ。

「必要なものを取ってきてね、ミスター・バーグマン」アナがいう。

彼女はくるりときびすを返し、家に戻る。パオロがＳＵＶのエンジンをかける。空を真っ赤に染める夕日のもと、ふたりは市街地に戻る。


九十分後、パオロはクリスにパスポートを持ってくる。レンタカーの黒いシボレー・タホーも届ける。自分の〝足〟もなく打ち合わせに出るわけにはいかない、とクリスは訴えていた。

クリスはグロックを携帯し、その上に裾を出してシャツを着て、カウボーイブーツとタイトジーンズをはいている。アメリカン・マッチョ・スタイルだ。パオロはアレナス・リゾートの便箋に書いたメモをクリスに手渡す。道順だ。〝ハイウェイ六〇〇。イタイプ・

ダム〟。

クリスは顔を上げる。「ダムで待ち合わせるのか？」

「観光スポットだ」パオロが真顔でいう。

「おれの肩にオウムを載せて記念写真を撮ってくれるかもな」

「テリーに好印象を与えたいんだろう。舞台を整えたいのさ」

それに、交渉がもめたら、ダムから突き落とせる。「そこの水力発電所の出口は複数あるのか？」

パオロがしたり顔にいう。「放水路下の小さな島からトンネルの保守整備用道路が伸びている。パラグアイ側の変電所に通じている」

クリスはうなずく。どんな打ち合わせになるのかはわからない。顧客？　民間情報企業の報告？　殺し屋？

パオロが携帯電話を差し出す。「テリーのものだ」

クリスは受け取る。通話とテキストメッセージの履歴は消えている。「プリペイドか」

この電話の持ち主だった男は、パスワードを吐いたあと、これを持つ必要がなくなっている。

「ホテルの方は？」クリスは訊く。「だれかが〝テリー〟の写真を持ってアレナスに行ったりすれば……」

「アレナスのスタッフはたんまりもらっているから、リュウ・グループの便宜を図ってくれる。彼らは義理堅い。だれかがあの男のことを訊いてきても、木のお面に対応される」

木のお面。表情のない顔。

　クリスは電話をポケットに入れる。「あんたにかけて、ずっと切らずにおく」

　パオロが最後にもう一度クリスを見て、値踏みする。「聞いている。そして、待っている」

　レプレサ・デ・イタイプ――イタイプ・ダム――は、パラナ川のパラグアイ－ブラジル国境に広がる、高さ六百五十フィート（約二百メートル）、幅五マイル（約八キロメートル）のダムだ。水位が高く、放水路があいているときの流水は、超高層ビルを基礎ごと吹き飛ばせるほどのエネルギーを生む。バス一台がゆうに通れる巨大なパイプの形をした十五の水門が、ダム底から突き出ている。

　夜空がくっきりと晴れ渡り、月が輝き、星々がのんきなダイヤモンドのようにちらちらと光る。クリスは車で橋を渡る。銀色の光沢が下の峡谷の激流を覆う。

　電子戦システム。クリスは先が読めてくつろげる小売業の世界から離れ、のるかそるかの世界に、可能性の世界に足を踏み出す。

　ギャンブルだ。

　異様な快感、勝利と前兆の感覚に呑み込まれる。腹を決める。

　ダムまで二マイルに迫ったところで、パオロに電話をかける。「接近中」

「了解」

　クリスは電話をポケットにしまう。

　道路は完璧に手入れされた田園地帯を縫って延びる。彼方の地平線にダムが広がる。コンクリートの大聖堂。道路中央に詰め所が建っているだけの検問所が一カ所あるが、その持ち場にはだれもついていない。

半マイル(約八百メートル)ほど先の川を一望する駐車場に、三台の車が停まっていることに気付く。

いよいよか。

クリスは車を駐車場に入れ、その三台にヘッドライトを当てながら走る。頑丈そうなピックアップ、古いジープ・チェロキー、そして、そのあいだのばかでかい黒塗りのサバーバン。クリスは砕石をかりかりと踏みながら車の向きを変え、出口に鼻を向けて停める。ドアをあけるとすぐに、ピックアップとジープから男たちが降りてくる。タイミングを合わせたかのように、二台のドアが同時にあく。バレエの振り付けのようだ。クリスは彼らの方に歩み出す。なるべくさりげない自信を保ちながら。

四人の男が三台の車の前に陣取る。サバーバンを運転していた男が降りて、クリスがやってくるのを待つ。

ポケットの携帯電話の呼び出し音が鳴る。交渉相手の確認。治ったはずの鎖骨の芯に鈍痛が走る。虫の知らせか。

クリスが歩いていくとき、サバーバンの運転手は両手を脇にだらりと下ろして立っている。例のバイクの男のひとりだ。右腕の刺青がはっきり見える。セキュリティカメラの映像に映っていたと思われる方だ。アベニーダ・デ・ラ・パスで二台のバイクがトヨタ・ランドクルーザーを銃撃したときにも、クリスはこの男を見ている。双頭の蛇の刺青。

男の歳は二十代後半で、鋭い目つき。クリスは歩く速度を落とさない。男がボンネットの飾り物にすぎないかのように、男の背後のサバーバンに目を向ける。

男が彼の行く手に立ちはだかる。男は何もいわず、手を上げたりもしないが、伝えたいことははっきりわかる。クリスは足を止める。ブーツが周囲の砕石を踏む音が聞こえる。

ほかの車から降りてきた男たちが、近づいてくる。

「〝トゥ〟」男がいう。「〝ジョ・コノスコ〟」

おまえ。見た顔だな。

43

夜は涼しく、風はない。川がうねり、ウナギのように黒く、月やダム上の投光照明の気まぐれな光に照らされている。スレート色の目とぴくぴくする指を持つサバーバンの運転手が、クリスの前に立つ。ほかの車からも男たちがゆっくり近づいてくる。

クリスはサバーバンの運転手と正対する。正面出入り口に華やかな庇のついたリュウ一家のショッピングセンターを偵察していた男と。街のど真ん中で、H&K MP5を持ってバイクの後部に乗り、ランドクルーザーに発砲した男と。

クリスは胸ポケットからひと箱のガムを出し、ひとつの包みを剝がして口に入れる。考え得るかぎりでいちばん横柄で、アメリカ人がやりそうなことだ。

「こんばんは(ブエノス・ノチエス)」クリスはいう。わざとだらしない口調を使う。「どういうことだ(ケ・タル)?」彼は英語で付け加える。「おれが会いに来たのは、あんたじゃない」

バイクの男がクリスを見て、ほかの連中を、クリスの背後に集まっている男たちを見る。クリスは左右の肩越しに軽く振り返り、彼らに気付いていることを示す。

バイクの男は自分が英語をしゃべれることを認めるかどうか、決めかねているように見える。結局、男はスペイン語でいう。「おまえを見た。きのう、街で。アナ・リュウと一緒にいたようだが」

砕石を踏む音が聞こえる。ダムの放水路から轟音とともに勢いよく水が出ている。

クリスはガムを嚙む。

「アナ・リュウ」バイクの男がまたいう。

クリスは男を見る。「それがどうした?」

「おまえは運転していた」そういうと、クリスが乗ってきたSUVに向かって顎を引く。「その車ではなかった」

ほかの連中に取り囲まれる気配を感じる。サバーバンに人が乗っているのがわかる。暗がりから目を凝らし、耳を澄ましている。会うことになっているのは、その連中だ。地鳴りのような轟音を上げて蛇行する川が、クリスの感覚をゆがめる。

クリスはバイクの男をにらみつける。「ああ。それがどうした?」クリスは首を巡らし、黒塗りのサバーバンにあからさまに顔を向ける。

「なぜリュウの娘と一緒だった？」男がいう。

「まじめに訊いてるのか？」クリスは英語でいう。スペイン語で話すのは止める。サバーバンに乗っている連中に聞かせるように、声を大きくする。「彼女の父親と会いに、くされ地球の反対側から飛んできたから一緒にいた。連中はあの娘をおれのガイド兼世話係にあてがった」クリスは両手を広げる。「おれは客だ。彼女の父親の会社は売り手だ」

バイクの男がすべて理解したのかどうかはよくわからない。クリスは顔を前に突き出す。「どこで見た？　街頭パフォーマンスがおっぱじまった街中でか？　おれは黒いトヨタのほんの二十ヤード（約十八メートル）先にいたから、ぐずぐずして流れ弾に当たりたくはなかった」

クリスは首を振る。「そして、あのとき乗っていた車を覚えているやつがいるかもしれないと思った」そういうと、肩越しに親指をうしろに向ける。「だから、わざわざ別の車を用意したんだ、まったく」

バイクの男がしばらくクリスを見つめ、その後、クリスのうしろを取り囲んでいる男たちを見る。待つ。ダムが剣のようにそびえ、夜空の半分を遮る。眼下では川が激しく流れている。

サバーバンの後部席のドアがあく。三人の男が出てくる。

ひとりがクリスに手を振る。「ミスター・テリー」

その三人の男がゲームのコマだとしても、彼らがどのボードから来たのか、クリスにはわからない。ひとりは背が低い白人で、チノパンツとラルフローレンのジップアップ・セーターという格好。この打ち合わせのために、週末をすごすコネチカットの別荘から呼び出されたかのようだ。ほかのふたりは中国系だ。年かさの方はブルックスブラザーズのスーツを着て、ネクタイは締めていない。セルロイド縁の眼鏡。両手をポケットに入れている。会計士のようないかめしい無表情の顔。三人目の男は若いが、クリスと近い世代ではない。長距離ランナーかダンサーのような体つきだ。長身で、自信に満ちた物腰。金色のリボン、肩章、その上のラインストーンの勲章がついた、緑色のミリタリー・ジャケットを着て、ぴったりしたジーンズ、ローファー、白い靴下をはいている。

マイケル・ジャクソンのような服装だ。真ん中に立ち、待っている。

すると、こいつがボスか。

バイクの男と警護のごろつきどもが下がり、話し声の聞こえない車のそばで待機する。社交的な集まりに来たかのように、クリスはさりげなく三人の方へ歩いていく。「こんばんは」

まるでクリスがぺろぺろキャンディーだとでも思っているかのように、マイケル・ジャクソンがクリスを視線でなめ回す。北京語で何かをいう。クリスは待つ。

会計士がセルロイド眼鏡をかけ直す。「ミスター・チェンは、そちらが突き止めたことを知りたいそうだ」

この国でクリスが会った多くの人と同様、会計士の訛りにもいろいろ混じっている。中国語の訛りは強く、かすかにイギリス英語も思わせるが、完璧に通じる英語だ。

「リュウ側とは接触したのだな?」会計士がいう。

真ん中の男がチェンだな。

彼らは崖の上のカジノ・パラナを所有する台湾系の一家だ。資金洗浄組織（マネーロンダラー）。クリスは若い方の男に目を向け続けている。不気味な雰囲気を醸している。ポップの王（キング・オブ・ポップ）（マイケル・ジャクソンのこと）的なジャケットに包まれた体が、通電した有刺鉄線でできているかのようだ。競合する台湾系組織犯罪一家と顔を合わせているのだと、クリスは実感する。しかも、彼らの殺し屋がクリスの顔を覚えている。街のど真ん中で暗殺を実行した殺し屋が。

チェン一家について、クリスは何を知っているのか？　充分ではない。カジノを所有している。ここでは権力者だ。この男、パラグアイ版スムーズ・クリミナル（マイケル・ジャクソンの一九八七年のヒット曲）――クリスは〝道化〟とは考えないようにする――は、一家の長ではない。長男だ、とクリスは思う。

「リュウ・グループとは初回の打ち合わせをした」クリスはいう。

会計士が通訳する。チェンは反応を見せず、ただクリスをにらみ続ける。

「具体的に何を知りたいんだ？」クリスはいう。

コネチカットから呼び出されたような白人が、スペイン語訛りの英語でいう。「装置のことだ。見たのか？　リュウ側はそれを持っているのか？」

装置。

「持っている」

会計士が通訳するあいだ、クリスは先方の反応を待つ。チェンがうなずく。コネチカットが舌なめずりする。クリスは地雷原をつま先立ちで歩いているような気になる。

チェンが手短に話す。「電子妨害システムか？」

クリスはうなずく。「大半はチェコ製だが、ぜんぶそうではない。彼らはパイプラインを持っている。供給問題はない」

会計士が通訳し、視線を足下に落とし、指を眼鏡の縁につける。クリスは心臓が高鳴るのを感じる。チェンが耳を傾け、川に顔を向ける。コネチカットが彼と話し合う。小声のスペイン語で話す。クリスはほとんど聞き取れない。背筋に冷たいものを感じ、駐車場で待機している武装した男たちに背を向けている自分を嫌悪する。どう見てもすぐに引き金を引きたがるごろつきたちだ。

チェンが向き直り、近づいてくる。今度は英語で話す。「書類、仕様、設計図。市販部品。あるか?」

クリスはゆっくり答える。「グループのエンジニアリング部門との連絡方法か? それには何度か打ち合わせを重ねる必要がある。下手なまねをすれば、連中はおれに鉛玉(クラボ)をぶち込む? 当然だ。もうおれの調査をしていたが――」

チェンが遮る。「どうやって調査した?」

「わかるわけないだろうが。国家機関のデータベースにアクセスできるやつにでも、おれの経歴をチェックさせたんだろ。アメリカの税関か、麻薬取締局(DEA)のエルパソ情報センター(EPIC)に問い合わせたのかもな。資金の出所も突き止めるだろう。〝こっちも見せたんだから、そっちも見せてもらう〟ということだ。だが、今回のために、ずっと深いところまで準備しておかなければならなかった」

「エンジニアリングのことだが」チェンの肩がぴくぴくと引きつる。「リュウ側はシステムのアップグレードの話はしたか？」

アップグレード。何の？「それとなく。可能だが、カネはかかるというような話だった」

「ソフトウェアだ。それを手に入れる必要がある」

ソフトウェア。「やれる。だが、それにもさらなるカネとさらなる労力がかかる」

「やれなければ、きみはここから出られない」

「やるといったばかりだ。おれはやるといったらやる」クリスは言葉を切る。おれはこの国をまたぐ取り引きのプレーヤーを演じるんだったよな？　オーケイ。くされ賽でも振ってみるか。「だが、カネはかかる」

チェンは、ちんけな国の尊大な君主がコーヒーのお代わりを召使いに頼むときのような反応を見せる。

クリスは強気に出すぎたかと思う。だが、すぎたことだ。

「おれは手に入れる。あんたらがおれに手を出すこともない。カネは払ってもらう。プライベートジェットでモナコに飛べるくらいのカネは払ってもらう。それだけの価値はあるからな」

チェンが、居心地がよいとはいえないほど近くへじりじりと近寄る。「また我々と会ってもらう。明日だ」

「社会工学を駆使しないと無理だ。先方のオフィスにうろうろと忍び込んで、ブツを盗めるなどとは、おれは思わない」クリスはお手上げだとでもいうかのように、両手を上げる。

「だが、いずれあんたのところに届ける」

「明日だ」

指を左右に振りながら、チェンが歩き去る。ふたりの手下もついていく。会計士が肩越しに振り向く。「あとでホテルに電話し、打ち合わせの段取りを決める」

彼らは走り去る。車列を組み道路を走っていく。クリスは草むらのそばに立ち、ダムから水が吹き出る轟音を聞く。泡立つ川が月明かりを浴びている。

クリスはタホーに乗る。走り去る。何もいわない。何マイルも走ってから路肩に停め、グローブボックスからスキャナーを取り出し、盗聴器はないかと車の内外を調べる。クリスはちんぴらどもに背を見せていたのだから。

後部のスペアタイヤ・スペースの下に追跡装置が見つかる。こっちに見つけさせるために置いたものか？　車体の下を調べると、ドライブシャフトの上にも見つかる。車の下に潜り込んだやつがいたらしい。その装置は外さずに、そのままにしておく。盗聴器は見つからない。

クリスはUターンし、来た道を引き返し、ダムの放水路下のトンネルを通ってパラグアイに戻る。ポケットからテリーの電話を出す。パオロとの通話はまだ切れていない。

「戻ったら話す」

「待っている」パオロがいう。

クリスは通話を切り、アクセルを踏む。トンネルを抜けるまでルームミラーを気にし続け、パラグアイの田園地帯に入っていく。

44

スチールゲート前の警備員がクリスを中に通す。峡谷の霧が煙のように立ち上るなか、島に渡る。リュウの邸宅にたどり着くと、パオロがクリスを中に通す。声の響くがらんとした広い部屋の片隅から、テレビの音が流れてくる。小学生ぐらいの少女がキッチンで子犬と遊んでいる。中庭のプールが底の照明に照らし出され、空色の水面で光がきらめいている。

パオロはいつもの木彫りのトーテム並の表情だが、目には強烈な好奇心をたたえている。

「ほんの少ししか聞こえなかった。それで？」

「チェン一家だった」クリスはいう。

「〝ネイ・フォデンド〟」あり得ない。

「息子の方のミスター・チェンがいた。〝ビリー・ジーン〟のオフィシャルビデオに出てきそうないでたちだった」

クリスはパオロの顔を窺う。怒り。確証。推測。

「レンタカーに追跡装置がふたつついていた。ホテルに戻って、ふたつとも外した。連中はおれがまだホテルにいると思っている」

「来い」パオロがいう。

二階の書斎のドアをノックすると、リュウ・グループの役員がドアをあける。中で、デイヴィッド・リュウが台湾のアクション映画を観ている。航空機のコックピットのように配置されたピンク基調のソファー・ベッドに座っている。背もたれのクッションひとつひとつがすべて豪華な革張り、左右にコンソールが、足下には上下するクッション付き平行棒のような足置きが置いてある。このセットはどんなアクロバチック・セックスに使うものなのか？　リュウはいつもどおりの装いだった。黒いスラックス、白いシャツ。リモコンを持ち上げてテレビの音を消す。

パオロがクリスを書斎に入れる。「チエン一家（エス・ロス・チエンズ）です」

クリスがまだ生きていて無事だと確かめるかのように、リュウはクリスをしげしげと見る。彼は立ち上がり、自分の机に向かって歩いていく。煙草に火をつける。クリスを見て、スペイン語でいう。「先方は何がほしいといっていた？」

「電子妨害システムです」

「だろうな」

「まだあります。付随する文書資料。設計図。それから、ソフトウェア・アップグレードも」

感情が感じられない蒼白の顔で片隅に立っている役員に、リュウが顔を向ける。

クリスはリスクを承知でいう。「リュウ・グループは、システムの性能をさらに引き出す独自プログラムを持っているのでしょうね。彼らの真の狙いはそれだと思います」

リュウがクリスを見る。「なぜそう思う？」

クリスは言葉を選んで伝えるため、英語に切り替えるしかないと思う。「装置自体はどこでも手に入るからです。よく探せば手に入ります。交渉する。あるいは、あなたが進めている交渉を横取りしてもいい。しかし、リュウ・グループの独自プログラム、コードは入手できません。それならどうするか？　暗号化されたコードを復号する？　それはできません。したがって、テリー、つまり私に持ち出させるか、グループ内の人間を紹介させる必要が生じた」

リュウが煙草を吸い、鼻の穴から煙を吐き出す。机上のインターコムのボタンを押す。しばらくして、女性の声が聞こえる。「爸？」

リュウが北京語でいい、ボタンを離す。一分後、アナがやって来る。クリスはフェリックスの姿がどこにも見えないことに気付く。アナは太い黒縁の眼鏡をかけ、髪をゆったりしたポニーテールにまとめている。軽くクリスに顎を引く。

「父がわたしに通訳してほしいって。いくつか……細かい点まで理解したり、伝えたりしたいそうよ」

クリスもそっけなくうなずく。

デイヴィッド・リュウは煙草を指でぽんと叩いて灰を落とし、しばらく話す。アナはリュウが話し終えるのを待つ。

「競合組織であるチェン一家がうちのコードを盗みたがっている、と父はいっている」彼女はクリスが理解していることを確かめる。「ソフトウェア・デザイン、システムのプロックと妨害の改良、そういったことを……」

クリスはうなずく。

「あちらは、チェン一家は、前のめりだ。今回の件は商取引だから。激しい競争になる。この分野ではこちらが先行していた。だから、先方は我々のプログラムを盗みたがっていると思われる」

廊下から話し声が聞こえ、フェリックスが入ってくる。クラブでの馬鹿騒ぎから帰ってきたばかりのように見える。

「〝何事だよ?〟」彼がいう。

彼に投げかけたアナの視線は氷のように冷たい。デイヴィッド・リュウが手を振り、パオロが早口のスペイン語で説明する。

フェリックスが巨大な〝ソファースターシップ〟にどさりと腰を下ろす。「すべて駆け引きだ」

デイヴィッド・リュウが顔色をまったく変えずに、フェリックスを見る。「ちがう」

「彼らは賭けに出ている。しかし、それは陽動作戦だ。なにしろ、偽の顧客を送り込んできたんだ。こっちの頭を混乱させて、存在しない人々に物を売らせようとしている。虚仮にするために」

クリスは強い口調でちがうという。デイヴィッド・リュウはすぐには何もいわない。その後、北京語で何事かをつぶやく。アナが父とフェリックスを、そしてクリスを見る。

アナはいう。「駆け引きではなく、諜報だ。ゴシップではなく、コードだ、といってる」

クリスはアナのいっていることがわかると思う。「彼らは世界の反対側から工作員を送り込み、偽の身分を与えて、装置とプログラムを手に入れようとしている。情報企業を通してテリーを呼んだ。民間コンサルタント会社を通して。テリーは一流とはいえなかったが、彼らはわざわざテリーのような男を選び、今でもそれでいいと思っている」

アナが父親に通訳する。

クリスは続ける。「このチェン一家の……」

「クラウディオ・チェンよ。息子の方でしょ。そいつなら知っているわ」アナがいう。

「みんな知っている」

「クラウディオ・チェンには、ソフトウェア・アップグレードがほしいとはっきりいわれた。おれは手に入れると答えておいた」

アナは口をひらくが、すぐには通訳しない。

「実際、手に入れられる」クリスはいう。

クリスがどんな提案をしようとしているのかわかっている、とアナの目が告げる。彼女は父親に話す。リュウはまた煙草を吸う。立ち上がり、机の回りを一周する。クリスから目を離さずにいう。アナが通訳する。

「娘がいうには、チェン側が求めるものを提供すればいいとのことだが。連中はおおいに喜ぶことだろう。そのプログラムのコードの奥底にマルウェアを仕込んでおき、やがて不具合を起こさせる。壊滅的な不具合を」

クリスはリュウの鋭いまなざしを受け止める。体の奥深くを流れる感覚をとらえようとする。

クラップスのテーブルで急に連勝がはじまり、自分で自分に酔って勝ち誇っているときの〝ハイ〟ではない。首尾よくひと山当てたときにもそんな〝ハイ〟を感じる。いずれも、その感覚はすぐに消える。

今度はちがう。この感覚はどんなシステムにも縛られない。自分の運命が自分ひとりの力で決まる。同じ高揚感を感じた人たちの話を聞いたことがある。荒々しい暗黒地帯で、保障（セーフティネット）も支援もない状況で——国境などない土地で人と協力して——希望をかなえ、山を当てるときの感覚。

野心の原石だ、とクリスは気付く。

激しく沸き立つ胸の内をクールな態度で隠し、クリスは話す。「どれくらいで用意できる？　先方は明日また会いたがっている」

45

クリスは朝までアレナス・リゾートにとどまる。スコット・テリー名義で予約されていたスイートにいる。絨毯が薄い。翌朝、パオロがフェリックスを伴ってやって来る。フェリックスは形を整えるために来たという。

「チェン一家がおまえを見張っていたとしても」フェリックスがいう。

クリスはフェリックスにマテ茶を注ぐ。「チェン側がおれを見張っていても、リュウ一家の長男とのふつうの打ち合わせだと思う。しかし、おれの計画はちがう。何のためらいもなく裏切り、おれにソフトウェアを売り渡す人物と会っている。おれはあいつらにそう思わせたい」

フェリックスが考える。うなずく。「わかった」彼はパオロに目を向ける。「だれがいい？」

フェリックスがいらだっているのか、怯えているのか、どうしていいかわからないのか、クリスにはよくわからない。いずれにしても、こんなところにいるよりゴルフコースに出ていたい様子ではある。クリスはいう。「おれはこれから倉庫とオフィスに行く。ＳＵＶの追跡装置をそのままつけて、おれの動きを追わせる。だから、だれでもいい」

フェリックスがいう。「アナはどうだ？」

パオロがかぶりを振る。「だめだ」

クリスもいう。「だめだ。なぜそんな提案をする？」

フェリックスが肩をすくめる。「おれでなければだれでもいいからさ」

クリスは考える。**おまえの父親は家業の要職からアナを締め出していて、アナはそれが気にくわない**。だが、アナが一家を裏切るとか、家族思いの娘でないとチェン側に思われそうなところなど、まったく思い当たらない。早くロンドンに戻り、ＥＵの金融政策や為替レートのアルゴリズムの研究を再開したくてたまらない大学院生だというのに。

パオロがいう。「アナを引き込むわけにはいかない」抑揚のない語り口だが、内心の深いところで感じていることは、クリスにも伝わってくる。**何てくそ野郎だ。**

クリスは、自分が大きな世界の大きな入り口のすぐ前に立っているような気がする。まず、この作戦の第二部をやり遂げなければならない。

フェリックスが立ち上がり、帰ろうとする。「随時報告しろ」

早くどこかに行きたくてしかたないらしい。


三時間後、電話が鳴る。

男の声がスペイン語でいう。「午後九時。カジノ」

「わかった」クリスはいう。

クリスが車で着くと、カジノから爆音が轟いている。シウダーデルエステの観光客は昼間ならいる。夜になると、銃を持って出入り口にいる男たちの醸し出す雰囲気のせいで、ブラジルやアルゼンチンから来た観光客は近寄れず、そそくさと橋を渡り、三カ国が接する国境を越えて、おもしろみのない観光客向けのリゾートに向かう。夜にここを揺るがすのは、地元の人々だ。

スタッコ塗りの壁に描かれた巨大なルーレットがライトアップされている。ネオンライトだ。黒塗りのサバーバンが駐車場の奥に見える。煙草の火が運転席で赤く光る。

バイクの男だ、とクリスは思う。

クリスはテリーの電話でパオロにかけたままにしている。車を停め、カジノに歩いていく。ベガス版のチャック・E・チーズ（アメリカのピッツァ・チェーン）といったカジノだ。安っぽく、うるさく、暗い。人々がチップを手にするりと入っていく。女はスパンコールのトップスをまとい、男はボタンを外したシャツの裾を外に出している。大半は若く、飢えていて、もっといい相手や、コカインの売人を求めて人ごみを物色している。プラスチックの小猫で埋まった子供用プールにも似た派手な暮らしだが、この業界ではそれが重要なのであり、カネを生む。結局、シウダーデルエステもそうやって一流になったのだ。

　クリスはカジノ・フロアを歩く。どこかのステージから押し寄せる騒音の洪水に呑まれる。人々が叫ぶ。クラップス・テーブルに行きたいとは、ほんの少しも思わない。妙な気分だ。

　ここまで来たのは、もっと大きな勝ちを収めるためだ。ずっと大きな勝ちを収めるためだ。

　アナが例のソフトウェア・プログラムを用意した。父親の許可を得て、そのプログラムがどういうものか、チェン一家がなぜこれほどほしがるのかも説明していた。

　このチェコ製電子妨害システムは、対人工衛星を含めて、市販品と同等の電子妨害と通信妨害性能を持つ、とアナはいっていた。**わたしたちが付け加えたもの――革命的な点――は、GPS電波の〝なりすまし〟よ。**

　〝なりすまし〟とは、偽の地理座標を送る機能だ。つまり、敵――ドローン、航空機、ミサイル、DEA、海兵隊小隊――をだまし、実際とはちがう位置にいると思わせる。ターゲットは現在地を確認できなくなる。航空機を墜落させることもできるかもしれない。

また、電子妨害や通信妨害とちがい、〝なりすまし〟機能は同機能が使われていても、敵にはわからない。通信妨害を受ければ、通常はわかる。雑音が聞こえるからだ。通信妨害は信号を混乱させる。だが、〝なりすまし〟の場合、ミサイルが軌道を外れ、山に当たったり、行方がわからなくなるまで、偽のGPSデータを受け取っていることはわからない。〝なりすまし〟機能は信号の混乱を引き起こすこともない――信号を乗っ取り、偽のデータに書き換えるのだ。

最先端の技術だ。ダイヤモンドより貴重だ。

カジノ・フロアの天井のディスコボールが回転する。振り向かなくても、バイクの男がうしろについてきていることが見える。壁を覆う鏡張りのタイルにも映っている。

カウンターに行くと、ダムで会ったチノパンツをはいた柔和な役員、ミスター・コネチカットがテーブル席から立つ。

「セニョール・テリー」

クリスはしばらくあたりを見回す。クラウディオ・チェンが、ウイスキーの入ったタンブラーを前に置いて待っている。今夜は鮮やかな色のアニマルプリントのシルクシャツを着て、厚いアイライナーを引いている。バイクの男は壁際で待機する。

クラウディオが手振りで向かいの椅子を示す。クリスは座る。背中をさらすのはいやだが、壁に張った鏡タイルで周囲三六〇度の視界が得られる。すぐさまウエイトレスが現れる。

「一杯どうぞ。私のおごりだ」チェンがいう。

クリスはいう。「バドワイザーをくれ」

「楽しい一日だったか？」チェンが笑みを浮かべる。猿を吟味しているかのような、クリス――テリー――がそう見られていることにも気付かないまぬけだと思っているようなまなざしを向ける。「今日、打ち合わせがあった、そうだな？」

「ああ、そこそこうまくいった」クリスはいう。

ウエイトレスがバドワイザーを持ってくる。ボトルの飲み口を拭きたいが、万事が大ざっぱな環境で育ち、おまけに頭も悪いアメリカ人という設定でも、さすがに自分のいる店のオーナーの目の前ではしない。ビールがおごりならなおさら。クリスはひとくち飲む。

「聞こうか」チェンがいう。

「ああ」クリスはいう。「だが、先に報酬の話をしたい。追加の打ち合わせ分の」

露骨に。ずけずけと。カネがいちばん大事。こいつらには自分をそう見せたい。ビールを飲み終えようなどと思うな。一時間かけて、相手をよく知ろうなどと思うな。強欲なそ野郎だと思わせろ。

チェンがそっくり返る。軽蔑と好奇心の入り交じった表情が、〝わかっていた〟と告げている。チェンは若く、顔立ちも整っていて、その目にはがつがつしたものが宿っている。〝女たらし〟とパオロはいっていた。フェリックスも同意していた。だが、クリスに見せる表情を形容する言葉としては、褒めすぎだろう。〝貪欲〟がいいところだ。コール墨のアイライナーの奥に黒い目が潜む。

クリスはふと居心地悪さを、原始的なものを感じる。突き破れ。チェンを真正面から見て、このゲームに加わる意思を伝えろ。一目置かせろ。

「着地点を見いだせるだろう」クリスはいう。「おれの口座にボーナスを振り込んでくれ。もともとの代金とは別に」

チェンがうなずく。「ボーナスか。ああ、こちらの必要なものをもたらすなら、我々にとってきみはボーナスだ」チェンがにやりとする。挑発的な笑み。「リカルドにきみと着地点を探らせよう」そういって、チェンがコネチカットに目をやる。

クリスはポケットからCDを取り出す。それをテーブルに置き、その上に手を載せる。

「おれのラップトップで中身を確かめた。だが、独自にチェックしたいなら……」

チェンがテーブル上に手を滑らせ、クリスの手のひらを持ち上げる。その指はひんやりと乾いている。チェンがCDをつかむ。「こちらでも確認する。今夜のうちに。きみのいうとおりのものが入っていれば、報酬は支払う」チェンがクリスと目を合わせる。「暗号コードは?」

リユウ側の〝なりすまし〟プログラムは暗号化されている。電子妨害システムにプログラムをロードし、起動させる際には、復号キー、すなわち認証コードの入力が求められる。クリスはクラウディオの手を取り、手のひらを上に向けさせる。そして、クラウディオの生命線に沿って、ボールペンで十六桁の英数字のコードを書く。

「濡れたものをつかんだりするなよ」クリスはいう。

その後、バドワイザーのボトルをあおり、長々とひとくちで飲み干す。席を立つ。立ち去る。首のうしろの毛を逆立てながら、タホーへと向かう。

　勝った。

　クリスは走り去り、リゾートへと戻る。尾行がついていないことを確かめる。さらに数マイル走り、ヘッドライトを消し、ジグザグのルートで、労働者階級が住む明かりのついていない入り組んだ界隈に入る。ＳＵＶをレンタカー会社に戻し、自分のバイクに乗る。

　アパートメントビルに戻ると、階段を上り、そこで足を止める。

　アナ・リュウがドアの前で待っている。

「ぜんぶ話して」アナがいう。

46

　クリスのアパートメントは涼しく、暗い。アナは玄関で靴を脱ぎ捨てる。

「習慣なの」アナがいう。「パラグアイにいても、中国の作法が抜けない」

　クリスはキッチンの照明をつける。「何か飲むか？」

「打ち合わせにはだれが来ていたの？」アナがいう。「場所は？」

「パオロにいう。パオロがきみのお父さんにすべて報告する」

「それで、わたしは地元の学校でやる子供用の人形劇でおおまかな話を聞かされるの？」

クリスは手を止める。

アナはジーンズの尻ポケットに手を突っ込み、顎を突き出す。「うまくいったんでしょ。目の輝きを見れば、それくらいはわかる。でも、ぜんぶ知りたいの。細かいところまで。あなたがパオロに報告して、パオロが父に伝えて、かいつまんで説明する時間しかない父がわたしに教えてくれるまた聞き情報からじゃわからないこと。あなたの洞察が知りたい」

「洞察」クリスはいう。

「明察。推断。直感による深い理解。辞書でも買ってあげましょうか?」

「お願いするよ」

「だれがいたの?」

「クラウディオ・チェン。ディズニー映画に出てきそうなブロンドのナチ党員。ランドクルーザーを襲撃したバイクの男」

アナは黙ったままだ。

クリスはスパークリングウォーターを一本、彼女に手渡す。「そういえば、きみはとても冷静だった。集中していた。だれでもできることじゃない」彼はいう。

アナがボトルのキャップを外し、飲む。「顔色を変えないのがうまいだけ」

「何だって?」

「プロみたいに顔色を保てるのよ」アナはそこで言葉を切り、クリスに目を向ける。詮索しているかのように、好奇心と疑問がその目に浮かんでいる。「あなたが帰ったあとで吐いた。二度」

「プロのように吐いたんだろうな」

アナが力のない笑みを浮かべる。「クラウディオのことだけど」

「そいつは――」

「リオに行って女子高生や若いゲイと遊んだり、フォスドイグアスに連れてきたりする退廃的な変人。想像どおりどころでなく、それを超える変人よ」

アナはバルコニー前のガラス張りのドアのそばへ歩いていく。月明かりの夜景。木々の樹冠があたりを覆っているように見える。

「もうすぐチェン・グループを率いることになる」アナがいう。「模造装身具なんかに惑わされないで。どこまでも冷酷かつ戦略家の若き専制君主で、父はフェリックスにもそうなってほしいと望んでいる」

オーケイ、とクリスは思う。**一家の力関係の話を聞かせてもらおう**。

「クラウディオについて、フェリックスは楽観しているというか、あまり気にしていない」アナはいう。「ふたりはよく知った仲。クラウディオは両家をビジネス上の競合相手としか思っていない。フェリックスはそれはちがうという。両家が仲良くなればいいと思っている。フォスドイグアスでクラウディオと遊ぶこともある。フェリックスは……遊びの世界でほしいものを何でも、性的な意味でも手に入れる力に心酔している」

アナは続ける。フェリックスはクラウディオの子分になりかけている。堕落した取り巻きになりたがっている。ドラッグ、カクテル、クラブ、女、フェリックスが望むなら男。

フェリックスはそういうものを期待している。クラウディオにはかなわない、とフェリックスは思っている――当然だろう。フェリックスがそう思っていることに、あの父親が気付かないわけがない。勤勉で鋭すぎる妹はもとより。たしかに、クラウディオは快楽主義者だ。だが、いちばん欲しているのは、チェン・グループを率いて、他の追随を許さないほどの成功を収めることだ。フェリックスはそこがわかっていない。

アナが行ったり来たりしはじめる。「一年前、フェリックスはわたしとクラウディオを結婚させたらどうかと父に持ちかけた。『こんな張り合いなんか止めたらいい。統一王朝を築けばいい。両家を結びつけ、事業の利害を一致させる。合併だ』わたしは吐きそうになった。フェリックスをピラニアの餌にしてやりたかった」

「やり方が古いな」

「ピラニアのこと？　それとも合併のこと？」アナは足を止め、訊くまでもないと手を振る。「アメリカ人だものね、そうなんでしょ？」

クリスのパスポートはカナダのものだが、アナはお見通しだ。「何がいいたい？」

「一族。事業。ディアスポラ。縁故と伝統。あなたには一族というものがわからない」

クリスは床に根を張っているかのように動けない。

アナは動きを止め、クリスを見る。しばらく視線をとどめる。「アメリカは新しい国だものね」アナはいう。「あなたは白人で、ルーツとのつながりは細く、自分たちがもともといた土地との結びつきなどないか、葦のように細い」

クリスの声は低く、険しい。「クラウディオ・チェンとの打ち合わせのことを話したかったのかと思ったが」

「そのことを話しているのよ」アナがいう。「わたしたちは古い一族だけれど、古い流儀には従わない」

「おれの目には旧世界に見える」クリスはいう。「きみが押しのけられ、周囲はフェリックスばかりを一人前にしようと躍起になっているところなど」

アナの顔色は変わらないが、その内側の氷にひびが入ったことを、クリスは感じ取る。彼女の目の奥に鋭いものが走る。腹を立てているのではなく、苦しそうだ。古傷の痛み。こんなに若い顔に深く刻まれているように感じられる。

アナは行きつ戻りつしながらいう。「チェン一族はリュウ一族のあとでパラグアイにやってきた。たしか四十年前ごろ。リュウ家はこの土地ですでに確固たる地位を築いていた。わたしたちは海を越えて逃げてきた。わたしは台湾語、北京語、スペイン語、英語、ポルトガル語もちょっと話す。この街のふたりにひとりと同じように見える。でも、わたしたちは何にも頼れない。わたしたちは共産党の占領、大躍進、文化大革命から逃れた。貿易と富が破滅を防ぐもの。そして、わたしたちは絶対に休まない。自分自身をつくりかえてもかまわない」

「そのようだな」

「あなたもそうでしょ」

「きみにはおれのことなど何ひとつわからない」

アナは鋭い視線を投げかける。クリスの不透明なまなざしの奥に何があるのか知りたいかのように。「打ち合わせのことを教えて」

「クラウディオはCDをほしがった。おれはそれを彼に渡した」

「どんな服を着ていたの？」

「虎のプリントとマックスファクターだ」

「あなたを引っかけようとした？」

「何だって？」

アナがごめんなさいと両手を振る。「口説いたかという意味。本気で誘惑しようとするとは思わないけど。引っかける。イギリス英語の表現」

クリスはスパークリングウォーターのボトルを口に持っていきかけて、動きを止める。

「引っかけずにはいられないだろうな」

アナがちらりとクリスを見る。「でしょうね。でも、わたしが考えているのは――チェン側はわたしたちの取り引きに食い込もうとしているのか？　それとも、新しいビジネスモデルを探しているのか？」

「おれの専門じゃない」

「専門にすべきよ」アナがいう。

クリスは驚く。

「野心を抑えてはいけない。わたしは抑えない。一家のビジネスにおいても」

「何をたくらんでいる？」

「長期的に？」アナは微笑む。明るく、冷たく、はかない笑み。「広大な可能性を秘めている」

クリスは、箒星（ほうきぼし）が視界の片隅を通りすぎたかのような気持ちになる。もっと見たいのに、アナの笑みはすでに消えていた。

アナは顔を背ける。「短期的に？」

卒業だろう、と彼は思う。

アナがスパークリングウォーターのボトルをカウンターに置く。そして、クリスに突き刺すような視線を向ける。そこにあるはずの地下断層を、まだよく理解していない深くて危険なものを見つけようとしているかのようなまなざし。ポニーテールのヘアクリップを外す。部屋を歩いてくる。クリスの前で足を止め、両手を腰に当てる。一フィート（約三十センチメートル）しか離れていない。

クリスは動かない。アナもまばたきしない。

アナは右手を彼の胸に当てる。クリスの鼓動を感じる。急に速くなるのがわかる。

アナが左手を彼の頬に押し当てる。彼女の肌は柔らかく、ぬくもりを感じる。

アナの目が見える。アパートメントのほの暗い明かりで黒く見え、月明かりを浴びた木々を映している。無限の力が急にみなぎり出したように感じられる。ほっそりしている彼女から感じる力は、クリスには意外だ。痛みが彼の体を突き抜ける。孤独。どこまでも果てしなく広がる世界の隔たり。自分を見失ってしまった、自分を豊かにしていたあらゆるものから引き裂かれてしまったという思い。

アナはクリスの視線を受け止める。

クリスは腕をアナに回し、アナを抱き上げてキスする。

アナは月明かりだけでは満足しない。彼女はベッドルームでいう。「ライトをつけて。暗めに」

アナはクリスの服を脱がせる。傷跡を見ても手を止めないが、傷跡をなではした。まるでその形を知れば、クリスのことも理解できるかのように。髪が顔に垂れ下がる。五指をクリスの胸から背中へと這わせ、クリスに体を寄せる。

アナは強く求める。彼女の体はしなやかで、控えめな明かりに浮かぶ肌は美しい。クリスを包み込んで流れる水のように。

アナはクリスをベッドに押し倒し、またがる。クライマックスにさしかかると、大きくのけ反るが、声を出しても近くに住む人たちに聞かれないように、クリスの手をつかんで自分の口元に当てる。

そして、クリスを噛む。甘噛み。膝を突いてのけ反り、あえぐ。うっとりクリスを見つめているとき、すでに二度目に突入する気になっているように見える。クリスが飲み物を取ってこようと起き上がると、アナは彼を引き戻す。

「上になって。今度は、あなたが」

クリスはアナを見下ろし、笑みを漏らす。すごい女だ。

アナが声をあげて笑う。

彼女はF-18を空母デッキに着艦させたばかりの戦闘機パイロットのようだ。エンジンが最大出力のまま、また加速して離陸しようとしている。

「おれが……」

クリスはベッドに戻り、するりとアナと重なる。アナはクリスに脚を巻き付けて足首を交差させ、クリスの髪を指で梳く。

「時間はかぎられてる」アナはいう。「残りの秒数が決まってる。その一秒一秒が大切なのよ」

クリスにしてみれば、もう一度、愛し合う準備が整うまで何分もかかるが、アナが耳を嚙み、汗ばんだ肌に息を吹きかけ、人さし指で背筋をなでていて、おお、まいった。クリスはアナの唇に自分の唇を重ね、首、肩、胸、腹にもキスする。

「きれいよ」アナがいう。

クリスは唇を彼女の太ももに押し当てる。アナは身を震わせる。

「ああ、すごい」アナはいい、クリスの頭をつかみ、あえぎはじめる。

思いのほか、あっという間に、たがの外れた快感を伴って、アナはまた絶頂に達したようだ。しばらく脚を広げたまま横たわる。見事なまでに裸体をさらし、予想を超えた快楽と力強い美しさを帯びて。

クリスは考えないようにする。ただ感じ、感覚に身を委ねようとする。アナのせいでフルパワーを出しすぎた。アナも隣に横たわる。クリスは何年も付き合っている恋人にするように、アナを何かから守るように抱き寄せる。

いつもの癖だ、と彼は思う。

すると、アナが上に乗ってくる。

「さあ」アナはいう。「望みをいいなさい」

残りの秒数が決まってる。

ニールを思い出す。**残された時間はぜんぶご褒美だ。**

一緒にすごせなくなった連中を思い出す。一秒一秒がすぎていく。

「時を消してくれ」クリスはいう。「卒倒するまで絞り取ってくれ」

アナはげらげらと笑う。彼女がこの一時間でしたことはすべてそうだが、思いがけず、すがすがしいまでにたがが外れ、新鮮に感じられる。

「望みを口にするときは気をつけなさい」アナはいう。

今度はクリスがげらげら笑い、アナが馬乗りになってくると、頭をうしろに押しつけてのけ反る。

「だめ」アナはいう。「目を閉じないで。まだ」


アナがついにベッドの端にうつぶせに横たわると、すでに深夜零時を回っている。彼女は膝を曲げて両足をぶらぶらさせ、美しい曲線を描く引き締まった尻が黄金色の明かりを浴びている。クリスはアナと交差するように横になり、くたくたで、ぐったりしている。

アナはゆっくりと深く息を吸い込み、口笛を吹くように吐き出す。「よし。充電の時間よ」

アナはバネを巻き直したかのように起き上がり、服を見つける。

クリスは気だるさを感じ、満たされ、数カ月ぶりにすっきりしている。

「帰らなくてもいいのに」クリスはいう。

アナはすでにジーンズをはき、タンクトップを着ている。「わかってる」彼女がいう。「でも、帰る」

だぼだぼのチェックシャツに袖を通し、肩に垂れていた髪をうしろでまとめ、首のうしろでひねって緩いお団子にする。

「もう一本、スパークリングウォーターをもらっていい？」アナがいう。

「勝手に取ってくれ」

アナがしっかりした足取りでベッドルームから出る。クリスはキッチンに歩いていく彼女のうしろ姿を目で追う。動きたくない。アナに帰ってほしくない。

クリスも起き上がり、ジーンズをはく。

キッチンでは、アナが冷蔵庫からスパークリングウォーターを二本取り、一本をクリスに手渡す。

「問題は」アナがいう。「山を当ててほんとうに衝撃的な成功を収める最善の方法は、システムを売ること。物ではなく」

クリスは眉間にしわを寄せる。「もう一回いってくれ」

冷蔵庫のライトがアナの横顔をくっきりと浮き立たせる。ごくふつうの女だと思っていたが、そんな面影はもうどこにもない。ごくふつうではない。彼女という人間のうわべがそぎ落とされると、生々しく、美しく、素朴な姿——それまで経験したことのないものの中核が出てくる。そのアナが、たった今、まったくちがうモードに切り替わった。

「小売り、不動産――シンフウ・ショッピングセンターも、パラグアイやブラジルのほかのところも――わたしたちが多様化しているから存在している。そういったものは旧来のビジネス。郷愁といってもいい」アナはいう。「大金を生むのはシステム全体を売ること……システムとハードウェアを丸ごと売ること。グローバルな展開になるし、デジタルが多くなれば、多くなるほどいい」

クリスはその場に立ち、アナの話を聞いている。密輸品を運び、国の禁輸措置を破るリュウ一家の事業は、どの国民国家の法体系をも超越し、出し抜くことになる。これが未来だ。これが新しい新世界だ。

凡庸そうな見かけとは裏腹に、この若い女は肝が据わり、やる気もあり、家業に対して真剣に向き合っている。それをクリスに見せている。彼女にはたしかでゆるぎない冷酷さがある。自分こそ次世代の首脳であることを――また、大地震でも起きないかぎり、父親がそれを認めないことも――知っている。クリスにはわかる。それこそが、アナの野心の大部分の原動力となっていると。フランネルシャツやいい子ぶった雰囲気など忘れた方がいい。明らかに、アナは一家を究極の自由市場における重商主義集団と見ている。起業家。商人。中国系ディアスポラ文化の影響で、自分たちは売買している商品を超越した存在だと考えている。タピオカであれ、ロケット推進擲弾(RPG)であれ、自分たちの自己認識には影響しない。

クリスはこれまでアナのような人には会ったことがない。自分たちをちまたの犯罪集団と同等のものとは思っていない。

「アナ?」彼はいう。

「いつまでいるのかって訊くつもりだった?」

クリスは笑う。心を読まれた。

「ロンドン大学経済政治学総合学部（LSE）にあと二学期いないといけない。九カ月でMBAを取得する。ロンドンに戻っているあいだ、お父さん（フウー・チイン）は引き続き、フェリックスに家業をもっと手伝うよう仕向けるでしょうね。でも、そうはならない。愛する兄はそんな役回りをこなせるような人じゃない」

「アナ」

「何?」

整備が行き届いたスポーツカーの液量（フルード）レベルを上げようとしているかのように、アナがスパークリングウォーターをがぶがぶと飲む。

「可能性はとてつもなく大きい」アナは続ける。「LSEは新世界――ダボス会議、グローバル化――へ飛び込むための手段だった。リスクはある。先頭に立てば、リスクは付き物だから。でも、ビジネス方針を果敢に変えることができれば、わたしたちは断然有利な位置に立てる」

アナはチェックシャツのボタンを留める。

「また会いましょう」

「ああ、会うさ」

「どうしてわかるの?」アナが微笑む。

「おれもそれを実現させたいからさ」

「いいじゃない」アナがドアに向かって歩き出す。「わたしもよ」

クリスはここまで生きてきて、これほどまごついたことはない。

第四部

アメリカ–メキシコ国境、一九八八年

47

朝日に包まれて水銀のようにちらちらと光る砂漠をトラックが突っ切るさまが見える。砂がアスファルトに沿って舞い上がる。東には熱波の染みと化したユマがある。ニールはマクドナルドの駐車場にいて、Ｆ－１５０ピックアップの運転席で州の高速道路に車の正面を向けている。

セリトの声が携帯無線機から入る。「今、州間高速道路８号線を下りた。そこから半マイル（約八百メートル）先だ」

エンジン音がマイケルの声の背後でうなる。マイケルはクリスとポンティアックに乗り、南西の国境に向かうエレラの現金輸送トラックを尾行している。現金輸送トラックの動きは時間ぴったりだ。

先週、彼らは現金輸送トラックを国境検問所まで尾行した。今週は国境（ラ・リネア）を越え、メキシコに入ったあとで現金がどこに行き着くのかを探る。

「そろそろそっちの前を通る。あと四分の一マイルだ」セリトがいう。

ニールが無線機を持ち上げる。「速度を緩めろ。トラックとのあいだに何台か入れろ」

「信号を直進した。マクドナルドの看板が見える」

「発進する」

ニールは四車線ハイウェイを走る平日の車の流れに滑り込む。マクドナルドのスタイロフォームのコーヒーカップを持ち、サングラスをかけ、アリゾナ・ワイルドキャッツ（アリゾナ大学フットボールチームの愛称）の帽子を目深にかぶっている。くつろいだ地元民のように車を流す。

現金輸送トラックが制限速度いっぱいを守り、ニールに追いつき、抜かしていく。ボックストラック。サイドにレンタカー会社のロゴがついている。フェニックス・サンズの帽子をかぶり、いかつくて集中した顔の男がハンドルを握っている。もうひとり、細い目の男が助手席に乗っている。トラックの後部にも三人目の男がいることを、ニールは知っている。ウインドウのない暗がりで〝上がり〟を守っている。前回の輸送時に尾行した際に、トラックの乗員の動きを確かめている。ニールはトラックに先を走らせる。

彼らはコロラド川を渡り、カリフォルニアに入る。南へ向かう。二マイル先のアメリカ側国境検問所前で、トラックが停まる。

きつそうな茶色の制服を着て、ミラーレンズのサングラスをかけた国境警備隊員が腕を振ってトラックを通す。腕を振り続ける。ニールも通過するが、脈拍は一定で、ほとんど上昇しない。二百ヤード（約百八十三メートル）先で、メキシコ側の警備隊員もF－150をざっと見ただけで、身振りで入国の検問所を通す。

三分後、クリスが無線で連絡してくる。「通過」

現金輸送トラックは四百ヤード（約三百六十六メートル）先にいる。願望がニールの胸で脈打つ。

「メキシコへようこそ」ニールは無線でいう。

州間高速道路8号線は国境と平行に農場や牧場を走る。ニールは感じる。いつものむずむずする感覚。ここからは気を引き締めないといけない。彼らは大きな山に備えている。ニールはこれが危険な偵察だと考えている。よその土地。道路は狭く、まっすぐで、身を隠せるものもない。

Ｆ－１５０とポンティアックの塗装を先週とはちがうものにしている。現金輸送トラックの乗員に気付かれる危険を減らすための新しい色。新しいナンバープレート。ニールはミラーを見て、バックアップの車が現金輸送トラックやニールの車を尾行していないかと確認する。打ち付けるような日差しのもと、西へと走る。

メヒカリに入る。

街並みが現れる。家畜小屋、鉄道の引き込み線、倉庫。ハイウェイ沿いのヤシの木、ユーカリの木の風よけ。学校、公園。花壇のメッセージ。〝バハカリフォルニア州都メヒカリへようこそ〟。ここはアメリカ海兵隊や男子大学生が週末の馬鹿騒ぎを求めて行く観光地だ。バー、コンサート、闘牛場。

ハイウェイの沿道ながら打ちしおれたようなところに差しかかると、現金輸送トラックが速度を緩める。色褪せた街角でウインカーを出し、人気のない界隈に入る。

エレラの隠れ家は、放置され、日ざらしで赤と金が褪せた中国風のモーテルだった。パゴダの図柄が空っぽの事務所に描かれている。一面に描かれ、褪せている。空のプールが正面前にあり、しおれたヤシの木に囲まれている。モーテルの建物はL字形だ。二階建ての棟がふたつ。一階の窓は大半が板で塞がれている。くたびれ切ったところのようだ。かなりぼろぼろになっているが、道路際の看板は〝モーテル・ラ・チネスカ〟と謳ってある。何という完璧な偽装だ。ニールは現金輸送トラックを見ながら走り去る。セリトとクリスに無線連絡する。「トラックはモーテル裏手に回っている。脇道に入れ。そこから状況を確認しろ」

十五分後、セリトとクリスがスーパーマーケットの駐車場でニールと合流する。

「トラックはモーテル裏手の搬入口につけられた」セリトはいう。「こっちの姿をさらしてうろつかないかぎり、それ以上は確認できなかった」そういって、くすくすと笑う。「メキシコの中国風建築ときたか」

「中国系メキシコ人が多いからな。鉄道建設に携わって、そのまま居着いた者もいる。白人にカリフォルニアから追い出されて、ここに行き着いた者もいる」ニールは落ち着いている。「そのモーテルの裏手、搬入口を見張っておく必要がある」

ニールは行き交う車や、スーパーマーケットに出入りする人々を見ている。子供をショッピングカートに乗せた女たち、ジーンズ生地のジャケットを着て、ジュースの六本パックや煙草を抱えて出てくる男たち。似たようなジャケットを着た男が、ラ・チネスカのプール際に座っていた。

「モーテル正面にひとり警備の男がいる。エレラはモーテルを使用していることを隠していない」ニールは午後の白い太陽を見る。「別の放置された建物があるかどうか探すぞ」

彼らはモーテル裏のあたりに車で行く。そのあたり全体が空き家だらけのようだった。ラ・チネスカの一街区先に、格好の建物が見つかる。閉鎖されているビールの瓶詰め工場だ。

セリトが見張りとしてポンティアックにとどまる。ニールとクリスは割れた窓から中に入り、階段を上って二階に行く。ホップのにおいが空っぽの工場内に漂っている。窓際に行くと、ニールが双眼鏡を目に持っていく。

モーテル裏手が視界にぼんやり見えてくる。

ラ・チネスカの二棟は屋根付き通路でつながっている。そこに階段がある。その通路が、モーテル裏側の部屋から正面、プール、事務所への近道になっている。駐車場がモーテルの裏手を囲み、敷地の境目に軽量ブロックの壁がある。

モーテル一階裏手側の部屋の窓は板で塞がれている。大半の窓にはカーテンが引いてあり、ドアは閉まっている。建物自体は老朽化しているようにしか見えない。

東西に延びる棟の中ほどに位置する搬入口には、現金輸送トラックがバックでつけられている。

ニールはうずくような興奮を感じる。トラックに乗ってきた三人が、収縮包装されたプラスチックの梱包を台車やカートに降ろし、モーテル内部に運び込んでいる。ニールはストラップで首にかけているニコンのカメラをかまえ、何枚か写真を撮る。

二階のもうひとつの窓から隠れ家を観察しているクリスがいう。「何かわかったか?」

ニールはカメラを通して、搬入口をつぶさに見る。「武装した護衛ふたりがトラックの両側にいる。武器はショットガンだ」

レンズを横にゆっくり移動させる。各棟の端、裏手の部屋の外の陰にも、ひとりずつ護衛がいる。ジーンズのベルトにリボルバーを挟んでいる。南北に延びる棟を警備している男が、プラスチックの折畳み椅子に座っている。そばのコンクリートにトランジスタラジオが置いてある。

ニールの無線機からかりかりと音がする。セリトだ。「警官が来る」

ニールは停まっているセリトの車が下に見える窓側へ移動する。パトロールカーが近づいてくる。セリトが路肩からゆっくり慌てずに走り出し、通りを走っていく。パトロールカーも走り続ける。

パトロールカーがモーテルに入る。警官たちは荷物搬入口でパトロールカーを停め、ウインドウをあける。エレラの武装した護衛のひとりがぶらりと歩いてきて、警官たちに話しかける。現金輸送トラックでは、積み荷降ろしが続いている。しばらくすると、警官たちはパトロールカーに戻り、ゆっくりとモーテル裏手の駐車場の見回りに出る。トランジスタラジオの護衛が挨拶代わりに敬礼する。警官たちが走り去る。

ニールはセリトに連絡する。「警官はいなくなった。身を隠すものを探すか、移動し続けろ。彼らがスケジュールに沿って警邏しているのか、これから確かめる」

セリトの声はざらついている。「二街区(ブロック)内の建物はぜんぶ空っぽだ。意図してのことだと思う」

ニールもそう思う。ここはにぎやかな街だ。近づきすぎるやつがいたら、すぐに見つけられるように、カルテルがこの界隈から人を追い出したのだ。

Ｆ－１５０は瓶詰め工場前の埃だらけの車道(ドライブウェイ)に停めてある。ニールは口笛でクリスを呼び、キーを放った。「ピックアップを移動しろ。この辺の通りから遠ざけろ」

クリスが階段に向かう。しばらくして、ピックアップが発進し、姿が見えなくなる。

陽光がモーテルに降り注ぐ。男たちが現金輸送トラックの荷降ろしを終える。トラック後部の金属ドアが閉まるけたたましい音が聞こえる。運転手が煙草に火をつける。その運転手とほかの男たちがモーテルの中に入る。

ニールは荷降ろしにかかった時間、警官たちが確認のため車で立ち寄った時刻をノートに書きとめる。彼は観察を続ける。

会計室はどこだ？

搬入口の真上で、業務用エレベーターの扉があく。トラックに乗っていた男たちが台車とカートをエレベーターから出す。外通路を押していき、階段のある屋根付き通路をすぎて角を曲がり、南北の棟へ向かう。その棟の通路の途中、あるドアの前で止まり、ノックする。ひとりの男がドアをあける。彼らがカートを中に押し入れる。

中のドアで隣の部屋とつながっているのだろう、とニールは思う。カルテルは待合室、あるいは防御室、つまり、会計室に入る前に通らないといけない部屋を設けているはずだ。

ニールは待つ。

彼は数えている。現金輸送トラックに乗ってきた男が三人。モーテルの外にいる護衛が、最少で三人。会計室に未知数の人物。

護衛のひとり、警官に話しかけた男が、赤いクラウン・ビクトリアに乗り、近隣のパトロールに出る。セリトの車が停まっていたと警官から聞いたからかもしれない。このモーテルは監視が行き届いている――通りの目もあるし、警戒範囲も広い。侵入するには、緻密なチームワークと精確なタイミングが必要になる。リスクが大きい。

州間高速道路40号線で現金輸送トラックを襲撃する方がましじゃないかと、急に思えてくる。

ニールは現金のカートが消えた二階の部屋を監視する。これほどかさばる梱包となると、通貨はおそらく五ドル、十ドル、二十ドル紙幣――エレラのシカゴの元締めが市中の売人から集めた現金だろう。

自分自身と仲間を危険にさらしてまでこんなところまで来たのは、エイブラハム・リンカーンの顔が印刷された少額紙幣のためではない。

モーテルの駐車場で、フロントガラスに反射する陽光がぎらつく。また一台、ボックストラックが入ってくる。バックで搬入口につける。男たちが降りて、荷を降ろしはじめる。その後まもなく三台目のトラック、さらに四台目のトラックが到着する。

州間高速道路40号線など忘れろ。メヒカリはリスクが大きい。とんでもなく大きい。だが、ここでやる。

現金でかさばる梱包が何十個も、モーテル裏側の二階の部屋に運び込まれていく。エレラ一家はそれだけの現金を街角の市場（メルカド）で使ったりはしない、とニールは思う。汗を吸い、しわくちゃになった紙幣など使わない。連中は集めた現金を数え、その後、どこかへ持ち出す。どうやって持ち出す？

十台の車がモーテル裏手に入る。男女十人が降りて、二階に向かう。護衛が彼らを会計室に通す。ドアが閉まる。

五分後、彼らは新しいジムバッグを持って出てくる。重そうだ。膨らんでいる。

ニールはセリトとクリスに無線連絡する。「車がモーテルから出る。あとをつけろ」

「了解」セリトがいう。

クリスがいう。「こっちも了解」

ニールはモーテルの駐車場から車が出ていく様子を見る。だれもいない瓶詰め工場の壁際に座る。三十分後、セリトが連絡してくる。

「交換所(カンビオ)だ」セリトがいう。

ニールはひとりうなずく。「監視を続けろ」そして、「クリス？」

瓶詰め工場の外では、カマロが車道(ドライブウェイ)に入ってくる。若くて強そうな運転手が降りる。

さっきＦ－１５０がそこに停まっていたのを、だれかに見られたらしい、とニールは思う。

クリスが無線で応答する。「こっちも交換所(カンビオ)だ」

ニールはウォーキートーキーの電源を切る。カマロの運転手が工場に近づいてくる。埃が積もった車道(ドライブウェイ)の路面のタイヤ跡を調べ、工場を見上げ、また地面に目を向ける。ニールは身をかがめる。

運転手は足跡も読んでいる。

ニールは工場内の階段に素早く移動する。音を立てないように上階に駆け上がり、足跡を残していないか確認する。いや、残していないように祈る。非常階段を見つけ、そこから外に出て、待つ。若くて強そうな男が工場の下の階に入る音が聞こえると、ニールはさらに階段を上る。縁から屋上によじ登り、ぴたりと伏せる。風が彼を洗う。

ニールはベルトに挟んでいたコルトＭ１９１１、四五口径セミオートマチックを抜き、仰向けになり、階段のいちばん上に狙いを定める。

五分後、若くて強そうな男が車のエンジンをかけ、ゆっくり走り去る音が聞こえる。

ニールは銃を下ろす。エレラはよくわかっている。用心深い。近隣の警戒範囲も広い。ニールはまた横になる。

この山を当てたい。

きつい山になる。信じられないほどきつい山に。

カマロのエンジンがしだいに消えていく。ニールは暖房装置の裏で慎重に頭をもたげ、外の様子を見る。カマロが角を曲がり、モーテルから離れていく。予定どおりの周辺偵察なのかもしれない。

ニールはまた無線機のスイッチを入れる。「国境方面に移動して待て。また連絡する」

ニールは匍匐前進して、モーテル側の屋上の縁に行く。これだけ高いところからだと、モーテルの正面の看板、事務所、空のプールが見える。裏手の駐車場と搬入口も。ゲームのボードを見るかのように、ラ・チネスカを凝視する。

鼓動が速まる。ニールはその場にとどまり、見極めようとする。自分の勝手な想像でないことを確かめる。

すると、一台の車が入ってくる。さっきジムバッグを持っていった女のひとりが戻ってくる。同じバッグだが、ぱんぱんに膨らんでいたのが、今では角張り、すっきりしている。女は階段を上り、会計室のドアをノックして、中に入る。ニールはそっと階段を下り、二階の窓に行く。さらに二台の車がモーテルに戻る。再集計のために戻ったのだ。

それから九十分後、運び屋全員が戻った。またジムバッグを持って会計室から出てくる。いつもの〝ダンスパーティー〟だ。ドアがあいたとき、ニールは素早く中をのぞく。銃を持った護衛がひとり、中に立っている。

運び屋が出るとき、護衛が挨拶代わりに顎を引き、ひとりの女には笑みを見せ、投げキッスをする。

下の通りでは、警官たちがまた警邏している。

ニールは窓際で自分の状況、考え、計算を確認する。脈拍が急激に上がっている。一階の割れた窓から瓶詰め工場を出る。少し離れたところにある、モーテル脇のトランジスタラジオから流れるポップ・ミュージックが聞こえる。

ニールは監視カメラを探し、あれこれ考えながら歩く。

一週間分のシカゴの稼ぎがサウスサイドの倉庫からトラックで運び出される。エレラの運転手は南下し、ユマで国境を越える。ほかの運転手も、さまざまな集結地点から現金を運び出す。彼らはこの隠れ家に運び込む。ハイウェイを下りてすぐにあり、ぱっと見では、浮浪者や麻薬中毒者が勝手に〝利用〟できそうなありさまの寂れたモーテルだが、その実、モーテル正面と裏手の駐車場には、ゴミも割れたガラスもなく、掃除が行き届いている。

空き家に見えるように手入れされている。

だが、歩を進めるニールの目に映る、建物の壁についている血痕、落書き(グラフィーティ)、縄張りの印は、ちがう現実を物語る。法執行機関(スディシアレス)の定期的な警邏、そして、銃を持って、廃虚と化した瓶詰め工場の様子を窺いに来た男も、それを物語る。

近づき、見つかれば、殺される。

ニールは北へ一マイル移動する。息が詰まる電線や電話線の下、食料雑貨店(ボデガ)、タイヤショップ、セブン-イレブン、くすんだ家並みの前を歩く。木々、整った街並み、路肩に停まる新車など、もっと活気ある街区(ブロック)——大学キャンパス、病院などが並ぶ界隈——に入ったあと、仲間に無線で連絡する。クリスとセリトが市営公園のまばらな木陰で待っている。

ニールは近づく。「交換所(カンビオ)の様子を聞こう」

交換所(カンビオ)。外国為替取引所のことだ。国境沿いの都市、観光の街、多くの人々がアメリカ国境を越えて働きに来るようなところなら、どこにでもある。メキシコ版多機能ＡＴＭ、あるいはメキシコ版アメリカン・エキスプレス。〝ドラレス〟をペソに交換するところ。あるいは、ドラッグ・マネーがゆっくりとあふれ出す街では、そのマネーをきれいなドルに洗浄するところ。

マイケルは身を震わせんばかりの興奮ぶりだ。「運び屋はジムバッグを街の各所にある交換所(カンビオ)に持っていく。五ドル、十ドル、二十ドル札ばかり。おまえの読みどおり。あれだけのカネだから、におうに決まってる」彼の視線が横に動き、ニール、クリス、公園に向けられる。ぎざぎざの光が彼らに突き刺さる。「くさいカネを中に持ち込む。会計係が数える。機械もあるが、とんでもない枚数だから少し時間がかかる。そして、運び屋が手の切れそうなきれいな百ドル札の束を持ち帰る。色つきの帯封で束ねてあるやつだ。会計窓口に積み上げられ、高さ二フィート（約六十センチメートル）にもなっていた。運び屋はそれをジムバッグに入れて、出ていく」

「すると、エレラはアメリカの市中から巻き上げたカネを、ここの外国為替取引所で両替するわけだ」ニールはいう。「大量の小額紙幣が南へ運び込まれる。現地交換所がそれを百ドル紙幣に両替する。それを運び屋が隠れ家に持ち帰り、数え直す。その後、運び屋は最後にそれを持ち出す」

　マイケルとクリスが聞いている。ニールはふたりがしっかり耳を傾けているか確かめる。しっかり話しておく必要があるからだ。

「シカゴからメヒカリへの輸送ルートに切り込み、午前四時にウィンズローの外れで現金輸送トラックをジャックすることもできる。おれたちなら二分以内に確実にトラックを制圧して、きれいに逃走できるだろう。ブリンクス（貴重品の警備輸送会社）のトラックではないからな。襲撃して、バン、終わり」

　ほかのふたりは落ち着き、集中しているように見える。

「しかし」ニールはいう。「そうすれば、おれたちがシカゴからのルートを特定したことが先方にバレる。おれたちが彼らのハードディスクを奪ったことも感づかれるかもしれない。彼らはおれたちを探す。カルテルは見つかるまでどこまでも探す」

　ニールはそう伝え、余韻を漂わせる。

「今回、チャンスは一度だけだ。国境のこちら側でやる。理由はふたつ。ひとつ、表計算の表とおれたちが当てた山までたどられることがない」ニールはふたりの顔を見る。「ふたつ、おれたちがあとをつけたのは一台のトラックだけだが、今日、隠れ家には四台のトラックがやってきた」彼は間を置く。「モーテルを襲撃する。蜜壺はそこだ」

マイケルがうなずく。「まったくだな」

「交換所は何カ所だ？」ニールはいう。

「おれが尾行した女は六カ所回った」

クリスがうなずく。「おれがあとをつけた男は七カ所だ。おれも同意だ」

ニールは計算する。「八桁になる。一千万を超えるかもしれない。運び屋がカネをモーテルに持ち帰り、最後の一枚まで数え直す。その後、また持ち出す」

「どこへ？」

「どこでもいいさ。ぜんぶまとめて、メキシコの周辺国の国際銀行にでも預けるんだろう」ニールはふたりを見る。「その百ドル紙幣の束を奪うとすれば、チャンスはかぎられる。重要なのはそこだ」

マイケルの顔がぱっと明るくなる。「やろうぜ」

「会計室がどこにあるかはわかった。やりにくいし、きつい仕事になる」ニールはいう。「だが、モーテルの警備には穴もある。護衛の配置からすると、盲点がある」心臓が高鳴る。「そこを突く。そこから侵入する」

ニールはＦ－１５０へと歩き出す。

「マイケル、ユマに戻れ。来たときとは別ルートで。クリス、おれを送ってくれ」

クリスはトラックに向かって歩いていく。「どこへ？」

ニールは国境に向かって顎を引く。「エルセントロ」

エリサの家がここから十五マイル（約二十四キロメートル）真北にある。

48

ニールは静かな夜にエリサのうしろを歩く。エリサは腰を大きく揺らし、月明かりを浴びた髪がつやつやしている。砂丘が日中の熱を追い払ってしまっている。彼方（かなた）の州間高速道路8号線を走る車が、羽音のような低い音を響かせる。山と渓谷が景色を細長く切り裂く。砂がニールの足下で崩れる。


エリサは砂丘のてっぺんで足を止め、両手を腰に置く。胸を張り、顎を突き出す。ほとんど息を切らしていない。ニールが追いつく。

「わたしのいっていたことがわかる？」エリサがいう。

ニールはエリサの横で立ち止まる。彼女の目が夜を吸い込む。アルゴドーンズ砂丘が地平線から地平線へ流れる。星々の下の海だ。メキシコ国境は二マイル南だ。ニールには見えない。

エリサには見える。

彼女が指さす。「西の黒い傷。あそこ。あれは岩。〝アロジョ・セコ〟。干上がった小川。国境(ラ・リネア)を貫いている」

「だれが偵察する？」ニールはいう。「頻度は？」

「移民帰化局(INS)、国境警備隊。連邦機関(フエデラレス)？」エリサが肩をすくめる。「年に一度」

「車を使う予定だ」ニールはいう。

「でしょうね」エリサが振り向く。「でも、このルートもわたしに聞いておきたかったのね」

「ああ」ニールはそっとエリサに腕を回す。

「あのアロジョはね」エリサがいう。「渓谷の底が土の道になって延びている。たいていの場合、車を使うには、斜面が急すぎる。警官もそこまでは見ない。密輸業者(コントラバンディスタ)が歩く。軽めの荷物を運んで。麻薬。人身」

そよ風がふたりの足下を吹き抜ける。砂の斜面に綿布のような襞(ひだ)ができ、月明かりを受けてきらめく。

「それはプランZだろうな」ニールはいう。「代替策がぜんぶなくなったときの代替策だ」

エリサが向き直る。「でも、あなたはそれがあることを知った。それで、どうしてそれがプランZ(ゼータ)なの？」彼女は腕を大きく振って、かろうじて見える黒い道を示す。その道は砂丘を迂回(うかい)し、渓谷に消えている。「あそこ」

ニールは双眼鏡を目に当てる。月のおかげで、うねる道が岩の隙間から延びているのが見える。

「あそこは密輸業者(コントラバンディスタ)が待ち伏せされるところ」エリサがいう。「たとえば……」エリサが指をパチンと鳴らし、ふさわしい言葉を探す。エリサの英語は完璧だが、ぴったりの感情の起伏を表す言葉が必要なのだろう。エリサはスペイン語に切り替える。「準備が充分でなかったりしたとき。注意が足りないとき。いったん国境を越えると、危険がなくなったと思う。でも、バンと撃たれてしまう」

これは密輸業者のロマンチックな逸話なのか、それとも警告なのか、とニールは思う。

「おれたちは日中に越える。この辺のたいがいの密輸業者とはちがって」

「それに、あなたは慎重だから。頭のうしろにも目がついてる」

「回転式の目がな」

エリサは地平線を見て、その後、ニールを見る。エリサはニールを信用している。それはわかる。ニールの力量、集中力、目的意識を信用している。ニールがこの国に関する彼女の知識を信用するのと同じように。

エリサが両手をジーンズのポケットに突っ込む。「正式な検問所が三カ所あって、あなたは三つとも通らないといけない。メヒカリの二カ所を通ってカレキシコに入る。そして、ウィンターヘイブンの検問所からユマへ」

密輸業者が国境を越えてメキシコに入り――別ルートで――戻るときに使う秘密の道を、エリサは百は知っている。賄賂が効く検問所の警備隊員をすべて知っている。エリサは仕事仲間ではないが、襲撃後に仲間が無事に国境を越えて戻れるように手配するチームにとっては、欠かせない存在だ。

「どうかした？」エリサがいう。

「見惚れてるのさ」ニールはそういうと、砂丘に目を戻す。砂上で足を引きずり、足跡のひとつを消す。

エリサがまた英語に切り替えていう。「砂丘を使って国境を越えたりはしないんでしょ」

「ああ」ニールはため息をつく。「物事がどれくらいすぐに消えてなくなるのか、確かめたかっただけだ。来るものは、みんな行く」

「哲学的な考察の時間？」

「おれたちはみな、浜辺の足跡だ。潮が満ちれば、そこにいた痕跡などひとつも残らなくなる」

「アルベール・カミュとかいう人が、そんなことを書いていたわね」エリサが小首をかしげる。「どこの名前なのかしら？」

「フランスだ」ニールはいう。

エリサはニールを見る。その目が暗がりで光っている。「わたしは今ここにいる」

「そのとおりだ。そこが重要なのさ。おれたちは今ここにいる。おれたちが存在する大義などない。目的もない。どれだけ祈るかで、行き先が分かれる天国も地獄もない。唯一の真の疑問は、なぜ生き続けるのか？　人生には生きる価値があるのか？　なぜ自殺しない？　唯一の判断基準は、今をどう使うかだ」

「わたしは終わらせたいとは思わない。これしかないなら、生きる方がいい」

「ああ。おれたちにはこの瞬間しかない。だから今を生きる。どんな意味があるかを意識して生きる。意味などないわけだが。しかし、最後まで生き抜く。つまり、そういうことだ」

「そんなこと、どこで読んだの？」エリサは訊く。

「フォルサム刑務所だ。人生とは何か？　なぜ〝お務め〟をするのか？　おれは何をしているのか？　それに何の意味があるのか？　図書室に行って、『おれたちがここにいる理由とか、時に関する哲学の本はどこだ？　おれの人生にどんな理由があるのか？』と尋ねた。そしたら、本のカートを押していたやつが、おれにカミュを勧めた」

「重たい話」エリサがいう。「だから愛してるんだけどね、いかれたお兄さん」

ニールはしばらくエリサを抱きしめ、夜、偵察、そして、とりわけエリサのせいで、神経末端が目覚める。この香り、クチナシ。その目に宿る自信と喜び。

「本番前に何度か越境した方がいい」エリサがいう。「国境警備隊員に顔を覚えてもらう。アメリカ人のビジネスマンが、下請け企業（マキラドーラ）の視察に行くというような設定で」エリサが一本の指をニールの黒いボタンダウンシャツに滑らせ、ベースボール・ジャケットのジッパーを引っ張る。「ただ、もっといいなりをしないとね。スーツとか。資本家のふりをしないとね」

「おれは資本家だ」

エリサは笑う。「わたしをつかまえてみなさい、猟犬さん。いいものを見せてあげる」

エリサがくるりと身を翻し、砂丘を駆け下りる。ニールはすぐに追いつき、追い抜く。

ふたりは車に向かって競争する。ニールが勝ち、ボンネットに寄りかかり、腕を組む。負けたわとエリサが手を振り、髪をうしろに持っていく。

「あなたってガブリエラみたいね。負けず嫌いなところなんて」

「どこへ行く？」

ふたりは州のハイウェイで東へ走り、郡道に折れ、未舗装の車道に入り、有刺鉄線に囲まれた敷地のゲート前で停まる。エリサが急いで降り、ゲートをあける。かつては堂々たるものだったが、今では錆に覆われそうになっている、ゲート上の表示には、〝牧場から逃げる〟と書いてある。車道は牛の檻を迂回し、何も入れられていない柵囲いと水桶の前から明かりの消えた家に延びている。

ニールは車を停め、ヘッドライトで家を照らす。「アジトか」

「気に入った？」

ニールはエンジンを切り、降りる。このやたら広い平屋建ての家はアドベ煉瓦造りのバラックだ。

エリサも降りる。「ここなら、カーキャリアーを停めておくスペースもある」

ニールはうなずき、覆いがついたポーチへの階段を上る。カーキャリアーは今のところユマのショッピングモールの駐車場裏に停めているが、人目につく路上には置いておきたくない。

「ここはいいな」ニールはいう。

彼はアドベ煉瓦の家に入る。エリサも入り、スイッチをつける。大きな部屋の照明がつく。

部屋は広やかで、質素で、清潔だ。家具つき。エリサはオープンキッチンに歩いていく。カウンターにコーヒーポットと果物がある。冷蔵庫をあける。すでにソフトドリンクとアイスティーが入っている。

「そっちの準備が整ったら、食料と日用品を買い込んでくる」エリサがいう。

ニールは壁沿いに歩く。ここは牧童が宿泊していた古い家だ。ベッドルームは広いのが五つある。ベッドメイキングも済んでいる。三部屋は仲間に使わせる。相部屋で。廊下の突き当たりの大きな部屋はニールとエリサ用。それより小さな部屋はガブリエラに使わせる。

「だれがここの手入れを？」ニールはいう。

「ティオ・トマスよ。ノガレスから呼んだの。わたしのおじさん」

「手入れが完璧だ」

「こういうことについては経験があるから」エリサが小さなベッドルームのドアの前でうろうろしている。「それに、ガブリエラを見てくれる」

今夜、ガブリエラはベビーシッターの近所の女の子と、エルセントロの自宅にいる。しかし、襲撃のあと、しばらく身を隠し、コロラドに行く。ガブリエラは学校を休む。エリサは襲撃当日、自分がカレキシコにいるときに、娘を自宅に残してきたくはない。ティオに預けるつもりだ。

「ティオとふたりでボードゲームをしてもいいし」

「チェスだな。ガブリエラはティオをこてんぱんにやっつけるぞ」ニールはいう。

「来て」エリサが玄関のドアに向かって顎を引く。「もうひとつの家を見せてあげる」

エリサはもう一軒の家も確保していた。こちらは砂漠の奥にあって、もっとずっと荒れている。ニールと仲間は襲撃後にここで落ち合い、車を乗り換える。

ニールはエリサと腕を組み、その家を出る。「礼をいうよ」

「どうして？」

「完璧だから」

ニールはエリサの体を自分に向けさせてから腕を回し、ぐいと抱き寄せ、エリサの骨盤に自分の腰をくっつける。ぴったりだ。いつもぴったりだ。出会った日から完璧に波長が合っていた。一緒にいることになるとすぐさま確信した。心身が重なり合う特異点（シンギュラリティ）（密度が無限大になるブラックホール中央にあるとされる点）。

エリサにキスされ、最初の家のベッドルームに引き込まれるとき、ニールは常に今があるのだと感じる。

49

その日は晴れた。涼しい朝に金色の太陽が昇る。アドベ煉瓦造りのバラックはせわしい。

ニールたちはここをアジトにしている。キッチンにコーヒーがあり、さらに、ベーコン、卵料理、トーストがある。クリスはラインバッカーのように食べる。セリトはコーヒーに砂糖を三つ入れる。ニールは正面の窓際に立っている。

カーキャリアーが表に停まっている。青いピータービルトのトレーラートラックが、朝日を浴びてきらめく。トレーラーに積んできた乗用車は降ろした。おもしろみのない郊外にありがちなポンコツ車、Ｆ－１５０、速い車、古いエルドラド、ドアの内側とフロアマットの下に隠しスペースのパネルがついた大型のマーキュリー。

リビングルームの大きな木のテーブルに、彼らの道具が並んでいる。ＣＡＲ－15ライフル六挺。弾薬。敵対する者の気を逸らし、動きを止めるフラッシュバン——轟音と閃光が出る手榴弾。フレックスカフ（プラスチックの手錠）。ダクトテープ。絶縁テープ。アメリカとメキシコの地図。測距双眼鏡。

次の現金搬入は三日後だ。彼らは今日も国境を越えて偵察する。カルテルの通信能力を見定めなければならない。運び屋たちに緊急時の対応を促す必要がある。そして法執行機関の反応時間を計る。警官たちにエレラの息がかかっていることは、彼らもすでに知っている。複数の逃走ルートを決め、カルテルの運転手、現金処理係、放置されたモーテルのセキュリティ部隊に関する確かな情報を収集しなければならない。

そして、ニールは前回に見たことをクリスとマイケルにも確認させたい。カルテルのセキュリティの穴を。

あの死角。今でもぞくぞくする。

へこみだらけのシボレーのピックアップが、土埃をたなびかせてがたごととやってきて、ティオ・トマスが降りる。ニールは外に出て、必需品の運び入れを手伝った。

「よお、ニール。調子はどうだ？」

「悪くない」

　トマス・バスケスは六十六歳で、牧童のような格好をしている。ボタン留めのシャツ、ジーンズ、つま先が角張っているウエスタンブーツ、斜めにかぶっている麦藁のカウボーイハット。日ざらしの顔には深いしわが刻まれ、目が隼の目のように素早く動く。トマスがニールにツールボックスを渡し、最後の食料雑貨店の袋を取ってくる。

　家の中で、クリスは自分の皿から顔を上げる。「よお」

　クリスの顔は明るく、肌がつややかだ。次の襲撃が迫っているからなのはまちがいない。クリスは〝燃えて〟いる。よし、いいぞ。必要になれば、あり余るほどのエネルギーを出してもらえそうだ。そういうときのクリスは行いを正す――酒も薬も止める。感覚が研ぎ澄まされ、生気に満ち、あらゆるものに目が行き届く。だるそうな雰囲気はまったくない。化学薬品のおかげで過敏さが和らぎ、眠くもなくなったかのように、生き生きとして、目が冴えている。創意工夫に富み、頭の回転と体の動きが速い。まだある。女がいる、とクリスはいっていた。

　マイケルが白いTシャツにだぼだぼのチェックシャツを着て、サングラスをかけ、キーを手に持ってベッドルームから出てくる。ご機嫌で、ゆったりしているように見える。だが、それは大まちがいだ。人を見た瞬間に殺すこともできる。愛想のいい社会病質者だ。

少なくとも二挺の拳銃と二本のナイフを持ち歩いていることを、ニールは知っている。

彼らは朝食を終え、支度を整える。彼らが出かけているあいだ、トマスはとどまり、留守を預かる。

クリスがベーコンの最後の一枚をつまみ、ドアから飛び出す。手を振る。「またな、ティオ」そう声をかけると、走っていく。

今回も二台の車を使う。カレキシコ－メヒカリ間の越境移動は楽だ。カリフォルニアから、やや乱雑ではるかに活気のあるメキシコ側に行くだけだ。学校の制服を着た子供たちが、バスで何かのお祭りに向かっている。このあたりでは、今が年度末でもある。ニールたちは、人々が押し寄せる国境の街の活気あふれる地区を走る。グアダルーペの聖母マリア大聖堂は、初聖体用のドレスを売る店が並ぶ通りに面した、オレンジ色の平屋の教会だ。猛烈な陽光が降り注ぐ。ロサンゼルスから二百五十マイル（約四百キロメートル）しか離れていないというのに、内陸の砂漠と乾いた風があらゆるものを先鋭にしている。そして、もとは荒涼たる乾燥地帯だったという事実と、今も目立つ五〇年代――現代とはまるでちがう楽観的な時代――のネオンサインが相まって、カレキシコとのちがいが際立つ。

例のモーテルに対して斜めに近づく。ラ・チネスカ周辺の無人地帯にも境があるはずだ。境界線がはっきりしているところもあれば、あいまいなところもあるだろう。カルテルの監視の手がどこまで延びているのか、どんな形で監視しているのか、どうやって回避したらいいのか、彼らにはわからない。今のところは。

セリトが運転しているモンテカルロは、また塗装し直してある。今度は茶色だ。ラ・チネスカ界隈に溶け込むくすんだ色。目を引くものなどひとつもない。セリトはクリスたちとは離れて、無人地帯の周りを走っている。

F－150に乗るニールとクリスは、モーテル前の道路を走る朝の車の流れに乗る。二度、モーテル前を通る予定だ。行きと帰り。それ以上やれば、下見されているとセキュリティ部隊に感づかれるかもしれない。

一街区（ブロック）手前まで近づいたところで、ニールはいう。「はじめるぞ」

クリスはニコンのカメラをかまえる。通りすぎるとき、クリスがオートでシャッターを押す。カメラのモーター音が鳴る。ニールは素早く敷地に目をやる。

正面側に車は停まっていない。モーテルで仕事をしている者は、みな裏手に停めている。

ニールは車を走らせ続ける。四車線道路、中央分離帯はない。モーテルの四分の一マイル（約四百メートル）先にハイウェイの入り口がある。

「これが第一のルートだ」ニールはクリスにいう。

ニールはハイウェイに入る。路面が広く、分離帯もある大通りだ。彼はカーブの状況、路面、交通量を確認する。彼らが使う国境検問所はこの近くだ。低木、砂、ヤシの木に挟まれた道。

「昼過ぎにここを通ると仮定する。交通量はそれほどないだろう」ニールはいう。「アメリカで働く人々は朝いちばんに通る」ニールはトラックをUターンさせる。「国境の線があるというなら、あるんだろう。おれたちは乗り換えた車で越える」

ニールはまたモーテルの前を走り、今度は西に向かう。クリスは運転席越しにさらに何枚か写真を撮り、ニールも周辺視野でラ・チネスカの様子を窺う。脈拍が少し速くなる。

クリスは入念に道路状況を確認し、セリトに無線連絡する。「帰る」

ウォーキートーキーがかりかりと音を立てる。「スーパーマーケットで待つ」

〝スーペルメルカド〟の駐車場に行くと、セリトがトラックに近づいてきて、ニールはウインドウをあける。

「モーテルの警備に当たっている連中は、だれひとりとして巡回しない」セリトがいう。「みんな持ち場から動かない」

ニールはうなずく。「ひとつ問題がある。正面側に車は停まっていない。護衛の視線を確保するためかもしれない」彼は眉間にしわを寄せて考え、記憶にあるアングルと見比べる。「男がひとりいた。空っぽのプールのうしろで、折畳み椅子に座っていた。水を抜かれた堀を守っているかのように」

セリトがうなずく。「それで？」

「その護衛は見かけとはちがうような気がする」ニールは先走りたくない。確証が必要だ。「クリス、モーテルの正面側の監視カメラは何台確認できた？」

「一台だ」クリスがいう。「事務所のドアの上、駐車用のポルチコの下に一台だけだ。しかも、下を向いている。コンビニの防犯カメラと同じように」

ニールはクリスを見る。「カルテルはあそこに居座るようになってから、カメラを換えていない」

セリトがいう。「敷地の裏手には、おそらくもっとある」

「次回はその点をチェックする」ニールはトラックのエンジンをかける。「暗くなってからな」

日が暮れ、空が赤と青紫のアーチ形のグラデーションを吐き出すとき、ニールはメヒカリ中心部の広場のひとつから外れた飲み屋街に車を停める。そこからクリスとふたりで、にぎやかな通りを二マイル（約三・二キロメートル）歩き、住宅街とシャッターの下りた商工業ブロックに向かう。行き交う車が少なくなる。砂の霞（かすみ）や霧を通して、星々がコバルト色の空に昇っていくのが見える。金網フェンスの向こう側で犬が吠（ほ）える。

しかし、死角にたどり着くと、そこには何もない。音もない。うち捨てられたビールの瓶詰め工場に近づくと、ふた手に分かれる。ニールは通りを挟んだ向かい側の木立に隠れて待機し、クリスが工場に忍び込む様子を見守る。マイケルも現れ、やはり中に入る。車は通らない。犬は吠えない。夜が更けてきても、街灯はつかない。ニールは三十分ほど待つ。だれも偵察に来ない。こっちを向いて、ここの通りを監視しているカメラはないのだろう。

第一の死角。

ニールは割れた窓から瓶詰め工場に忍び込む。クリスとマイケルは三階のモーテルに面した窓際で膝を突き、待っている。汚れたガラスからぼんやりと琥珀（こはく）色の明かりがしみ込む。ニールはクリスから双眼鏡を受け取る。

モーテルは前回と同じく、ひっそりとしている。だが、裏手には前回より多くの車が停まっている。二階のいくつかの窓に引かれたカーテンから、明かりが漏れている。

ニールは指さし、小声でいう。「南北棟。明かりがついている。数えろ。六部屋」

クリスが首をかしげる。マイケルはやれやれと首を横に振る。

「中央のふた部屋……明かりは見えない」マイケルがいう。

「そこが非常口と会計室だ」ニールはいう。「窓には板が打ち付けられている。煉瓦で塞がれているかもしれない。ここから見るだけではわからない」

クリスがうなずく。「左側のドアの外に護衛がひとりいる」

ニールは双眼鏡を下げる。「そこも弱点だ」

クリスはしばらく動きを止め、考える。「通路からそのドアを通って、まっすぐ会計室に突入することはないということか?」

ニールは満足げな顔でクリスを見て、興奮で胸が熱くなるのを感じる。「そのとおりだ。ドアは内側から板で塞がれているだろう。隣の部屋内のドアから侵入する」

「それから、彼らのセキュリティは会計室のドアの守備に集中しているとなると……」クリスはそこで言葉を切る。双眼鏡を借りようと、片手を差し出す。ニールが手渡すと、興奮はさらに高まる。クリスもそれに気付く。「死角がある」クリスはいう。「まちがいない」

セリトが双眼鏡を引ったくる。じっと見る。いらついているように見える——ほかのふたりには見えて、自分には見えないものは何だ? やがて、にやりと笑みを漏らす。「あれが会計室だとすれば、左右の空き部屋に挟まれている。だが、モーテルの場合、部屋同士で出入りできるドアがあるのは片側だけだ」

ニールは窓に近寄る。「そのとおりだ。だから、明かりが漏れている右側の部屋は——会計室と行き来できるように壁に穴をあけているはずだ。あのモーテルは鼠(ねずみ)の巣になっている。迷路だ。連中はそれがだれにも気付かれていないと思っている」

クリスがますます自信に満ちた顔になり、精力が渦を巻いている。

「もうひとつ」ニールはいう。「護衛はまだ動いていない」

セリトがうなずく。「たしかに、そうだな」

クリスはガラスに近づく。「それから……」

ニールは少し待つ。「それから、警備範囲にも穴がある」

三人ともモーテルをじっと見る。L字型。二棟構成。事務所と搬入口が東西棟にある。会計室が南北棟の裏手にある。両棟が接する通路に階段がついている。正面側に水を抜かれたプールがあり、そこにひとりの護衛が座っている。ふたり目の護衛、トランジスタラジオの男は、南北棟のうしろ端の部屋の外に座っている。三人目は東西棟のうしろ端の外に座っている。搬入口の護衛は、現金輸送トラックの到着に合わせて、いたりいなかったりする。それ以外の時間、各運び屋が到着したり、出発したりするとき、護衛はモーテル裏手の二階通路をうろついている。

クリスがいう。「正面のプール際の護衛だが。ほかの連中からは見えないな」

「そのとおりだ」ニールはいう。

ひとりが正面にいて、通りに体を向けている。動きがあるのは裏側だから、ほかの護衛は裏手にいる。

「連中は巡回警備をしていない」クリスはいう。

「周囲の通りを押さえれば充分だと思っている」ニールはいう。「死角が防護に役立つと思っている。エレラは死角に踏み込む者を見せしめに罰してきた。だから、だれもそこに足を踏み入れないと思っている」

クリスはそろりと動く。コブラが神経をとがらせるかのように。「護衛はくつろいでいる。エレラの評判が脅威を寄せ付けないと思っている。だが、それだけでは足りない。だろ？」

ニールは護衛の様子を窺う。あたりは暗い。護衛は座っている。

「ああ、足りないさ」ニールはいう。「協力者もいるはずだ。伝令、情報提供者、カルテルに取り込まれて死角を巡回している連中もいるだろう。しかも、定期的な巡回でもないから、かえって危険だ」

「それに警官もな」クリスがいう。

「法執行機関（スディシアレス）の反応時間をテストする時間だ」

セリトがうなずく。「やろうぜ」

セリトとニールはピックアップまで歩いた。セリトがスペアタイヤをパンクさせる。荷台のテールゲートを下ろし、そこに座る。深夜零時をすぎている。車はたまに通るだけだ。ニールはごくふつうの速度でラ・チネスカに近づく。右のヘッドライトを段ボールで隠し、トラックを偽装する。

クリスが通りの向こう側の廃車置き場で待機している。

ピックアップがラ・チネスカに近づくと、セリトがモーテルの車道(ドライブウェイ)に向かってスペアタイヤを転がす。タイヤは前庭を転がり、けたたましい音とともに空のプールに落ちる。

ふたりはテイルライトを消して走り続ける。

クリスは身を低くし、モーテルの様子を観察する。タイメックスのストップウォッチが時を数える。

ラ・チネスカの明かりがつき、しおれたヤシの木に降り注ぐ。三人の護衛がプール際に立ち、指さし、話し、腕を振る。ひとりが無線で通信している。もうひとりは事務所に走り、電話をかける。

法執行機関(スティシアレス)の二チームが到着するが、回転灯はつけておらず、サイレンも鳴らしていない。駐車し、護衛たちと話す。車でゆっくりモーテルの周りを走る。ウインドウ越しに懐中電灯であちこちを照らす。死角に入る。廃車置き場に向かって通りを走る。クリスは地面に伏せる。彼らがウインドウをあけて走り去るとき、話し合う声と無線で交信する声が聞こえる。

「何でもない(ナダ)」警官のひとりがいう。「だれもいない(ナディエ)」

警官たちは周囲を走り続ける。

彼らは十五分もしないうちに立ち去り、護衛たちも持ち場に戻る。

クリスは合流地点に走る。ピックアップに飛び乗る。ニールは車を出す。

「四分三十四秒だ」クリスはいう。

ニールはそれを考えつつ、夜のこの時間に使うようにエリサにいわれていた国境検問所に向かう。

「それで?」セリトがいう。

「やる」ニールはいう。

「どうやって?」

ニールはセリトが〝乗る〟とわかっている。銃を手に取り、〝行こうぜ〟といわなかったセリトなど、見たことがない。

ニールは振り返ってモーテルを見る。光のない夜に包まれて灰色に見える、うなだれるパゴダ。枝打ちしていないヤシの木。暗い窓。

「プール際の護衛ひとりを消し、次に裏手で椅子に座っているふたりを消す。その後、階段を上り、運び屋が中で待っているあいだに、会計室を制圧する。行く手にいるやつはみな攻撃する」

50

午前二時。フリーウェイの路面をつかむタイヤの甲高い音が、かすかに聞こえる。

ポンティアック・トランザムが一般道路を走る。あっちへこっちへ、行ったり来たり。

オーティス・ウォーデルは助手席に、スヴォボダが運転席に乗っている。

ウォーデルは疲れている。ラジオがユマの局に合わされ、アイアン・メイデンが流れている。

交差点に差しかかると、スヴォボダがいう。「どっちへ行く?」

エンジンがアイドリングする。ウォーデルは左右に首を振り、交差する通りを見る。右を指さす。スヴォボダは右折する。

「今夜はいつまでやるつもりだ?」スヴォボダがいう。

ウォーデルは通り沿いの景色がゆっくり移ろうさまを見る。マクドナルド。車の販売店。駐車場。

「終夜、終日、必ず……」彼はいう。

ウォーデルはウォーキートーキーを持っている。ほかの新しい仲間は街の東側にいて、彼とスヴォボダと同じことをしている。

「暗視装置はある。それに、あのカーキャリアーは大きすぎて隠せない。走り続けろ」

ヘイ、マコーリー、いったいどこにいるか知らないが、来てやったぜ。

スヴォボダは走り続ける。

51

夕闇が迫るころ、ニールはアドベ煉瓦造りのバラックのポーチに出る。頭上では、星々が次々にともる。彼はひと息つく。暮れゆく日の乾いた熱波が彼の考えをくっきりあぶり出していく。中では、仲間が準備を整えている。道具をそろえる。メヒカリ界隈の地図が、リビングルームの大きなテーブルに広げられている。

エレラの現金輸送トラックはシカゴから南下中で、今は州間高速道路40号線でアマリロ（テキサス州北西部の都市）の外れを走っている。十三時間後にウィンターヘイブンの国境検問所に到着し、そこからバハ北部の農地を突っ切り、ラ・チネスカへと向かう。

ニールたちは待っている。午前三時三十分にここを出る。

今さっき、そのときの段取りを再度、仲間と確認したところだ。

ニールは大きなテーブルの前に立ち、地図をこつんと叩(たた)いた。**午前四時から四時半にかけて、死角に侵入する。この三つの廃屋に隠れる。護衛は八時に交代する。法執行機関(スディシアレス)は七時と十一時に巡回する。**

彼らは冷静に、しっかり確認し、手はずを整えた。

運び屋が全員、交換所(カンビオ)から戻ったら、はじめる、とニールはいった。**護衛をひとり、ふ**

たり、三人消す――モーテルの外でプラスチックの折畳み椅子に座っている連中だ。その後、階段を伝い、会計室のある棟の裏手へ上る。待合室を通る。おれが先鋒を務める。クリスとマイケルはおれと一緒に行動する。トレヨとモリーナは援護射撃要員として外通路でドアの両側を固める。マルコスは見張りだ。

だれも口をひらかなかった。彼らはニールを見ていた。

仲間はCQC、つまり近接戦闘の用意を整えた。ニール、クリス、セリトは三人編成の急襲チームとなる。ニールはこのバラックを訓練場として使い、襲撃訓練をした。彼らは軍人ではないが、襲撃計画では、ベトコンとアメリカ陸軍を足して二で割ったものとして動くことになっている。見張り兼支援要員として、射線が九十度で交差するようにトレヨとモリーナをドアの外に配置する。

待合室の護衛を無力化する。運び屋と計算を監督する連中をフレックスカフで拘束。百ドルの札束をカートに積む。ニールはトレヨとモリーナに向かっていった。**搬入口に車をつけるときには、連絡する。搬入口の上のエレベーターに現金のカートを押し入れる。エレベーターで下り、車に積み直す。逃げる。別の車に乗る。国境を越える。待ち合わせのアジトに集まる。**彼はひと呼吸置く。**午後三時にはそこも出る。姿を消す。**

質問は？

ない。

ニールは仲間に目を向ける。

そして今、砂漠に耳を傾けている。

襲撃前夜は期待が入り乱れる。毎回だ。それはいい。集中していることを意味する。気力がみなぎっていることを意味する。決意。ニールが照準をしっかり調整し、あらゆるシナリオ、あらゆる展開、仕事を狂わせかねないあらゆる予期せぬトラブルを想定していることを意味する。それまで考えていなかったことをすべて考え、意識し、吟味し、計画をどうにかして成功に導く手だてを組み立てていることを意味する。

ニールはそうやって生きているし、生き延びてきた。仲間もみんなそうだ。

砂漠では、日がとっぷり暮れる。あとほんの数分もすれば、空に黒いシーツがかけられ、これまで見たこともないほど多くの星々が針で穴をあけ、光の川のように流れ出しそうだ。寒く、絶え間なく、広大だ。

うしろのドアがあく音が聞こえる。エリサが出てくる。彼女の背後から話し声があふれる。セリトがキッチンでティオ・トマスと話している。テレビから流れる『マンデー・ナイト・フットボール』の歓声と実況放送。クリスとトレヨはサッカースタジアムで起きたことに声をあげている。ペナルティーの笛。

エリサはクリスにそっと近づく。ポーチの屋根を支える柱のひとつに寄りかかる。「天体観測？」彼女がいう。

その目は黒く、声は深いプールのようだ。ジーンズとTシャツを着ているが、なぜかボディラインがきれいに出ている。素足だ。

土の庭に停めてある車に目を向ける。「そんなところだ」

「ここの用意はできてる」エリサはいう。「それから、待ち合わせのアジトの用意も。ほかには？　無線機の電池もよ」

ニールはエリサをちらりと見る。「助かるよ」

「ぜんぶ新しいのに入れ替えて、ちゃんと動くかどうか確かめたのよ」

ニールはにっこり笑う。「さすがだな」

彼はエリサを引き寄せる。髪は洗ったばかりのようなにおいがする。落ち着いている。いつものように。張り切っている。やる気だ。生まれたときからやる気に満ちていたのだとニールは思う。エリサは仲間の一員ではないが、ニールにとっては頼りになる人、灯台のような存在だ。仲間全員にとってもそうかもしれない。

まるで熱でもあるのではないかと体温を測るかのように、エリサが彼の頬にやさしく触れる。「今夜は寝るの？」彼女がいう。

「いつも寝るさ」

「嘘つきね（エステス・ミンテイエンド）」

「きみには絶対に嘘をつかない」

「わかってる。今ならわかる。はじめは自信がなかった」エリサがいう。「だって……」

「だって、どうした？」

「出会ったときのあなたは冷たい人かと思った」

「そのとおりだった」ニールはいう。「フォルサムを出所して三週間だった。氷より冷たかった」

規律と刑務所から自由な世界に解き放たれ、さまよっていた。野生に戻り、くびきを逃れ、錨を上げられ、おかしな気分だった。警戒していた。凶暴だった。ちょっとけしかけられただけで、激しくやり返していた。そんなときだ……

「おれの扉は閉じていた」ニールはいう。「その扉に警報器とロックを取り付けて、自分自身を守っていた。そんな自分に慣れていた。何年もずっと。そんなときだ」――エリサの頬をなでる――「きみに会ったのは」

「夫に先立たれ、引け目がありそうな美人でもない女。料理もろくにできない密輸人」

「おれの人生最高の栄誉だ。思いもよらない贈り物」ニールは言葉を探す。「昇る太陽。ぬくもり。エリサ、きみはおれを人生に引き戻してくれた」

「おかしいわね。あなたもよ。わたしにとっては。変わり者は友を呼ぶのね」

そのいい方、言葉に惹かれる。〝変わり者〟

エリサは微笑む。「来て。ガブリエラを寝かしつけて」

ふたりは中に戻る。クリスは興奮し、熱くなっている。ハーフタイムで、キッチンの壁に取り付けてある古い電話でだれかと話している。受話器を耳に当て、行ったり来たりしている。「いや、大丈夫だ。忙しくてさ。暑いが、気持ちいいよ」その目はうっとりし、輝いている。「そっちはどうだった？」

シャーリーンだな、とニールは思う。たしかそれが、クリスに火をつけた女の名前だ。ニールはまだ彼女に会ったことはないが、ラスベガスから戻ったときに、彼女を連れていたことは知っている。今はLAにいる。真剣な交際が進んでいるようだ。

「ああ、ベイビー」ニールがそばを通るとき、クリスはいう。

ガブリエラは小さなベッドルームで本を持ってベッドに座り、電球色のデスクランプで読んでいる。エリサが先に入る。

「寝る時間よ、〝マリポサ〟」エリサがいう。

ガブリエラは柔らかい茶色の髪をしている。チョウチョ形の苺(いちご)色の痣(あざ)が首についている。自分では気にしているようだが、ニールはそれは〝個性の印〟というやつだと教えた。ガブリエラは個性的で、最高だとニールは思っている。エリサはガブリエラが悪口をいわれたり、からかわれたりするかもしれないと心配し、ガブリエラには、それは特別なキスで美人の印だと、ことあるごとにいい聞かせている。〝マリポサ〟。チョウチョ。

エリサが手を叩くと、ガブリエラが掛け布団の下に潜り込む。おとなしくて、本が好きで、思いやりがある。そして、観察力が鋭い、ともニールは思う。自立している。疑い深いわけでも、びくびくしているわけでもない。自信に満ちている。

生まれつきの性格というだけではない、とニールは思う。エリサの育て方だ。昼も夜も、全幅の信頼を受け止め続けてきた母親の存在があればこそだ。

ニールの人生にはなかった。

エリサは掛け布団をガブリエラにかけ、髪をなでる。「ぐっすり眠りなさい、ベイビー。ママは早起きしてニールとお仕事に行かなくちゃいけない。朝食はティオがつくってくれるわ」

「卵とチーズ(ウエボス・コン・ケソ)かな？」

「ええ、お皿洗いを手伝うのよ」エリサはいう。「街で待ち合わせよ」

ガブリエラがもぞもぞする。目がきらりと輝く。「そのあとでコロラドに行くのね」

「そう（シ）よ」

ガブリエラが大きく息を吸い込む。興奮のあまり、そわそわしている。「お話を読んでくれない？」ガブリエラがいう。

「だめよ、寝なさい」

「お願い（ポル・ファボル）、ママ。ねえ。お願い」ガブリエラの声はやさしく、透きとおっている。

ニールはガブリエラに寄り添う。「ガブリエラがおれに読んでくれないか？」

エリサがガブリエラの額にキスし、ニールに向かって微笑む。ほの暗い明かりの中で、彼女のTシャツはエメラルドグリーンの宝石のようだ。その緑色は彼の記憶に刻まれている。エリサは部屋から出て、静かにドアを閉める。ニールはベッドの端に座る。ガブリエラは枕を背もたれにしてニールに体を寄せ、本をひらく。

ガブリエラがニールを見上げる。「何を考えてるの？」

「新しい紙のにおい。きみの歳ぐらいのころ近所に住んでいた人を思い出す」ニールはいう。「ミセス・ボレイゾ。七つか八つのころ、学校から帰るとき、彼女の家の前を通ると、たまにサンドイッチをくれた。昔ヨーロッパで知り合った男の人たちの写真を持っていた。かっこいい軍服姿の人の写真とか、ダンサーのドレスを着た自分の写真もあった。どれもきれいなフレームに入っていた。彼女の家にはピアノがあった。ロシア人とポーランド人の名前が書かれた楽譜もあった」

あるとき、彼女がニールの父親に強い口調でいう声が聞こえた。ニールと弟の面倒をもっとしっかり見なさいといっていた。父親が腹を立てた。彼女はもっと腹を立てた。

「文字の読み方もその人に教わった。とてもやさしい人だった」

彼女を通して、ニールは母親の気遣いというものをはじめて知った。ニールの姿を目に留めて、世話をしたくなったというだけの理由で、支援の手を差し伸べてくれた。

　ニールが覚えている実の母親の記憶は、彼女が夜に彼の父親ではない男と外出する前、彼の額にキスしたときに身に着けていたスパンコールつきの緑色のドレスと香水だけだ。たしかニールは三つだった。

　それから、そのときより太っていて、肌を露出した格好の母親が、テレビでゲーム番組を見ながら父親にわめき散らし、父がいつも腰に巻いているベルトを抜いて、母親を打ち据えていた記憶も残っている。

　母親が家を出たとき、〝内乱〟は終わった。ニールは四歳だった。弟は二歳。

　ミセス・ボレイゾが入院した日も覚えている。家に帰ってきたときには、癌に侵されてやつれていた。そして、亡くなった。その後まもなく、ニールの父親はニールと弟の世話に手を焼き、ふたりを養護施設に預けた。父親は一、二度会いに来たが、その後ふたりの人生から消えた。

　十一歳の里子として、ニールはグッドウィル（非営利福祉団体）からもらってきたサイズの合わないお下がりを着て、学校に通った。ニールはのけ者にされ、腹を立て、怒りに駆られた。やがてだれの手にも余るようになり、少年矯正施設に送られた。弟は別の養護施設に預けられた。ふたりは互いの足取りを見失った。

ガブリエラが黙って見上げ、純真な目を向けている。ニールはガブリエラの膝に載った本に向かって顎を引く。

「何の本だい？」

ガブリエラが本をひらく。「海」

彼女は分厚いページに指を走らせる。つやのある紙。鮮やかな魚の群れの写真。きらきらした銀色の群れ。果てのない海の底で、光が踊っている。

「地球の表面の七十パーセントが海なのよ」ガブリエラがいう。

太平洋はアラスカから南極まで、地球の半面に広がっている、と彼女はニールに教える。軽い驚きの声が混じる。

ガブリエラがページをめくり、ひそひそ声でいう。「ここがあたしの好きなところ」

そのページには紺碧（こんぺき）と青緑の海の写真が載っている。夜。鈍い光を放っている。

「これはいったい何だ？」ニールはいう。

「フィジーよ」ガブリエラがニールの顔を見上げる。「南太平洋にあるの」彼女の指が揺らめく波をなぞる。「色が変わる（イリデセント）藻」

ニールは危うくガブリエラをにらみつけるところだった。「色が変わる（イリデセント）」

ガブリエラがニールに体を寄せる。「暗くなると光るのよ。海面ぜんぶ。泳いでいて、触ったら、海がぱっと光る。魔法みたい」

「すごいな」

「想像できる？」ガブリエラがいう。「そこを泳いでると、流れ星がずっとついてくるみたい」

「そこに行って泳ぐんだろ。とってもよく想像できるぞ」

「あたしも連れてってくれる?」

「ああ。もちろんだ。きみも、きみのママも」

ガブリエラがにっこり笑う。「光る海。すごくない?」

「めちゃくちゃすごい」

52

道路は狭く、空いている。こんな街外れでは、明かりもない。もう何日もすぎた。オーティス・ウォーデルはむかついている。スヴォボダにはわかる。彼自身は義理でやっているだけだ。道路あと一本。カーブあと一カ所。あと一時間。**あのカーキャリアーはここにいるはずだ**、とオーティスは思っている。スヴォボダはそれがオーティスの白鯨になりつつあると思う。

腸を抜いた魚のようにアーロン・グライムズをシカゴの自動車修理工場のフックに吊るしたあと、ここに来たとき、彼らは興奮し切っていて、オーティスは怒りにうち震えていた。高級住宅地域(ゴールドコースト)の強盗に失敗したあと、追われて逃げてきた。

スヴォボダはもう二度と戻れないと思っている。

オーティスは彼独特の論理に従って、ニール・マコーリーと一流のプロチーム、そして、彼らが狙っている大きな山こそが自分の問題であり、解決策でもあると信じて疑わない。彼らはアリゾナのくそ田舎の通りと駐車場を、しらみつぶしに探してきた。彼らふたりのほかにも、三人が車二台に分乗して、州間高速道路8号線をツーソンからカリフォルニアの国境まで探している。あのカーキャリアーがこのあたりにいると、オーティスは信じ切っている。

いるんだろうよ。

魔法みたいな山が進行中だとオーティスがいうんだから。スヴォボダは疑っている。ハンク・スヴォボダは北に走り、死ぬまでカナダで暮らしたいと思っている。だが、なぜかこんなところにいて、南部国境でうろちょろしている。砂と熱波。今のところ、それしかない。カーキャリアーが見つからなければ、じきにカネが尽きる。そうなれば、酒屋に強盗に入るか、銀行強盗でもするしかない。

ウォーデルはぴりつき、ひりついている。このマコーリーとかいうやつが、どうにも見つからない。オーティスの目が深夜のダッシュボードのライトを受けて、冷たく光っている。手汗を拭くかのように、手のひらを太ももにしきりにこすりつけている。

道路がカーブする。ヘッドライトが横に走査して景色を照らす——砂とサボテンしか見えない。

「どこまで行く?」スヴォボダはいう。

「中国までだ」ウォーデルがいう。ついにぼやきが出る。「いや。くそ。引き返せ」

スヴォボダは速度を緩め、Uターンする。ヘッドライトが車道（ドライブウエイ）をとらえる。土の道、牛の檻、有刺鉄線のフェンス。土の車道（ドライブウエイ）の先に、牧童の宿泊所らしい古いアドベ煉瓦造りの家が、かろうじて見える。

金属がきらりとライトを反射する。

スヴォボダは車を停める。ハイビームにする。

青いピータビルトが表に停まっている。

スヴォボダはゆっくりハンドルを切り、ヘッドライトがあたりをゆっくり照らす。

例のカーキャリアーだ。

53

ニールが目覚めると、夜はしんとしている。エリサは温かく、柔らかく、腕をニールに巻き付けて横で眠っているが、ニールがベッドから出ると、エリサも伸びをして、何もいわず服を着替えて、ニールと一緒に支度をはじめる。

キッチンでは、ティオがコーヒーを淹（い）れていた。無口で有能な男。ニールに一杯手渡す。

「ありがとう（グラシアス）」ニールはいう。

仲間が入ってくる。浮き足立つこともなく、意図を持ち、エネルギーに満ちあふれている。カーテンは閉まっている。家の外はまだ真っ暗だ。彼らは無言のまま朝食を食べる。セリト。シハーリス。トレヨ。モリーナ。マルコス。マルコスはピエドラスネグラスに住んでいるエリサのいとこで、見張りをやってもらう。この二十歳のバンタム級ボクサーは、冷静で、どこまでも信頼できる。つまり、エリサがマルコスを信頼しているということだ。**鉄の神経**、と彼女はニールにいっていた。ニールはそれを信じる。エリサは鉄の神経を知っているからだ。エリサも持っているのだ。

エリサが音を立てないように廊下を伝い、ガブリエラの様子を見る。

「ぐっすり眠ってる」彼女は戻ると、そういう。もう一杯コーヒーを飲み、車のキーを持ち、ニールから無線機を渡されるのを待つ。今日、彼女は国境検問所を監視する。

エリサが送信ボタンを押す。「チェック」彼女がいう。

テーブルでは、複数の無線機から、彼女の声がはっきりと聞こえてくる。

ニールはコルトM1911を点検する。弾倉を抜き、また挿入する。手のひらで勢いよく叩き、しっかり押し込む。撃鉄を引き、弾を一発、薬室に送り込み、ロックする。そして、ベースボール・ジャケットで隠したホルスターに収める。

みんな黒い服を着ている。黒いTシャツ、黒いジーンズかカーゴパンツ、黒い靴、黒いジャケット。くるくると丸め、いつでもかぶれるようにした黒いスキーマスク。そのうえに、国境検問所を通過するときには、チェックのシャツ、スウェット・シャツ、あるいはTシャツを着る。

「コードは覚えているか？」ニールはいう。

全員がうなずく。無線連絡時には名前を使わない。確認キーワードを使い、危険がないか、トラブルが生じているかを互いに知らせる。

男たちは大きなテーブルから、ライフルと銃弾やショットガン・シェルの箱を持っていく。予備の弾倉をポケットに入れる。フラッシュバンも持つ。フレックスカフも。

彼らはまだ暗いうちに出発する。現金輸送トラックがラ・チネスカに到着し、計算が終わり、運び屋が大量の小額紙幣を交換所(カンビオ)に持っていき、モーテルに戻ってくるのを、身を潜めて待つ。

そして、運び屋が一週間分の売り上げを、手の切れそうな新しい百ドル紙幣に両替して――おそらく一千万ドル相当――会計室に運び終えた時点で、ニールが合図する。

彼は仲間の顔を見る。「行くぞ」

54

午前四時三十五分、メヒカリは空っぽに感じられる。ラ・チネスカ前の道路を走る車はほとんどない。ニールはクリス、セリトと死角で待つ。ラ・チネスカから百ヤード（約九十メートル）離れた、放置されたガレージに身を隠している。三人のいるところから、ラ・チネスカと周囲の通りを何にも遮られずに見られる。

トレヨとモリーナは、襲撃後に使う国境検問所近くに逃走用の車を配置済みだ。今、ふたりは古いエルドラドに乗り、死角の周辺を偵察している。

エリサのいとこのマルコスは、ニールとはラ・チネスカを挟んで反対側にある、放置された瓶詰め工場の三階の見張り位置にいる。そこからは、ラ・チネスカ、駐車場、周囲の通り、死角を何にも遮られずに一望できる。

エリサは国境のアメリカ側にいて、無線機と双眼鏡で国境検問所の様子を監視する。安全な距離を隔てている。目と耳。ニールはエリサに電話して、声を聞きたい衝動に駆られる。あのよく通る低音の笑い声を。

今夜。北のロッキー山脈を目指して、旅立つ。ニールはその思いをポケットにしまい、割れた窓からモーテルを注視する。だれもいないように見える。

ニールはクリスとマイケルにいう。「今のうちに寝ておけ」

マイケルは壁際に座って背をもたせかけ、目を閉じる。クリスは窓から外に目を向け続けている。興奮し、気を張りつめている。

「それだけの集中力が必要になるのは十時間後だ」ニールはいう。「ちょっと目を閉じておけ」

クリスはしぶしぶ従う。ニールはクリスの呼吸がゆったりするのがわかる。二分後には眠っている。

六時に見張りを代わる。ニールは脳のシナプスを休ませる。また目覚めたのは七時だ。

ほの暗い未明、クリスはモーテルに目を凝らしている。うつろな青い目のトーテムポールのように、見つめている。

「プール際の護衛が十五分ばかり居眠りしていた」クリスがいう。「ミキサー車が近くを通ってやっと目を覚ました」

ニールは暗がりからモーテルをのぞく。護衛は白いプラスチックの折畳み椅子にだらしなく座り、銃を膝に載せ、サーモスのカップで飲み物を飲んでいる。のんきだ。やはり、とニールは思う。**カルテルはこの界隈を丸ごと空けたと、住民を脅して追い出したから安全だと思い込んでいる。この死角から襲撃が開始されるとは思っていない。**彼のエネルギーが渦を巻いてみなぎる。


土埃をかぶったシカゴ発の現金輸送トラックが、午前八時六分に到着する。時間きっかり。

地平線から昇る太陽のオレンジ色の光をフロントガラスで跳ね返しつつ、現金輸送トラックがモーテル裏手の搬入口にバックでつける。

マルコスが無線で連絡してくる。「トラックに三人——運転手と銃を持ったふたりの男。モーテルからふたりの護衛。さらにふたりの男が荷降ろしを手伝っている」

前回とまったく同じ。よし。

ほかのトラックも八時十七分から八時四十二分のあいだに到着する。

ニール、クリス、マイケルは観察する。十五分後、搬入口の上のエレベーターの扉があく。ふたりの護衛が歩いて出ると、あとからふたりの男が、黒っぽい布袋を満載した高さ七フィート（約二メートル十センチ）もある、檻に似たカートを押して出てくる。屋根のついた通路を伝い、角を曲がって南北棟へ向かう。

彼らはその作業を七回繰り返す。

クリスはニールに目配せをする。「繁盛したらしいな」

大繁盛だ。でっかい稼ぎだ。これまで見たこともないほどの大金だ。

無線機が息を吹き返す。トレヨからだ。「警官が定期巡回でそっちに向かう」

三人は物陰にそっと隠れる。

国境のカリフォルニア側、カレキシコの東の農業地帯では、エリサが車を停め、強い風と朝日を受けつつ、州道7号線沿いのジャックインザボックス（ファストフード・レストランチェーン）へと歩いていく。タコスをふたつとコークをひとつ注文する。にきび面の十代の店員が、オレンジ色の油染みの浮いた袋を手渡す。エリサはそこの街区（ブロック）から国境検問所までを見渡せる窓際に座る。

車はあまり走っていない。コークをひとくち飲む。しなびたタコスをどうにかふたくち食べたあと、ペーパーナプキンを六枚ぐらい使って手を拭く。ショルダーバッグの無線機は眠ったまま。ニールたちが日の出前にアジトを出てからずっとそうだ。

眠っているガブリエラの額にキスしたあと、エリサはカローラに今夜出発の旅行の荷物を積んだ。ガブリエラをティオと数冊の本に任せて隠れ家を出た。今日、襲撃後にニールたちが通る三カ所の国境検問所——アンドレードーロスアルゴドーンズ、カレキシコ中心部、そして、ここ——すべてを回ったが、変わった様子はなかった。通過する車の台数もいつもと変わりない。

　エリサは心配していない。

　でも、心配だ。

　これまで数え切れないほど国境を越えた。文字どおり数え切れない。それがエリサの仕事なのだから。彼女の家族はずっとそうやってきた。国境がここに引かれてからずっと、この土地を移動してきた。事業ができるのも国境があるおかげだ。資本主義経済において、国境は商取り引きに伴うコストなのだ。国境のおかげで、ビジネスモデルが構築され、市場開放が可能となり、密輸業者（コントラバンディスタ）がそういったものを利用できるようになった。官僚機構は自由貿易を抑圧し、自家醸造のメスカルや自家栽培のマリファナを禁止できると思い込んでいるが、密輸業者はリスクを取って、そんな連中を出し抜く。カリフォルニアやアリゾナやテキサスのだれもが買える安い電子機器や電気製品を、砂漠に勝手に引かれた線から五マイル（約八キロメートル）以内に住む人々に届ける。当局のシステムのあらゆるほころびをすり抜け、国境の両側の人々に必要なもの、ほしいもの、楽しめるものを提供する方法を、エリサは知っている。

　ゲームのようにおもしろ半分でやることもあるし、報いを受けたり、積み荷を失ったりすることもある。すべてだまし取られたり、手錠をはめられ、留置場でひと晩すごし、罰金を払わせられることもある。麻薬——マリファナではなく、ヘロインとかコカイン——

を運ぶのでないかぎり、それほど危険ではない。仕事にお金を出す人たちも怖くない。命を賭けるわけでもない。ふつうは。死んだ夫もそうだった。アントニオはたしかに麻薬を運んでいた。ヤシの木の鉢に埋めてノガレスを越えて密輸していた。だが、雨で滑るハイウェイで、連結部がV字形に折れるタンクローリーに轢かれたとはいえ、それは密輸に伴うリスクではなかった。たまたまだった。生、死。避けられないこと。エリサは、永遠の二十六歳としてどこかにいるアントニオに思いを送る。彼女は思う。**あなたの娘は薔薇のように成長しているわ。明るく、やさしく、強く育ってる。**

エリサは我に返る。

死のことを考えてはいけない。

ニールはカリフォルニアの倉庫からメヒカリに、冷蔵庫を何台か運んでいるわけではないのだ。国家文化芸術評議会から持ち出した石彫りの飾り物を車のトランクに隠しているから、そこはあけないように、などとメキシコ側の国境警備員をいいくるめようという程度のことではない。現地警察を買収している武装集団の大金を奪おうというのだ。そういう集団は遊びでやっているのではない。許しも忘れもしない。ニールが仲間――クリス、マイケル、トレヨ、モリーナ、そしてエリサの若いいとこのマルコス――の命に責任を感じているのはわかる。彼らにしても、リスクがあることも、どんな仲間に加わったのかも承知している、とニールならいうだろうけれど。それでも、ニールは仲間を守る。エレラは自分たちのカネに触れようとする者を力で打ち倒す。ニールはそれを知っている。

巨額のお金。隠れ家にどれだけのお金があるか、ニールは教えてくれなかったが、巨額なのはたしかで、それだけあれば人生が変わると思っている。この先ずっと。それだけの大金が絡むからこそ、エリサとガブリエラを連れて、しばらくどこかで身を隠したいのだ。エレラが絶対に使わない道路で、はるか遠くへ行く。

エリサは祈らない。グアダルーペの聖母マリアのメダリオンを身に着けている。エリサが子供のころに、祖母からもらったものだ。リータ（聖母マリアの愛称）のメダリオンをつけていること――それが組織宗教（信仰の教儀や体系を持つ組織化された宗教）にいちばん近いエリサの振る舞いだ。心から信じているものは、メダリオンと一緒にネックレスにつけているロケットに入れてある。そこには二枚の写真が入っている。娘の写真とニールの写真。ロケットはガブリエラにもらったものだ。エリサはロケットを触り、金属製のロケットが温かくなるまで手のひらに包む。

ベルベ・ア・ミ、アマド。

戻ってきて、ニール。

ニールたちが三カ所の国境検問所を危険もなく安全に通れるかどうかは、エリサの仕事だ。そして、いとこのマルコスの面倒を見ることも。マルコスはひげを剃るようになってまだ五年だし、世間が投げかけてくる最悪の事態は経験していないし、まだ自室の壁にポップスターのポスターを貼っている。スザンナ・ホフ、バングルス。マルコスの大きな目に映っているもの、大胆でほれぼれする決意――何が何でも、立ち上がって男になると決めている――のために、かえって心配になる。

エリサはべちゃっとしたタコスをごみ箱に捨て、コークを持って外に出る。太陽が地面を焼いている。車に乗ると、双眼鏡の焦点を検問所に合わせる。穏やかな日だ。エリサはイグニッションキーを回し、襲撃後に待ち合わせているアジトの準備を整えようと、東へ向かう。

午前十一時、運び屋がラ・チネスカに到着する。十一時半、ぶざまに膨れたジムバッグを持って出発する。午後一時半、街の各所の交換所(カンビオ)から戻りはじめる。午後二時二十四分、最後の車が戻る。ほっそりした女が、ばかでかいダッフルバッグふたつをトランクから取り出す。肩をいからして引きずり、階上へ持っていく。

日が高い。日差しを遮るものがない。いつもの焼けつく日差し。

今いる護衛は午前八時から持ち場についている。あと九十分で交代――疲れていて、暑いだろう。昼食はすでにとっている。危険な時間帯はすぎたと感じていることだろう、とニールは思う。集まった小額紙幣は両替が済み、無事モーテルに戻り、街の連中がだれひとり入り込もうと思わないゾーンで、武装した護衛に囲まれている。だが、護衛たちの山場はこれからだ。

〝成功メーター〟の針がニール側に振れているが、そんなものを当てにすることはない。何かを当てにすることなど、そもそもないが……

マルコスからの無線が入る。「今、運び屋がモーテルのドアをノックし、だれかが彼女を中に入れた。両棟の両端にいる護衛に動きはない。座ったままだ。武器は持っているが、くつろいでいる」

決断の時だ。

「いただこうぜ」ニールはいう。

55

彼らはバハカリフォルニア・ナンバーのブロンズ色の一九七八年式マーベリックに乗り、放置されたガレージを出発した。ニールが運転し、クリスが助手席に乗り、マイケルが後部席に座る。死角を抜け、大通りに折れ、車の流れに乗り、ラ・チネスカを目指す。

「接近中(インバウンド)」ニールはトレヨ、モリーナ、マルコスに無線で連絡する。「あと四百メートル」

クリスは緊張した面持ちで、H&Kを持ち、銃身を切り詰めたモスバーグとCAR-15を車のフロアに置いている。マイケルは炉から取り出したばかりの溶鋼のようだ。身動きこそしないものの、うずうずしている。

トレヨから無線が入る。「そっちを視界にとらえた」

二百メートル。

見張り位置のマルコスからも無線が入る。「モーテルの連中に動きはない」

ラ・チネスカは次の角の先だ。百メートル。車はたまに通りかかる程度だ。

ニールは無線のヘッドセットを着ける。「行くぞ」

道路標識を確認しているかのように、速度を緩める。ウインカーを出し、右折してモーテル前の通りに出る。心臓の高鳴り、血管の脈動が聞こえそうだ。

モーテルの正面入り口の前で速度を緩める。プール際で座っていた護衛が顔を上げる。ニールはモーテルに入る。道に迷い、駐車場でUターンして大通りに戻ろうとしている風を装う。

護衛が立ち上がり、片手を上げ、停まれと命じる。マーベリックは走り続ける。ニールはスキーマスクで顔を覆う。太陽がフロントガラスにまともに照りつけ、外から車内を見えにくくしている。

護衛が小走りで近寄ってくる。「**アルト!**」停めろ。

クリスとマイケルもスキーマスクで顔を覆う。護衛は十フィート(約三メートル)まで近づいている。この通りを走る車などまぬけだけだ。クリスはウインドウを下げる。H&Kには消音器がついている。

護衛がさらに二歩近づく。

クリスが護衛に狙いを定める。「銃を捨て――」

護衛がショットガンを慌てて持ち上げる。

クリスが三度発砲する。

護衛がどさりと倒れる。セリトが後部席ドアから降りる。クリスもすぐに降りる。ニールはトランクをあける。マイケルとクリスが護衛を引きずってトランクに入れ、閉める。ニールの脈拍がどくどくと激しくなる。マーベリックをモーテルの事務所前のポルチコの下に移動させる。ニールは急いで車から降り、ほかのふたりの先頭に立ってプール脇を通り、会計室がある南北棟へと向かう。全室のカーテンが閉まっている。セイヨウキョウチクトウの低木が、モーテルと通りのあいだにぽつぽつと生えていて、身を隠すのにちょうどいい。

ここのセキュリティ部隊は、見張らしをよくするより、外から見えなくする方を選んだ――エレラ側のミスだ。

会計室は南北棟の裏側に位置する。彼らは一列で南北棟の角に近づく。ニールは足を止め、片手を上げる。

角を曲がると、十フィート先から、トランジスタラジオから流れるメキシコのポップ・ミュージックが聞こえる。ニールはじりじりと歩み寄る。

マルコスの声がヘッドセットから聞こえる。「護衛は椅子に座り、おれの方を向いている。あんたには背中を向けている」

ニールはポケットからビニール袋を取り出す。素早く角を曲がる。三歩で距離を縮め、ビニール袋を護衛の頭にすっぽりかぶせる。護衛を地面に投げ倒す。護衛がのたうつ。くぐもった悲鳴。クリスがH&Kをこめかみに押し当てる。マイケルがひと巻きの絶縁テープを取り出し、さるぐつわをかます代わりに男の顎に巻き付ける。そして、護衛の両手をうしろに回し、フレックスカフで拘束し、両足も同様に拘束する。クリスが武器を手に取る。

ニールは護衛の顔に自分の顔を寄せる。ビニール袋をかぶせられ、護衛が目を見ひらいている。

「黙れば、息をさせてやる」

護衛は激しくうなずく。ニールはケイバーのナイフを抜き、袋の鼻のあたりに小さな穴をあける。こいつはあとで必要になるかもしれない。ニールは男を引っ張って角を曲がり、フレックスカフで配水管につなぐ。上の階の外部通路から見えないところだ。

ニールはナイフで護衛のアキレス腱をばっさり切る。護衛の絶叫が閉じこめられる。マイケルがCAR-15の台尻で殴って気絶させる。無線機から報告が続いている。

マルコスがいう。「三人目の護衛はポケットナイフで爪垢をほじくっている」

ニールたちはプール前を通り、裏手に搬入口がある東西棟に向かい、三人目の護衛もラジオを聞いていた護衛と同じように処理する。彼らはその護衛をモーテルの事務所内に引きずっていく。外からは見えないフロントデスクの陰で、つくり付けの保管庫の金属の取っ手に、その男をフレックスカフでつなぐ。

ニールはヘッドセットを通して訊く。「通りの様子は?」

トレヨが答える。「異状なし」

「来い」

「了解。十五秒後に到着する」

ニールたちは事務所からモーテルの両棟を連絡する屋根付き通路へ向かう。音を立てないように二階へ駆け上がる。会計室は南北棟の裏側にある。彼らは角を曲がる前に立ち止まる。

マルコスの無線連絡。「ドアの外に護衛がひとり、角から六つ目のドア。動きはない」

ニールはジャケットのポケットから空のビール瓶を取り出す。頭を下げて角の壁に体をつけ、瓶を護衛の方に転がし、素早く戻る。通路をころころと転がっていく。

足音が近づく。様子を見にこちらにやってくる。

クリスがニールの横から前に出て、H&Kをかまえる。護衛が驚いたような顔をし、目を見ひらく。胸に斜めにかけたストラップにつながっているライフルが持ち上がる。クリスは十フィートの距離から護衛を撃つ。

四人目の護衛を処理する。

確認されているかぎり、中にあと三人の護衛がいる。さらに、武装しているかどうかはわからないものの、十人の運び屋。エレラは武器を携帯して隠れ家に入れる者を限定し、〝カネの集まる塔〟を守る護衛に銃を向けたくなりそうな地元民には、銃の携帯を許さない、とニールは読んでいる。

トレヨとモリーナが通路を伝い、角を曲がってくる。ふたりとも険しい顔で、武器を抜いている。ニール、クリス、マイケルはドアの片側の壁に背をぴたりとつけ、トレヨとモリーナも反対側の壁で同じ姿勢を取る。ニールはノックする――合図のノック。これまで双眼鏡で監視してきて、何度も見てきた。トントン。トントン。トン。

がちゃがちゃと、チェーンがラッチから外れる音がする。中から声が聞こえる。ドアが数インチあく。

ニールは肩でドアを押し、ライフルをかまえる。そして、一気に突入する。

ドアをあけた男は、背が低くて肩幅が広く、レスラーのような体形だった。力が強そうだ。ライフルが中の壁に立てかけてある。目を見ひらき、拳を握り、ライフルをつかもうとする。手遅れだ。ニールはＣＡＲ－15の銃身で男の喉を突く。銃剣ではないが、それでも喉頭がつぶれる。男は喉元を押さえ、よろよろと後ずさる。

クリスとマイケルも素早く中に入って横に広がり、それぞれが部屋の一部に意識を集中する。トレヨとモリーナは部屋の外の通路で待機する。クリスがドアを蹴って閉める。

室内にあったモーテルのベッドは取り除かれている。重役室前の秘書室のように、机がひとつある。男がひとり机についている——五十代、ずんぐり体形、ボタンダウンシャツの上にセーターを着て、チノパンツをはいている。

ニールはその男めがけて進む。男の襟首をつかみ、机の上から自分側に引っ張り、電話から遠ざける。マイケルがバスルームとクローゼットを確認する。三人は苦しげにうめく護衛とセーターの男にさるぐつわを嚙（か）ませ、拘束する。

「死にたいか？（キエレン・モリル）」ニールはライフルをふたりに向ける。「今、皆殺しにしてやる（ロス・マタレモス・ア・トドス・アオラ）。シ・オ・ノ？」

死にたいか、死にたくないか？　セーターの男が怯（おび）えている。無理もない、とニールは思う。あとでエレラと向き合うくらいなら、今ニールに殺された方がいいと思うだろう。

男が首を横に振る。すくみ上がる。

隣室とつながっている右側のドアが閉まっている。クリスが壁に背をつけ、フラッシュバンを取り出す。ニールとマイケルがクリスのうしろにつく。

マイケルがドアを引きあけ、そのすぐ先のドアを隣室側に蹴りあけ、すぐにうしろに下がる。クリスがフラッシュバンを放り投げる。三人は背を向け、目を閉じ、手で両耳を覆う。

音は鋭く、白い閃光は目をつぶっていても感じる。

悲鳴が聞こえる。ニールたちは息を止めて薄煙の中に突入する。

十二人が混乱し、わめいている。会計室の窓は煉瓦で塞がれている。通路側のドアは釘を打ってあかないようになっている。

壁際の机と棚に、帯封のついた百ドルの札束が積み上げられている。

煙が渦を巻く。小麦粉のように白い煙。中の人々は視界を奪われ、よろめいている。クリスとマイケルは全員をとらえる。手を縛り、さるぐつわを嚙ませ、フレックスカフで足を拘束する。

ジムバッグはどれも半分ほど札束が詰まっている。車輪のついたカートが片隅にある。

「載せろ」ニールはいう。

煙が晴れていくにつれ、男たちが咳き込み、うめき声をあげる。女たちはさるぐつわを嚙まされたまま泣いている。ニールたちは仕事に取りかかる。素早く、手際よく、集中して。

ニールは部屋の奥の壁に目をやる。思ったとおり。ハンマーで大きな穴があけてある。彼はその穴から隣の部屋に入る。暗く、だれもいない。次の部屋に通じるドアをあけ、その部屋も確保し、またハンマーであけた穴を伝って次の部屋に入る。棟の端の部屋までたどり着く。鼠の巣だ。

ニールは会計室に戻る。マイケルが持ってきたダッフルバッグに札束を入れてジッパーを閉じ、カートに載せている。

ニールは無線機のスイッチを入れる。「準備オーケイ」

トレヨがカチカチカチと三度ボタンを押して応答する。**準備オーケイ。了解。**

ニールはストラップで肩に斜めにかけているライフルを背中に回し、ほかのふたりと一緒に現金を詰め込む。


マルコスは瓶詰め工場の三階の窓際に立ち、モーテルの様子を監視している。一方の棟を見て、もう一方を見る。会計室の隣の部屋の外で、トレヨとモリーナが周辺防御の態勢を取っている。ライフルをかまえ、それぞれがあらかじめ決めていた射撃区域を警戒している。ほかにだれの姿も見えない。

すると、車体がところどころへこんだシボレーのピックアップトラックが、モーテル正面の駐車場に入ってくる。


ニールが帯封のついた札束を黒いダッフルバッグに詰め込んでいると、無線機が息を吹き返す。

「トラックが正面側に停まった」マルコスがいう。

ニールは手を止める。「どうなっている?」

クリスとマイケルが顔を上げる。ニールは現金を積めと身振りで命じる。床に座っている数人の運び屋がニールを見て、ほかの運び屋と目を見合わせる。

モーテルに停車したシボレーのピックアップから目を離さず、マルコスは無線機を顔に近づける。

「ふたりの男が降りる」

エンリケ・ガルシアとエミリアーノ・ガルシアはいとこ同士だ。ふたりともエレラ・カルテルで働いている。彼らは自分を兵隊だと思っている。午後四時からラ・チネスカの午後の警備を代わることになっている。だが、今日は早めに来た。

ふたりはダウンタウンのクラブに夜通しいた。その後、連れて出た女たちのところにいた。ストリッパー、商売女、とエンリケは思う。エミリアーノもそう思う。

ふたりはさっぱりしてから出勤したかったものの、汚いまま妻の待つ家に帰りたくはなかった。どうせモーテルでの仕事だし、早めに来てシャワーを浴び、仮眠を取れば、すっきりして仕事をはじめられる。

ラ・チネスカの駐車場に車を入れるとき、エミリアーノは護衛の仕事に就く前に、一時間ばかりゆっくりしようと思っている。スミス&ウェッソンのリボルバーはグローブボックスに入っている。

エンリケはエミリアーノと同時にそれを目に留める。

「あれはだれの車だ?」

日ざらしで色褪せた茶色のマーベリックが、モーテル事務所前のポルチコの下に停まっている。エミリアーノが急いでそちらに移動する。車内にはだれもいない。

「グスマンはどこだ?」エンリケはいう。

プール際のプラスチックの折畳み椅子には、だれも座っていない。

エミリアーノはエンジンを切る。「だれかは知らないが、あの車で来たやつと事務所にいるのかどうか、見てみるか」

ふたりは車から降りる。

マルコスは無線で連絡する。「男ふたり。マーベリックを見ている。モーテルの事務所に行く。だれも座っていない折畳み椅子を指さしている」

ニールはヘッドセットを通して聞く。クリスとマイケルに向かっていう。「急げ」

彼らはダッフルバッグのジッパーを閉じ、カートに載せる。

エンリケは事務所に入る。エミリアーノは茶色のマーベリックを一周する。ボンネットに触れる。日陰に停まっているが、金属が温かい。熱くはないが、ついさっき停まったようだ。

エミリアーノはかがんで助手席側のウインドウから中をのぞくが、これといっておかしなものは見えない。ゆっくりうしろ側に回る。

　エンリケは事務所に入ると、足を止め、首を巡らす。

　ニールは急いで現金をダッフルバッグに入れる。無線機で命じる。「状況を報告しろ」

　マルコスはモーテルにやってきた男たちに目を凝らす。事務所にいる方は机に向かって歩く。外にいる男はマーベリックのうしろに回る。

　エミリアーノはマーベリックのうしろ側に行き、駐車場を見回す。やはりグスマンの姿はない。事務所では、エンリケが、だれも席についていないフロントデスクへと歩いていく。

　エミリアーノは何かの音を聞く。液体の滴る音。ピチャというかすかな音。

　ポルチコのルーフを見上げるが、からからに乾いている——暑い晴れた日だし、配管のたぐいも通っていない。液体が滴る音が続いている。

　エミリアーノは車に目を戻す。かがむ。トランクの下のあたりから滴っている。粘り気があり、汚い、赤茶色。鉄のようなにおい。

　事務所では、エンリケが大声をあげる。彼は机の向こう側を見ていた。

「くそったれ！」

ニールの無線機に連絡が入る。マルコスがいう。「バレたぞ」

56

ニールの視界に電気が走る。指を鳴らす。

「行くぞ」

ニールは札束を入れ終えたダッフルバッグをカートに載せる。マイケルもダッフルバッグのジッパーを閉め、カートに載せる。クリスはもうひとつダッフルバッグを肩にかけ、ライフルを胸の前に回す。

マルコスからの無線が入る。「マーベリックを見ていたやつが慌てて事務所に入った。電話をかけている」

「了解」ニールはいう。

時計のボタンを押し、ストップウォッチをスタートさせる。「時間だ」ニールは無線で連絡する。

四分半でやる。

モーテルの事務所では、エミリアーノが電話を折り畳む。「支援がこっちに向かっている」

フロントデスクの奥で、エンリケが怪我をした護衛のそばに膝を突いている。護衛はさるぐつわを噛まされ、手足を縛られ、アキレス腱を切られて、ジーンズが血で染まっている。エンリケは飛び出しナイフでフレックスカフを切断する。護衛は意識が朦朧としている。エンリケは護衛を平手で叩いて意識を引き戻す。

「銃はどこへやった？」彼はいう。

「知らない。なくなった」

エンリケは自分の銃を抜く。「だれがこんなことをしたのかは知らないが、会計室にいるはずだ」

エミリアーノはピックアップに走っていき、スミス＆ウェッソンを取り、荷台のツールボックスからショットガンを持ってくる。事務所では、エンリケが負傷した護衛を立たせる。

「外に出ろ。すぐに支援が来る。警官も。だが、支援が来る前に、あのくそ野郎どもを殺す、わかったか？」

護衛の顔が激痛にゆがむが、うなずく。会計室に集まっている一週間分の稼ぎを持ち逃げされたりしたら、エレラに殺される。彼は壁に手をつき、足を引きずって外に出る。エミリアーノが彼にショットガンを手渡す。

「連中は必ず下に下りてくる」エンリケはいう。「会計室を出て、階段か業務用エレベーターで下りてくる」

エミリアーノはうなずく。階段はひとつしかなく、両棟をつなぐ通路にある。その階段に行く途中、警備についていた三人目の護衛を見つける。配水管につながれていた。エンリケは両手両足の拘束を解く。その護衛は衰弱して立てないが、エンリケは足首にストラップで固定していた三八口径の銃を手渡す。

「連中が来たら、こいつで殺せ」

護衛はうなずく。

男たちでぎゅうぎゅう詰めのインパラが、タイヤをきしらせて駐車場に停まる。エンリケは階段へ走り、彼らに向かって、ついてこいと腕を振る。

「正面側にインパラが来た。五人。銃身の長い銃を持っている」マルコスからの無線が入る。「シボレーのピックアップのふたりは階段を上がっている。もうひとり、事務所の外にいる。足を引きずっていて、今も転んだ」

クリスとマイケルもそれぞれの無線機のヘッドセットで同じ知らせを聞く。

八人――少なくとも。重武装している。ニールは現金のカートを見る。この状況では、これをエレベーターに押していくことはできない。

だが、現金だけなら。きれいに洗浄された、ぱりぱりの百ドル札が帯封で束ねられている。ひとつ五千か一万ドルのきれいな束。その束を九つのダッフルバッグにぱんぱんに詰めてある。ニールはカートに載っているダッフルバッグをふたつ取り、肩にかけて背中に回す。マイケルとクリスも同様にする。

少なくとも千二百万ドルだ。行きて脱出しなければ、意味はない。

ニールはマイケルに向かってうなずく。「トレヨとモリーナを会計室の隣の部屋に呼んで、カートでドアを塞がせろ」マイケルがふたりに無線で伝える。「中に入れ」

マイケルが会計室のカートを連結ドアから隣室へ押していく。トレヨとモリーナが部屋に入ってくると、ドアノブが引っかかるように、カートを無理やり押し込む。ニールは彼らにいう。「ダッフルバッグを持て」

外のコンクリートの通路を踏む足音が響く。

ニールは、会計室と隣室を隔てていた漆喰の壁にハンマーであけた穴を指さす。

「行け」

彼らはかがんで穴をくぐる。ニールは最後に通る。ライフルをかまえる。ポケットにはフラッシュバンがある。会計室の入り口のドアに鍵を差す音に続き、ドアノブに引っかけてあるカートがエレラの支援部隊の突入を阻んでいることを示す、きしるような音が聞こえる。怒鳴り声が轟く。

ニールは会計室に背を向けて穴をくぐる。隣の部屋は空っぽで暗い。カルテルがモーテル・ルームのこちら側の壁に穴をあけていたことは確認していた。だが、〝迷路〟の全容を知っているわけではない。この迷路は両端から入ることができるようになっている。行く手に何が待ち受けているかはわからない。わかっているのは、後戻りできないことだけだ。

「行くぞ」

彼らは壁の穴をくぐってさらにふた部屋分進み、窓が煉瓦で塞がれていない部屋にたどり着く。

背後から、エレラの連中が会計室の隣室のドアをついにあけた音が聞こえる。

マイケルが部屋の奥に走り、ドアをあける。その先のドアは閉じてある。マイケルはそのドアを蹴りあける。中に入り、左側を確認し、クリスがすぐあとから入り、右側を確認する。ニールはトレヨとモリーナのあとから入る。その後、ドアを閉めてロックする。

うしろの会計室から大きな音が響く。怒声。

「あそこだ（アイ）。**エサ・ディレクシオン**」あっちだ。会計室で縛られていた連中が、ニールたちがどっちに逃げたのか、支援部隊に教えている。

マイケルが険しいまなざしでニールを見る。「どこへ行く？」

選択肢はふたつ。

ひとつ。モーテル・ルームのドアから外部通路へ出る。

ニールは無線機に向かっていう。「状況を報告しろ」

マルコスが応答する。切迫した声だ。「ふたりの男が通路を走っている。ショットガンを持っている」

ふたつ。この部屋の窓の反対側にあるバスルームドア近くの漆喰の壁に、穴があいている。モーテルの表側の部屋に出られそうだ。

銃声。重厚な音。ライフルだ。背後の会計室の隣室のドアに銃弾がめり込む音。だれかがドアを蹴る。クリスが振り向き、三点射を放つ。体がどさりと倒れる音がする。さらに多くの弾が木のドアにめり込み、そぎ落とす。

マルコスの連絡。「三人の男が棟の西側の部屋に入った。あんたらがいる部屋の向かいの部屋だ」

迷路の反対側から彼らを追い立てるつもりだ。鼠の巣と化したこのモーテルの反対側から。カルテルは四方から迫っている。

ニールは時計を確認する。法執行機関(スティシアレス)が来るまで、あと三分十三秒。

彼はこの部屋のドアと窓を指さす。クリスがそれぞれに三点射を放つ。

ニールは窓と反対側の壁にあいた穴へと仲間を進ませる。クリスがさらに敵の接近を遅らせる三点射を撃ち、最後に穴をくぐる。モーテルのこちら側の部屋では、閉じたカーテンから光が漏れている。

ドアは釘を打ってあかないようになっている。ニールはカーテンをあける。窓には敷居に沿って格子状にダクトテープが貼ってある。

ニールは首を巡らす。思っていたとおり、この部屋の奥の壁にも穴があき、隣室とつながっている――階段に近い方の部屋と。彼らはその穴をくぐる。次の部屋に出る。やはり、窓と廊下側のドアからは出られない。だが、隣室に通じるドアがついている。

奥から人の声が聞こえる。マルコスが確認したカルテルの武装支援部隊がこっちに向かっているのだろう。

ニールは手信号を使い、トレヨとモリーナにうしろを守るよう指示する。彼らはひとつ前の部屋に戻る。ニール、クリス、マイケルは隣室に通じるドアの脇の壁に背をつける。

ドアがあき、三人の武装したカルテルのメンバーが入ってくる。ひとりはニールたちが事務所に縛りつけていた護衛だ。

マイケルがその三人を射殺する。

ニールたちはドアから急いで隣室に向かう。前方からも後方からも物音がする。やるか。彼らは部屋に戻ると、射撃区域を分担して部屋を確保する。彼らはふたりのカルテル・メンバーを無力化する。

さらに部屋三つ分進んだところで、襲撃の段取りを決めているらしい敵の低い話し声が聞こえ、彼らは壁に背をつける。カルテルのメンバーはこちらの存在に気付き、ゆっくり移動している。

ニールはフラッシュバンのピンを抜き、壁の穴に放り投げる。大声が轟き、その後、爆発する。同時に、クリスがくるりと向きを変え、煙の充満する部屋に銃弾を撃ち込む。マイケルがクリスの横を通って、穴から隣室に入り、さらに二発を放つ。ニールはマイケルのさらに先まで走り、部屋の奥とバスルームを確保する。

全員、無力化。

残り九十秒。

「迎えに来い」

トレヨとモリーナを呼ぶ。空のプールを見下ろす、棟正面側の通路に出るドアを破ると、五人で階段へと走る。エルドラドが階段下で待っている。

階段を下りようというとき、彼の姿が見える。モーテルに到着したときに無力化したはずの護衛。ラジオを聴きながら、椅子に座っていた男。血だらけで、歩けずに膝立ちだが、途中まで階段を這(は)い登っている。震える手で三八口径の銃を持っている。クリスは勢いがつきすぎて、射線から逃れられない。ニールはライフルの銃身を動かすが、もろにこちらの眉間に向いている銃口が見える。

大きな銃声がして、あたりに響き、護衛の胸に風穴があく。

護衛がくずおれる。

ニールは銃声のした方に顔を向ける。下の駐車場に、エリサの若いいとこマルコスが、護衛がいたところにまだライフルの狙いを定めたまま立っている。

ニールは階段を駆け下りる。ありがたいと思うあまり、マルコスが見張りの位置を離れ、銃撃戦に加わったことに腹を立てる気にはとてもなれない。

くそ勇敢なガキだ。彼らはエルドラドに走っていく。マイケルがしんがりを務め、ライフルを階段に向けている。トレヨは急いで運転席に乗る。研ぎ澄まされたナイフのように冷徹だ。ほかの全員が乗り込む。ニールとクリスが前部席、マルコスは後部席でマイケルとモリーナに挟まれて、ほとんど吐きそうだった。マイケルが後部ウインドウから外を見ている。

ニールは時計を見る。四十五秒。駐車場から出すだけではだめだ。死角から離れ、この界隈から離れなければならない。

トレヨが車を出し、大通りに出る。一街区(ブロック)走り、交差する通りに折れると、緑と黒のパトロールカーがモーテルの方に疾走していくのが見える。

ニールはミラーを見る。道路を見る。トレヨに目をやる。振り向くと、後部席のだれもがアドレナリンで目を輝かせているのがわかる。

「やったぜ」マイケルがいう。

マルコスは今にも空に舞い上がりそうなロケット花火のようだ。その言葉、発する声が、胸から噴き出してくるように聞こえる。「ああ。やった」

クリスは宝くじにでも当たったかのように、にやついている。

奪い取った。少なくとも千二百万は。

ニールはまばゆい日差し、爆発しそうな昼の光に目を凝らす。乗り換える車にたどり着くまで、一秒一秒に気をつけている。

57

エリサは充分に離れたところに車を停め、カレキシコ西部の通関手続き地の外で待っている。彼女のぴかぴかのカローラのボンネットで日差しが反射し、手に持った無線機は黙り込んでいる。かかとを上下させ、貧乏揺すりする。国境検問所を見張りつつ、だれかを待っているかのように、徒歩で国境を越えるだれかを待っているかのように、ジャックインザボックスのコークを飲んでいる。

じれている。いつもなら、国境検問所でも落ち着いている。よそよそしくする。愛想を振りまくこともある。車の運転席にいる者とけんかしているふりをしたり、かんしゃくを起こすようにとの彼女の指示どおり、泣きわめき、叩き合ったりしている子供たちに腹を立てているふりをして、むっとしていることもある。もっとも、ガブリエラはそういうことが得意ではない。ガブリエラが得意なのは、まだ八歳だというのに、十六歳の立派な十代（ティーン）のように、目を回して天を仰ぐことだ。

無線機は黙り込んだまま。

コークのカップに差してあるプラスチックのストローを嚙む。

マルコスに何かあったら、おばのエスペランサはエリサを決して許さないだろう。

ニール、早く来て。早く（アンダレ）。

人々がそばを行き交う。十八輪トレーラートラックがのろのろとやってきて、運転手がギアを上げる。

無線機が息を吹き返す。

「〝出発（アウトバウンド）〟」

神経末端に火がつき、胸をなで下ろしつつも、自分が抱いていたことさえ気付いていなかった恐ろしい予感にようやく気付いたせいで、毛穴という毛穴が熱く、そして冷たくも感じる。ニールの声だ。

〝出発（アウトバウンド）〟。ニールたちがモーテルを出発し、それぞれの車に乗り換え、もうすぐ国境を越えるという意味だ。

エリサは無線機を顔に押し当てる。まず咳払いをし、まばたきしてよく見えるようにしないといけない。「こっちは晴れているわ」

前もって決めていたコードだ。国境検問所は異状なし。

彼女は車のキーに手を伸ばし、ふとその手を止めた。意識を集中させないと。しっかり見ないと。落ち着かないと。この世にいるかぎり、常に落ち着いて、集中し、頭の曇りを取らないといけない。

ありがたいという気持ちが胸から四方にあふれ出る。聖人のメダリオンに描かれている後光のように。エリサは声を出して笑う。密輸の聖母というところだ。彼女はキーを回してエンジンをかける。

集合場所はフォート・ユマ・インディアン居留地の北に位置する、貧しい農民でさえも長いあいだ手を付けようとしなかった、土埃の舞う僻地の未舗装路を外れたところにある。しかし、その放置された小屋には納屋がついていて、そこで仕事用の車を乗り捨て、奪ったカネを山分けすることになっている。エリサは片手をハンドルに添え、カレキシコを悠々と走り、州間高速道路8号線に乗る。時計を確認する。午後三時四十五分。ニールたちよりだいぶ早く集合場所に着くだろう。

マルコスも無事だ。密輸の聖母が見守ってくれている。思わず笑う。ニールに電話して、話をすべて聞きたい。ひとことも漏らさず、一時も逃さず、彼の目を見て、思い返す様子を見るのだ。ニールには信じられないくらいの集中力がある。何かに突き動かされている。意図を持っている。そういうところが大好きだ。それに、飾り気がない。口数も少ない。

彼の口から出てくるひとことひとことに、真珠のような価値がある。

無線機の交信範囲は二十マイル（約三十二キロメートル）前後だ。それくらいの距離まで近づいてから、次の連絡をする。ミラーを確認。車は見えない。砂と回転草（タンブルウイード）があるだけで、気にする者も気付く者もいないこんなところには、車など見えるはずもない。

エリサは送信ボタンを押す。「牧童（バケロ）」

コードだ。ティオ・トマスに呼びかけている。

きっとおじはすでにアジトの後始末を終えている。アドベ煉瓦造りのバラックには、紙切れ一枚、指紋ひとつ残っていないだろう。カーキャリアーはそこに乗り捨ててもいい――街からはるか遠く、道路からも外れているから、法にも触れないし、怪しまれることもない――やがてシカゴにいるニールの協力者が取りにくる。その手配も済んでいる。エリサやティオが心配することではない。

みんなそれぞれの役割がある。

エリサは送信ボタンから指を離す。無線機からノイズが聞こえる。今はくねる谷間の道を走っている。電波が入りにくいところだ。ひらけたところに出て、頭上に水色の空が広がり、コンクリートがほとんど真っ白に、砂がバンドエイド色になってから、もう一度、連絡を試みることにする。

「牧童（バケロ）」エリサはもう一度、交信を試みる。

やっと、かりかりと少し間が空いてから、おじが応答する。「いとこ（プリマ）」

エリサのコード名だ。

「今日の仕事は終わり」エリサはいう。

今度もかりかりと間が空く。「もうすぐここに戻ってくるのか?」

荷台の両サイドにコンパネを立てて、のろのろ走っている農業用トラックを追い抜く。

男たちが荷台に乗り、帽子を風に飛ばされないように押さえている。

ここに戻ってくる。

冷たい汗が首筋を伝ったように感じられる。

「まだ……」**ここに戻ってくる。**

「ああ、みんなの戻りを待ってるよ。ひとりだから長い一日だった。コーヒーでも淹れておく」

ティオがまだアジトにいる。バラックに。

それはおかしい。

「それから、例のテキーラを一本あけるぞ」ティオがいう。

ずっとスペイン語だったのに、今はおかしなほど張りつめた声で、英語を使っている。

ふたりだけで話すときには、そんなことはしない。

「わかった」エリサはいう。

「今日はとても暑い。早く帰って、涼むといい」

このコードの表現を聞いて、血が凍る。

問題発生。

58

アジトのリビングルームでは、トマスが硬い椅子に座っている。無線が唇に近づけられている。体は窓に向けられ、屋根のついた広いポーチを見ている。カーキャリアーが日差しを受けて光っている。激しい暑さだ。この家は木と汗のにおいがする。暴行を受け、血が顔を伝って流れる。刺繍(ししゅう)を施されたウエスタンシャツは血染めだ。目に入った血をぬぐうこともできない。両手が背中で縛られている。

男たちが見下ろしている。五人の白人(アングロ)、ごろつきだ。この辺の連中ではない。とにかく、中心的なふたりは地元民ではない。中西部の白人だと思われる。牛肉と強欲のにおいがする。

リーダーと思われる眉に切り傷がある男、ベルトをつかんでそっくり返って歩き、やたら股間をつかみたがる男が、上からのぞき込む。この男はほかの連中のあとから、映画スターの入場シーンのように大股でこの家に入ってきた。小さすぎるTシャツを着て、盛り上がった太ももではち切れそうなジーンズをはいている。チクタク（イタリアのミント菓子）のにおいがする息。右腕的な男は彼をウォーデルと呼んでいる。そのウォーデルが拳銃の銃把でテイオを殴った。

今、ウォーデルはトマスの顔に無線機を近づけている。トマスはできるかぎり冷静にエリサと通話する。「今日はとても暑い」

〝問題発生〟時のコードだ。コードだけでは、細かい状況を伝えられないが、ほかの言葉、雑談のように話した言葉で、伝わっているはずだ。

〝ひとりだから〟。エリサへの、そしてもうひとりへのメッセージだ。

家の奥にガブリエラが隠れている。

小さなベッドルームは暑い。とても暑い。ガブリエラはほの暗いクローゼットの中で体を丸くしている。リビングルームにいる人たちの声はほとんど聞こえない。

怒鳴り声、殴るような音、家具が倒れる音を聞いてから、ガブリエラは震えながらずっとここに隠れている。

ティオ・トマスが家の後始末をしているあいだ、ガブリエラは本を読んでいた。フィジーの本にずっと夢中だった。〝夢中（エンスロールド）〟――それが今年、覚えた言葉。スペリング大会に出た言葉だ。すると、車がやって来る音が聞こえた。カーテンの端っこからのぞくと、五人の知らない男が降りてくるのが見えて、おなかがまだ固まっていないセメントの塊みたいになった。彼女はベッドルームのドアをあけて廊下に出て、ティオに呼びかけたが、ティオはもうリビングルームにいて、片手にゴミ袋、もう一方に狩猟用刀（ボウイナイフ）を持って窓の外を見ていて、ガブリエラには顔を向けもしなかった。ただ、小さな声で、ああ、ほんとに小さな、小さな声で、ガブリエラに語りかけた。

隠れるんだ、おちびさん。

今、ティオが無線機で話している声が――そして、かろうじて、応答するママの声が聞こえる。

ガブリエラは、**静かに静かに**、クローゼットから這い出し、ベッドルームのドアの小さな隙間からのぞく。リビングルームがちょうど見える。手で口を塞ぐ。**静かに静かに静かに。**

ティオは椅子に座ってぐったりしている。両手を背中で縛られている。壊れた野球の硬球のように、顔が腫れ上がっている。周りは血だらけ。知らない男たちが狼のように周りをうろついている。

タフガイみたいに筋肉が盛り上がり、眉に切り傷がついている人が、かがんでウォーキートーキーをティオの顔に近づけている。

ティオがママと話す。「ひとりだから……」

男たちはガブリエラがこの部屋に隠れていることを知らない。探さなかった。ティオ・トマスがひとりで留守番していると思っている。

ティオが無線機に向かって話す。

焼けつくような陽光、ゆらゆら光る砂、高速道路の道路標識やトラックのやかましいメタリックカラーといった、ネオン色の午後を切り裂き、エリサは車を走らせる。手に持っている無線機に連絡が入る。

「異状なしだ」ティオ・トマスが英語でいう。「〝ペケニャ・セグラ・アキ〟」

エリサはほかの車が停まっているかのような勢いで追い越していく。スピードメーターに目をやる。時速九十五マイル（時速約百五十キロメートル）。アクセルを踏んでいた足を離す。速度が落ちると、ロープで首を締めつけられるような気がする。

ガブリエラのもとに行かなきゃ。

「ああ、さっきもいったが」ティオが付け加える。「こっちは何も問題ない」

ティオが伝えようとしているのはちがうことだ。スペイン語の遠回しなメッセージは、〝おちびさんは無事だ〟だ。

エリサは無理やり冷静な口調でいう。「よかった。またあとで」

彼女は無線機を膝に置く。両手でハンドルを握る。目に涙が込み上げる。激しくまばたきし、首を振る。ティオが危ない。とらわれている。だれにとらわれているのかは知らないが、その連中はティオの無線機も手中にしている。

ニールの交信も傍受できるということだ。

ガブリエラはまだドアの隙間からのぞいている。ティオ・トマスは椅子の片側にうなだれている。ティオの息の音は聞こえる。喉に何かがつかえているような音。ガブリエラは泣きたくなる。大けがをしている。ティオ、強くて、ときどき乱暴なふりをしたり、本気で乱暴な口を利いたりするけど、ガブリエラにはホットチョコレートとシナモントーストをつくってくれる。

〝ペケニャ・セグラ・アキ〟

ティオがそんなことをいうのは、おかしな感じがする。それに、眉に傷跡がある男は、もう一度ティオに英語でいわせた。でも、ティオはいったけれど、ちがう内容だった。

傷跡のある男、ほかの男たちがウォーデルと呼んでいる男が、ティオの顔から無線機を離す。一歩うしろに下がる。煙草を一箱、取り出して、一本に火をつける。ティオの腫れ上がった目に煙を吹きかける。

「どのくらいだ？」男がいう。

ティオは何もいわない。

「あとどのくらいで戻ってくるんだ、じじい？」

ティオは顔を斜めに上げる。「もうじきだ。逃げた方がいいぞ」

ティオに平手で叩かれたかのように、ウォーデルが動きを止める。そして、にやりと笑う。ダイニングルームの椅子を一脚持ち上げる。

その椅子をティオに思い切り打ち付ける。

ガブリエラは動けない。

男はティオを打ち続ける。何度も。ティオが椅子ごと倒れる。男はうなり声をあげながら、さらに打ち続ける。血が飛び散る。

ティオは床に倒れている。頭を垂れている。

ティオがこっちを見ている。廊下の先を。ドアの隙間を。ガブリエラを。

彼女は凍りついたままだ。ティオの目がガブリエラの目と合う。

椅子がまた振り下ろされる。ウォーデルは椅子を脇に放り投げ、ティオを蹴りはじめる。ティオはガブリエラの目をじっと見つめている。自分の生気をすべてガブリエラに投げかけているかのように。すべて、ひとつ残らず。**隠れろ**。**生きろ**。

そして、何もなくなる。男が蹴り続ける。でも、ティオは息絶えている。

ガブリエラはほとんど見ていられない。ただ、ティオの命の最後の一瞬が彼女の周りに漂っているような気がする。

男たちの声が聞こえる。ニールの名前が話に出る。彼らはニールが盗んだものを持ってここに戻ってくると思っているらしい。

エリサにはどうしたらいいかわからないが、どうなるかはわかる。

わたしの子。**ガブリエラ**。

すぐに行くからね。

59

アドベ煉瓦造りのバラックはユマの北西にある。州間高速道路8号線を下りて八マイル（約十三キロメートル）のところだ。起伏のある山、すたれた鉱山、牧場経営に失敗した農民がかつかつの生計を立てようとした忘れ去られた土地など、何もない道が六マイルほど続く。エリサはそんな道で車を飛ばす。

ただ突っ込んでいっても無駄だ。武器は持っていない。

たいした武器は持っていない。グローブボックスに入っている二二口径の銃一挺だけでは、武装した男たちを打ち負かすことはできない。

考えるのよ。

エリサは車を停め、エンジンを切る。耳を聾する静寂がエリサに降りてくる。

娘を救わなければ。

彼女は拳を目の上に当て、ハンドルに覆いかぶさる。ダッシュボードを殴りながら、叫び声をあげる。長く、大きく、意味をなさない声。

身を起こす。

おかしくなるのは後回しだ。今は、今はママでいないと。娘の母、すべての母だ。世界が自分の手のひらに、これから数分後の自分の決断に載っている。

恐怖も後回しだ。

涙も後回し。

ガブリエラがすべて。

エンジンがカチカチと余韻に浸る。エレラは考える。

ひとりじゃない。ティオがいる。きっとガブリエラを守って、かばってくれる。ニールたちもいる。マルコスもいる。六人の男たちが一緒に娘を救ってくれる。彼らは来てくれる。でも、まだ国境を越えていない。

無線機で伝えたら、ぜんぶ聞かれてしまう。

それが問題だ。

それがチャンスでもある。

国境と小道と狭苦しい家。見ること、見られること。ほんとうの姿とはちがう姿を見せる。それが密輸者のやり方。

彼女にとっていちばん大切なものを、それを傷つけようとする男たちの手から盗み出すしかない。

アジトにいる男たちが何者なのかは知らない。エレラの連中か？　あり得ない。ニールは〝出発（アウトバウンド）〟といっていた。エレラには追われていない。きれいに逃れている。アジトにいるのはほかの連中だ。

何が狙いなのか？　お金？

ニール？

どうやってアジトを見つけた？　ニールたちのあとをつけた？　それとも、彼女？　ピーター・ビルト？

今はどうでもいい。どうでもよくないのは、これから数分後に何をするかだ。

アジトの半マイル西で、砂と風にさらされている古い炭坑夫の宿泊所へと、がたがたの道路が延びている。エリサはその道路を急ぎ、カローラを目につかないところに停め、低木の生えた土地を走り、小高い丘に向かう。腹ばいになると、切り立った頂上から顔を出し、眼下のアジトを見下ろす。岩が軽石のように黒い。土は焼けたパン生地の色。午後の風は静かで、砂漠の動物は熱波を避けて眠っている。

ピータービルトが日差しを反射する。このカーキャリアーには、車が一台しか載っていない。ニールがシカゴからここに乗ってきて、今は予備の車になっているホンダ・アコードだ。はじめて見る二台の車が、アドベ煉瓦のバラックの前に停まっている。黒いポンティアック・トランザムと頑丈そうな赤いシボレー・ブレイザーSUV。バラックの外に動きはない。人の姿も見えない。

エリサは風が当たらないように巨岩のうしろに回り、無線機の送信ボタンを押す。「キーホール、どうぞ」

〝キーホール〟はニールの作戦全体を表すコードだ。エレラの隠れ家への襲撃全体を表す。そして、エリサのいい方からして、その言葉はたしかにコードのように聞こえるはずだ。それこそ、エリサの望むところだ。

作戦に問題が生じ、交信が傍受されていることを、ニールに伝えないといけない。エリサのコードの使い方がおかしいことに、ニールたちも気付くはずだ。

エリサは送信ボタンを放す。待つ。ニールか仲間のだれかが国境検問所にいるなら、無線機の電源を切り、隠しているだろう。

ニールの声が無線機から聞こえる。「キーホール、了解」

エリサの心臓が激しく脈打つ。ひとつ息をつく。「ぜんぶ持っているの？」

「ぜんぶ持っている」

「州間高速道路95号線沿いのタコベルで待つ。駐車場で。その方が早いから。乗り換えるだけなら」

「わかった。人の目を引くなよ」ニールがいう。

「ええ。そのあとでアドベに向かう。狭いところに押し込められたくないわ。いろいろ見られすぎるし」

「急いで行く。通信終了（アウト）」

エリサは無線機の電源を切る。太陽が照りつけている。彼女はアジトを見下ろせる小高い丘の頂上まで這い戻る。

エリサの狙い、一度かぎりのチャンスは、アジトにいる見知らぬ男たちを外におびき出すことだ。今ニールと演じた芝居で、男たちがだまされてくれたら。**お願い**。

三十秒後、男たちがアジトのドアから出てくる。トランザムとシボレー・ブレイザーが二台とも走り出す。いずれも未舗装の車道（ドライブウェイ）からがたごとと南へ走り、架空の集合場所に向かう。

エリサはアジトを観察する。それ以上の動きはない。五分すると、こらえ切れなくなる。アドベ煉瓦のバラックに向かって丘を駆け下りる。

ニールはマーキュリーを運転し、カレキシコのダウンタウンをゆっくり走っている。国境検問所は、メキシコ側の警備隊とも、アメリカの国境警備隊員とももめることなく通過した。

スキーマスクは脱ぎ捨てた。服は着替えた。白いTシャツの上にチェックのワークシャツ、労働者がはくような重厚なチノパンツ、ティンバーランドのブーツ。メヒカリの下請け企業（マキラドーラ）の経営に携わる、工業分野の企業のアメリカ人現場監督が、国境をまたいだ出張から帰国するところにしか見えない。こぎれいで、見るからにブルーカラー。顔は洗った。汗は洗い落とした。あかぬけている。

車のドアとフロア下の隠しスペースに現金を隠している。三百万ドルちょっと。

クリスとマイケルは東へ向かい、ここより小さなカレキシコの国境検問所を通る。トレヨとモリーナはユマの近くで国境を越える。マルコス――勇敢で大胆な命の恩人のマルコス――は、ノガレスへと走っている。フォート・ユマ・インディアン居留地近くの放置された小屋で落ち合うことになっている。そこで現金を正式に山分けする。その後、素早く散り、暗くなったら、姿をくらまし、夜の闇に溶け込む。

それは後回しだ。

エリサ。問題が起きたらしい。

アドベ煉瓦のバラックに戻ることにはなっていない。絶対に。

何者かが彼らの作戦を邪魔し、交信を傍受しているのだ。それに、エリサは怯えている。

エリサが怯えることといえば、ひとつしか思いつかない。ガブリエラが危ないのだ。

エリサはアドベ煉瓦のバラックへと走る。五十ヤード（約四十六メートル）手前で足を緩め、バラックの端に忍び寄る。中庭と屋根付きの長いポーチが見える。

二台の車が走り去ってから十三分が経っている。彼女が無線でいっていたタコベルの駐車場に到着するまで、二十五分ほどかかるだろう。道路を確認する。車が戻ってくる気配はない。

エリサは心臓が縮み上がる思いで角を曲がる。窓は午後の陽光を反射する。明かりは消えている。中が見えない。慎重にドアをあけ、リビングルームに足を踏み入れる。

エリサははっと息を呑み、じりじりと後ずさる。

ティオ・トマスが壊れた椅子に縛りつけられたまま床に倒れ、息絶えている。まちがいない。まちがえようがない。しかも、拷問された。**ああ、ティオ**。

心臓が早鐘を打つ。エリサは部屋の奥へと足を進め、廊下の先を見る。小さなベッドルームのドアは閉まっている。ガブリエラの名前を呼ぼうと口をあける。何かが気になり、動きを止める。

玄関のドアが背後でゆっくり閉まる。エリサを包んでいた四角い光が消える。振り向く。ひとりの男が立っている。長身、ぴったりした黒いTシャツとジーンズ。黒い髪、黒い目、白い切り傷が眉に走っている。ショットガンを持ち、銃口をエリサの胸に向けている。

男の目が光る。「ハニー、おかえり」

60

考えて、エリサ、考えて、と彼女は思う。心臓の派手な鼓動に合わせて、視界も揺れる。〝プロント!〟急いで。この男はずるくて頭が切れる。エリサはじっと動かない。何もいわない。

男がふんぞり返って一歩エリサに近づき、ティオの遺体に向かって顎を引く。「そこのまぬけが無線で女に秘密のメッセージを送っていたことに、このおれが気付かないとでも思ってるのか? 急にスペイン語に切り替えやがって」男はにやにやする。「だが、おれのアンテナは極超短波に合わせてる。ぜんぶ聞こえてる」

落ち着くのよ、とエリサは思う。**果たさないといけない役割、ふさわしい態度に集中しなさい。この男が信じるような言葉、雰囲気を出すのよ。**

この男が何者なのかは知らなくていい。今のところは。大きな事実をひとつ知っているから。

この男はガブリエラがバラックの奥に隠れていることに、まったく気付いていない。

知っていたら、ガブリエラの頭に銃を突きつけている。でも、そうしていない。男はリビングルームでまた一歩、近づいてくる。ショットガンを腰のあたりで持ち、銃口を上向きにしてエリサの心臓に向けている。

　どうにかしてこのバラックの外に出さないといけない。

　ガブリエラが逃げられるなら、この男をとどめておく手もある。話をさせたり、ほかのことをさせたりして。でも、まずまちがいなく、ガブリエラは、寝る部屋として使っていた小さなベッドルームにいる。ベッドルームのドアは廊下側にひらく。窓は屋根付きのポーチに面している。どちらもこちらからまともに見える。この男がこのバラックにいるかぎり、ガブリエラもこの家から出られない。

「手を上げろ」男がいう。

　エリサは手を上げる。男はエリサの胸や股間をつかんだりと、乱暴にボディチェックし、腰ベルトに挟んだ二二口径を見つける。彼はそれを尻ポケットに入れる。

　この男を外に出さないと。道路を走り、遠くへ。それから、どうにかして、娘に伝えないといけない。エリサとこの男がここを離れたら逃げなさい、と。バラックから見えないところまで逃げて、隠れなさい、と。

　男が首をかしげる。「自分が天才だとでも思っていたのか、お嬢さん（ムチャチャ）？」

「わたしは見張りとして雇われただけよ」エリサはいう。

「連中はどこだ？　いつ戻ってくる？」

「戻ってこないわ」

「嘘つけ」男はショットガンを少しだけ持ち上げ、エリサの胸に向ける。「おまえは戻ってきただろうが」

エリサは震える手でティオの亡骸を示す。声がかすれる。「おじの様子を見にきたのよ」

「うぇえんと泣きそうだな」男がいう。「一流の窃盗団の掃除係を任せるなら、そんなやつを雇っちゃまずいぜ」

ショットガンがまた少し持ち上がる。自分に向いている銃身が、漆黒の穴が見える。男の目はエリサからまったく離れない。

「連中はいつ戻る？」男がいう。

「戻らない」

男は左手でTシャツのポケットから煙草の箱とライターを取り出す。煙草の箱をエリサに放る。

「火をつけろ」男がいう。

クローゼットのガブリエラにも、話し声が聞こえている。息を殺す。ウォーデルという男、ティオ・トマスに怪我させた（**殺した、殺したのよ、あの人**）男が話している。低くて乱暴な口調で。ママに。ガブリエラはベッドルームのドアの隙間に素早く移動する。ママがリビングルームに立っている。ティオが倒れているそばだ。ティオの血が赤い水たまりになって、床板の継ぎ目に染みている。ママはティオに顔を向けていない。ショットガンを持った男と話している。ママは煙草の箱を持っている。でも、煙草なんか吸わない。

ウォーデルがいう。「火をつけろ」

ママがためらい、箱を指で叩いて煙草を一本出し、口にくわえる。男がライターをつける。ママは息を吸いかけて、咳き込む。

「連中はいつ戻ってくる?」ウォーデルがいう。

「戻ってこない」

「選択肢はふたつだ」ウォーデルがいう。「ほんとうのことをいうか、煙草を自分に押し付けるか」

ガブリエラは鳴き声が漏れないように、口を手で覆う。

「戻ってこないわ」ママがいう。

ウォーデルが息を吐く。そのしぐさのせいで、ウォーデルが大きく見える。「さっきのは嘘だ。ほんとうのことをいうか、自分で煙草を体に押し付けるか、脳みそを奥の壁にぶちまけるかの三択だ」

ウォーデルがショットガンをママにじりじりと近づける。ガブリエラは体全体が恐怖の波に呑まれていくように感じる。悲鳴をあげないように、泣かないように、お漏らししないように、つかめるものをすべてつかむ。

「計画では」ママがいう。「逃げることになっている。問題が起きたら、逃走する。勝手に。だれにも見られていないことを確認したら、逃げる。姿を消す。わかった(コンプレンデス)、**マリポサ?**」

ウォーデルが顔をゆがめる。「からかうのはやめろ。おれはわかってる(コンプレンデス)、ビッチ」

〝コンプレンデス、マリポサ?〟

ママはあたしに語りかけてる。これはメッセージだ。きっとそうだ。ママはあたしがここにいるのを知ってる。そして、助けようとしてる。

自分で逃げなさいといってる。

〝だれにも見られていないことを確認したら、逃げる。姿を消す〟

ガブリエラは身を震わせる。勇気を出さなくちゃ。ママだって勇気を振り絞ってる。ママのいうとおりにしないと。

待つしかないのはわかる。知らない男の人たちが来たときから、この部屋から出られないことはわかっている。出たら見つかる。天井を見上げて、屋根裏に出て、垂木の上を這って外に逃げられるかも、と思ったけれど、ここの天井は自宅のベッドルームの天井とはちがって、下から押し上げられる吸音タイルじゃない。堅い木が張ってある。待つしかない。

それがママの秘密のメッセージだから。

待つ。そして、逃げる。いつ逃げるかはきっとわかる。

リビングルームから物音が聞こえる。ドアの隙間に目を近づける。

あの男がママを叩いてる。ママをつかんでる。振り回してる。ガブリエラは悲鳴を懸命に呑み込む。

ママが抵抗している。

男の手を払いのける。男がママのＴシャツを引きちぎり、煙草をもぎ取る。ママを大きなテーブルに押し付け、ママをそこに押し上げようとする。ママの肌に、ブラの上に煙草の火を押し付けている。ママが男につばを吐く。男はママを平手で叩く。

「彼らは戻ってこない」ママがいう。「戻らない」

男がママの体を引き上げ、また平手打ちする。シャツがちぎれて、ママが着けているネックレスが男の目に留まる。それまでは襟の下に隠れていた。

男はチェーンをつかみ、ねじって、ママの首を締めつける。

「なら、どこにいる？」

エリサは男と真正面から向き合う。男の息が顔にかかり、煙草の火を押し付けられたところがじりじりと痛み、平手打ちされた頬もひりひりしている。ネックレスのチェーンはちぎれるほど細くない。喉に食い込む。

エリサは男の目をまともに見る。「あんたの仲間に無駄足を踏ませてやったわ」

「ばかなアマだ」

男がチェーンを締め上げ、喉を絞めようとする。エリサは必死でチェーンをつかもうとする。男はエリサをテーブルに押し戻す。体を押しつけている。堅い。パニックとアドレナリンとで、エリサの肌に冷たいものが広がる。

「わたしが仕えていた人たちは」エリサはいう。「タコベルには行かない。あんたたちを混乱させるためにいったのよ。あんたたちがここからいなくなるように。そして、おじを助けに来られるように」

「ほら吹きの売女が」男がチェーンをさらに強くひねる。

「彼はわたしにお金を払った」エリサはいう。「窃盗団のボスは払った。彼らが逃走する手助けをさせるために。どこにいるか漏らさないように」

「おまえにはカネなど払われない。カネはな。おまえが代償を払うのさ、今ここで――」

「黒い岩山に集まるのよ！」エリサは吐き出した。目に涙を溜めている。「わたしにひどいことをしないで」

エリサは怯えているふりなどする必要もなく、空気を求めてあえぎ、男の視線を受け止めている。男はエリサがだましているのではないかと表情を観察する。

「黒い岩山とは何だ？」男はいう。

この男をそこに向かわせるしか――自分も連れていかれるとしても。ガブリエラを逃がして、自分自身も生き延びられる手だては、それしかない。

「国境に打ち込まれた楔のような砂漠の岩山。あの人たちはそこに集合して儲けを山分けして、散り散りに逃走する。田舎道を走って、姿を消す。それ以外は――みんなつくり話」

男はネックレスをねじる。「そこに連れていけ」

エリサはほんの一瞬だけ、反応を遅らせる。男の顔が離れると、こくりとうなずき、小声でいう。「わかった」

「まずマコーリーに連絡して、そこにとどまっているようにいえ。おまえが到着するまで待っていろと」

彼は無線機をエリサの口元に近づけ、送信ボタンを押す。

エリサは少しだけ考えてからいう。「キーホール、こちらは少し遅れる。渋滞に巻き込まれた。それから、うしろについている警官にも気をつけないと。でも、必ずそっちに行く」

応答が入る。「了解」

ウォーデルはチェーンをつかみ、エリサを外に引っ張り、ニールが残した仕事用のホンダ・アコードへと連れていく。キーはイグニッションに差したままだ。男はエリサを助手席側から乗せ、運転席へと押しやる。その後、自分が助手席に座る。

「運転しろ」

エリサはがたつく未舗装の車道から道路に出る。男は右手でショットガンを持ち、エリサの頭に銃口を向けている。左手はネックレスを首輪のようにつかんでいる。

エリサは銃身に背を向けたいという強烈な衝動に必死であらがい、顔を上げ続ける。まっすぐ前に目を向ける。しかし、ミラーもチェックする。

うしろのアジトの小さなベッドルームの窓で、カーテンがほんの少しだけあく。小さな手がガラスに押し付けられる。

エリサは安堵と喜びと恐怖を呑み込む。道路の中央に引かれた白線を見つめ、南へ向かう。男の息遣いが荒い。ガブリエラからもらったグアダルーペの聖母マリアのメダリオンとロケットが、男につかまれている。

「黒い岩山かよ」男は怪しむように目を細める。「ニール・マコーリーと無線で連絡したときには、そんな言葉は出なかったな」

エリサは顔色を変えない。その練習はたくさん積んでいる。不意を突かれても冷静でいる練習だ。しかし、今のは探りを入れる発言でもあり、あることの裏付けでもある。この男はニールを追っている。どこかからニールを追って、ここまで来たのだ。

「あなた、名前は？」エリサはいう。

男は視線を上下に動かし彼女の頭から足まで見る。「そんなことを訊いてどうする？」

「知りたくなっただけ」

男は身を乗り出し、彼女の耳元でささやく。ねっとりしたひそひそ声。「ウォーデルだ。だが、おまえはダディと呼んでいいぞ」

エリサは道路から目を離さない。

「黒い岩山。詳しく話せ」ウォーデルがいう。

「密輸業者が使う場所。昔から。百年前から」

「そこに何がある？」

「何も。周りから見えない。だからそこを使う。積み荷を降ろしたり、待ち合わせたりするために。その後、姿をくらます」

「辺鄙（へんぴ）なところのようだな」

「当然よ」**男の顔を見ちゃだめ。**

いや、見た方がいいのかもしれない。エリサは横を向く。台尻をドアにつけているが、まだエリサの腹のあたりに銃口を向けてかまえている。ティオの無線機も持っている。

「何人だ？」ウォーデルがいう。

「何人来るかということ?」

四百人と答えたい衝動に駆られる。全員が武装し、血に飢えて、あんたをずたずたに引き裂きたくてしかたない人ばかり。

「四人よ」エリサはいう。

「その岩山はどこにある? 道順を教えろ」そういうと、男がネックレスのチェーンを強く握る。「正確な道順を。回り道なんか教えるなよ」

エリサは教える。正確な道順を。男は携帯電話をかける。手下たちに連絡し、位置情報を伝える。

「こっちはハイウェイで南に向かっている」ウォーデルがいう。

エリサは車を走らせる。砂丘に、渓谷に向かっている。数週間前の星月夜に、水晶のように澄み渡る砂漠を眺めながら、つづら折りの山道や見晴らしのいい高台で不用心な密輸業者が待ち伏せされたという話を、ニール・マコーリーにしたところへ。

そこでウォーデルに対処する。ニールがそこで待っていてほしい、とエリサは願う。

黒い岩山。死を吐き出す漏斗。

ニールは州間高速道路を東へ疾走する。頭が高速で回転している。

悪夢だ。

〝渋滞(トラフィック)〟。〝気をつけないと(アイズ・オン)〟。最悪のコード・メッセージ。エリサが何者かにとらわれた。

アジトで何があった? 異状はなかった。何もなかったはずだ。

だが、ちがった。セキュリティ態勢のどこかに穴があったのだ。ニールが今回の山を狙っていたことを、何者かがどうにかして嗅ぎつけ、横取りしようとしている。このおれから横取りしようとしている。分捕ろうとしている。

何者だ？　こっちが警察に通報できないことを知っているやつ。だが、すべてを知っているわけではなく、襲撃後の計画までは、脱出計画までは知らなかったやつだ。

仲間のだれかではない。口が緩いやつがいたわけではない。仲間を完全に信頼している。エリサの親戚、トマスとマルコスでもないだろう。親戚についてはよくわからない。だが、エリサを見れば、ちがうとわかる。それがすべてだ。エリサはあのふたりを完全に信頼している。そして、ニールはすべてを賭けてエリサを信頼する。命を賭けて。

そのエリサがとらわれ、黒い岩山に向かっている。不用心な密輸業者（コントラバンディスタ）が襲撃されることもあるとエリサがいっていたところへ。

そこで、エリサは自分をとらえている連中をニールに待ち伏せさせたいのだ。

ニールはうっかり制限速度を超えないように、マーキュリーのクルーズコントロールをセットする。アメリカ地質調査部の地形図をグローブボックスから取り出す。

「キーホール」ニールは無線で呼びかける。問題発生を彼に伝えた――きっとほかの仲間にも伝わる――言葉を。何者かが交信を傍受していることを伝える。

クリスが応答する。「了解」

「急行（インバウンド）。コロラドの橋は異常なし。二時間後に合流」

「こちらも向かう」

ニールはふたつのこぶのような丘に挟まれた道路のカーブを曲がる。空はうわぐすりを塗ったような青だ。熱波で路面上が揺らめいている。地図を振って折り目をひらき、ハンドル上に広げる。

彼は待つ。クリスは気付いて、地図を確認できるだろうか?

「金額を計算した」ニールはいう。

クリスが応答する。「ああ、わかった。いってくれ。どうやって分けるかという話だな?」

クリスは気付いている。襲撃後にこんな話をすることはない。

ニールはひと組の座標を読み上げる。ふたつの金額がコードになっている。「わかったか?」

「ああ」

クリスが交信を切る。全メンバーに伝わったはずだ。ニールが儲けの合計を読み上げたのではなく、武器を持ち、襲撃の準備を整えて急行してほしい緯度と経度を伝えたのだとわかったはずだ。

エリサを救うために。

61

彼方の空まで砂丘が広がる。空虚で、無慈悲で、荒涼とした砂丘。エリサはハイウェイを下り、崩れかかった田舎道に出る。

ウォーデルが地平線を見渡したあと、視線をエリサの顔、ちぎれたシャツ、脚に戻す。太陽が西の乱立する丘の峰々に沈みかけ、道路がくねりながら上っていくにつれて、影と光が次々と入れ替わっていく。ミラーで背後を見ると、はるか彼方の地平線まで広がる国境地帯、移り変わる世界、砂丘、獣道や小道を隠す割れた岩が見える。

黒い岩山――火山性玄武岩――は十マイル（約十六キロメートル）先だ。サワロサボテンがぽつぽつと生えた土地にそびえる、ぎざぎざで堂々たる岩山だ。その頂上の直下まで続く道を、エリサは目指している。

ウォーデルはエリサがバックミラーを気にしているのに気付く。「何を見ている？」

エリサは視線を道路に戻す。「あなたの仲間よ」

ウォーデルの手下が合流し、車列を組んで走りはじめた。黒のポンティアック・トランザムと赤のシボレー・ブレイザー。前後についている。ウォーデルを守っているのか。エリサを挟み込んでいるのか。

前を走るトランザムを運転しているのが、ウォーデルの右腕のスヴォボダだ。突き刺すような目つきの、信用できない男。ウォーデルと親しげに話していた。古い付き合いなのだろう。助手席にはごろつきが乗っている。白人優越主義を示す刑務所で入れた刺青、鉄のように堅い盛り上がった筋肉、クローバーの刺青のスキンヘッド。ネオナチに入っているようなくず。

うしろで、こっちのバンパーにくっつきそうなほど近くを走っているのは、でかい赤のブレイザーで、でかいタイヤで車高がやたら高い。乗っているのはふたりで、ふたりともサングラスをかけ、銃を持っている。助手席の男はたまにウインドウをあけ、嚙み煙草を吐き出す。地元の男だ。

エリサはすでに第一目標を達成した。ウォーデルたちをアジトから引き離した。走り去るとき、ベッドルームの窓に押し付けられていたガブリエラの手が脳裏に浮かぶ。ガブリエラはアジトの外に逃げている。その後どうなるかはわからない。きっとアジトの外のどこかに隠れているのだろうが、遠くへはいけない。

エリサは生きて、娘のもとに戻らないといけない。ウォーデルがショットガンをかまえている。銃身は頭に向いている。エリサは運転している。運転しながら、車から飛び降りることを考えている。

素早くしなければならない。精確なタイミングで。チャンスは一度きりだ。

エリサは上り坂に目をやる。渓谷に入れば、勾配は急になり、道はつづら折りになる。急カーブに差しかかるまで待てば、ドアをあけて崖下の川に飛び込める。ウォーデルは急いで車を制御しないと、岩壁に突っ込むか、崖から転げ落ちる。混乱するだろう。こちらはもろい岩の崖から落ち、転がり、ぞっとする川へと突っ込むが、どうにかなる可能性はある。

ウォーデルがまたエリサのネックレスをつかむ。「何を見ている？」

首が引っ張られる。チェーンが切れる。

エリサは姿勢を戻し、ウォーデルに目をやる。「道路よ。カーブが多くなるから」

ウォーデルはにらみつけ、エリサの様子を探っている。息遣い。ちぎれたシャツ。顔の痣。自分の目に映るものが気に入っているようだ。同時に、エリサに怒りもかき立てられている。

「つけ上がるなよ」彼がいう。「おれはこの〝Tボーン・ステーキ〟をいただく。ばっちりな」

エリサは運転を続ける。ウォーデルの手から、ネックレスの金色のチェーンが垂れている。聖母のメダリオンとハート形のロケットが前後に揺れる。ウォーデルが裏の刻印を読む。

「愛してる（テ・アモ）――ガブリエラ」

エリサの胃が恐怖で引きつる。

ウォーデルが鋭いまなざしを向ける。「ガブリエラってのはだれだ？」

彼は親指でロケットの蓋をあける。中の写真を見る。左側にガブリエラが写っている。エリサの聡明（そうめい）で、きれいなチョウチョ。右側には、ニールの姿。

ウォーデルがショットガンをエリサのこめかみに押し当てる。「おまえはマコーリーにカネをもらって仕事をしているだけなのか？　おまえとおじとで、あの家の掃除をしていただけか？」

銃身が冷たい。エリサには前がほとんど見えず、息もほとんどできない。

彼女は峡谷を指さす。「あそこが集合場所よ」

ぎざぎざの歯のような黒い岩の頂上が、峡谷の上に竹槍のように突き出ている。ニールはそこに向かって車を飛ばす。舗装されていないこの道は細い。アメリカ地質調査部の地図では、細い線にすぎない。

彼は地図をハンドル上に広げている。土埃がうしろで派手に舞う。太陽が悪趣味な金細工のようにぎらつく。マーキュリーのサスペンションががたつく。仲間がここに来るまでどれくらいかかるか、わからない。仲間もエリサの交信を聞いていた。だが、交信には加わらない。きっと来る。それでも、いちばん近くにいるのは、ニールだ。今のところは、ひとりでやるしかない。

ニールは頂上に登り、足を止める。眼下で、未舗装の道が舗装路と合流している。何マイルも離れたふもとで、陽光がきらめいている。車が峡谷沿いの道をさかのぼってくる。

ニールは舗装路に対して横向きにマーキュリーを停め、道路をせき止める。そして、CAR‐15をつかむと、巨岩が立ち並ぶところまで駆け登る。

熱波がニールに殴り付ける。陽光が峡谷沿いの車に反射する。巨岩の頂上によじ登り、測距双眼鏡を掲げる。高価な道具だ。買わなくてもいいかと思っていた。だが、今はそれだけの価値を実感している。

ふもとの方をざっと確認する。つづら折りの道、褪せて、欠けたアスファルト。五・七マイル（約九キロメートル）離れたあたりで、ざっくり口をあけている峡谷。

ニールはコルトＭ１９１１と予備弾倉三つ、ＣＡＲ－15と予備弾倉四つを持っている。メヒカリのモーテルでだいぶ弾を使っていた。あと百四十七発の弾が残っている。

太陽はニールのうしろにいる。双眼鏡のレンズに反射することはない。道路を上ってくるれば、運転者の目には午後の強烈な日差しが入る。ニールはくすんだ灰褐色のキャンバス地のジャケットを着ている。ズボンもチノパンだから、この地形なら迷彩になるはずだ。

巨岩の割れ目に身を隠し、腹ばいになる。

風は西から吹いてくる。峡谷の岩壁を吹き下ろして渦を巻いているかどうか、ニールにはわからない。弾丸の落下量と低射角射撃の角度は計算できる。コルトのライフルの有効射程は四百メートルだが、車列がそれよりずっと近くに来るまで撃つつもりはない。長距離で撃つのは、好機がはっきり見えた場合のみ。あるいは、危険がはっきり迫っている場合だ。

エリサ。

とらえられ、怯え、傷ついているかもしれない――想像に堪えない。

だから、考えない。恐怖を折り紙のようにきれいに畳み、脳裏の溝にしまっておく。集中する。

心臓が必要以上に激しく鼓動している。

反射光がまたちらついている。双眼鏡をかまえる。三台の車だ。今は五・一マイル（約八・二キロメートル）まで近づいている。黒のポンティアック・トランザム。赤のシボレー・ブレイザー。そして、車列の真ん中のホンダ・アコード——アジトに残してきた仕事用の車。エリサはその車に乗っているのか？

ニールは車列を目で追い、次々と数値が減少していく測距双眼鏡の数字も追う。何かが引っかかる。先頭の車。黒のトランザム。双眼鏡の焦点を合わせる。
三、四年前の型式。よくある車。薄汚い。フロントガラスが陽光をぎらぎらと反射している。運転席の大柄な男、助手席のさらに大きな男の姿をとらえる。
褪せている塗装、ひっかき傷、まったく手入れされていない状態を見て、ニールのうしろ髪が逆立つ。

あれは仕事用の車だ。前にも見た車。アーロン・グライムズが働いているシカゴの車の修理工場裏にあるガレージで。あの野郎。

エリサはどこだ？　ニールは双眼鏡を車列の真ん中の車に向ける。

エリサはトランザムのあとからカーブを曲がる。ウォーデルの顔に熱を帯びた邪悪な表情が浮かぶ。飢えている。晩餐（ばんさん）に向かっているかのように。目についたものをすべてむさぼるつもりでいるかのように。エリサを含めて。

「あとどれくらいだ？」ウォーデルがいう。

「六マイル（十キロメートル弱）ぐらい。あの山の向こう側に小屋がある。舗装されていない細い道を進むと、薮に覆われている」

ウォーデルがウインドウから腕を出し、前を走るトランザムに合図する。手斧のひと振り。〝そのまま進め〟。

この十五年のあいだに、エリサは少なくとも二十五回はこの道を伝って国境を越えた。カーブも路面のくぼみもすべて覚えている。車列は上りのカーブに差しかかる。そこを曲がり切ると、下りの急カーブになる。エリサは覚悟を決める。

チャンスは一度。ウォーデルたちの銃撃を避けられるとすれば、急斜面のカーブで飛び降り、峡谷に飛び込むしかない。

前のトランザムがカーブを滑らかに走り抜ける。うしろのシボレー・ブレイザーは相変わらず、エリサをせっつくようにすぐうしろにつけている。おもしろがってあおっている、とエリサは思う。

右側に岩が高く突き出て、ぎざぎざの頂上が見えている。道路はカーブし、勾配が緩やかになる。百ヤードほど先から下り坂になっているのが見える。崩れそうな路面、急勾配。

エリサは左手をゆっくりドアの取っ手にかける。身構える。

前のトランザムが急ハンドルを切る。

センターラインをはみ出したので、進路を修正しようとハンドルを戻しすぎ、急に尻を振る。

周囲の峡谷の岩壁に銃声がこだまする。

ニールは巨岩の頂上で腹ばいになり、ＣＡＲ－15の反動を吸収する。

九十メートル下ったところで、トランザムのフロントガラスに銃弾が風穴を穿ち、その周りに白いひび割れができ、トランザムが急に断崖に向かう。トランザムはハンドルを戻しすぎたが、立て直し、加速する。

ニールはまた発砲する。弾はルーフに当たる。また発砲する。今度は三点射だ。フロントガラスが粉々に砕け、血が飛び散るのがわかる。

助手席の男が被弾し、絶命したかもしれない。トランザムは走り続ける。そのうしろから も、一秒後に二台の車が続く。

赤のブレイザーがアコードのバンパーを押し、無理やり加速させる。やはり、エリサはアコードに乗っている。

どの車も自分の位置から先に行かせるわけにはいかない。ニールはまたトランザムを狙って撃つ。三点射を続ける。左側のタイヤを撃ち抜く。トランザムが頭から峡谷の岩壁に突っ込む。

ブレイザーのブレーキをかけ、タイヤが焦げる。ニールはライフルの銃身を動かし、ブレイザーのフロントガラスを狙って三点射を放つ。運転手を無力化する。

アコードも急ブレーキをかけ、タイヤをきしらせてずたずたのトランザムに追突する。

運転席にエリサがいるのが見える。助手席に男の姿。ニールはその男を狙って撃つ。弾が上に逸れる。狙いを変え、アコードのエンジン部に弾を撃ち込む。ボンネットから蒸気が立ち上る。

トランザムの運転手が慌てて外に出る。平べったい顔の屈強そうな男だ。素早く車の反対側に移動しはじめる。ニールは銃身を動かし、男が隠れる前に命中させる。

男が倒れる。負傷している。

ニールの弾倉が空になる。トランザムの運転手は車の反対側に回り、姿が見えなくなる。ニールは弾倉を抜き、予備弾倉をつかんで挿入し、カチリとはめ込むと、赤いブレイザーを狙って発砲する。運転手が死に、車はゆっくりと停止する。助手席の男が車の陰に回っている。ニールはブレイザーのウインドウを狙って撃ち込む。十二発。ガラス片が飛び散る。銃声が峡谷にこだまする。

血しぶきが飛ぶ。男が倒れる。起き上がらない。

こだまする銃声が消えていく。トランザムの運転手がアコードの男に叫んでいる声が聞こえる。ニールの射撃位置に対して左右に広がろうとしているのだ。トランザムの運転手が車の後部に這っていくが、負傷しているからか、充分に低い体勢をとれずにいる。

ニールは片方の肘を突き、狙いを定めて三点射を放つ。一発目は左に逸れて山側の岩に当たり、小石が車に跳ね飛ぶ。

二発目は男の肩に命中する。男はくるくる回りながらトランザムから離れていく。

三発目は無防備なところで男をとらえ、胸に勢いよくあたる。男はすでにうしろ向きに倒れはじめている。銃が手からこぼれ落ちて金属音が聞こえ、男の姿が車のうしろに隠れる。

四人始末。残りは？

ニールはライフルを真ん中の車に向ける。アコード。車体前部を狙い、タイヤとエンジン部に弾を次々に撃ち込む。ボンネットとシャーシとラジエーターグリルにぶつぶつと穴があく。ラジエーターから蒸気が吹き出る。

一秒後、助手席側のドアが蹴りあけられる。男がエリサを抱えて降りてくる。ショットガンをエリサの頭に押し付けている。人間の盾だ。

アドベ煉瓦造りのバラックでは、静寂と熱波が充満している。ガブリエラは勇気を奮い起こす。

ママはあたしがしなきゃいけないことを伝えた。〝逃げることになっている。問題が起きたら、逃走する。勝手に。だれにも見られていないことを確認したら、逃げる。姿を消す。わかった（コンプレンデス）、マリポサ？〟

ガブリエラはわかった。しかし、悪人の男があのロケットをつかんでママを車に引っ張っていく光景を見て、心臓を貫かれる思いがした。

ママがどこにいるのか、わからない。ニールがどこにいるのかも。ニールがいたら、ママを助けてくれるのに。ニールが近くにいれば安心なのに。でも、ニールはここにいない。

震えながらベッドルームのドアまで這っていく。何も聞こえない。でも、ドアの先に何があるか、わからない。

ガブリエラは薄暗い廊下にそっと出る。リビングルームの床に、ティオ・トマスがぜんぜん動かずに倒れている。胸も動いていない。目をあけているのに、何も見えていない。ガブリエラはとても怖くなる。人は死んだら目を閉じるものだと思っていた。彼女は後ずさる。そして、足を止める。ティオは悪人の男たちに、彼女がここにいるといわなかった。苦しみを引き受けた。そして、死んだ。

ティオが死んだ。

ティオをこのままにして立ち去るのは耐えられない。怖い――とても怖い――でもガブリエラは、震えながら、リビングルームに歩いていく。カウチの背もたれにかけてあったナバホのブランケットをはぎ取る。彼女はびくびくとティオに近づく。ティオにブランケットをかけてやる。

ガブリエラはためらう。静寂だけではだめだと思う。

「ごめんね、ティオ」彼女はいう。「もう痛くありませんように」

ひとつ息をすると、ガブリエラはしゃがみ、目を閉じる。そっとささやく。「ありがとう」

彼女は裏口から出ていく。

エリサをつかんでいる男は、焼夷弾（しょういだん）のような目をしている。怒り狂っている、とニールは思う。追いつめられている。

しきりに峡谷のあちこちに目を向けるが、巨岩の頂上付近の裂け目にいるニールを見つけられない。男はエリサを自分の前に抱え、エリサの足を浮かせ、頭を低くして自分の盾にしている。狙えることは狙えるが、確実に撃ち抜くことはできない。

「武器を捨てて出てこい」男が大声で呼びかける。

ニールにはエリサの目が見える。そこに宿るものすべてが読める。冷たい恐怖。決意。希望。

胸が痛む。

アスファルトから反射する熱波が揺らめく。男が道路の先に停めてあるマーキュリーに気付く。そして、そっちにじりじりと近づく。ショットガンの銃身をエリサの顎下に押し込む。

「武器を捨てて出てこい。さもないと、この女を殺す」

確実に狙いをつけるには、別の射撃位置に移動しなければならない。ニールは岩陰から出る。

「聞こえなかったのか?」男が叫ぶ。「武器を持たずに出てこなければ、この女を殺すぞ、マコーリー」

男の声がくぐもる。「いってやれ」

エリサが痛みをこらえつつ声をあげる。「この人、本気よ」

「これから十まで数える」男はいう。「この女に残された時間はそれだけだ」

ふたつの巨岩の根元に隙間があいている。ニールはそこに下りて身を低くし、隙間から様子をのぞく。

「十」男が叫ぶ。

男はエリサの髪をつかみ、ショットガンでエリサの顎を突き上げながら、マーキュリーの方へじりじりと近づく。ニールはまだ狙いがつけられない。

「九」男が首を巡らし、ニールの居場所をつかもうとする。「八」

この男を照準に引き寄せなければならない。「彼女を放せば、車のキーをくれてやる」

「七」男がさらにマーキュリーに近づく。「いいか、七だぞ」

そういうと、拳を引いてエリサの顔を殴る。

「六」

さらに一発殴る。エリサがよろめく。ニールはまだ精確な狙いがつけられない。

「五」

ニールは岩陰から出る。ライフルを腰まで下げ、キーを高く掲げる。「彼女を放せ」

男はエリサを自分に引き寄せ、さらにじりじりと移動し、ニールの表情を読もうとしている。「こっちに放れ」

ニールはマーキュリー手前の路面にキーを放り投げる。「彼女を放せ」

キーが路肩近くに落ちる。男がうなずく。エリサを自分の前に引き寄せたまま、ニールから離れるように後ずさる。男とエリサの背中とは一インチ（約二・五センチメートル）の隙間しかない。

その隙間が六インチ（十五センチメートル）に広がる。そして、一フィート（約三十センチメートル）。

「一」男がいう。

そして、一二番径のショットガンをさっと動かし、エリサの肩を撃つ。

ニールは絶叫する。「やめろ！」

エリサの体がくるりと回る。ぬいぐるみの人形のように。倒れようとしているエリサを、男が蹴って道路の端から峡谷の崖へとたたき落とす。

男はショットガンをニールに向ける。ニールは岩陰に身を隠す。ショットガンが咆哮(ほうこう)をあげる。小石が転がる音とともに、エリサが力なく崖から落ちて見えなくなる。

ニールは岩陰から飛び出し、道路の端を飛び越え、崖を駆け下り、底の峡谷へと力なく転がり落ちていくエリサを止めようとする。

エリサが崖を滑り落ちる。人形のように。ニールは浮き石をかかとで押すようにして崖を滑り、エリサをつかんでそれ以上滑り落ちないように食い止める。エリサに覆いかぶさり、自分の体でエリサをかばいながら、上の道路にライフルを向ける。

遠ざかる足音が聞こえる。車のドアが閉まる。マーキュリーのエンジンが始動する。

ニールは胸をどくどくと高鳴らせて、エリサを腕に抱き、道路まで抱え上げる。路面の端で立ち止まる。男はマーキュリーのギアを〝リバース〟に入れ、頭がいかれたかのようにバックで道路を走り出す。急ハンドルを切り、タイヤをきしらせてUターンする。

男はギアを〝ドライブ〟に入れる。ニールの目を見て、右手を上げる。エリサのネックレスをつかんでいる。聖人が刻まれたメダルとロケットが前後に揺れる。ニールが片膝を突き、ライフルを撃つと同時に、男がアクセルを目一杯踏み、上り坂を上り切って西へと疾走していく。

ニールは息も荒く、エリサを路上に引き上げ、そばにひざまずく。

エリサの肩がずたずたに引き裂かれている。腕が腱だけでぶら下がっている。この状態は戦場で見たことがある。エリサの白いシャツが血でぐっしょり濡れている。至近距離、一二番径。ニールは頭の中が破片で一杯になったかのように感じる。

エリサがあえぎ、まばたきする。

「今、仲間が来る」ニールはいう。「きみをここから退避させる」

ニールはエリサのシャツを裂く。傷口から血と、細切れの骨、肉、皮膚の塊がどくどくとあふれ出ている。あの美しく、滑らかで、健やかな体のラインがぼろぼろだ。

「出血を止めないと」ニールはいう。

彼はジャケットを脱いで丸め、圧迫包帯の代わりに傷口に押し込み、体重をかけて止血を試みる。エリサがあえぎ、目が裏返る。

ニールの心臓が引きつる。

おれのせいだ。

情愛が決断をゆがめる。愛着、強い絆。そういった感情が、最少リスク最大報酬の効率的な道筋ではなく、あれこれ余計な思いに誘い込む。その結果、大切な人を危険にさらす。

おれのせいだ。

「ガブリエラ」エリサが弱々しい声でいう。

「どこにいる？」

「アジト。逃げて隠れなさいといった。マルコスかトレヨを向かわせて。あの子を探して」

ニールは無線を取り出す。だが、手を止める。交信を傍受している男のことを心配する必要があるだろうか、と思う。車も、分け前も持っていった男のことを。

「あいつの名前は？」ニールはエリサに訊く。

「ウォーデル」エリサがいう。

まだ何ひとつわからないが、これからあの男についてわかることはすべて探り出す。

「その男はわたしに娘がいることを知っている。娘を助けに行かなきゃ」

ニールは送信ボタンを押す。仲間に急げと伝え、マルコスにアジトへ急行するよう命じる。だが、帰ってくるのは空電音だ。かすかな声が一瞬だけ聞こえて、切れる。峡谷の岩壁が電波を遮っている。

「ティオが死んだ」エリサがいう。「彼らと戦って。ガブリエラがいることを隠し通した」

ニールは周りを見る。必死になっている。太陽が岩山の頂上の上に昇っている。神が岩肌を引っかいているかのように、光線がしわだらけの岩肌に照りつける。何もない路面に影が筋をつける。ニールには傷口を圧迫し、仲間の到着を待つことしかできない。

「あなたは来てくれた」エリサがいう。

「当たり前だ」

苦しそうな息遣いだ。目が暗く曇っている。自分の状況が悪いことを、エリサは自分でもわかっている。

ニールはエリサを見る。真剣なまなざしで。流れ出た血、勇敢な行動の証。だが、顔の痣も見える。胸に煙草の火を押し付けられた痕も見える。冷たい炎がニールを包む。怒りの炎だ。

「愛する人（アマド）」エリサはいう。

嗄れた声。口に含ませてやれる水もない。ニールはいう。「ここにいる」

「わたし、あのバラックから離れたい一心だった。それだけ考えてた。ウォーデルをわたしの娘から遠ざける。娘が逃げる隙をつくることだけ」

「逃げる隙はできた。きみがつくった」

「そのあと。コード。峡谷。種を蒔（ま）くように、言葉を投げかけた。必死だった。どんなことでもしようと思った」エリサの目が輝く。「あなたが来てくれるなんて、思ってなかった」

ニールの胸が締めつけられる。「きみのために来た。美しい人。きみのために。おれのすべて」

すべて。すべてが狂った。

おれのせいだ。

「話をして、ニール」エリサがいう。

「クリスが来る。セリトが来る。トレヨが来る」

「あなた、カトリックじゃないでしょ」

ニールは眉間にしわを寄せる。「何だって？」

「連禱（司祭と会衆が交互に連続した祈りを唱える礼拝形式）みたいに仲間の名前を唱えるから」

「あいつらが来る。そして、きみを医者のところに連れていく」

　エリサはその言葉を信じたいかのように見えるが、その目はニールをしかっている。彼女にはわかっている。

おれは嘘をついている。エリサに嘘をついている。くそったれ、医療処置をしてもらうまでに二時間はかかる。

「あいつらが来る」

「聖クリストファー、わたしたちのためにお祈りください」エリサがいう。

　ニールは息を吸う。エリサがゆがんだ笑みを見せる。

「聖マイケル、わたしたちのために罵ってください」エリサはいう。

　ニールは吹き出す。抑え切れそうもない。ニールはエリサの手をきつく握る。「聖なるトレヨ、おれたちのために戦ってくれ」

「ニール・マコーリー、わたしのそばにいて」

「いるよ」ニールの声がかすれる。

「砂の足跡」エリサがいう。

「何だ？」

「砂丘よ」

　ニールの視線が峡谷のあちこちに走る。一面の砂漠や地平線から突き出ているアルゴドーンズ砂丘の彫刻のような山。そして、エリサの顔を見る。蒼白(そうはく)。目が熱くなっている。痛みのため、血が流れているため。エリサを今この瞬間に、生につなぎ止めようと、ニールは銃創を圧迫し続ける。

エリサが時と死の引き潮とともに流れ去るとは考えたくない。いつまでも一緒にいてほしい。ぬくもりを感じ、息をし、笑い、愛していてほしい。この女に。この奇跡のような女に。

ニールは無線機を手に取る。「応答しろ」

空電音が聞こえる。応答はない。また送信ボタンを押し、手を止める。

ニールには見える。目がくらむほど鮮やかに。クリスを、マイケルを、トレヨを待っていられない。仕事用の車にエリサを乗せて、事務所やモーテルの部屋で、非公式に治療してくれる医者を探し出すことなどできない。

エリサには病院が、外傷外科医が必要だ。容体を安定させ、循環血液量減少性ショックに陥らないように、輸血、点滴、輸液蘇生（そせい）が必要だ。あまりに多くの血液を失えば、心臓が体に送り込む血液量が足りなくなる。血圧が急激に下がる。体組織が機能不全に陥り、バンと次々に壊れていく。前にも見た。ベトナムのクチで。同じ部隊の戦友が幅三フィート（約九十センチメートル）のトンネルを這って移動していたときに重傷を負い、地上に引っぱり上げて衛生兵のもとに運び込む前に絶命していた。

救急救命士が必要だ。今すぐ。

「高いところに行って、救急車を呼んでくる」

「ニール」

峡谷の斜面には浮き石が多く、ヤマヨモギの草が生えているが、登れなくはない。頂上まで三百フィート（約九十メートル）だ。ニールはエリサの右手をどくどくと出血している肩の射出銃創に置く。

「押さえてろ。電波を拾える岩山に登るしかない。仲間に連絡する。救急車を呼んでもらう。すぐに戻る。六十秒で戻る」

「ニール」

エリサの目が訴えかける。ニールの知らないことを知っていて、ニールには見えないものが見えているかのようなまなざし。現実とは思えない一瞬のあいだ、ニールの視界が拡大する。はるか上空からエリサを見ているような感じがする。エリサが路上に横たわっている。自分の血にまみれた小さな体。黒い聖人が見える。深紅のグアダルーペの聖母マリアの形がアスファルトにできている。エリサの向こうの下り坂には、ウォーデルたちの大破した三台の車。点在する四つの死体。ゴヤの絵にあるように死んだ魂が霧散し、消えそうな気がして、どうしても登らないといけないと感じる。そこまで行けば助かりそうな気がして、どうしても登らないといけないと感じる。ここより三百フィート高い。遠すぎる。

ニールは無線機をつかんでいる。そびえる岩山の頂上を見る。そこまで行けば助かりそ

ニールはエリサのそばに座り、傷口を押さえる。「おい」ニールはいう。息を切らしながら。「しっかりしろ」

「あなたにいいたかったの」

あいつらが来る。すぐ来る。

エリサがニールの顔を見ようと、首を曲げる。「あたしは空っぽだった」

「何のことだ?」ニールは丸めたジャケットの位置を調整する。ぐっしょり濡れている。

「空っぽだった」エリサはいう。「世界が。夫が死んでから」

「何の話だ？」

「灰色だった。何にもなかった。希望もなかった」

「エリサ」

「ガブリエラのためにどうにか正気を保っていた」声がからからだ。「娘のために朝起きて、仕事して、テーブルに食べ物を用意していた。ガブリエラを抱きしめたし、愛してもいた。でも、世界は灰色だった」

「世界が灰色になることだってあるさ。だが、きみは鮮やかな色だ」

「愛する人（アマド・ミオ）、口を閉じて聞いて」

「おれにしゃべらせろ。きみは休め」

「だめ。わたしが話す」ある表情が彼女の顔に浮かぶ。絶望ではない。澄み切った表情だ。

「あなた。思いがけない贈り物」

ニールはエリサの顔にかかっていた髪を払う。「冷たくてきつい贈り物か？」

心の檻の扉を閉ざそうとする。エリサから出てくる言葉が入ってこないように、鍵をかけて、塞ぎ、溶接しようとする。この先いう機会はない、今いうしかない、とエリサが思っているからだ。

砂浜の足跡。**波が来たら**、**自分がそこにいた印は跡形もなくなる**。

「自分に正直な人」エリサはいう。「自覚して。待って。求めていた」

「おれという男に、そんなものを見ていたのか？」

「自分がハンサムだと気付きもしないハンサムな男。閉じこもっていて、用心深くてガードを下ろそうとしない。でも、なぜかわたしはガードをすり抜けた」

「こじあけたんだろ」ニールはいい、心の鍵がそろそろ外れるとわかる。「きみはたまらなく魅力的だった」

ニールはもう少しあらがうことにし、自分のいる世界に、望む世界に、今にも消えそうな世界にしがみつく。あんなことをしたばかりに。ニールが余計なものを持ち込んだばかりに、この宝物は壊れ、こうして路上に横たわっている。

「愛してる」エリサはいう。「大切なのは、その真実だけ」

「おれも愛してる」自分の声がひび割れているのがわかる。「きみのおかげで世界がカラーになった」

「わたしは、あなたのおかげで生き返った」

ニールは岩山を見上げる。耳を澄ます。車のエンジン音が聞こえてきてほしいと思う。だが、二羽のハゲワシしか見えない。はるか遠くで、夕空の上昇気流に乗っている。

「〝ゲリダ〟」ニールはいう。愛する人。「すまない」

「しっ」

黒い幕のような熱波に包まれる。「こんなことにきみを近づけてはいけなかったんだ」

「やめて」

「きみはチームの一員ではないのに。こんなことなど望んでなかったのに」

「望んでたのよ」

「きみと出会ってなければ、こんなことにはならなかったのに」

エリサは弱々しく手をニールの唇に持っていく。「黙って（シレンシオ）」

ニールは息を吐き出す。

「ニール」エリサはささやく。唇は真っ青だ。目の奥に陰が広がっている。「わたしたちには今がある。これだけはいわせて。わたしはしあわせよ。あなたのおかげ。あなたはわたしの日々に喜びをもたらしてくれる。わたしの朝。わたしの夜。わたしの心。わたしの体に。一秒一秒が大切だった」

ニールはすべてを解き放つ。檻の扉が完全にあく。エリサには隠し立てをしたことがない。隠すのはもっぱら自分自身からだ。だが、今はそんな時間は残っていない。

「おれは幸運な男だ」ニールはいう。

エリサの体が震えはじめる。ふたりともわかっている。今日ここに来た理由をすべて失ってしまった。もう止める手だてはない。

「一緒にいてくれ」ニールはいう。

「一緒にいたい」

「一緒にいてくれ」

「いたくてしかたない。一緒に。あなたと。会いたい……」エリサの目が閉じる。涙がこぼれそうだ。「またガブリエラに」

「あの子は守る。約束する」

エリサの唇が震える。目をあける。涙が溜まっている。ニールは涙を拭いてやりたいが、肩の傷口を押さえている。両手、シャツ、パンツが血まみれだ。

「いいよ」エリサはいう。

「え？」

「手を放して」

「できない」

峡谷に吹き下ろす風の音で、エリサの声がほとんど聞こえない。エリサがまばたきし、涙がこぼれ落ちる。その目は熱く、暗く、澄んでいる。

「抱きしめて（ホールド・ミー）、ニール」エリサはいう。「キスさせて」

ニールはエリサの肩を押して（ホールディング）いるが、エリサがしてほしいことは、ニールにいっているのはそれではない。

さよならを告げたい。エリサはそういっているのだ。

「エリサ」ニールはいう。

「お願い」

太陽が隠れ、影が斜面を刻み、ふたりにも手を伸ばす。


クリスは頑丈なダッジで山道を登り、峡谷の道に入り、さらに飛ばす。最後にニールから連絡が入ってから二十分が経った。助手席のマイケルは神経が高ぶり、気が立ち、いらつき、不安をたたえたやたら険しい目つきで、失明するのではないかとさえ思われる。手に持った無線機は黙り込んでいる。

「もう一回やってみろ」クリスはいう。

マイケルが送信ボタンを押す。「応答しろ」

沈黙。クリスはアクセルを踏みつける。

「どう思う?」マイケルはいう。

「弾倉をチェックしておけ」

「ああ」マイケルが腰のベルトに挟んでいたSIGザウアーを出し、弾倉を抜き、入れ直し、薬室の弾薬がちょうど見える程度にスライドを引く。そして、その銃をベルトの腰のあたりに挟む。

クリスは前方に刻まれる峡谷を注意深く見る。あちこちで突き出た岩越しに視界がひらけ、道路が蛇行するとまた見えなくなる。

クリスはカーブを曲がる。「くそ」

思い切りブレーキを踏む。マイケルが前にのめり、頭をぶつけないようにダッシュボードに手を突く。ダッジがタイヤをきしらせて停まる。

道路前方に、銃弾のあばただらけの車三台が見える。赤いシボレー・ブレイザー、仕事用のホンダ、黒いトランザム。粉々に割れたガラス、銃弾の風穴、ぺしゃんこのタイヤ。

クリスとマイケルは武器をかまえ、慎重に車から降りる。

四人の男が車の周りで死んでいる。血がアスファルトを伝い、道路両端の砂に流れている。

クリスとマイケルは顔を見合わせる。クリスはCAR－15を肩にぴたりとつけ、大破した車三台の左側をケアする。マイケルは右側に注意を向け、銃を素早く動かす。左、右、地面へ。

クリスは赤いブレイザーの横に回る。そこで体が固まる。心臓が爆発しそうだ。CAR－15の銃身を空に向ける。マイケルも車の前に出て、息を吸い、動きを止める。

路面中央のアスファルトに、ニールが血まみれで座っている。その腕にしっかりと抱いているのは、大理石のように蒼白で、ぐったりして、精気の抜けたエリサだ。

ニールの視線は今日という日、岩、クリスとマイケルを突き抜けている。エリサの亡骸をやさしく、必死に抱いている。打ちひしがれて。

クリスは路面に片膝を突き、頭を垂れる。夕闇の帳(とばり)が降りる。

62

メスキートの茂みの下に広がる砂が、ひんやりと冷たくなっていく。太陽は地平線に沈み切った。ガブリエラは、アドベ煉瓦のバラックを見下ろす丘の茂みに隠れて待っていて、体が震えはじめる。

車の音が聞こえ、そっと斜面側に移動する。茂みがあるから、顔を見られることはない。タイヤが車道(ドライブウェイ)を踏む。土埃が宙を舞う。

ドアがバタンと閉まる。

ブーツが木のポーチを踏む音が聞こえる。堅い音。カウボーイブーツみたいだ。

ママはブーツをはかない。ニールも。クリスも。

だれなの？

頭の中が恐怖で真っ白になる。

アドベ煉瓦のバラックに着くと、マルコスは玄関に立ち尽くす。ひどく傷ついたトマス・バスケスの亡骸が、目の前の床に横たわっている。

「何てことだ」

トマスにはナバホのブランケットが、丁寧にかけてある。おお。子供の手でかけられたのだ。そっと、トマスがもう感じることもない痛みを和らげようと。

「ガブリエラ」怒りに満ち、胸の痛みを感じながら、マルコスは急いで家中を探す。いない。外に駆け出し、名前を呼ぶ。強まる風音で、呼び声がくぐもる。

慌てて立ち上がると、ガブリエラはうしろを向いて逃げ出す。目の前に砂漠が広がる。闇に包まれた容赦ない砂漠が。そのとき、声が聞こえる。

ガブリエラ。

ママの声。はっきり、近くから。頭の中に大きく響く。とても大きなスピーカーから流れてくるみたいな感じだけど、世界の果てから聞こえるような感じでもある。

さあ、ガブリエラ。今、そして、いつも。

ガブリエラは足を止め、バラックに向かって戻りはじめる。

「ガブリエラ！」

彼女は涙をあふれさせ、マルコスに向かって駆け寄る。


ニールがようやくアジトに戻ると、夜はすっかり更けていた。頭の中に、ずっとダイヤルトーンが響いている――やかましく、甲高く、絶え間なく。うつろ。

ニールは中に足を踏み入れる。マルコスがいる。疲れ切って、肩を落としている。勝ち誇っているはずが、どん底に突き落とされたのだ。マルコスがニールと目を合わせる。

ニールは何もいわない。リビングルームの板張りの床の一点を見る。乾いた床板に血がしみ込んでいるところ。

「トマスは？」ニールは訊く。

「遺体をブランケットで包んでおいた。おれのピックアップの荷台にいる。これだけは譲れない。だれにも止めさせない。トマスの葬式を手配する」

ニールはうなずく。

マルコスが廊下の先に顔を向ける。ニールはマルコスの視線の先を見る。そこに、半ば陰に隠れて、ガブリエラが立っている。

「ママ」ガブリエラはいう。「ママはどこ？」

夜が未明の薄明かりへと変わるころ、ニールはハイウェイをひとりで走る。

マルコスがガブリエラを連れていった。ウォーデルがエリサの身元とロケットをつかんでいることをニールは知っている。ウォーデルはエリサに幼い娘がいることを知っている。ニールはマルコスに対して、ガブリエラを遠くへ、国境の向こうへ連れていくよう伝える。守ってくれ。ガブリエラの居所をだれにも知らせるな。

ロケット。つながり。愛着。

そういうものを守ろうとして、愛する人――ニールがかかわってはいけなかった人――が殺される。

世界が灰燼に帰す。

ニールはエリサの亡骸を葬儀場へ運ぶ。マルコスの知り合いの葬儀場へ。エリサの一族と何世代にもわたって一緒に仕事をしてきた人たちが、愛情を込めて立派な葬式を執り行うだろう。

タイヤが舗装面を離れ、路肩の砂利を踏み、側溝に迫るのを感じる。ニールはハンドルを戻す。ワイヤーに胸を締めつけられているみたいに息が詰まるが、どうにか呼吸を保とうとする。

まだ車を走らせているとき、日が昇る。集合地点へ向かう。ユマの北にある、エリサが用意してくれた放置された家へ。エリサがたどり着けなかった家へ。

ニールは砂漠の日の出を見つめる。自分の手を見つめる。空っぽだ。エリサの血がついているだけ。

第五部

パラグアイ、一九九六年

63

三週間。

街外れの、実利一辺倒のオフィスビルが並ぶ界隈にあるリュウ・グループのオフィスに入っていくとき、クリスは三週間ほどアナ・リュウの顔を見ていなかった。カジノ・パラナでのクラウディオとの打ち合わせから三週間。プログラムとマルウェアが入ったCDを渡し、クラウディオの脈を感じながら彼の手のひらに認証コードを書いてから三週間。

丸三週間。

クリスは少し気が変になりかけている。

打ち合わせの結果についても、テレビの〝砂の嵐〟だ。チェン一家がGPS電波の〝なりすまし〟プログラムでどんなことをしたのか、あるいは、そのプログラムが顧客にいったい何をもたらしたのか、クリスには知る術もない。

だが、それは気になっているふたつ目のこと。あの女――もう一度会い、声を聞き、少しでも触れ合いたい衝動――が第一だ。

強い風と相まった灰色のにわか雨が、昼のあいだ一帯を洗い流した。クリスが到着すると、パオロはロビーで行きつ戻りつしながら電話で話している。パオロは電話を切り、警戒した様子で足早に近づいてくる。

クリスは首をかしげ、目に疑問をたたえる。

「チェン一家だが、ちょっとご立腹らしい」パオロがいう。

クリスはじっとしている。「うまくいったわけだ」

「ああ」

クリスの脈拍が速まる。**勝ちだ**。だが、パオロのまなざしの裏に不安の影が見える。

「それで？　リスクは？　報復があるのか？　リュウ一家に一撃を食らわそうとしているのか？」クリスはいう。「おれの背中に的の黒点がついてしまったのか？」

パオロがしばらく考える。

「バイクの男か？」クリスはいう。「くだらない話はやめよう。そんな〝カウボーイ〟なら、おれが隠居させてやる」

パオロがクリスの視線を受け止める。そして、かぶりを振る。「だめだ」

パオロのうつろな目を見ると、いずれ始末はつけられそうだ。今でなくても、そのうちに。

「シンフウ・センターの偵察に関していえば、おまえのいうとおりだった」パオロがいう。「ミスター・テリーの件を考え合わせれば、チェン一家はリュウ・グループのコンピュータ・システムにハッキングし、コードを探り、盗みたかったようだ。それで、〝穴〟を探していた。電話や光ファイバーを経由して、リュウ・グループのイントラネットにハッキングできるのではないか？　そう考えて、バイクの男たちに侵入できるかどうかを探らせていた。ガレージの社内電話交換システム(PBX)ルームに。こっちはシステムを強化するつもりだ」

「ランドクルーザーを襲撃した件は？」クリスはいう。

「チェン一家のカネをくすねた部内者だ。個人的な怨恨だった。おまえがしたのはビジネスだ」

　クリスはその言葉を消化する。シウダーデルエステ特有のビジネスという意味だ。

　そのとき、彼女の声が聞こえる。アナは携帯電話で電話しながら角を曲がってくる。通話を終え、ふたりの男たちを交互に見る。

「どっちの犬が死んだの？　そんな暗い顔して」

　アナはアディダスのスニーカーと緑のチェックシャツという格好で、太い縁の眼鏡を頭に載せている。クリスの目には、燃え輝く炎のように映る。

　クリスはいう。「チェン一家はご立腹だそうだな」

　アナがクリスに一瞥(いちべつ)をくれる。「彼らはあなたが持っていったGPS電波の〝なりすまし〟プログラムをインストールした」

　そう話しているとき、表情が少しのあいだ読めなくなる。そして、また表情が変わる。冷徹な満足感。

「こちらには向こうの内部の情報源がない」アナがいう。「でも、噂(うわさ)は入ってくる。電子妨害システム(ECM)が起動されると、〝なりすまし〟プログラムが動き出し、五十七分後にシステム全体が止まった。すべての装置で。プログラムされているとおり」

クリスは笑みを押し殺す。

「チェン側と彼らの顧客は、不具合箇所を精確に割り出そうと、装置を分解し、ハードウェアを精査した。その後、例のCDをネットワークにつながっているコンピュータにマウントして、バグったコードを探そうとした。おかげで、カビが生えるみたいに、マルウェアがシステム全体に広がっている」

「運の悪いことだな」

「運が悪いというのは、隕石（いんせき）が落ちてくるようなことよ」アナは立ち去ろうと背を向けたかと思うと、振り向く。「今回のは上首尾というのよ」

アナが歩き去る。

彼女にこれだけ惹かれてしまう自分が信じられない。心も、全身も、彼女に近づき、人目につかない隅に連れていきたくてしかたない。

クリスはまなざしから感情を消してから、パオロに顔を向ける。

ビジネスか？

ロサンゼルスでは、資金洗浄（マネーロンダリング）をしていたロジャー・ヴァン・ザントも〝ビジネス〟をしていた。ニール、クリス、ほかの仲間たちは装甲バンを襲撃し、無記名債を盗んだ。ヴァン・ザントの債券もあった。ヴァン・ザントは保険に入っていたから、かなりの値段で彼が買い戻すことを取り決め、丸く収まるかと思われた。だが、ヴァン・ザントは報復の衝動に駆られた。その報復は、彼にとってはそれほど丸く収まりはしなかった。

「バイクの男は後回しでいい」クリスはいう。「しかし、これまでのプレーヤーの感じからすると、いずれは……」

クリスは廊下に、アナが姿を消した方向に、視線を這わせる。何とはなしに。

パオロが気付き、ひとり考え込む。薄茶色の瞳が小麦色の顔の中できらりと光るが、何を感じているのかはまったく読めない。だが、パオロはこういう。「ここでは、〝釣り合い〟というものがある」

「どういうものだ？」

「向こうがこっちにちょっかいを出したら、こっちもちょっかいを出す」

「なるほど」クリスはいう。

「何を考えている？」

クラウディオ・チェンのことだった。強い権力意識を示し、あらゆるジェンダーに性的な興味を示し、あくまで利潤を追求し、マキャベリズムに則(のっと)って手段を選ばない。魔術師(エル・マゴ)。人の心が読める者(レクトル・デ・ラ・メンテ)。そろそろその力を発揮するときだ。大掛かりな支援をもらって。

・

「〝釣り合い〟を取りに行こうじゃないか」

サバーバンが狭い通りを走る。パオロがハンドルを握る。クリスはその隣で、H&K USPの薬室に弾を一発送り込む。そして、銃をホルスターに戻す。送電線が頭上の景色を鞭打(むちう)つ。屋台が商売をはじめている。陽光がフロントガラスに当たってぎらつく。午前七時。

カフェはメガ・ブライト・モールの外れにある。銃を持った警備員が出入り口に立っている。眠たげな様子だが、実際にはちがう。上のバルコニーでは、レバノン系の男たちがカードテーブルの周りに座り、朝刊のニュースをネタに話し合っている。表の通りでは、屋台の行商人たちがゆうべのサッカーの試合を〝再生〟している。

サバーバンは路肩に停まり、続いてパオロの部下四人が乗ったジープが停まる。

カフェには幅の細いドアがひとつついている。クリスは張りつめた面持ちでほんの少しだけ動きを止める。パオロと目を合わせる。

彼らは車から降りる。

カフェには、小さなテーブルがいくつかあり、各テーブルの周りにプラスチックの椅子が置いてある。あちこちに染みのついたリノリウムの床。ラジオから流れるアラブの音楽。激しいビートは、クリスの耳には催眠術のようにも、不協和音にも聞こえる。うっとりしつつも、居心地の悪さを感じる。そして、今このときは、くされ敵地にいることを痛感させられるリズムだ。このモールはチェン一家のものなのだ。

クラウディオ・チェンは奥のテーブルについている。コネチカットの白人(アングロ)と朝食をとっている。クリスのシルエットが戸口を塞ぐと、エスプレッソから顔を上げる。

クリスはまっすぐクラウディオに向かって歩いていく。

アポなし。電話連絡なし。通告なし。警告なし。

64

カフェでは、クラウディオが黄金色の朝日を受けて顔を上げる。青緑色のスーツを着て、アビエーター・サングラスをかけている。クリスはパオロを従えて中に入る。パオロの部下たちが出入り口と歩道に陣取っている。

クリスは無遠慮にクラウディオのテーブルに歩いていく。両手をはっきり見せ、視線をクラウディオの眉間から動かさずに。

クラウディオは平静を保っているが、その厚い面の皮の奥で火花が散っているように見える。

ほかのテーブルでも、椅子を引く音とともに、バイクの男とさらにふたりのごろつきが席を立ち、シャツの中に手を入れる。三人は拳銃を抜く。

カウンター係がくるりと背を向け、スイングドアから厨房に隠れる。ウエイターは奥の廊下に引っ込む。車の後部ドアがあく音と怒声が聞こえる。パオロの部下のひとりが、外に配置される。

隅の窓際のテーブルについている観光客の夫婦が、チーズ味のパンを口に運ぶ途中で、朝食から顔を上げる。

通りの反対側から、AKを持った男が日差しを背に受けてやって来る。歩道にいるパオロの部下は身動きひとつせずに、その男と対峙する。銃はホルスターにしまったまま。何もしないように気をつけている。

バイクの男は息が荒く、ディエゴ・マラドーナのジャージに包まれた痩せた胸が上下している。

クリスの心の目に、ほんの一瞬だけ、くっきりとある光景が浮かぶ。シャーリーンの目。好奇心に満ちたドミニクの満面の笑み。ふたりは彼がいなくてもうまくやっていけるだろうか？

また別の光景。シウダーデルエステの街中で、走行中の車から銃で狙われ放題のアナ。

クリスはまっすぐ歩き、クラウディオの向かいの椅子を引く。

クラウディオは眉ひとつ動かさない。宗教関係のものと思われるメダリオンを首にかけている。クリスが席についたとき、アイルトン・セナのメダリオンだとわかる。

クリスはテーブルの端に両手を載せる。ゆったりと、相手に見えるように。「ああ。おれだよ」

コネチカットの男がキツネの剝製のように身を固める。目だけがクリス、クラウディオ、パオロ、バイクの男のあいだでせわしなく動く。

クラウディオがサングラスを外す。ガラガラヘビより落ち着いている。

だが、クラウディオが見ているクリスに、テリーの面影はない。クリスはクラウディオを見ていない。感情のかけらもないその目は、クラウディオの目を突き通し、腰のホルスターに入っているH&K USPの四五口径弾を食らわせたい頭蓋骨の奥に達している。

クラウディオがジャケットからマルボロの箱を取り出す。煙草に火をつけ、気だるそうに長々と吸う。「一本どうだ、ミスター・ノット・スコット・テリー」

「おれはリュウ一家の者だ」

クラウディオが穴を穿ちそうな視線をクリスに向け続ける。そして、マルボロの箱をテーブルに置いてクリス側に滑らせる。クリスは箱を受け取らない。

「あんたはリュウ一家のソフトウェアを盗もうとした」

クラウディオがまた煙草を吸う。

「こっちをだまそうとした」クリスはいう。「だから、面と向かって、ひとことといっておくために来た。おれがやった。おれがあんたをだました」

クラウディオの煙草の先が赤く燃える。

「おれの背中に的の黒点をつけているかもしれないから、自分のためにも来た。おれは逃げることもできる。そうすれば、あんたがおれに会うこともない」クリスはそこで間を置く。「だが、逃げたくはない」

クラウディオが煙を吐く。

「選択肢はふたつ。本格的に敵対する。その場合、おれはあんたとくされ一家をあらかたぶっ叩く」クリスはクラウディオのまなざしを受け止める。「あるいは、現状は現状として維持する。均衡状態だ。それぞれの道を歩み、息をし続け、カネも稼ぎ続ける」

クラウディオが天井に向かって煙の輪を吐く。アラブの音楽が空間に流れる。催眠術のようで不安を誘う。

「きみはリュウ一家のために動くのか、それとも、自分のために動くのか？　どちらの立場でも動きたいのか？」

「おれはリュウ一家のために動く。まさにその立場で動いてきた」

クラウディオが悲しそうな顔でクリスを見る。煙草の灰を灰皿に落とし、煙草を吸えば性的に満たされるとでも思っているかのように、煙草を見つめる。クラウディオが最後のひと吸いのあと、吸いさしを灰皿に押し付けて火をもみ消し、唇についていた煙草のかけらをつまみ取る。

「これ以上の邪魔立てをしないというなら、いいだろう、ミスター・ノット・テリー」

クリスを呼び出してしかりつけたあと、帰すかのように、クラウディオが吸い殻を落とし、そっくり返る。

クリスは腰を上げ、陽光の中に歩き出す。

クリスはデイヴィッド・リュウとフェリックス・リュウを商工会議所の会議に車で送り届ける。いつもの仕事だが、栄誉ある仕事だ。デイヴィッドが北京語で電話する。フェリックスはクリスにアメリカのことを訊く。ラップ界の東海岸と西海岸の対立について。

「その対立というのは、マジなのか？」フェリックスがいう。

「マジだし、深刻だ」

話を合わせろ。つまらないことだ。フェリックスに話しかけられるようになったことは、大きな一歩だとクリスは思う。カフェでの一件のことは、フェリックスとデイヴィッドにはいっていない。クリスも、パオロも、クラウディオのことは一切口にしていない。今は何もいうことはない。だが、クリスはまだ興奮が冷めていない。

そして、その夜の八時、クリスがジョギングから戻ると、アナがドアをノックしてくる。外は暗くなりつつあり、夜が街を青く染め、この界隈ではヘッドライトが道を照らし、音楽が流れはじめる。このときも、アナは靴を脱ぐ。持ち帰りの中華料理の袋を持っていて、キッチンのカウンターに広げる。「シャワーを浴びて」

クリスは腰に手を当て、アナを見る。

アナは動きを止める。「わかったわよ」

彼女は指を鳴らし、シャワールームを指さして、クリスを向かわせる。自分もにやにやしながらついてくる。

アナが服を脱ぎ、クリスのあとから入ってきたとき、シャワールームは湯気が充満している。彼女は総合格闘技のケージで相手をこてんぱんにやっつけようとしている格闘家のようだ。クリスは笑う。

あとで、アナはタオル地のローブを見つけ、タオルをターバンのように髪に巻き、キッチンに戻る。クリスはジーンズをはき、アナのいるキッチンに行く。アナはふたり分の健康にいい料理を出したあと、さらにキッチンの引き出しをあさっている。

「お箸がないわ」アナがいう。「野蛮ね」

「ああ。だからおれが好きなんだろ」

　クリスにしてみれば、皮肉の利かせた切り返しのつもりだが、アナが警戒した目を向ける。クリスの過去に、暗くて激しい潮流があったのかもしれないと疑っているかのように。

クリスは反応しない。アナはリビングルームに行き、コンピュータ・バッグをあけ、二膳の箸を持ってくる。

「手取り足取り教えましょうか？」アナがいう。

「いや。きみはワイルドなおれが好きだから」

アナは笑い、席につき、自分の皿を引き寄せる。「ワイルドだけど、人の話には耳を傾けるんでしょ」

　ふたりは料理を平らげ、アナが着替える。

「ありがとう」アナはいう。「また会いましょう」

「アナ」クリスはいう。いつのまにか忘れ去られた真言（マントラ）のような呼びかけ。

アナはコンピュータ・バッグを取りに、ふらりとリビングルームに行くと、振り向いてクリスを見る。「あなたには、自分でも気付いていない力がある」彼女はためらいがちにいう。「そう。あなたは大胆。それに、わたしたちのだれにも見せていない伎倆（ぎりょう）を、いくつも持っているような気もする。でも、わたしがいっているのは、あなた自身も知らない力よ。そんな力を使ってみたくはない？」

「使ってみたいね」

「わたしの希望が実現すれば、あなたにも可能性が訪れる。人生が一変する可能性が。でも、わたしには味方が、相談相手が、それから……」

「番兵もか？」

「素早く本質を見抜けて、さらに……」

アナはクリスの机の前に立っている。彼女はぴたりと動きを止め、無言になる。

シャーリーンとドミニクの写真が机上の目立つところに置いてある。クリスはアナに気が済むまで見せる。

ずいぶん長く感じられる時間が経ってから、アナは肩越しに振り返り、クリスを見る。

クリスはアナの方へ歩いていく。「正直にいっておきたい」

アナは写真に目を戻す。「わたしも訊かなかった。今夜ここに来たときも……」

クリスは彼女の顔を見ていられなくなる。彼女の横に行く。だが、触れはしない。

「おれには妻と息子がいる……」滑っていきそうな声だ。「ここにはいない。ここに来ることもない。来ることはできない。おれもあっちに行くことはできない。だが、いつかまた一緒に暮らすつもりだ。いつになるかはわからない。どうやってそうするのかもわからない。だが、その気持ちはたしかにある」

「わかった」アナはまだ写真を見続けている。写真にも、クリスにも触れない。アナはやっとうなずく。「見込みはない、ということね。わたしとあなたには」

「嘘もない」

「わかった」

クリスにはアナの表情が読めない。台無しにしてしまったのかもしれない。〝何が〟台無しになったのかは、さっぱりわからないが。

「見込みなしか」アナがいう。「それなら、悩むこともないわ」

何の話をしている？

アナが小声になる。「息子さん、かわいいわね」

クリスはナイフを突き刺されたような感覚を覚える。心臓を丸ごとくりぬかれたかのような。彼は無言でうなずく。アナが彼を見上げる。

アナの笑みはすぐに消えた。その後、表情がゆがんだのかもしれない。「胸を躍らせちゃったわ。偽造した身分証を持つ既婚のアメリカ人に。たいした人」アナは笑みを浮かべ、続ける。「あなたとの関係は褒められたものじゃない。家族のだれかに話すようなものでもない」

「つまり、夜の営みを駆使してトップに成り上がることはないということか？」

アナが笑う。「あなた、台湾人なの？」

「いや。洞察に富んだ人間だ」

「またすぐ会いましょう」アナがいう。

これほど胸が高鳴ることはなかった。アナのことだけではない。彼女の世界がクリスにもひらかれているのだ。別の別世界が。鮮やかな世界が。

アナが出ていく。クリスは板ガラス張りの窓の前に行き、彼女が出ていくのを見守る。

彼女の車は路肩に停めてある。アナは車に乗り、振り返らずに走り去る。

クリスはひんやりしたガラスに寄りかかる。

週のはじめにクリスが倉庫に入っていくと、倉庫内は寒く感じられる。パオロが十八輪のトレーラートラックの乗員を指揮している。倉庫の離れたところで、アナが合板(パーティクルボード)でつくったテーブルの前に立ち、ラップトップのキーを叩いている。顔を上げない。

パオロがトラックの準備を終え、近づいてくる。

「あれは」クリスはいう。

「すべて順調(トゥドゥ・ベイ)だ」

「たしかなのか？　協議だ、調印だと……」

「エスカレートするということか？　その言葉で合ってるか？」

「ああ」

パオロが首を横に振る。「現状維持だ。両家ともカネを稼ぐ」

ふたりは顔を見合わせる。クリスは完全に警戒を解いたわけではない。パオロも同じだとわかる。いい傾向だ。

アナがラップトップを閉じ、ゆっくり歩いてくる。「まだチェン一家のことを話してなんかないでしょうね？」

「それが我々の仕事です、セニョリータ」パオロがいう。

「わたしたちも、あなたたちの仕事ぶりは評価しているわ」

パオロが顎を引いて謝意を示し、運転手と話をするためにその場を離れる。アナがクリスに顔を向ける。

「チェン側は腹を立てていたけれど、取るに足らない人たちだから」アナがいう。「クラウディオはふざけてティンカー・ベルの羽を引っ張るようなやつだけど、彼も一家も相変わらずシウダーデルエステという枠の中で物事を考えている」

「きみはもっと大きな枠で考えているのか？」クリスはいう。

「垣根(ヘッジ)と限界(フロンティア)の両面でね。ここより広い世界につながるなら、どんな取り引きも好き。綱渡りが好き」アナはいう。「わたしは父の後継者にはならない。自分のビジネスユニットをつくって、限界なんか設けず、新しいやり方で運営していく」

「きみならやれるだろうな」

アナの顔に笑みが広がる。「そのうちにね……」

アナが手招きし、クリスを倉庫のさらに奥へ連れていく。角を曲がると、クリスは足を止める。そこの棟全体が、床から天井までハイテク装置で埋まっている。

「これは何だ？」クリスは訊く。

アナが首を振って装置の山を示す。「一カ月分の在庫。三週間ごとにこれだけの品物が入れ替わる」

クリスは目を丸くしないように気をつける。

「これは手はじめ」アナがいう。

クリスは思わず笑いそうになる。

リュウ一家は取り引きができる。資材、完成品、ハードウェアと部品を調達でき、利用できるサプライチェーンもある。グローバルな電子資金送金システムを介して銀行間の資金移動もできる。ロシアやイスラエル政府のデータベースを利用して、邪魔に入りそうな顧客や法執行機関に関する情報も引き出せる。アメリカ合衆国などの司法権の介入をほぼ回避し、法の制限を超越する。法を破ることもない。法そのもの、そして国家の司法制度のはるか上空を飛び、このオープンな都市から、この自由貿易ゾーンからビジネスを展開する。敵対する警察、判事、大陪審、法制度に寄生する弁護士、クリスが犯罪者としてのキャリアを積んできたブローカーといったものの外で動くのだ。

しかし、〝避難港〟など、どこにもない。世界は自然状態であり、恐ろしいジャングルだ。自分の運命は自分で切りひらくしかない。自分の手で。狩る者と狩られる者が勝手にうろついている。自分の知性、規律、そして、あらゆる形の暴力に立ち向かう覚悟しだいで、生き残れるかどうかが決まる。

クリスはこれほどの解放感を抱いたことはなかった。

小さなドアからシネマスコープの劇場に入っていくような気持ちだ。流浪の暮らしに啓示がもたらされた。

アナがクリスに目を向ける。

「きみについていく」クリスはいう。

帰る道すがら、今日は気が高ぶっているから、ダイスを振ってどんな結果が出ても受け止められると思い、クリスは私書箱に立ち寄る。彼は私書箱をあける。胸が大きな鼓動を刻む。

シャーリーンからの手紙がある。一週間前に届いていた。

彼は狭くてやかましい通りを歩き、カフェ・ダマスカスへ行く。席につくと、ウエイターがコーヒーと〝チパ〟を運んでくる。

封をあけたらどうなるかはわかっている。

中にはかわいい息子の写真、シャーリーンがビーチでドミニクと手をつなぎ、横に膝を突いている写真が入っている。

シャーリーンの手紙にはこう記されている。〝愛してるわ、ベイビー。寂しい。わたしたちにはあなたが必要よ〟

クリスは亡霊ではない。シャーリーンにとって。息子にとって。クリスは存在している。

今日の外の通りでは、がやがやと商売が行われている。明日は？　自分がどれほどの領域をつくり上げるかによって、地平線はどこまでも広がる。自分のこれまでの経歴が急に古くさく感じられる。

いったい何だったのか？　ニール・マコーリー、マイケル・セリト、クリス・シハーリス、トレヨ。それぞれに伎倆を持ち合わせていたが、彼らは何者だったのか？　彼らは最高のチームだったかもしれない。だが、何をするうえで最高だったのか？　一九世紀的な銀行強盗か？

今このとき、衝撃的なこの瞬間において、クリスは生きていると感じ、これからも生きていこうと感じる。

そう思ったとたん、不意に、自分の人生が幻だったのではないかと思えてくる。壊れやすい。クリスは写真を握りしめる。

第六部

ロサンゼルス、二〇〇〇年

65

犯行現場は、峡谷(ザ・バレー)(サンフェルナンド峡谷のこと)の北にある薮に覆われた丘を走る州間高速道路210号線の外れにある。夜風がいくつもの峡谷や谷間を通り、壊れた笛のような音を出す。眼下の街は小さなライトの海だ。ヴィンセント・ハナは崩れやすい田舎道のカーブを曲がる。前方では、ロサンゼルス市警(LAPD)のパトロールカーや現場捜査班のバンが路肩に並んでいる。ハナがでこぼこの地面を歩いていくと、風に吹かれたスーツジャケットがうしろにはためく。よく見る光景だ。ストロボライト、パトロールカーの回転灯。現場への立ち入りを制限する制服警官。フラッシュをたく警察カメラマンのカメラ。ロサンゼルスのヒット曲。

ドラッカーが立ち入り禁止のテープの中にいて、ポータブル・スポットライトにうしろから照らされている。手袋をはめ、制服警官と話している。その向こうには、バーバンクの空港へのアプローチに入るジェット旅客機が、きらめく宝石の数珠のように地平線に並んでいる。五十ヤード(約四十六メートル)も先から、ハナは異臭に襲われる。

ドラッカーが制服警官に断りを入れて、ハナの方に歩いてくる。「ヴィンセント。オフロードバイクで遊んでいた少年が発見した。日が暮れるころだ」

ハナは頭を下げてテープをくぐり、ドラッカーのあとについて歩いていく。照明、異臭、やかましく飛び交う蠅(はえ)が行く手を示す。

「およその推定時刻は？」ハナはいう。

「遺体は動物に荒らされていたから、ほんとうにおおまかになるが——二日から三日前に殺害されたようだ」

ハナはハンカチで額を拭く。喉が渇き、体がむずむずする。ドラッカーがハナをちらりと見る。その賢明なる目は物静かだが、鋭い。

ハナがここにいる必要はない。強盗殺人課(RHD)の刑事ふたりが現場にいる。同課強姦(ごうかん)特別班のサンサラとラウシュだ。だが、通報内容が無線で流れてきたとき、何かが引っかかった。ハナはドラッカーに急行するよう指示した。ドラッカーには、その理由を訊くつもりはまだない。

被害者の女は深さ十八インチ（約五十センチメートル）の穴にうつぶせで倒れている。遺体はすでに白骨化がはじまっている——ハゲワシ、昆虫、鼠。

「道路から百ヤード（約九十メートル）か」ハナはいう。「隠したようだが、いい加減だ。手早くやったようだな」

ドラッカーが荒らされた地面についた動物の足跡を示す。「コヨーテに掘り返された」

遺体の手足がぞんざいに広げられている。片手でこの墓穴まで引きずられてきたかのように。被害者はほっそりと小柄で、長い黒髪が土で茶色くなっている。十代、せいぜい二十歳。野生動物が顔の半分を食いあさり、骨が露出している。残っている部分を見るに、東アジア系の顔つきだ。片足にヒールのついた赤いサンダルをはいているが、それ以外の衣服は身に着けていない。

ハナは身をかがめる。ショットガンに撃たれたことを示すクレーターのような痕が、背中についている。

「至近距離」ハナは遺体を仰向(あおむ)けにしない。触れない。

「並外れた暴力性」ドラッカーが強姦特別班の刑事に向かって顎を引く。「あのふたりは、彼女がフィゲロアかバンナイズの道で降ろされたと考えている。何がおまえのレーダーに引っかかった？」

ドラッカーが心配して訊いているのか、希望を抱いて訊いているのか、ハナにはわからない。ミネラルウォーターを一本、持ってくればよかったと思う。

「そうだな」ハナは立ち上がり、現場をざっと見る。「被害者の年齢、性的暴行、裸、剃った陰毛、安物のピンヒールからすると、体を売ろうと街角に立つような格好じゃないか？・たしかに、この子は売られてきた。フィゲロアよりバンナイズの小道の方が可能性が高い」ハナはいう。

性犯罪を担当する刑事が文句をいいながら車に戻っていく。ドラッカーはその刑事を見ている。不安が顔に出ている。

ＲＨＤは山積する事件に押しつぶされそうだ。ハナは十を超える大事件を担当している。ハリウッドのストーカー殺人。ロサンゼルス港のコンテナ強奪事件。ロシア・ギャングの娘の銃撃殺人事件。ドラッカーの顔には、この事件まで背負い込まない方がいいと書いてある。

「身元は？」

「ない」ドラッカーがいう。「ラウシュとサンサラが、部下の刑事たちに、近くのガソリンスタンド、銀行、コンビニで聞き込みをさせている。防犯カメラが犯人の車をとらえているかもしれないからな」ドラッカーは特に気を使う様子もなく、淡々という。「これも引き受けたいのか？」

「一分後に訊いてくれ」ハナは砂漠の彼方に目を向ける。

二年前、いや、去年までなら、ドラッカーはそんなことを訊きはしなかっただろう。だが、なぜこの現場に来たのか、ハナははっきり説明できない。無線が入ったとき、ＲＨＤの経験豊富な刑事ふたりがすでに捜査をはじめているのに、なぜドラッカーをここに向かわせようと思ったのかも説明できない。

ハナは墓穴の縦の縁から離れる。スポットライトの光と影の境目になっているあたりの地面を指さす。

「もう片方の靴だ」ハナは地面に目を落とす。「逃げているときに脱げたようだな」

「逃げたのか？」ドラッカーがいう。

ハナは首を巡らす。「ここの足跡を見ろ。男の靴だ。男たちの靴。ひとりではない。それから不規則な女の足跡。逃げていたんだろう。ひとりの男が追いかけていた」ハナは口笛を吹き、カメラマンと現場捜査班を呼ぶ。「犯人たちは被害者をここでつかまえ、ショットガンの銃身を彼女の背中に向け、引き金を引いた。そして、彼女が倒れたそばに墓穴を掘り、彼女をそこへ引きずった」背筋が冷たく感じられる。

カメラマンと現場捜査班がどたどたと歩いてくる。

ハナは指さす。「大きさとパターンを記録しろ」

彼は墓穴に戻る。頭皮が引きつるように感じる。ライトに照らされて、若い女の肌が緑色の蠟のように見える。彼は上唇にハンカチを当てる。射入銃創から足首へと小刻みに視線を動かす。

「縛られた痕だ」その痕に気付いたとき、奇妙な感覚が彼の皮下を這い回る。「犯行集団は彼女を縛り、ここに連れてきた――そいつはこの斜面で兎狩りができると確信していた。そして、いなくなってもだれにも悲しまれない若い女を兎代わりに放った」

だが、問題はその男ではない。あるいは、その男だけではないというべきか。若い女だ。名無しの女だ。

年端もいかないうぶな少女のようだ。無理やり悪夢を見させられて、恐ろしかっただろう。ハナは彼女の横で膝を突き、手がかりを探す。

「それで、ロサンゼルスでは、いなくなっても悲しまれないのは、どういう女だ?」ハナはいう。

ドラッカーからは、危険が伴う大きな獲物のにおいを嗅ぎつけ、猛然と突進していこうとする猟犬のように、落ち着き、大きな不安、固い意思を感じる。「オフロードバイクのもの以外、タイヤの跡はない」彼はいう。「ブーツの足跡、動物の足跡、被害者の足跡だけ」

「すると、犯人たちは車からここまで彼女を歩かせた」

「自分たちの車を汚したくなかった」

「そして、楽しみのために」ハナはいう。

「場当たり的にやった形跡はない」ドラッカーは注意深く現場を精査する。クーガーのような注意深さだ。意識を集中している。「素早く、効率的。やり慣れている男、そして仲間たちの仕業だ。慣れたやり方と仲間という要素からして、まずまちがいなく前にもやったことがあるだろうし、今後もやるつもりだろう」

ハナはドラッカーの経験と勘を信頼している。彼は遺体の周りを一周し、周囲の黒い地面を調べる。

RHDの刑事たちが戻ってくる。サンサラは警戒した鋭い目つきだ。

「警部」形式的かもしれないが、敬意を込めた呼びかけ。

「これはおれがやる」ハナはいう。

サンサラが肩を落とす。「わたしたちがすでに捜査を開始していますが」

「ああ、わかっている。それでもだ」
・ウエイトリフティングが好きで、ふざけたことを許さない女傑のラウシュが、パートナーであるサンサラの隣にやって来る。「警部（サー）。これは単なる殺人ではありません。強姦特別班がフィゲロアの小道、アラメダ、バンナイズの小道に関する情報源を持っています――わたしが持っています――から、ぽん引きや客がこれをやったかどうか探ってみます」
「頼む」ハナは気落ちしたふたりの顔から目を背ける。「その情報源だが、聞き込みをはじめろ。ラウシュ、きみはおれとドラッカーと一緒に動いてもらう」そういうと、ハナは車に向かう。

66

ハナはダウンタウンのパーカーセンターにある強盗殺人課（RHD）に颯爽（さっそう）と入っていく。コンクリートとガラスでできた凶悪犯罪課のオフィスは、フロア全体に広がっている。オープンプランの機能的で武骨なデザイン。エリート課内のエリート班のオフィスにしては、見通しがいい。ホワイトボードに貼った地図。任務、未解決事件。デスクライトにくっきりと顔を照らされ、電話に出ていたり、コンピュータと向き合っていたりする男や女。ハナが近くを通るとき、彼らが目を上げる。ハナに向かって顎を引く者もいる。ハナは深夜勤務ではないが、昼夜問わず、オフィスに出入りする。

ハナの机上に積もっているファイルの束は、厚さ二フィート（約六十センチメートル）にもなっている。ドアのガラスには、〝凶悪犯罪課長　ヴィンセント・ハナ警部〟と記してある。

あと一分もすれば、ラウシュが、そしてサンサラがものすごい勢いで入ってきて、この事件から外された文句をぶつけてくるはずだと、ハナは思っている。彼は机の奥に立つ。水面に浮遊しているような感覚にとらわれるが、水平線の彼方の激流に引き込まれているようにも感じられる。そっちに向かって泳いでいきたい。

　ドラッカーが現れ、戸口を塞ぐ。「検死官が現場に到着した」ハナはいう。

「彼女のかかとがずたずただったことには気付いたか？」

「靴が脱げてからも走り続けていたんだろうな」

「傷でぼろぼろだったが、彼女は耐えた。逃げられるかもしれないと思って」

「だからこの事件を分捕るのか？」ドラッカーがやれやれと両手を上げる。「いや、おれもやる気だぜ、ヴィンセント。百パーセントな」

「期待しているよ。ここからは全力で行く」

「望むところだ」

　ハナは机の上に視線を落とす。彼の検討や承認待ちとなっている、部下から上がってきた報告書が百五十件。動員要請。他機関との連絡。戦術物資や装備の購入注文書。

「制服警官と刑事が２１０号線沿線の防犯カメラ映像を調査中だ」ドラッカーがいう。

「検死解剖が終われば、さらに詳しい情報が入るだろう」

　ハナは拳でこつこつと机を叩く。しばらくして、うなずく。

　ドラッカーが退出しようと背を向ける。だが、またハナの方を向き、肩越しにオフィスフロアを振り返る。そして、声を落としていう。「地方検事事務所から連絡があったぞ」

　ハナはオフィスチェアにどさりと腰を下ろし、爪を噛みはじめる。「ああ、そうだった……先方は何と？　おれの知りたくないことか？」

「ロサンゼルス港の強奪事件の証拠の件だ。情報提供者の聴取記録はどうした？」

ハナはドラッカーの胸を見つめる。

ドラッカーは机に寄りかかる。「ヴィンセント、検事のところにはないそうだ。そもそも提出されていないとか。裁判で必要だといっている」

聴取記録か。くそ。「検事には何ていった？」

「聴取記録を確認中だといっておいた。予備審問でもう必要になるとは知らなかった。こちらの手落ちで、たいへん申し訳ない。連絡が混乱していたとな。それから、聴取記録は明日の午前八時までに、宣誓供述書と証拠物件類受け渡し記録と合わせて、そちらの机に届けさせるともいっておいた」

「助かる」

ドラッカーが机の前にそびえる。

「わかった」ハナはいう。「必ずぜんぶ届けさせる」

ドラッカーがゆっくりとうなずく。ハナはドラッカーの胸の内にしこりができているような気がする。そのうなずき方から、ドラッカーの思いが伝わる。〝いつまでおまえのケツを拭いてやらないといけないんだ？〟

「ほかに何かあるのか？」ハナはいう。

「そっちこそ」

ハナは何もいわない。ドラッカーは背を向けて退室する。

ダウンタウンからロスフェリスへ向かうルートは混んでいる。夜が格子状の鈍い光に変わる。気持ちは高ぶっているが、疲労が血管を巡り、ハナの手足を引っ張っている。今回の殺人事件。あの若い女はなぜ殺された？　誘拐、強姦、人身売買、薬物？　車のウインドウをあける。サンタアナの空気が分子レベルでハナの皮膚をこするように感じられる。ドラッカーのまなざしが、脳裏にこびりついている。ドラッカーのいうとおりだとは思いたくない。

だが、たいていはドラッカーのいうとおりだ。だからこそ、ドラッカーは凶悪犯罪課にいる。洞察力に富み、タフで、率直で、用心深い。ハナのチームの面々は、みんなそうだ。ドラッカー、カザルス、それから、今回の事件に新しく加えた刑事、キャス・ラウシュも。暗い界隈、煌々（こうこう）と明かりがともる家並みの前を通り、ハナは自宅に戻る。地方検事補にいわれた記録は、二週間前から自宅にあった。持ってきたことを忘れていた。証拠管理課への返却を忘れていた。

ハナのコンドミニアムは改装されたロフトで、研磨されたコンクリートの床とハロゲン灯のトラック照明がついている。煙草の吸い殻のにおい、アルマーニのコロン、そして、アルマーニのコロンでごまかすはずの饐（す）えた洗濯物のにおいがする。記録はダイニングルームのテーブルに置かれた新聞紙の束の下にある。

それは家に持ち帰っても、そもそも封のされた証拠袋から取り出してもいけないものだ。だが、報告書だらけのオフィスで集中することなど——身を入れて仕事をすることなど——不可能だ。ハナは記録を証拠袋に戻す。手の付け根の膨らみで目を押す。

キッチンに行き、処方されたアデロール（精神刺激薬アンフェタミンの商品名）の瓶の蓋を外す。処方箋は本物だ。ハナに出されたものではないが。一日二十ミリグラムの錠剤ひとつを処方されている。ハナは三錠を水も飲まずに呑み込む。効き目、エネルギー、集中力を待つ。波に乗り、あらゆることに自信がみなぎり、目が行き届く感覚を抱きたい。大きな獲物のにおいを嗅ぎつけたときに湧き起こる、歓喜のひととき。

鼓動が高鳴り、興奮が高まる。ハナは今回のような事件についてよく知っている。だが、今はコンテナ強奪事件を丁重に処理しなければならない。彼は証拠袋をつかみ、急いで外へ出る。

車に戻り、サンセット・ストリートを走っているとき、身元不明の女の犠牲者のことを考える。まだあどけなさの残る女が、追われ、撃たれ、車の行き交うフリーウェイから外れた原野の穴に引きずり込まれた。犯人たちは、彼女の希望を打ち砕いて喜びを感じた。カメラのフラッシュがたかれたときに見えた、扇状に広がっていた犠牲者の髪を思い出す。じっとりと冷たいものが背筋を伝う。

ハナは携帯電話を取り出し、短縮で電話をかける。

呼び出し音が鳴り、先方が電話に出る。「あら、ヴィンセント」

「よお、スウィーティー」

「パトロールカーに乗ってるのね」ローレンがいう。

「クラウン・ビクトリア、パトロールカーの女王だ」

「こっちに寄ってくれないの?」

胸の痛み、いやな予感が体に染みてくる。「行けないよ。パトロールカーは鮫(さめ)みたいなものだから、走り続けないといけない。ちょっと様子を聞きたかっただけだ」

周りでは街が膨れ上がる。広告の看板、明かり、喧噪。ダウンタウンの摩天楼が、光を受けるワセリンのように輝く。

「相変わらずよ」ローレンがいう。まだ息を切らしている。だれかを追いかけているのか、すぐうしろからだれかに追いかけられているかのように、急いでいる様子だ。

「展覧会の準備は終わったのか？」ハナはいう。

「もう少し」皿や銀器がかたかたとぶつかる音。「水彩画のフレームをやり直しているの。黒がいいんだけど。つやのある黒が」

高校の美術展覧会。新しい学校。小規模な女子校で、ひと息つける余裕も、伸び伸び育つ余裕もある。ローレンが転校してから八カ月。どうやらなじんでいるらしい。硬くなっていたヴィンセントの胸のあたりが、ほんの少しだけ緩くなる。

「緊張してるのか？」ハナはいう。

「うん」

ハナはカーブを曲がる。脈が速くなる。「精いっぱいやればいい。そうすればわくわくしてきて、いろんなことが見えるようになる。おまえの作品は生き生きする。息づく」

「やってみる」ローレンは息を吐き出す。「約束する」

「みんなの度肝を抜いてやれ」ハナはいう。「愛してるぞ」

ローレンがいったん話をやめる。角を曲がって静かな部屋に移動するらしい。「そっちもね」

そこで電話を切るのが自然だが、ハナは切らない。沈黙が長くなる。

もうひとりの声も聞きたい。ゆったりした、ハスキーで心地よい声。彼女の姿を脳裏に思い描く。ソファーに座り、ダンサーのようなしなやかな脚を組み、小首をかしげ、煙草を唇に運ぶ姿。

ローレンの声が小さくなる。「ママは話さないと思う」

ジャスティン。結婚生活が六年続き、離婚して四年がすぎた。熱、そして怒りも、すっかり冷め、しばらくは穏やかなつながりが保たれているように感じられた。

ハナはハンドルを握りしめる。肌に電流が走るように感じられる。この強烈な感覚が、胸の痛みではなくアデロールの効能ならいいのだが、ハナはまだアンフェタミンのヒットを待っているところだ。彼は思う。**早く来い**。

ローレンはもう薬をやっていない――ジャスティンに最後にいわれたことのひとつだ。いちばん最後に、ハナはこういわれていた。**覚醒剤(スピード)をやったって、暗がりにいる獲物を追う力なんか出てこない。あなたが感じている熱い気持ちはね、X線のように見通す力じゃない。自分を焼き尽くす炎なのよ。わかる?** そして、鼻先でドアを閉ざされた。

ハナは電話を持ったままでいる。夜がちらちらとすぎていく。

ひとり暮らし。ひとり寝。だれと関係を持っても、体の関係でしかない。一夜かぎり。大切な女性はジャスティンとローレンのふたりだけだが、別々に暮らし、距離を置かれている。細くて、ほつれたロープでかろうじてつながっている。

ローレンに負担をかけたくはない。「またあとでな」

ハナは仕事に戻る。

67

ドラッカーが検死解剖室の隅に立っている。隣にキャス・ラウシュがいる。決然と腕を組んでいる。検死官と検死解剖技術者がステンレススチールの検死台に近づく。黒い遺体袋が載っている。天井から吊り下げられている手術用照明灯の下で、ジッパーが輝いている。

ハナはうしろで行きつ戻りつする。

被害者の発見から三日が経っている。まだ身元は不明のままだが、ラウシュが例の墓穴から州間高速道路210号線に乗って、少し走ったところのガソリンスタンドの防犯カメラ映像を探し出した。

午前一時四十二分、山の方へ向かうヘッドライトが流れ去る。アメリカ車のセダン、古くて重厚な車体、大型エンジン。午前三時三分、その車が戻り、ガソリンスタンドに入る。運転手は運転席に乗ったまま。白人。ふたりの男が降りる。ひとりは白人、もうひとりは黒人。ポンプアイランドでふたりの姿の一部が隠れている。ひとりの男がフロントガラスの汚れをスクイージで拭い取る。もうひとりがビニールのゴミ袋を持ってスタンド脇のゴミ収集コンテナに行き、空手で帰ってくる。彼らは走り去る。

それだけだった。はじめて映像を見たとき、ハナはこういった。〝もう一度、再生しろ。スローモーションで〟

ラウシュが巻き戻し、再生した。男たちが車から降りた。ハナはいった。〝止めろ〟

静止画はぼやけていた。光の斑点と暗闇。画像自体が不明瞭で、男たちの顔から身元を割り出すのは無理だった。男たちは不鮮明で、亡霊のようだ。

〝ズームできるか？〟

ラウシュが首を横に振った。〝技術者ならできます。音量とコントラストを上げることもできるかもしれません〟

〝三人。組織化されている〟とドラッカーがいった。

〝ここからわかるのは――死体遺棄は、このぼやけた連中がやった〟ハナは手を腰に当てる。〝ラウシュ、あのゴミ収集コンテナをチェックしろ。運がよければ、まだ回収されていないかもしれない〟

〝すでにやっています〟とラウシュがこともなげにいった。〝袋を発見しました。中身を調べているところです〟

今、検死官が手術用のラテックス手袋をはめ、オーバーヘッド・マイクに手を伸ばす。「外表検査をはじめる」彼が遺体袋のジッパーをあける。

被害者の遺体は仰向けで、胸上部のショットガンの射出銃創がひどい。ドラッカーとラウシュは黙って立っている。ハナは行きつ戻りつを続けている。

検死官がマイクに向かって話す。「顔の一部が白骨化している。捕食された形跡あり。鳥ともっと大きな哺乳類、それに昆虫も」

検死官が被害者の頭の向きをそっと変える。「左目がなくなっている。眼窩のくぼみがきれいになくなっている」手術用照明灯の角度を調整し、空の眼窩にまともに光を当てる。「眼窩内側壁に……痕がある」

ハナは暗がりでしきりに行ったり来たりし続ける。

「焦げた痕だ」検死官がいう。

ドラッカーは背筋に針を刺されたような鋭い痛みを感じる。ハナは足を止める。

「やけどのあと、丸い、直径はおよそ八ミリメートル」検死官が体を起こす。「だれかが彼女の目で煙草の火を消したらしい」

ハナにも検死官の言葉が聞こえ、助手のカメラのシャッター音が聞こえる。目の片隅でドラッカーが背筋を伸ばすのが見え、ラウシュから流れ出す電流を感じる。

「生前のもの？」ラウシュがいう。「死後？」

ドラッカーが息を吸い込む音が聞こえる。「おお、これはまたひどいな」

ハナはコマ送りのようにしか動けない。険しい形相で検死官を見る。「煙草の火を押し付けたのか」

検死官は被害女性の頭部の残りの部分を入念に調べている。「耳たぶ、鼻、それから、ああ、目」

ハナの胸が急にうつろになったように感じられる。「足首にも痕がある」

検死官が顔をしかめる。「あとで見よう」

「今やれ」ハナはいう。「さあ」

検死官はしぶしぶ検死台の端に行く。眼鏡をかけ直す。「体組織に黄色がかった茶色の痕、触れると堅い、擦りむいた皮膚が乾いて羊皮紙のようになっている。結紮の痕」検死官が彼女の足の向きを変える。「角度……これ――結紮の結び目が足首に食い込んでできた、Vを逆さにした形――引力に逆らって吊られた向きと一致する」

「足から逆さ吊りされていたのか？」ハナはいう。

検死官がうなずく。「それから、犠牲者の皮膚に検出できる痕がある。結紮に使われたものは、まずまちがいなく堅かった」検死官がその痕を精査する。「はっきりとはわからないが、この痕は鎖のつなぎ目に似ている」

ハナは内部崩壊寸前の邪悪なものの存在を感じる。「オーティス・ロイド・ウォーデル」

ドラッカーが顔を向ける。「だれだ？」

ハナは無意識のうちに検死台に歩いていく。「オーティス・ウォーデルがロサンゼルスにいる」

「犯人の名前を知っているのか？」ドラッカーがいう。

ハナは目を閉じ、首に鉄床がぶら下がっているかのように、頭を垂れる。「やつだ。生きていた。あれから十二年だが、あいつは生きていて、またやりはじめた」

ハナはトーテムの像のようにじっと立ち、ドラッカーとラウシュにざっと説明する。シカゴの民家襲撃。強姦、鈍器による殺人。自動車修理工場での拷問と殺人。ウォーデルの失踪。

その後、雑念を振り払うかのように、首を振る。「今回は新しい手口が加わっている。浅い墓穴」

ハナは電話を取り出し、ある番号にかける。

カザルスが出る。「強盗殺人課だ」

「驚くなよ。亡霊が出た」ハナはいう。

カザルスに確認する。直観したものの片鱗(へんりん)がくっきり見えてくる。**自分を信じろ**、とハナは思う。クレバスの縁から身を乗り出して底をのぞき込んでいるような感覚だ。長く抑え込んできた渇望が膨らむ。あの生皮を剝(は)がされるような事件。いくつもの人生をひとりよがりに次々と潰した男を狩りたいという渇望。

オーティス・ロイド・ウォーデル。ハナの血がたぎる。**この野郎。おれの街にいるとはな。しかも、おれがここにいることを、おまえは知らない。**

68

木曜の夜十一時三十分、通りはにぎやかだ。サウスフィゲロア・ストリート、四車線、ロサンゼルス・メモリアル・コロシアムのすぐそば、中古車販売場は閉まり、教会も静まり返っている。ガソリンスタンドはまばゆい光を放ち、活気がある。そして、ストリップモール、コンビニエンス・ストア、ピンク色のネオンサインがともるファッション・マッサージ。モーテル。モーテル。街角の女たちが気取って歩いている。彼女たちを乗せようと、車が並び、中の影に包まれた男たちが、ウインドウをあけていう。〝来いよ、ガール〟

彼は車を走らせる。いつもの巡回だ。

地元民、この界隈の住民。彼らはこの大通りを車で走り、ドアをロックし、サングラスをかける。州間高速道路110号線を下り、少し先の南カリフォルニア大学（USC）に向かってここを通る人々は、ハンドルの二時と十時から手を離さず、信号やファストフード店しか目に入らない。ほかのものは見ない。

だが、目がついていれば、はっきり見える。そして、彼には目がついている。なぜなら、ここのモーテル、ファッション・マッサージは彼のものだからだ。十五分五十ドルの部屋代。十五分もあれば、商売女たちがモーテルでの相手に使う時間としては充分だ。彼は彼女たちの稼いだカネから取り分をもらう。百ドルにつき二十ドル。

五つのモーテル、ふたつのファッション・マッサージ。そこを毎晩回り、支払い状況、何人の女が入っているかを確認し、全員にこっちの取り分を確実に払わせる。

彼はアウトスカーツ・モーテルに入る。〝カラーテレビ。ペットお断り〟。全室が中央の中庭に面し、入り口も出口もひとつ。映画館のチケット売り場のように、アンプ付き通話口とスライド式キャッシュ・トレイがある、ひっかき傷だらけの防弾ガラスで仕切られた個室に、デスク係が座っている。

彼は車を停め、通用口からブザーを鳴らして入る。「景気はどうだ?」

デスク係のカルターがトランジスタラジオを聞いている。服は清潔だが、色褪せている。

「勤務交替も円滑でした。問題ありません」

カルターがレジをあける。モーテル全体と部屋をざっと見る。くすんだ色のカーテンが引いてある。満室。チャリーン。

「くされ問題などない方がいい」彼はいう。

「ええ、ボス。みんな紳士みたいに振る舞ってます」

彼は不満げな声を漏らす。アウトスカーツは、このあたりの住人に〝壊れたところ〟と呼ばれている。ぽん引き、売春、麻薬密売買のパラダイス。汚いものを求めていなければ、人がここに足を向けることはない。ここはまさにそういうところにしておきたい。

モーテル経営は大好きだ。彼の王国だ。薬をやり、その夜の儲けを集め、気分しだいで女とやりまくれる。ぜんぶ手に入る。同時に、ぽん引きが女を送り込んでくる。けんかをする者などいない。ギャングスタ絡みの戯言も、ぽん引き同士の諍いも、モーテルでの大げんかも許さない。それに、モーテルの敷地では、流血や死者も絶対に出させない。薬をやりすぎたやつがいたら、外に運び出す。路地でくたばらせる。このモーテルは市南端の境界線上に位置するから、LAPDはがさ入れをしようとも思わない。LAの一部だということも知らない。

カルターはバランスシートをつけている。それを受け取り、彼はざっと見る。アウトスカーツはさっと一発やるだけのホテルだ。五人のぽん引きが出入りし、それぞれに四、五人の女がいる。つまり、常時二十人の女とやれるキャパがある。

彼はスモーキーの名で通っている。ジョン・フランシス・スモレンスキー。運転免許証にもそう書いてある。ここでは、オーティスと呼ばれることはない。仲間はウォーデルの名を絶対に口に出さない。体重はいくらか増えたし――筋肉だぜ――髪をムースで立てている。眉に走る傷跡は、バーで出会う女にはタフなのに弱くも見えて、かまってやりたくなるといわれるが、それ以外の連中にはめったに気付かれない。シカゴでは、指名手配写真で目立った特徴に挙げられている。ここでは、だれも気にしない。

「清掃係は来たか？」彼はいう。

「いわれたとおり、きのう来ました」

不法移民のボートでやってきたばかりの女たちには、身支度をさせて、ファッション・マッサージや街角などに用意されているほんとうの仕事に出されるまで、モーテルの掃除をやらせるのがふつうだ。だが、今週、彼はホームレスの女を雇って、部屋の掃除をさせた。バスルームのシンク回りの拭き掃除をするあいだ、カラーテレビを見せてやった。『ジェリー・スプリンガー・ショー』をやっていた。今週、彼は〝漂白〟の出費があった。

それもこれも、あの女のせいだ。あのアジア系の女は、おれの股のあいだでひざまずくはずだった。だが、あの女はおれの一物を見て、どうしても嫌がった。彼の目の奥で怒りが脈動する。

まず、あの女は部屋の片隅に逃げて身を縮めた。わめきだした。テレビの音でも隠せないほどでかい声で。そのとき、ミュージック・ビデオが流れた。トゥパック・シャクールがスピナーズの〝セイディー〟に〝ディア・ママ〟のラップを合わせる。

何だよ、こいつ？ 彼はぶつぶつといった。**わめくなよ。** 女がすくみ上がり、壁に背をつけている。

トゥパックが、あのつぶらな瞳で、母親の愚痴をこぼしている。

トゥパックがママの歌を歌う。すまない気持ちになる。おれにとって特別な歌だ。おれも母親が大好きだ。

トゥパックなどくそ喰らえだ。母親がクラックをやっていた。本物のブラックパンサーでもなかった。くだらない女だった！　役立たずの売女だった。わめくな。こっちに来い。

そのとき、彼はジーンズのジッパーを下げ、女の頭をつかんだ。女が喉を詰まらせる。そして、彼女はドアに向かって逃げ出し、彼はサイドテーブルの新聞紙の下にあった、くぎ抜きのついた金槌を取り、女の後頭部を殴った。その後、最後まで、女は朦朧としていた。完全に目が覚めたのは、彼が女を低木の原野に放り出し、〝逃げろ〟とささやいたときだった。

くそ女め。

彼はカルターにいう。「あの清掃係は戻ってこない。戻ってきても、追い返せ」

彼はコンドームの在庫を確認する。どの女も客ひとりにつきひとつのコンドームを使う。病気が広がることなど気にしていないが、回転率がわかるからやっているだけだ。コンドームの数を数えれば、ひとりひとりの女からいくらもらえばいいかわかる。

デスク係が顔を向ける。「もうひとつあるんです、ボス」

彼は落ち着いていう。「おれが来たときにいわなきゃいけなかった、もうひとつのことだろ」

「準備を整えてからいおうと思って。すみません」

「それで、どんなことだ?」

「イージーDのことです」

クロムメッキのリムの白いホンダが、表の通りにタイヤをきしらせて停まる。大音量の音楽が響く。ずり落ちそうなジーンズとタンクトップを着た、蜘蛛(くも)のようにひょろ長い男が慌てて降りてくる。女が交差点に向かって歩いている。ひょろ長いぽん引きが駆け寄り、女の髪をつかむと、腹を殴る。

ウォーデルは顔を背ける。彼の知ったことではない。「イージーDがどうした?」

「やつのバランスシートなんです。計算が合いません」カルターがいう。

胸の底から熱いものが噴き出す。「ほんとうか?」

表では、ぽん引きが女のパンティーに手を入れ、女が隠していた現金をつかみ出す。そして、女を自分の車に無理やり連れてくる。

「モーテルの取り分をちょろまかしています」カルターがいう。

「最後にやつを見たのはいつだ?　ここに顔を出すのはいつだ?　午前六時ごろか?」

「ここ数日は顔を見せていません」

彼の取り分をちょろまかすだと?　あり得ない。ウォーデルは外に出る。イージーDを探し出さないといけない。

69

クリスはコバルト色のスーツとシルバーのネクタイというさわやかな格好で、サンタアニータ・クラブハウスに大股で歩いていく。髪はレザーカットし、アメリカにいたどの時期よりも短い。透明なレンズを入れたプラスチック縁の眼鏡。黒い襟元。引き締まった体つき——まだ手足は長いが、細くなり、骨張っている。肌は滑らかだ。

自分がまだ指名手配されている土地を大手を振って歩いている。歓迎されない帰郷(ホームカミング)のために。

アナが前を歩く。やたらぎこちない足取りで。目を前に向け、あらゆるもと、あらゆる人をしっかりまぶたに焼き付けながら。めかし込んでいる。彼女なりに。濃い灰褐色のセーター、ブラックジーンズ、ドクターマーチンといういでたち。髪は高い位置でお団子にまとめ、バタフライクリップで留めている。そんな頭のてっぺんにサングラスを載せている。

「そいつは顔に着けるものだぞ」クリスはいう。

「LAなのよ。ファッションよ」アナはいつものすかした自信を込めていう。カリフォルニアには一度も来たことがないというのに。

アナはロンドンで暮らしたことはあり、シウダーデルエステのまとまりのない、いかれた街並みも熟知しているが、ロサンゼルスの喧噪やきらめきは、彼女にとっては新鮮なのだ。魅力的なのだ。白い歯と偽物の笑顔に満ちたこの街が。アメリカ人の立ち居振る舞いが異質で不思議に感じられるのだ。クリスはアナにとっての文化通訳者兼、文化人類学者の役目を果たすことになっている。

この国を追われてから四年半だ。己の心の準備が整っていることを願うばかりだ。

ずいぶん変わった——そして、何も変わっていない。アナはロンドン大学経済政治学総合学部(LSE)でMBAを取得して以来、フルタイムで家業を手伝っている。父親の彼女に対するそっけない態度とまだ格闘している。デイヴィッド・リュウは彼女の兄に跡を継がせる支度を整えている。フェリックスはいまだに遊び(パーティーイング)とビジネスを混同している。今では、クラウディオ・チェンの妹のレイナルダ・チェンとの子供がいる。赤ちゃんと三人で、中国式のグリーティングカードにありそうな核家族イメージを醸し出している。おかげで、アナはますます脇に追いやられ、両家の不和もうまく覆い隠されることになった。子供は敵意を和らげ、フェリックスとレイナルダの関係は安定しているとはいいがたいものの、望まれる両家の合併の呼び水になると見られている。その点でいえば、フェリックスはチェン一家とのジョイント・ベンチャーを提案するようになった。

アナはそれにむかついている。フェリックスとの関係は、警戒と怒りに満ちたものになっている。ふたりはコブラとマングースのように、向き合ったまま円を描いている。クリスはたまにどっちがどっちかわからなくなる。

そのクリスは、アナが率いる自由度の高いビジネスユニット、マーキュリー・パートナーズ・インターナショナルで働いている。研究所、とクリスは呼んでいる。技術関係プロジェクトの立ち上げが主要な業務だ。実現しそうもないものでも、いい加減なものでも——どんなプロジェクトでもやってのける。

朝日を受けて、影が色褪せたように感じられる。クリスはダイスを振る。ふたりは、九十六時間後にシンガポールに向かって飛び立つ航空チケットを持っている。そこからフェリーに四十分ほど乗り、インドネシアのバタム島へ渡る予定だ。

クリス・バーグマンは鉄壁のIDで旅している。在アスンシオン・カナダ大使館のパラグアイ人協力者経由で入手したカナダ国籍のパスポート。アナはパラグアイ政府発行の正規のパスポートを持っている——偽のIDなど必要ない。

クリス・シハーリスの指名手配が目につくかもしれない——指名手配された重罪人であり、まだLAPDのレーダーが追っているかもしれない——とアナにはいったが、細々と説明したりはしなかった。用心はする。いつも用心している。ふたりの関係だって、一家には秘密にしてある。

リスクはある。だが、アナが〝一緒に来て〟といったから、一緒に来た。そういうものだ。

そういうものでしかない。ビジネスに集中している。でかいビジネスに。南カリフォルニアに来たのは、リュウ一家の顧客が求めている航空電子工学(アビオニクス)システムの調達先を探すためだ。

アルハンブラ（カリフォルニア州南部の市）にいるアナのおじ、ウォルター・ホワングを通じて、航空宇宙産業界に身を置くエンジニアと会うことになっている。通信、監視、偵察能力を備えた、妨害対策GPSシステム、人工衛星ベースのコマンド・アンド・コントロールによる全地球規模の監視システムについては、リュウ・グループはすでに手に入れている。麻薬取締局（DEA）、沿岸警備隊、連邦捜査局（FBI）を出し抜くシステム、あるいは、泥棒国家、反政府勢力、属国にとっては、いかなる敵を相手にしても耐えうるシステムだ。リュウ・グループの最大顧客は、ますます多くの機体――国境付近の係争地や密輸ルートを監視するドローン――を入手している。次に求めるのは、敵に撃ち込むミサイルだ。敵の偵察機や空襲を撃退する兵器だ。アナが最先端ミサイル誘導パッケージの機密情報を提供できるなら、顧客はよだれを流してほしがるだろう。

だから、クリスはここにいる。致命的なまちがいでないことを願うばかりだ。

競馬場は懐かしくも、異質にも感じられる。ひと昔の彼なら、むずむずしていただろう。重勝式で賭けたい衝動に駆られていただろう。午前六時にここまで朝食を食べに来て、サラブレッドに練習させる調教師やジョッキーの卵に話しかけ、一カ月の家賃を一か八（いちかばち）かで賭けて、手すり前に立って、馬が疾走していくさまを眺めていただろう。

今日、クリスは足早にVIP用エレベーターに乗り、ゴールラインを見下ろすプライベート・スイートに昇る。公式晩餐会（ばんさんかい）のように、オードブルが並んでいるが、それが一風変わったひけらかしだということを、クリスは知っている。ウエイターが氷水の入ったピッチャーと点心を載せたトレイを持ってくる。ワイドスクリーンのテレビが一方の壁を覆い尽くし、旅行番組を低い音量で流している。花輪と波のシーンだ。

アナは三十代の若い男に挨拶する。アルハンブラに住むいとこだ。南カリフォルニアの強い訛りがある。ノーネクタイでヒューゴ・ボスのスーツをまとい、髪をうしろになで付けたりと、カジュアルな格好だ。アナとは親しいようだが、敬意も感じられる。アナは背が高くないし、宝飾品も着けず、手首にタイメックスの安い腕時計を巻いているだけだ。

それでも、このくされスイート全体を支配している。クリスはそういうところが大好きだ。

いとこがクリスと握手する。「ダリン・ホワングだ」

今回の出張のＬＡ部分の手配をした男の長男だということは、クリスも知っている。

「クリス・バーグマンだ」

彼らの最初の客がもうすぐ到着する。レイモンド・ザングは生粋の南カリフォルニア人で、航空宇宙防衛分野の政府契約業者だ。彼が来る……

買収されに。

シウダーデルエステ、香港、ナイロビ、上海では、それも商取引だと考えられている。

アナにいわせると、この取り引きは一線を越えるものではないとのことだ。国家法制度によって押し付けられる不自然な規制から解放されたビジネスなのだという。アナは、この男に貴重な知的財産をリュウ・グループ、そして、彼女の最先端技術開発部門であるマーキュリーに提供してもらうための報償金を用意している。

ここはアメリカ合衆国だ。この国では、〝賄賂〟というレッテル貼りが盛んだ。

客がふたり、もうすぐやって来る。中国系アメリカ人のザングは、背が高くてでがっしりした体軀だ。中国本土からやってきた客は、物静かでぎこちない。自国の国境の外にいるから安心だというのに。それに、クリスは彼らが中国領事館の者に尾行されていないことも確認している。ふたりは観光ビザで、別々に入国している。祖母やおじを訪ね、アメリカに住む幼い姪や甥とディズニーランドに行く、そして、競馬場で一日遊ぶという、よき中国の伝統を守るという名目で。

アナは彼らを歓迎し、壮観な競馬場のコースや山々の絶景を見せる。彼女は香港主権の中国返還についての話をする。食べ物を勧める。クリスもこのときは箸の使い方がうまくなっている。彼は男たちを見て、様子を観察する。どれだけ緊張しているか、前向きか、信用できないか。

テレビが旅行番組から地元のニュースに変わる。ほぼ五年ものあいだ思い出しもしなかったニュースキャスターを見て、すぐにだれかわかるというのは、奇妙なフラッシュバックのようだ。目鼻立ちの整ったその顔、物腰、名声しか頭にないカメラ目線。その声、一九九五年に銀行強盗が失敗し、ダウンタウンがベイルートになった事件について話していた声。

アナはクリスの過去をある程度知っている。険しい道を歩んできたこと、アメリカでかなりの大事をしでかしたことは、はっきりいってある。シウダーデルエステでも許されないことだと。だから、こっちでは慎重に動くつもりだ。この隠密の訪問は純粋な出張であり、さっと済ませてアジアに飛ぶ予定だ。アナはそう信じている。

それ以外のことは、アナに伝える必要はない。

アナはクリスが彼女の野望に百パーセント賛同し、全力を尽くすと信じている。いや、ふたりの野望だ。

ダリン・ホワングは、たくましい中国系アメリカ人とぎこちない中国人ふたりをバルコニーに連れ出す。懐かしいジングルとともに、地元のニュースが流れる。映画スターの離婚。91号線でのカーチェイス。州間高速道路210号線沿いの岩がちの斜面に立ち、殺人事件を報じるリポーター。検死官事務所の情報筋によると、ひときわ残酷にショットガンによって射殺された少女は、殺される前に拷問を受けていたという。LAPDの強盗殺人課が捜査を進めている。その言葉がクリスの注意を引く。クリスには、部屋が静まり返ったように感じられる。

アナが彼をじっと見ている。

冗漫なエンジニアのザングが、山と積まれた食べ物に身を乗り出す。すごい勢いで食べている。アナの視線がクリスに突き刺さる。

クリスは、たいていの人には読めないらしいまなざしを返す。だがアナは、彼女の思ったとおりのまなざしだと正確に読むだろう。エンジニアは腹が減っている。食うにも困り、いろいろ入り用だ。こっちが何か出せば、必ずがっつく。

食わせておけ。そのあとで、銀行口座にたんまり振り込む代わりにやってほしいことを伝える。

アナはその男に視線を戻す。「おわかりでしょうが、誘導パッケージの購入はわたしたちの取り決めの一要素でしかありません」

「大丈夫なんでしょうね? 私の方に跳ね返ってきたりしないんですね?」

「その心配はまったくありません」

アナは取り引きをまとめて、一礼する。誘導パッケージがエチオピアに運ばれることを示す最終使用者証明書を購入する。偽造証明書だ。地球上の各地を経由し、同システムはリュウの顧客のもとに行き着く。ボリビアとコロンビアのコカ栽培業者のもとに。

アナが顔を近づけていう。「ソフトウェアを提供していただきます。ソースコードです」

そうすれば、独自のシステムをさらにつくることができる。

「ああ、いいとも」ザングは汗をかいていそうだ。「だれにも知られずにね」

「どうやって秘密を保つつもりですか?」

「私はエンジニアリング部門を率いている。私の仕事をチェックする者はいない。万が一だれかに見つかったとしても、バグだといえば、そのまま続けられる」彼が顔を上げる。

「私は腕がいい。だからできる」

クリスはさりげなく話しかける。「製造施設を見てみたいのですが。組み立て済みの誘導システムの」

アナがそれまでにないまなざしをクリスに向ける。品質管理の状況を確認し、取り引きとこの男の信頼性を見極めたいというクリスの思いを汲み取ったのだろう。

ザングが手を止め、うなずく。「勤務時間外なら。そちらが現場に来たという記録が残らないように細工しないといけないが」

「お願いします」アナはいう。「ソースコードの受け渡し手段の話をしましょう。ファイルはどれくらいになります？　どれくらい大きいのでしょうか？」

ザングがまた食べ物を取る。「でかいよ」彼はアナにいう。「数テラバイト。ダーク・サーバーにアップロードすることもできる。一定期間で消える設定で。そちらにキーを渡し、ダウンロードが済んだらサーバー上から消去される」

アナは首を横に振る。「外付けハードディスクにお願いします。それなら足跡は残りませんから」

クリスは背中を反らす。とてつもない山を当てようとしている。なのになぜ、ナイフの刃に乗っていて、どちらに転ぶかわからないような気持ちになっているのか？

70

一時間後、サンタアニータでの打ち合わせの熱い余韻を残したまま、ライブラリータワー五十三階でエレベーターを降りると、アナは摩天楼をめでる。「象徴的なビルね。巨大ビル。しかも、免震構造」

「『インデペンデンス・デイ』では、派手に吹き飛んだが」クリスはいう。

アナはいぶかしげな目で彼を見る。「そうだけどさ」

でっぷりした弁護士がふたりを会議室に案内すると、スースを着た年かさの中国系の男ふたりが出迎える。アナは北京語で適切な敬意を込めて挨拶し、英語に切り替える。

クリスがきらきらした会議室用大型テーブルのアナの隣の席につくと、弁護士の個人秘書が銀のトレイでコーヒーを運んでくる。このとき、地震でもないのにビル全体が揺れているかのように、不思議な居心地の悪さを感じる。彼はマーキュリー・パートナーズ・インターナショナル――リュウ・グループ所有の六つばかりのほかのダミー会社に囲まれたダミー会社――の営業部長ジェフリー・クリスチャン・バーグマンとして出席している。だが、疑念と反感を抱いている――何て感情を抱いている？　くそ。この会合の趣旨は、南カリフォルニアの不動産を転がして、誘導システムの売買契約の資金調達に結びつける計画に関するものだ。

アナはモンテレーパークなどのLAの衛星都市にある、小さなショッピングセンターの買い付け交渉をしてきた。そういったところは中華系住民が多く、リュウ一家のコネも使える。そんな不動産が資金洗浄の漏斗となる。そうやって出てきた資金によって、ハードウェア、ソフトウェア、そして、誘いをかけているエンジニアを買う。

テーブルの向かいの席についているスーツ姿の男たちが、礼儀正しくクリスにも一礼する。クリスをだれだと思っているのだろうか？　軍事関連国際商取引の強硬派の人間で、強硬な連中や強硬な土地の所作を熟知しているとでも？　かもしれない。

弁護士の補助員が複数の書類を持って入ってきたとき、ちょうどもうひとりの男も到着する。アナは立ち上がる。やはり丁寧な北京語で話す。礼をする。クリスも適当にまねる。

この人がウォルターおじさんだろう。

アナのいとこのダリンの父親だ。六十代、やぼったいスーツ、痩せて細長い顔。この人が保証人だ。取り引きの資金面を保証する人だ。地元民。一家の一員。組織に忠実な男。ウォルター・ホワングに入ってもらえれば、アナの研究所はグループの絶大なる支援を受けられる。

ウォルターはクリスに形だけの会釈をする。クリスも会釈を返す。「こんにちは」いらつく対応だ。

ウォルターのあとから、ふたりの男が部屋に入ってくる。ひとりは白人で三十代。ヨーロッパ系。やはり軽く顎を引く。「ヤーコブ・ゴゲルです」

フェリックスの代理だという。

まったくいらつく。フェリックスはアナの商談を見守らせるために、どこかのまぬけを同席させたいというのか？　こいつはドイツ人だ。そっけない。太い首、糊の利いた袖口からちらりと見える刺青と、こわもてを装っている。遠くを見るような目。軍人上がりだ、とクリスは思う。

ふたり目の男はブルックスブラザーズのスーツを着て、ネクタイはしていない。プラスチック縁の眼鏡。人種的には中国系だ。クリスは以前この男を見たことがある。会計士のようなしかつめらしい無表情の男。名も名乗らずに席につく。イタイプ・ダムでクラウディオと一緒にＳＵＶのそばに立っていた男だ。こんなところで何をしている？

ウォルターが書類に署名し、入室したばかりの中国系の男、ユアンの方に書類を滑らせる。ユアンが表向きの出資者――リュウ・グループの別のダミー会社――の代理として署名する。契約締結は十分で済みそうだ。弁護士たちが椅子を引く。

ゴゲルが別の文書をテーブルに置く。「まだ終わっていません」

ウォルターが書類をアナの方に滑らせる。「補足事項だ」

アナは警戒した様子で読み、身をこわばらせる。「〝任意のときに銀行口座を調査し、財務記録を監査する権利〟ですって？　受け入れられません」

三人目の男、会計士が感情を一切交えずにいう。「イエス。残念ながら答えは〝イエス〟しかありません」

「〝スパイダー・ベンチャーズ有限会社は全情報を確認でき、必要に応じて監督することができる……〟。スパイダーって何ですか？　これは何なんですか？　わたしには……」声がすぼむ。そういうことかという悟りが、アナの目に宿る。スパイダーはジョイント・ベンチャーだ。

クリスの鼓動が高まる。アナは両手をテーブルに突く。

ウォルターがアナに顔を向ける。「送金する前に、私、ミスター・ゴゲル、ミスター・ユアンはマーキュリーの全記録を見て、契約を取り消す四十八時間の猶予が与えられる」

クリスはミスター・ユアンをにらみつけている。

アナは席を立つ。「これはわたしたちの契約ではありません。父と話さないと」

「私がすでに話をしてあるのだよ、姪っ子よ」ウォルターがいう。

アナの頬が紅潮する。隠せない。頬を張られたように見える。

ゴゲルは巨大な丸太のように座っている。「フェリックスが一抹の不安を感じています。

我々は彼の代理でここにいます」

クリスはミスター・ユアンに目を向ける。「そいつはだれの代理でここにいる?」

「クラウディオ・チェンだ」ミスター・ユアンが答える。「フェリックスのパートナーも一抹の不安を感じている」

パートナーかよ、とクリスは思う。**いつからだ?**　アナは荒々しい怒りと憤りを隠しているが、腸が煮えくり返っているにちがいない。

「今回の契約では、おまえの裁量があまりに大きすぎる」ウォルターはいう。「おまえのお父さんは、ロープを緩めすぎて、おまえにこのビジネスユニットをつくらせてしまった。甘やかしてきたと思う。だが、ここまで大きな取り引きとなると……?」ウォルターがアナに目を向ける。「深すぎる海で泳ぐようなものだ」

傷ついた様子で、アナは口をきつく結び、切り返しの言葉を吐き出そうとした。

クリスは目の前の男たちに目を向ける。「今回、どなたが資金を出すのですか?」

ユアンがくだらないといいたそうにクリスを一瞥し、アナに顔を向ける。「スパイダーのパートナーたちは、この件はもっと入念に調べて、管理すべきだと考えている」

「そうなんですか?　マッキンゼーとかアーサー・アンダーセン（二〇〇三年に解散した大手会計事務所）でも雇いますかね?」

アナがクリスをにらんだ。クリスはそれ以上の言葉を呑み込む。

「申し訳ありませんでした」クリスはいう。

ウォルター・ホワングはアナから冷たい視線を離さない。「こちらで監査し、監督が必要なら、スパイダーが社長を任命する」

アナの顔から表情が消え、視線がクリスを貫く。クリスはその表情をこう読んだ。〝わたしがいわれるままにすると思っているなら、大まちがいよ〟。だが、ここにいる連中は、アナの業務に対する無制限のアクセス権をフェリックスに差し出せとアナに迫っている。まるでアナから仕事を剝ぎ取る権利があるかのように。

クリスはゴゲルを見る。**で、おまえはだれに雇われている？**

アナの視線がすべての男たちを見渡し、最終的にウォルターに向けられる。

「ありがとうございます、おじさん」アナはいい、ペンを取り、署名すると、部屋を出る。

クリスには信じられない。

クリスも外に出て、午後のそよ風に吹かれつつアナに追いつく。彼はアナを脇に引っ張る。「さっきはどうしたんだよ？」

アナは自分の腕をつかむクリスの手に目を落とす。「ここではいえない」アナは歯を食いしばりつついい、ふたりの車に歩き出す。

クリスはまたアナに追いつき、並んで歩き、その場を去る。ウォルター、ユアン、ゴゲルもシルバーのメルセデスに乗り込む。クリスはだれがだれと一緒の車に乗るのか、見てみたいと思う。酸っぱいものが喉の奥に広がる。

「ユアンというのはいったい何者？」アナはいう。

「連中はきみの膝を撃って身動きを取れなくしようしている。ユアンはチェンに雇われている。会計士だ。どうして署名したりした？」

アナは息を吸い、顔を背ける。

「おい、きみはタフで、天才的な先駆者だ」クリスはいう。「あんな連中に――」

「ホワングおじさんは年長者なのよ。ああするのが当然とされる。フェリックスは……いけ好かないやつ」アナの目に炎が見える。「スパイダー。ジョイント・ベンチャー。わたしにはわかる。クラウディオはこの契約を盗もうとしている。さっき署名したから、いくらか時間が稼げる。署名した契約内容なんかどうでもいい。することはほかにもある」

アナはふたりの車に向かって歩く。

そして、クリスにはわかるが、皮肉なことに、デイヴィッド・リュウは、フェリックスがやっと自分で手を打ったと誤解して、フェリックスの決定を尊重する。クリスはショッピングセンターにたたずむ。街の喧噪が風に乗って揺れているように感じられる。周囲から空電のような音が聞こえる。街並み、ダウンタウン。引き込まれるような風の流れ(スリップストリーム)、時のループ。振り払えない。足げにされるアナを見るのは、もううんざりだ。

71

ビバリー・ヒルトンでは、すべてが輝いている。白い外観。ランボルギーニとブガッティが、装飾品のようにエントランス前に停まっている。プール、電気で醸されたターコイズ色。陽光の降り注ぐ大理石のロビーを、アナが大股で歩く。スイートに行き、インターネットにつなぎ、父親と連絡を取りたい一心なのだろう。

クリスは足を止める。「おれはあとで行く」

アナも立ち止まり、エレベーターのドアを手で押しとどめ、眉を吊り上げる。

「考えを整理する必要がある」クリスはいう。

「それで？」そういうと、アナはロビーを身振りで示す。〝上の階じゃできないの？〟

「風と日差しに当たりたい」

「それに郷愁にも？」

棘（とげ）のある声音。くされ電子顕微鏡のようだ。何でも読まれる。

「すぐ戻る」

アナは口を結び、エレベーターのフロアボタンを押す。

クリスはコンシェルジュ・デスクに行き、いう。「車が必要なんだが」

十五分後、彼は黒のアルファロメオで、両脇にそびえるヤシの木に挟まれたウィルシャー・ブルバードの車の流れに乗る。未使用の携帯電話を起動し、パオロに電話する。

「やあ（オイ）。どんな調子（コム・ヴァイ）だ？」

「〝トゥドゥ・ジョイア〟」順調だ。ポルトガル語——最近はどうにか意思疎通ができるくらいになり、パオロとの関係も同様だった。「晴れ渡っている。雲はひとつ、ふたつ、そんなところだ」

「そうなのか？」

「フェリックスが送ってよこした男なんだが。ゴゲルというやつ。何者なんだ?」

「軍人上がりで、もとはNATOの特殊部隊員、チームリーダーだった。今はビジネス・コンサルタント。南北アメリカの地政学的状況を専門に扱っている。筋肉増強剤（アナボリック・ステロイド）にのめり込んでいる。何が知りたい?」

「そいつはフェリックスの手下なのか?　それとも、ほかに忠誠を誓うやつがいるのか?　ユアンと一緒に行動している。クラウディオ・チェンのところで会計士をしている男と」

「ゴゲルがアナにひどいことをいったのか?」パオロがいう。

「オブラートに包むということを知らないらしい」クリスはギアを変える。「あくまで2足す2は、2足す2だ。ふたりともクラウディオの息がかかっているのか?」

　パオロが小声で悪態をつく。「調べてみる」

　クリスは考える。護衛、屈強な男、よくわからない経歴……フェリックスはなぜそいつを同席させたかった?　クラウディオはなぜそいつを同席させようと思うのか?

「すまない、兄弟（ブリガドゥ・イルムウ）」クリスは電話を切る。

　マーキュリーの契約には、だれも割り込ませない。アナの契約。ふたりの契約といってもいいかもしれない。**邪魔などさせない**。クリスはギアを落とし、ダウンタウンに向かう。

　こんな形で戻るとはまったく思っていなかった。アナ・リュウの中小企業のパートナーになるとも思っていなかったし、革命的なテクノロジーを盗むかもしれないとは想像もしていなかった。買い手の好きな使い方で使える技術を。DEAでさえ予算がつかない装備を。

アメリカには戻りたくなかった。特にカリフォルニアには。出国したころよりずっと抜け目ないプロになっているし、はるかに慎重にもなっている。だが、アナは今回の取り引きに彼を同行させた。アナの父親も同じ考えだった。それにパオロも。アナが地上に降り立つときに、アメリカ人の番兵をつけておきたいと思っていた。しかも男を。抜け目がなく、荒っぽいこともできる男を。

一方では、クリスはだれにも連絡を取れない。取りたい衝動はある。それを感じるたびに、リスクが大きすぎると自分を戒めなければならない。警察はまだシャーリーンに目をつけているかもしれない。LAPDはまだ見張っているはずだ。危険すぎる。

ビジネスだ。用事を済ませてすぐに立ち去るだけだ。それ以外のことは後回しだ。だが、フェリックスとあのふたりのまぬけが、こっちの行き先に障害物を置き、アナの契約になるはずのものを肩に載せて持ち去ろうとしている。クリスの契約でもあるのに。連絡などできない。今はだめだ。

クリスはアクセルを踏む。何年もパラグアイにいる。カネも稼げるようになった。自分のため、そして家族のため。

今は家族を連れ出せる立場にいる。

ケイマン諸島のオフショア口座や、シティバンクやHSBCの口座を持つダミー会社に、いくらカネが貯まっているだろうか。セイシェル諸島の不動産投資信託には、ケルンのショッピングモールの一部の権利を運用させている。資金を分散している。アナから学んだことだ。大失敗に備える。資産を分散する。一カ所がなくなっても、別の資産がある。バックアップ。セキュリティ。

資金は安全だ。いつでも使える状態だ。それなら、これからどうする？

シウダーデルエステで二重生活を送ってきた。アナはシャーリーンとは別世界にいると自分にいい聞かせながら。アナもふたりの関係の寿命がかぎられていることについては、現実的に考えている。そういうことだ。単なる友好関係ではない。セックスだけでもない。パートナーシップだ。今でも、はじまったときと変わらず、激しくて力強い関係だ。

落ち着け、おい。運転しろ。ずっと先まで考えられるように、うしろ髪を引っ張る昔のごたごたなど捨てろ。

ウインドウをあけると、それはものすごい勢いで襲ってくる。ビロードのようになで付ける夕方前の海風。動き——フラクタル、動脈、何でもできるという感覚。魅惑的、芳醇、危険なロサンゼルス。フラワー・ストリートに向かってまっすぐ走る。

ひねくれた衝動。

ファーイースト・ナショナル銀行はあのときとまったく同じだ。だが、今のクリスには別世界で別の暮らしがある。

あの日の情景が見え、顔に受けるあの日差しを感じる。においも生々しい現金をぱんぱんに詰めたダッフルバッグを担いで外に出ると、真ん前の路肩にリンカーンが停まっている。舞い上がっている。山を当てようとしている。ブリーダンが運転席にいる。ダークグレイのシャツとサングラスといういでたちで、落ち着き払っている。ニールが助手席に乗り、まっすぐ前を見つめる。マイケルが後部席でにやつき、意気揚々としている。勝ちだ。

まちがいなく勝ちだ！　クリスは今でも感じる。知らず知らずのうちに笑みが漏れる。その車はそこにいる。

人通りの多い歩道。バスがのろのろと停まる。長銃身の銃。黒装束のLAPD刑事のショットガンの銃身が上向く。もうひとりの男、メキシコ系かアメリカ先住民らしい刑事は、アーマライトをかまえる。クリスはとっさにCAR－15を撃つ。躊躇はゼロだ。三点射。

くそったれ。

撃ちまくって待ち伏せから脱出する。

叩きつけられる。

ニールに引っ張られるようにして立たされる。

立て！

クラクションが鳴る。クリスは赤信号でブレーキを踏む。心臓が肋骨をどくどくと打つ。

行くぞ、行くぞ。

クリスは角を曲がる。肌が冷たい。思い出を置き去りにして、猛スピードで州間高速道路110号線に乗り、ウエスト10thストリートからパシフィック・コースト・ハイウェイでマリブへ向かう。頭がぼやけ、太陽と海がきらめき、日が沈んでいく。

PCHには乗ったが、ニールの家には寄らない。おそらくまだある。彼方から波音がする。大波が巻いて岸に押し寄せる。クリスは生唾を呑み込む。どうしてこんなことをしている？

急カーブを曲がり、マリブ・キャニオン・ロードに出る。サンタモニカ・マウンテンズの曲がりくねった道を走り、峡谷の谷間(ザ・バレー)に下り、101号線で東へ向かう。アルファロメオは滑らかで力強く、胸の内にあるダークエネルギーの源泉が渦を巻き、クリスを駆り立てる。

そして、気付くと、かつて住んでいたシャーマンオークスの通りにいる。あれから何年もが経ち、自分のものでない車に乗っているクリスには、郊外の光景はまぶしすぎ、この危険で胸躍るダークエネルギーもあまりに魅力的で、とてもあらがえない。

今では別人が住んでいる。女だ。今でもそこにあるのは過去だけだ。

クリスは走り続ける。彼の家ではない。他人の家。彼の妻ではない。帰りを待つだれかの美しい妻。雑誌に載るほど完璧な正面。その家に住むだれかが成功しつつある、あるいは、成功を装い、実際はちがうのに成功したふりをしている。

どうしてこんなことをしている？　大失敗と戯れている。近所の人に気付かれたらどうする。アナのいっていたことは図星だし、その目はやめろといっていた。

やめろ、とクリスは思う。**わざとぶち壊そうとしているようなものだ。**

クリスはアクセルを踏む足を緩める。

日が沈みかけ、カリフォルニアの黄金の時はひときわ黄金色になる。公衆電話のブースに入っていると、昔に戻ったように感じられる。脂ぎった指が触れた古い紙、インク、金属活字のにおいがする。そばを車が次々と走り去る。先方の電話の呼び鈴が鳴る。

「ブルームだ」ざらつき、しわがれた、懐かしい声。

「よお、ネイト」クリスはいう。

しばしの沈黙が流れる。

「声を聞けてよかった」クリスはいう。「しばらくぶりだな」

背景のジュークボックスの音、話し声、グラスのぶつかる音が聞こえる。

ネイトがようやく話す。「そっちは順調か？」

「順調なんてものじゃない。だが、おれはそっちにいない。こっちにいる」

ネイトの声が少し低くなる。「こっちか」

「ああ。会おうぜ」

また沈黙。ネイトはあらゆる可能性を考えているのだろう。悪い知らせ。いい知らせ。危険。自己防衛の必要性。電話を信用していいものか。クリスは信用しない。

「用件は？」ネイトはいう。

「ビジネスだ」クリスはいう。「機会。まちがいなく好機だ」

「いつにする？」

「こっちはいつでも大丈夫だ。峡谷（ザ・バレー）のレストラン、やたら脂ぎった朝食を出すレストランは覚えてるか……」

「読書クラブの会場だな。まだ早起き特別メニューをやってるぞ。その時間に行けるほど近くにいるなら」

ふたりが話しているのは、バーバンク・ブルバードの駐車場のことだ。近くにいれば？

クリスは振り向く。ブルールームは通りの向かいだ。ネオンサインが光っている。バーバンク・ブルバードはほんの四分の一マイル先にある。

「行けそうだ」

「たっぷり食えよ。あとでな」ネイトは電話を切る。

ガレージはほぼ空だ。アルファロメオのボンネットに寄りかかっていると、琥珀色の夜の明かりが目に当たり、ネイトが真新しいバーガンディー色のキャデラック・ドゥビルでやって来る。

ネイトが車から降り、注意深く周りを見て、クリスに冷たい視線を向ける。レザーコートに合わせて、鎚起のシルバーのついたボロータイを着けている。以前よりぎこちない足取り。膝のリウマチが悪くなったのだろう。

クリスは笑みを見せ、ゆっくり近づき、手を差し出す。「会えてよかった」

ネイトはクリスの手を握る。好奇心と警戒心が入り交じっているように見える。「おまえから電話がかかってくるとは思いもしなかった。ましてLAからとはな」

「純粋にビジネスで来ている。終わったらまた消える。それはそうと、あんたには借りがある」クリスはいう。「おれをLAから脱出させて、リュウ一家に紹介してくれた」

「うまくやっているようだな」

「うまくやっているなんてものじゃない。今日こっちのリュウ家の男と会った」クリスはそこで余韻を残す。

「ちがう。おまえが会ったのはウォルター・ホワングだ。マーヴィン・ホワングなら、いいんだが。脱税でマクニール刑務所に入っていた。去年、死んで、まぬけの弟が事業を引き継いでいる」

「あのあとはどうなった？」クリスは訊く。

「みんな取り分はもらった。ブリーダンの寡婦、セリトの家族、ケルソもな」

「ニールが付き合っていた女は？」

ネイトは首を横に振る。「一般人だ。面倒くさい世界にいる。おれはそっちには近寄らない。彼女はニールがロサンゼルス空港（LAX）に向かうとき、一緒に車に乗っていた。おかげで強盗殺人課（RHD）と例のハナとかいう警官が、うちにも来た」

「何かされたのか？」

「いや。結腸内視鏡検査専門の警察みたいに、おれの持ち物をぜんぶひっくり返した。だが、人とのやり取りには傍受されない方法を使っていたからな。今でもそうだが」

「おれはその女に会ったことがない。おれには彼女の話をしなかった。ニールが本気で付き合っていたのは、おれの知るかぎり、エリサだけだった」

「おれも覚えている」ネイトがいう。

「おれたちがあそこに着いたとき、ニールは四人を倒していた。死体を埋めるつもりもなさそうだった。五人目には逃げられた」

もう何百万年も前のことのように思われるエルセントロの夜を、クリスは脳裏に思い描く。エリサが娘の髪を編みながら、ニールに笑顔で減らず口を叩き、ローストポークとニンニクがオーブンで焼けるようなにおいが漂い、ニールが笑っている。ニールは笑ったためしなどなかった。

もうひとつ記憶に残っているのは、エリサがメキシコ国境沿いの路上で死んでいる光景だ。エリサはニールを足止めするために大けがを負わされた。そして、ニールが出血を止めようとしている隙に、五人目の男が逃げた。クリスはニールが撃たれたのかと思ったが、ニールが血まみれだったのは、エリサを胸に抱いていて彼女の血がついたのだった。

エリサは意図してその場所に行ったにちがいない、とニールはのちにクリスに語った。自分からそう仕向けた。子供を救うため？　彼らに危険を知らせるため？　ニールにはわからなかった。それからというもの、ニールはすっかり変わってしまった。その後、ニールはエリサの幼い娘とも引き離された。ニールを殺したい者がいるなら、必ず先に娘を狙うとでもいうのか。ニールはどうしても自分を許せなかった。彼を愛したばかりにエリサは殺された。子供の母親の人生にとんでもないものを持ち込んでしまった。

ニールはしばらく五人目の男の行方を追った。だが、シカゴの民家を襲撃した連中の断片的な情報しかわからなかった。アーロン・グライムズは拷問の末に殺されていた。五人目の男はおそらくそうやってメヒカリの山の情報を引き出したのだろう。

クリスはネイトを見て、そわそわする。「ケルソに会わせてほしい」

「まずそっちの話を聞かせろ」ネイトはいう。

ネイトはコヨーテのようだ。すばしこく、用心深い。隙間に入り込み、さまざまなことを引き起こし、抜け出すのがうまい。一匹狼(いっぴきおおかみ)で、群れず、自由に動く。ネイトがフォルサム刑務所に収監されていたときに財政学の学士を取得したことも、頭の回転が速く、いつも最新情報を仕入れていることも、クリスは知っている。

クリスは、三カ国の国境が接するパラグアイの自由貿易ゾーンでの暮らしを話す。リュウ・グループでの仕事。セキュリティ業務から国際ビジネス上の取り引きへの転身。

「ケルソの件だが。できるか?」クリスは訊く。

それでなくても細いネイトの目が、さらに一ミリほど細くなる。「できる」

クリスはうなずく。以前ケルソに会ったのはニールだった。クリスはゲームプランに従っただけだ。

ネイトはためらいがちにクリスを見る。「あいつはもう山の情報は売っていない」

「おれはもうそういう情報は買わない。あいつは今でもあそこにいて、電離層を飛び交うデータを引っつかんでいるのか?」

ネイトがうなずく。「今もキーボードを持ったミスター天才(ウイザード)だ」

「どうなるかわからないから、あんたにも訊いておきたいことがある」

「わかった」

「LAPDは?」

「おまえはまだ連中の〝ヒット・パレード〟の上位にランクされている」ネイトのまなざしが鋭くなる。透視能力でも使うかのように、目を細める。「おまえ、別人だな。変わった」

「いろいろあったからな」クリスはいう。「いつか青年と呼ばれるくらいに成熟するかもしれない。例外がひとつだけあるが」

「どんな例外か訊いておいたほうがいいか？」

「たぶん訊かない方がいい」クリスはいう。「強盗殺人課（RHD）だ。ヴィンセント・ハナのことだ」

「今はＲＨＤ内の凶悪犯罪課を率いている。近づかない方がいい」

　クリスはオレンジ色の空を見つめる。

「シャーリーンに会わせろというのかと思っていたが」ネイトはいう。

「いうよ」

「お安いご用だ。彼女はおまえの子供とベガスに戻った。電話帳にも出ている。シャーリーン・デラノ」ネイトは用心深くクリスを見る。「それから、ヴィンセント・ハナの件はだめだ。おれは指一本動かさない」

「ニールは腹ちがいの兄弟だ。持ちつ持たれつの関係だ。はるかフォルサム時代からな」

　クリスはいう。

「そうか？　おれだって付き合いは長い。あのくそったれの警官がたまにブルールームに入ってくるとき、おれの脳裏をどんなものが横切ると思う？　ここが刑務所の運動場だったらどんなにいいかと思ったさ。だが、おれはやらない。そういうことはしない。おれは生きているやつにしか忠誠を尽くさない」それ以上は何もいわない。やがて、付け加える。

「ケルソの件だが、一日くれ」

　クリスは歯を食いしばり、うなずく。

彼はアルファロメオに戻る。ドアを閉めると、ビロードのような静けさが異質に感じられる。彼は走り去る。シフトレバーを握りしめたまま。

クリスのテイルライトが駐車ガレージを出て見えなくなるまで、ネイトは見守る。エンジンのうなり声がしだいに消えていき、咆哮を上げて走り去る。

ロサンゼルスから血まみれで脱出したあと、クリスは傷ついた体を癒やしていただけではなさそうだ、とネイトは思う。別世界で動いているということだけでもない。それにとどまらない。

ハナのことを訊く……それはわかる。シャーリーンのことは……？　もっと強烈に要求されると思っていた。しつこく。この男はしっかりしている。考えもまともだ。表に出しているよりはるかに多くを知っている。

ネイトは携帯電話を取り出し、ケルソに連絡する。「ちょっとした用事がある。おもしろい用件かもしれない」

72

イージーDはアラメダの西、38thストリート近くで母親と暮らしている。ロー・ボトム・ブラッドの一員だが、ママと一緒にねんねしている。その朝、ウォーデルは母親の小さな家（バンガロー）から、どたどたと怒りに満ちた足取りで出てくる。息子は消えちまった、三日も家に帰ってないという。

スモーキーをだますのは、寿命が縮むミスだというおふれが出てからの三日だ。

イージーDはママの料理を恋しがりつつ、むさくるしい部屋に転がり込んでいるのだろう。ウォーデルは、イージーDのがりがり野郎が日の目を見ようと外に出てくるのを待ちはしない。あのぽん引きの居場所を教えてくれそうなやつを知っている。だが、その女はホワイトハウスの使用人のように、ウォーデルを中に入れようとしない。かまうか。中に入る方法は知っている。

三時間後、ウォーデルは白いバンに乗り、そびえるヤシの木に縁取られた道路から、エメラルド色の芝生を眺める。芝は青々としていて、ラッキーチャームズ（ジェネラルミルズ社のマシュマロ形シリアル）を蒔いたかのように見える。太陽がまぶしい。白いバンのサイドには〝ノンストップ・パーティー・ショップ〟と記されている。

乗っている四人の男たちは、ドッカーズのズボンとそろいのロイヤルブルーのポロシャツを着ている。四人は曲がりくねった道を走り、高さ十フィート（約三メートル）の生け垣と錬鉄のゲートがついた家の前をすぎる。

「スピードを落とせ」助手席のウォーデルがいう。

これをやるのは十二年ぶりだ。何百万ドルもの現金を積んだニール・マコーリーの仕事用の車で走り去ったとき以来だ。あの血みどろの田舎道から大急ぎで遠ざかり、そのまま走り続け、太平洋までやってきた。LAに入ると、マコーリーのカネで新しい名前と新しい商売を手に入れた。フィゲロアのモーテルが、ひとつ九万ドル前後で売りに出ていた。ウォーデルは利益を出しているものばかり五つの物件を買い、かくして起業家になった。今や裏通りの大物だ。

だが、一度身に付いた技術は忘れないものだ。ウォーデルは指示し、指を鳴らす。「あれがおれたちの的だ」

ティックトックがバンを運転し、月桂樹（げっけいじゅ）に縁取られた車道（ドライブウエイ）からチューダー様式の屋敷へ向かう。

この家を所有する連中は金持ちだ。ヘレナ・ベネデクはダイヤモンドのブレスレットを着けたままテニスをする。ジュニア・リーグに所属している。彼女の白人のでぶ夫、ジェロルドは、宝飾品小売業大手の跡取りだ。中金持ちだが、全国各地のモールにくされフランチャイズ展開している。ジェロルドはダウンタウンで仕事をしている。ブルーカラーの連中に婚約指輪を売り込む仕事だ。ヘレナはイージーDのようなぽん引きに女を供給して、独自のカネをため込んでいる。

ティックトック——アイザック・ウェルズ——が円形の車回しにバンを停める。バンの中はヘリウムの風船だらけだ。四人は銃をシャツの下に隠し、風船で顔を見えなくしてバンから降りる。

ウォーデルはスキーマスクをかぶる。「パーティーだ。コルクを抜け！」

怒りに満ちた笑みが顔に広がる。そして、呼び鈴を鳴らす。

まずメイドが倒れる。らくちんだ。一発殴って、どさり。ウォーデルはドアを蹴って閉める。植物用の温室のふたり掛けソファーに座っているヘレナを見つける。びっくりして、その中年の顔から表情が消える。吹き抜けの玄関広間の天井に向かってふわふわと昇っていく風船と同じくらい丸い顔。ピンクの口紅、オニキスのような目。

「いったい何事ですか？」ヘレナがいう。

ウォーデルはスミス＆ウェッソンのセミオートマチック拳銃を脇のあたりにかまえている。「イージーＤの居場所を教えろってことだ。それから、例の女の書類ももらおう」ウォーデルはベトナム語の訛りをまねる。「わかりゅか、ママさん？」

ヘレナがいくらか落ち着きを取り戻す。「彼の居場所など知りません。マスクを取りなさい。だれもだませませんよ」

「近所の連中に見られるとまずいからな」

「わたしの家に入ってきたりして、後悔しますよ」

「おれがか？」ウォーデルはいう。「おれは移民帰化局など心配しなくていいのさ」

「わたしだって、アメリカ市民です」ヘレナがいう。「交響楽団に寄附しているのよ。共同募金会にも。反捕鯨団体にも。あなたなんか、どぶにいるヒキガエルじゃない」

「あんたが〝輸入〟したベトナム女から分捕ったパスポートや身分証の束が、警察に見つかったらどうするよ？　アメリカで堅い仕事を与えると約束した十五歳の娘たちが、六週間後には書類を取り上げられてケツの穴を掘られ、移動費を弁償するためにフィゲロアで二年ばかり稼がされていると知られたら？」

ウォーデルは床につばを吐く。

ヘレナは立ち上がり、歯を剝く。「しかし、ミスター・スモーキー、あなたは彼女たちをお試しするんじゃなくて？　自分の〝在庫〟で気持ちよくなる。その子が航空機代を稼げないときには？　刃向かってきたら？　どうなの？　そういうのに目がないんじゃなくて？」

ヘレナがそこで言葉を切る。その先の言葉が中に漂う。

「警察に通報されるのは、わたしだけではないのよ」彼女がいう。

ヘレナが死んだ女の文書をどこかに隠している、ひょっとしてこの家に隠しているかもしれないと思いつつ、ウォーデルは何もいわない。この女のせいで、足がつくかもしれない。ほころび。

ウォーデルはポケットからビックのライターを取り出しながら、肩越しにいう「ティックトック。煙草を一本くれ」

73

天空の家はニールがいっていたとおりの外観だ。イーストＬＡのギャングの縄張りにある、丘の上のみすぼらしい要塞で、マイクロ波と携帯電話の電波の塔に囲まれている。賭けてもいいが、菱形の金網（サイクロン）フェンス上部についている有刺鉄線には、電流が通っているはずだ。ハッカー版北米航空宇宙防衛軍司令部（NORAD）。

　クリスがブザーを鳴らすと、電動ゲートがあく。車道（ドライブウェイ）の突き当たりに、褪せた黄色の家があり、一方から街を一望でき、もう一方からは、十二車線の州間高速道路10号線が見られる。車は川を流れる塵（ちり）のようだ。回路を伝ってトランジスタのゲートに流れ、０か１になる電子のようでもある。

　ケルソは落ち着いた様子で、影に包まれたテラステーブルで待っている。体を折り曲げて車椅子に乗せられたカマキリのようにも見え、胸に達するほどの顎ひげが伸びている。〝世界には10種類の人間がいる。バイナリを理解する人としない人〟と記されたＴシャツを着ている。ケルソが肉付きのいい手を差し出す。「シハーリスだ」クリスはいう。

　クリスは握手する。ケルソはテーブルの向かいの席を示す。

　クリスは座る。「調子はどうだ？」

「いい。国勢調査でもしに来たのか？」

「ネイトがいうには、焦点を変えて――」

「あれやこれやをしている」

「ウェブを縦横無尽に駆け回って、ダーク・マジックをしているとか」

　ケルソがにやりと笑う。喜びに満ち、謎めいた笑み。「あれやこれやな。そっちも、ゼロデイ攻撃の戦利品をマーケットに流すギャンブルはやっていないようだな」

「今日のところは」クリスは膝を曲げて身を乗り出す。「ガイドが必要だ……ビジネスを展開する先進的な方法がないか探るのを手伝ってくれるガイドが。サービスや材料の仕入れを手伝ってくれるガイドが。おれたちは、デジタルと物質の両方を安全に移動する国際取り引きをしている。資金を移動し、セキュリティを確保する。それに、必要なら、強い手にも出られる。そういった取り引きはすべて米国領及び司法権の外で実施される。それから、麻薬の取り引きには手をつけていない」

「やり方を変えたんだな」

「変化に合わせて動いているだけだ」クリスは肩をすくめる。「南米の自由貿易ゾーンに拠点を置いて商売をしている。それに、最高のパートナーもいる」

「どんなものを扱っている？」ケルソが訊く。

「電子機器、ハードウェア、ソフトウェア、エンジニアリング、製造。国境を越えていろいろ。そんな感じだ」

「なぜおれなんだ？」

「あんたは王国への鍵を持っている、とネイトにいわれたからだ。スマイリーフェイスのグラフィック・ユーザ・インターフェイスに隠れて、だれの目にも触れないウェブの裏側にある究極のダークなイエローページにアクセスできる、と」

やけに凝った表現だ。「狙いはどういったテクノロジーだ？」

「航空電子工学（アビオニクス）だ」

ケルソがクリスを一瞥する。「具体的には？」

クリスは少しためらい、考えてからいう。「通信。通信傍受。ナビゲーション」

ケルソが眉を吊り上げる。「国務省の購入注文みたいだな」そういうと、指でテーブルをとんとんと叩く。「ナビゲーションか。誘導システムとか？」

いいだろう。「仮にそうだとすれば」クリスはいう。「だれがそういうものをほしがる？ どこに荷を下ろす？」

「マーケットの細分化というものがある」ケルソはいう。「入門レベルなら、肩に担いで撃つミサイルだ。安い。ヘリコプターとか、あるいは子供の誕生パーティーに天井に吊るしてある人形(ピニャータ)なら撃ち落とせる。ふつうレベルか？ 地対空、空対空ミサイルだな。相手は国家、空軍のある国家になる。最高レベルか？ 慣性航法装置(イナーシャル・ナビゲーション・システム)だ。弾道ミサイルに搭載されるものだ。ロケットとか。広い戦域、大陸間で使うやつ」ケルソが背筋を伸ばす。「だれがそんなものをほしがるか？ ほしがらないやつなどいるか？ 山中に潜んでいる狂信勢力。アメリカ政府が資金援助を打ち切った第三世界の極右準軍事組織。センデロルミノソ。ならず者国家。そういった連中はどれも、現実の敵からも潜在的な敵からも自衛したいだろうな。そして、勢力も広げたいだろう」

　家の中で、ひとりの女がリビングルームに歩いていく。編んだ髪を頭頂でまとめた黒人で、ラップトップを片手で持ち、もう一方でタイプしている。

　ケルソが腕を組む。「さっきはどんな商売をしているといった？」

「自由貿易環境でのグローバル事業だ」クリスはいう。

「遠回しな表現だな。国連はそういうのを〝多国籍組織犯罪〟と呼ぶぞ」

表情が読みにくいケルソの笑みが残っている。さっきの女がキッチンカウンターのボウルからリンゴをひとつ取り、廊下をゆっくり歩いてくる。ケルソより若く、セクシーで、ラップトップの画面に完全に集中している。

「おれたちの事業の運営方法を刷新するツールがあるなら、それを学んで、利用したい」クリスはいう。

閉じたIBMのラップトップがテーブルに載っている。ケルソは肉厚な手をその上に載せる。「あらゆるものがオンラインで手に入る。ヘロイン。身分証。山羊(やぎ)フェチのポルノ。イギリスの上院へのアクセス。プログラマー。銃。可塑性爆薬」コンピュータは閉じたままだ。「マーケットはある。だが、たまたま見つかるようなものではない」

クリスはラップトップを凝視する。「どうすれば発見できる?」

「ネイトはまちがっている。おれは探検家ではない。おれは水先案内人(ナビゲーター)だ」ケルソが動きを止める。「おまえには手引きが必要だ。信用のおけるコネクションの鎖がいる。それに、最新鋭の暗号化技術も」

「暗号化の話からしよう」暗号化すれば、フェリックスに情報を盗まれることだけはなくなる。

「わかった。パッケージの値段を探ってやろう」ケルソが首をかしげる。「残りも提供してやれる」ケルソは身を乗り出す。「だが、モールでウインドウショッピングするのとはわけがちがう。おれならできる――具体的に何がほしいのかがわかればな。話はそれからだ」

そういうと、ケルソは庭に突き出たアンテナとパラボラアンテナに目をやる。

クリスは体に電気が走ったような気がする。苦境から抜け出せる方法がある。事業を救い出せるかもしれない。勝利。クリスはテーブル越しに手を伸ばし、ケルソの手を握る。

74

少女がウィルシャーセンター界隈でバスを降り、午後四時近くに帰宅すると、ルームメイトがアパートメントのソファーに座り、ドリトスを食べながら学期末レポートを仕上げている。ティナは少女のいとこだ。ティナが顔を上げる。「おかえり、ガール」

少女は微笑む。「急がないと。一時間後からシフトに入ってるの」

ベッドルームに入ると、グアダルーペの聖母マリアのメダリオンを外し、亡き母親の写真の横に置いてある小さな化粧鏡（バニティーミラー）にかける。ラジオをつけ、ウエイトレスの制服に着替え、ラジオに合わせて、レニー・クラヴィッツの〝オールウェイズ・オン・ザ・ラン〟を歌う。

少女は二十歳だ。働きながら、コミュニティ・カレッジに通っている。そこそこうまくやっている。前に進んでいる。生き延びている。

ダイナーはレトロ調で、五〇年代のきらびやかな装いだ。センチュリー・ブルバードでも人通りの激しい、ジェシー・オーウェンス・パークの近くにある。ブース席はターコイズ色、照明はスプートニクのようにきらめく赤色。バーガーは分厚く、ジューシーで、体に悪い。

平日の夜、バックストレッチというそのダイナーは、押し寄せるディナー客で騒々しい。厨房係の男たちはドラムのリズムに合わせて、興奮気味に声を張り上げる。建設業の労働者、フォーラムでの試合に向かうバスケットボールのファン、近くの質屋の経営者など、雑多な客層。質屋の経営者は『レーシング・フォーム』（競馬新聞）を持ち、脇の下に丸い汗染みをつくってやって来る。そして、コールスロー付きのBLTを注文する。彼らは他の客とウエイトレスの動きを追い続ける。

少女はほっそりしているが力強く、給仕用のトレイを肩に載せ、テーブルを縫ってブース席に向かう。声は明るい。「はい、どうぞ」

少女は皿をかたかた鳴らしながら給仕する。クラブサンドイッチ、ミートローフ。客の四十代から五十代の男たちは笑い声をあげ、レイカーズの試合ぶりについていい合っている。

「ほかに何かご注文は？」彼女はいう。

死んだハムスターのようなバーコードヘアの男が、彼女をめでる。「あったら呼ぶよ、おねえさん」

彼女は次のテーブルに行き、注文を取り、カウンターに戻り、伝票を手渡す。

ここで働くようになって一年で、常連の顔を覚え、だれが観光客なのか、だれが面倒なのか、だれが彼女のお尻に触りたがるのかもわかるようになっている。彼女は死んだハムスター・ヘアの男とそいつの手に目を光らせている。

　これは安定した仕事だ。まっとうな仕事だ。彼女もまっとうだ、たいていは。トラブルを起こさないように気をつける。彼女は客に笑顔を見せ、客もその笑顔が好きだという。黒っぽい目、赤褐色（マホガニー）の髪。仕事のときはその髪をピンで留める。

　彼女は動き回り、窓際のブース席に水とメニューを置く。「はい、どうぞ」

「ありがとう、おねえさん」ひとりの男がいう。

「あとで飲み物の注文を取りに来ますね」彼女はくるりと振り向く。

　だれかの手が彼女の前腕をつかむ。「ミケロブ（米国製ビールの銘柄）を頼む」

　彼女は伝票とペンを取り出す。「すぐに戻ります」

　ダイナーを横切る。視界がかすんでいるように感じられる。

　膝をがくがくさせて、急いで厨房を通りすぎる。女性用トイレに行き、個室のドアを急いであけ、両手を脇にぴったり押し付ける。胃がねじれる。汗が額を覆う。

　ミケロブを頼むといったブース席の男。

　四十代。ハンサム、色白、ぴったりしたポロシャツとジーンズ。自信にあふれた物腰。眉を分断する傷跡。

　脳裏を巡る記憶が視界を血の赤に染める。ティオ・トマスが、放置されたランチハウスの床で死んでいる。母親が走って入ってくる。男、男、男、ブース席の男、毒入りのオイルのような声。

　〝ハニー、おかえり〟

あの男だ。母親を殺した男。

ガブリエラは自分の足さえまともに見えず、よろめきながらダイナー奥の店長室に行く。店長はデスクについている。青白い顔で、巨大なジュースをストローで飲んでいる。

「具合が悪くて」彼女はどうにか伝える。

75

夕暮れは強烈な日差しの余韻を引きずり、ウォーデルはご機嫌だ。くそったれのイージーIDはまだ見つかっていないが、ハリウッド・パークのレースで、重勝式で賭けて大勝ちしたのだ。自分が賭けた牝馬（ひんば）がバックストレッチを駆け抜ける姿を見た――奇跡のようだった。

彼らはダイナーのいつもの窓際のブース席にいる。ファビアーノはじじいの競馬狂で、競馬場前の道路からほど近いこの店をたまり場にしている。バーコードヘアをホリネズミのような茶色に染めている。

「ゆうべはソックスが勝ったぞ」

くされホワイトソックスかよ、とティックトックは思う。**ここはドジャータウンだぞ**。

だが、ファビアーノはシカゴ育ちだ、とティックトックは思う。ウォーデルは昔の故郷の話をしたくて、チャイ(シカゴの短縮形)出身者を周りに置きたがる。もっとも、ウォーデルはイリノイ州から指名手配されているのだが。

　この騒々しいダイナーでは、だれにも聞こえない。聞こえたとしても、ウォーデルは盗品を売り渡す話をするつもりはない。

「台座にはめ込まれた宝石」ウォーデルはいう。

　彼女は裏口から出ていく。ぶるぶる震え、振り返ってバックストレッチを一瞥すると、急いでセンチュリー・ブルバードを渡り、バス停へ走る。窓が夕方の日差しを反射しているが、中のブース席では、男たちが吐き気を誘うようなことをいっている。サソリが背中を這い登っているような感じがする。

　ティックトックは窓から入り込む夕日を受けながら、彼女が走り去るさまを見ている。照明のソケットにフォークを突き刺してしまったかのように、いそいそと走り去る。

　彼はウォーデルの腕を軽く叩く。「あの女、おまえにすっかりびびってしまったようだな。知り合いとかじゃないのか？」

　ウォーデルは眉間にしわを寄せる。「どの女だ？」

「ウエイトレスだ。メキシコ系の娘。外に逃げていったぞ」

　ウォーデルは窓に顔を向ける。行き交う車。一瞬、その流れが空く。

76

少女がバス停にたどり着き、険しい表情でダイナーを見つめているのがわかる。ティックトックが指さす。「あの娘だ。首に痣がある。どう見てもおまえを知っているみたいだったぞ」

ウォーデルは熱い一秒間、じろりと目を凝らす。娘もじっと彼を見ている。車がセンチュリーを通りかかり、視界を遮る。通りすぎると、娘の姿はない。

エリサ・バスケスの首からもぎ取ったロケット。〝愛してる(テ・アモ)――ガブリエラ〟。バス停に立っていた娘は、母親似でもある。ようやくわかった。

正体がバレた。

ウォーデルはブース席から飛び出し、ウエイターを押しのけ、歩道に出る。バスが走り出す。娘の姿はない。

ガブリエラはシートに滑り込み、ウインドウに頭をもたせかける。同時に、バスがのろのろと走り出す。

ウォーデル。打ち下ろされるハンマーのように、その名前が頭に響く。あの姿が脳裏にありありと浮かぶ。今より瘦せていて、凶暴そうで、興奮し、腹を立て、真っ赤になった顔の中で眉毛の傷跡だけが白くて目立っていた。

手の甲で母を殴り、ダイニングルームのテーブルに投げ飛ばし、シャツを引き裂いた。

ガブリエラは手の甲を口に押し付ける。

十二年、情報は一切なく、何もわからなかった。むなしさ、苦しみ、空白、恐怖。自分を支えていたものがすべて、突然、わけも知らされずに奪われて、どこまでも落ちていくような、身も心もかき乱される感覚。

そのわけが店に入ってきて、青いビニールを張ったブース席に座り、ビールを注文した。

ニールはいない。母のいとこのマルコスはメキシコにいる。ニールの友だちは——見当もつかない。あのときは幼い少女だった。彼らの名前を覚えている。トレヨ。目を輝かせて、よくスペイン語で冗談を飛ばしていた。マイケルはへたくそな手品を見せてくれた。きっと子供がいた。トランプを教えてくれた、背が高くてブロンドの男の人。ブラックジャック。落ち着きがなくて、いつも走り出しそうに見える。クリス。

みんないなくなった。だれにも助けを求められない。

ただ隠れていることもできない。アパートメントに戻って、ドアにチェーンをかけて、ただ泣きわめいているわけにはいかない。今、無性にそうしたいけれど。ここで、バスの中で泣き叫びたい。ウインドウもルーフもタイヤも破裂するような声で泣き叫びたい。息が途切れる。顎が震える。

ウォーデル。太っていた。いい服を着ていた。ふんぞり返っていた。

ガブリエラはアパートメントの二街区（ブロック）手前でバスを降りる。素早くあたりを見る。車が行き交う道路、バスを降りる彼女に注意を払っている人はいない。バスが走り去り、通りにひとり立ち尽くす。

ガブリエラは意を決し、ＬＡＰＤのハリウッド署に歩いていく。それまで警察署に入ったことはない。警官は避けるべき人たちだ。いつだって。まっとうな暮らしをしているし、まっとうに仕事をしているし、税金の源泉徴収だってされている。アメリカ市民だ。彼女が生まれた土地では、警官はハイエナだ。餌付けされている。〝モルディタ〟という餌を与えられている。賄賂という餌を。彼らには彼らの世界があり、目指すものがあり、派閥や縄張りがある。

ウォーデルたちには力がある。資源（リソーシズ）がある。この街をうろついている。

ガブリエラはドアから中に入る。ロビーは冷たい光にあふれ、壁はくすんだベージュ色だ。指名手配のポスターが貼られている。受付に分厚いガラスの仕切りがついている。

ガブリエラは、受付の向こう側でクリップボードを手にして何かを書いている警官に近づく。

「通報したいんですけど」ガブリエラはいう。

ガブリエラは当直の刑事に話すよう別室に連れていかれる。当直の女刑事は白人で、ブルドーザーのように机の向かいに座っている。女刑事が聞いている前で、ガブリエラはウォーデルという男の人相をはっきり伝え、その男が〝強盗で殺人鬼〟にちがいないと、つかえながら話す。刑事はそれを書きとめる。

ガブリエラはいう。「匿名のままにしてほしいです。その男を探すにしても、わたしの名前を知られたくないです」

「あなたはじかに来た。わたしはあなたをじかに見た。受け付けました」刑事はいい、ガブリエラの表情が恐怖で曇ったように感じる。「あなたの名前が表に出ることはありません」刑事は聴取を終える。

ガブリエラはうなずくが、不安はぬぐえずにいる。「わたしが働いているダイナーで見たんです。バックストレッチという店です」

刑事はそれも書きとめる。

表の通りに戻ると、ガブリエラは生煮えの怒りと恐怖を感じる。晴れた夕方の景色が、今はちがって感じられる。不吉だ。いつまでも進まないように感じられるが、世界は変わった。いつだってそうだけれど。いつだって。彼女はアパートメントに向かって歩く。

生き延びるのよ。

ガブリエラ・バスケスは毎日、自分にそういい聞かせる。祈りだ。家にある写真に手を触れる。母のエリサの思い出であり、母との約束でもある。**生き延びるのよ**。

警察署では、女刑事がコンピュータに向かう。ガブリエラから聞き取った情報を入力する。

「へえ」

オーティス・ロイド・ウォーデル。シカゴ。殺人、強姦、重罪謀殺、持凶器強盗で指名手配。州間高速道路210号線の外れに若い女性が遺棄されていた殺人事件の参考人として、強盗殺人課(RHD)内の凶悪犯罪課によって指名手配。眉に切り傷のあるくたびれた顔。接触報告を書き、印刷し、デジタル版のファイルをLAPDのシステムに送信し、緊急のフラグを立てる。そして、RHDに連絡する。

「210号線外れで発生した身元不明女性殺人事件の重要参考人に関する通報あり、そちらに送信済みです」

ウォーデルはすぐさまダイナーに引き返した。ティックトックがドアの前に立っている。

「あの娘がだれか知っている」ウォーデルは息を切らしながらいう。「娘の母親。その母親はおれが知っていた連中の仲間だった」

「どういうことだ?」

「母親の家族は、密輸業者だった。無法者だ。あの女もおれをそう見ていた」ウォーデルの目が険しくなる。「垂れ込まれる前に、あの娘をどうにかしないといけない」

ティックトックが首を振る。「無法者なんだろ? なら、警察になんか通報しないだろ」

「おれの人生がかかっているのに、さいころを転がすというのか?」ウォーデルはティックトックの胸を小突く。「南カリフォルニア中で広域指名手配(BOLO)など、ごめんだ。さっさとあの娘を探し出すぞ」

慌ててダイナーに戻ると、ウォーデルは廊下を伝い、オープンオフィスのドアをノックする。店長が顔を上げる。困惑しているような顔だ。ウォーデルはすぐさま勢いを緩める。

「訊きたいことがあるんだが。よそから姪っ子に会おうと思って、この店に立ち寄ったら、ウエイトレスのひとりが、とてもやさしい子だったが、姪っ子は具合を悪くして帰ったと教えてくれた……」

77

ビバリー・ヒルトンに音楽が鳴り響く。ボールルームではビッグバンドを呼んでパーティーがひらかれている。女たちの着けているラメはきらきらしていて、宇宙ステーションの電力さえ賄えそうだ。クリスがホテルのスイートルームに入ると、バルコニー・ドアのレースカーテンが生暖かいそよ風に吹かれて舞い上がっている。

アナがバルコニーに出ている。クリスに背を向け、手すりに寄りかかり、風に髪をなびかせて、センチュリーシティの明かりに浸っている。

クリスはうしろからアナの腰に手を回す。アナは摩天楼を見つめ続ける。いつまでも終わらないように感じられる一分ほどがすぎると、アナはクリスの胸に頭を寄せる。

ふたりはそのまま夕暮れに包まれる。「さっきある男と会ってきた」

アナは振り向かない。

「そいつは人のはるか先を進んでいる。もう二十年も前から」

「どういった分野で？」

「サイバー・テクノロジーだ」

アナが振り向く。

「かつて防衛高等研究計画庁（DARPA）にいて、そもそものネットの立ち上げにもかかわった。内も外も、下の配管まで知り尽くしている男だ」

「それで？」

「フェリックスの指図を受ける状態を脱したい、ちがうか？　あのまぬけどもにばかにされる日々から抜け出したいんじゃないのか？　だから、世界の反対側のバタムに施設をつくろうと考えているんじゃないのか？」

「それだけが理由じゃないわ。バタムはアジアのシウダーデルエステのような、とてもオープンなところ。でも、シンガポールは、マラッカ海峡に浮かぶ東西四マイル半の島々にすぎない」

「たしかにそこもいい」クリスはいう。「だが、おれは別のことも考えはじめている」

「どういうこと？」

「まだわからない。今回の件は別の方法も使えるかもしれないと思っている。アイデアというか……」クリスは身振りで宙を示す。「そこにある」

「わからないわ」

「おれもわからない。ある部屋にいるとしよう。縦十フィート（約三メートル）横十フィートの広さだ。それがきみの世界だ。すると、目の片隅にドアが見えてくる。この小さな部屋がすべてじゃないと感じはじめる。この部屋がもっとずっと大きな部屋の中にあって、新しい可能性がいくらでもそろっているのかもしれない、と」

「その話にはどんなオチがあるの？」

アナがクリスの腕からするりと抜けて、振り向く。控えめな表情だが、目には好奇心が宿っている。

「きみの一家がパラグアイに持っている株や施設の一部が、リュウ・グループの外からも、平行して入手できるとしたら？　グループから独立して。依存の綱を断ち切ることができるとしたら？　独立のために購買できるとしたら？」

「どうしたらそんなことが？」アナは訊く。

「そいつはケルソという男だ。シティ・テラスの山の上にいながら商売をしている。数多くのハードウェア、NSAで使われているものに劣らない暗号化技術」

アナは集中して聞いている。

「どうしてそんなアイデアが浮かんだの？」

「世界はグローバル化している。国境や司法権はすたれつつある。自分の靴を磨くこともできないようなまぬけどものの支配から、抜け出したいだろう？　一緒に冒険の旅に出よう」

アナの細めた目が、きらりと光っている。「いつケルソに会えるの？　アジアから戻ったときかしら？」

これほどわくわくしているアナを見るのは、久しぶりだ。

「ああ」

ぱっと明るい表情になり、アナがクリスにキスする。「すごいことになるかもしれないわね」

「そうなのさ」

少し間が空き、その後、憂鬱がアナをすっぽり包む。

「どうした？」クリスはいう。

「母のこと。母は医者になりたかった。あの世代の中国系ディアスポラの女性の場合、それは無理な話だった。受け継いだ文化が希望と野望を水中に引きずり込むこともある……」

アナは宇宙船のようなセンチュリーシティのビルに顔を向ける。

「あなたはどうなの？」アナはいう。

「おれの何が」

「家族。あなたの家族のことは一度も聞いたことがない。ここで育ったことしか、わたしは知らない」

「ここの東だ」クリスは正す。「カリフォルニア州パラマウント。精肉工場、ひび割れた土地、埃をかぶった数本のヤシの木。主要産品は疎外感だ。環境にしっかり適応した結果ともいえるが」

「お母さんは何をしていたの？」

「何をしていたか？　十七歳のとき、父がドイツに派遣された夜におれを身ごもった。父は十八で陸軍に徴兵された。派遣されて三週間後、父はふたりのまぬけと速度制限のないアウトバーンを爆走していて、シュツットガルトの外れで事故死した。

母は死亡給付金をすぐに使い果たし、ガーディーナのメロー・イエローでゴーゴーダンサーになった。シンディー・ザ・サーフィング・クイーンという芸名だった。モンゴルズ（南カリフォルニアを拠点とする無法者のバイカー集団）というグループの一派と、しばらくつるんでいた。パラマウント——七〇年代中ごろに盛り上がっていた——は、トパンガやローレル・キャニオンのヒッピーのドラッグ・カルチャーが労働者階級にまでちょろちょろ流れ出ているような感じだった。

最後に母に会ったのは一九七九年だった。LSDの幻覚を見すぎたせいで、カマリロ行きになった。州立の精神病院があったところだ。おれは少年院から出てきたばかりだった。面会しに行った。まだ十代の少女のようだった。赤毛で、鼻の周りにそばかすが浮いていた。母はおれがだれかわからなかった。おれは長いあいだ母に話しかけた。こっちが大人みたいだった」

公共施設によくある光沢のある淡いクリームとグリーンの壁を覚えている。記憶にこびりついている。光沢のある方が水洗いで汚れが落ちやすいのかもしれない。

「サイケデリックなハンドジャイブ（五〇年代に誕生した、手拍子などでリズムを取りながらのダンス）をしながら、おれにこういった。『あたしは自分の頭がどこにあるのかはわかってる。だれか体を見つけてちょうだい』

母はおれがサンクエンティン刑務所に入っているときに死んだ」

「どうして?」

「交通事故だったそうだ」

アナは何もいわない。この話はそれまでまったく聞いたことがなかった。彼はこの話をとにかく避けていた。

「どうして?」

「何が? どうしておれがクエンティン(Q)に入ったか、ということか?」

アナはうなずく。

「つかまったからさ」簡単な話だ。「おれは強盗をやっていて、ハーバーシティのカイザーパーマネンテ（アメリカの健康保険関連グループ大手）の看護師から調達した調合薬レベルのモルヒネを打っていた。あるとき、ドラッグを買うために犯罪に手を染めているのか、ドラッグは強盗をする口実にすぎないのか、よくわからなくなっていることに気付いた。強盗をすると、それだけハイになれた」

〝おれのことが知りたかったんだろ? いいさ。教えてやる。おれに消えろというつもりなら、今すぐいってくれ〟と訴えかけるような面持ちで、クリスはアナを見つめる。

「要するに、おれは自分の才能をどう伸ばしたいのか、よくわかっていなかった」

クリスはアナをじっと見る。

「療養所にも入っていたの?」

「いや」クリスは続ける。「ある男のおかげだった。兄貴のような存在で、フォルサム刑務所に移されたとき、立ち直る手助けをしてくれた。その人の力を借りて、おれは目を覚ました。おれの気持ちをX線みたいに読んでいた。自分自身の経験をもとにおれ自身に関して気付いたことを教えてくれた。読書家でもあった。おれも本を読むようになった。おれは本気で犯罪に取り組んだ。その人はおれをかばい、おれもその人をかばった。おれの命の恩人だった」

「刑務所での話？」

「外でもそうだった」

「その人はどうなったの？」

「ミスを犯した。ある女と一緒だった。それまでは、まあ、完璧だった舵が、利かなくなった。バスコ・ダ・ガマと同じだ。そして、彼が狙いそうな山を知っていたある男の罠にはまった。そして、その男がＬＡＸ近くで兄貴を殺した」

「その男は何者なの？」

「ＬＡの警官だった」

「今はどこにいるの？」アナは訊く。

「今もここにいる」

高層ビル群が放つ無数の光をたたえたクリスの目は、宙を見つめたままだ。その後、アナに向けられる。

「次は何だ？　もう知りたくないことまでいってしまったか？」

気持ちが沈む。**これで終わりか？**

アナはクリスの手を取り、その手にキスする。

「どうして？」クリスは訊く。

アナは口調を変える。「食べ物を注文しましょう」

中に入り、ルームサービスで注文しながら、PCの電源を入れ、ホテルのネットワークにログインし、同時に、フロントエンドでVPNを立ち上げる。不思議な女だ。際限なく惹きつけられる。アナを失ってはいない。失ってはいない……

「魚介類とステーキのコースにしたわよ」アナがクリスに声をかける。「わたしはシャワーを浴びる」

アナはステレオをつけ、バスルームに向かう。クリスはバルコニーの手すりに寄りかかり、眼下の景色を一望する。

夜のLA。明るい光。目の前にすべてが広がっている。**おおおおぉ……どこまでも続く**二次元の星座……**〝光の都(シティ・オブ・ライト)〟**。ジム・モリソンの歌（ドアーズの〝L Aウーマン〟）のとおりだ。**〝あるいは、どこにでもいる堕天使、夜の都(シティ・オブ・ナイト)か……〟**

だが、行き交う車、音楽、下階に響き渡るパーティー。車、カネ――この雰囲気。シャーリーンと出会った夜のようだ。雷に打たれたような、きらきら輝いていた不思議なラスベガスの夜のようだ。クリスはじっと息を吸う。ここにいる。感じる。捨てたのに恋い焦がれ、恐怖と不安を感じつつも夢に見たこの街が、歌いかけてくる〝声〟に浸る。それは五ミリグラムのモルヒネ(モジョ・ライジン)のように全身の血流に乗る。これが自然なのだ。重要なのは野心だ。運が上向いている。

シャーリーン。鼓動が高鳴る。**今夜、きみはどこにいる？**

だれかと出会ったのだろう、とクリスは思う。想像であって、確信ではない。写真はぱったり届かなくなった。最後に届いたのは九カ月前だ。きれいな晴れた日。それ以来は何もない。

胸が騒ぐが、わずかばかりの嫉妬にとどめる。シャーリーンは責められない。それが生存だ。彼女にその力があるならうれしい。彼女もドミニクも安全に暮らせるなら。だが、だれかが彼女の体に触れると思うと、頭がおかしくなりそうだ。

その辺にしておけ。

シャーリーンが恋しい。ドミニクにも会いたい。ああ、会いたい。

シャワールームでは、アナがステレオに合わせて歌っている。残響に包まれて、甘くて生々しい歌声が漂う。

シャーリーンがメールで送ってきた緊急時の電話番号を、今でも持っている。かけたことはない。もうつながらないだろう。それでも、電話を取ってバルコニーに戻る。心臓を高鳴らせて、その番号にかける。

つながるまでにズレがある。遅延——転送されているのか？　電話の呼び鈴が鳴る。

胸に熱が広がる。街の喧噪が伝わってくる。呼び鈴が鳴るたびに、希望と不安が膨れ上がる。

〝ヒルズは炎に包まれる。

おれがおまえを愛していなかったというやつらは

嘘つきだとわかるだろう……〟（ドアーズの〝LAウーマン〟の一節）

今でも愛しているのか？　ああ。今、ここにいて、その問いにどんな意味がある？　パラレル現実でも夢想するのか？

「もしもし」

あの声。透きとおり、落ち着き、自信に満ちたあの声で、応答している。

夜は輝き、まばゆく、暑く、体中に電気が走る。

「もしもし？」

向こう側から音楽が聞こえる。息遣いが聞こえる。

クリスは口をひらくが、どうしても声をかけられない。彼は電話を切る。

シャーリーンは電話を持ったまま、キッチンに立ち尽くす。外では乾いた風が吹き抜け、ポンデローサマツの腰を曲げる。彼女の声がささやきになる。「クリス？」切れている。

シャーリーンはゆっくり、慎重に電話を切る。指がしばらく電話の上を漂い、心臓が胸の内で暴れている。長距離電話のようだった。転送されてきた感じだ。

たまたま平日の夜に、クリスがどこか遠くから電話してきたのかしら？

78

ハナは通話を終え、受話器を電話機に戻す。ぴりぴりしている。オフィスのフォルダの山が整理されている。民間の事務員にフェイル整理を依頼しておいたのだ。

課のフロアへ歩いていくと、ドラッカーが、ヘレナ・ベネデクが意識不明になるまで暴行された屋敷で撮影された写真をハナに手渡す。大理石の玄関広間が、血と、第一発見者が被害者を蘇生させようとした際の残骸で覆われている。使用した手袋、注射器のキャップ、破かれた包装紙。天井には銀色のマイラーのヘリウム風船がいくつもある。

「彼らの使った手。パーティー・ショップの販売員になりすました」ドラッカーがいう。「いかれたパーティーだが。連中は被害者が身に着けていた宝飾品をはぎ取っている。ダイヤモンドの腕輪（テニスブレスレット）だと、メイドはいっている。ほかにも、何の意味もない頭のいかれた所業をいろいろやっている」

「永遠への回帰か」ハナは鋭い口調でいう。「昔ながらの手口を使えばだれの仕業か特定されるが、それでも、ウォーデルはあらがえなかったわけだ」

カザルスがドアをあけて入ってくる。柔軟な動きで、かっちりした服装。目に疑問が浮かんでいる。

ハナはオフィスの電話に向かって顎をしゃくる。「リック・ロッシと話したところだ。あいつはまだシカゴ犯罪捜査部（CID）にいる」

「何かわかったか？」カザルスがいう。

「ウォーデルは自動車修理工場での拷問殺人以来、彼らのレーダーから消えているそうだ」

「十二年か」

「強盗とジェイムズ・マズーカスの殺人の件での逮捕令状はまだ生きている。コルソン家の銃撃戦で仲間が死んだ件での重罪謀殺。仕事用の車を調達したアーロン・グライムズという男の殺害。連邦犯罪逃亡者の逮捕状、犯罪訴追逃避、などなど。だが、たしかに消えていた。ウォーデルはお化けのキャスパー（アメリカのマンガとアニメ映画の主人公）になって、煙とともに消えていた」

ドラッカーがハナの机に向かって歩いてくる。「シカゴ市警（CPD）はどんなものを送ってきた？」

「写真、ウォーデルのジャケット、わかっている協力者、アーロン・グライムズの殺害現場に向かった警官や刑事が作成した報告書。

時間の経過を加味した似顔絵はこれから作成させる」

カザルスが拳銃を机の引き出しに置く。「活動を控えていたのだとすれば、十二年は長いぞ、ヴィンセント。これまではどこかで手に入れたカネがあったが、今は使い果たしたのかもしれない」

「あるいは、昔の〝強姦、拷問、殺人病〟がぶり返したか」ハナはいう。「いずれにしても、今やつはここにいる」

「ロッシはどんな感じだった？」カザルスが訊く。

「うまくやっているようだ」ハナはつくり笑いを見せる。「シェイクスピア署は我が家のようなところで、リクライニングチェアに座り、テレビとリモコンのある部屋で残りの人生をすごすつもりだ、とでもいうかのような口ぶりだった。イーストンは引退している」

ハナはカザルスに目を向ける。「ノヴァクがあの課を率いているそうだ」

因果は巡る、とハナは思う。**落ちるときには、ずっと狙っていたところに着地するのが理想だ。そんなところがないなら、落ちないようにしがみつく方法を見つけておくことだ。立ち上がれ。前に走れ**。

ふと、ウォーデルがスキーマスク越しにこちらを見ている場面を思い描く。表情のないうつろな黒い目で。ウォーデルが奪ったメルセデスで突っ込んでくる二秒前の情景だ。

ハナは仲間の刑事たちに向けていう。「ウォーデルは支配欲が異様に強い。これまでは巧妙かつ精確に動いていた。だが、犯罪のプロという意味では、底辺にいるようなやつだ。家族がいるときに家に侵入し、脅す――それが手口だった。サッと入り、パッ出ていくのではなく、ぐずぐずとどまって強姦する……やつの道楽だ。そこが黄泉の国へ流れ着くリバー・ステュクスのはじまりだ。作戦上の必要性からではなく、常軌を逸した心理状態に任せて行動する。それがやつの弱点だ。それを知っていることが、こっちの突破口になる」

ハナはコーヒーをカップに注ぐ。今朝はアデロールを一錠しか飲んでいない。

「ウォーデルは常に盗みの下調べより先に家庭事情の下調べをしていた。ドラッカー、ヘレナ・ベネデクの近所の人たちに、ウォーデルの写真を見せて回れ。庭師やメイド。犬の散歩請負人。郵便集配人、新聞配達の少年、スクールバスの運転手にも」ハナはカップの半分ほどを飲む。「ウォーデルは内通者を使ってターゲットの内部情報を得ていた。シカゴ時代には、駐車サービスの駐車係に情報を提供させ、被害者宅の合い鍵をつくらせていた」

ハナが顔を向けると、カザルスは無言のままハナを見ている。

「ベネデクがよく行く店、過去二カ月に何度か訪れた店のリストを作成しろ」ハナはいう。「家の鍵を預かってもらうところすべて。家の住所や財務状況を明かしたところすべて。ジム、プールなど、スタッフがロッカーをあけたり、ウォーデルがスタッフにカネをつかませて顧客情報を手に入れられそうなところすべてだ。彼女がよく使うサービスで、名前と住所のついた予約スケジュールを紙に出力するところがあるかどうかも確かめろ。その紙をどうするのか？　だれがそこのゴミを収集するのか？」

ハナはドラッカーに顔を向ける。「ウォーデルの手口をＦＢＩに照会しろ。凶悪犯罪者逮捕プログラム（VICAP）にな。この十二年のうちにどこかで犯行に及び、データベースでヒットするかもしれない。犯行があったにせよ、ほかの管轄の捜査機関がＦＢＩに情報をアップロードするとはかぎらない。それでも、とりあえず照合しろ」ハナは顔を背け、また向き直る。「ＦＢＩに問い合わせる場合だが、複数州にまたがる連続拷問殺人事件だとはいうな。連邦捜査局の管轄権を主張できると思わせるようなことはいうな。ほかの連中に口出しされたくはない」

ドラッカーが受話器を取る。カザルスは待つ。

「生き残った少女」ハナはいう。「ジェシカ・マズーカスだが」熱いものがドリルのように彼の頭蓋を穿つ。息が苦しく感じられる。「ウォーデルをとらえたら、彼女にすべてが終わったとようやく報告できる」

　ドラッカーがうなずく。「そのとおりだな」未解決事件が列挙してあるホワイトボードを見る。「正義が水のように流れる（ロール）ようにしよう。そして、くされスチームローラーのように定着させる」

　熱の針に頭蓋を貫かれながら、ハナは息をする。こんな感覚ははじめてだ。押さえ込まれていた怒りか？　憎悪が解放されようとしているのか？「ウォーデルは火をつけはじめた。自分では止められない。おれたちはあいつの足跡を探し出し、煙や煮炊きの跡をたどってあいつをとらえる」

　ほとんど忘れていた記憶がよみがえる。

「カザルス。ずっと前――おれがＣＰＤを辞めたあと――ウォーデルの右腕が銃撃戦で死んだという報告が入ったといっていたな」

「ああ、ハンク・スヴォボダだな」カザルスはいう。「そいつと三人の男が、メキシコ国境の近くで射殺体で発見された。ユマの外れの田舎道だ」

「一九八八年だったか？」

カザルスはうなずく。「四つの死体、何台もの大破した車」彼は眼鏡を外す。「当時、ユマ郡保安官に話を聞いた。路面に多量の血が残っていたそうだ。四つの死体のほかにも、だれかの死体が運び去られていた。出血が多すぎるから、生き延びたはずはないということだった。そいつがウォーデルかもしれないと思っていたが」

ハナはその点を踏まえ、どういうことかと思う。

ドアがあき、ラウシュが足早に入ってくる。「ファム・タイン・トゥイ」

ハナはさっと振り向く。「浅い墓穴に埋まっていた少女の名か？」

ラウシュがうなずく。「ガソリンスタンドのゴミ収集コンテナから回収したゴミ袋に、彼女の衣服が入っていました――ブラウスの背中に指紋が付着。それから、煙草の火であけたと思われる穴。死後に脱がされたようです」ラウシュが手を腰に当てる。「彼女のハンドバッグも見つかりました。身分証のたぐいはなかったものの、彼女宛の手紙がありました。差出人の住所を訪ねると、彼女の姉がいました。薄汚いアパートメントで、行くあてのない少女たちが詰め込まれていました」ラウシュはノートをひらく。「姉の名はファム・フオン・ラン。フィゲロアの小道で働いています。歳は十七」

「買われて来たのか？」

「その子は英単語を五つぐらいしか知りません。そのうち四つは、〝ヘイ〟〝ベイビー〟〝キャッシュ〟〝マネー〟。びくびくしています。恐怖を感じています。タインはおそらく彼女の妹だと思います」ラウシュが首を振る。「ウォーデルの写真を見せました。反応を隠せない様子でした。うろたえていました。彼女はウォーデルを知っています」

「ウォーデルはその子のぽん引きなのか？」ハナはいう。

「いえ。彼女が知っている五つ目の英単語ですが、〝モーテル〟です」

ハナは急いでドアに向かう。「行くぞ」

79

　１２０thストリートの南に延びるフィゲロアの小道に位置するアウトスカーツ・モーテルは、風船ガムのようなピンク色で、剝がれかけたオレンジ色の飾りがついている。ほの暗く、通りの活力に合わせて脈動している。ハナとドラッカーは、深夜零時ごろ覆面車両で中庭に入る。

　そこはラウシュがタインの姉からもらったリストにもとづいて訪問する、四つ目の薄汚いモーテルだ。それまでのモーテルでは、ウォーデルの写真を見せても、デスク係は首を横に振るばかりだった。〝いいえ、その人、見たことありません。知らない人〟と、退屈げな広東語訛り、ホンジュラス訛り、あるいはボストン訛りでいった。

　アウトスカーツのポーチ・ライトは小便のような黄色で、通話口の向こう側にいるデスク係に黄疸（おうだん）のような光が当たっている。マンチェスター・ユナイテッドのTシャツを着た、骨張った猫背の男。

ハナはカウンターに身を乗り出す。「名前は？」

ドラッカーがデスク係の個室のドアを強く叩く。デスク係は何もいわない。外の駐車場の端に、新型の車が並んでいる。ベビードール（丈の短い女性用パジャマ）とストリングビキニのボトムスという姿の若い女たちが、車と車のあいだを歩く。二台の車がモーテルの中庭に入る。「ここは午前三時でもドライブスルーのようだな」ハナは手を拡声器のように口に添え、大きな声で呼びかける。「ダブルダブル、フレンチフライ、コーク、それから、サイドディッシュにフェラチオもつけてくれ」

それですぐさまハナたちが警官だとわかったのか、ひとりの少女がピンク色のハイヒールをふたりに投げつける。

ドラッカーのドアを殴る音が中庭まで轟いている。

チェーンは外さないまま、ドアがあく。

「名前をいえ」ハナはいう。

「カルターだ」デスク係がいう。

「カルターだな。ボスはどこだ？」

「ボスはいない。おれの監督はどこかの企業がやっている。おれは知らない」

「ドラッカーが〝警察だ〟と騒ぎ出して、客がすっ飛んで逃げ出す前にチェーンを外せ。そんなことになったら、おまえにはいないとかいうボスが怒るぞ」

カルターがドアのチェーンを外す。

デスク係用の個室は汗と饐えた持ち帰り料理のにおいが充満している。こいつはこの個室を家代わりにしているようだと思い、ハナは声を出して笑う。

ドラッカーも無理やり狭い個室に入る。「ボスの名前は？」

ハナはデスク上をざっと見る。ノートと台帳が積み上げられている。「おまえは台帳と夜間の帳簿を管理しているようだな。だれか来るのか？　カネを集めに来るやつはだれだ？」

ドラッカーがカルターを上から見下ろす。「衛生と消防の条例違反がいくつかあるようだから、おまえを十回ぐらい署に引っ張っていくこともできるぞ」

デスク係が降参の印に両手を上げる。「スモレンスキーだ。ミスター・スモレンスキー。どこにいるかは知らない。どうやって連絡を取ればいいかもわからない。彼は昼間は来ない」

ハナはドラッカーに目をやり、またデスク係に戻す。「なぜだ？　浅い墓穴で死んでいた少女のせいか？　その件については、どんなことを知っている？」

カルターがたじろぐ。「何も知らないんだ！」

「だが、ミスター・スモレンスキーなら知っているのか？　ファーストネームは何だ？」

「ジョンだ」

「だれがそいつの居場所を知っている？」

カルターがかすんで見える防弾ガラスの窓の外を凝視する。

「女たちか？」ハナはいう。「ぽん引きか？」

カルターはいいよどむ。「イージーDなら、知ってるかも」

車に戻ると、ハナとドラッカーはラウシュに無線で連絡する。ラウシュは別の覆面車両に乗っていて、南カリフォルニア大学近くのフィゲロアにいる。

「イージーDなら、知っています」ラウシュがいう。「落ち着きのない男で、本名はカルヴィン・ペイジ。つぶらな目をしたヒップホップ好きのぽん引きです。女たらしですが、意地の悪い男です」

「アウトスカーツのデスク係によると、ウォーデルはモーテルでの女たちの稼ぎの取り分をごまかされたので、そのぽん引きを追っているらしい」

「この前、クロム・リムのタイヤをはかせて、リアガラスに大きな青と銀の星（ダラス・カウボーイズのマーク）が貼ってある黒いサバーバンで流しているところを見かけました」

ハナとドラッカーは二時間後にイージーDを見つける。フィゲロアから二街区(ブロック)離れた暗い通りで、ヘッドライトを消し、暗がりから離れないようにして、自分の管理する売春婦の動きを追っていた。ドラッカーがイージーDの前に出て、無理やりサバーバンを停める。

ウインドウがあくと、四トンぐらいの衝撃があろうかというバスビートが、マリファナのにおいと一緒に飛び出す。イージーDは両手をハンドルに置いている。

「落ち着けよ」イージーDがいう。

ドラッカーはイージーDに降りるように指示する。イージーDはSUVから降りる。身長は五フィート六インチ（約一六七センチメートル）、ビューグルボーイのジーンズとぼろぼろのスニーカーをはいている。十年生の算数の授業に遅刻した子供のように見える。

ハナは亡霊でも見るようにイージーDを凝視する。「ケツの割れ目が見えるくらいズボンを下げていて、どうやって女たちを追いかけるんだ、カルヴィン？」

「追う必要なんかない」イージーDが自分を指さす。「連中はこいつをほしがってるからな」

「あっちにいるおまえの女たちのひとりは、ピンク色の八インチのプラスチックヒールをはいているが、おまえじゃ、その女にも追いつけないだろうな」

「どうしておれをいじめるんだよ？」イージーDはいう。「あんたらは風俗犯罪取締班じゃない。この辺では見ない顔だ」そういうと、ハナを追い払うように手を上下に動かす。

「しかし、あんた、たしかにこの辺にいるような感じだな」

「いじめてるって？」ハナはサバーバンのリアガラスの青と銀の星を指さす。「カールーヴィン！　おれがいじめるなら、くそったれのカウボーイズのマークなんかつけてLAを走り回った廉で、このぼろSUVを押収してやるさ」

「おれは――」

「どこかおかしいんじゃないか、カール-ヴィン？」

「何もしてねえよ。ステッカーはこの車にもとからついていたんだ！　おれはファンじゃねえし」

「そうなのか？」ハナは訊く。「なら、軽犯罪で逮捕するしかないな」

「何だよ、それ？」

「第三級軽犯罪だ」ドラッカーが付け加える。「ここでぶらついているなら、よそでもぶらついているところを見られているはずだ」

「それで、どこなんだ」ハナはいう。「そいつが行ったのは？」

「どいつだよ？」イージーDはいう。

「ばかなふりをしているのか、それとも、そういう状態で生まれてきたのか？」ドラッカーはいう。「白人、眉に切り傷があるグリースべったりのくそ野郎で、アウトスカーツの所有者だ」

イージーDが肩をすくめる。「おれは――」

「〝知らない〟とはいうなよ」ハナは警告する。

「おまえが知らなきゃ、おれたちはそいつを〝見つけられない〟」ドラッカーはいう。「そいつがおまえを見つける」

「そいつがおまえを探していることはわかっている。やつのモーテルに出入りしているおまえの女の稼ぎから、やつに支払う分を、おまえがちょろまかしたんだろ。だからやつはおまえを探している。そして、おまえはおれのくそったれ時間を無駄にしようとしている」

「待てよ、待ってくれよ」イージーDがあたりをきょろきょろと見る。ほかに車はない。夜を締め出す小さな家々も今は暗い。「そんな、ちょろまかしてなんかいない。女がいなくなったんだ。向こうが再編（リコンスティテューション）するのが筋だ」

「再編（リコンスティテューション）だ？」ドラッカーがいう。「補償（リスティテューション）のまちがいか？」

「ああ。そいつだ」

ハナはイージーDと真正面から向き合う。「いなくなった。混乱して乗るバスをまちがえたのか？　遺失物取扱所にでも探しに行ったのか？」

「ちがうって。その女は、あんたらが２１０号線の近くで見つけた娘だ」

「ああ、そっちか」ハナは声を落としてそっという。まるで謎が解けたかのように。「やつはどこにいるんだ？」不気味なほどの声音の変わりよう。

「ここの南にある気味の悪い家に住んでる」イージーDが首を横に振る。「あの女、おれの持ち馬だった――そうなるはずだったのによ。やるべきことをやらなかった。あいつはあの女を調教するといっていた。そしたら、姿を消した。だからキックバックしなかった。わかるか？　だから、スモーキーがあの女のカネを払うのが筋だし、だからスモーキーとその仲間がおれを探しているのさ」

ハナは背筋に冷たいものを感じる。「スモーキーというやつは、やることをやらない女たちを〝調教〟するのか？　そうなのか？　ほかにいなくなった子はいるか？」

イージーDがわざとらしく咳払いをする。「どう思うよ？」

「その気味の悪い家はどこにある？」ドラッカーはいう。

　彼らはSWATを伴い、午前四時に到着する。防弾ベストをつけ、ハナは薬物の刺激がなくとも完全に目は覚めていて、ドクンと心臓が内側から肋骨を叩いている。その家はどれも同じようなランチハウスだらけの団地にある。ふつうの家の群れに交じった小鬼（ゴブリン）といった感じで、伸び放題のオークやスズカケの木々に押し込まれた、一九二〇年代に建てられた石造りの宿泊所だ。暗い。静かだ。

彼らは無断での立ち入りを許可する令状を持って家に入る。ドアを破壊する短い破城鎚（バッテリング・ラム）で側柱を打ち壊す。戦術チームのライフルにフラッシュライトがついている。そのうしろから、ハナ、ドラッカー、ラウシュも入る。戦術チームが部屋から部屋へと、スズメバチのように素早く移動する。目が夜の闇に慣れ、自分の血流が耳に響く。

「異状なし」ＳＷＡＴのリーダーが声をあげる。

ハナはベッドルームに入る。散らかっている。だれもいない。キッチンに戻る。何日も前の食べ残しがこびりついた洗い物。玄関ドアの郵便物投入口の下の床に、郵便物が散乱している。ハナはそれを足でどかす。

ウォーデルは彼らに追われていることを知っている。風とともに去った。

80

彼はうろうろと行ったり来たりしている。ガーディーナにあるティックトックの家の趣味部屋の中で、ウォーデルは絶え間なくうろうろしている。犬の寝床から、片耳のピットブルが警戒した様子で彼の動きを目で追っている。

ティックトックが入ってくると、ウォーデルはくるりと彼の方を向く。「いい知らせを運んできたんだろうな」

「警察があんたの家を捜索した。ＳＷＡＴだ」

「くそったれ」

　ティックトックはウォーデルの気を静めようとしていた。メイカーズマークを隠そうとした。何か食ってもらおうとした。だがウォーデルは、ティックトックの妻がつくったスパゲティの皿を壁に投げつけた。ティックトックはウォーデルが目を覚ます前、朝も早いうちに、妻と子供を別の場所に行かせた。彼はリンウッドで育ち、タフなブラザーになったが、そんな彼でも、かっとなったウォーデルにはびびる。

「くされＬＡＰＤが」ウォーデルはいう。「モーテルに手を伸ばしやがった」

「だけど、モーテルの名義はぜんぶスモレンスキーになってるんだろ？」ティックトックはいう。

「関係ねえ！　連中はおれにも手を伸ばしてくる」

　ウォーデルが犬を蹴る。犬はきゃんと鳴き、慌てて逃げる。ティックトックの血圧が急上昇する。手を差し出すと、犬が脇にすり寄ってくる。

「ＬＡには十二年いる。また一からやり直すのはごめんだ。マイアミでも、トロントでも、くされベリーズでもな」

「ベリーズの砂浜はよさそうだが」

　ウォーデルが背を向ける。「くそでも喰らえ」

　ティックトックは降参だと両手を上げる。「そのうちにほとぼりが冷めるかもな」

冷めはしない、とウォーデルは思う。モーテル――そこを警察に押さえられたら、モーテル関係のコネクションを捨てるしかないかもしれない。むかっ腹が立つが、そうしよう。カネならある。今ここに分厚い札束が。ヘレナ・ベネデクからいただいた、台座にはめ込まれた宝石を流したところ、三百万ドルになったのだ。それだけあれば乗り切れる。

ウォーデルが考えているのは、だれが垂れ込んだのかということだ。

モーテル王国は、ユマの外れの田舎道でニール・マコーリーから奪ったカネで打ち立てた。現金だけを持ち、血みどろのバッグや車の残骸など、ほかはすべて路上に残して逃げた。死んでいく女を抱きしめるマコーリーも置き去りにした。

ほつれた糸口も残した。その糸口にあのダイナーでこちらの正体を見破られた。

「あのくされウエイトレスめ」そういうと、彼はティックトックに向かっていう。「だから早くあの女を探さないといけないといったのだ。あの女が警察に行って、〝オーティス・ウォーデルがこの店のブースに座っていたのを見ました〟なんていう前に。あのアマ」

ティックトックはなだめるようにうなずく。「わかるよ。ほかにも不運が重なった。あんたのせいじゃないさ、ボス」

ウォーデルはスツールを蹴り倒す。「当たり前だ、まぬけ。あの女のせいだ」ウォーデルはまたうろうろしはじめた。今にも爆発しそうだ。彼はだれにともなくいう。「迎えに行ってやるぜ、ガブリエラ。おまえの売女の母親も逃げられなかった。おまえも逃げられない」

垂れ込んだだと？　あのアマを始末してやる。

81

その日の午後、クリスはブルールームの裏口でネイトと会う。クリスが前回そこにいたときには、銃撃を受けて半死の状態だった。死に物狂いでシャーリーンに会おうと車に乗ろうとしていた。それから何という曲がりくねった道をたどってきたことか。ネイトがマニラ封筒を手渡す。

「ケルソの女がこれを持ってきた」クリスがその女性について疑問を抱いているのに気付き、ネイトはいう。「あのふたりはいわゆる絆で結ばれているのさ。信頼できる」

クリスは封筒の中をのぞく。ジップ・ディスク（一九九〇年代にアイオメガ社が開発したリムーバブルディスク）。

「暗号化プログラムだ」ネイトがいう。

「よし」クリスは片手を差し出す。ネイトが握手する。クリスはネイトの手をしばらく握ったままでいる。「あとひとつだけ。ヴィンセント・ハナのことだが」

「やつのどんなことだ？」

「どんな情報を持っている？　住所？　習癖？」

「何度もいっているが、やつには近づくな。大人になったかと思ったが」

「ニールのことになるとな。それは例外だ」

「あのマスかき野郎が二カ月ごとにブルールームにやってくるようになって、おれの頭の中でいったいどんなことが巡っていると思う？」

ネイトの氷のような青い瞳の奥に炎が見える。

ネイトは続ける。「おれは何もやらんし、おまえには何もいわん。おまえがうちのくされ電話にかけてきたとき、出るんじゃなかったとおれに思わせるな。過去は終わったことだ。やつらはおまえがとっくに死んだと思っている。自分からばらすのか？　蒸し返すのか？　頭がいかれてるのか？　ひねり潰されるぞ。おれもな」

ネイトが人さし指でクリスの胸を突く。やさしい突き方ではない。マクニール連邦刑務所の中庭にいたときのネイトが、そこに立っている。「墓場まで持っていけ」

クリスは嘆息を漏らす。「今のはなかったことにしてくれ」

「わかった」ネイトはうなずく。

マルホランド・ドライブの突き当たりの、街を見下ろすぎざぎざの尾根まで、クリスは車を走らせる。四方を囲むウインドウを日差しが叩き、金色と深紅色に照らす。彼はアルファロメオを停め、外の生暖かい風の中に出る。

ネバダ州の番号に電話する。彼女が出る。クリスは今度はためらわない。

「シャーリーン、おれだ」

せわしい風音がしていても、息を呑む音が聞こえる。クリスは目を閉じ、切らないでくれと願う。

「この前の夜かけてきたのも、あなたね？」彼女がいう。

胸をなで下ろす。「何をいっていいかわからなかった。だが、今は話している」

「聞いてあげる」

とてつもない距離を感じるのに、やけどしそうだ。「送ってもらった写真を受け取った」まぬけな言い草だ。どこかのボルトが緩んでいるような声だ。「ベガスにいるそうだな」

「去年から」彼女がいいよどむ。「LAにとどまるつもりはなかった。いる理由なんて、ある？　すべてがなくなったから」彼女の声がかすれる。「ドミニクの面倒を見ないと。自分の面倒も」

「できることなら……」

「ああ。わたしも同じよ。ほんとに、できることなら」

風がクリスの頬をなでる。過去に戻りたくてたまらない。

「今は不動産業の仕事をしている」彼女がいう。

「そうか」

「それから、伝えておかないといけないことがある」シャーリーンはいう。「わたしは別の人と一緒にいる」

クリスは何もいわない。

「もう一年以上、一緒にいる。彼はカジノ・ビジネスで働いている」また沈黙が流れる。

クリスは待つ。いい逃れしていいときではないと悟ったのか、彼女の語気が強くなる。

「マカオのザ・ベネチアンの経営にかかわることになっている」

「マカオか」合点がいく。「ついていくのか？」

「ええ。ドミニクはいい学校に入れる。だから、ついていく」

クリスは少し考えてからいう。「安定しているようだな」

「ええ。安定しているし、平穏」

「大人の考えだな」クリスはいう。

「それがどうかした？」

「何がおかしいの？」

急にぴりぴりした口調。シャーリーンらしい。

「何も。懐かしくなっただけだ。いい思い出もあった」

クリスは路面の端に歩いていき、街を一望する。はっきり景色を見て、落ち着いて話そうとする。

「どうやら……」現実的に振る舞う勇気を探す。「きみも奮闘してきたようだな。そして、自分とドミニクのためにいい暮らしを手に入れた」

「ええ。そういってもらえてよかった」

彼女の声はいつにもましてきれいだ。心が惹きつけられる。クリスの太陽であり星でもある。「おれはきみに約束した……」クリスは咳払いをする。「なあ、もう一度、電話する。一日か二日後に。二十四から四十八時間のあいだに。電話して、会う段取りを決める」

「会う段取り」

また冷たい声。こんなに急に、こんなに冷たくなったおかげで、冷凍焼けになりそうだ。

「電話する。どうにかして会おう」

「会う段取りは仲間と決めるものよ。妻にいう言葉じゃない」

「シャーリーン――」

「よく考えなさい、クリス」

それで電話が切れる。

そのあと、クリスはアルファロメオに乗り、ステレオの音量を上げる。長い影が前方に延びている。ビートが胸に響く――アイスキューブ、〝社会のくず（チェック・ヨー・セルフ）〟。しばらく座っている。考えている。もんもんとしている。神経が高ぶっている。周りを見ている。

通りの向こう側では、ひときわ高くそびえる立方体のパーカーセンターの白い外観が、景色を焼く。その横の、灰色の金属のフェンスに囲まれた立体駐車場では、車のフロントガラスが輝く。

立体駐車場のゲートがあき、クラウン・ビクトリアが陽光の中に出てくる。運転席には、サングラスをかけ、陰気なスーツをまとった、屍肉（しにく）をあさる鳥がいる。ヴィンセント・ハナだ。

クリスはエンジンをかけ、あとをつける。

ハナは赤信号を無視して進む。クリスは律義に待つ。**街の王（キング・オブ・ザ・シティ）かよ、くそ喰らえ。**ハナは数街区（ブロック）先で赤信号につかまる。クリスは尾行を続ける。

こいつを見ろ、と彼は思う。**車で走り回り、地球（プラネット・アース）で息をしている。〝映画でも観（み）るか、ピッツァでも食いに行くか〟**。だが、クリスにとって兄弟や心の友といった存在にいちばん近かった男、ニールは、どこかの地中で腐っている。

ハナは数マイル走ったあと、斜面を整地し、曲線的な鉄の柵に囲んである駐車場に入る。ジムバッグを手に、ネクタイを緩め、タイトル・ボクシングジムに歩いて入る。

クリスはそのまま車で走り去る。

82

その航空宇宙関連企業のビルは、骨組みが露出した無機質な平屋建てだ。エンジニアリング棟でさえもそうだ。セキュリティは厳しいものの、エンジニアなら中に入ることができる。レイモンド・ザングはこの部署の責任者だ。彼はクリスとアナを中に入れる。海から押し寄せる霧が、このエルセグンドの施設の敷地を湿らせている。午前三時。

彼らはロックされたドアから製造センターに入る。電子部品に塵などが付着しないように、ここの技術者はカバーオール、ブーツ、マスクといった格好で作業をする。

「ご覧のとおり」ザングがいう。「自社一貫製作だ。アメリカ製。地対空巡航ミサイル誘導システム。加速度計と最新ソフトウェアを搭載した自動誘導システム。赤外線誘導システムに加えて電磁センサーも。ロッキードマーチンやゼネラルダイナミックスがそういった部品を買っている。ノースロップ・グラマンも」

ザングはカードをスロットに通し、駐車場から別のロックされた施設へクリスたちを案内する。

「監視カメラは？」クリスはいう。

「ない」

「天井や電柱に取り付けられていたのを見たが」

「今夜は作動していない。おれが切った。全施設の監視カメラの回路をショートさせる実行可能プログラムをセットしておいた。ログにもこの不具合を記録してある。今は診断プログラムを走らせているところだ。そのプログラムが終わるまで、カメラはオフラインになる。おれはよく夜のこの時間にここにいる。ごくふつうに見えるはずだ」

クリスはこの男が自分でいっているように、最後までやってくれる男なのかどうか、見極めたかった。ザングは汗を垂らし、びくびくしている。だが、これまでのところは合格だ。クリスはアナに目をやる。

「ハードディスクは持ってきた」アナがいう。「ソフトウェアはいつもらえるの？」

「明日」

ザングが倉庫のドアをあけ、ライトをつける。だだっ広く、寒い。部品が置いてある棚が延々と続いている。部品はそれほど大きくない。積み重なっていたり、箱に入っていたり、ビニールでラッピングされたりしている。

「製品は生産部と組み立て部から運び込まれ、ここに保管されて出荷を待つ」ザングがいう。

「これが誘導システムそのものなのか？」クリスはいう。「バーコードはついていないのか？」

「製品の追跡にはほかの手段を使う。ここはウォルマートではないからな」

「ここにあるものはどこへ送られる？」

「国内外の軍隊だ」ザングがあいまいな答えを返す。

通路を挟んで、黄色いテープで立ち入りが制限されている区画に、〝ＱＣ〟というラベルのついた棚がある。

「品質管理（クオリティ・コントロール）か？」クリスはいう。

「あそこのは不良品だ」

「たくさんあるんだな」

アナが眉間にしわを寄せる。「クリーンルームに問題があるの？　組み立てライン？　あるいは、ソフトウエア？」

ザングがかぶりを振る。「ここは全米各地に十カ所以上ある製造施設のひとつにすぎない。全施設の不良品がここに集められ、分解され、リサイクル施設とケンタッキーの処分工場に回される」

「完成品の誘導システムに不具合があったらどうなる？　シーワールド（サンディエゴとオーランドにある水族館兼海獣動物園）がミサイルのターゲットになったりするのか？」クリスはいう。

「なくはない。だからこそ、ソフトウェアには強制任務中止機能が含まれている」

「自爆コマンドのことか？」クリスは梱包に目を向ける。「あれにもバーコードはついていないな。ステッカーだけか。毒物管理のようだな。ミスター・ヤック（ピッツバーグ・メディカルセンター大学が考案した〝食べたら危険〟のマーク）がどこぞの国の空軍に、この装置はひどいと警告を発しているような感じか」

「だいたいな」ザングがそわそわしているように見える。「好奇心は満たされたか？」

アナはドアに向かって顎をしゃくる。「あなたのオフィスを見せてもらえたら」

彼らは外に出る。クリスは最後にもう一度、誘導システムの梱包の棚を見る。ザングがライトを消す。

霧に包まれながら、ふたりは車に歩いていく。

「ずいぶんお金に困っているようね」アナがいう。「彼ならやってくれそう」

ああ、とクリスは思う。**レイモンド・ザングはやる**。国防省、そして彼の妻も、彼がフェニックスにもうひとつの家族を囲っていることを知るかもしれない、と軽く突いてやったおかげで、アナが望むソフトウェアを提供する彼の意欲も強まったのだ。そのあとで、ニンジンも与える。報酬。アナの笑顔。クリスの同席。魅力、約束、そしてほどよい恐怖心といったものが、アナがザングの協力を勝ち取る手助けになったのはまちがいない。

「上出来だ」クリスはいう。「Aプラスだ」

「ありがとう（グラシアス）」

クリスは顔を左右に向け、空っぽの通りに目を凝らす。脅威の度合いを探る癖が体に染みついている。

「何か探してるの?」アナがジーンズのポケットに手を突っ込む。「願いごと?」

そのそっけない声音の裏に、クリスは危険なものを感じ取る。「癖だ」

霧が通りの音を弱める。クリスの頭の中で、警告標識が赤く光る。

アナの声はガラスのように滑らかだ。「でも、奥さんのことを考えているのね」

クリスは反撃を控え、精神的に身構える。車に近づくとき、彼はアナに向かっていう。

「当然、考えている」

アナの目が燃えている。「ここで彼女と暮らしていたの? ロサンゼルスで」

「そうだ」

クリスは呼吸を落ち着ける。落ち着けようとする。ブラックボックスをあけたくはない。アナの前で。自分の前でも。かつては無法者だったとはいえ、今の女に妻の話をすれば、致命傷を負いかねないことぐらいはわかる。とてつもなく危険だ。

ロサンゼルス。クリスはここにいる。動けば——強く、素早く、すべてを出し切れば——シャーリーンとドミニクを出国させる手はずを整えられるかもしれない。ネイトならふたりの書類を用意できる。できなくはない。

ブラックボックスの鍵がかたかたと動く。あかないように、クリスは蓋を力いっぱい押しとどめようとする。今夜ここにいるのは、妻子のためではない。

明けても暮れてもふたりの出国を考えるのをやめたのはいつからだろうか。

「この街が思い出をかき立てる。思っていた以上に。自分で処理するつもりだ」クリスはいう。

「会いに行くの？」アナがいう。

「彼女のことだけではないんだ」クリスはあの警官を脳裏に思い描く。ハナ、兄貴を殺した警官。「それに、彼女はラスベガスに引っ越している」

「答えになっていないわ」ハナの目の奥で大規模な爆発が起きる。「あなたは彼女を追いかけている。この出張で。わたしの出張で。引っ越したと知ったのはいつ？」

「この前だ」

「わたしの知らない人たちと話しているのね」

「おれたちはアメリカにいるんだ、アナ。なあ、ロサンゼルスはおれの故郷（ホーム）だぞ」

「またホームにするの？　シャーリーンを連れ戻せたら？」

アナが〝シャーリーン〟というのを聞いたのははじめてだ。それまでは間接的ないい方をしていた。〝あなたの家族〟〝あなたの奥さん〟〝彼ら〟。

「わからない」クリスはいう。

「わたしたちは終わりなの？」

その言葉は簡単で、直球で、痛烈だ。その裏に、痛みも感じる。

「クリス。いって。わたしたち、終わりなの？」

「ちがう。おれはきみとここにいて、金曜日にはシンガポールに飛ぶ」

「嘘よ、嘘ばっかり。いい逃れ。拒絶。〝ああ、ほら、あそこにリスがいるよ〟ってはぐらかすんでしょ」アナがいう。「四年も一緒にいるのよ、クリス。何よ、わたしがあなたの名前しか知らないと思ってるのね。わたしはあなたの裏の裏まで知り尽くしてる。ごまかしたりしないで。今、家族と一緒になるの？　ならないの？」

「はじめにいったとおりだ」

アナは身をこわばらせる。ふと、そのまま爆発しそうに見える。

「いや――アナ、自分でもわからないんだ」

「あなたはこれまで、決められなかったことなどなかった。自分の気持ち、それから、わたしに誠実でいられるのかどうか、もう一度よく考える必要があると思う」

「きみは見返りを求めないんじゃなかったのか」クリスはいう。

「たしかにこの関係を求めたのはわたしよ。そして、ふたりでここまで来た。秘密のロマンス」

「きみは家族に知られたくなかったんだろ。おれはその意向を尊重した」

アナの声が大きくなる。「わたしだってあなたの家族を尊重したわ。家族を捨ててほしいと圧力をかけたことなんかない」

「おれはきみに嘘をついたことはない」

「今になって嘘をつきはじめないで。わたしを愛してる？」

「愛してる」

ああ、くそ。すぐさま口から出てくる。だれにも認めたことがないことをあからさまに。アナが口をきつく結ぶ。

「わたしも愛してる」アナがいう。「いったい何てざま？　何てぶざまなの。台湾人の血が流れているとはとても思えない。自分で決めた道から大きく踏み外して」そういうと、アナは顔を背ける。

「人生はおれたちの思いしだいだ。ふたりで歩んでいこう。ただ、そんなに先が見えるわけでもない」

「ぜんぶ手に入れることはできないのよ。わたしとあなたの奥さんと子供を。それは無理」

「おれはそんなこと――」

「そのとおりよ、あなたはそんなことしない。わたしがさせない」アナは感情のたずなを引き戻す。「わたしたちは自由を感じていたけれど、自由なんかじゃなかった。はじめから気付いておくべきだった」

「今はこの話はできない」

「この話をしていないふりもできないわ」アナが不意に笑う。「わたしは終わらせたくない」

「おれもだ」

ガンマ線のようなアナのまなざしは、クリスを原子にまで分解するかのようだ。「ビジネスの時間を割いて別の女を追いかけているのは、わたしじゃないわ」

怒りがきらめく。「〝別の女〟？」

「もうどうでもいい。とんでもないごたごたに首を突っ込むことになるのはわかっていた。わたしは、小さな子供がいる家族を平気で引き裂くような女じゃないわ」

言葉にならない感情で、アナの全身が震えている……

「でも、こうなったら？　どうでもいい」アナは助手席に乗り、力任せにドアを閉める。ウインドウの外を見る。


翌日の午後四時近く、アナとクリスは405号線の外れにあるモールの駐車場で、ザングからハードディスクを受け取り、ひとことも話さないままホテルに戻る。何度も行き来した通り。ずっとあった店、夫婦だけでやっていた雑貨店――みんななくなった。かつてのLAは新鮮だった。恐慌から第二次世界大戦が終わるまでの時代も、建築ラッシュが止まったときも、中西部や東海岸の都市とはちがって、腐ったり朽ちたりするものなどなかった。ここでは、すべてが新しく、きれいだった。未来への希望に満ちていた。今では、二十年ともたない安っぽい建築ばかり。

クリスはアルファロメオを正面入口前の庇(ひさし)付きの車寄せに止め、イグニッションに手を伸ばす。アナがクリスの腕に手を置く。

「だめ」アナがいう。

クリスの手はキーに触れたまま。「どういうことだ？」

「エンジンを切らないで」

アナはすぐ横にいて、存在感を放ち、脳裏を探り、把握している。クリスと同じ空気を吸っているが、今は胸の内をのぞいて決断を探している。そして、アナが直感的にすべてに気付いていることが、クリスにはわかる。

「アナ。いってくれ」

「処理しないといけないことをすべて処理して」アナはいう。「わたしにはよくわからないけれど、あなたの中でうずいているもうひとつのことも。それも処理して。わたしはひとりでシンガポールに行く。

シャーリーンに会いに行って。わたしたちは賢明だった。ビジネスに専念するはずだった。それなのに、ロマンスを……はかないロマンスを望んだ。ただのおまけだったのに。ぼろぼろになっている。これからも一緒に歩いていきたい。あなたにいてほしいけれど、説き伏せたりはしない。でも、一緒の未来がどんなものかは知っておいてほしい。一緒でない未来も。わたしも、あなたが何をするつもりなのか知る必要がある」アナはどこまでも冷静で、正直で、絶対にごまかさない。

エンジン音が低くなる。クリスが目を向けていると、アナが陽光に包まれ、一瞬、何も見えなくなる。

クリスが望みさえすれば、アナはクリスのものになる。アナはシャーリーンとドミニクのことで、クリスの決断に口を挟んだりはしない。

「すっきりさせないといけない」クリスはいう。

アナは肩をすくめる。〝そうね〟とでもいうかのように。

「じゃあね、あなた(ラブ)」アナは車から降り、ホテルに入って行く。

午後五時、非番になったハナは、ボクシングジムの駐車場に車を入れる。縄跳びで体を温め、スピードバッグを打ちたい。ジムに染みついた体臭や染みのついた壁に囲まれて、不純なものや気を散らすものを汗と一緒に流す。集中できるように。

一街区(ブロック)離れたところに、丘の斜面がある。その上に、一世紀近くも前、街外れにあるこの斜面がロサンゼルス川沿いの牧歌的な風景の一部だったころ、一軒の二階建ての家が建てられ、今は廃虚と化している。窓やドアはもうない。骨組みだけのがらんどうだ。ひび割れたスタッコ塗りの壁は、端から端まで、マラビーヤやビッグハザード（いずれもＬＡのラテン系ストリート・ギャング）の落書きだらけだ。下方を見下ろす斜面で、背の高いパンパスグラスの陰に隠れて、クリス・シハーリスが立っている。

ハナがジムに入る様子を見る。斜面を整地したジムの駐車場なら完璧に照準を合わせられる。風の偏差(ウインデージ)を気にする必要もない。風は斜面に遮られる。消炎器／消音器をつけていれば、銃撃を見られることもないし、聞かれることもほぼない。どこからともなく強烈な拳が飛んでくる。音速の四倍速い銃弾が、銃音が届くより早くヴィンセント・ハナを仕留める。その後、クリスは１０１号線から１１０号線サウス、さらに１０５号線ウエストから、ロサンゼルス国際空港(ＬＡＸ)のトム・ブラッドレー国際線ターミナルへと向かい、この街(ドッジ)とおさらばする。

ハナの決まった行動パターン。それを、クリスは探していた。ハナは水曜と金曜の仕事終わりにボクシングジムに行く。そのとき、クリスはそこにいる。

だが、今日のところは、アルファロメオに戻る。

83

アルファロメオは黒い鮫のように走る。州間高速道路は、ロサンゼルスを出るとがらがらになり、砂漠を突っ切り、ネバダ州境へと伸びている。

一時間後、焦点がくっきり合っていたクリスの意思がわずかに緩み、自問できるほどになる。これは確信なのか？ 腹ちがいの兄を殺されたことに対する義務なのか？ 並外れて倒錯した衝動に酔いしれたいのか？

夜、ラスベガスの輝きは二十マイル先からも見える。砂漠の空っぽなボウルに落ちた中性子爆弾のきらめき。灼熱（しゃくねつ）、苦悩、呼び声。今夜、クリスはストリップに向かう出口を通りすぎる。ストリップとは距離を感じる。目指しているものはほかにある。

ネイトに教えてもらった住所は、街の北西部に位置する新しい地区にある。夜もだいぶ更けたころ、州間高速道路15号線を下り、整備された街路と公園のある新興住宅地に入る。ヘッドライトを消すと、頭上に星々が見える。歯が並んでいるような黒い山並みが、地平線に突き出たバリケードのように見える。その上の冷酷な夜空で、星座がきらきらと光っている。

クリスは速度を落とし、曲がりくねった通りに入る。高速道路の追い越し車線をかっ飛ばしていたときより、時速十五マイル（時速約二十四キロメートル）で走っている今の方が、ハンドルをしっかり握っている。

そこは二階建ての家で、外にはヤシ、ポンデローサマツ、白いセイヨウキョウチクトウが伸びている――砂漠版のアメリカンドリーム。明かりがついている。ブラインドは下りていない。穏やかな郊外の住宅街だ。ここでは人の好奇の目から逃れる必要はない。だから、クリスにも見える。彼女たちが暮らしているのは別世界だ。通りに連なる家族団欒。角を曲がれば野球場。自転車に乗る子供たち。

クリスは通りの向かいに車を停め、エンジンを切る。大きなフロントガラスからリビングルームがはっきり見える。しばらくじっとしている。彼女たちには何もいっていない。電話もしていない。ふらりと来た。

クリスは首を回し、息を吐く。ドアの呼び鈴を鳴らしたときに、どういうかをおさらいする。

まだハンドルを握りしめていると、シャーリーンの姿が見える。

彼女は肩越しにだれかと話をしながら、キッチンからリビングルームに入ってくる。クリスは思わず息を呑む。

はき古しのジーンズとノースリーブの白いブラウスという、カジュアルで完璧な格好で、歩き方は変わっていない。雌ライオンのようにゆったりとした動きで、支配者の風格が漂う。砂色の長い巻き毛は束ねていない。通りを隔てていても、暗い車内からでも、彼女の顔がにっこり微笑んでいるのがわかる。くつろいでいる。団欒が彼女を包み、願いをかなえ、満たしている。

すぐそこで。

シャーリーンがカウチに腰を下ろし、片足を折って座る。昔と変わらないしなやかな所作、生き生きした表情。何かがおかしくて笑い出す。ソファーの背もたれに片腕を広げる。ドミニクが走ってくる。すばしこくて、バランス感覚がいい。少年になっている。小さな少年に。力強く、活発で、完璧で、かわいい。息子。通りを隔てたところにいる女とクリスが創造した人間。

心臓の鼓動が耳にどくどくと響いている。

ドミニクがシャーリーンの前で飛び跳ねている。指をヒトデのように広げ、身を乗り出して母親に話しかけている。興奮して、顔が輝いている。シャーリーンが小首をかしげる。クリスは知っている。若さがあらわになるこの独特の癖を、シャーリーンは自分でも気に入っていなかった。彼女が笑う。

クリスはため息をつく。

ドアハンドルに手をかける。

ひとりの男がリビングルームに入ってくる。長身、建設現場の労働者のような体軀。がっしりしているが、筋肉がつきすぎてはおらず、会社員のような髪形、三十代後半といった年格好。ポロシャツとジーンズを着て、プラスチック縁の眼鏡をかけている。まっとうな市民だ。

シャーリーンが何気ない様子で、その男に話しかける。くつろいだ表情で、テレビのリモコンをつかむ。テレビをつける彼女の横の席に、ボーイフレンドが座る。彼がクッションをぽんと叩くと、ドミニクが本を持って彼の隣に上る。

怒りが発火する。青くて熱い炎とともに。**この男はおれのものをつかんでいる**、とクリスは思う。**十一秒でこの通りを渡って……**

ドミニクが男に寄り添い、本を差し出す。

ごくふつうの日常生活のひとコマだ。クリスにもわかる。それがどれだけ貴いことか、彼自身の人生でどれだけ貴いものになっているか。クリスが膝にドミニクを乗せ、シャーリーンが隣にいたとき、どれほどきらめいて、かけがえのないものだと感じていただろうか。

通りを隔てていても、リビングルームにいる三人が信頼し合っていることははっきりわかる。波がクリスをさらう。津波のように呑み込む。車から降りたい。ドミニクを抱き寄せ、幼い子供の甘いにおいを嗅ぎたい。シャーリーンに触れたい。

だが、あの三人の世界が完結していることは歴然としている。彼らのの世界だ。シャーリーンとドミニクの。ふたりの世界は、もしかすると、もうクリスの世界ではないのかもしれない。

さっきの波、引き波が、クリスの手を引っ張り、車のドアをあけさせようとする。**すぐそこだぞ**。通りを渡るだけだ。この隔たりを越えるだけだ。わざわざここまで来た。ふたりのために。ちがうか？

クリスはドアハンドルから手を離す。気が変わらないうちに、エンジンをかけ、走り出す。暗闇がトンネルのように感じられる。底なしの深み。車はギアに合わせて走る。加速する。心臓が胸を裂いて飛び出しそうだ。クリスは走り去る。

84

インドネシアのバタムは、マラッカ海峡に突き出た半島の先の、小さな島にある。人口百万を抱える都市であり、海峡を隔てて十マイル向こうで光り輝くシンガポールに比べて、対岸のこちらは汚さが際立つが、ワイルドなこの島ではあらゆることが起きる。アナはメルセデスの後部席に乗り、前夜に取り決めた打ち合わせの場所に向かいつつ、クリスが家族とよりを戻さないように願っている。アナと一緒にダイスを振るように願っている。

今回の出張では、中華系インドネシア人とシンガポール人と会わないといけないが、打ち合わせ場所はシンガポール領というわけではない。悪路で車ががたがた揺れる。赤道直下の風は重く、草木はしきりに〝手〟を伸ばす。幅四マイル半（約七・二キロメートル）の海に囲まれた土地に、常時おそらく三千隻の船が停泊している。バタムでは、テストステロン・レベルが急上昇する十代の少年にとって、海賊は通過儀礼だ。海峡の対岸にある裕福なシンガポールのまばゆい明かりを見つめ――〝ちょっとわけてもらおうぜ〟。ふつうは、時速三十五ノットのマースクのコンテナ船やＬＮＧタンカーではなく、沿岸付近を航行する貨物船かヤシ油タンカーが餌食になる。もろそうな通路代わりの板が渡してある水辺に近い高床式の家で、家族が遅い食事を食べている様子を、アナは見ている。道路の反対側には、ターコイズ、ピンク、ブルーに塗られた家族経営の店があり、子供たちが集まっている。

アジア太平洋地域のどこかからインド洋やアラブ諸国へと、海路で何かを運ぼうと思えば、マラッカ海峡を通ることになり、最大の隘路がシンガポールだ。そこが重要なのだ。アラブ人、インド人、マレー人、中国人が千年も前から、貿易風を利用して行き来してきた。貿易風は一年の六カ月は東に向かって吹き、残りの六カ月は西に向かって吹き、帆を孕ませ、いずれの方向にも貿易を推し進める。これが貿易風の名前の由来だ。スエズ運河が完成すると、貿易の行き先にはヨーロッパも加わった。

シンガポールの対岸がバタムだ。うまくいけば、アナはそのバタムに、マーキュリー・パートナーズ・インターナショナルの次の前哨基地を設立することになる。

そこに住むか？　それはない。フェリーで四十分のシンガポールに住む。さまざまな技術者、プログラマーがいるし、銀行、通信設備などもある――必要なものはすべてそっちにある。

アナは電話の電源を入れる。クリスに電話する？　**しない**。まだしない。クリスではなく、父親に連絡する。

フェリックスが出る。「妹じゃないか」

「兄さん」アナはロボットのように応じるのに慣れている。感情を心の別室に閉じこめる。フェリックス的なものをすべて閉ざす。「息子はどんな様子？」

「太ってる。レイナルダに似ている。おれに似てほしいんだが」

嫌悪でアナの喉元が引き締まる。吐きたくなるような嫌みだ。フェリックスがアナに無理やりしてきたこと、今でもしたがることが脳裏に浮かぶ。アナは両親にいったことはないし、ましてやクリスには絶対にいわなかった。

「仕事は？」アナはマーキュリーの取り引きの話が聞けないものかと期待するが、フェリックスはその話はしない。

フェリックスがため息を漏らす。「パオロがなぜかむくれている。だが、いつものことだ」

「どうしてむくれているの？」

「知るかよ？　セキュリティのオフィスに小猫がいたとかじゃないか」

「お父さん(フウー・チイン)を出して」

「父さんは手が離せない」フェリックスの声が遠ざかる。受話器を手で覆い、だれかに話しかけている。笑い声。アナを相手にしない。地球の反対側から暗号化された通信で電話してきているというのに。

今となっては、こんな扱いをされることは予想がつくが、棘のある怒りと絶望がまだ腹の中で渦巻いている。そして、別のものも。不安感。湖面にできた波紋のようなもの。

「お父さんは、パオロがむくれているとかいうことで手が離せないの？」

「いや、マドレデディオスにいる。会合に出ている」フェリックスの声が陰険になる。

「〝むくれている〟の連発は気に入ったが」

「何なのよ。子供みたいなことをいって」通話を切るとき、フェリックスの笑い声が聞こえる。

メルセデスはがたごとと進む。**フェリックスのやつ**。湖面の波紋が蛇のようにうねる。

クリスは勘が鋭くて、一瞬のひらめきがある。アナは順を追って綿密にことを進めるタイプだ。彼女はハンドバッグからふつうの携帯電話を出す。シンガポール・エアラインズに電話する。

「予約の変更をお願いします。ええ。シンガポール－ロサンゼルスです」

85

午前九時に凶悪犯罪課に来ると、ハナはエスプレッソで景気付けする。地区検事補の事務所から戻ったばかりだ。検察官のところに、ハナが危うくなくすところだったコンテナ強奪事件の証拠を届けた。これであいこだ。肩の荷が下りた。いろんなことが頭の中を駆け巡っている。

「ドラッカー、ラウシュ」ハナはいう。「オーティス・ウォーデルの件はどうなっている？

何か情報は入ったか？」

机の前に立ち、ドラッカーが電話連絡を終える。「ジョン・スモレンスキーは偽名だ。社会保障番号も、生年月日もでたらめだ。逮捕歴、カリフォルニアで雇用された記録、いずれもなし。LA郡には彼名義で所有している地所はない。営業免許、賃貸借契約、裁判所に提出した書類、いずれもなし」

「あいつはモーテルを使って、ダミー会社のスリーカード・モンテ（いんちき賭博として広まったカード・マジックのひとつ）をしている」ハナはいう。

「十二年も逃亡生活していた？　あいつにはいろいろ得意なことがあったらしいな」

「強盗の被害者は？」ハナはいう。「コネ、共通項などは？」

ラウシュがデスクチェアに座ったままくるりと回る。「あります。ヘレナ・グエン・ベネデク。彼女とウォーデルの共通項は人身売買された少女たちです。風俗犯罪取締班（バイス）に話を聞きました。ベネデクはオペラの定期入場券を持っているかもしれませんが、ベトナム人少女を買い、モンテベロのマッサージ・パーラーや昔ながらの売春宿に送りだしていました」

「とすると、ウォーデルたちがベネデク宅に入った目的は、強盗だけではなかったということか」ハナはいう。

カザルスが一杯のコーヒーを持って近づく。「それでも、宝石はどこかに流すだろう」

ハナは鍵の束を机に置き、メッセージを手に取る。制服警官がやってきて、郵便物やファイルを配る。その警官はハナにも、その日の書類を手渡す。提供された情報の要約、捜査中の事件の進展、指名手配、捜査令状、ＬＡＰＤ関係の緊急を要する問題。

ハナはもらった書類をぱらぱらめくり、カザルスに目をやる。「フェンスは？」

「調べているところだ」

ハナはページを指でなぞりながら、速読する。何かを読み飛ばす。目の動きを止める。戻る。血がたぎりはじめる。

市民が指名手配されている殺人犯の目撃を通報したとの短い段落。すると、名前が出てくる。丸で囲まれ、マーカーで強調されているその名前のせいで、部屋全体が冷え込み、静まり返る。オーティス・ウォーデル。〝ミズ・バスケスは、十二年前、アリゾナ州ユマでウォーデルが彼女の母親とおじを殺害したと証言〟。

ハナはドラッカーとカザルスに大きな声で指示を出す。この報告はハリウッド署の刑事が作成したものだ。ハナは付箋のひとつに記されたその女刑事の名前を見る。そして、受話器をつかむ。

「ああ、メイシー刑事」ハナはいう。「強盗殺人課（RHD）のヴィンセント・ハナ警部だ。この報告のことだが。ウォーデルという男を目撃したという市民の名前と住所を教えてくれ」

ドラッカーとカザルスがハナに顔を向ける。ハナはノートのページに書きとめる。

「ありがとう」そういうと、ハナは書きとめたページを破る。ドラッカーが車のキーを手に取る。

アパートメントビルは灰色で、赤と白の飾りがついている。ブラシノキの列が正面出入り口の階段を縁取っている。三階のアパートメントに近づくと、ハナとドラッカーにはポップ・ミュージックが聞こえてくる。ドラッカーがノックすると、すぐにドアがあく。

「ガブリエラ・バスケスか?」ドラッカーがいう。

彼女は小柄で、しなやかな体つきで、すばしこく動く黒い目をしている。手帳のバッジを見て、木のドアに身を寄せる。ふたりの警官の姿にとっさに防御盾をかまえるかのようだ、とハナは思う。

「きみが提出した報告書のことで来た」ハナはいう。「オーティス・ウォーデルのことで」

彼女は一歩下がる。「入って」


キッチンで、ガブリエラは中古品特売店で買ったテーブルの席をハナとドラッカーに勧める。ポスターが壁に貼ってある。〝フィジーの旅〟。さまざまなテキストがコーヒーテーブルを覆っている。微分・積分の計算用紙。ペーパーバック版『ジュラシック・パーク』。

「こんなに早くだれかが来るとは思わなかった」ガブリエラがいう。

ドラッカーが一九八八年撮影のウォーデルの顔写真を手渡す。「バックストレッチで見たのは、この男か?」

写真を見ると、ガブリエラは蛇に嚙まれたかのような反応を見せる。呼吸が速くなる。目が見ひらかれる。やがて落ち着きを取り戻し、板ガラスやマジックミラーのように感情が消える。

「その人です」

ドラッカーが身を乗り出す。肩幅が広く、人によっては、危険な男だと思うかもしれない——実際、危険なのだ。だが、彼は声を抑え、やさしい口調で話しかける。「話せることはすべて話してくれ。焦らなくていい。この男は、だれと一緒だった?」

ガブリエラはしばらくいうことを整理する。そして、話しはじめる。

ハナは耳を傾ける。**警戒**。彼女が話しているときに、脳裏に浮かんできたのは、その言葉だ。

ドラッカーがやさしい口調でいう。「きみはメイシー刑事に、ウォーデルがおじさんと——」

「母を殺しました」

苦悩。**決意**、とハナは思う。「ダイナーでは、ウォーデルはどこで寝泊まりしているという話はしていたか? どこで働いているとか? 食事のあとどこに行くとか?」

「わたしは腕をつかまれて。ビールを頼まれました」唇が引きつる。

「自分が危険な状況にあると思うか? きみがだれなのか、気付かれたか?」

「わかりません。気付いたようには見えなかったけど。わたしにはほとんど目も向けなかったし」

ハナはうなずく。「さっきいっていたランチハウス、小さいころにそいつを見た家のことだが」

「わたしが隠れていた家」ガブリエラの声がすぼんでいく。

「ユマだったな。だれの家だった?」

「わかりません。母は臨時雇いの仕事をしていました。清掃係です」

ガブリエラが親指の爪を引っかく。苦痛の表れだ、とハナは思う。緊張。強さ。いえないこと。

「持ち主には会ったか？」ハナは訊く。ガブリエラがかぶりを振る。「裕福な人の家のようだったか？」

「古くて、飾り気のない家でした」

ガブリエラは話し続ける。ウォーデルとその仲間が車でやってきたこと。ティオ・トマスが殺されたこと。母が来たこと。ウォーデルが母を殴り、煙草の火を押し付けたこと。

「その後、母を無理やり車に乗せて、連れ去りました。それが最後でした……」ガブリエラの声が詰まる。「生きている母には二度と会えませんでした」

何かに駆り立てられている、とハナは感じ取る。ぎりぎり手の届かないものを感じる。

「お母さんはウォーデルを知っていたか？」

「いいえ」ガブリエラが目をしばたたき、憤然とした様子で背筋を伸ばす。「いいえ。母があの男を知っていたと思いますか？　あんなに怯えていたのに」憤りがあふれ出し、ガブリエラは首を横に振り、その後、片手を上げた。**やめて**。「絶対に知らなかった。ウォーデルはいろいろ訊いていました……おまえはだれだ、家で何をしているのか、とか」

「ほかには？」

ガブリエラの顔が赤らむ。「わかりません。当時は八歳だったし。隠語のような言葉を使って、わたしに語りかけていたのを覚えています。気付かれないように逃げなさいって」

「その男の目的は何だったと思う？」ハナはいう。

「ある人たちを追っていました。目的はお金でした。彼らのお金を狙っていたような感じでした。人もお金も探していました。母を取り引きの材料にしたあげくに、殺したんです。わたしはそう考えています」

ハナはすでに確認していた。ガブリエラは何の罪も犯していない。補導歴や逮捕歴もない。まっとうだ。シティ・カレッジの学生だ。だが、おじはちがった。トマス・バスケスは六代にわたる密輸業者（ボーダー・ラット）だった。底辺の密輸業者だ。二十代、三十代のころには、冷蔵庫やテレビをメキシコに密輸し、少量のマリファナを持ち帰っていた。また、エリサ・バスケスがアリゾナで死んだ記録はまったくなかった。そこで死んだのだとしても、公式記録には一切残っていない。

ガブリエラの目が険しくなる。ハナは問いかけを緩める。

「一九八八年、ユマの外れの国境地帯で起きた銃撃戦で、四人の男が死んだ。我々はその四人がウォーデルの仲間だと考えている」

ガブリエラの目に、新しい感情がしみ出る。驚きか？　混乱か？　〝やった〟と叫びたそうだ。

「ウォーデルはたしか四人の男たちと、あの家にやってきたと思います」ガブリエラがいう。

「ウォーデルはだれかを追っていた。きみのお母さんを拷問して情報を引き出そうとした。

ウォーデルはだれを追っていた？」

ガブリエラの顔から表情が消える。彼女は首を振る。

「お父さんはどこにいた？」ハナはやさしく訊く。

「幼いころに亡くなりました。交通事故でした」彼女の顔に感情の縞模様が浮かぶ。

「母とわたしは……」

突然、ガブリエラが立ち上がる。自分の部屋に行き、半分に折ったスナップ写真を持って戻ってくる。

「これが母です」

その写真のエリサ・バスケスは若く、健康で、快活そうで、まなざしは険しく、ゆがんでいる。エリサとガブリエラはよく似ている。ハナは写真を見せてほしいと手を伸ばす。

ガブリエラはためらいがちに手渡す。

ハナは写真を広げる。

そのとき、ヴィンセント・ハナは床を突き抜けて下へ落ちるかと思う。ガブリエラの母親の反対側に、ニール・マコーリーがいる。

ガブリエラの目に感情があふれる。「それが母さんが付き合っていた人」

ハナは何も顔に出さない。写真は宙を飛ぶかのように、ドラッカーに手渡される。ドラッカーはハナの意向を汲み取り、まったく反応を見せないようにして写真を見る。

ハナの脈拍が急に速まる。「この男のことを教えてくれ。だれだ？」

「それはニール」

「どうしてその人とお母さんは付き合うようになった？」

「知りません」

「どんな人だった？」

「どうしてそんなことを訊くんですか？」

その一瞬が膨らむ。もろくて、底なしの一瞬。ハナの心が空っぽになり、飢え、あちこちで火花が散りはじめる。

「おれたちもその人と出会っている」ハナはいう。「それなりに知っていた」

ガブリエラはハナの視線を受け止める。テストされているかのように、あるいは、ガブリエラがハナを試しているかのように。そして、ハナはさっきそう答えたおかげで、信頼のかけらを勝ち取ったような気がする。

「その人のことはよく覚えているのか？　きみは当時、八歳だったといっていたが？」

「覚えてます」

「どんな人だった？」

「いちばん覚えているのは、同じような歳の子みたいにわたしに接してくれたこと。話も聞いてくれました。親身になってくれたというか。頭ごなしにいうようなこともなかったし」ガブリエラはいう。「ときどき学校に送ってくれたり。一度プレゼントもくれました。シカゴのお土産で、オールドウォータータワーの小さな模型でした」

「シカゴの人だったのか？」ハナは声色を変えずに訊く。

「いいえ、仕事で行っていたんだと思います」

写真のニール・マコーリーは若く、引き締まった体つきで、危険な香りを漂わせ、生々しい存在感を放っている。片腕をエリサ・バスケスの腰に回している。すっかり気を許しているように見える。愛情にあふれているが、目を光らせている。いつでも目を光らせている。そして、仕事を熟知している。

「物静かな人でした。無駄な話はあまりしませんでした。でも、わたしにはしてくれた」ガブリエラはいう。「いつも見守ってくれていたのは気付いていました。とても真剣な態度になることもありました。どこかを歩くときには、いつもわたしの手を取ってくれて」

「家族のようだったのか」

ガブリエラがうなずく。

ドラッカーがハナに目をやり、やさしく話しかける。「あの日、ニールは家にいた？」

ガブリエラの目が遠くを見つめる。「いいえ。あとで会いました。あとになって、やっと。ぼろぼろでした。母のことをわたしに伝えたのはニールでした……」ガブリエラはうつむき、また顔を上げると、涙で目が光っている。「ニールと母はしあわせでした」声が途切れ途切れになる。「わ、わ、わたしたちはしあわせだったんです。しばらくはうまくいっていたのに。それなのに、終わってしまった」

ドラッカーは席を立つ。「ありがとう」彼はガブリエラにいう。「つらかっただろう。それは我々にもわかるが、ひとつだけ知っておいてほしい。話してくれたことはとても役に立つ」

「何か思い出したら、何か必要なことがあれば、この番号に電話してほしい」ハナはガブリエラにいう。

ふたりはそれぞれの名刺をガブリエラに手渡す。

「これはおれの私用携帯電話の番号だ、いいな？」

ガブリエラがうなずく。

「だめだ。電話すると約束してくれ」

そこまでいうのは、ちょっとふつうではない、とガブリエラは思う。「電話します」

ハナはうなずく。「きみとルームメイトだが、ここから出てもらう。荷物をまとめるんだ。きみがウォーデルに気付いたとすると、向こうもきみに気付いているかもしれない。女性の保護施設に入れるように手配してみるが、インスタントコーヒーのようにすぐ入れるわけではない。どこか身を寄せられるところはあるか？」

「保護施設には行きません。知らない人ばかりの寮のような感じですよね？　いつまでいるかもわからないんですよね？」ガブリエラは後ずさる。

「ここは安全ではない。この男が相手だとなるとなおさら」

「こっちにいる親戚のところなら、ほかのどこより面倒を見てもらえます。いとこのマニーのところ、ティナのお兄さんのところにいさせてもらいます」

マニーは整備工で、妙なことをされて黙っているような男ではなく、もやのかかったダウンタウンを一望するボイルハイツに、五匹の犬と暮らしている。

「外にパトロールカーを呼んでおく。きみがここを出るまで待機させる。その車でマニーのところまで送らせよう。マニーの家の外でも、交替で見張らせる」

　ガブリエラはハナの言葉の裏に不安を感じる。

「わかりました。これからどうするんですか？」

「おれたちがどうするか、か？」ハナはガブリエラの顔をじっと見る。「あの男を探し出す。そして、つかまえる」

　ふたりはガブリエラと握手すると、ワタリガラスのような黒スーツが廊下を塞ぐようにして歩き、飛び立つように外に出る。ガブリエラはドアを閉め、ドアに頭をもたせかける。四人の男が国境地帯の田舎道で射殺されていた。自分でも読み取れない気持ちが、ガブリエラの胸の中で渦を巻く。ニールがやったにちがいない。母を救おうとしたのだ。でも、オーティス・ウォーデルには逃げられた。

　つかまえる。

　つかまえて、警部。

　あなたはニールを知っていたといっていた。ニールはわたしの母と一緒に人生を歩んでいたわけだから、どういう意味で知っていたのかは知らないけれど。でも、何かの形で、ニールとつながっていた。ウォーデルをつかまえて。ティオのために。母のために。わたしのために。

　つかまえて。

　強盗殺人課に戻る途中で、ハナはカザルスに無線で連絡する。「ウォーデルがセンチュリー・ブルバードのバックストレッチに、ふたりの男たちと入った。ひとりはガブリエラが前に目撃したいかがわしい白人。もうひとりは〝時間切れ(タイムズ・アップ)〟の刺青のある若い黒人だ」

「ガブリエラを呼び出して、顔写真を見てもらうか？」カザルスがいう。

「いや。連中をつかまえて、ガブリエラに見せに行く」ハナはいう。「だが、それは大ニュースではない」

カザルスはその意外な言葉に混乱する。

「ウォーデルが殺した、ガブリエラの母親だが。ニール・マコーリーと暮らしていたらしい」ハナはカザルスにいう。

沈黙が流れてくる。ハナはその情報を呑み込む時間を、カザルスに与える。

ウォーデルがシカゴから逃げてまもなく、彼の仲間がメヒカリの近くで撃たれて、ステーキの煮込みと化した。ウォーデルはトマス・バスケスを拷問の末に殺害し、エリサ・バスケスを拉致した。何が目的だったのか？

「ガブリエラの話からすると、ウォーデルは別の強盗団が奪ったカネを盗もうとしていたと考えられる。国境のメキシコ側で」ハナはドラッカーを見る。「国境近辺に集まる多額のカネというと、カルテルのカネだろう。ウォーデルにはそれを奪う度胸はないが、ニールならやる」

ウォーデルはマコーリーからカネを盗もうとしたのか？

「そうだとしたら、ウォーデルは相手をまちがえたな」カザルスはハナにいう。

ハナはつきが回ってきたという興奮でハイになる。近づいている。捜査というものは、九十パーセントがデータ処理で決まる。根気のいる仕事。残りの十パーセントは興奮だ。

「銃撃戦の件は……」ハナはカザルスにいう。

「ユマ郡保安官とアリゾナ州警察に問い合わせる」

「バスケス一族の詳細な情報もほしい。経歴、コネクション、マコーリーの仲間との関係、洞窟壁画の時代までさかのぼって」ハナは通信を終える。

わたしたちはしあわせだった。ハナはツーバイフォー材で殴られたように感じられる。マコーリー、エリサ、ガブリエラ。ニールは一時期ガブリエラの父親だった。ハナがかつてイーディーから聞いたニールの言葉とは正反対だ。**雨が降れば、濡れる。ニールのそばにいれば、くたばる。**

ドラッカーが運転席からうしろを振り返る。「おれたちがニール・マコーリーを殺したことを、ガブリエラにいうのか？」

おれたちが？　おれが、だろ。あの子はまっとうに生きている。あんなことがあったのに、懸命に生き延びてきた。そんな彼女にいう？

「口が裂けてもいわない」

ハナは八歳のガブリエラを想像する。ジェシカ・マズーカスを思い出す。浅い墓穴に埋められていたファム・タイン・トゥイのぼろぼろになった亡骸が見える。

女、子供。善良な人たち、姉妹。恋人。人々。ウォーデルは何人と出会っただろう？　何人がハナにウォーデルを止めてほしいと願っているだろう？　そう願っている人たちは、みんなハナのテーブルについている。ハナに期待の目を向けている……

3rdストリートはダウンタウンへと続く。ハナは携帯電話に番号を打ち込む。四度目の呼び出し音でローレンが出る。

「どうだった?」ハナはいう。「アート・ショーは」

「やってやった」ローレンは驚きの声でいう。そんなわけないと思っていたのに、不意に喜びがやってきたかのような。「あたしのスタイルを〝抽象的なエモ〟っていってくれた人がいて、それはちょっとちがうけど、見に来た人はうんうんってうなずいてた」

ハナはローレンの陽気な声を噛みしめる。長くは続かないだろうが、ローレンはこんな瞬間を感じれば、それだけ長くこっちにとどまる。そして、ローレンを転落から引きとめる記憶となって、好ましい気持ちで〝こっち〟にいる時間が長くなる。

「おれは驚きはしない。わかっていたさ」ハナはいう。「おれにもひとつ描いてもらおうか。強盗殺人課(RHD)のロビーに架けて、おれの下で働くやつら全員に」――ハナはドラッカーに向かって目配せする――「その前を歩くたびに敬礼させてやる」

「よお、ローレン」ドラッカーが大声で呼びかける。「おめでとう」

ハナは電話を切る。突き刺すような陽光がフロントガラスから差し込む。霧が晴れ、頭がすっきりし、アドレナリンが流れ出るのを感じる。神経末端が震えている。

86

クリス・シハーリスは埃をかぶったアルファロメオをビバリー・ヒルトンの車寄せに入れる。疲れて目がざらついている。途方に暮れて。クリスはキーを駐車係に手渡し、二十ドル札を一枚渡す。遅い時間だ。一日以上も砂漠を突っ切って運転してきた。ロビーに入ると、バーの前を素通りする。音楽や笑い声、フラワーアレンジメント、カットグラスといった雰囲気には目もくれない。フロントデスク前で足を止め、コンシェルジュと話をしようと待つ。

上階のスイートルームのベッドルーム・バルコニーでは、アナが使い捨ての折畳み携帯電話で通話している。

パラナ川を見下ろす、壁に囲まれた地所のオフィスで、デイヴィッド・リュウが固定電話で娘と話しながら、伝統的な革張りのカップに刺したストローでマテ茶を飲んでいる。リュウがカップを置き、ウォルター・ホワングとフェリックスに腹を立てているという娘の話を聞く。フェリックスは跡を継いだばかりだからだと、リュウは台湾語でアナに請け合う。それだけのことだ。

「あいつでも、当然まちがう。おまえがそばについて、手本を見せてやればいい」

アナがその恩着せがましい言葉に反論しかけると――

デイヴィッド・リュウのオフィスのドアが乱暴にあけられる。「きみらはいったい何者だ?」アナには怒りに満ちたスペイン語が聞こえる。そして、デイヴィッド・リュウは机の脇に飛びつき、引き出しをあけて拳銃に手を伸ばすが、間に合わず、バラクラバをかぶったふたりの男が九ミリ口径の銃を隠れようとするリュウに向かって撃ちはじめる……

アナには、電話でくぐもった銃声が聞こえ、悲鳴をあげる。「爸!」

エレベーターのドアがささやきのような音とともにあく。クリスは降りて、エレベーターホールからバナナの葉の壁紙に沿って歩く。角を曲がり、スイートルームのドアに近づく。カードキーでドアをあけて中に入ると、アナのスーツケースにつまずき、危うく転びそうになる。びっくりする。アナは予定より早く戻っているらしい。

すると、ベッドルームから悲鳴が聞こえる。「パオロ! パオロ! 電話に出て!」クリスはスイートルームの中を走っていく。街の灯でベッドルーム・バルコニーの窓からの景色がぼやけている。アナはベッドのそばにいて、電話を持ったまま身をこわばらせている。冷たい刃がクリスの背筋に走る。

「何があった?」

アナはベッドに載っている、蓋があいたラップトップを指さし、電話に向かって叫ぶ。

「パオロ!」

クリスはラップトップを持ち上げる。

「パオロと話していたの！　通話が切れた」アナがまたかけ直し、しきりに行ったり来たりし、怒りもあらわに、声をあげて泣いている。

映像が一時停止されている。クリスは再生ボタンを押し、タイムラインルーラーをスライドさせて少し巻き戻す。リュウの自宅のセキュリティ・ビデオ・システムの映像だ。高所に設置された広角レンズが、デイヴィッドがオフィスで電話に出て、台湾語で話している様子をとらえている。

「わたしたち、話していた。わたしに話していた」アナがいう。

映像では、デイヴィッド・リュウのオフィスのドアが勢いよくあく。デイヴィッドが何事かを叫び、右側の何かに飛びつく。クリスの胃が固くなる。

銃声。何かを叩く音。ふたりの襲撃者。二挺の九ミリ拳銃、H&Kとベレッタ。デイヴィッドがうしろの壁に吹き飛ばされ、机の陰にへたり込む。白いシャツに血がぱっと広がる。

クリスは映像を一時停止する。ふたりの襲撃者の動きが戸口で止まる。バラクラバ。クリスは再生ボタンを押す。ふたりが部屋から逃げていく。クリスは十二台のセキュリティ・カメラのタイル状の映像に切り替える。ふたりをとらえた映像がある。母屋から出ていく姿。クリスはそのカメラ映像をクリックする。バラクラバを外している。パラグアイ人かアラブ人。不意に、銃声が響く。襲撃者1が地面に倒れる。もうひとりが身を翻し、発砲する。だが、やはり被弾して倒れる。声が湧き起こる。混乱。だれかがやってきて、ひとり目の襲撃者の頭を撃ち抜く。

クリスは一時停止をクリックする。クリスとアナはじっと顔を見合わせる。「お父さんはどこにいる？」

「パオロが救急治療室(ER)に運んだ。まだ重態。意識不明。わかっているのはそれだけ」アナが髪をかきむしる。「銃声が聞こえたとき……わたしにはぜんぶ聞こえていた。その後、何も聞こえなくなった。だから、セキュリティ・カメラにアクセスした」

クリスは自分の電話を出す。「フェリックスは？」

「大丈夫。パオロがそういっていたときに、パオロの通信まで切れた」アナがかぶりを振る。激しく。「パオロも撃たれたけど、防弾ベストを着ていたといっていた」

クリスは映像を巻き戻し、もう一度見る。アナのショックが部屋に充満する。同時に、クリスは自分が内面に入り込み、体が勝手に動くような感覚に落ちていく。心拍が安定し、感覚が研ぎ澄まされ、意識の焦点が、今そこにある現実のいちばん重要な部分にピンポイントで合う。

そして、このときも、異常な点に気付く。外のカメラの映像。無関係に見えるちょっとしたこと。襲撃者の雰囲気だ。敷地から出ていくときの態度に不安がまったく見られない。所作からそれがわかる。芝生を横切って道路に面したゲートへ行く様子は、まるでタクシーを拾おうとしているかのように見える。すると突然、ふたりが倒れる。銃撃した者たちの顔は見えない。だが、彼らは近づいてくる。クリスは一時停止ボタンを押す。筋骨隆々たる腕が見えたのだ。男はうしろ向きで、部分的にしか映っていないが、一二番径のショットガンを持っている。クリスの目に留まったのは、刺青の一部だ。双頭の蛇。バイクの男だ。

「チェン一家の警備員だ」

アナが鋭い視線をクリスに突き刺す。「フェリックスはカジノに行ったあと、クラウディオ・チェンを連れて戻ってきた。パーティーに招待したのよ」

「クラウディオだけか？」クリスはいう。

「取り巻き連中も。一緒にプールにいた。わたしが父と電話で話していたら……」

クリスは不意にむなしさを感じる。くそったれのフェリックス。クラウディオ・チェンに仲間として受け入れられたと思っているなら、警備の連中までぜんぶ歓迎しただろう。チェン側の連中はリュウ邸の敷地に入り込むこともできただろう。

「チェン一家の警備員がふたりの襲撃者を殺した」クリスはいう。

アナは父の身を案じる。案の定、フェリックス絡みのミスだ。途切れ途切れのすすり泣き。「ああ、爸」

クリスはアナを腕に抱く。

「家に帰らなくちゃ」アナはいう。

「だめだ」クリスは考える。「衛星電話はどこだ？」

クリスはそれをつかみ、バルコニーに出る。今度は、パオロが応答する。か細い声だ。

「〝イルムウ〟」クリスはいう。兄弟。

「おれがばかだった。何かが起きる気配はあったんだ。ミスター・リュウのモンテロを駐車して、歩いて戻っていた。だが、おれは……」

クリスは低い声で、単刀直入にいう。「襲撃者のことを教えてくれ」

「見ない顔だ。レバノン人だかシリア人ということだ。イスラム関係か？　わけがわからない」

「ああ、わからないな」

パオロが呟き込む。「それに、そのふたりは死んだ。都合がいいことだ」

「よすぎる。それから、あんたは油断などしていない。おれにはわかる。フェリックスは？」

パオロは答えない。沈黙が長引く。

「わかった」クリスはいう。「じゃあな、友よ（チャウ・カラ）」

クリスは通りの向こうにそびえる摩天楼を見る。室内では、アナがまた電話をかけている。北京語で話している。クリスが中に戻ると、アナが通話を切る。

「アルハンブラのウォルターおじさんに電話したところ。おじさんにも知らせようと思って。でも、そのときの話なんだけれど、どこか……おかしかった」アナは身をこわばらせ、目を見ひらく。

彼女はコーヒーテーブルのラップトップに駆け寄る。苦悩で顔をゆがめながら、スクリーン上の父親を見る。そして、ウインドウを最小化し、別の処理をして、社内ネット用ブラウザのウインドウをひらく。キーを叩く。手を止める。体が固まる。

「締め出された」アナはもう一度キーを叩く。「どこにもアクセスできない。マーキュリーのネットワークにも。どこにも。嘘でしょ」アナは別のルートを試みる。「パスワードが無効になっている」ショックを受けた顔を上げる。息を呑みつつ、オンライン・バンキングにアクセスしてみる。〝アクセスが拒否されました〟。アナはまた膝をつく。「締め出された。完全に」

リュウ一家がチェン一家に乗っ取られた。跡取り息子が知らず知らずのうちに手を貸したがために。次はアナを脇に追いやる動きを強めている。

アナの電話が鳴る。彼女はクリスに目配せする。「フェリックスから」

アナは少し気を落ち着かせてから、電話に出る。「兄さん（エルマノ）」

アナは兄の話に耳を傾ける。また部屋の中で行ったり来たりしはじめる。話しているうちに、彼女の怒りが冷め、蒸留されてきつくなる。電話を切ったあとは、静かにたたずむ。

アナは電話を壁に投げつける。

アナが容赦のない口調でいう。「襲撃があったとき、クラウディオの警備員がいてくれたのは運が良かった、とのたまっているわ。お父さん（フウー・チイン）がイスラム関係者にやられた。こうなったら、フェリックスがほかの家族を守らなければならない。リュウ・グループを守る方法はひとつしかない」だれかの生皮を剝ぎそうな形相だ。「チェン一族と同盟を結ぶ。台湾系と台湾系の同盟だって」

「ばかな」クリスはいう。

アナの顔が曇る。「父が死ぬかもしれない。フェリックスはわたしたちを売り渡した」

アナは電話を取り、埃を落としてから、また壁に向かって投げつける。

クリスはサイドボードに行き、アナにウォッカを注いでくる。アナはためらいながらも、一気にあおる。そして、どさりとカウチに腰を下ろす。小さく見える。すべて剝ぎ取られてしまった。

アナがクリスを見る。

「何もするな。だれにも電話するな」クリスはいう。「動くな。向こうの出方を待つ」

「どうして？」

「まだ充分な情報がないからだ」

アナは顔を上げる。その目がしばし燃え上がり、やがて徐々に収まり、ショックのまなざしに戻る。

アナのコンピュータのアラートが鳴る。ウェブカムのライトがつく。スクリーンを確認すると、アナの目が石のように冷たくなる。

クリスはバスルームから戻る。アナはクリスに向かって、あまり近づかないよう、カメラのフレームに入らないよう身振りで示す。ヘッドホンを着け、スペイン語でビデオ通話に出る。

クリスは部屋の端で、うろうろしている。

さっきまでの様子を腹を立てていたと表現するなら、今は内なる台風を隠し切れずにいるような状態だ。一分ほどして、彼女がいう。「わかった（コンプレンド）」そして、顔を上げる。「クリスが戻ってきた。彼もわかると思う」

アナはクリスにスクリーン前に来るよう指示し、ヘッドホンを外すと、スピーカーモードに切り替える。クリスがテーブルの反対側に回ると、スクリーンにクラウディオ・チェンが映っている。目を輝かせ、活気に満ち、満腹でもあり、飢えてもいるように見える。ステットソンを頭のうしろに傾けてかぶり、ウエスタンのスナップボタン・シャツを着て、二カラットのダイヤモンドのついたドロップ・イヤリングを着けている。クリスにはほぼ目もくれない。

「父のために祈ってくれているそうよ。リュウ一家には危機が迫っているけれども、一家を存続させるためにも、誘導システム・ソフトウェアの契約は推進すべき。競合他社が弱みを嗅ぎつけて、割り込もうとしてくるかもしれないから、弱気を見せず、キャッシュフローを保つことがきわめて大切だ、と。契約はウォルターおじさんを通して進めてくれるそうよ」アナはクリスに説明するが、アナらしさはかけらも感じられない。「それから、チェン一家が契約の履行を手伝ってくれる」

「へえ、そうかよ？」クリスはいう。

「フェリックスも同意しているとのこと」アナの声から抑揚がすべて消えている。

クラウディオがナイフで切りつけるような視線をアナに向ける。「ああ、同意してくれたよ。それで、きみもわかってくれるな？　適切な運営に向けた一時的な合併でも、あらゆる合併と同じく、またこれまでもそうしてきたように、重複する機能は統合する。ふたつがひとつになる。だから、今のところ、会社としては、私が指揮する。アナには私の下で働いてもらう。いいな？」クラウディオが自分の質問に答える。「よろしい。我々は明確なトップダウンの権限を持たなければならない。競合他社は台湾企業体であるリュウとチェンの弱点がないかと探すだろう。そんなものはないことを、彼らに見せなければならない。団結するのだ。みんなわかってくれている。そうだな?」

　冷たい一瞬が流れたのち、アナはうなずく。

　クラウディオが通話を終了する。

　アナはクリスに顔を向ける。激しい怒り、苦しみ、不信。

「やらせておけ」クリスはいう。

「何を?」

「契約を。あの契約は忘れるんだ」

　アナはクリスを見つめる。クリスの自己主張に不意を突かれる。彼は何をいっているの?

「余計なことは考えるな。今のことだけ考えろ」クリスはいう。「おれたちはおれたちの取り引きをする。それがここまで来た目的でもあり、今の危機でいちばん大切なことだ。すべてといっていい」

「帰国しなくちゃ」アナはウェブカムに軽蔑のまなざしを向ける。「クラウディオがいっていた。〝そっちにとどまって、取り引きをまとめるんだ〟って。ごめんだわ。父が……」

「アナ、これは罠だ」

「家族の問題なのよ」

「おれは家族のことは何もわからない。だが、詐欺と罠はよくわかる。今、家に帰ったら、完全に終わる。帰るな。帰って何をする？　お父さんが生き延びたら、看護すればいい。あいつらはきみを舞台裏に押しやるつもりだ。きみのアイデアを盗んで、きみを外野席に追いやるために。従順にさせたいんだ。きみのアイデアを盗んで、きみを外野席に追いやるために。どうなんだ？　そんな扱いには耐えられないだろう。そうなったら、きみの身に何が起こるかわからない。だれがきみを守る？　フェリックスか？　それに、最悪なのは、動くタイミングを逃してしまうことだ。動くなら、今しかないからだ」

アナは目を閉じる。クリスはそばに寄り添う。

「冷静に考えられない」

「こういうことだ」クリスはこれからいうことが真実だと確信している。「イスラム関係者の襲撃チームなど戯言だ。チェン一家がふたりのフリーランスのアラブ人襲撃者を雇い、襲撃後に出てきたところを待ち伏せした。口封じもかねた一石二鳥だ。クラウディオはイスラム関係者に罪をなすりつける」クリスはアナの目を見つめ続ける。「ゴゲルをリュウ一家で雇うようにフェリックスにいったのが、クラウディオだとしたら、ゴゲルはチェン一家の犬だ。そして、ゴゲルがこっちにいるきみのおじさんやいとことも共謀していると したら。しかも、おそらくおれたちを見張っているチームがいる。弾みでこうなったわけではない。計画されていた」

アナは横を向く。

「アナ？」

「フェリックス。うちの遺伝子のどのあたりからフェリックスのような人が生まれてくるの？　教えてほしいわ。どうしてあんなのが兄なの？　目の当たりにしても、まだうまく呑み込めない。前にもいったけれど、フェリックスはわたしにクラウディオとの結婚を勧めたのよ。もっといえば、クラウディオにわたしをあてがおうとしていた。今度は父がこんなことになるの？」

「きみをあてがう？」

「冗談めかしていたけど、冗談なんかじゃなかった。きっと気色悪い3Pでも妄想してるんでしょ。あの熱にうかされたような頭で何を考えているのか知らないけど」アナはあざけりでその考えを振り払う。

だが、それは銀の針となって、クリスの頭に突き刺さる。

「こんなことにならないと思っていたなんて、自分でもびっくりよ」アナは自分を笑う。

血流が耳の中でどくどくと音を立てる。**収まれ**。

「クリス……？」

「カネだ」クリスはいう。「フェリックスはきみをすべてから締め出した。マーキュリーの銀行口座からも、そうだな？　だまされたわけだ。締め出されたのだから別の部屋を取るが、ここも取っておく」

「クリス！」アナが語気鋭くいう。

「どうした？」クリスは少し声を抑えていう。

「わたしはみすみす負けたりしないわ。クラウディオにも、だれにも」アナが息を吐き出す。「どうするつもり？」

それでこそアナだ。

「レイモンド・ザングに連絡する。航空宇宙関連企業の倉庫に入れてもらう」

「どうして？」

「今回の契約の核心が息づいているところだからだ。あの木箱の中に息づいている」

「わたしは締め出されている。あの装置を動かすことはできないのよ」

「今後おれたちで製造するが、テンプレートを手に入れるためにそこに入る必要がある」

「いいわ。どうやって入るの？」

「おれにはカネがある。きみにも隠し金がある。リスクヘッジしているはずだ。ベイビー、おれたちの会社を設立するぞ」

アナは動かない。固まっているように見える。

クリスはアナの目をのぞき込む。「待ち伏せされたらどうするか？　待ち伏せている連中を叩く。製造施設はどこにある？　技術者、プログラマー、輸送、銀行業務、セキュリティ、そういったものすべてはどこにある？　やり方はあとで教える」そういうと、クリスはケルソからもらった封筒を掲げる。「これがドアだ。そこから別世界に足を踏み出す。ドアの先に踏み出したら、そのくそったれどもを迎え撃つ」

アナは電話を手に取る。クリスも電話を出す。

「ケルソ」クリスはいう。

天空の家から見える夜の眺めは、きらきら輝いている。下に見える通りで、銃声が轟く。

シティ・テラスのギャングたちだ。いつもの夜の音。例の女、デライラが、クリスとアナを中に通し、窓のないセキュリティの厳重な部屋に案内する。羽音のような電子音が背景に流れる。灰色の卵パックのような防音タイルが壁を覆っている。ケルソが並んだモニタの前に座っている。

ケルソが肩越しにいう。「ほしいものはわかっているのか？」

「情報提供者を使っておれを調査したのか？」

ケルソがくるりとこちらを向く。「ああ」

彼は眉を吊り上げてアナを見る。クリスがふたりを互いに紹介すると、ふたりは顎を引き、挨拶しつつひそかに互いの品定めをする。

クリスがケルソのモニタの列を指さす。「買い物の時間だ」

「おれのコンサル料は一時間一万ドルだ」

「それでいい」

ケルソが目の前に並ぶコンピュータの一台と向かい合う。そして、クリスが見たこともないブラウザを立ち上げる。

「それは何だ？」

「フリーネットだ。数カ月前にリリースされたばかりだ。オープン・ウェブで索引に入っていないサイトにアクセスする。一般的なサーチエンジン——Yahoo!とかGoogleでは探しようのないサイトに」

「どんな仕組みだ？」クリスは訊く。

「ピアツーピアのプラットフォームだ。分散ネットワーク。さまざまなものを保管したり、検索したりするための分散型システムだ。強力な匿名性が保たれる。オープン・ネットに対するダーク・ネットといったところだが、呼称は〝ダーク・ウェブ〟でも何でもいい。ここでの検索内容は、世界十七カ国のオニオン・ルーター（Tor）を経由し、おれのメッセージは政府当局レベルの暗号で保護される。おれたちは匿名の幽霊だ」

アナは目を凝らして見る。ケルソがあるサイトにアクセスし、タージマハルの画像にカーソルを滑らせる。そして、特定のピクセル上でカーソルを止め、クリックする。画像が消え、一段深いレベルのインターネットに飛び込む。

「ステガノグラフィ（データやメッセージを画像ファイルなどに隠す技術）か？」クリスはいう。

「デジタル版潜り酒場のドアをノックするようなものだ。画像のどこをクリックすればいいか、どこへ行くのか、どうやって入り込めばいいのかを知っていないといけない」

ポータルサイトがひらく。空っぽの白布をまとった死神の画像が現れる。

「ハードウェア・ストアだな」クリスはいう。

「ハードだけじゃない。必要なものは？」

「誘導システムの複製だ」

「とんでもないものが必要なんだな」

「レイセオン（アメリカの電子・航空機器会社）になってくれといっているわけではない。必要なのは、電気技師、プログラマー、腕のいい制作者、そして、チップのためのソースコードだ。手に入るか？」

「当然だ」

「やってくれ」

「〝あなたの指を歩かせてみてください〟（アメリカ電信電話会社AT&Tの広告スローガン）。古いイエローページに似ているが、アングラのイエローページだ。何でも手に入る。次に浮かんでくる疑問は、ダーク・ウェブでは、商取引改善協会（消費者からのクレームを受けて調査する機関）などないのだから、どうやってそいつらが信頼できると確かめるのか、だ。答えは、わからない」

「だから、資金をあるところから別のところへ、追跡できないように電子的に移動できるようにする。ということか？」

「そういうことだ」

「それから、製造施設。彼らはおれたちが何者か知らない。おれたちが姿を消せば、存在しなかったことになる。それと、通信、輸送、セキュリティといったものも」

ケルソがいう。「これを手に入れたら、そこからどうするつもりだ？」

クリスはどうするかわかっている。すぐさま脳裏に浮かぶ。急に十フィート（約三メートル）も宙に浮いて、相互に接続した部品とそれら部品間のワークフローの構造的青写真を見下ろしているように感じられる。

今回必要になるのは、アナが持っているリュウ一家の実店舗型ビジネスのうち、物理的なインフラストラクチャーをのぞいた部分だけだが、それを手に入れることができるだろうか？

うまくいけば、クリスとアナは、アナが締め出されて管理できなくなったものをすべて複製できる。そして、ケルソが開発したNSAレベルの暗号技術を駆使して、それを動かすことができる。

「ダーク・ウェブから調達する部品とサービスによって、国境を越えた組織的事業を丸ごとつくり上げたい」

「かりそめのインフラストラクチャーだな」ケルソはいう。

「おれがいったことがそういうものなら、そういうものがほしい」

アナはクリスを注意深く見ている。

「こっちは売り手がどんな連中か知りたくないし、向こうもこっちがだれか知らないという関係のまま製品を入手できるようになったら、空から落ちずにA地点からB地点へ運べる中型の飛行機が必要になる。政府機関が使うような通信システムも。民間軍事会社(PMC)を雇うなら、元SAS、イスラエルの空挺(くうてい)部隊(ぶたい)員、スペツナズ、そういった連中にかぎる。老人ホームに入っているようなただの警備員ではだめだ。あんたはおれの情報を調べた――連中のも調べられるはずだ」

「もちろんだ。この誘導システムだが」ケルソが訊く。「必要なものは何だ？　ハードウェアか？　ソフトウェアか？」

アナがラップトップをひらく。「ハードウェアよ。ソフトウェアはある。ここに。仕様とコード」

ケルソがスクロールする。そして、顔を上げて鋭いまなざしでアナを見る。「このアンテナはGPSとGLONASS（ロシアが運用する衛星測位システム）の両方を読むのか？」

「そのとおり。劣化もない。ふたつのシステム間でシームレスな切り替えも可能」

見合っているふたりの表情が深まる。ケルソの表情には敬意と興奮が入り込んでいる。

「すげえな」ケルソがクリスに顔を向ける。「米露両国の航行衛星にアクセスできる誘導システムかよ。〝忍者〟レベルだぞ、おい。世界中のどの窓にも、ミサイルをぶち込める。受信妨害も防げるし、ビルの谷間での〝都市渓谷効果〟も回避できる……」

「太陽のフレアによる混乱も最小化でき、高緯度での精確性も向上する」アナは付け加える。

「この前もいったが、おれには最高のパートナーがいるのさ」クリスはいう。彼はケルソに歩み寄り、視線を受け止め、ありのままを見る。クリスはうなずく。「よし。やろうぜ」

ケルソが指でひげを梳く。「これの組み立てはどこでやりたい？」

「電子界のネバーランドだ」クリスはいう。

「銀行業務の場所」ケルソはキーボードに目を落とす。「ケイマン諸島、リヒテンシュタイン、あるいはマニラか？」

クリスは、目の前に広がる新世界を見渡す。アナを見ると、さっきまでとは打って変わって目を輝かせ、ケルソのあらゆる動きを目で追っている。アナはうなずく。アナも状況を完璧に把握している。

「すぐに戻る」クリスはいう。

クリスはスライド式のガラス戸の外に出て、ケルソの家の芝生を横切り、丘の斜面の敷地の端まで歩いていく。前方のはるか彼方に、ＬＡダウンタウンが広がり、東へ延びている。何千ものヘッドライトやテイルライトが、ダウンタウンの北で枝分かれする州間高速道路5号線、101号線、10号線といった大動脈を流れている。その光景を見ていると、不意に物憂い気分に包まれる。

ヤシの木と夜空の下でひとりきり、クリスはそこにたたずむ。うしろのモダニズム風のケルソ邸の近くに、太いアルミニウムの支柱があり、林立するマイクロ波送信機や携帯電話信号の中継器を支えている。飛び交う信号の記念碑のようにそびえている。ＬＡがささやいているようだ。その明かりは明滅し、常に動き続けているように見える。だが、ＬＡには彼が見えないし、彼の声が聞こえない。

クリスは番号を記憶している。そこにかける。胸が雷鳴のように高鳴る。

「もしもし」

ひとこと、あの声、あの魅力、あの美しさ、あの創造者、息子を創造した人。**おれの太陽、おれの星々**。

「ベイビー」彼はいう。

シャーリーンが息を呑む。「クリスなの？」

彼は目を閉じる。貯めていたカネを持って、バルバドスかどこかでシャーリーンとドミニクとのんびり暮らす。しばらくは、それが彼の余生のあるべき姿だった。あるいは、彼の人生は今の暮らしなのかもしれない。死と熱い愛が混ざり合うパラグアイの不気味な街――だが、熱い愛は都合がよすぎて長続きしないのか？　今回の計画がどう進むにせよ、その最先端のこの場所に立っている。どんな自分になるのか？　ルーレット盤が回る。賭け金をテーブルに置き、手を放す。今こそ。

「シャーリーン」彼はいう。彼女の名前を口にするだけで、身がよじれそうだ。もう一回息を吐く。「マカオに行け。その男と一緒に。まともな人生を歩め。おれはきみとドミニクをこの先もずっと愛している。生きているかぎり、きみの味方だ」彼の声がほんのわずかにかすれる。「ドミニクにはおれと話したことはいうな。今つくっているものをしっかりつくり上げろ。きみが望むことなのだから」

長い一瞬のあいだ、彼女は何もいわない。「あなたの許可なんて必要ないわ」

クリスは笑う。

「何がおかしいの？」

「そういえばそうだった。きみはいつもやたら頑固（タフ）だった」

「難問（タフ）はこっち。ドミニクのこと。ドミニクにも父親に会う権利がある」

「おれがいいたいのは物事の全体像だ。きみはおれを支えてくれた。だが、自分の望む人生を見つけた。それがどういうものか、おれにもわかる。きみはそれをつかみ取るべきだ。おれはきみを信用して息子を預ける。おれたちの関係は失敗に終わった。おれにとっては、胸に突き刺さったナイフだ。

だが、これがおれに配られた人生（ライフ）だ」彼は続ける。「だから、おれはその人生を歩む。きみならかかわり合いたいとは思わないような人生だ。こんな疑問に煩わされることはない。〝あの人はいつかわたしたちの前に現れるのかしら？　玄関にやって来るのかしら？

面倒を引き起こすのかしら?〟それに、ドミニクはおれとちがって、くそまみれにさせてはいけない。父親はいない。家に帰らないで、逃げ回っている男といった方がいいか。そいつはそんな暮らしをしているから、そのうち、自分がおかしくなったと思うようになる。おれはそんなものを息子に伝えたくはない。世代から世代へ。だから、自分とドミニクに望ましいと思う男と、自分の人生を歩んでくれ。きみはよくやっている。おれがいいたいのは、そういうことだ。きみになら安心して息子を預けられる。きみならきっとうまくやってくれる。それをいうために電話した」

彼女の静かな息遣いが聞こえる。「しばらくあなたを嫌いになると思う」

「わかってる」

クリスは電話を切ると、うつろな胸にむなしさを抱え、木陰にたたずむ。夜を感じる。流れる車を。ヤシの木を。打ち寄せる街の灯を。

その気になれば、アナは壁と同化することもできる。妹で、ほとんど目を向けられず、男たちの視界の邪魔にしかならない染み——生まれてからずっとそんな存在になる訓練を積んできたようなものだ。アナはレイモンド・ザングが非番の夜勤従業員のロッカーから拝借した身分証を着けて、航空宇宙関連企業の倉庫に入っていく。身分証の持ち主の若い女の従業員は、アナに似ていなくもない程度だ。だが、アナはクリップボードを手にし、反射テープのついたベストを着ている。クリスがいうには、クリップボードと反射テープと社名ラベルつきのベストがそろえば、そいつを不審に思うやつなどいないとのことだった。絶対にいない、と。アナはまるで透明人間のようにその場に溶け込む。

それでも、とくとくと鼓動が速まっている。こんなことはしたことがない。

ザングが行く手の草を払い、倉庫のセキュリティ・カメラを停止させる。「十分間だ」

ザングの頬の筋肉が派手にぴくつく。アナが役目を終えてここを離れるまで待ってくれるなら、ザングが脳卒中になってもかまわない。十万ドルも払ったのだ。

「行って」アナはいう。

ザングが去る。

アナは三つの誘導システムの箱の送り先を変えるだけでいい。ひとつは自分たちでつくる製品のテンプレート用。ひとつはバックアップ、予備。そしてリスクヘッジ。

黄色いテープをくぐり、品質管理区域の通路に入ると、誘導システムの部品を箱に入れ、配送ラベルを貼り、出荷・入荷口へ運ぶ。脚が震えている。

出荷係はほとんどアナを見もしない。それでも、アナは逃げたい。

そのとき、UPSのトラックが入ってくる。茶色い運転手の作業服を着たクリスが降りる。アナの気持ちが落ち着く。

アナは施設の正面ゲートから出ると、身分証とベストを外し、胸をなで下ろし、思い切り空気を吸う。だれにも表情も、感情も見せないようにと自分にいい聞かせる。

出荷口では、クリスが配送ラベルにスキャナーを当て、さりげなく敬礼して歩き去る。トラックで施設を離れる。エルセグンドのアパートメント前の通りに駐車していたものを盗んだトラックだ。その後、二マイル先の空き地に乗り捨てる。

クリスはロングビーチのフェデックスの店舗に行き、誘導システム装置の配送を手配する。

カウンターにいた受付係が住所をタイプする。「長距離だね」

クリスは無表情で応じる。レシートを受け取り、ふらりと出ていく。

インドネシア、バタム。〝長距離〟が充分に遠ければいいが、とクリスは思う。

87

はじめガブリエラがその音を聞き逃したのは、ゴミ収集車のせいでだった。微分・積分のテキストを取りに、急いで自分のアパートメントに入ろうとしていた。

いとこのマニーの家では、LAPDの巡査チームがずっと外に停まっているか、ここの街区(ブロック)を警邏(けいら)している。今朝、ガブリエラが新聞を取りに外に出ると、パトロールカーに乗っていたブロンドの警官が、〝おい、中に戻れ〟といってきた。頬が熱くなった。ボスにでもなったつもり? ガブリエラの脳裏には、かぶりを振る母親の姿が見えた。家に戻ってふくれていると、微分・積分のテキストがないことに気付いた。学業成績平均値(GPA)をふいにするわけにはいかない。ガブリエラは自分の車に乗り、裏道から出てアパートメントまで行った。

ガブリエラはテキストをつかむと、着替えを取ろうと急いでベッドルームに行く。ベッドの足下にバックパックを置き、溝の深いソールの黒いブーツにはき替え、デニムジャケットを着る。アパートメントビル裏手の駐車場では、ゴミ収集車が甲高いブレーキ音を響かせる。ゴミがホッパーに流れ落ちるときにゴミ同士がぶつかったり、ガラスが割れたりする音がする。

その後、苦しげなエンジン音とともに収集車が走り出したあと、廊下の物音が聞こえる。固いものが軽く当たったり、こすれたりするような音。ベッドルームから出て、玄関をのぞく。

ノブがかたかた鳴っている。

金属が当たる音が聞こえる。息を呑む。ピッキングの道具が差し込まれる。

ロックが外れ、ノブが回る。ガブリエラはベッドルームに戻り、音を立てないようにドアを閉める。薄い木のドアに耳をつけると、足音が聞こえる。

キッチン・カウンターの上の紙が擦れる。重そうな足音がきしむリノリウムの床を移動する。

アパートメントの電話はキッチンにある。携帯電話は持っていない。ここは三階だ。警察も呼べないし、飛び下りることもできない。ベッドルームのドアをロックする。心臓がどくどくと鳴っている。

足音がリビングルームに入り、そろりとバスルームに向かう。シャワーカーテンを脇に引いたらしく、カーテンレールがこすれる音がする。

ウォーデルだ。ウォーデルだとしか考えられない。

息遣い。咳。ティナの部屋のドアがきしりながらあく。足音が円を描き、廊下に戻る。立ち止まる。残るドアはひとつ。ガブリエラの部屋のドアだけ。

どこで住所を聞いたのか、どうやって知ったのかは、この際どうでもいい。あの男だ。あの男が来た。

ガブリエラはドアから後ずさる。

ウォーデルはノブを揺する。ベッドルームのドアに手を添える。薄っぺらな合板だ。膝を上げ、足の裏で蹴る。ロックのあたりの板が割れ、ドアが勢いよくあく。

彼は中に入る。人の姿はない。家具は貧乏娘にありがちな代物だ。きれいにベッドメイクされている。かがんでベッドカバーを上げ、下を確かめる。その後、クローゼットに向かう。飛び出しナイフを取り出す。部屋を横切り、クローゼットのドアを素早くあける。服、靴、バックパック。ウォーデルはバックパックの中を探し、入っていたものを外に出す。

くそったれ。娘はいない。

窓の外では、装飾用の木の手すりが、ビルの外壁に水平に走っていて、灰色のスタッコを背景に暗めの赤色に塗ってある。出っ張りは二インチ（約五センチメートル）だ。

ガブリエラはそこに立っている。足の指を手すりの木に引っかけ、アパートメントビルの三階で壁に体をぴったりくっつけている。風が肩のあたりで髪を揺らす。

ベッドルームのドアが無理やりあけられる音がする。すると、中から、むちゃくちゃな音が聞こえてくる。脚が震えている。顔を壁につけ、スタッコの壁に爪を食い込ませようとする。

ベッドルームの音が大きくなり、ぱたりと途絶える。ドアが壁にぶつかる。だれかがまた蹴り飛ばしたような音。遠ざかったのか、玄関のドアが乱暴にあけられる音が聞こえる。

そして、静寂が訪れる。

ガブリエラは待つ。危うい体勢でビルの側面にしがみつきながら、胸の大きな鼓動が壁を押し、うしろの虚空に押し出されてしまうかもしれないと気が気でない。ウォーデルが狡猾（こうかつ）だということはわかっているから、耳を澄まし、六十数える。ずるい。卑劣。まだ中に潜んでいるかもしれない。

ようやく、ベッドルームの窓をそっと押しあけ、中に戻る。

クローゼットの服が外に投げ出されている。ドレッサーの引き出しも外されている。ガブリエラはぞっとする。吐きたくなる。

バックストレッチ（ミエルダ）からつけてきたの？　ウエイトレス仲間が住所をぽろりといってしまったの？　くそ。

ガブリエラは拳を握り、震えている。すると外から、駐車場を歩きながら話す声が聞こえる。ふたりの男。彼女はこっそり窓際に行く。

ウォーデルが歩き去る。一緒にいるのは、ダイナーにもいた、〝時間切れ（タイムズ・アップ）〟の刺青のある男だ。ウォーデルの首が赤い。歩きながら、身振りを交える。首切りの身振りだ。「あの女は隠れていられると思ってる」ウォーデルが首を横に振る。「おれはすべてを見通す目だ。メッセージを残してきた」

ガブリエラはベッドルームの壁をまじまじと見る。一枚のパンティーがベッドのヘッドボードにピンで留められ、股間の部分に肉切り包丁が突き刺してある。その横に、彼女の深紅色のリップスティックで、のたくる文字が書いてある。

〝じゃあな、売女〞。

88

ビバリー・ヒルトンから移ったホテルの部屋で、アナは暗号化された衛星電話で通話しながら、行ったり来たりを繰り返している。「交換は同時でなければなりません。わたしが乗船する。積み荷を確認する。それが終わってからです」

窓の外では、ガラスをはめたような午後の青空が山々の上に広がっている。背景の音としてテレビをつけておき、話をだれかに聞かれにくくしている。通話先の通訳が七千マイル（約十一万キロメートル）離れたオフィスにいる軍部の下っ端役人に通訳するあいだ、アナは目を閉じて待っている。卓上扇風機（デスクファン）のかたかたという音と、あいた窓からときおり入り込む車の音が聞こえる。

下っ端役人がいう。「〝ウワフィク〟」

アナのアラビア語は片言だが、〝同意〟の言葉は聞き取れる。

「誘導システムを積んだチャーター機はすでに離陸しています」アナは続ける。「こちらが原油の品質に納得したら、航空機に対してアルワティーヤ空軍基地に着陸するよう指示します」

下っ端役人が通訳を聞き、今度も条件を受け入れる。アナは拳を握りしめる。

「航空機が事前の着陸許可を得られるよう保証していただきます。政府(トリポリ)の承認も。撃墜は避けたいので」

アナは三者間取り引きのひとつ目との交渉をしている。リビアは制裁によって外貨不足の状態だが、原油は豊富だ。そこで、誘導システムの対価を原油で支払う。二百個の誘導システム機器の対価として、五十万バレルのエスシデル・グレードの原油を老朽化したタンカーで運んでもらう。アナはその原油を、現金と引き換えに別の買い手のもとに運ぶ。今日のブレント原油のスポット価格で計算すると、千百万ドル規模の取り引きになるかもしれない。スポット価格が上下に振れるかもしれないが、それはだれにもわからない。

アナは通訳の答えを聞き、うなずく。「それでけっこうです」

彼女は電話を切り、ゆっくりと興奮気味に息を吐き出すと、クリスに顔を向ける。「交渉成立」

クリスの目は冷静ながらも満足げだ。

準備は整った。不安と可能性が目の前に広がる。

最初の取り引きは、盗んだ誘導システムの販売だ。その積み荷は、警備の行き届いたジャカルタの倉庫で厳重に保管される。買い手は、ダーク・ウェブ経由で暗号化したリンクを利用して探した。輸送はマーシャル諸島船籍のコンテナ船を使い、インドネシアからダルエスサラームを経て、南アフリカの傭兵部隊へと送られる。この部隊は、フランスとアンゴラの支援を受けてコンゴの支配勢力となっているドニ・サスヌゲソ（コンゴ共和国大統領）の私兵コブラと戦っている。誘導システムの一部は、スリランカ近海のシーレーンで別のコンテナ船に移し、バスラに輸送される。最終使用者証明書は、購入も支払いもケルソに任せた。オンライン・バンキングの口座も新たにつくった。

真価が問われるのはふたつ目の取り引きだ。彼ら自身が製造しているシステムの販売――リビアと合意に達したばかりの販売だ。シンガポールのプログラマーと技術者チームが、バタムの街の外れにある稼働していない工場でソフトウエアをインストールしている。何でもそろうシンガポールとは、フェリーですぐに行き来できる。

ＬＡでの仕事は終わりだ。今夜、アナはバーバンクからサンフランシスコへ、そこからさらにジャカルタへ飛ぶ。クリスはＬＡＸからシンガポールへ飛び、アナと合流する。彼はやる気だ。

クリスは準備している。ふたりはしばらくここに滞在し、疑いの目を避けるために、決まった作業をこなしていた。どう見ても、チェン一家に乗っ取られた例の取り引きは、順調に進んでいる。クラウディオはご満悦だ。彼の侍者に成り果てたフェリックスもそうだ。

アナはあきれた。チェン一家が裏で父の襲撃の糸を引いていたことは、アナとクリスには火を見るより明らかだ。父の件に関しては、フェリックスはクラウディオの話を信じている。信じたいからだ。自己欺瞞(ぎまん)は盲目的で、ナルシシズムで、ほとんど恋の病で——自分の利益にはなる。アナにとっては、それが絶望するほど情けない。クリスも憤っている。

アナはラップトップに向かう。「五分だけちょうだい。あともう少しで終わるから」

クリスは窓際に行く。カーテンは閉じている。この部屋は彼らのスイートルームのひとつ下の階にあり、スイートの真下の部屋からは数部屋離れている。通りを見ていると、テレビのニュース番組のキャスターがいう。「LAPDは、州間高速道路210号線近くの浅い墓穴に遺棄されていた若い女性が、ファム・タイン・トゥイ、十六歳であると特定しました。

強盗殺人課のヴィンセント・ハナ警部によりますと、射殺されたファムは、最近ベトナムから来たとのことです」

クリスは動きを止める。

視界が狭くなる。**終わりなのか？　終わりにしていいのか？　だめだ。**

「容疑者はまだ逮捕されていません。警察の捜査が続いております……」

アナには頭がいかれていると思われるだろう。

クリスはアナに背を向けて立ち、通りを見ている。彼女がタイプする音が聞こえる。

アナが鼻息も荒くいう。「成功したわ」アナは驚いたような表情を浮かべ、クリスに顔を向ける。

クリスも見る。アナがいっているのはあるビデオのことだ——シウダーデルエステの倉庫の外に設置してあるセキュリティ・カメラの映像だ。

「チェンが手に入れた誘導システムのソフトウェアに仕込んでおいた、わたしたちのキル・コード。地対空ミサイルの初期起動とテストのために、顧客が起動させたようね」

倉庫が爆発する。過度の圧力がかかり、爆風が湧き起こり、燃え上がる。壁が紙切れのように吹き飛ぶ。

「きれいだ」クリスはうなずく。「行こう」

アナがスクリーンをじっと見る。考える。

「どうかしたのか？」クリスは訊く。

「何も」

「何を心配している？　顔に書いてある」

「フェリックスのことだけど」アナがいう。

「フェリックスがどうした？」

アナはクリスの腕をつかむ。「何をするにしても——あなたが何をするにしても——フェリックスを守ってあげて。いい？　わたしの兄なのよ」

「あいつはクズだぞ」

「クズなのはわかっている。でも、わたしの兄でもある。血は血よ。守ると約束して」

「わかった」クリスはうなずく。

「本気でお願いしているのよ。約束して」

「約束する」クリスはアナを見て、真顔でいう。「これでいいか？」

アナはラップトップを閉じる。彼女の電話が鳴る。「ザングよ」

アナが電話を受け、スピーカー・モードにすると、クリスはまた窓の外を見る。ザングが興奮した口調でいう。「何があった？　何をした？」レーシングカーのエンジン音が轟くなかで話している。

電話から大きな音が流れてくる。金属と金属が〝バン〟と派手にぶつかる音。「何てことだ――」

叫び声も聞こえる。その後、セミオートマチックの乾いた銃声が聞こえる。

クリスはサンタモニカ・ブルバードに目を向け、兆候を探す。まだ何もない。

電話が切れる。

「くそ」アナの目がクリスに向く。「バレている」

「連中がすぐにここに来る。裏手の階段を使う」クリスはいう。「無線は使うな。車で逃げろ。おれが援護する」

アナは背筋を伸ばしているが、今にも倒れそうに見える。「連中をどうにかしないと」

「そのとおりだ」クリスはアナの手をつかむ。「おれがきみの尾行を剝がす。アナ。行くぞ。誘い出す。それから仕留める」

まだ旧世界にいるアナは、気持ちが定まらない。ひとつ息を吸う。

そして、クリスの手を握り返す。「いいわ。一緒にやる」

アナが駆け出す。クリスがホテルの前に出ると、アナが特徴のないフォードのコンパクトカーに乗り、サングラスをかけ、髪を帽子で隠して、ウィルシャー・ブルバードに出るのが見える。サンタモニカ・ブルバードでは、一台のメルセデスが路肩に停まる——ゴケルだ。アナは信号でUターンし、西へ向かう。クリスはアルファロメオに乗り、距離を置き、ミラーをちらちらと見ながらついていく。アナが405号線に出て、尾行を撒くのを確認する。

クリスは南へ向かう。

トランス（ロサンゼルス近郊の工業都市）のうち捨てられたスーパーマーケットの裏手に、保管スペースがある。鍵は持っていないが、ボルトカッターならある。錠は甲高い音とともに切れ、クリスは金属のシャッタードアをあける。

そこには兵器庫がある。

クリスとニールはこのロッカーの代金を五年分前払いしていた。クリスはライトをつけ、ドアをあける。

拳銃、ベネリの一二番径セミオートマチック・ショットガン二挺、そして銃身を短くしたレミントンM870一挺。CAR-15数挺（すうちょう）、折畳み式ストックのついたH&K G36アサルトライフル一挺、TAC-338スナイパーライフル一挺。消音器。ナイフ。クリーニングキット。大量の銃弾。

89

ハナが病院の駐車場を出るとき、夕焼けが空に赤い縞模様を描いている。ボクシングジムに向かって車を走らせる。もどかしげに、無言で考えを巡らす。ファム・タイン・トゥイを含む移民少女の売春斡旋をしていたヘレナ・ベネデクが、生命維持装置をつけられている。彼女からウォーデルの情報は得られないだろう。だが、ウォーデルは彼女から盗んだ宝飾品で、逃走資金を工面するはずだ。モーテルは汚い富を生むが、売り払うには時間がかかりすぎる。だが、宝石ならすぐに現金が入る。手っ取り早く。二十四時間もあれば、ウォーデルは姿を消す。

モーテル。今のウォーデルのカネのなる木……国境付近で何があったのかは知らないが、マコーリーがかかわっていて、マコーリーの恋人が死に、彼女の娘がみなしごになった。幼いころのガブリエラ・バスケスの写真。その小さな手がニールの手にしっかりつながれている。その後、底なしの虚空へと落ちていった。

だが、今のガブリエラは地に足をつけている。働きながら学校に通い、まともな暮らしを送っている。ただ、過去に取り憑かれている。傷跡もある。ハナにはそれがわかる。ガブリエラがウォーデルに気付いたとき、ウォーデルもガブリエラに気付いたのなら、彼女に通報させたくはないだろう。つまり、ガブリエラは狩られる。

ハナは通信指令係に無線連絡し、自分のチームにつないでもらう。

ラウシュが応答する。「センチュリー・ブルバード沿いの商業施設でウォーデルの写真を見せて回っています。今のところ、ウォーデルだとわかった人はいません。とにかく、わかったと認めた人はいません。カザルスはバックストレッチに行っています」

「続けてくれ」太陽に焼かれているヤシの木が素早くすぎ去る。ハナはまた無線で連絡する。「カザルス？」

ハナは速度を落とし、ジムに入る。カザルスが応答する。「手がかりを見つけたぞ、ヴィンセント。ウォーデルの盗品仲買人の件で」

ジムを見下ろす丘の斜面で、クリスはシネマコンプレックスの外で盗んだトヨタ・スープラに乗って待っている。クラウン・ビクトリアがジムの駐車場で停まるのを確認するが、まだ駐車スペースの枠には停まらない。クリスはエンジンを切り、消炎器を搭載したTAC－338スナイパーライフルを後部席のフロアから持ち上げる。スープラから降りて、身を隠せる狙撃位置に陣取る。冷たい集中力が体に染み渡る。ハナが駐車スペースの枠に停め、クラウン・ビクトリアから降りて、ジムバッグを持って駐車場を歩き出すときを、クリスは待つ。

ハナはカザルスにいう。「聞こう」

「例のダイナーの常連客に、ガブリエラのいっていた特徴に合致する男がいた。ウェイン・ファビアーノという男だ。店員たちがその男を知っていた。ピコユニオン（ロサンゼルス内の地区）でテレビやコンピュータの販売店を経営している。ファビアーノズ・エレクトロニクスという店だ。盗品も扱っていて、長たらしい前科がある」

ハナはハンドルを大きく切り、車をまた通りに出す。

ハナがタイヤをきしらせて走り去る。

「くそ」クリスは急いで車に戻り、通りに出てあとをつける。

ファビアーノズ・エレクトロニクスの陳列棚は、安っぽいテレビやニンテンドーのゲーム機などで埋まっている。ブザーが鳴ったあと、ハナがドアからスモーキーな黄色いライトが充満する店内に足を踏み入れる。

店内はごちゃごちゃしている。狭い通路、頭上にそびえる棚。奥の散らかったカウンター席に、店主が座っている。ボウリング・ボールのように突き出た腹に、黄色のグアヤベラのシャツを着ている。背後の円形ファンが、ニコチンくさい空気を店中に循環させている。

ドラッカーはドアのあたりにとどまる。ハナはサングラス越しに棚に目をやりつつ、ゆっくり店主に向かって歩いていく。ほかに客はいない。カウンター奥の閉まっているドアから、店の裏手に出られる。音も、音楽も、テレビもなく、事前情報ではあるが、裏にだれかがいる様子もない。

ハナはカウンターの前に行き、バッジを出す。「ウェイン・ファビアーノだな。おれはヴィンセント・ハナ刑事だ。あれはおれのパートナーのジャマル・ドラッカーだ。おれたちはおまえが知っている男を探している。オーティス・ロイド・ウォーデルというやつだ」

ハナの背後の窓から、ぎらつく陽光があふれ、バックライトのようにハナを照らす。ファビアーノがまぶしそうに目を細めて見上げる。バーコードヘアがメイプルシロップのような茶色に染めてある。ジャスト・フォー・フェンシズのブランドかもしれない。

ファビアーノが口を結び、かぶりを振る。「そんなお知り合いはいないね」

「〝お知り合い〟？　恋人紹介所みたいないい方だな？」ハナはさらに近づく。まるで透視能力があり、相手の考えが見えるかのように。「おまえの頭にはいったいどんなくそが詰まっているんだ？　スピリット・アニマル（その人を象徴する精神を持つとされる動物）か？」

ファビアーノは腹の前で手を組む。「ジョーカー、とか？　いいかい、刑事さん、ウォーデルなんてやつは知らないよ。令状とかそんなやつもなくて、ウォークマンでも買う気がないならさ？　まあ。そうじゃないならさ……」そういいつつ、ファビアーノは帰ってくれとドアを指さす。

ドアのところで聞いていたドラッカーは、〝OPEN〟の看板をひっくり返して〝CLOSED〟にし、表からの視界を遮るように商品を動かす。

ハナは店内の環境音に耳を澄ます。羽音のようなファンの音。それ以外の音はない。ファビアーノのうしろの物置で動いている人影はない。客もいない。

ハナはファビアーノのシャツの前身頃をつかみ、カウンターの上から床に強引に引き倒し、首を踏みつける。

ファビアーノは両手を上げ、ハナの脚をつかむ。「くそ野郎」

「オーティス・ロイド・ウォーデルだぞ」ハナはいう。語気を荒らげることもなく、やさしい声で。

ファビアーノは身をよじり、ハナの足を叩いてどかそうとする。

「くたばれ、マスかき野郎」ファビアーノが珍しくもない悪態をつく。

「死ねってか?」ハナはファビアーノの顔を万力のようにつかみ、ファビアーノが嫌がっているのもかまわず、無理やり目を合わせる。足に体重をかけ、ファビアーノを窒息寸前にさせる。

「台座にはめ込まれた宝石はどうした! さばいたばかりなんだろ。オーティス・ウォーデルに頼まれたんだろ。おれの目を見ろ、この野郎。喉頭をぶっ潰すぞ。〝コウトウ〟というのは、おまえの喉にあるやつだ。首に埋め込んだマイクをウォークマンにつないでしゃべることになりそうだな」

ファビアーノがぐったりし、降参の印に両手を上げる。「どこに住んでるかはわからない。だが、電話番号ならわかる。あいつが使っている仕事用の番号だ」

「やつの車。仲間。吐け!」

「ファイヤーバード」ファビアーノがいう。「黒。新車」

「ナンバープレート」

「知らない」

「だめだ。その答えはハズレだ」ハナは首を踏みつける。

ファビアーノの息が止まりそうになる。「待て、待てって！　車のことだ。おれがロージャック（車の盗難対策用発信装置とそのサービス）を取り付けた。ロージャックがついてるんだ！」

「名義は？」

「バラだ」ファビアーノがあえぎながらいう。「カルター・バラ」

ハナはファビアーノを引き起こした。「ウォーデルやバラやウォーデルのモーテルのフロント係などに、このことをしゃべったりしたら、おまえは終わりだ。わかるか？　LA郡刑務所にぶち込まれることではない」

ファビアーノがうなずく。

ハナはファビアーノに通路を歩かせ、物置に閉じこめる。ファビアーノがドアを拳で叩く。

ハナはドラッカーを率いて店を出る。「あいつはひと晩そこで泊まってもらう」

赤らむ陽光を浴びて、ふたりは車に戻る。ハナはいう。「ファイヤーバードのロージャック追跡信号を起動しろ」

ドラッカーは悲しそうな顔でうなずく。「ロージャック社に命じるには、令状か、州のコンピュータ・システムと一致する絶対確実な車の盗難届が必要だ」

ふたりは互いの顔を見つめる。

そして、ドラッカーが付け加える。「ヴィンセント、あの男が黒いファイヤーバードを盗んだところを、ついさっき見たよな？」

「ああ、見たとも。すぐに届けを作成した方がいい」

一街区(ブロック)先では、クリスが駐車禁止ゾーンでエンジンをアイドリングさせ、手をギアレバーに置いている。ハナがクラウン・ビクトリアのエンジンをかけ、タイヤをきしらせてUターンする。クリスはあとをつける。

胸を高鳴らせ、パーカーセンターに向かって車を走らせながら、ハナはカザルスに無線で連絡する。応答がない。

「カザルス、聞こえるか？」

派手な空電音とともに、カザルスが応答する。「聞こえる。ガブリエラがウォーデルと一緒にバックストレッチにいたといっていた、刺青のある若い黒人だが、さっき角を曲がった。ダイナーの方に歩いている」

ハナの脈拍が急に強まる。「目を離すな」ハナはダイナーに向かい、アクセルを踏みしめる。

ドラッカーが覆面車両に乗り、ダッシュボードに接続された耐衝撃ラップトップを操作しているとき、ハナからの電話がある。

「ヴィンセント」

電話からエンジン音が聞こえる。「ウォーデルの仲間の男が、今バックストレッチに入った」

「すぐに行く」

「ロージャックのソフトは走らせたか?」

「あと十五分か二十分必要だ」ドラッカーは続けざまにキーを叩いたあと、車を発進させる。

スープラの運転席では、クリスがセンチュリー・ブルバードのフォーラムの近くで渋滞に巻き込まれている。ヤシの木が暮れゆく日を受けて赤みがかっている。歩行者が横断歩道をちょろちょろと流れる。クリスの前をバスが通りすぎる。通りに目を走らせる。ハナは一街区(ブロック)先を走っている。

クリスはハンドルを指で軽く叩く。集中する。ボールがルーレット盤を回り、止まるのを、息を呑んで待っているときのように。

すると、ハナが角を曲がり、駐車する。目立たない場所だ。そして、急いで車から降り、センチュリーを足早に歩いていく。

何をしている? 監視か? 手入れか?

逮捕劇がはじまるなら、逮捕時のハナは百パーセント任務に集中する。

そのときがチャンスだ。

クリスはハナが駐車した通りを走りすぎ、その街区をぐるりと回り、路肩に寄せる。ハナの車から目を離さず、待つ。

ガブリエラは、アパートメントで服をジムバッグに詰め込み、ティナに電話する。家に帰らないようにいい、まっすぐマニーの家に向かう。手の中でキーが震える。玄関に急ぐ。荒らされたキッチンで、電話が鳴る。

ディスプレイの発信番号はバックストレッチのものだ。彼女は受話器を取る。

「ミス・バスケスか？　ウェルズ刑事だが、ドラッカー巡査部長に頼まれて連絡している」

ぶっきらぼうないい方だ。ガブリエラも短く答える。「そうですけど？」

「あなたにオーティス・ウォーデルの共犯者を特定してもらわないといけない。ここに来られるか？」

「バックストレッチに？」

「情報が寄せられた。共犯者がここでだれかと会うらしい。隣の街区の通りの、マクドナルドの向かいに車を停めてほしい。警官を迎えに行かせる。向こうから見えないところに、あなたを連れていく」

そんな度胸があるかどうか自問する。うなずく。「すぐに行きます」

ガブリエラはドアを勢いよく閉め、外に駆け出す。

バックストレッチの廊下では、ティックトックが公衆電話の受話器を戻す。ウォーデルがガブリエラのキッチン・カウンターで見つけた名刺をポケットに入れる。〝強盗殺人課、ジャマル・ドラッカー巡査部長〟。その後、自分の携帯電話を出し、短縮ダイヤルにかける。

「娘が来るぞ」

90

ハナはダイナーから見えないところに覆面車両を停める。ガブリエラに電話をかけると、留守番電話に切り替わる音が聞こえる。胃が引きつる。センチュリーを走る。電子音が鳴ったあと、差し迫った口調で話す。

「ガブリエラ。ハナ警部だ。ウォーデル逮捕が迫っている。このメッセージを聞いたら、どこにいるのか知らないが、そこから動くな。部屋に閉じこもってロックしろ」ハナは交差点を渡る。「出てきても安全になったら、また連絡する」

ハナは通話を切る。心臓がまた高鳴っている。

ガブリエラはハンドルを握りしめて、バックストレッチに向かう。赤みがかったオレンジ色の空が広がっている。胸が締めつけられる。ウォーデルの声が頭の中に漏れてくる。どうしても取り除けない。**ハニー、おかえり。**

その声のほかにも、別の声が聞こえる。か細いけれど、揺るぎない声。**マリポサ。逃げなさい。**

今度は逃げない。

ガブリエラはベッドルームで、ヘッドボードにかけてあった、紐に通したロケットを見つけた。エリサがなくなる前のクリスマスに、エリサにプレゼントしたものだ。ロケットの中の写真、エリサとニールの写真は、色褪せ、唾液の染みがついている。ガブリエラはロケットをきれいに拭いた。そして、今は首にかけている。**今度は逃げない。**

ダイナーに行く途中、マニーの家に寄った。マニーの電話で強盗殺人課に電話した。ハナは出払っていた。

車に戻るとき、マニーが顔をしかめ、不安そうについてきた。

〝大丈夫なのか?〟とマニーはいった。

〝絶対に大丈夫〟

ガブリエラは電話でハナにメッセージを残した。〝重要なことです〟と彼女は刑事に伝えた。〝彼に伝えて。ウォーデルがわたしのアパートメントを見つけた。彼はわたしだと気付いている〟ガブリエラは声が上ずらないようにした。〝これからバックストレッチで、ウェルズ刑事とドラッカー巡査部長と会いに行きます。あなたには知っておいてほしくて〟

マニーはガブリエラの車が路肩から急いで走り出すさまを見た。彼が貸した銃が、ガブリエラのジーンズのベルトに挟まれ、ジャケットで隠れている。銀色のリボルバーで、肌に触れて生温かい。

ガブリエラは身を守るものがほしい。銃がほしい。シルマー(ロサンゼルスの一区画)の射撃練習場で、マニーに撃ち方を教わっていた。

ウォーデルが逮捕されるところを見たい。

夕焼けを目に受けつつ、彼女はダイナーへ車を走らせる。

91

バックストレッチの向かいに位置する街区(ブロック)の路地の中央を、悪臭を放つ水がちょろちょろと流れている。ゴミ収集コンテナは饐えたにおいがする。ウォーデルは暗がりにファイヤーバードを停め、ハンドルを手でぽんぽんと叩いている。

ダイナーの中では、ティックトックも見張っている。娘が裏口から来たら電話することになっている。なにしろ狡(こす)い小娘だ。ウォーデルはレストランの窓を見る。バス停。マクドナルド。

そのとき、ルームミラーで娘の姿をとらえる。

ガブリエラは最大限に警戒しつつ、センチュリー・ブルバードを走っている。ママのような機転は利かないけれど、監視を見つけることならどうにかできる。バックストレッチに近づくと、手前の交差点で曲がり、そのあたりを平行に行ったり来たりする。路地を素早く確認する。またセンチュリーに戻る。ダイナーから二街区手前の横道に、クラウン・ビクトリアが停まっている。後部からアンテナが突き出ている。

警察の車だ。ガブリエラはマクドナルドの近くに車を停め、カップホルダーに入っていた小銭をつかむと、パーキング・メーターに入れる。太陽がビルのうしろに沈もうとしていて、影に包まれた街路はひんやりしている。心臓はスネアドラムのように鳴っている。

ハナがダイナーから一街区離れた、通りの影になっている側の衣料品店に入り、窓際にいると、RHDから電話がかかってくる。

「ヴィンセント、ガブリエラ・バスケスという人からメッセージが入っています。これからバックストレッチでRHDの〝ウェルズ刑事〟という人と会いに行くとのこと。でも、そんな刑事は――」

「くそ！」

表の通りを、古いスバルがゆっくり走っていく。ハナは陽光に包まれた運転手をどうにか確認する。ガブリエラだ。

「くそ」ハナは電話を切る。

ドラッカーはダイナーの向かいのビルにいて、ふたりの制服警官とともに、ハナとはちがう角度からダイナーを監視している。ラップトップがあいている。ＳＷＡＴの出動も要請したが、彼らが準備を整えて展開するには時間がかかる。

「ドラッカー」ハナから無線連絡が入る。「今ガブリエラがおれのそばを通りすぎた。緑のスバルだ。西へ向かっている」

「了解」ドラッカーは応答する。〝くそ〟ともいい換えられそうな口調だ。「確認した」

ラップトップのスクリーンにアラートが出る。

「ロージャックのデータが来た」

「やつはどこにいる？」

ドラッカーの血が急に冷たくなる。「センチュリー・ブルバードと交差する狭い道だ。路地のようだ。動いていない」彼は窓から外を見る。「近くにいるぞ、ヴィンス。ダイナーの向かいの通りだ」

ドラッカーはドアへ駆け出す。通りの向かいでは、ハナも走り出す。

あのスバルだ――来たぞ。うしろから来るとは、こざかしい小娘だ。ウォーデルは車から降りる。

ガブリエラはダイナーから目を離さず、パーキング・メーターに二十五セント硬貨を何枚か流し込む。

背後から素早く、だれかの手に首をつかまれる。耳にだれかの唇が押し付けられる。

「しっ。動くな。動けばここで殺す」

しわがれた声。その男の肉付きのよさが感じられる。チクタクのミントの息。ナイフの切っ先が脇腹に押し付けられている。車がそばを行き交っているが、まったく気付いてくれない。

マニーから借りた銃はジーンズのうしろに挟まっている。息が速まる。

「妙なまねをしようと思うな」ウォーデルはいう。「アソコまでざっくり切り裂くぞ」

彼がナイフをジャケットの脇腹に、腎臓のあたりに少しだけ突き刺し、細い飛び出しナイフをやや上向きにする。切っ先がとても鋭くて、死んだこともわからないまま体の半分を切り裂かれそうだと思う。顔を向けずに、目を動かして通りを見る。だれも気付かないの？

でも、男が恋人を抱き寄せているようにしか見えないだろう。だれも邪魔したりしない。

ウォーデルがナイフを持っていない方の手を彼女の肋骨に回し、ジャケットの中に入れてリボルバーを抜き取る。

「自分が抜け目ないとでも思ってるのか、あ？」

男のコロンのにおいがする。汗のにおいも。おしっこを漏らさないようにするだけで精いっぱいだ。こんな状況でだけど、考えないと。

男は彼女を小突いて歩道を歩かせる。片腕で彼女の脇腹を抱え、ナイフを突きつけている。

ガブリエラは前方の歩道を見る。人々が歩いている。車が行き交う。腕をがっちりつかまれているから、目つぶしを狙うのは無理だ。思い切り足を踏んづければいいかも。ナイフをまた強く押し付けてきた。切っ先がシャツを貫き、さらに皮膚に達する。悲鳴をあげて、手足をばたつかせても、刺されるだけだ。

ウォーデルはガブリエラを歩かせる。「それでいい」ウォーデルがいう。「夜の散歩。親しげにな」

すると一街区（ブロック）先に、黒いスーツと青いシャツを着てサングラスをかけた漆黒の髪の男が見える。こっちに向かって歩道を歩いてくる。

ハナだ。

ガブリエラは息を保つ。ウォーデルはガブリエラを先に歩かせる。

通りの反対側では、ドラッカーもハナと平行に歩いてくる。長身で、鉄のような顔、滑らかな動きは、大きな魚雷のようだ。ふたりの制服警官を従えている。

ハナは百ヤード先の、車が行き交う交差点の向こう側にいる。でも、近づいている。ガブリエラは顔を上げ、ハナに気付いてほしいと願った。

ハナは交差点で止まる。赤信号に加え、車も多く、ダンプトラックが通りすぎるのを待っている。首を巡らし、探している。ガブリエラはテレパシーで交信できないかと、じっとハナを見つめる。

ハナの目がガブリエラをとらえ、ぴたりと動きを止める。ふたりの目が合う。

ハナの前でバスが止まり、交差点を遮る。

ウォーデルはガブリエラを脇に引き、路地に引っ張り込む。

黒いファイヤーバードに突き飛ばし、ガブリエラの体を押さえつける。「野良猫みたいにさっと乗れ」そういうと、絶縁テープをガブリエラの両手首に巻き、車に押し込んで、手首をドアハンドルに固定する。エンジンをかけ、ダイナーの前の通りに出る。

ウォーデルはガブリエラをにらみつける。「その〝かわいそうなあたし〟みたいな目つきはやめろ」彼のまなざしには、どこかこちらを怯えさせる冷酷さを感じる。渇望。「最後のご機嫌なドライブをせいぜい楽しめ」

ガブリエラは固定された両手を見る。

「無駄だ。そのドアをあけても、時速六十マイル（時速約九十六キロメートル）でおまえをアスファルトの上で引きずるだけだ」

ダイナーの前を走りすぎる。中に男がひとり立っている。現金を投げ捨てるようにして、慌ててドアに走ってくる。ガブリエラはその男がだれかわかる。ウォーデルの手下、〝時間切れ（タイムズ・アップ）〟の刺青の男だ。

「おまえは笑顔を振りまいたくせに、密告しやがった。どうだ？　今はどっちが笑ってる？」

後部席のフロアにショットガンの一部が見える。ガブリエラを人目につかないところに連れていって、殺すつもりだ。ママと同じように。待ち遠しそうだ。これほどの怒りに満ちた笑みは見たことがない。

ドラッカーは先に交差点を渡る。あと八十ヤードでダイナーに着くというとき、ふと、ガブリエラの姿が歩道から消えたことに気付く。

彼は無線機に向かっていう。「ヴィンセント、彼女を見失った」

交差点では、ハナがバスをよけ、片手を上げて行き交う車を縫ってジグザグに道路を渡る。甲高いブレーキ音が響く。クラクションが鳴る。視界がぼやける。十五秒前まで、ガブリエラと目が合っていたというのに。ウォーデルが毛皮のようにガブリエラに覆いかぶさり、力ずくで歩かせていた。だが、ふたりの姿は消えた。

野太いエンジン音が聞こえる。

通りの向かい側では、ドラッカーも、路地を出てセンチュリーを東へ走る一台の車に目を向ける。一秒ごとに速度を上げている。

「黒いファイヤーバードだ」ドラッカーが声をあげる。「助手席にガブリエラが乗っている」

その車はスピードを上げてハナの横を通りすぎ、センチュリー・ブルバードを疾走する。陽光が運転手の目を照らす。表情がなく、黒い瞳。光をまったく反射しないかと思うほど黒い。ハナがきびすを返して追いかけると、ファイヤーバードは反対車線を逆走し、対向車をよけながら、黄色信号をすり抜けて、車の流れに合流する。

ドラッカーが走りながら、無線で指示する。全チームに対して、ファイヤーバードの特徴を大声で伝える。ハナの車は次の街区（ブロック）に停めてある。ハナはドラッカーに向けて口笛を吹く。

「一緒に来い」

　ドラッカーはセンチュリー・ブルバードを走って渡る。ハナの覆面車両に走っていくとき、ファイヤーバードがほかの車と一緒に東へ走り抜ける。

　スープラは脇道でぶるぶるとアイドリングしている。センチュリー・ブルバードでは車が流れ、歩行者が横断歩道を渡っている。クリスはギアレバーをつかみ、道路状況を見て、入り方と出方を分析する。どこに陣取り、いつハナを襲撃するか。どうやって脱出するか。**柔軟に対応するしかない**、彼は自分にいい聞かせる。

　CAR−15の消炎器をチェックする。気付かれずに動くことの方がはるかに重要だ。それから、時計をチェックする。フライトのチェックインまで一時間だ。

　タイヤのきしる音がして、顔を音のする方に向ける。黒いファイヤーバードが路地からセンチュリー・ブルバードに飛び出し、東へ疾走する。

　そのうしろで、ハナが歩道を走ってくる。クラウン・ビクトリアに急いで乗る。黒人の刑事も乗る。

　クリスはハンドルを切ろうとして、手を止める。追跡がはじまりそうだ。そうなると、さらに警官がやってくる。ハナのうしろに張り付いているわけにもいかない。

　クリスは鋭く右折し、角を曲がり、センチュリー・ブルバードとは一街区（ブロック）離れて、ハナとファイヤーバードと平行に走る。右折するとき、ファイヤーバードが交差点を突っ切るのが見える。その後、きらめく回転灯――クラウン・ビクトリアも。

ファイヤーバードがどこへ行くのかは知らないが、ハナはあとを追っている。自分もそっちに向かえばいい。


ウォーデルはセンチュリー・ブルバードを爆走する。全身が音を立てている。**胸にスズメバチがいる。脳でミミズが這い回っている**、とガブリエラは思う。ウォーデルが制限速度を無視し、赤信号を突っ切ると、ガブリエラの体がウォーデルとは反対側に流れる。固定されている手首をどうにかして動かそうとするが、テープがやたらきつい。ついに日が暮れ、地平線に沿って赤い光だけが残るなか、洗車場、ジム、ドライブスルーの前を疾走する。前方にそびえる青空、世界の屋根は、ガブリエラには見えない。

助手席のウインドウ・スイッチに手を伸ばそうとする。

ウォーデルは自信たっぷりに目を向ける。好きなだけもだえろ。もがけ。

彼は車線変更を繰り返し、ピックアップと危うくぶつかりそうになる。ガブリエラは目を閉じ、気を落ち着け、肩越しに振り返る。

「だれも来やしねえよ、くそ女」ウォーデルが吐き捨てる。「おまえ、ダイナーではにこにこしていたくせに、くされLAPDに垂れ込みやがって。だろ？　いいぜ、小便ちびっていいぞ。どうやるのがいいだろうな。ああいうのに耐える根性があるか？　南部の公営団地(プロジェクト)のくそ野郎どもが、げらげら笑いやがって。だが、もうおれはそんな男じゃない。

屈辱ってのはいいものだ。耐えられるか？　どうだ？」ウォーデルがウインドウの外に向かってつぶやく。「くそ喰らえ」

南に折れてクレンシャー・ブルバードに出ると、ガブリエラの気持ちが沈む。走る車はまばらだ。ヤシの木ばかりが通りすぎる。数マイル先で１０５号線と合流する。高速道路に乗れば、ガブリエラは終わりだ。街から、人から、人の目から逃れ、山地や砂漠にいくらでも隠れられる。ウォーデルはもう自分を止められるものはないと確信し、延々と話し続けている。

どうにかしないといけない。どうにか。

ウォーデルは大きく左にハンドルを切り、遅い車を次々に追い抜く。

二街区横では、クラウン・ビクトリアと平行して、クリスも南へ急いでいる。クラウンは回転灯をつけて、サイレンをビルの谷間に響かせてファイヤーバードを追跡している。加速している。１０５号線に向かっているのかもしれない。

「おら、おら」クリスは彼らを抜かす必要がある。スープラのアクセルを目一杯踏む。

助手席のドラッカーがショットガンのシェルを込める横で、ハナは計器盤の針が振り切れるほどの速度で、クレンシャー・ブルバードを爆走している。前の車を追い抜くたびに、ヘッドライトが左、右、左と交互に照らす。ドラッカーが無線を使って大声で指示を出し、航空機チームと、地上部隊の応援も要請する。武装して危険だ。女性の人質あり、年齢は二十歳。ガブリエラ・バスケスだ。
その名前を聞いて、ハナの目が険しくなる。サイレンを鳴らし、反対車線に入り、アクセルを思い切り踏み込む。

ウォーデルは興奮した様子で、慣れたハンドルさばきで次々と車を抜き去る。標識がライトで照らされ、夕暮れがますます暗くなっていく。ソウルフードのレストランとタコスレストランの前を通りすぎる。バス・レーンに移り、路肩に沿って加速し、赤信号の交差点を突き抜ける。

また加速し、まるで脇腹肉のステーキでも見るような目つきでガブリエラを見る。不機嫌そうな顔だ。ガブリエラの母親のロケットをちらりと見る。ガブリエラは、それをグアダルーペの聖母マリアのメダリオンと一緒にチェーンにつないでいた。

「聖母マリアと並べて首に巻いてるのか？　おまえのママはずる賢いくそ女だった。あの女、おれをだませるとでも思っていたのか？　わからせてやった。売女の母親も殺って、今度はその娘も殺る」

クラクション。急いでハンドルを切り、車をよける。ガブリエラをにらみつける。彼女の大きな目を。

「助けに来ると思うか？　タフな警察だからな？　あいつらがおれをやっつけられると思ってるのか？　〝タフ〟ってのがどういうものか、見せてやるぜ。まずはおまえを始末して、そのあとでそいつらだ。そうなったら、マジでタフだ。おれはどうなってもかまわないからな」

フロントガラスが街灯を受けて光る。すべてが明るく、砕けている。頭上の空は深い青。

ウォーデルはルームミラーをのぞく。「いったいどこにいる?」

この人はだれを探してるの?

バックストレッチの前を通ったときに見かけた男を探しているのだ、とガブリエラは思う。慌てて出てきて逃げていった男だ。助っ人(すけっと)。ティオを殺したときも、ウォーデルには助っ人がいた。ガブリエラを殺すところを見させたいのだ。

そのとき、ガブリエラは、仲間を探すウォーデルの目に、ちらちらと反射するものが見えることに気付く。青と赤。回転灯。

ガブリエラの胸が轟く。警察の車がやって来る。だいぶうしろだが、猛スピードで横を走る車を追い抜きながら、迫っている。涙が目に染みる。ウォーデルは食いしばった歯の隙間から息を吐く。

アクセルを強く踏んだまま、高速での右折に備えて、いったんハンドルを大きく左に切る。だが、ハンドルを切ろうとしたとき、配達のトラックが隣のレーンに入り、ウォーデルの行く手を遮る。ウォーデルは切りかけたハンドルを戻し、出口を通りすぎ、そのまま直進し、しかたなくエンジンをフル稼働させる。

ミラーに映る警察の回転灯が脈動し、ガブリエラの目を惹きつける。前方に105号線が走っている。しかし、高速道路の入り口へ向かう交差点は赤信号なのに加えて、車が連なっている。ガブリエラは思う。**早く来て**。

しかし、ウォーデルは速度を緩めない。ハンドルを左に切り、中央分離帯を乗り越えて、さらに加速する。

標識が見える。〝進入禁止〟。

ウォーデルが高速道路の出口に入り、さらに未舗装の路肩を進んで東へ向かう――ほかの車が西へ向かう105号線に乗る。ガブリエラの肌が引きつる。全身が座席に押し付けられる。

ウォーデルは木の標識に突っ込み、標識が粉々に壊れる。土埃が舞う。出口へ向かう車が慌てて左右によけ、ウォーデルの行き先をあける。アスファルトの路肩に走るスペースがあると見て、ウォーデルはミラーを確認する。そして、携帯電話を出して、短縮番号にかける。

「警察に追われてる。おれは車を乗り換えないとまずい。ブロードウェイとマンチェスターの交差点にいろ」

ガブリエラは必死で息を続ける。ウォーデルは路肩を走り、反対側から流れてくる高速道路の車がほんの数インチ横をすれちがう。前方には、110号線と合流する巨大なフォーレベル・インターチェンジがある。

ウォーデルは逆走して追跡してくる警官を振り切り、次の出口で下りて、この車を乗り捨てるつもりだ。前方のインターチェンジで下りて、一般道路に出るのかもしれない。それなら、そこそこ時間がかかる。仲間の男は先に着いて待っているだろう。

それに、ウォーデルはこういっていた。〝おれは車を乗り換えないとまずい〟と。〝おれたち〟とはいっていない。後部席のショットガンが見える。

クラクションが鳴り響く。反対側から走ってくる車が次々によける。高架の接続ランプに乗ってカーブし、長い左カーブを高速で曲がる。


広い一般道路を疾走しているとき、クリスはそばを猛スピードで走るクラウン・ビクトリアを発見する。ハナが追跡している。

クリスは前方の通りを素早く確認する。そびえる接続ランプと、その巨大なインターチェンジを逆走する車に目が奪われる。いったい何事だ？　なるべく早く高速を下りようとしているはずだ。四街区東に出口がある。クリスはそこを目指す。

この位置なら、その車よりも、ハナの車よりも先に出口にたどり着ける。ハナがそのランプから下りてくるなら、クリスは先回りして待っていればいい。


コンクリートのリボンのようなインターチェンジのカーブがガブリエラの横をすぎ去ると、サイドミラーに日暮れの真っ赤な焼け残りが見える。前方には、まばゆい尖塔が林立するダウンタウン。ヘッドライト。ウォーデルがまたスピードを上げる。時速六十五マイル（時速約百四キロメートル）、いや七十マイル（時速約百十二キロメートル）か。頭がおかしい。

「おまえは売女の母親よりたちが悪い。警察に通報するとはな。警察などにおれがつかまるかよ」ウォーデルが親指をガブリエラのこめかみに押し付け、ウインドウに強く押しやる。「バン」

警察車両の回転灯ははるかうしろで、小さな点にしか見えない。

対向車のステーションワゴンが、すれちがうときに大きくよろけて、別の車に接触し、コンクリートのガードレールに激突する。ウォーデルは前の道路を注視し、接続ランプから進入禁止を無視して110号線に乗る。ガブリエラの右側に広々とした110号線の路面が広がり、前方に高速への入り口が見える。ウォーデルがそこから下りて、数百ヤード走れば、迷路のような一般道路に入る。仲間が待っている。そうなれば、終わりだ。

絶対に負けない。

ガブリエラはできるだけ素早く両膝を胸に引くと、胴体をよじってウォーデルの頭を蹴る。

頭蓋骨がぶつかると、運転席側のウインドウにひびが走る。また蹴ると、ガラスが割れる。ウォーデルがハンドルを握っていた手を伸ばし――振り回し――ガブリエラの脚を払おうとする。彼女はもう一度、今度は顎に蹴りを入れる。ウォーデルの頭が金属のドアフレームにぶつかる。

ウォーデルは車の制御を失う。ガブリエラは体で感じる。ウォーデルの上体がよろめくと同時に前後輪が滑り、タイヤがきしり、加速していたせいで、車体のバランスが崩れ、不意に向きが変わる。

ファイヤーバードは二車線路を塞ぐように横になる。ピックアップトラックとSUVが見える。ヘッドライトに照らされる。そのうしろにタンクローリー。ガブリエラは胎児のように体を丸める。

けたたましい音とともに、激しい衝撃が走る。ファイヤーバードは追突され、スピンし、前からやってきたピックアップトラックに突っ込む。ボンネットがひしゃげる。蒸気が上がり、クラクションが鳴り、フロントガラスが砕けて降り注ぐ。

何かにぶつかって止まる。ウォーデルはハンドルに覆いかぶさっている。血が顔を伝っている。

ガブリエラの視界は激痛のあまり真っ白になる。アドレナリンがどくどくと体に流れ出す。フロントガラスが覆いかぶさっている。板状のガラスが小石のように砕けてぱりぱりと崩れている。クラクションが轟く。叫び声。落ちてきたガラスを肩で押して外に顔を出す。路上は、大破したり横倒しになっていたりする車で、大混乱だ。十台？　二十台？

ウォーデルは突っ伏したまま動かない。ガブリエラは手首を固定していた絶縁テープを歯で引きちぎり、手を押したり引いたりして動かす。すると、ウォーデルが不規則な息をしはじめ、目覚めようとする。腕が動く。ガブリエラの片方の手首が外れ、続いてもう一方も自由になる。ウォーデルが顔を上げる。彼女をつかもうと手を伸ばし、ロケットに指が引っ掛かる。ガブリエラの頭がうしろに引っ張られる。

ガブリエラは細いチェーンを引きちぎり、外に這い出す。どこかに体を打ち付けたらしい。**そんな**（ジーザス）、脚が。ウォーデルが体を起こし、突進してくる。アナコンダのように。ガブリエラは逃げる。

92

クリスはアクセルを踏み、ファイヤーバードに向かって車を走らせる。ヘッドライトがアスファルトを叩く。南へ向かう110号線の入り口はすぐ先だ。あと一街区(ブロック)まで迫ったとき、右手の高速道路を走るファイヤーバードのヘッドライトがカーブを曲がり、襲撃地点にいるクリスに向かってまっすぐ近づいてくる。

黒い車体が逆走しながらタイヤをきしらせて尻を振るのが見える。そのうしろからライトが迫る。クリスはさらに速度を上げる。そして、高速入り口まで数ヤードのところで、ファイヤーバードが制御を失う。

クリスはシフトダウンする。「どうなってるんだ」

激しい衝突が、高速で走る車の玉突き事故に発展する。けたたましい音が響く。

クリスは車を停め、急いで降りると、高速道路に向かって走る。SIGを腰に挟み、ストックを畳んだH&Kライフルを脚に添え、ブラックジーンズと急速に迫る夜で偽装する。遠くからハナを仕留める。

高速入り口を駆け上がっていくと、カオスが見える。ヘッドライト、テイルライト、壊れたラジエーターから上がる蒸気。ガラス片が散乱している。ファイヤーバードは路面の真ん中で、後続車四台を横腹で受けている。古いアルミホイルのようにくしゃくしゃだ。

遠くの方に、105号線の接続ランプを走るハナのクラウン・ビクトリアの回転灯が見える。クリスの脈拍が強まる。ハナが来る。現場はカオスだ。カオスがこちらの姿を隠してくれる。クリスは大混乱を見渡す。やり遂げるなら、急がなければならない。準備する。スコープを出す。

二百ヤード先で、ひしゃげたファイヤーバードからひとりの男が這い出す。血で覆われている。よろよろとこちらに近づく。

ショットガンを持っている。男はショットガンを持ち上げ、かまえ、撃つ。怪我をしながらも逃げる若い女が、ピックアップトラックの陰に隠れる。車体の薄い金属板が弾子を受け止める。

まだ少女のようだ。せいぜい二十歳だろう。脚を引きずりながらクリスの方に逃げ、また車のあいだに身を隠す。黒い絶縁テープが手首からひらひらと垂れ下がる。

ショットガンの男から逃げてきた。クリスにはそれしかわからない。

少女がうしろを振り返るとき、ヘッドライトがその顔を照らす。クリスにはその目、その決意が見える。そして、首のチョウの形の痣が見える。

一瞬、クリスは凍りつきそうになる。少女はエリサそっくりだ。

クリスは少女に向かって移動しはじめる。あの子を知っている。クリスは走り出す。

ガブリエラ・バスケスだ。

彼女が身動きの取れない車の隙間に隠れる。

うしろの男がさらに近づき、一二番径ショットガンを撃つ。外す。左に移動し、狙いやすい位置に向かう。

ガブリエラは玉突き事故の車両を縫って、よろめきながら近づいてくる。男の銃がまた火を吹く。ガブリエラは身をすくめるが、足を止めない。クリスは彼女に向かって全力で駆け出し、H&Kをかまえる。安定しない照星(フロントサイト)が男に向かって弧を描く。クリスは狙いが定まらないままでも三点射を放ち、ガブリエラが隠れる時間を稼ぐ。

ガブリエラもクリスを見て、慌てて足を止める。あの人もこっちを狙って撃っているの？

クリスは彼女に呼びかける。「こっちだ！　ガビ！」そして、こっちへ来いと身振りで伝える。

ガブリエラは勇気を振り絞り、目を輝かせて走り出す。クリスは足を止め、ガブリエラのうしろを狙い、三点射を放つ。男が混乱に乗じて身を隠す。

ハナは１０５号線の路肩のコンクリートの壁にクラウン・ビクトリアの腹をこすらせながら、逆走してウォーデルを追いかける。衝突したファイヤーバードに近づこうとするが、大破した車が行く手を塞いでいる。運転手たちが外に出ている。ハナは急ブレーキをかける。１１０号線のあちこちに、事故車が転がっている。

「くそったれ」ドラッカーがいう。

ハナとドラッカーは車から降り、ドラッカーはレミントンのショットガンを持ち、走り出す。とんでもない玉突き事故だ。乗用車、トラック。悲鳴が聞こえ、ガソリンのにおいがする。

銃声も聞こえる。

大破したファイヤーバードが見える――空っぽだ。ドラッカーはひび割れた明かりの中を進む。煙が渦を巻く。遠くの方に、ショットガンを持った血だらけの男の姿が見える。進む方向を大胆に変えながら、ウォーデルがショットガンをかまえて発砲する。

ウォーデルのさらに向こうの路上からも、応射の銃声が聞こえる。あたりに反響する鋭い銃声――ハイパワー・ライフル。いったい何者だ？

壊れた車に乗っている者たちが頭を下げる。泣きわめいたり、車から路面に出たりしている。ウォーデルがショットガンのフォアエンドをスライドさせ、また発砲する。UPSの運転手が被弾し、ばったり倒れる。

ライフルの乾いた三点射の銃声が響く。

アドレナリンで肌を引きつらせつつ、ドラッカーは走りながら混乱の隙間から状況を窺う。百五十ヤード（約百三十七メートル）先で、カバーが砕けたヘッドライトを浴びて、援護射撃をしながらガブリエラを連れて遠ざかっている男の姿が、かろうじて見える。

大混乱。人々がわめきながら逃げ惑う。ふたりがショットガンの弾子を被弾する。

ドラッカーは伏せろと大声で呼びかける。十八輪のトレーラートラックに追突した白いフォード・ピックアップトラックのボンネットが発火し、白い煙が渦巻くなか、ドラッカーは走っていく。運転手は意識を失っている。ドアがつぶれている。片腕を掲げて、突き刺すような火の熱をブロックしながら、トラックのフレームに足をかけ、運転手側のドアをいくらかあける。

高速道路の先にいるウォーデルに向かって走っていくハナが見える。

ドラッカーは叫び声をあげ、もう一度、つぶれたドアを引っ張る。運転手を引っ張り出せるくらいの隙間ができる。運転手がどさりと路面に落ちる。

ドラッカーは運転手をその場に残し、ショットガンをかまえて先を急ぐ。ひしゃげた車のあいだをジグザグに移動するウォーデルの姿が、見えたり消えたりしている。ドラッカーは狙いを定める。ウォーデルの向こう側には人は見当たらない。ウォーデルがまた姿を見せたとき、彼は発砲する。

その一撃は空っぽの車両に当たる。ウォーデルが振り向き、彼に気付く。

ドラッカーの左側で、ハナがベネリのショットガンを持ち、擁壁に沿って走ってくるのが見える。

93

ハナは走る。ウォーデルの目がハナに向けられる。その後、ウォーデルはきびすを返し、走り出す――ガブリエラの方へ。造園の道具を路面に散乱させたトヨタのピックアップ、そしてボルボのワゴン、いずれも出火して黒煙を上げていて、ウォーデルが煙の陰に隠れると、ハナはその姿を見失う。

リバー・ステュクスのはじまりだ。

車の流れはせき止められている。ヘッドライトがぎらつく。ウォーデルが車のあいだを縫って走っている。ハナはどたどたと追いかける。息が荒くなる。

インターチェンジの車はまったく動いていない。玉突き事故が南へ向かう車線を塞ぎ、北へ向かう車線を走る車が様子を窺おうと、速度を緩める。ハナとウォーデルの姿が見えない。夜の闇に包まれ、事故車でいっぱいの道路では、ヘッドライトのせいでだれもが輪郭しかわからない。ドラッカーにはもうガブリエラの姿も見えない。

道路中央を塞いでいる車両に向かって進み、車の残骸と煙を避けて通れるスペースを探す。右側に目を向けると、背後から北へ向かう車が中央分離帯に脇腹をこするようにして走っている。黒いダッジ・バイパーで、ほかの車などおかまいなしに、かなりのスピードを出している。

運転席の若い黒人の男は、ドラッカーを見て速度を緩め、ヘッドライトをハイビームにする。ウインドウがあく。

ドラッカーはだれも乗っていないピックアップトラックの陰に隠れ、エンジン部を盾にする。銃弾がピックアップにめり込む。

ウォーデルの仲間だ。助っ人だ。武装して移動している。

ドラッカーはピックアップトラックの背後から素早く出ると、ショットガンを肩につけ、バイパーに向かって発砲する。二発、三発。00（ダブルオー）バックショット。バイパーがよろめき、中央分離帯に当たって止まる。

ドラッカーは近寄り、動かない運転手にレミントンを向ける。息はない。頭に被弾している。

彼はきびすを返し、ハナを追う。

ガブリエラは混乱の中で方向感覚を失う。車という車がおかしな方向を向いている。また銃声がする。運転席側のドアが突然あき、彼女の行く手を遮る。ウォーデルがすぐうしろにいるのではないかと、肩越しに振り返る……

不意に、だれかに前からつかまれる。彼女は悲鳴をあげる。その手を振りほどこうとする。

「ガブリエラか？」

声が聞こえる。声の方に顔を向ける。その目には見覚えがある。何年も前に見たニールの友だちだ。ライフルを肩からかけ、銃口を路面に向けている。

「こっちだ。来い」

クリスはガブリエラの腰に腕を回して走る。彼女はショックで呆然（ぼうぜん）としているが、血がジーンズにしみ出ているのもかまわず、意を決して走る。路上はカオスだ。

「だれに追われている？　そいつ以外にもいるのか？」クリスはざらついた声で訊く。

「ママを殺した男」

クリスは移動しながら、ガブリエラに驚きの目を向ける。背後でさらに銃声が轟き、弾が車体の金属板にめり込み、ガラスを砕く。クリスは振り向く。ガブリエラをかばいながら、H&Kをかまえる。

事故渋滞の混乱と煙とヘッドライトに包まれ、人影は赤い炎を受けて輪郭が浮き上がっている。ウォーデルはほんの一瞬、横向きに車の陰から出る。クリスは撃つ機会を逃す。

ハナは走りながら探している。車の残骸があちこちに転がっていて、その中に、車体がひしゃげ、フロントガラスがショットガンで粉々になったバイパーを見つける。彼は駆け寄り、ヘッドライトを受けて目を細めて見る。ウォーデルの姿をとらえる。百ヤード先でよろめきながら動く人影だ。

ウォーデルはコンクリートの中央分離帯に素早く移動し、百ヤード先にバイパーを見つける。だが、ティックトックは死んでいる。ウォーデルは、ガブリエラが逃げた方に走り出す。動けなくなった車のウインドウをのぞく。

ハナは一瞬だけとらえる。撃てるところまで距離を縮めようと走る。ウォーデルがボルボのドアハンドルをつかむ。ロックされている。一歩下がり、ショットガンをボルボのウインドウに向ける。中に乗っていた人々が悲鳴をあげる。ウォーデルは引き金を引く。

弾切れ。ウォーデルはショットガンを捨て、ベルトに挟んでいた拳銃を取り出す。ハナは狙いを定め、発砲する。ウォーデルはボルボをあきらめ、十八輪のトレーラートラックの陰に隠れる。

ハナはコートをはためかせ、息遣いも荒く追いかける。五十ヤード進む。ウォーデルがトレーラートラックの陰から素早く出てくる。

ヘッドライト。影。夜が彼を取り巻く。銃を持ったウォーデルの腕が伸びる。セミオートマチック拳銃が持ち上がる。

ハナに見えるのは発砲炎(マズルフラッシュ)だ。その後、銃声が聞こえる。銃弾が彼の太ももに当たる。ハンマーで脚を叩かれて、もぎ取られたような衝撃。

夜が傾き、大きく揺れる。星々と高速道路の明かりが視界を横切る。この世界に彼をつなぎ止めていた綱が切断されたかのようだ。感覚がない。深い痛み。呆然。どうしてこんなところにいる？　路面に？

車に乗っていた人々が悲鳴をあげ、ダッシュボードの下に隠れたり、大事故と銃撃戦の現場から車で脱出しようとして、急にバックしてまたぶつかり合い、Uターンしようとしたりする。外に出て走って逃げるものもいる。ヘッドライトがハナの目の上に当たる。白い光、鋭い。足が四方に向かって走る。何も感じない。銃を持っている。だれが民間人だ？　だれがウォーデルだ？　ガブリエラはどこだ？

ベネリの遊底があいている。弾切れ。空だ。彼はショットガンを脇に捨てる。しわがれた声を上げながら、体を持ち上げる。だれも乗っていない車に寄りかかる。足下に血溜(だ)まりができている。光がぐるぐる回る。ハナはコルト・コンバット・コマンダーを抜き、腕の震えと戦う。

ライフルの銃声が空気を切り裂く。

銃弾がSUVのリアウインドウに当たる。ウォーデルは隠れていたトラックの陰から勢いよく出てくると、あたりを見回し、撃ってきたやつを探す。彼は遠くをめがけて発砲する。ハナは射線を目でたどる。応戦の銃声が聞こえ、銃口から噴き出す炎が見える。そのとき、ライフルを持った男の姿が見える。**何者だ?**

ハナはウォーデルを狙う。照準を合わせる。発砲する。

ウォーデルが被弾し、倒れ、姿が見えなくなる。

ハナは体を起こし、一歩踏み出すが、脚がいうことを聞かない。寄りかかっていた空っぽの車から、路面にずり落ちる。

立ち上がれ。**立て**。彼は体の向きを変え、膝を突き、絶叫しないように自分を戒め、コルトを握りしめる。無線機からぱちぱちと音が漏れている。

ウォーデル。確かめなければ。

パニック状態の人々が逃げ惑う。ハナはアスファルトに伏せ、車の下をのぞく。

二十フィート(約六メートル)先で、ウォーデルが体を起こし、立とうとしている。

ハナの脈拍がどくどくと速まり、痛みがひどくなる。歯を食いしばり、傷口をきつく押さえ、横倒しになっているピックアップトラックのうしろに、よろよろと移動する。そこでどさりとへたり込み、背中をボンネットにもたせかけ、影の黒い襞に身を隠す。銃を持った手を膝に置く。心臓は高鳴っているが、緊張が解けていくような奇妙な感覚が螺旋を描いて体中を駆け巡る。

ウォーデルはガブリエラがほしいのだ。今でも、あの娘を殺したがっている。ウォーデルに別のものをほしがらせる必要がある。

ハナは息を吸っていう。「ウォーデル」

右半身は完全には影に包まれていない。ヘッドライトで光と影の縦縞が描かれている。銃を持つ腕、肩。ハナは息を吸って背筋を伸ばし、視界を確保し、無線連絡の仕方を思い出す。

ハナは動きを止める。ぴたりと止める。

ライトが自分を照らすのもかまわず、じっとしている。待っている。

恐怖に駆られてバラバラでジグザグに走り回る足音に混じり、ひとつだけよろよろと近づく足音。ハナにはまだそいつの全身は見えない。きらりと光るものをとらえる。聞こえる――カチリという金属の音、セミオートマチック拳銃の弾倉が落ちて、路面にぶつかる音。別の弾倉が挿入される。勢いよくセットされる。スライドが引かれ、銃弾が薬室に送り込まれる。

ハナは影が目の前にそびえるさまを見守る。そして現れる。引きつった黒い顔が黒と灰色のグラデーションで。男の胸が上下する。ストロボのようなまばゆいヘッドライトを目に受けている。ウォーデルが視界に入ってくる。そびえ、視界を侵食し、広がっていく。

血が流れている。下を凝視する。銃を脚のそばにつけ、指を引き金にかけている。

ウォーデルの目がハナの目をとらえる。ウォーデルがベレッタを持ち上げる。「エイプリルフールのくそっ――」

ハナはウォーデルの胸を撃つ。巨人が拳で殴るように、四五口径弾がウォーデルの胸骨を撃ち抜き、心臓を破壊する。さらに二発がめり込む。

ウォーデルは仰向けに倒れる。手からこぼれ落ちた銃がかたかたと路面を滑っていく。頭をもたげ、信じられないといったまなざしでハナを見つめる。

ハナはコルトの震えを止める。ウォーデルの目がきらりと輝き、歯を剝き、声にならない声で訴えかける。ハナはそのまなざしを受け止める。ウォーデルの額に照準を合わせる。ゆっくり。引き金を絞り、楽にしてやる。

クリスとガブリエラは歩道を伝い、暗闇に逃げ込む。

倉庫の先で足を止め、うしろに目をやる。だれも追ってこない。クリスはH&Kの銃口を下げる。

クリスはガブリエラに顔を向ける。彼女も少ししてクリスに顔を向ける。暗い。永遠とも思える時間だった。別世界だ。影と亡霊。

ガブリエラは息を吸い込む。じっとしている。「あなた、クリスなの?」彼女がいう。

「ああ」

ガブリエラは彼の胸に手を当てる。目がきらめいている。

「ここから逃げよう」

クリスはガブリエラの肩に腕を回し、もう一方の手でライフルを持ち、彼女を連れていく。ガブリエラは自由の身になり、驚き、安堵の波にひたっている。ガブリエラ・バスケス。エリサの娘。

だれにも触れさせない。今は。

赤いシボレーのピックアップトラックが、ブロードウェイの路肩から走り去り、インターチェンジを下りたあたりの、商業店舗やアパートメントビルなどが並ぶどこにでもある地区に入っていく。高速道路から耳障りなサイレンや目障りな回転灯が押し寄せていても、この街区(ブロック)はシャッターが下りていて、だれもいない。クリスは歩道に立ち、ピックアップトラックが走っていくさまを見守る。助手席のガブリエラが、運転台のリアウインドウからこちらを見ている。運転しているのはいとこのマニーだ。どこか、怒りと悲しみが入り交じったように見える表情だ。

手のひらをガラスに当て、しばらくそのままにしている。別れのしぐさ。

クリスが涼しくなる夜風に吹かれ、片手を上げてたたずんでいると、ピックアップトラックが走り去る。

ガブリエラ。

自分の人生を歩め。生きて、記憶に刻め。

テイルライトが角を曲がって見えなくなる。

クリスは手を下ろす。

きびすを返し、高速道路へと戻る。暗がりに包まれているから、ライフルを脚に添えれば気付かれることもない。前方に光とサイレンが大々的に集結していることから、戦いが終わったことがわかる。何が起こったのかは知らないが、終わったのはたしかだ。

クリスの車が近くにある。このまま運転席に乗って走り去り、目撃される可能性を消すこともできる。だが、このアドレナリンに突き動かされ、大切なものがあるにちがいないという直観にあおられて、それはとてもできそうもない。

金網フェンスをよじ登り、コンクリートの壁沿いにインターチェンジの下へ行き、影を伝って高速道路ランプの下から反対側に移動する。ふたたび通りに出て、まばゆいライトに照らされた高速道路を見ると、110号線の玉突き事故の様子がはっきり見える。ミニカーのように、車がひっくり返っている。消防車が到着し、LAPDのパトロールカーも高速の入り口で、回転灯をつけたまま四十五度の角度で停まっている。制服警官が交通整理をしている。現場にはもうカオスはない。警察が掌握した。

歩行者が右往左往している。みなショックを受け、あるものは血を流している。クリスも彼らに紛れ込み、殺戮(さつりく)の現場をよく見る。

警察車両の警告標識灯に囲まれて、救急救命士(EMT)と警官が路面に横たわる死体の周りに集まっている。仰向けに倒れ、両腕を大きく広げている。

ジーンズ、ブーツ、Tシャツ。こいつが襲撃者だ。ウォーデルとかいう男。今は屍(しかばね)だ。

数フィート離れたところでも、救急救命士(EMT)が別の男の手当てをしている。そっちは刑事だ。そのうしろで、クリスの知る強盗殺人課の警官ふたりが、もどかしそうに行ったり来たりしている。

ドラッカー。カザルス。肩が妙にうずく。救急救命士(EMT)は銃創の手当てをしている。

ヴィンセント・ハナ。座っている。搬送されるところなのかもしれない。

ハナとウォーデルの死体の位置関係からすると、ヴィンセントがウォーデルを仕留めたのだろう。至近距離から。

なるほど。

クリスは赤裸々なライトを浴びて立っている。**ハナ、まだおまえの番ではない。今夜のところは。**

彼は歩き去る。

94

高速道路の路肩で、ハナは救急車のバンパーに腰かけている。救急救命士(EMT)が銃創にガーゼを当てて圧迫し、点滴の準備をしている。ドラッカーとカザルスが鷹(たか)のように旋回している。アドレナリンが切れかけていて、頭がくらくらして、やけに寒い。

ドラッカーがその様子に気付く。「ヘイ、そこのあんた」彼は救急救命士(EMT)にいう。「ブランケットを持ってきてくれ」

「おれなら大丈夫だ」ハナはいう。

めったに口をひらかないが、いつもそばにいるカザルスがいう。「当たり前だ。もう黙って彼らに仕事をさせてやれ、ヴィンセント」

ウォーデルの死体が十フィート先に横たわっている。その横で検死官がしゃがんでいる。鑑識が証拠マーカーをつけ、路上の空薬莢と大破した車、そして死んだ男の銃創の数を数えている。

ハナはドラッカーを見る。「ガブリエラは」声がかすれている。

「無事に安全なところにいる」

「どうやった？」

ドラッカーの表情の何かが引っかかる。ハナは感じる。

「どうした？」

「おまえはあいつを仕留めた」ドラッカーがいう。「ウォーデル。あいつはくたばった。ほかのことはあまり気にするな。おれたちが引き受けた」

ウォーデルは片づいたが、ほかにも何かあった。ドラッカーのまなざしから、そんな感じがする。

消えた。あっという間に。

救急救命士[EMT]がハナの手の甲を指でぽんぽんと叩いて、点滴注射を入れる血管を浮かせる。手が届かないくらいに、夜が遠くに感じられる。甲高い機械音に包まれ、ハナの意識は別のところに運ばれていく。

ウォーデル。十二年。あまりにも多くの犠牲者、あまりにも大きな痛み。人が何人も殺された。ガブリエラの母親も。

今回、どこかの歯車が嚙（か）み合わない。きつすぎる。そのわりに、歯が妙に折れにくい。

ハナは救急救命士（EMT）の肩をぽんと叩く。「点滴はあとにする」

「警部、我々は――」

「カザルス」ハナは立ち上がろうとうめき声を漏らす。「ウォーデルの車はチェックしたか？」

ハナはカザルスの肩に腕を回す。ドラッカーと三人で、大破したファイヤーバードへと歩いていく。

ハナがファイヤーバードに寄りかかると、カザルスがマグライトで中を照らす。ゴミと玉石状に割れた安全ガラスが座席を覆っている。ドラッカーがそれをかき分ける。マグライトのビームがきらりと金色に光るものをとらえる。

「あれは何だ？」ハナはいう。

ドラッカーがちぎれたチェーンについていたロケットを、ハナに手渡す。「愛してる（テアモ）――ガブリエラ」

ハナは留め金を外す。中の写真は色褪せている。親指で写真の人物をなでる。頭がすっきりする。ハナはドラッカーに顔を向ける。「やつを見たか？」

ドラッカーは焼けつくようなまなざしを向ける。「ガブリエラを救った男か？　わからない」

ハナは道路をずっと遠くまで見つめる。光、闇を。死、逃げるようにすぎ去った時間を。胸の中で心臓が早鐘を打つ。彼はドラッカーに向かってゆっくりうなずく。

またロケットに目を落とす。片側にガブリエラ。反対側にニール・マコーリーがいる。

ハナはロケットを閉じ、しっかり握りしめる。

95

ドラッカーがブロードウェイのオフィスビルの防犯カメラ映像にたどり着いたのは、午前二時だ。彼もカザルスもくたくただが、興奮が残っている。アドレナリンを出し切って体がぐったりしていて、地球上のコーヒーをぜんぶ飲んでも、自分で思っているほどには、とても感覚を研ぎ澄ませられない。

ふたりがいるのは建設会社で、自宅にいたビル管理者を引っ張り出し、映像を用意させた。ドラッカーとカザルスはモニタ前に身を寄せ合う。映像がはじまる。

オーティス・ウォーデルがスタック型のインターチェンジをこのビルの方に猛スピードで走ってくる場面が、映像にはすべて映っている。車は黒い光のように見える。ウォーデルの姿が一瞬だけ確認できるが、染みのようにしか見えない。助手席のガブリエラも確認できる。ファイヤーバードが疾走していくとき、車内で争いが起こる。ウォーデルはハンドルを取られる。スピンする。ほかの車に当たり、またスピンし、さらに別の車に当たる。

　ドラッカーがかぶりを振る。「激しいな」

　ガブリエラが助手席側のドアをあけ、よろめきながら外に逃げ、まだはじまったばかりの玉突き事故の現場へ出ていく。ウォーデルもまもなく追いかける。おぼつかない足取りで、血だらけで、銃を持っている。

「ひどい」ドラッカーはいう。

「ガブリエラが事故を起こさせたのか」カザルスがいう。

「だろうな。すごいな」

　すると、高速の入り口に、その男が徒歩でやってくる。滑らかに走り、異様なほど集中し、首を巡らしている。折畳み式ストックのH&Kライフルのストラップを肩にかけ、ライフル本体を両手で持ち、目立たないように銃口を下げている。

　映像の解像度は低い。光源も弱い。距離は遠く、焦点も合っていない。

　だが、ドラッカーは百パーセント確信する。

　カザルスがドラッカーの肩越しにモニタを見て、息を吸う。そして吐き出す。

　モニタに映っている男は、カザルスが最後に見たときとは、見かけが変わっている。だが、彼があの路上でガブリエラの前にしっかりと立ち、ウォーデルに敢然とライフルを向け、狙いを定めているとき、その顔がカメラに向く。ドラッカーは映像を一時停止する。

　クリス・シハーリスだ。

「ここでいったい何をしている？」カザルスがいう。

ドラッカーはまた再生ボタンを押す。シハーリスはガブリエラの背中に手を回し、高速道路の外へ走って逃げるよう促すと、自分もライフルをかまえたまま、うしろ向きに移動する。

ドラッカーは映像を止める。

彼は外に出る。カザルスも続く。風が涼しい。道路は空っぽだ。周りで街が目覚め、光りはじめる。かすかな風が首のうしろをなでる。通りの真ん中に立ち、影に目を凝らす。

シハーリス、生きていたか。

いずれ探し出してやる。

夜が迫る。

96

アンダマン海、北緯六度一分二七秒、東経九六度五七分一二・一秒
三月十六日

インドネシアとタイに挟まれた公海のシーレーンで、アナは外航タグボートの高い船首に立っている。空は湿気で真珠のような色に染まっている。船体が小さな船首波に乗って

横揺れすると、海風が彼女の顔を叩く。タグボートのディーゼル・エンジンが、古い長距離石油タンカーの航行速度八ノットに合わせて減速する。そして、タンカーの船体をなでる四フィート（約一・二メートル）のうねりを越えて、横につける。原油を積んでいるから喫水が深く、タグボートが揺れるような波にも影響を受けない。

ロープと木板のはしごがタンカーの舷側から下ろされる。

アナは一緒に乗っている男たちに合図を送る。うねりにタイミングを合わせ、全員がはしごを登る。舷側を途中まで登ると、目の前にそびえる錆(さ)びついた船体の鉄板に沿って、アナは船首に視線を向ける。全長二百十メートル、重量七万トンのタンカーだ。自分が蟻(あり)になったように感じられる。広場恐怖症の人なら、ここは最悪の場所なのだろう。アナはさらに登る。

タンカーのデッキにたどり着くと、リビア人とフィリピン人の船員数人が集まる。がっしりした体の船長がゆっくりとアナに近づいてくる。ベルトに挟んだニッケルメッキのセミオートマチック拳銃が、きらきらと光を反射する。

アナは横揺れするデッキで身構える。「乗船許可をいただきたい」

船長がアナと彼女が連れてきた男たちを一瞥する。銀色の検査ケースを持った石油化学の研究者ひとりと、肩幅の広い民間軍事会社の契約社員数人——イスラエル人、イングランド人、ウェールズ人の元SAS隊員で、ほとんどが顎ひげを生やしている。タンカーの船員が警戒した様子で彼らを見ている。契約社員たちは無表情のままだ。

「許可する」船長が大きな身振りで伝える。「検査の準備はできている」

アナは海面を見下ろすブリッジに上っている。海は夕方の日の光を浴びて、白地に金粉をまぶしたように見える。そのとき、石油化学の研究者がどろっとした黒い原油の入ったガラス・ピペットを持って、戻ってくる。

「どのタンクも満杯です。原油のＡＰＩ比重は三七度、硫黄含量〇・三八」研究者はそういうと、一本のピペットを見せる。「最高品質のエスシデル原油です。品質規格どおりでした」

アナは衛星電話を取り出し、外に出る。電話はアントノフＡｎ－26小型双発機につながる。同機は貨物機としては中型で、原油と引き換えに渡す誘導システムを積んで、リビア沿岸の沖を気だるそうに旋回している。

「着陸して」アナはいう。

シンガポール
三月十七日

熱帯の夜は暑く、クリスはボート・キーというヌードル・ハウスでチリクラブを半分ほど食べ終えている。背後はまばゆい摩天楼。オリンピックサイズの屋根付きプールのある摩天楼。〝富の泉〟――世界最大の噴水――がレーザーライト・ショーでライトアップされている。建設用のクレーンがいたるところに見える。クリスにいわせれば、ここにいると、ロサンゼルスの方が第三世界に近いように感じる。蟹（かに）のハサミを割ろうとしていたとき、衛星電話が明滅し、着信を知らせる。クラウディオが接続を要請している。

クリスは電話に出る。「もしもし」

「きみが何をしてくれたのか、我々は知っている」クラウディオの口調は穏やかだ。

クリスは何もいわない。沈黙を漂わせる。

しばらくすると、クラウディオが続ける。「我々はきみたちを虚仮にし、きみたちも我々を虚仮にした。したがって、これでいわば釣り合いがとれているかもしれない、と私は考えている。つまり、現在起こっているのは、互いの商売を潰し合っていることにほかならない。それは両家にとって痛手だ」

クリスはタイガー・ビールの冷えたボトルから、ビールをひとくち飲む。「それで？」

「この状態を続けることもできるが、その場合には、両家とも儲けが減る。きみの誘導システムに、そちらがいうほどの性能があるなら、我々の販売、流通、資金、輸送の各能力と掛け合わせて、両者とも金持ちになれる。この状況は終わりにすべきだ。だから、こちらから呼びかけている。協力し合える手だてを見つけることを約束する」自信に満ちた声だ。「両家は休戦交渉に入らなければならない」

クリスはビールのボトルを置く。「悪い考えではないかもしれないな。アナに話してみよう」

「わかった。それなら、ミスター・ユアンが――」

「ミスター・ユアンには会うつもりはない。ミスター・ユアンに会ってどうする？」

さりげない沈黙。「それなら、フェリックスに行ってもらおう」

「フェリックスなどくそ喰らえ。こっちに協力体制について検討してほしいんじゃないのか？　あんたとしか話せない。面と向かって」

さっきより長い沈黙が流れているあいだ、クラウディオがステーキナイフでテーブルの天板に髑髏（されこうべ）でも彫っている場面がやけに生々しく脳裏に浮かんでくる。

「きみたちは装置を独自に製造しているのか？　それとも、アウトソーシングか？」クラウディオが訊く。

「独自製造だ」

「素早いな。信頼できるサプライチェーンもあるのか？」

「当然だ」

「その事業を自分の目で見て、それがほんとうかどうか確かめるのもよさそうだな」

「見たいのか？　見たらいい。それから取り引きできるかどうか話してみようじゃないか」

「来週にしよう。詳細は追って連絡する」

クラウディオが通話を切る。クリスはひと息にビールの残りを飲み干す。**いいぞ。**

カジノ・パラナのパティオでは、クラウディオが電話をテーブルに放り投げる。朝日を浴びて向かいにいるフェリックスは、自信はなさそうだが、話に乗る気はあるように見える。

「向こうが組み立てているシステムに関して、パートナー契約を結ぶつもりなのか？」フェリックスがいう。

クラウディオは愚か者でも見るようなまなざしで、フェリックスをにらむ。「彼らのハードウェアを奪い取るつもりだ。米露のGPS座標を読める誘導システムのコードを差し出す気になるまで、アナの技術者のタマを焼く。その後、あのブロンドのくそ野郎を殺すつもりだ」

パラナ川が巨大なイグアスの滝へと流れる深い峡谷の上から、サギが急降下する。「バーグマンなら、いいさ。あんなやつはどうでもいい。だが、アナは無事に家に帰してくれ」フェリックスは背筋を伸ばす。「それから、おれも一緒に行く」

「兄貴が妹を守るということか？」クラウディオは微笑み、しばらくフェリックスを見つめる。「いいだろう。おまえも来い。パオロを残して、父親の世話をさせればいい」

クラウディオはフェリックスに対する興味をなくし、プント・バンコ（南米で生まれたバカラ賭博の一種）、ブラックジャック、クラップスの各テーブルの様子を映したモニタの列に目を向ける。

一分後、フェリックスが階段を駆け下り、カジノ正面の巨大なルーレット盤の絵の前を通り、待っていたレンジローバーに乗り込む。パオロが運転席にいる。退院したばかりで、顔色は青白く、包帯を巻いている。

「どこへ行くんです？」パオロがいう。

フェリックスは眉の汗をぬぐう。「おまえは行かない。おまえはこっちに残って、父の面倒を見てもらう」

パオロはルームミラーでフェリックスを見る。「今これからのことですが」

「家だ」フェリックスは歯を食いしばる。「いとしいくされ我が家だ」

パオロは車を発進させる。彼の視線はフェリックスから、明滅するルーレット盤のネオンサインへと移る。

マラッカ海峡、北緯四度一五分五九秒、東経九九度三六分二一秒
三月二十四日、二一四五時

海はべた凪で、三日月の細い光が海面でちらちらと揺れている。遠くのコンテナ船のライトが、夜のスマトラ沿岸で明滅する。アナがタンカーのブリッジの外通路に出ると、ほぼ漆黒の虚空と化した海上から、ツインエンジンのうなりが聞こえる。スピードボートが走る闇となって近づいてくる。

タンカーの船長がスピードボートを航海用レーダーでとらえる。彼は指で差す。「一分だ」

アナはスピードボートのミルクのように光る航跡を見つける。彼女はきびきびと顎を引く。買い手が到着する。

アナはリビアとのあいだで、誘導システムと原油を交換した。今度はその原油を売って現金に換える。

この取り引きは、ケルソが持っていた確実に信頼できるプレーヤー名簿を元に、秘密サイトの暗い奥底で決まった。タンカーと積み荷は、国際制裁の影響をもろに受けて、原油に困っていたミャンマーの精製所が購入する。ミャンマーは想像を絶するほど天然資源と人的資本に富んでいるにもかかわらず、嫌われ者の政府のせいで極貧に陥っている国だ。都市は夜になると真っ暗だ。工場は腐りかけ。人々は飢えている。富裕層は国富を手に入れ、ため込もうとぎらついている。

スピードボートが咆哮とともに舷側に着ける。アナは部下たちを呼び、ブリッジへ向かう。

バタム
〇一五〇時

その工場は街外れにひっそりとたたずんでいる。飾り気はないが、クリスとアナの期間限定の操業に必要となるものは、それくらいで充分だ。シーリング・ファンがトタン屋根の下で回っている。インドのポップミュージックがブームボックスから流れる。クリスは組み立てラインを見下ろす通路（キャットウオーク）を歩く。

そろそろ第三のシフトがはじまる。真夜中だというのに、従業員たちは誘導装置の組み立てに精を出す。大半が現地人だが、中にはカンボジアやスリランカから来ている者もいる。工場裏手の赤土の未舗装路沿いにある寮で寝泊まりしている。みな勤勉だ。汗を流し、現金を家族のもとに送っている。

クリスは工場二階の片びらき窓から、湿った夜をのぞく。木々の中で虫がやかましく鳴いている。時計を見る。買い手がタンカーに乗船しているころだろう。電話を出し、アナにテキストメッセージを送ろうとして、手を止める。道路の先で、タイヤがアスファルトを嚙む音が聞こえたような気がする。

ヘッドライトが遠くの木陰にちらちら見える。クリスの鼓動が大きくなる。だが、その車は走り去った。

SUVの車列が重厚な闇の中を走る。トヨタ4ランナーの助手席にはクラウディオが乗り、ウォーキートーキーから男の声が聞こえてくる。

「集結中」

「こっちは移動中だ」クラウディオは応える。「三十秒」

彼は運転手に喉を搔き切る合図を出す。運転手がヘッドライトを消す。ほかのSUVも消す。

前方では、クラウディオの部下が木々に隠れて工場に忍び寄っている。影に潜んでこっそりと移動している。

手練れの連中を連れてきた。もともとの部下のうち腕利き四人、さらに、台湾のバンブー・ユニオンというギャングの一員である、パレンバン在住の中国系インドネシア人のつてで雇った民間の契約社員。契約社員は、バンブー・ユニオンの殺し屋と、インドネシアの精鋭特殊部隊コパススの元隊員だ。

後部席では、フェリックスが一定のリズムで息をしながら、目を輝かせている。「準備できたのか？」

クラウディオの傭兵は、ゆうべと今日、現場を偵察していた。彼らは交替で偵察を行い、組み立てラインに立っている従業員の数を数えた。工場はもろい造りの長方形だから、孤立させて掌握するのは簡単だろう。気付かれずに現場に行き、ぎりぎりまで近づいてから襲撃する。この時間なら、現場の従業員は疲れている。ゆっくりやればいい。クラウディオが顔を見せれば、クリスとセキュリティ・スタッフはクラウディオに目を向ける。そして、連中のバランスを崩し、注意を削ぎ、こっちの激烈な侵入に対応できないようにする。連中にこの顔を見せたい。自分の仕業だとわからせてやりたい。

フェリックスがいう。「順調なのか？」

クラウディオはフェリックスを無視する。彼はウォーキートーキーに向かっていう。

「状況は？」

応答の代わりに、カチリというスイッチ音が二度聞こえる。**準備完了**。

ひとつの銃撃チームが寮を確保する。侵入し、制圧し、中にいる者全員をジップタイで拘束し、さるぐつわを噛ませる。外にいる者は、どこにも危険を知らせられないように、何もいわず喉を掻き切る。襲撃チームの残り——セキュリティ部門の中心メンバー、その支援のインドネシア人――は工場の外で突破予定の場所に集まり、侵入の合図を待つ。インドネシア人の殺し屋は大柄で、屈強そうで、いつでもぶちかませそうだ。

クラウディオが命じれば、彼らは工場を襲撃する。

前を走る車列が揺れている。クラウディオの契約社員六人は、すでに工場のドア脇の壁についていて、いつでも襲撃できる状況だ。裏手でも、ふたりが裏口のドアの両側を固め、逃げようとする者がいても、すべてそこで止められる。

クラウディオはSIGの拳銃のスライドを引く。「行くぞ」

車から降り、素早くドアに向かう。

バーグマンとの打ち合わせは入念に計画されていた。期日は明日のはずだった。クラウディアは一日早く来た。

自分のものを取り戻しに来たのだ。

クリスは通路の階段を急いで下りる。組み立てラインに沿って歩いていると、ドアがあく。

バイクの男が入ってくる。あり余る自信、前腕にのたくる刺青。手には何も持っていないが、拳銃を隠し持っているのはまちがいない。そのうしろには、三人のチェン一家のセキュリティ部門の人間がいる。さらに、ふたりの巨軀のインドネシア人は長髪で、情けも容赦もなさそうだが、空港からエアコンの効いた車に乗ってきて、涼しそうではある。クリスは人数を数える。

するとヤーコブ・ゴゲルも入ってくる。アロハシャツとゆったりしたジャケットを着て、首筋の血管が浮き出ている。白目が塩水のように濁っている。

「帳簿の監査にでも来たのか？」クリスはいう。

ゴゲルが刃のように冷たいまなざしを向けるが、無表情の裏で沸き立つ興奮を隠し切れていない。「アメリカ人ときたら。黙っていることさえできないのか？」

ドア前の階段からクラウディオ・チェンがやって来る。クリスはたっぷり二秒間かけて、クラウディオを見る。

ベルサイユの宮殿にいる吸血鬼のような格好だ。フリル付きのシャツ、ハイカラーの黒いビロードのジャケット。水色のコンタクトレンズをつけているせいで、目の色がほとんど消えている。とんでもないいなりだ。

そのうしろからフェリックスもやってくる。『死亡遊戯』でブルース・リーが着ていたような、黄と黒のトラックスーツ姿。

「やあ、みんな」クリスは顎を突き出して挨拶する。声音は抑えている。

クラウディオのセキュリティの連中が、彼の前で広がる。フェリックスは鼻をすする。

クリスは相手の位置を確認する。脈拍数は変わらないが、鼓動は強まっている。「お父さんの具合はどうだ？」

「サンパウロに連れていった。専門医に治療してもらわないとな。それに、護衛の必要もあるし」――フェリックスが目をしばたたく。指の先までコカインが回っている――「警護にパオロをつけている」

「賢いな」リュウ・グループのセキュリティ部門のトップを脇に押しやったわけだ。「イスラム連中に対する報復はどうした？」

「時機を見てやる」

クラウディオがあたりを見る。「それで、アナは……」

「別の場所にいる」

「忙しい女だ」クラウディオが組み立てテーブルや部品に視線を走らせる。「彼女がこんなものを考案できたとは……」そういうと、腕を振って、工場全体を示す。「バービーのドリームハウスだな」

ゴゲルがにやりとする。

「それに、きみのような協力者がいるとは、運がいい」クラウディオがクリスに近づく。近い、あまりに近い。相手の動揺を誘うことを好む性格。「彼女に電話しろよ。こっちに呼べばいい」

ゴゲルが工場のフロアをざっと見て、金属の階段を上って二階の通路に行く。クリスは落ち着きを保っているが、**くそ野郎**、と思う。高所に行きやがった。あのドイツ人は偵察し、窓の位置を確認し、遮るものもなく工場のフロアを一望できるように、そこに陣取っている。

クリスはクラウディオの顔を殴りたいという積年の衝動と戦う。氷のようにじっとしている。首も回さない。従業員に向かっていう。「休憩だ」

ラインでは、従業員たちが顔を見合わせ、道具を置いてフロアから出ていく。

フェリックスが鼻を拭く。「今回のは問題ではない。詳細を詰める必要があるだけだ。うまくいく。万事うまくいく。解決する必要があるが、解決したらアナは家に帰る」

クリスはフェリックスをにらむ。「黙れよ」

フェリックスがやれやれと手を上げる。クラウディオは両腕を脇に垂らして立っている。クリスもアナも殺すつもりなのはわかっている。まちがえようがない。だが、フェリックスときたら、とクリスは思う。アナが許されて家に帰れると信じて疑わない。脳みそが腐っている。

「一杯どうだ?」クリスはクラウディオにいう。

クリスは事務所へ行こうと身振りで伝え、クラウディオとフェリックスにわざと背中を見せて、前を歩く。クラウディオが動かず、後ずさっていることが、足音でわかる。クリスのうなじの毛が逆立つ。

イヤフォンから小さな声が聞こえる。「外に六人いる。ドアに通じる外通路には、十字砲火を浴びせられるようにふたりが配置されている」

クリスは歩き続ける。

その声がいう。「十秒。九。八」

クリスは歩きながら、頭の中でカウントダウンを続ける。

〝一〟になると同時に伏せる。外からの銃撃が夜を切り裂く。

石油タンカー上のアナは、航海図や棚に積まれた通信装置に囲まれて海図テーブル前に立っている。猛暑にもかかわらず、涼しい。何百万ドルものカネを受け取ろうとしている。米ドルだ。外の金属の階段に足音が響く。買い手がハッチを通ってやって来る。

「〝ミンガラーバー〟」アナはいう。〝こんにちは〟

四人の男たちは薄汚く、シルクのスーツまで汗が染みている。ひとりがコンピュータと衛星電話を持っている。ひとりはマルボロを吸っている。表情のかけらもない目をしたふたりは、ミャンマー軍人らしい。四人が上着の前を広くあけはじめる。ゆったりしたスーツジャケットの下にサブマシンガンが見える。そして、彼らは足を止める。

両側にあいたハッチから、アナの戦術チームが入ってくる。イギリス軍のSA80を持った元イギリス陸軍特殊空挺部隊隊員(SAS)、元イスラエル国防軍(IDF)コマンド旅団隊員。元コマンド旅団隊員はガリルの銃口をデッキに向けているが、三点射モードにセットしてある。

アナは自分のラップトップを操作する。「こちらはこれから積み荷――五十万バレルのリビア産軽質スイート原油――と船の発送を完了する。時間どおり、契約どおり。今日のブレント原油のスポット価格に合意済みの十パーセントのプレミアをつけ、タンカーの割引価格を加味して、総額千五百三十四万九千ドルになります。こちらの処理はいつでも完了できます」

アナはモレスキンから破った紙片に口座番号と銀行コードを書き、テーブルの向かい側へ押しやる。「銀行の情報です」

煙草を吸っていた男がアナを頭からつま先まで見る。パーカーとトラックパンツという格好の小柄な女。

「ボスと話したい」男は煙草をゆっくり吸い、アナの部下たちを品定めする。

「わたしがボスです」アナはいう。「わたしに話してください」

男がもうもうと煙を吐く。

船が横に揺れる。アナは軽く顎を引く。「ベンガル湾でサイクロンが発生しています」アナはいう。「嵐が上陸する前に、そちらの粋なスピードボートを早めに着岸させて、この原油を製油所に届けた方がいいのでは」

アナは社交上の常識かのように愛想笑いを見せる。

男が苦笑する。小首をかしげる。沈黙を長引かせる。男がアナの戦術チームを見る。頭の中でいろんな可能性を天秤にかける。

アナは首を横に振る。「何をお考えかは知りませんが、取り引き内容を変更しようなどとお思いでしたら、やめた方がいいかと」

男がイスラエル人の傭兵のひとりを見る。傭兵が男の額にドリルのような視線を突き刺す。男の目の輝き――計画していたこと、あるいはできるかもしれないと考えていたこと――が、しぼんで消える。

アナはセキュリティが確保された衛星電話をラップトップにつなぎ、ネットに接続する。

「代金を」アナはいう。「送金してください。今すぐに」

買い手の男は銀行の情報が記された紙を手に取り、持ってきたラップトップのスクリーンをあけ、キーを打つ。

従業員が四方に散る。外では次々と銃声が響く。

ゴゲルは通路から窓の外を見て、グロックを抜き、クリスに顔を向ける。

ゴゲルが発砲する直前、クリスは事務所に入る。銃弾が事務所の鉄の壁に当たり、けたたましい音がする。クリスはドアのすぐ内側に立てかけていたCAR－15を取る。

クラウディオはイスラエル人とイギリス人が一列に並んで急に現れたことに気付く。険しい目をし、顎ひげを生やし、ボディアーマーを身に着けて、すでに銃撃している。すぐさま、チェン側のパラグアイ人の殺し屋が、ガリルの三点射を喰らって倒れる。クリス側の傭兵たちの動きは滑らかで素早い。がっしりしたウェールズ人の元SAS隊員もSA80を発砲し、チェン側の傭兵ふたりを倒す。

工場ビルの裏手では、ライフルの銃撃が夜の闇を切り裂く。チェン側のチームが正面出入り口の外でつかえていて、森の中でL字形の隊形をつくっていたクリスの傭兵たちの奇襲をまともに喰らう。L字の短い方は前から縦射する。チェン側の三人が倒れ、残りが反撃をはじめるものの、L字の長い方が横から銃撃を浴びせる。

バイクの男が組み立てラインの向こう側から、クリスの傭兵たちに発砲し、急いで遮蔽物の陰に隠れる。彼は無防備なクリスの方へ向かう。

あいていた裏口からパオロが入ってくる。薄茶色の目が輝き、撃たれた腕にギプスを巻いている。肩に斜め掛けにしたH&K MP5でバイクの男をずたずたに切り裂く。

ゴゲルは銃を撃ちながら通路を走る。クリスは通路の下に飛び込み、くるりと回転して背中を床につけると、真上に向かって撃つ。CAR－15が金属の床を細切れにする。

ゴゲルは苦しげな声をあげ、ぐらついて下のフロアに転落する。クリスはまた回転し、CAR－15をゴゲルの頭に向ける。ゴゲルのまなざしを受け止める。そして、引き金を引く。

外では、クラウディオの別働隊が寮を放置して、慌てて工場にやって来る。朝から偽装して隠れていたふたりの元SAS隊員スナイパーが、スコープ付きのライフルで彼らを始末しはじめる。ひとりずつ倒れていく。

工場フロアの片隅では、チェン側の傭兵の生き残りが金属のファイル・キャビネットに隠れて、クリスの傭兵たちとパオロに向かって気まぐれに発砲する。クラウディオはSIGの拳銃を持ち、頑丈で分厚い機械のうしろで彼らと一緒に隠れている。これからどうするか決めようとしているかのように、その場で体を揺すっている。そのたびに、悪趣味なカラーコンタクトがぎらりと光る。上体を起こす――クリスを見ればいいのか？　発砲すればいいのか？　頭の半分が隠れていたところから出た瞬間、クリスはワークステーションの横から回転しながら飛び出し、うつぶせになると、三点射を撃つ。クラウディオの頭がぐいとうしろにかしぐ。そして、床に引き倒される。

フェリックスが逃げる。

外でクラウディオの殺し屋の生き残りのひとりが、やみくもに発砲しながら撤退していて、フェリックスの肋骨に弾が当たる。パオロがその殺し屋を仕留める。フェリックスは撃たれたまま走り続ける。鮮やかな黄色いトラックスーツに血が飛び散っている。よろよろと闇に逃げ込もうとするが、どさりと倒れる。

クリスはあとを追う。

彼は土の上で仰向けに倒れたフェリックスを見つける。虫が鳴き、彼方のマラッカ海峡のあたりに稲妻が光る。クリスが近づくと、フェリックスが蟹のように後ずさる。はじめてクリスのほんとうの姿を見て、その顔に驚きが広がっている。

「頼む……取り引きしてくれないか……?」

「おまえらが早めに来ることを、おれが知らなかったと思っていたのか?」クリスはいう。

フェリックスはその答えを考えている。クリスにはそれがわかる。フェリックスはパオロがここにいることに気付く。それに気付けば、考えることなど何もない。パオロがクリスとアナに伝えたのだ。それを受けて、クリスは準備に取りかかり、インドネシア人の海賊斡旋業者とセキュリティ関連の契約業者から情報をもらい、経験豊富で現地の事情に詳しい傭兵を紹介してもらった。クラウディオたちの飛行機がシウダーデルエステのグアラニを離陸した瞬間から、クリスは彼らの足取りを追っていたのだ。しかも、バタムのハン・ナディム国際空港でチェン一行を待っていた全車両に、トランスポンダーをつけていた。セキュリティ部門の連中を何人連れてきたのかも、インドネシア人の傭兵がよく訓練された凶暴な元軍人だということも知っていた。クリスは何日も前からこの襲撃に備えていたのだ。

「おれたちは……」

「何だ?」

「信じてくれ」フェリックスがいう。「彼女は助けることになっていた。おれの妹だから！」

クリスは彼をじっと見る。

冷静な声。ＳＩＧを持ったまま。「アナからぜんぶ聞いたよ」

フェリックスがクリスを見る。

クリスの目は冷たい。

彼は引き金を引く。


工場内にいたパオロにも、発砲炎が見える。

バタム
○六四五時

クリスが滑走路でアナを出迎えるとき、未明の空はまだ暗かった。星々が頭上でちらちらと光っている。東の水平線に藍色の縞模様が広がり、シンガポール沖に停泊している三千隻の船の明かりも見える。アナは決意に身を震わせるようにして、チャーター機のタラップを駆け下りる。

アナが近づくと、クリスがいう。「終わったよ」

アナは深い調和のようなものを感じる。

彼女はうなずき、うれしそうにエプロンを見回す。パオロが車のそばに立っている。

「フェリックスは？」アナはいう。

クリスはアナの目を見つめたままだ。

アナは花火のようだ。人をわくわくさせ、光り輝く才能もある。恋人で、奇跡のような人だ。フェリックスはいない方がいい。ふたりの人生がよくなる。だが、アナに打ち明けるか？　打ち明けたら、二度と一緒にいられなくなる。クリスに触ろうともしなくなる。一緒に仕事をすることもなくなる。血は血なのだ。

クリスは手を彼女の肩に置く。「亡くなった。銃撃戦に巻き込まれた」

アナはクリスの目を見る。落ち着いた態度に亀裂が入る。心の底からあふれる悲しみ。声を詰まらせ、目をきつく閉じる。クリスはアナを抱きしめる。体が震えている。九歳のフェリックスの姿がアナの脳裏を駆け巡る。七歳のアナがお兄ちゃんと一緒にいて、お兄ちゃんが手を引いている。妹だった。血は血だ。クリスはアナをきつく抱きしめる。アナはクリスの胸に顔をうずめる。

クリスの鼓動がびりびりと響く。黒く、力強く。

97

ハナはバースツールに腰かける。暗いブース席とコバルトブルーの光があるその店には、なぜか惹きつけられる。カウンターの奥で、琥珀色の蒸留酒のボトルがほの暗く、鈍い光を放つ。ジュークボックスから〝ギミー・シェルター〟が流れる。酒は何もいわなくても出てくる。

ネイトはハナの前にダブルのバーボンを置き、片手をカウンターに突いて、立っている。音楽が流れる。ふたりは互いを見る。

ハナが微笑む。「クリス・シハーリスのことで、おれにいわないことは何だ？」

訳者あとがき

本書『ヒート2』（原題 *Heat 2*）は、タイトルからもおわかりだろうが、『ヒート』の続編である。ただし、『ヒート』は小説ではない。本書の作者のひとり、マイケル・マン監督による映画である。アル・パチーノ（ヴィンセント・ハナ役）とロバート・デ・ニーロ（ニール・マコーリー役）という両雄を主演に迎え、一九九五年に製作された同作品は、第一級のクライムアクション映画である。ひりついた雰囲気、派手な銃撃戦、名優が演じる、冷酷さと人間味が同居する魅力あふれるキャラクターが、麻薬のように脳の襞の奥底まで浸透していく。

ここで詳しく紹介するわけにはいかないが、映画『ヒート』の顚末は本書のプロローグで語られている。ニール・マコーリーが率いるプロの強盗団が現金輸送車を襲撃する。ロサンゼルス市警のヴィンセント・ハナ警部補は彼らの逮捕に執念を燃やし、しだいに強盗団を追いつめていく。

ニール・マコーリーとヴィンセント・ハナは、物事のとらえ方や生き方がよく似ている。あるとき、ふたりがじかに顔を合わせる。「ふたりとも捕食者」で、「現実の世界と人生の濁流を同じように受け止め」、「人生が短いことを知って」いて、「まったくためらわずに相手を打ち倒す」。心に暗い翳のあるふたりだ。

本書では、まずニールの翳があぶり出される。ニールは厳格な規律を持つプロの犯罪者だった。大胆不敵な〝仕事〟ぶりを見せる一方、事前準備を周到に行い、わずかな異常を察知しただけで冷徹に仕事を中止することもある。当局側のハナとちがって、犯罪者ニールには一度の失敗も許されないのだ。だが、映画『ヒート』では、その失敗を犯してしまう。本書はそこにいたるまでの出来事が綴られている。スピンオフという範疇にはとても収まり切らない一大叙事詩だ。

さらに、その失敗から瀕死の状態で抜け出したクリス・シハーリスのその後の変容も、壮大なスケールで描かれている。映画『ヒート』で重要な脇役だったクリスが、本書ではニール、ハナと並ぶ三人目の主人公として描かれる。別人として南米に逃れたクリスは、新しい仕事に必死で食らいつき、アメリカに残してきた妻子をめぐって葛藤する。そして、数年後、運命のいたずらによって、故郷である天使の街ロサンゼルスに呼び戻される。残してきた妻子、宿敵ハナなど、そこで自分のレガシーと向き合ったクリスは、どんな選択をするのか?

映画『ヒート』、小説『ヒート 2』を通して、映画監督／作者のマイケル・マンは連綿と続くアメリカン・ヒーローを描こうとしているように思えてならない。映画のワンシーンがとりわけ印象に残った。ニールがある女性と出会ったとき、自分は孤独だが淋しくはないという。はるか昔、訳者が大学生だったころ、アメリカ文学の講義で同様の話を聞いた記憶がうっすらと残っている。ジェイムズ・フェニモア・クーパーのレザーストッキング物語五部作に出てくる、アメリカン・ヒーローの原型ナティ・バンポーが、似たようなことをいっていたのではなかったか。孤独ではあるが、常に神と一緒だから淋しくはない、と。いろいろ検索してみたが、確証は得られず、訳者の記憶ちがいかもしれない。

だが、マイケル・マンといえば、レザーストッキング物語五部作のひとつを原作とする映画『ラスト・オブ・モヒカン』の監督だ。さらに、クーパーの *The Deerslayer*（『鹿狩人』）の第一章の冒頭で引用されている、バイロンの『チャイルド・ハロルドの巡礼』の一節が興味深い。

道なき森に喜びがあり
淋しき岸に幸せがある
だれも足を踏み入れたことのない世界が
大海のそばにあり、波音のうなりも楽しい
人が嫌いなのではなく、大自然が好きになった
こういったものと思わず出会い
これからの自分、これまでの自分を見つめ
森羅万象と交わりつつ、表に出すことも
内に秘め続けることもできないものを